Annales 2023

Tle

Objectif BAC

Sujets & Corrigés

Spécialité

Physique-Chimie

Frédérique de La Baume
Professeure agrégée de Physique

Rudy Latchimy
Professeur certifié de Phys

hachette
ÉDUCATION

Mode d'emploi

- L'épreuve du Bac constitue le pivot de l'année de Terminale. S'y préparer efficacement depuis la rentrée jusqu'au jour J, c'est non seulement l'assurance d'un examen réussi, mais aussi celle d'une année enrichissante et d'une orientation conforme à son projet d'études. Pour vous accompagner dans cette voie de réussite, cet ouvrage a été conçu en plusieurs grandes parties :

4 sujets complets

Trois à quatre exercices portant sur des thèmes différents du programme pour s'entraîner « pour de vrai » !

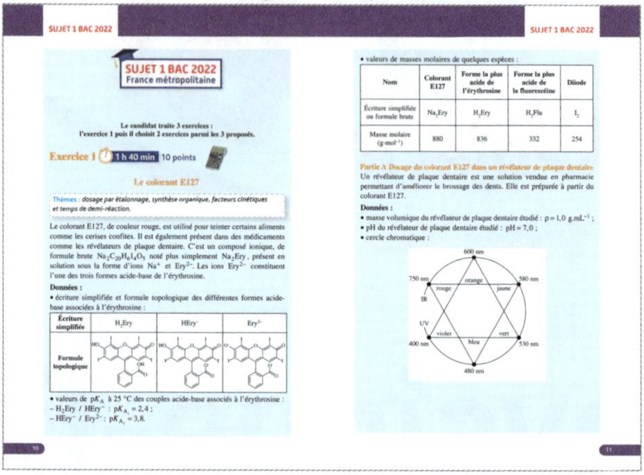

- Puis de nombreux sujets traitent tous les **thèmes au programme de la partie écrite de l'épreuve du Bac**.

Constitution et transformations de la matière

Mouvement et interactions

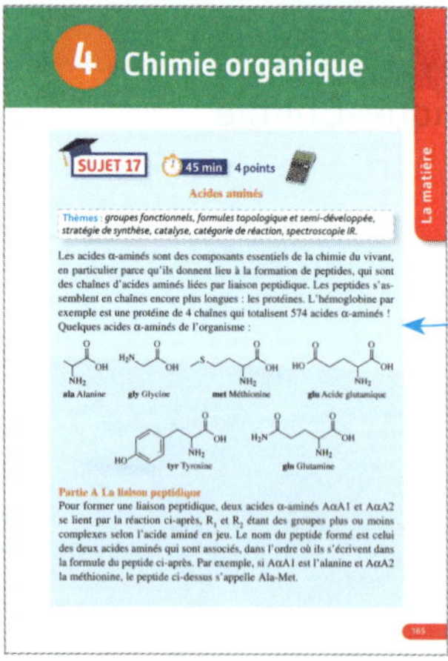

Les sujets, inspirés de sujets réels, mais ancrés dans l'esprit du programme actuel, sont présentés sur fond bleu

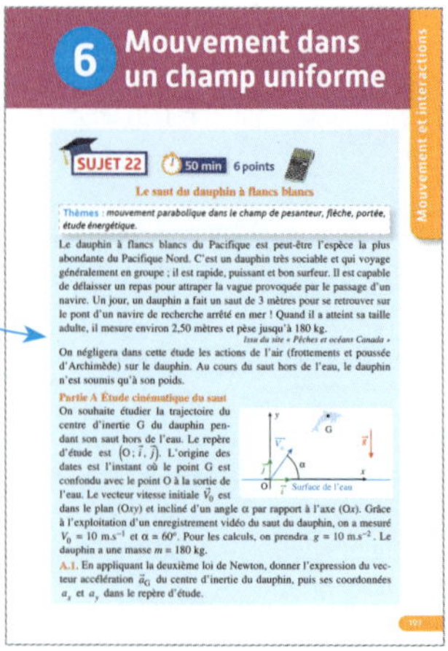

L'énergie : conversions et transferts

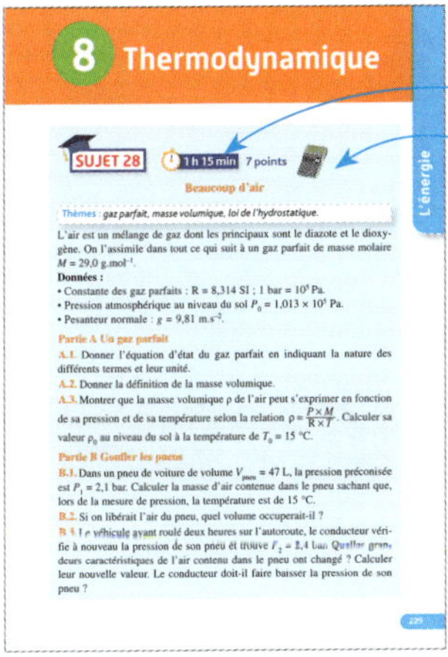

Ondes et signaux

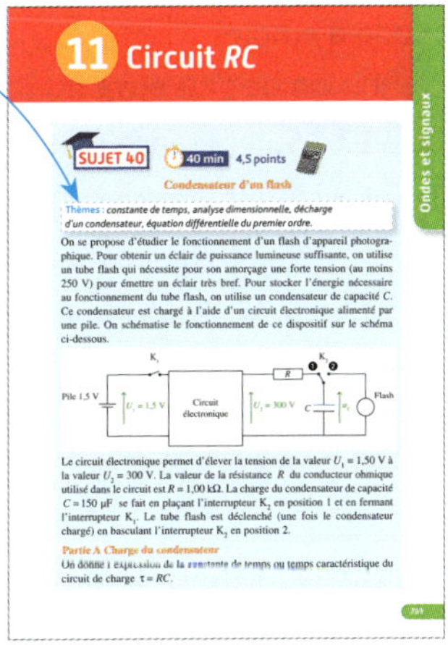

Pour chaque sujet : les thèmes abordés, la durée de résolution, l'usage autorisé ou non d'une calculatrice

Les corrigés de tous les sujets

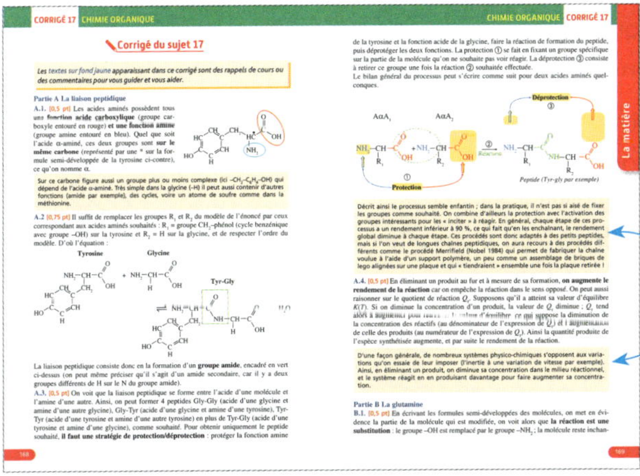

Tous les sujets sont corrigés et assortis d'encadrés proposant de nombreux conseils.

La rédaction et la mise en forme des calculs sont essentiels pour une bonne copie.

Conception graphique de l'intérieur
Manon Guérin

Conception graphique de la couverture
Audrey Izern

Réalisation
Couverture : Audrey Izern
Intérieur : Grafatom

Édition : Emmanuel Meier

Crédits photographiques
© **shutterstock** : p. 55, David Prahl ; p. 79, Sharjil Khan ; p. 80, BLUR LIFE1975 ; p. 91, Dmitriy12.

I.S.B.N. 978-2-01-719426-2

www.parascolaire.hachette-education.com

Sommaire

Chapitre 6 – Mouvement dans un champ uniforme

Chapitre 7 – Mouvement dans un champ de gravitation

L'énergie : conversions et transferts

Chapitre 8 – Thermodynamique

Ondes et signaux

Chapitre 9 – Phénomènes ondulatoires

Chapitre 10 – Lunette astronomique

Chapitre 11 – Circuit *RC*

Définition de l'épreuve du Bac et conseils généraux

L'épreuve de spécialité de physique-chimie du baccalauréat se compose de deux parties qui auront lieu en mars de l'année scolaire. **Cette date précoce nécessite une préparation suivie et méthodique dès le début de l'année.** Ces annales ont l'ambition de vous y préparer au mieux.

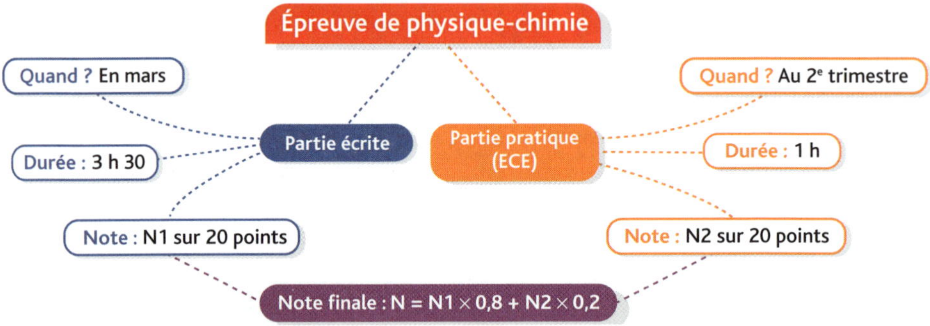

Le coefficient de la note finale est 16 sur un total de 100 pour l'ensemble de l'examen.

- Si le candidat est convoqué pour le **second tour** (« rattrapage »), il pourra choisir de passer un oral de physique. Ce dernier comporte deux exercices portant sur deux parties différentes du programme. La note obtenue, si elle est meilleure que celle du premier tour, la remplacera.
- **Le Grand Oral,** prévu en juin pour une durée totale de 20 minutes, comprend la présentation d'un projet du candidat qui s'appuie sur au moins une de ses deux spécialités et donc, éventuellement, sur le programme complet de physique-chimie.

Le sujet de l'épreuve écrite

- Le sujet de physique-chimie comporte **trois exercices indépendants** qui s'appuient de manière équilibrée sur les quatre thèmes du programme (*Constitution et transformations de la matière, Mouvement et interactions, L'énergie : conversions et transferts, Ondes et signaux*).

- Il est fréquent qu'un exercice traverse plusieurs parties, *a priori* indépendantes, du programme
- Les questions accordent **une place significative à la modélisation et à la résolution de problèmes**.
- Le sujet peut inclure des questions relevant des capacités expérimentales ou numériques.
- L'usage de la calculatrice peut être ou non autorisé.

Comment se préparer à l'épreuve écrite à l'aide des annales

En phase d'apprentissage

- Il est plus intéressant de travailler sur les exercices des leçons en cours d'étude en classe. C'est pourquoi les sujets sont répartis ici en **onze chapitres qui renvoient à différents domaines constituant le programme de la spécialité de Terminale**.
- Les **thèmes au début de l'énoncé** permettent de s'assurer que l'exercice est adapté aux connaissances que l'on souhaite maîtriser.
- Il ne faudra pas s'étonner, en début d'année, de passer plus de temps **qu'indiqué dans le timing du sujet** et il ne faut pas hésiter à refaire plusieurs semaines plus tard un sujet qui avait posé des difficultés. Il est toujours encourageant de se rendre compte que l'on progresse !
- Un apprentissage n'est jamais linéaire. Ainsi ne faut-il pas se décourager lorsque la difficulté survient et garder en tête que l'erreur est inhérente à l'apprentissage. Les **corrigés proposés seront ainsi de solides points d'appui**, pour surmonter ces difficultés donc, mais également pour tendre vers une plus grande rigueur rédactionnelle.

En phase de consolidation

- L'usage régulier de ces annales, et la répétition nécessaire de la résolution des sujets pour progresser, permettront non seulement d'appréhender les notions relatives des différents chapitres mais également de percevoir et de construire les ponts entre les connaissances. C'est pourquoi nous y avons placé de **nombreuses remarques pour mettre ces liens en évidence**.
- L'esprit qui prévaut à l'élaboration d'un sujet de bac est justement de mettre en phase des thèmes différents. Un **sujet complet figure ainsi en ouverture de l'ouvrage** et permet d'illustrer ce propos.

En phase de révision

- Prenez trois exercices au hasard, et **entraînez-vous pour de vrai !** Faites-le en temps limité, sans le corrigé et sur une vraie copie.
- Les sujets de ces annales sont pour beaucoup **tirés de vrais sujets et adaptés au nouveau programme**. Les **sujets originaux respectent totalement l'esprit de l'épreuve**.

Le jour J !

Pas de panique surtout, si vous avez travaillé avec ces annales, vous êtes prêt à réussir !

Voici une « check-list » des points importants à respecter le jour J :

Tirer profit du sujet

- Prendre le temps de lire l'énoncé et de l'annoter.
- Toujours vérifier que l'on a répondu à la question avant de passer à la suivante.
- Ne pas négliger les indices rassurants : formules ou phrases qui donnent la réponse quelques questions plus loin.
- Ne pas abandonner si l'on n'a pas la réponse immédiate, mais savoir s'acharner raisonnablement sur une question.
- Savoir aussi passer à la suite ou changer d'exercice si nécessaire.

Maîtriser les savoir-faire scientifiques et techniques

- Recourir au schéma comme aide à la résolution, en y portant les indications utiles.
- Préciser les lois physiques sur lesquelles on s'appuie pour effectuer un calcul ou un raisonnement.
- Indiquer les conditions de validité d'une loi utilisée (et vérifier qu'elles sont réalisées !).
- Dans les calculs, ne pas mélanger écritures littérale et numérique, scalaires et vecteurs.
- Savoir calculer et analyser un ordre de grandeur.
- Être vigilant sur le nombre de chiffres significatifs des données et de ses résultats.
- Savoir construire un graphique à la main et à la machine.
- Savoir effectuer une régression linéaire.

Exploiter efficacement les documents

- Chercher les indices qui font gagner du temps : titre d'un document, données dans une question…
- Surligner les données importantes.
- Citer l'origine d'une information utilisée.
- S'appuyer sur plusieurs informations ou résultats quand on demande en fin d'exercice de proposer une hypothèse ou une explication.

Mettre en valeur son travail

- Présenter et organiser sa copie de façon claire, lisible et propre.
- Mettre en évidence ses résultats (encadrer, souligner).
- Toujours utiliser la numérotation et les notations de l'énoncé.
- Toujours définir les notations que l'on est amené à introduire.

SUJET 1 BAC 2022
France métropolitaine

Le candidat traite 3 exercices :
l'exercice 1 puis il choisit 2 exercices parmi les 3 proposés.

Exercice 1 1 h 40 min 10 points

Le colorant E127

Thèmes : *dosage par étalonnage, synthèse organique, facteurs cinétiques et temps de demi-réaction.*

Le colorant E127, de couleur rouge, est utilisé pour teinter certains aliments comme les cerises confites. Il est également présent dans des médicaments comme les révélateurs de plaque dentaire. C'est un composé ionique, de formule brute $Na_2C_{20}H_6I_4O_5$ noté plus simplement Na_2Ery, présent en solution sous la forme d'ions Na^+ et Ery^{2-}. Les ions Ery^{2-} constituent l'une des trois formes acide-base de l'érythrosine.

Données :

• écriture simplifiée et formule topologique des différentes formes acide-base associées à l'érythrosine :

Écriture simplifiée	H_2Ery	$HEry^-$	Ery^{2-}
Formule topologique	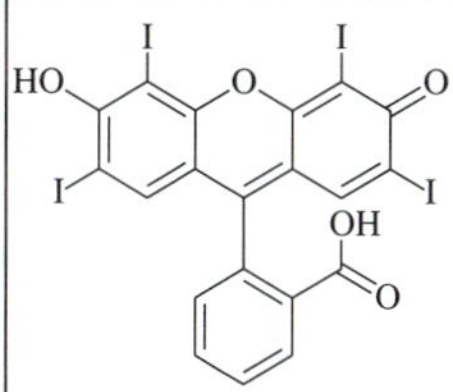	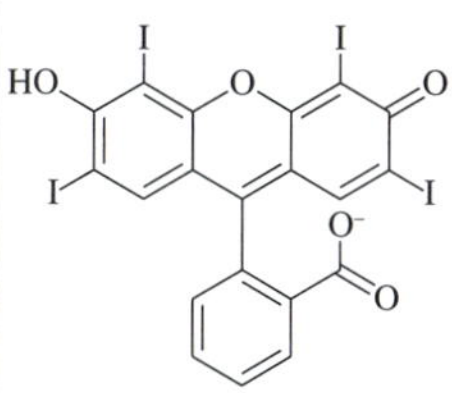	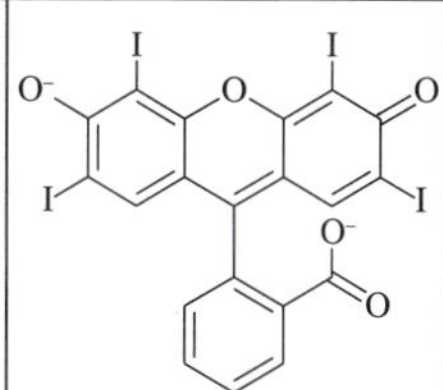

• valeurs de pK_A à 25 °C des couples acide-base associés à l'érythrosine :
– H_2Ery / $HEry^-$: $pK_{A_1} = 2,4$;
– $HEry^-$ / Ery^{2-} : $pK_{A_2} = 3,8$.

• valeurs de masses molaires de quelques espèces :

Nom	Colorant E127	Forme la plus acide de l'érythrosine	Forme la plus acide de la fluorescéine	Diiode
Écriture simplifiée ou formule brute	Na_2Ery	H_2Ery	H_2Flu	I_2
Masse molaire ($g.mol^{-1}$)	880	836	332	254

Partie A Dosage du colorant E127 dans un révélateur de plaque dentaire

Un révélateur de plaque dentaire est une solution vendue en pharmacie permettant d'améliorer le brossage des dents. Elle est préparée à partir du colorant E127.

Données :

• masse volumique du révélateur de plaque dentaire étudié : $\rho = 1{,}0\ g.mL^{-1}$;
• pH du révélateur de plaque dentaire étudié : pH = 7,0 ;
• cercle chromatique :

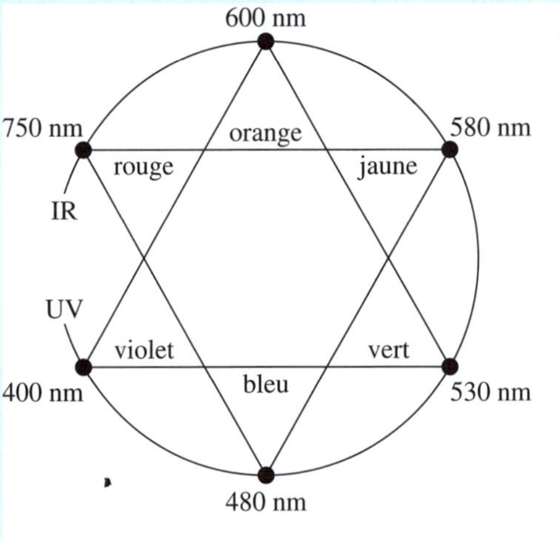

• spectre d'absorption d'une solution aqueuse du colorant E127 de concentration en soluté apporté égale à $1,7\times10^{-5}$ mol.L^{-1} et de pH égal à 7,0 :

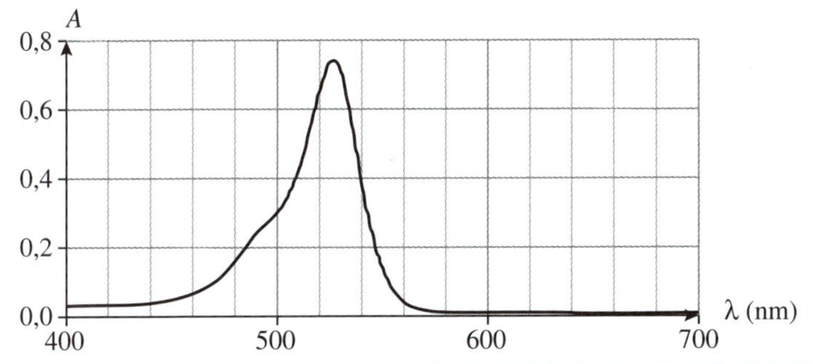

A.1. À l'aide de la formule topologique de la forme H_2Ery de l'érythrosine ci-dessous, nommer les familles fonctionnelles associées aux groupes caractéristiques A, B et C.

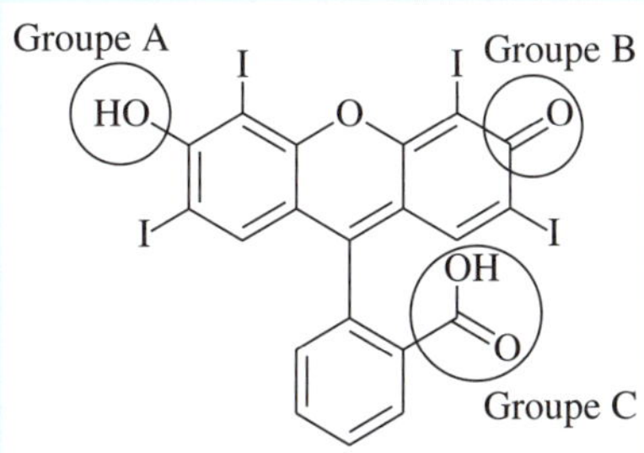

A.2. Identifier, en justifiant, la forme de l'érythrosine qui prédomine dans le révélateur de plaque dentaire étudié.

Sur le site du fabricant, il est indiqué que le révélateur de plaque dentaire, de couleur rouge, est une solution hydroalcoolique contenant le colorant E127 à 2 % en masse.

Afin de vérifier l'indication précédente sur le titre massique, on réalise les expériences décrites ci-dessous.

Préparation de la solution à doser :

– on introduit 0,5 mL de révélateur de plaque dentaire dans une fiole jaugée de 2,0 L que l'on complète avec de l'eau distillée : on obtient la solution S.

Dosage spectrophotométrique par étalonnage :

– à partir d'une solution aqueuse de colorant E127 de concentration en soluté apporté égale à $1,7\times10^{-5}$ mol.L^{-1}, on prépare par dilution six solutions filles ;

– on mesure l'absorbance de chacune de ces solutions à une longueur d'onde appropriée ; les mesures sont reportées sur le graphe de la **figure 1** ;
– on mesure l'absorbance de la solution S à la même longueur d'onde ; on obtient $A = 0,484$.

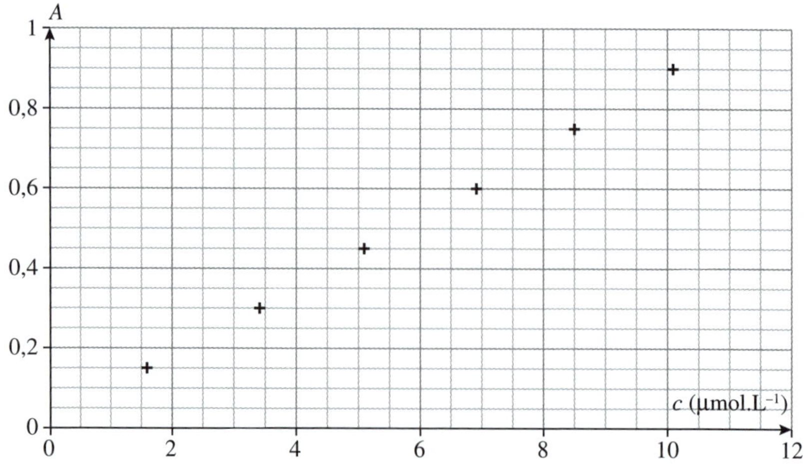

Figure 1. Évolution de l'absorbance en fonction de la concentration en quantité de matière de colorant E127 apporté

A.3. Justifier la couleur rouge du révélateur de plaque dentaire étudié.

A.4. Après avoir montré que la concentration en soluté apporté du colorant E127 dans le révélateur de plaque dentaire est égale à $2,2 \times 10^{-2}$ mol.L^{-1}, déterminer la valeur du titre massique en colorant E127 du révélateur de plaque dentaire analysé. Commenter.

Le candidat est invité à prendre des initiatives et à présenter la démarche suivie, même si elle n'a pas abouti. La démarche est évaluée et nécessite d'être correctement présentée.

Partie B Synthèse de l'érythrosine à partir de la fluorescéine

L'érythrosine peut être synthétisée à partir d'un autre colorant, la fluorescéine, en présence d'acide iodique et d'éthanol ; l'équation de la réaction modélisant cette synthèse est donnée ci-après :

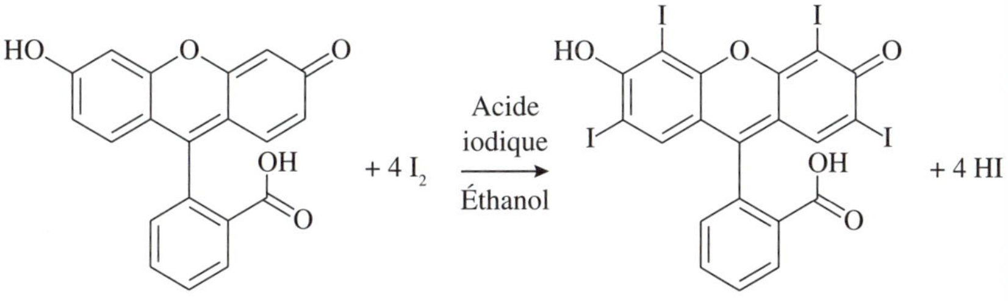

Forme H_2Flu de la fluorescéine — Forme H_2Ery de l'érythrosine

Dans une publication scientifique, on trouve les informations suivantes :

- les différentes étapes d'un protocole de synthèse de l'érythrosine :
  - étape n° 1 : réaliser la synthèse de la forme H_2Ery de l'érythrosine à partir de 5,0 g de fluorescéine H_2Flu et de 9,5 g de diiode I_2, en présence d'éthanol et d'acide iodique ; chauffer et agiter le mélange pendant deux heures à une température de 60 °C ;
  - étape n° 2 : après refroidissement, filtrer le mélange à l'aide d'un filtre Büchner puis laver le solide rouge obtenu avec de l'eau et de l'éthanol ;
  - étape n° 3 : mesurer la température de fusion du solide rouge obtenu.
- la valeur du rendement r de la synthèse : $r = 59\ \%$.

D'après N. Pietrancosta et al. / Bioorganic & Medicinal Chemistry 18 (2010) 6922–6933

B.1. Identifier le rôle des étapes n° 1, n° 2 et n° 3 du protocole expérimental de synthèse de l'érythrosine.

B.2. Identifier l'opération du protocole expérimental réalisée pour optimiser la vitesse de formation de l'érythrosine.

B.3. Déterminer le réactif limitant de la synthèse de l'érythrosine.

B.4. Montrer que la masse d'érythrosine de forme H_2Ery obtenue expérimentalement est d'environ 4,6 g.

B.5. Déterminer le nombre de flacons de 10 mL de révélateur de plaque dentaire, de pH égal à 7 et de concentration égale à $2{,}2 \times 10^{-2}$ mol.L^{-1} en colorant E127, qu'il est possible de fabriquer grâce à cette synthèse.

Partie C Suivi cinétique de la décoloration d'une solution de colorant E127 par l'eau de Javel

Le filtre Büchner utilisé lors de la synthèse précédente est coloré par les résidus de colorant E127 rouge. Pour le décolorer, on peut utiliser de l'eau de Javel.
En effet, la forme Ery^{2-} de l'érythrosine réagit avec les ions hypochlorite $C\ell O^-$ contenus dans l'eau de Javel pour former un produit incolore. Cette réaction est supposée totale.

On réalise, à 25 °C, les deux expériences A et B décrites ci-après :

• dans des béchers de 50 mL, deux solutions sont préparées à partir d'une solution commerciale d'eau de Javel de concentration en ions hypochlorite égale à $0,73\ \text{mol.L}^{-1}$:

Solution	S_A	S_B
Volume d'eau de Javel (mL)	5	10
Volume d'eau distillée (mL)	5	0

• pour l'expérience A :
 – à la date $t = 0$ s, on verse dans le bécher contenant la solution S_A un volume de 10,0 mL d'une solution aqueuse de colorant E127 de concentration en soluté apporté égale à $1,7 \times 10^{-5}\ \text{mol.L}^{-1}$;
 – on remplit rapidement une cuve spectrophotométrique avec le mélange réactionnel, on l'introduit dans un spectrophotomètre réglé à une longueur d'onde appropriée et on relève les valeurs d'absorbance en fonction du temps ;

• pour l'expérience B, on recommence les mêmes opérations avec la solution S_B.

Dans chacun des mélanges réactionnels préparés, l'érythrosine est présente sous la seule forme Ery^{2-} et cette forme est la seule espèce qui absorbe à la longueur d'onde choisie.

Les résultats obtenus permettent de tracer la courbe d'évolution de la concentration en quantité de matière de la forme Ery^{2-} de l'érythrosine pour les expériences A et B (**figure 2**).

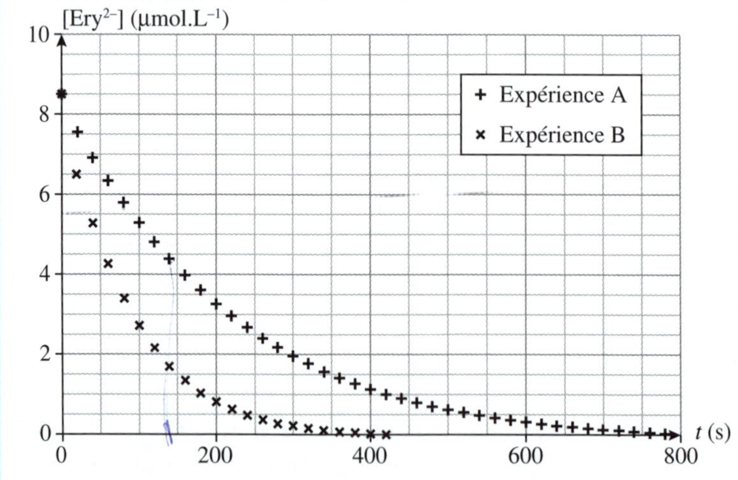

Figure 2. Évolution de la concentration en quantité de matière de la forme Ery^{2-} de l'érythrosine pour les expériences A et B

C.1. Décrire qualitativement, en exploitant la **figure 2**, l'évolution de la vitesse volumique de disparition de la forme Ery^{2-} de l'érythrosine au cours du temps pour l'expérience A. Proposer un facteur cinétique à l'origine de cette évolution.
C.2. Déterminer graphiquement le temps de demi-réaction pour l'expérience A. Commenter.
C.3. Expliquer comment il est possible d'optimiser la décoloration du filtre Büchner.

Le candidat traite deux exercices au choix parmi les 3 suivants.

Exercice 2 — 50 min — 5 points

La physique de jonglage

Thèmes : *mouvement dans un champ de pesanteur uniforme, énergie mécanique.*

L'art du jonglage est la plus ancienne des disciplines de cirque connue ; son origine remonte à l'Égypte ancienne. Le but de cet exercice est d'étudier le mouvement d'une balle lors d'une démonstration filmée.
On étudie, dans le référentiel terrestre supposé galiléen, le mouvement d'une balle de jonglage de masse m et de centre de masse C.
Donnée :
- intensité de la pesanteur : $g = 9{,}81\ \text{m.s}^{-2}$.

La **figure 1** est extraite d'une vidéo au cours de laquelle une personne jongle avec plusieurs balles. On suit le mouvement d'une balle.

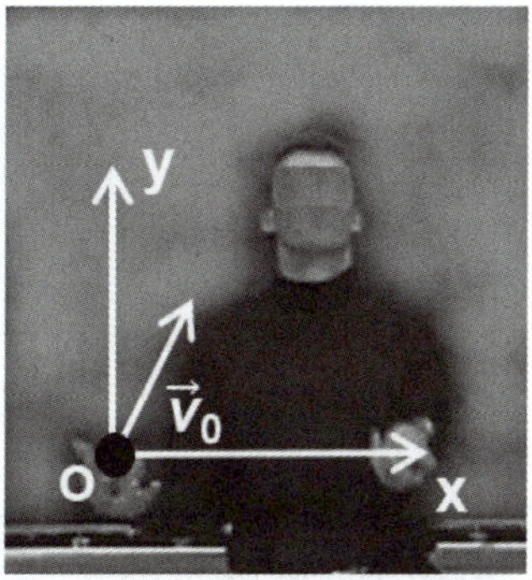

Figure 1. **Photographie**

Dans cette étude :
- on note $(x\,;y)$ les coordonnées de la position de C dans le repère $(O\,;x\,;y)$ et $(v_x\,;v_y)$ celles de sa vitesse ;
- les évolutions temporelles $y(t)$ et $v_y(t)$ sont respectivement représentées sur les **figures 2a** et **2b** ci-après qui font apparaître alternativement des phases notées ① et ② ;

– à la date $t = 0$ s la balle, située à l'origine du repère, quitte pour la première fois la main du jongleur avec une vitesse initiale $\vec{v}_0$;
– lorsque la balle n'est pas en contact avec la main du jongleur, elle est en chute libre. Elle effectue alors un mouvement parabolique en passant d'une main à l'autre, la réception et le lancer se faisant toujours en $y = 0$ m ;
– la référence de l'énergie potentielle de pesanteur est choisie à l'ordonnée $y = 0$ m.

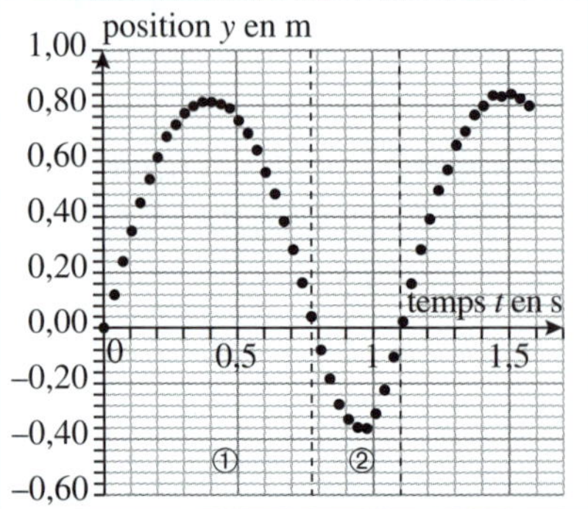

Figure 2a. Courbe représentant *y*(*t*)

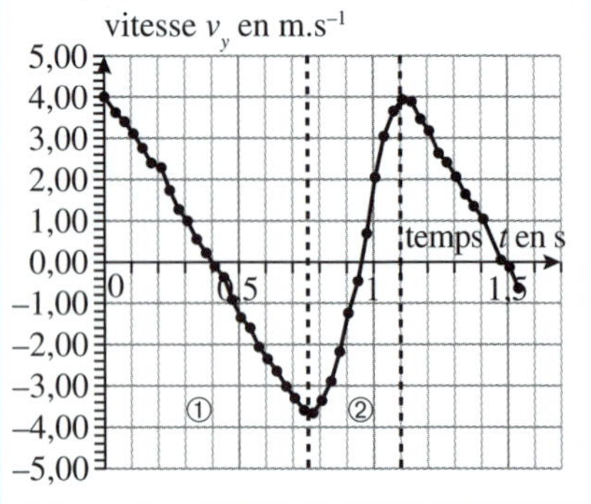

Figure 2b. Courbe représentant $v_y(t)$

1. Décrire qualitativement, selon l'axe Oy, le mouvement de la balle lors de la phase ① à l'aide des **figures 2a** et **2b**.
2. Interpréter la **figure 2a** pour décrire le rôle de la main sur le mouvement de la balle lors de la phase ②.
3. Justifier à l'aide de la deuxième loi de Newton, dans le cadre du modèle de la chute libre, que la valeur de la composante v_x de la vitesse est constante et égale à la vitesse initiale v_{0x} lorsque la balle n'est plus en contact avec la main du jongleur.
4. Exprimer l'énergie mécanique initiale E_{m0} de la balle en fonction de sa masse m et des composantes v_{0x} et v_{0y} de la vitesse initiale dans le référentiel terrestre.

Dans toute la suite de l'exercice, on ne s'intéresse qu'à la phase ①.
5. À l'aide d'un raisonnement énergétique appliqué lors de la phase ①, établir que l'expression de l'altitude maximale H atteinte par la balle s'écrit :

$$H = \frac{v_{0y}^2}{2g}$$

6. Déterminer la valeur de H à partir de la relation précédente et d'une lecture graphique de v_{0y} sur la **figure 2b**. Comparer le résultat à celui obtenu par lecture graphique de la **figure 2a**.

7. Établir l'expression littérale de la coordonnée $v_y(t)$ du vecteur vitesse de la balle lors de la phase ①.

8. Évaluer l'intensité de la pesanteur g à l'aide de la **figure 2b** lors de la phase ①. Commenter.

9. Déterminer l'équation horaire $y(t)$ du mouvement du centre de la balle lors de la phase ①.

10. On note t_{air} la durée pendant laquelle la balle est en l'air lors de la phase ①. Établir l'expression de t_{air} en fonction de v_{0y} et de g. En déduire que l'expression du temps de vol dans l'air d'une balle s'écrit :

$$t_{air} = \sqrt{\frac{8H}{g}}$$

11. Calculer la valeur de t_{air} en utilisant la valeur de H obtenue par lecture graphique de la **figure 2a**. Commenter.

Exercice 3 50 min 5 points

Refroidissement d'un fer à cheval

Thèmes : *premier principe de la thermodynamique, loi de Newton de la thermique.*

Le maréchal-ferrant est un artisan spécialisé dans le ferrage des chevaux ; il pose un fer sous chaque sabot du cheval afin de les protéger.

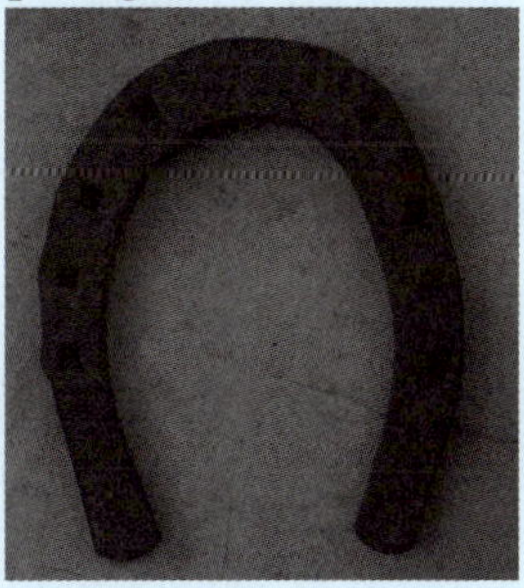

Un fer à cheval doit être parfaitement adapté à la morphologie du sabot du cheval pour que celui-ci ne se blesse pas. Cela nécessite un ensemble d'opérations réalisées lors de la pose du fer par le maréchal-ferrant : le fer est chauffé à une température d'environ 900 °C dans une forge pour être malléable. À l'aide d'un marteau, il est ensuite déformé pour s'ajuster à la forme du sabot.

Données :

- température du fer à la sortie de la forge : $\theta_0 = 900$ °C ;
- volume du fer à cheval : $V_{fer} = 104$ cm^3 ;
- masse volumique du fer, supposée indépendante de la température : $\rho_{fer} = 7{,}87$ g.cm^{-3} ;
- surface extérieure du fer à cheval : $S = 293$ cm^2 ;
- température ambiante extérieure : $\theta_{ext} = 15$ °C ;

• capacité thermique massique du fer supposée indépendante de la température :

$$c_{fer} = 440 \text{ J.kg}^{-1}.\text{K}^{-1} \text{ ;}$$

• loi de Newton donnant l'expression du flux thermique reçu par le système {fer à cheval}, de température θ en provenance de l'air extérieur, de température θ_{ext} :

$$\Phi = h \times S \times (\theta_{ext} - \theta)$$

avec h le coefficient de transfert thermique surfacique et S la surface d'échange :

– dans l'air : $h_{air} = 14 \text{ W.m}^{-2}.\text{K}^{-1}$;
– dans l'eau froide : $h_{eau} = 360 \text{ W.m}^{-2}.\text{K}^{-1}$.

Partie A Chauffage du fer

Lors du chauffage du fer à cheval pour le rendre plus malléable, sa température passe de la température ambiante $\theta_{ext} = 15$ °C à $\theta_0 = 900$ °C.

A.1. Déterminer la valeur de la masse m_{fer} du fer à cheval.

A.2. Calculer la variation d'énergie interne ΔU du fer à cheval lors de cette étape.

A.3. Interpréter au niveau microscopique la variation d'énergie interne ΔU du fer à cheval.

Partie B Refroidissement du fer à l'air libre

Lorsque le fer est à la température souhaitée de 900 °C, le maréchal-ferrant le sort de la forge et le façonne à l'aide d'un marteau pendant une minute environ. Il s'installe ensuite près du cheval et il s'écoule à nouveau une minute.

Le fer, encore chaud, est alors posé quelques secondes sur la face intérieure du sabot, ce qui est sans douleur pour l'animal, mais brûle la corne en laissant une trace. Cela permet au maréchal-ferrant de juger si la forme est satisfaisante.

Si c'est le cas, il refroidit rapidement le fer en le trempant dans l'eau puis le fixe définitivement sur le sabot à l'aide de clous.

On considère que les transferts thermiques entre le fer à cheval et le milieu extérieur suivent la loi de Newton. Le système étudié est le fer à cheval.

B.1. Le maréchal-ferrant martèle le fer à cheval dans l'air. Appliquer le premier principe de la thermodynamique pour le système étudié entre les instants t et $t + \Delta t$; la durée Δt étant supposée faible devant une durée caractéristique d'évolution de la température et la température variant de $\theta(t)$ à $\theta(t + \Delta t)$.

En déduire que l'équation différentielle régissant l'évolution de la température du fer à cheval peut s'écrire sous la forme :

$$\frac{d\theta}{dt}+\frac{\theta}{\tau}=\frac{\theta_{ext}}{\tau} \quad \text{avec} \quad \tau=\frac{m_{fer}\times c_{fer}}{h_{air}\times S}$$

Dans ces conditions, $\tau = 880$ s.

L'équation différentielle précédente admet pour solution la fonction :

$$\theta(t)=(\theta_0-\theta_{ext})\times e^{-\frac{t}{\tau}}+\theta_{ext}$$

B.2. Vérifier que la fonction proposée $\theta(t)$ est bien solution de l'équation différentielle précédente.

B.3. Calculer la valeur de la température du fer au moment où le maréchal-ferrant le pose sur la face intérieure du sabot du cheval. Commenter.

Partie C Refroidissement dans l'eau avant la pose

Pour accélérer le refroidissement du fer afin de le poser rapidement sur le sabot, le maréchal-ferrant plonge le fer encore chaud à la température de 600 °C dans un récipient contenant de l'eau à température ambiante de 15 °C que l'on considère comme constante.

C.1. En adaptant la solution obtenue dans le cadre du modèle précédent, estimer la valeur de la durée nécessaire pour que le fer soit refroidi à une température $\theta_{finale} = 40$ °C à laquelle l'artisan pourra poser le fer à l'aide de clous sur le sabot du cheval.

Le candidat est invité à prendre des initiatives et à présenter la démarche suivie, même si elle n'a pas abouti. La démarche est évaluée et nécessite d'être correctement présentée.

C.2. Dans la réalité, 20 secondes suffisent pour refroidir le fer dans l'eau à 15 °C. Commenter.

Exercice 4 — 50 min — 5 points

Défibrillateur cardiaque

Thème : *circuit* RC *série.*

D'après une étude menée par l'université de Lille en 2018, chaque année, environ 46 000 arrêts cardiaques se produisent en dehors des hôpitaux. C'est pourquoi les établissements accueillant du public sont progressivement tenus d'installer un défibrillateur cardiaque.

Cet appareil permet d'appliquer un choc électrique sur le thorax d'un patient dont le cœur se contracte de façon irrégulière et inefficace.

L'objectif de cet exercice est de comprendre le fonctionnement d'un défibrillateur au travers d'un modèle simplifié.

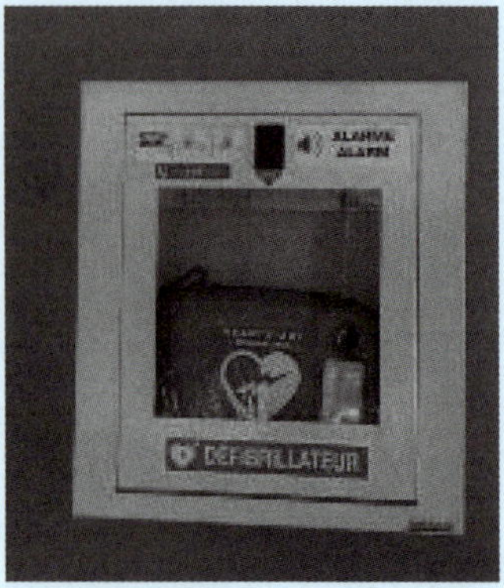

Un défibrillateur installé en lycée

Le circuit électrique d'un défibrillateur cardiaque peut être modélisé de façon simplifiée par le circuit représenté en **figure 1** contenant :

- un circuit de charge constitué de l'association en série d'un générateur de tension E, d'un conducteur ohmique de résistance r et d'un condensateur de capacité C ;
- un circuit de décharge constitué du condensateur chargé et d'un conducteur ohmique de résistance R équivalente à celle du thorax du patient ;
- un interrupteur à deux positions (1 ou 2) qui permet de fermer soit le circuit de charge soit le circuit de décharge.

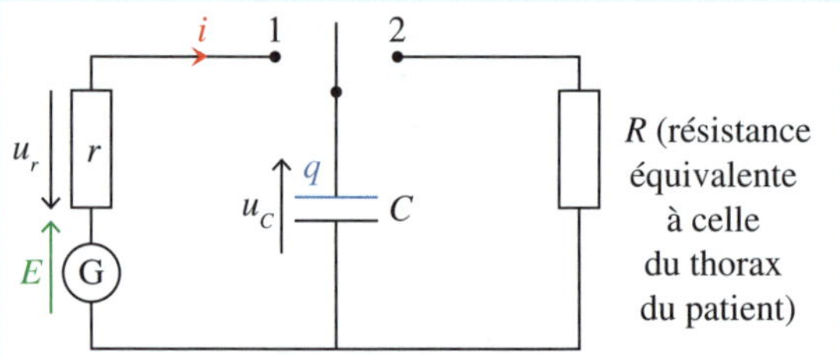

Figure 1. Schéma électrique simplifié d'un défibrillateur cardiaque

On s'intéresse à la charge du condensateur du défibrillateur. À la date $t = 0$ s, l'utilisateur déclenche la charge du condensateur de capacité C considéré comme initialement totalement déchargé.

1. Indiquer dans quelle position est basculé l'interrupteur pour réaliser la charge du condensateur du circuit schématisé **figure 1**.

2. À l'aide de la loi des mailles, montrer que l'équation différentielle régissant l'évolution de la tension $u_C(t)$ aux bornes du condensateur lors de sa charge est :

$$r \times C \times \frac{\mathrm{d}u_C}{\mathrm{d}t} + u_C(t) = E$$

3. Vérifier que la solution de cette équation différentielle est $u_C(t) = E \times \left(1 - e^{-\frac{t}{\tau_{charge}}}\right)$ en précisant l'expression et l'unité de la constante τ_{charge}.

4. Tracer l'allure de la courbe donnant l'évolution temporelle de la tension aux bornes du condensateur lors de sa charge, en précisant les valeurs de $u_C(t)$ à $t = 0$ s et au bout d'un temps très long.

5. Montrer qu'à la date $t_1 = 5 \times \tau_{charge}$, la tension aux bornes du condensateur $u_C(t)$ a atteint 99 % de sa valeur finale.

On s'intéresse maintenant à la décharge du condensateur et on réalise le montage de la **figure 1** avec un conducteur ohmique de résistance $R = 10$ kΩ et un condensateur de capacité $C = 1{,}5$ µF, permettant d'avoir un temps caractéristique proche de celui d'un défibrillateur commercial.
On suit l'évolution de la tension $u_C(t)$ aux bornes du condensateur initialement chargé. La courbe expérimentale obtenue est représentée ci-après :

Évolution de la tension $u_C(t)$ aux bornes du condensateur

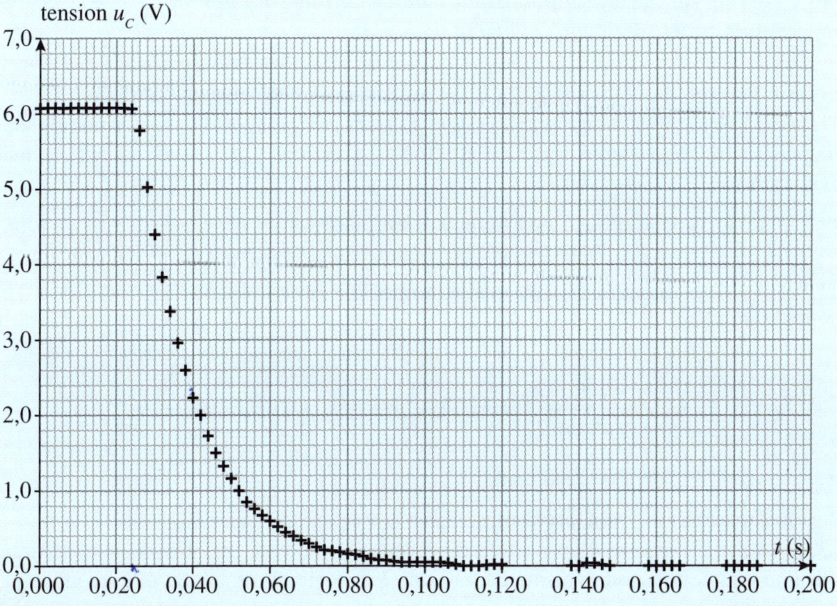

6. Déterminer graphiquement l'instant t_2 où l'interrupteur a été basculé de la position 1 à la position 2.

7. En faisant apparaître clairement la démarche sur la courbe ci-avant, évaluer graphiquement le temps caractéristique de décharge τ_{graph}. Commenter.

Sur la notice d'un défibrillateur commercial, les valeurs suivantes sont annoncées :

– durée totale de charge : moins de 10 secondes ;
– durée de délivrance du choc : moins de 4 secondes ;
– tension appliquée à la victime adulte : environ 2 000 V ;
– valeur de la capacité $C = 170\ \mu F$.

8. Sachant que, dans ces conditions d'utilisation, la résistance électrique offerte par le corps d'un adulte est comprise entre $50\ \Omega$ et $150\ \Omega$, estimer la durée nécessaire pour que la décharge du condensateur du défibrillateur soit considérée comme totale. Commenter.

Corrigé de l'exercice 1

Les textes sur fond jaune apparaissant dans ce corrigé sont des rappels de cours ou des commentaires pour vous guider et vous aider.

Partie A Dosage du colorant E127 dans un révélateur de plaque dentaire

A.1. [1 pt] Les familles fonctionnelles correspondant aux groupes d'atomes entourés sont : groupe **A** : fonction **alcool** ; groupe **B** : fonction **cétone** ; groupe **C** : fonction **acide carboxylique**.

En réalité, lorsque le groupe hydroxyle -OH est placé sur un cycle benzénique, la fonction est un phénol et non un alcool.

A.2. [0,5 pt] On positionne sur un diagramme de prédominance les pK_A des deux couples acide-base de l'érythrosine :

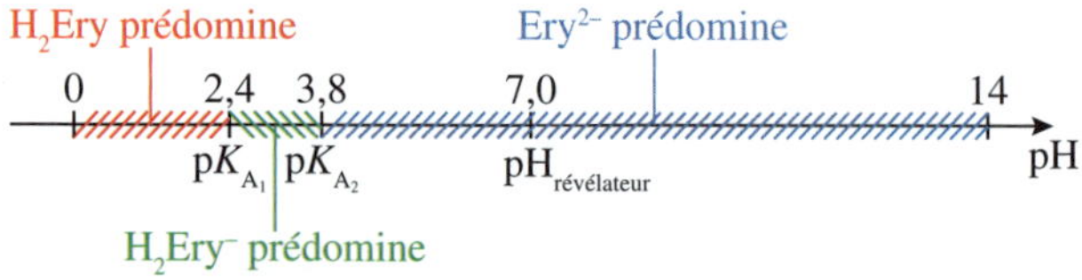

C'est **la forme Ery^{2-} qui prédomine** dans le révélateur à pH = 7,0.

A.3. [0,75 pt] Le spectre d'absorption du révélateur présente une absorbance maximale pour une longueur d'onde voisine de 530 nm. Le cercle chromatique montre ainsi qu'il absorbe principalement les radiations correspondant au vert. **Le révélateur est de la couleur complémentaire du vert, soit le rouge.**

A.4. [0,75 pts] La figure 1 constitue une courbe d'étalonnage. Les points reportés montrent que la courbe $A = f(c)$ est une droite passant par l'origine, ce qui est conforme à la loi de Beer-Lambert. Dans un premier temps, on trace cette droite, puis on cherche l'antécédent de $A = 0{,}484$.

En tenant compte de l'échelle de la figure :

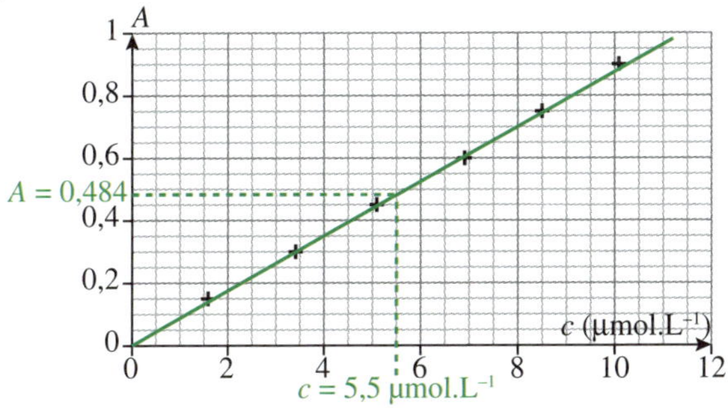

On détermine graphiquement $c = 5{,}5$ **µmol.L^{-1}**. Il s'agit de la concentration en quantité de matière de la solution diluée. Il faut tenir compte du facteur de dilution F pour déterminer la concentration C de la solution mère :

$$C = c \times F = c \times \frac{V_{\text{fille}}}{V_{\text{mère}}} = 5{,}5 \times 10^{-6} \times \frac{2{,}0}{0{,}5 \times 10^{-3}} = \mathbf{2{,}2 \times 10^{-2}\ mol.L^{-1}}$$

On en déduit la valeur de la concentration en masse γ de cette solution :

$$\gamma = C \times M(\mathrm{Na_2Ery}) = 2{,}2 \times 10^{-2} \times 880 = \mathbf{19\ g.L^{-1}} = \mathbf{1{,}9 \times 10^{-2}\ g.mL^{-1}}$$

La masse volumique de cette solution vaut $\rho = 1{,}0$ g.mL^{-1}, d'où la valeur du titre massique t :

$$t = \frac{\gamma}{\rho} = \frac{1{,}9 \times 10^{-2}}{1{,}0} = 1{,}9 \times 10^{-2} = \mathbf{1{,}9\ \%}$$

Cette valeur est cohérente avec l'indication à 2 % du fabricant.

Partie B Synthèse de l'érythrosine à partir de la fluorescéine

B.1. [1 pt] **L'étape n° 1** constitue l'étape de **transformation** de cette synthèse. Lors de **l'étape n° 2**, il est procédé à la **séparation** et à la **purification** de l'érythrosine. **L'étape n° 3** permet l'**identification** de l'espèce chimique synthétisée.

B.2. [0,75 pt] **Le chauffage du mélange réactionnel lors de l'étape n° 1** permet d'augmenter la vitesse de formation de l'érythrosine (la température est un facteur cinétique). Par ailleurs, l'acide iodique et l'éthanol sont susceptibles de jouer le rôle de catalyseur.

B.3. [1,25 pt] On calcule les quantités de matière initiales en réactifs :

$$n_i(\mathrm{H_2Flu}) = \frac{m(\mathrm{H_2Flu})}{M(\mathrm{H_2Flu})} = \frac{5{,}0}{332} = \mathbf{1{,}5 \times 10^{-2}\ mol}$$

$$n_i(\mathrm{I_2}) = \frac{m(\mathrm{I_2})}{M(\mathrm{I_2})} = \frac{9{,}5}{254} = \mathbf{3{,}7 \times 10^{-2}\ mol}$$

On a : $\frac{n_i(\mathrm{I_2})}{4} = 9{,}4 \times 10^{-3}$ mol

On peut donc écrire que : $\frac{n_i(\mathrm{I_2})}{4} < \frac{n_i(\mathrm{H_2Flu})}{1}$, où les dénominateurs correspondent aux coefficients stœchiométriques associés aux réactifs dans l'équation modélisant la synthèse. **Le réactif limitant est donc le diiode.**

On peut noter au passage que l'avancement maximal de la réaction vaut $x_{max} = 9{,}4 \times 10^{-3}$ mol.

B.4. [0,75 pt] Le rendement r de cette synthèse se calcule à partir du quotient :
$r = \dfrac{n_f(H_2Ery)}{n_{max}(H_2Ery)}$, où $n_f(H_2Ery)$ correspond à la quantité de matière de colorant effectivement formée et $n_{max}(H_2Ery)$ la quantité de matière théorique que l'on pourrait obtenir dans le cas d'une transformation totale. D'où :

$$r = \frac{n_f(H_2Ery)}{n_{max}(H_2Ery)} = \frac{m_f(H_2Ery)}{M(H_2Ery) \times x_{max}}$$

Et : $\boldsymbol{m_f(H_2Ery) = r \times M(H_2Ery) \times x_{max}} = 0{,}59 \times 836 \times 9{,}4 \times 10^{-3} = \mathbf{4{,}6\ g}$

B.5 [0,75 pt] Les indications dans la question permettent de calculer la quantité de matière n_{flacon} dans un flacon, soit $\boldsymbol{n_{flacon}} = 2{,}2 \times 10^{-2} \times 10 \times 10^{-3} = \mathbf{2{,}2 \times 10^{-4}\ mol}$.
On en déduit le nombre N de flacons que l'on peut fabriquer :

$$\boldsymbol{N = \frac{n_f(H_2Ery)}{n_{flacon}}} = \frac{0{,}59 \times 9{,}4 \times 10^{-3}}{2{,}2 \times 10^{-4}} = \mathbf{25}$$

On peut aussi calculer *N* en faisant le rapport de masses.

Partie C Suivi cinétique de la décoloration d'une solution de colorant E127 par l'eau de Javel

C.1. [0,75 pt] On note $v_d(Ery^{2-})$ la vitesse volumique de disparition de la forme Ery^{2-} de l'érythrosine.
Par définition, $v_d(Ery^{2-}) = -\dfrac{d[Ery^{2-}]}{dt}$. L'évolution de la valeur absolue du coefficient directeur de la tangente à la courbe $[Ery^{2-}] = f(t)$ permet donc de rendre compte qualitativement de cette vitesse : **elle est maximale à $t = 0$ s, puis elle décroît de façon exponentielle jusqu'à devenir nulle (vers $t = 800$ s).**
Le facteur cinétique mis en jeu est la concentration du réactif Ery^{2-} dans le mélange réactionnel. La fréquence des chocs entre les entités de réactif permettant la réaction de décoloration diminue au cours du temps lorsque la concentration en réactif diminue.
C.2. [1 pt] Le temps de demi-réaction $t_{1/2}$ est la durée au bout de laquelle l'avancement a atteint la moitié de sa valeur finale ou plus simplement ici la concentration du réactif limitant est divisée par 2. On détermine graphiquement : $\boldsymbol{t_{1/2}} = \mathbf{150\ s = 2\ min\ 30\ s}$.

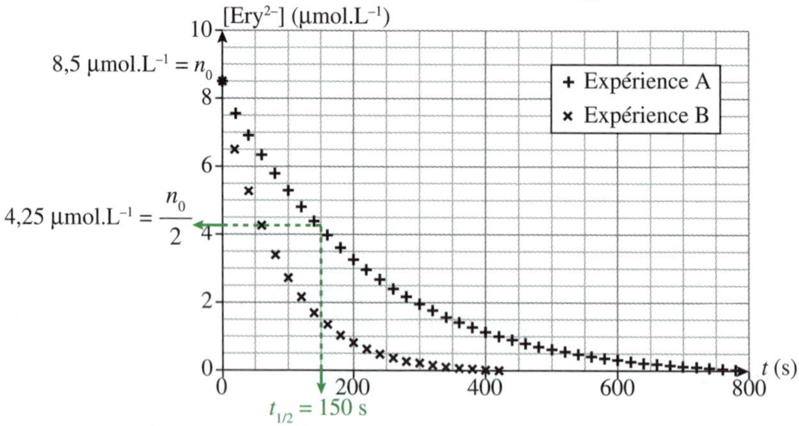

On considère la réaction terminée au bout de « quelques » $t_{1/2}$, soit une dizaine de minutes au moins ce qui est un peu long pour décolorer le filtre. **La transformation chimique mise en jeu ici est lente.**

C.3. [0,5 pt] À partir d'une même concentration initiale en Ery^{2-}, la courbe $[Ery^{2-}] = f(t)$ décroît plus rapidement dans le cas de l'expérience B. Le temps de demi-réaction est moindre dans ces conditions expérimentales. C'est le facteur concentration qui explique cette différence, l'eau de Javel étant plus concentrée dans S_B que dans S_A.

On peut aussi optimiser la décoloration du filtre Büchner par augmentation de la température ou l'utilisation d'un catalyseur.

Corrigé de l'exercice 2

Les deux questions suivantes sont non seulement mal posées : « LA » main (on jongle avec les deux...) et on ne sait pas trop ce qui est attendu, d'autant que le jongleur peut avoir diverses méthodes... On se contentera d'évidences parmi ce qui suit :

1. et **2.** [0,75 pt + 0,5 pt] **Figure 2a :**

a) phase ① : l'altitude augmente puis diminue (de 0 à 0,8 s) ⇒ la balle est lancée, monte et remonte sans doute dans une des mains.

b) phase ② : l'altitude devient négative puis revient à 0 ⇒ la balle descend et remonte, sans doute portée par une main.

c) Le mouvement recommence ensuite à $t = 1{,}1$ s.

Figure 2b :

a) La vitesse verticale décroît selon une fonction affine du temps, donc :

$$a_y = \frac{dv_y}{dt} = \text{constante} = -g$$

⇒ c'est cohérent avec une chute libre.

b) La vitesse est d'abord positive puis négative (phase ②) : l'altitude devient négative ⇒ la balle monte puis descend.

c) Entre deux lancers, la vitesse croît à nouveau (grâce à la main).

3. [0,75 pt] On applique la deuxième loi de Newton au système {balle}, supposé ponctuel et assimilé à son centre de masse C, dans le référentiel terrestre supposé galiléen. Le système étant en chute libre, la seule force extérieure qui s'exerce sur lui est son poids $m\vec{g}$:

$$m\vec{a} = m\vec{g} \Rightarrow \vec{a} = \vec{g} \ (1)$$

On projette (1) sur l'axe Ox :

$$a_x = 0$$

$$\Rightarrow \quad a_x = \frac{dv_x}{dt} = 0 \Rightarrow \boldsymbol{v_x = C_1 = v_x(t=0) = v_{0x}}$$

4. [0,25 pt] On exprime l'énergie mécanique du système à $t = 0$ s :

$$E_{m0} = E_{c0} + E_{pp0} = \frac{1}{2} \times m \times v_0^2 + m \times g \times z_0$$

Or, à $t = 0$ s, $z = z_0 = 0$ m.

$$E_{m0} = E_{c0} = \frac{1}{2} \times m \times v_0^2$$

On exprime la valeur de la vitesse initiale v_0 en fonction de ses composantes v_{0x} et v_{0y} :

$$\boldsymbol{E_{m0} = \frac{1}{2} \times m \times \left(v_{0x}^2 + v_{0y}^2\right)}$$

5. [0,5 pt] On note F le point correspondant au sommet de la parabole. Soit $E_{m,F}$ l'énergie mécanique du système en ce point :

$$E_{m,F} = E_{c,F} + E_{pp,F} = \frac{1}{2} \times m \times \left(v_{x,F}^2 + v_{y,F}^2\right) + m \times g \times H$$

La composante verticale de la vitesse est nulle au point F et $v_{x,F} = v_{0x}$ (cf. question **3.**) :

$$E_{m,F} = \frac{1}{2} \times m \times v_{x,F}^2 + m \times g \times H = \frac{1}{2} \times m \times v_{0x}^2 + m \times g \times H$$

Le système étant en chute libre, son énergie mécanique se conserve :

$$E_{m0} = E_{m,F}$$

$$\Rightarrow \quad \frac{1}{2} \times m \times \left(v_{0x}^2 + v_{0y}^2\right) = \frac{1}{2} \times m \times v_{0x}^2 + m \times g \times H$$

$$\Rightarrow \quad \frac{1}{2} \times m \times \left(v_{0x}^2 + v_{0y}^2 - v_{0x}^2\right) = m \times g \times H$$

$$\Rightarrow \quad \boldsymbol{H = \frac{v_{0y}^2}{2g}}$$

6. [0,5 pt] Par détermination graphique sur la figure 2b, on a : $v_{0y} = 4,00 \text{ m.s}^{-1}$

D'où $\boldsymbol{H = \frac{4,00^2}{2 \times 9,81} = 0,815 \text{ m}}$

La figure 2a indique une altitude maximale environ égale à 0,82 m. La valeur calculée est donc cohérente.

> Les 3 chiffres significatifs des ordonnées de la courbe sont illusoires vu le tracé et les graduations. En réalité, il faudrait écrire $H = 0,82$ m.

7. [0,25 pt] On projette (1) sur Oy : $a_y = -g$.

Or, $a_y = \frac{dv_y}{dt}$. En intégrant l'égalité ci-dessus, il vient :

$$v_y(t) = -g \times t + C_2$$

$$v_y(t=0) = -g \times 0 + C_2 = v_{0y} \Rightarrow C_2 = v_{0y}$$

D'où l'expression littérale de la coordonnée $v_y(t)$:

$$\boldsymbol{v_y(t) = -g \times t + v_{0y}}$$

8. [0,5 pt] L'expression établie à la question précédente montre que le coefficient directeur A de la droite $v_y = f(t)$ lors de la phase ① est égal à l'opposé de la valeur de l'intensité de la pesanteur. On considère les points de coordonnées (0 ; 4,00) et (0,4 ; 0,00) pour déterminer sa valeur :

$$\boldsymbol{g = -A} = -\frac{0,00 - 4,00}{0,4 - 0} = \boldsymbol{10 \text{ m.s}^{-2}}$$

Aux incertitudes près, on retrouve bien la valeur indiquée dans l'énoncé de 9,81 m.s^{-2}.

9. [0,25 pt] On détermine l'équation horaire $y(t)$ en intégrant celle de $v_y(t)$:

$$y(t) = -\frac{1}{2} \times g \times t^2 + v_{0y} \times t + C_3$$

$y(t = 0) = 0 \text{ m} \Rightarrow C_3 = 0$. On a donc :

$$\boldsymbol{y(t) = -\frac{1}{2} \times g \times t^2 + v_{0y} \times t}$$

10. [0,25 pt] Au bout d'un temps $t = t_{air}$, la balle est revenue au niveau initial, d'où :

$$y(t_{air}) = 0 \Rightarrow -\frac{1}{2} \times g \times t_{air}^2 + v_{0y} \times t_{air} = 0$$

$\Rightarrow \quad t_{air} \times \left(-\frac{1}{2} \times g \times t_{air} + v_{0y} \right) = 0 \quad t_{air}$ correspond au départ de la balle, il reste :

$\Rightarrow \quad -\frac{1}{2} \times g \times t_{air} + v_{0y} = 0$

$\Rightarrow \quad t_{air} = \frac{2v_{0y}}{g}$

Or, il a été démontré à la question **5.** que $H = \frac{v_{0y}^2}{2g} \Rightarrow v_{0y} = \sqrt{2 \times g \times H}$

D'où : $\boldsymbol{t_{air}} = \frac{2}{g} \times \sqrt{2 \times g \times H} = \sqrt{\frac{4}{g^2}} \times \sqrt{2 \times g \times H} = \sqrt{\frac{4 \times 2 \times g \times H}{g^2}} = \boldsymbol{\sqrt{\frac{8H}{g}}}$

11. [0,75 pt] $\boldsymbol{t_{air}} = \sqrt{\frac{8 \times 0{,}82}{9{,}81}} = \mathbf{0{,}82 \ s}$

Cette valeur calculée est en accord avec la valeur que l'on peut lire sur la figure 2a, qui est légèrement inférieure à 0,8 s.

Corrigé de l'exercice 3

Partie A Chauffage du fer

A.1. [0,75 pt] On a : $\boldsymbol{m_{fer}} = \boldsymbol{\rho_{fer}} \times \boldsymbol{V_{fer}} = 7{,}87 \times 104 = \mathbf{818 \ g}$

A.2. [0,5 pt] La variation d'énergie interne ΔU est telle que :

$$\boldsymbol{\Delta U} = \boldsymbol{m_{fer}} \times \boldsymbol{c_{fer}} \times (\boldsymbol{\theta_{ext}} - \boldsymbol{\theta_0}) = 8{,}18 \times 10^{-1} \times 440 \times (900 - 15) = \mathbf{3{,}19 \times 10^5 \ J}$$

> Dans les calculs mettant en jeu des différences de température, on peut conserver les valeurs en °C.

A.3. [0,25 pt] $\Delta U > 0$: l'énergie interne du système a augmenté. L'élévation de température provoque une augmentation de la vitesse moyenne d'agitation des atomes dans le fer à cheval, ce qui correspond à une énergie cinétique microscopique plus élevée.

Partie B Refroidissement du fer à l'air libre

B.1. [1,5 pt] On applique le premier principe de la thermodynamique au système que l'on considère au repos d'un point de vue macroscopique :

$$\Delta U = W + Q$$

On suppose ici que la variation d'énergie interne est uniquement due aux transferts thermiques, le travail est nul :

$\Rightarrow \quad \Delta U = Q = m_{fer} \times c_{fer} \times (\theta(t + \Delta t) - \theta(t)) = m_{fer} \times c_{fer} \times \Delta\theta$

Or : $\quad \varphi = \frac{Q}{\Delta t} = h_{air} \times S \times (\theta_{ext} - \theta(t))$

D'où : $\varphi = m_{fer} \times c_{fer} \times \dfrac{\Delta\theta}{\Delta t} = h_{air} \times S\left(\theta_{ext} - \theta(t)\right)$

$$\Rightarrow \quad \frac{\Delta\theta}{\Delta t} + \frac{h_{air} \times S}{m_{fer} \times c_{fer}} \times \theta = \frac{h_{air} \times S}{m_{fer} \times c_{fer}} \times \theta_{ext}$$

Soit : $\boldsymbol{\dfrac{\Delta\theta}{\Delta t} + \dfrac{\theta}{\tau} = \dfrac{\theta_{ext}}{\tau}}$

On suppose ici que $\dfrac{\Delta\theta}{\Delta t} \approx \lim\limits_{\Delta t \to 0}\left(\dfrac{\Delta\theta}{\Delta t}\right) = \dfrac{d\theta}{dt}$. D'où l'équation différentielle :

$$\boldsymbol{\frac{d\theta}{dt} + \frac{\theta}{\tau} = \frac{\theta_{ext}}{\tau}}$$

B.2. [0,5 pt]

Méthode 1

On remplace la solution proposée dans l'équation différentielle :

$$\frac{d}{dt}\left[\left(\theta_0 - \theta_{ext}\right)e^{-\frac{t}{\tau}} + \theta_{ext}\right] + \frac{1}{\tau}\left[\left(\theta_0 - \theta_{ext}\right)e^{-\frac{t}{\tau}} + \theta_{ext}\right] = \frac{\theta_{ext}}{\tau}$$

$$-\frac{1}{\tau}\left[\left(\theta_0 - \theta_{ext}\right)e^{-\frac{t}{\tau}}\right] + \frac{1}{\tau}\left(\theta_0 - \theta_{ext}\right)e^{-\frac{t}{\tau}} + \frac{1}{\tau}\theta_{ext} = \frac{\theta_{ext}}{\tau}$$

Soit : $\dfrac{1}{\tau}\theta_{ext} = \dfrac{1}{\tau}\theta_{ext}$! CQFD.

Méthode 2

On résout l'équation différentielle :

a) Solution de l'équation homogène : $\dfrac{d\theta}{dt} + \dfrac{1}{\tau}\theta = 0 \Rightarrow \theta_H = \alpha e^{-\frac{t}{\tau}}$

b) Solution particulière, on cherche une constante : $0 + \dfrac{1}{\tau}\theta_{SP} = \dfrac{\theta_{ext}}{\tau} \Rightarrow \theta_{SP} = \theta_{ext}$

c) Solution générale de l'équation : $\theta = \theta_{SP} + \theta_H = \theta_{ext} + \alpha e^{-\frac{t}{\tau}}$

d) On détermine α à l'aide des conditions initiales :

$$\theta(t = 0) = \theta_0 = \theta_{ext} + \alpha \Rightarrow \alpha = \theta_0 - \theta_{ext}$$

D'où : $\boldsymbol{\theta = \left(\theta_0 - \theta_{ext}\right)e^{-\frac{t}{\tau}} + \theta_{ext}}$

Seule la seconde méthode assure que la solution proposée est LA solution du problème, la première permet seulement de conclure que c'est une solution possible…

B.3. [0,75 pt] La pose s'effectue à $t = 2$ min $= 120$ s :

$$\boldsymbol{\theta(120)} = (900 - 15) \times e^{-\frac{120}{880}} + 15 = \mathbf{787\ °C}$$

La température du fer à cheval est encore très élevée au moment de la pose, comme indiqué dans l'énoncé.

Partie C Refroidissement dans l'eau avant la pose

C.1. [0,5 pt] En raisonnant comme précédemment, on montre que l'évolution de la température du système dans l'eau est décrite par la fonction $\theta'(t)$ telle que :

$\theta'(t) = \left(\theta'_0 - \theta'_{ext}\right) \times e^{-\frac{t}{\tau'}} + \theta'_{ext}$ avec $\theta'_0 = 600$ °C, $\theta'_{ext} = 15$ °C et $\tau' = \dfrac{m_{fer} \times c_{fer}}{h_{eau} \times S}$

On calcule τ' :

$$\tau' = \frac{8{,}18 \times 10^{-1} \times 440}{360 \times 293 \times 10^{-4}} = 34{,}1 \text{ s}$$

On note t_f la durée au bout de laquelle le système atteint la température $\theta'_f = 40$ °C.
On a ainsi :

$$\left(\theta'_0 - \theta'_{ext}\right) \times e^{-\frac{t_f}{\tau'}} + \theta'_{ext} = \theta'_f$$

$$\Rightarrow \quad e^{-\frac{t_f}{\tau'}} = \frac{\theta'_f - \theta'_{ext}}{\theta'_0 - \theta'_{ext}}$$

$$\Rightarrow \quad -\frac{t_f}{\tau'} = \ln\left(\frac{\theta'_f - \theta'_{ext}}{\theta'_0 - \theta'_{ext}}\right)$$

$$\Rightarrow \quad \boldsymbol{t_f = \tau' \times \ln\left(\frac{\theta'_0 - \theta'_{ext}}{\theta'_f - \theta'_{ext}}\right)} = 34{,}1 \times \ln\left(\frac{600 - 15}{40 - 15}\right) = \mathbf{108\ s}$$

C.2. [0,25 pt] L'écart constaté est important. La loi de Newton ne suffit pas à modéliser correctement cette situation : elle ne tient compte que d'échanges convectifs. Il faudrait également prendre en considération les échanges par rayonnement, par conduction et le fait que l'eau s'évapore pendant le contact avec le fer.

Cette question est difficile pour un candidat dont on n'attend pas une telle maîtrise de ce type de problème sans aide.

Corrigé de l'exercice 4

1. [0,5 pt] Pour fermer le circuit permettant la charge du condensateur, l'interrupteur est basculé en position 1.

2. [1 pt] On applique la loi des mailles dans le circuit ainsi réalisé :

$$E - u_r(t) - u_C(t) = 0 \Rightarrow u_r(t) + u_C(t) = E$$

La loi d'Ohm permet d'écrire que :

$$u_r(t) = r \times i(t) \quad \text{avec } i(t) = \frac{dq(t)}{dt} \text{ et } u_C(t) = \frac{q(t)}{C}$$

Soit : $u_r(t) = r \times \dfrac{dq(t)}{dt} = r \times \dfrac{d}{dt}\left(C \times u_C(t)\right) = r \times C \times \dfrac{du_C(t)}{dt}$

On en déduit l'équation différentielle régissant l'évolution de la tension aux bornes du condensateur dans le circuit ainsi constitué :

$$\boldsymbol{r \times C \times \frac{du_C(t)}{dt} + u_C(t) = E}$$

3. [0,5 pt] On procède comme dans l'exercice précédent (voir détail p. 28).

Méthode 1

On remplace la solution proposée dans l'équation différentielle :

$$rC\frac{d}{dt}\left[E\left(1 - e^{-\frac{t}{\tau}}\right)\right] + E\left(1 - e^{-\frac{t}{\tau}}\right) = E$$

$$\frac{rC}{\tau}Ee^{-\frac{t}{\tau}} + E - Ee^{-\frac{t}{\tau}} = E$$

Ce qui est vérifié si $\tau = rC$.

Méthode 2

On résout l'équation différentielle (voir détail p. 28) : on pose $\tau = rC$ une constante homogène à un temps, puis :

a) $u_{CH} = \alpha e^{-\frac{t}{\tau}}$

b) $u_{CSP} = E$

c) $u_C = u_{CSP} + u_{CH} = E + \alpha e^{-\frac{t}{\tau}}$

d) $\alpha = -E$

D'où : $\boldsymbol{u_C = E\left(1 - e^{-\frac{t}{\tau}}\right)}$ **avec** $\boldsymbol{\tau = rC}$

Pour qu'il y ait homogénéité, il faut que $1 - e^{-\frac{t}{r \times C}}$ soit sans dimension, et donc que le **produit** $\boldsymbol{r \times C}$ **soit en s.**

4. [0,75 pt] À $t = 0$ s, $u_C(0) = E \times \left(1 - e^0\right)$

$= E \times (1 - 1) = 0$ V

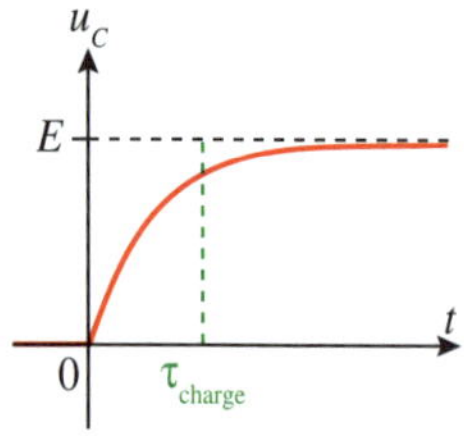

Au bout d'un temps très long, noté t_∞,

$u_C\left(t_\infty\right) = E \times (1 - 0) = E$.

5. [0,25 pt] À la date t_1, la tension aux bornes du condensateur vaut :

$$u_C\left(t_1\right) = E \times \left(1 - e^{-\frac{5\tau}{\tau}}\right) = E \times \left(1 - e^{-5}\right) \Rightarrow \frac{\boldsymbol{u_C\left(t_1\right)}}{\boldsymbol{E}} = \boldsymbol{1 - e^{-5} = 0{,}99 = 99\ \%}$$

À cette date, la tension aux bornes du condensateur a bien atteint 99 % de sa valeur finale.

6. [0,5 pt] À la date t_2, la décharge du condensateur débute.

On détermine graphiquement : $\boldsymbol{t_2 = 0{,}024}$ **s.**

7. [0,5 pt] Le temps caractéristique de décharge correspond à la durée entre l'instant initial de la décharge (bascule de l'interrupteur) et celui où la tension atteint 37 % de sa valeur initiale. Cet instant est aussi celui de l'abscisse de l'intersection de la tangente à l'origine (instant initial de la décharge) et de l'asymptote (ici, axe des temps).

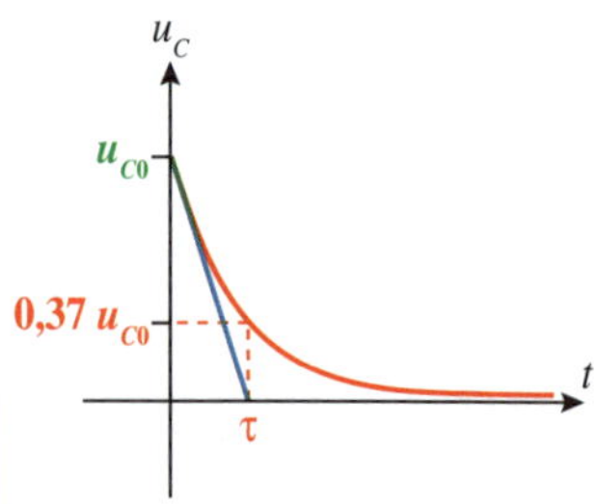

On choisira l'une ou l'autre méthode, celle de la tangente étant souvent plus imprécise.

Sur le graphique proposé, cela correspond à l'intervalle entre $t_2 = 0{,}024$ s et $t_3 = 0{,}040$ s.

D'où : $\boldsymbol{\tau_{graph} = t_3 - t_2 = 0{,}016}$ **s**

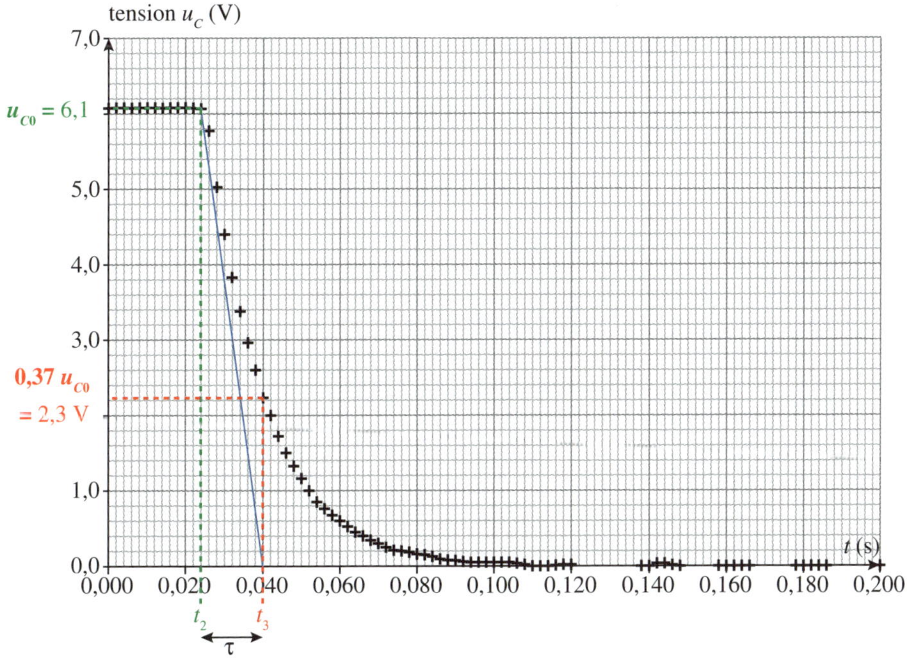

8. [0,5 pt] On se place dans la situation où la constante de temps a la valeur la plus élevée, soit une résistance électrique du corps valant 150 Ω. La décharge est considérée comme totale au bout de 5τ, soit :

$$\boldsymbol{t} = \mathbf{5} \times \boldsymbol{\tau} = 5 \times R \times C = 5 \times 150 \times 170 \times 10^{-6} = \mathbf{0{,}128\ s}$$

On est bien en-dessous de la valeur annoncée, qui est de 4 secondes, l'écart constaté est important : la modélisation de la situation par un circuit *RC* série éprouve ici ses limites.

Un tel écart de valeur peut amener le candidat à douter de son calcul. D'autant qu'ici, aucune information ne permet de trouver de causes, à part se demander si le défibrillateur est bien un circuit *RC*…
On note aussi que les valeurs *R* et *C* du modèle et du supposé circuit sont très différentes, même si elles conduisent au même τ. Bref, on a beaucoup de confusion entre le modèle de l'expérience [R = 10 kΩ, C = 1,5 μF, τ = 16 ms], le supposé contenu du défibrillateur [R = 50 kΩ-150 kΩ, C = 170 μF, τ = 15 ms] et le vrai défibrillateur [R = ? C = ? τ < 0,4 s (10 τ ≈ 4 s)].

SUJET 2 BAC 2022
France métropolitaine

Le candidat traite 3 exercices :
l'exercice 1 puis il choisit 2 exercices parmi les 3 proposés.

Exercice 1 — 1 h 40 min — 10 points

Observation de la planète Mars

Thèmes : *lunette afocale, 2e loi de Newton et 3e loi de Kepler.*

La planète Mars est une planète du système solaire au cœur de multiples projets scientifiques internationaux destinés à mieux connaître son sol et son histoire.

Les objectifs de l'exercice sont de déterminer quelques caractéristiques de la planète Mars à partir :
- de la mesure de l'angle sous lequel elle est vue par un observateur terrestre ;
- de l'observation de Phobos, l'un de ses satellites naturels.

Données :

• angle θ, exprimé en radian, sous lequel la planète Mars est vue par un observateur terrestre :

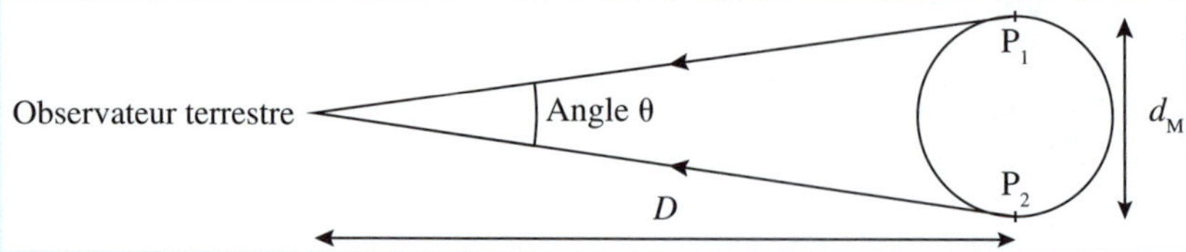

• on se place dans le cadre de l'approximation des petits angles ($\theta \ll 1$ rad) :
- $\tan(\theta) \approx \theta$ avec θ en rad
- la distance Terre-Mars, notée D, étant suffisamment grande devant le diamètre de Mars, noté d_M, l'angle θ (en rad) a pour expression :

$$\theta \approx \frac{d_M}{D}$$

- pouvoir séparateur de l'œil humain : il correspond à l'angle minimal, noté ε, au-dessus duquel l'œil humain peut différencier deux points. Il a pour valeur $\varepsilon = 2{,}9 \times 10^{-4}$ rad
- constante de gravitation universelle : $G = 6{,}67 \times 10^{-11}$ $m^3.kg^{-1}.s^{-2}$
- diamètre moyen de référence de la planète Mars : $d_{Ref} = 6{,}78 \times 10^3$ km
- rayon de l'orbite, supposée circulaire, de Mars autour du Soleil $r_{SM} = 2{,}28 \times 10^8$ km
- masse de la Terre : $M_T = 5{,}97 \times 10^{24}$ kg

Partie A Observation de Mars avec une lunette astronomique

On peut observer la planète Mars avec une lunette astronomique afocale composée de deux lentilles minces convergentes L_1 et L_2 de distances focales respectives $f_1' = 900$ mm et $f_2' = 20$ mm. Le schéma à compléter ci-dessous représente des rayons lumineux provenant des deux points de Mars P_1 et P_2.

Ces deux points sont :

– situés à la surface de Mars ;
– supposés à l'infini ;
– diamétralement opposés ;
– écartés d'un angle θ correspondant à l'angle sous lequel la planète Mars est vue par un observateur terrestre ;
– observés depuis la surface de la Terre.

Observation de la planète Mars : schéma à compléter

La lunette astronomique peut-être modélisée par le schéma ci-dessous qui n'est pas à l'échelle.

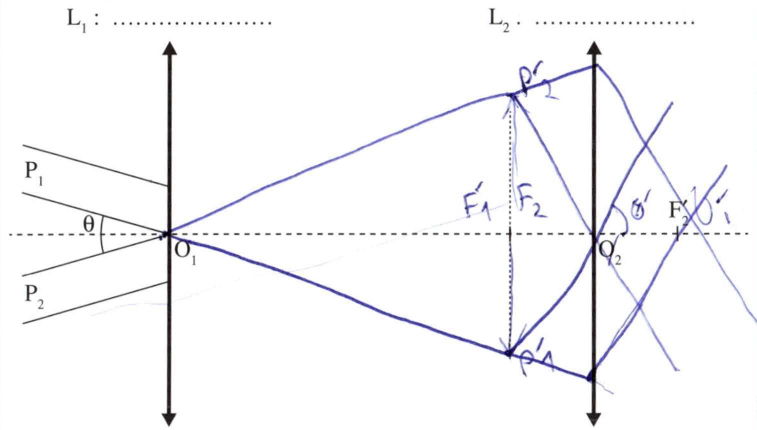

A.1. Indiquer sur le schéma de la page précédente, au-dessus de la lentille correspondante, la lentille qui joue le rôle d'objectif et celle qui joue le rôle d'oculaire.

A.2. Citer la propriété caractéristique d'une lunette astronomique dite « afocale ». Donner la position du foyer objet F_2 de la lentille L_2 par rapport à celle du foyer image F_1' de la lentille L_1 de cette lunette. Placer ces deux points sur le schéma.

A.3. Tracer sur le schéma la marche des rayons lumineux issus des points P_1 et P_2 de Mars :

– à travers la lentille L_1 en faisant apparaître les images intermédiaires P_1' et P_2', des points P_1 et P_2 ;

– puis à travers la lentille L_2 en faisant apparaître l'angle θ' sous lequel la planète Mars est vue en sortie de la lunette.

On admet que le grossissement de la lunette astronomique afocale s'exprime par la relation :

$$G_{\text{lunette}} = \frac{f_1'}{f_2'}$$

A.4. Calculer la valeur du grossissement G_{lunette} de la lunette utilisée.

En janvier 2021, l'angle sous lequel la planète Mars est vue par un observateur terrestre à l'œil nu était de $\theta = 4{,}9 \times 10^{-5}$ rad. Cet observateur voit alors un point lumineux.

A.5. Justifier cette observation.

A.6. Indiquer ce qu'il observe en utilisant la lunette astronomique précédente. Justifier par un calcul.

Partie B Détermination du diamètre de Mars

À l'aide des mesures effectuées en début de chaque mois avec la lunette astronomique, on détermine l'angle θ sous lequel est vue la planète Mars à partir de janvier 2018.

Lorsque Mars n'est pas visible, on utilise des données simulées.

Les valeurs de l'angle θ sont représentées en fonction du temps t sur la **figure 1** ci-après. La date $t = 0$ correspond au 1er janvier 2018.

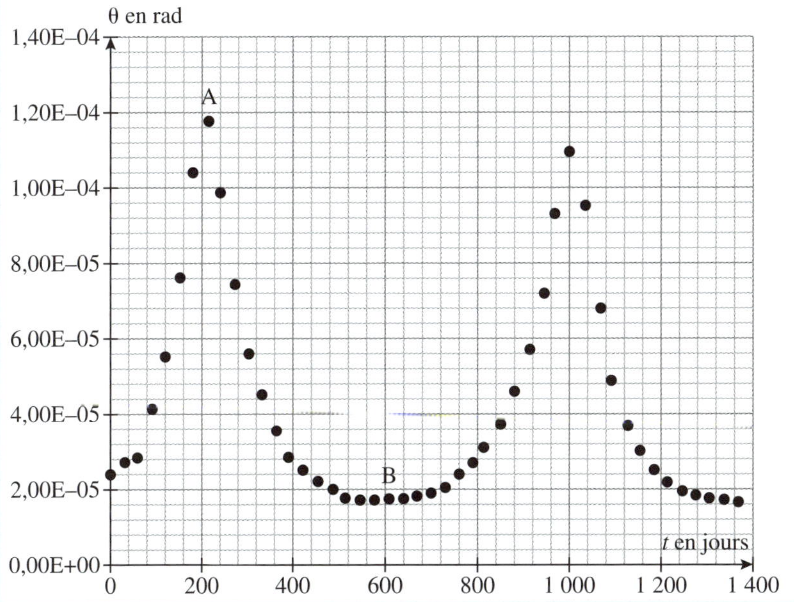

Figure 1. Évolution de l'angle θ sous lequel la planète Mars est vue par un observateur terrestre en fonction du temps *t*

Le schéma présenté en **figure 2** montre les deux positions extrêmes de Mars par rapport à la Terre ainsi que les angles θ_1 et θ_2 sous lesquels la planète Mars est vue par un observateur terrestre pour ces deux positions.

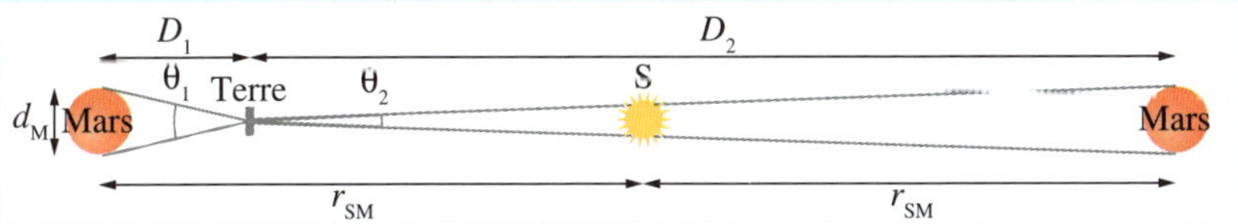

Figure 2. Schéma des positions relatives de Mars par rapport à la Terre (échelle non respectée)

B.1. Associer, en expliquant votre démarche, les angles θ_1 et θ_2 sous lesquels la planète Mars est vue par un observateur terrestre aux points A et B de la **figure 1**. En déduire les valeurs de θ_1 et de θ_2.

B.2. En utilisant la **figure 2**, montrer que l'expression du diamètre d_M de la planète Mars s'exprime de la façon suivante :

$$d_M = \frac{2r_{SM}}{\left(\frac{1}{\theta_1} + \frac{1}{\theta_2}\right)}$$

B.3. Calculer la valeur du diamètre d_M de la planète Mars. Commenter.

Partie C Détermination de la masse de Mars

La planète Mars, que l'on peut assimiler à une sphère de diamètre d_M, possède une masse M_M environ dix fois moins grande que celle de la Terre. La masse M_M de Mars peut être déterminée par l'observation de Phobos, l'un des satellites naturels de la planète et par l'utilisation des lois de Newton.

Ce satellite :

– a une période de révolution T de 7 h 39 min autour de Mars ;

– possède une trajectoire quasi-circulaire autour de Mars de rayon $r_{MP} = 9{,}38 \times 10^3$ km ;

– n'est soumis qu'à la seule force de gravitation de Mars.

C.1. En utilisant une loi de Newton, établir que l'expression de la vitesse de Phobos sur son orbite circulaire autour de Mars est :

$$v = \sqrt{\frac{G \times M_M}{r_{MP}}}$$

C.2. Déterminer la valeur de la masse M_M de Mars. Commenter.

Le candidat est invité à prendre des initiatives et à présenter la démarche suivie, même si elle n'a pas abouti. La démarche est évaluée et nécessite d'être correctement présentée.

Le candidat traite deux exercices au choix parmi les 3 suivants.

Exercice 2 — 50 min — 5 points

L'arôme de vanille

Thèmes : *chromatographie, titrage acide-base.*

La vanilline (**figure 1** ci-après) et l'éthylvanilline (**figure 2** ci-après) sont responsables des arômes « vanille » utilisés dans les produits alimentaires. La vanilline peut être extraite des gousses de vanille mais elle est très majoritairement synthétisée pour diminuer son coût. L'éthylvanilline est quant à elle exclusivement issue de la synthèse.

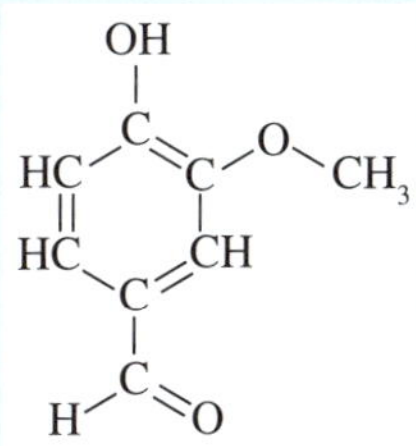

Figure 1. Formule semi-développée de la vanilline

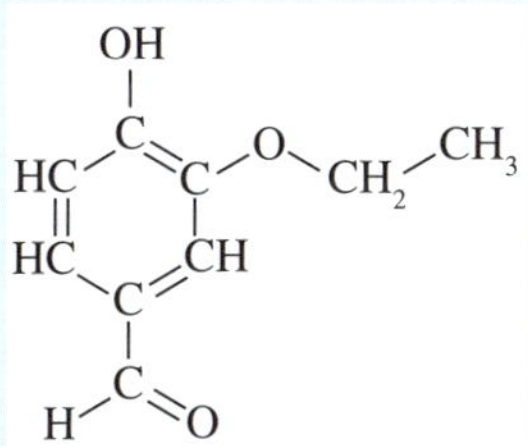

Figure 2. Formule semi-développée de l'éthylvanilline

L'objectif de cet exercice est d'étudier la vanilline et de contrôler sa teneur dans un extrait de vanille.

Données :

- pK_A du couple vanilline/ion vanillinate noté AH/A^- à 25 °C : $pK_A = 7,4$
- masse molaire moléculaire de la vanilline : $M = 152\ g.mol^{-1}$
- propriétés des espèces chimiques :

	Solution aqueuse de chlorure de sodium	Acétate d'éthyle
Densité	Supérieure à 1	0,897
Miscible avec l'eau	Oui	Non
Solubilité de la vanilline	Très peu soluble	Très soluble

Partie A Étude de produits commerciaux « vanillés »

On souhaite étudier trois produits du commerce « vanillés » :

– produit 1 : produit commercial, liquide, obtenu par macération de gousses de vanille dans un mélange eau/éthanol ;
– produit 2 : sucre vanillé ;
– produit 3 : sucre vanilliné.

A.1. Indiquer si les molécules de vanilline et d'éthylvanilline sont des isomères de constitution. Justifier.

A.2. Représenter la formule topologique de la molécule de vanilline.

A.3. Sur la molécule représentée à la question **A.2.**, entourer deux groupes caractéristiques présents et nommer pour chacun d'eux la famille fonctionnelle associée.

On extrait la vanilline potentiellement présente du produit 2 puis du produit 3 selon le protocole ci-dessous :

– introduire, dans un erlenmeyer, 30 mL d'eau distillée et 1,0 g de produit « vanillé » ;

– introduire la solution aqueuse dans une ampoule à décanter et y ajouter 10 mL d'acétate d'éthyle, ainsi qu'une spatule de chlorure de sodium ;
– agiter l'ensemble et dégazer régulièrement ;
– laisser décanter le mélange puis récupérer la phase organique.

A.4. Schématiser l'ampoule à décanter après agitation dans le cas du produit 2 en précisant la position relative des phases et en indiquant celle qui contient la vanilline. Justifier.

Pour vérifier la présence ou non de vanilline dans les trois produits du commerce, on réalise une chromatographie sur couche mince.

Après révélation sous lampe UV, on obtient le chromatogramme donné sur la **figure 3**.

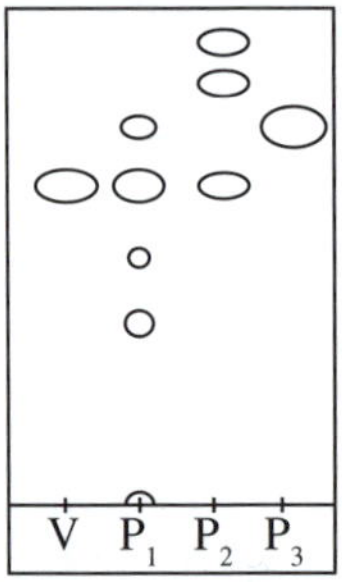

Éluant : mélange cyclohexane/acétate d'éthyle
Dépôt V : vanilline commerciale (référence)
Dépôt P1 : produit 1
Dépôt P2 : produit 2
Dépôt P3 : produit 3
(P1, P2, P3) solubilisés dans l'éluant

Figure 3. Chromatogramme obtenu expérimentalement

A.5. Identifier, en justifiant, les produits du commerce contenant de la vanilline.

Partie B Titrage de la vanilline contenue dans le produit 1

On s'intéresse dans cette partie au produit commercial obtenu par macération de gousses de vanille. La législation impose, pour obtenir l'appellation « extrait de vanille », une masse minimale de 2 g de vanilline par kilogramme d'extrait. Dans certains produits commercialisés, cette masse peut atteindre plusieurs dizaines de grammes.

Pour vérifier si le produit 1 répond à cette condition, on se propose de déterminer la masse de vanilline contenue dans un échantillon du produit commercial par un titrage suivi par pH-métrie.

On introduit 0,31 g de produit 1 dans une fiole jaugée de 100,0 mL que l'on complète jusqu'au trait de jauge avec une solution aqueuse d'hydroxyde de sodium. On note S la solution obtenue. On réalise le titrage d'une prise d'essai de 50,0 mL de solution S par une solution aqueuse d'acide chlorhydrique de concentration égale à $C_{titrant} = 4,1 \times 10^{-3}$ mol.L^{-1}. La courbe du titrage est donnée sur la **figure 4**.

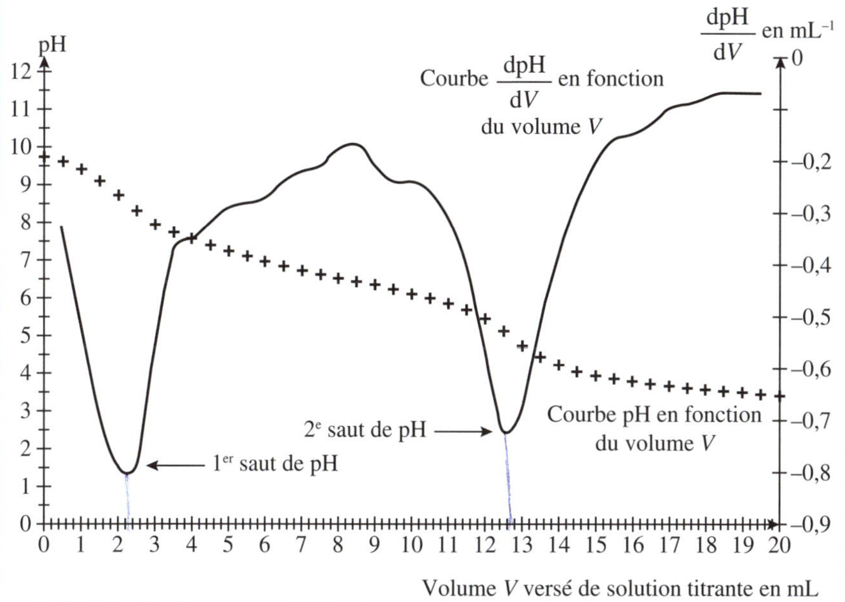

Figure 4. Courbe du titrage par suivi pH-métrique

B.1. Justifier que la vanilline se trouve sous forme d'ion vanillinate, noté A^-, au début du titrage.

La courbe de la **figure 4** est composée de deux sauts de pH :

– un premier saut qui correspond au titrage des ions hydroxyde présents en excès ;

– un deuxième saut qui correspond au titrage de l'ion vanillinate.

On admet que le volume d'acide chlorhydrique nécessaire pour titrer l'ion vanillinate est égal à la différence des deux volumes entre les deux équivalences observées.

B.2. Écrire l'équation de la réaction support du titrage entre l'ion vanillinate et l'acide chlorhydrique.

B.3. Vérifier si l'appellation « extrait de vanille » peut être attribuée à l'extrait étudié.

Le candidat est invité à prendre des initiatives et à présenter la démarche suivie même si elle n'a pas abouti. La démarche suivie est évaluée et nécessite donc d'être correctement présentée.

Exercice 3 50 min 5 points

Encre et effaceur

Thèmes : *spectrophotométrie, oxydoréduction.*

Les effaceurs d'encre sont apparus en Allemagne dans les années 1970. Ils permettent de faire disparaître les traits de couleur bleue des stylos plume.
Le colorant principal de l'encre bleue est le bleu d'aniline, solide ionique de formule $C_{32}H_{25}N_3O_9S_3Na_2$. L'encre ne contient que 3 à 5 % en masse de ce colorant, le reste étant de l'eau, de l'alcool et d'autres additifs.

D'après le site : https://tice.ac-montpellier.fr/ABCDORGA/Famille/ENCRES.htm

Le but de cet exercice est d'étudier la composition d'une encre de stylos plume avant de déterminer le nombre de cartouches qui peuvent être effacées avec un effaceur.

Données :

- volume d'encre contenu dans une cartouche : $V_{\text{cartouche}} = 0{,}60$ mL
- masse volumique de l'encre : $\rho_{\text{encre}} = 1{,}1$ g.mL^{-1}
- masse molaire du bleu d'aniline : $M_{\text{bleu}} = 737{,}7$ g.mol^{-1}
- expression de l'absorbance A d'une solution de concentration C (loi de Beer-Lambert) : $A = \varepsilon \times \ell \times C$

avec ε le coefficient d'absorption molaire de l'espèce absorbante et ℓ l'épaisseur de la solution traversée ;

- coefficient d'absorption molaire du bleu d'aniline à $\lambda = 580$ nm : $\varepsilon = 5{,}00 \times 10^4$ L.mol^{-1}.cm^{-1}
- largeur de la cuve (épaisseur de la solution traversée) du spectrophotomètre utilisé : $\ell = 1{,}0$ cm
- cercle chromatique :

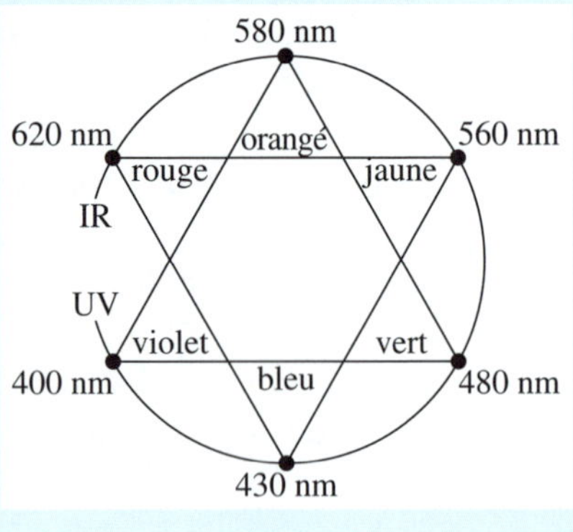

- pK_A à 25 °C des couples acide/base :
- $(SO_2, H_2O)_{aq}$ / $HSO^-_{3(aq)}$: $pK_{A_1} = 1,8$
- $HSO^-_{3(aq)}$ / $SO^{2-}_{3(aq)}$: $pK_{A_2} = 7,0$
- couples oxydant/réducteur :
- ion sulfate/ion sulfite : $SO^{2-}_{4(aq)}$ / $SO^{2-}_{3(aq)}$
- diiode/ion iodure : $I_{2(aq)}$ / $I^-_{(aq)}$
- demi-équation électronique en milieu basique du couple $SO^{2-}_{4(aq)}$ / $SO^{2-}_{3(aq)}$:

$$SO^{2-}_{4(aq)} + H_2O_{(\ell)} + 2\ e^- = SO^{2-}_{3(aq)} + 2\ OH^-_{(aq)}$$

Partie A Encre des stylos plume

Afin de déterminer la quantité de bleu d'aniline présente dans une cartouche, on souhaite réaliser un dosage spectrophotométrique.

Pour rester dans le domaine de validité de la loi de Beer-Lambert, l'encre d'une cartouche est diluée.

Protocole suivi :

- aspirer la totalité de l'encre d'une cartouche à l'aide d'une seringue équipée d'une aiguille ;
- introduire l'encre récupérée dans une fiole jaugée de volume $V_1 = 100,0$ mL et compléter avec de l'eau distillée : on note S_1 la solution ainsi préparée ;
- préparer un volume $V_2 = 100,0$ mL d'une solution S_2 en diluant 20 fois la solution S_1 ;
- mesurer l'absorbance de la solution S_2 pour différentes valeurs de longueur d'onde. Les résultats des mesures sont reportés sur la figure 1.

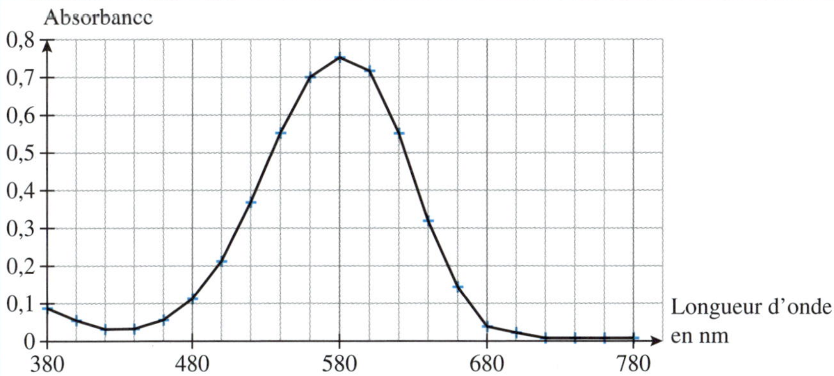

Figure 1. Spectre d'absorption de la solution S_2 de bleu d'aniline obtenue par dilution de l'encre contenue dans une cartouche

A.1. Montrer que le spectre d'absorption obtenu est en accord avec la couleur de l'encre.

A.2. Nommer la verrerie nécessaire à la préparation par dilution de la solution S_2, en précisant les volumes.

A.3. Déterminer, en utilisant la loi de Beer-Lambert et la **figure 1**, la concentration en quantité de matière en bleu d'aniline de la solution S_2.

A.4. Montrer que la quantité de matière de bleu d'aniline présente dans une cartouche d'encre est environ égale à $3{,}0 \times 10^{-5}$ mol .

A.5. Calculer le titre massique en bleu d'aniline de l'encre contenue dans la cartouche. Conclure.

Partie B Effaceur d'encre

Le côté blanc d'un effaceur est constitué d'une mine reliée à un réservoir contenant la solution d'ions sulfite SO_3^{2-} qui sont responsables de l'effacement de l'encre.

On cherche dans cette partie à déterminer la quantité de matière d'ions sulfite présente dans l'effaceur à l'aide d'un titrage par une solution de diiode de concentration $C_{I_2} = 1{,}0 \times 10^{-2}$ mol.L^{-1}.

Protocole du titrage de la solution contenant l'effaceur :

- casser l'effaceur en son milieu pour récupérer le réservoir de la mine blanche contenant la solution d'ions sulfite ;
- les placer dans un bécher avec un peu d'eau ;
- mélanger, attendre quelques minutes puis retirer le réservoir et la mine en veillant à bien les essorer : la solution obtenue est notée S ;
- mesurer le pH de la solution S ;
- placer le bécher sous une burette graduée contenant la solution de diiode puis réaliser le titrage de la solution.

La valeur mesurée du pH de la solution S est 11,0. Le volume de solution de diiode versé à l'équivalence du titrage est égal à $V_E = 8{,}2$ mL.

B.1. À l'aide d'un diagramme de prédominance, justifier que l'ion sulfite SO_3^{2-} est majoritaire par rapport à HSO_3^- et à (SO_2, H_2O) dans la solution S.

B.2. Écrire l'équation de la réaction d'oxydoréduction support du titrage en milieu basique entre les ions sulfite SO_3^{2-} et le diiode I_2 .

B.3. Montrer que la quantité de matière d'ions sulfite $n_{SO_3^{2-}}$ contenue dans un effaceur est voisine de 8×10^{-5} mol.

B.4. En déduire le nombre de cartouches d'encre que l'on peut effacer avec un seul effaceur en supposant que la réaction d'oxydoréduction entre le bleu d'aniline et les ions sulfite met en jeu une mole de bleu d'aniline pour une mole d'ions sulfite.

Exercice 4 50 min 5 points

Des piles historiques

Thème : *fonctionnement d'une pile.*

Le physicien italien Alessandro Volta a créé la première pile en 1799 : elle était formée d'un empilement de disques métalliques. Quarante ans plus tard, le chimiste anglais John Daniell propose un nouveau type de pile permettant de pallier certains défauts de la pile Volta. L'objectif de cet exercice est d'étudier le fonctionnement de ces deux piles.

Partie A Étude de la pile Volta

Une pile Volta est réalisée en empilant successivement des « cellules élémentaires » (figure 1). Chaque cellule élémentaire est constituée d'une rondelle de cuivre, d'une rondelle de matériau absorbant imbibé de solution aqueuse contenant des ions et d'une rondelle de zinc (figure 2).

Figure 1. **Photographie d'une pile Volta**
Source : Wikipédia

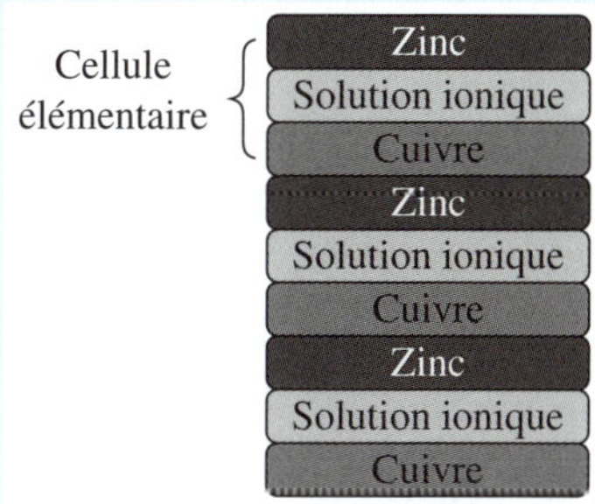

Figure 2. **Schéma simplifié en coupe d'une pile de Volta**

Donnée :

- couples oxydant/réducteur mis en jeu dans la pile Volta :

$$Zn^{2+}_{(aq)} / Zn_{(s)} \quad \text{et} \quad H^{+}_{(aq)} / H_{2(g)}$$

Au laboratoire, on réalise une cellule élémentaire avec une rondelle de cuivre, une rondelle de feutre (sorte de tissu épais) imbibée d'une solution d'eau salée (les cations seront par la suite notés ⊕ et les anions ⊖) et une rondelle de zinc. Lorsque la cellule est reliée à un conducteur ohmique de résistance d'une dizaine d'ohms, on observe un dégagement gazeux. Pour la suite, on considère que le cuivre est inerte, c'est-à-dire qu'il ne subit pas de transformation chimique.

A.1. Justifier que l'équation modélisant la transformation chimique ayant lieu lorsque la cellule débite s'écrit :

$$Zn_{(s)} + 2\ H^{+}_{(aq)} \rightarrow Zn^{2+}_{(aq)} + H_{2(g)}$$

A.2. En déduire quelle électrode, parmi celle en zinc et celle en cuivre, joue le rôle de cathode. Justifier.

A.3. Compléter le schéma ci-après en indiquant les pôles de la cellule, le mouvement des électrons, le mouvement des cations ⊕ et des anions ⊖ dans la rondelle de feutre et le sens conventionnel du courant d'intensité I.

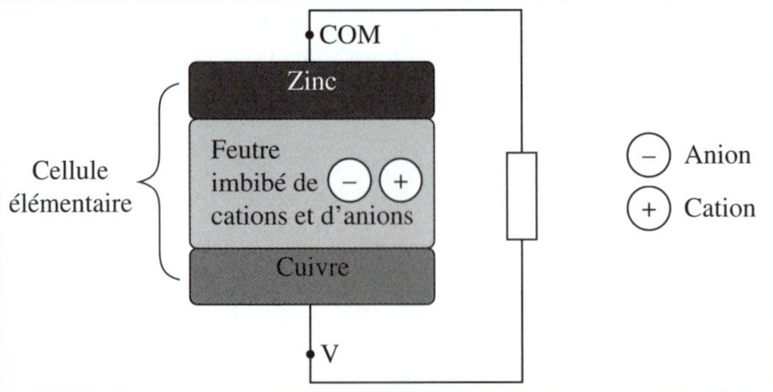

On mesure la tension U aux bornes de cette cellule élémentaire en reliant la borne « V » du voltmètre à l'électrode de cuivre et la borne « COM » à l'électrode de zinc. On lit $U = 0{,}82\ V$.

A.4. Justifier la cohérence du signe de cette mesure avec les réponses données précédemment.

La tension délivrée par une cellule élémentaire étant trop faible pour certaines expériences, Volta a réalisé sa pile en associant plusieurs cellules élémentaires (**figure 3**).

Au laboratoire, une reconstitution de cette superposition est réalisée à partir de plusieurs cellules élémentaires placées en série. Chaque cellule élémentaire est constituée d'une plaque de zinc et d'une plaque de cuivre plongeant dans un bécher contenant une centaine de millilitres d'eau salée.

Figure 3. Photographie du montage expérimental reconstituant la superposition de 16 cellules élémentaires

On souhaite étudier l'évolution de la tension électrique délivrée par l'ensemble des cellules en fonction du nombre de cellules constituant le système. Ainsi, on réalise plusieurs mesures de tension U aux bornes d'un ensemble de N cellules, associées en série, en modifiant le nombre N de cellules. Les résultats sont donnés sur la **figure 4**.

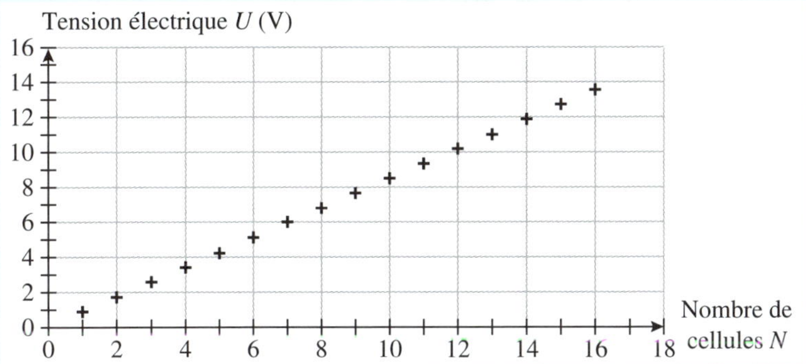

Figure 4. Graphique représentant la tension *U* en fonction du nombre *N* de cellules

A.5. Proposer une relation numérique entre la tension U et le nombre N de cellules.

A.6. En supposant que la relation précédente est valable quel que soit le nombre de cellules élémentaires mises en série, déterminer l'ordre de grandeur du nombre de cellules élémentaires nécessaires à l'obtention d'une tension d'une centaine de volts.

Partie B La pile Daniell

Le gaz qui se forme lors de l'utilisation de la pile Volta empêche la production d'un courant constant au cours du temps, nécessaire pour l'alimentation de certains appareils électriques, comme le télégraphe. Progressivement, la pile Daniell remplace les piles basées sur le principe de Volta. Elles peuvent être associées en série pour augmenter la tension globale délivrée.

Figure 5. Photographie d'une batterie de piles Daniell

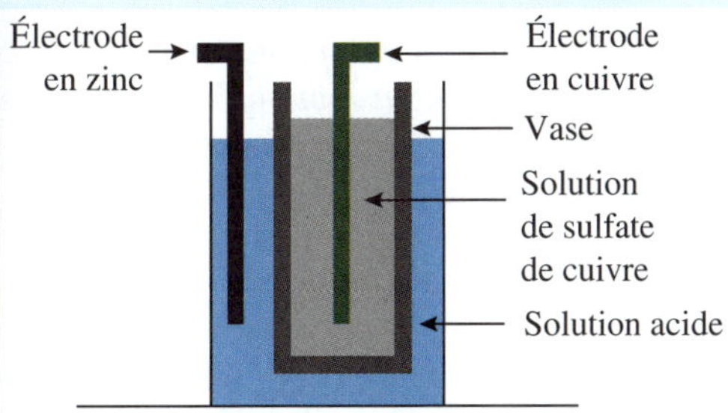

Figure 6. Schéma en coupe d'une pile Daniell

On peut schématiser une pile Daniell de la manière suivante :

– une électrode de cuivre plonge dans un volume $V = 100$ mL de solution aqueuse de sulfate de cuivre $\left(Cu^{2+}_{(aq)} + SO^{2-}_{4(aq)}\right)$ de concentration $C = 0{,}100$ mol.L^{-1}, cette solution étant elle-même contenue dans un vase poreux ;
– le vase poreux joue le rôle de pont salin ;
– le vase poreux plonge dans un bécher contenant une solution acide et une électrode de zinc de masse d'environ $m \approx 100$ g.

L'équation modélisant la transformation chimique ayant lieu lorsque la pile Daniell débite un courant est :

$$Cu^{2+}_{(aq)} + Zn_{(s)} \rightarrow Cu_{(s)} + Zn^{2+}_{(aq)}$$

Données :

- masse molaire du sulfate de cuivre $CuSO_4$: $M(CuSO_4) = 159{,}6$ g.mol^{-1}
- masse molaire du zinc Zn : $M(Zn) = 65{,}4$ g.mol^{-1}
- charge électrique d'une mole d'électrons : $\mathcal{F} = 9{,}65 \times 10^4$ C.mol^{-1}

B.1. Montrer que l'ion Cu^{2+} est le réactif limitant dans la transformation considérée.

B.2. En supposant que la pile soit destinée à l'alimentation d'un appareil nécessitant un courant électrique d'intensité 20 mA, déterminer la valeur de la durée maximale de fonctionnement de la pile.

Le candidat est invité à prendre des initiatives et à présenter la démarche suivie même si elle n'a pas abouti. La démarche suivie est évaluée et nécessite d'être correctement présentée.

Corrigé de l'exercice 1

Les textes sur fond jaune apparaissant dans ce corrigé sont des rappels de cours ou des commentaires pour vous guider et vous aider.

Partie A Observation de Mars avec une lunette astronomique

A.1. [0,25 pt] La première lentille traversée par la lumière provenant de Mars, $\mathbf{L_1}$ ici, **constitue l'objectif** (du côté de l'objet). Elle possède une distance focale plus élevée que **l'oculaire** (du côté de l'œil)**, représenté sur le schéma par la lentille convergente $\mathbf{L_2}$.**

A.2. [0,75 pt] Une lunette astronomique « afocale » donne d'un objet à l'infini une image à l'infini. Cela permet à l'œil de l'observateur de voir l'image formée sans avoir à accommoder, ce qui est reposant. L'image par L_1 de l'objet à l'infini sur l'axe se forme au foyer image F_1' de L_1. De même pour que l'image par L_2 soit à l'infini, son objet doit se trouver au foyer objet F_2 de L_2. **Les deux points $\mathbf{F_1'}$ et $\mathbf{F_2}$ doivent donc coïncider.**

A.3. [1 pt]

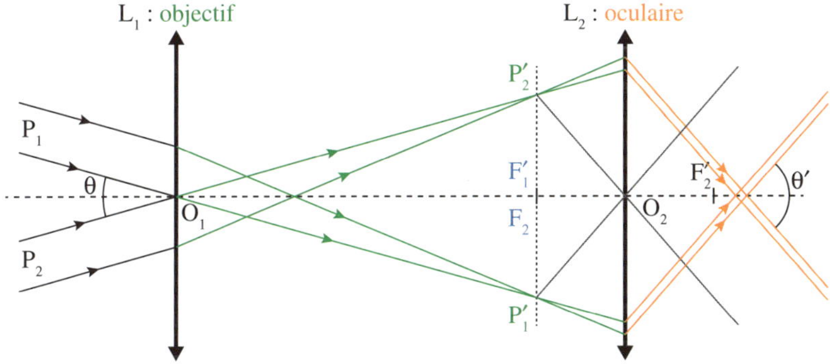

P_1 et P_2 sont des objets à l'infini, donc les images intermédiaires P_1' et P_2' se trouvent dans le plan focal image de l'objectif, c'est-à-dire dans le plan perpendiculaire à l'axe optique et passant par F_1'. On détermine leurs positions respectives en s'appuyant sur la marche des rayons lumineux passant par le centre optique O_1 qui ne sont pas déviés. Ces images constituent pour l'oculaire des objets se trouvant dans son plan focal objet. Là encore, on s'appuie sur la marche des rayons lumineux passant par le centre optique pour pouvoir tracer celle des autres rayons qui ressortent parallèles entre eux.

A.4. [0,5 pt] On utilise la formule indiquée dans l'énoncé pour calculer le grossissement G_{lunette} de cette lunette astronomique :

$$\boldsymbol{G_{\text{lunette}}} = \frac{f_1'}{f_2'} = \frac{900}{20} = \mathbf{45}$$

Dans un rapport, on peut garder les grandeurs dans la même unité, ici le mm.

A.5. [0,5 pt] L'angle θ sous lequel la planète Mars est alors observée est inférieur au pouvoir séparateur ε de l'œil humain : **les points extrêmes P_1 et P_2 sont vus confondus**, donc de même pour toute la surface de Mars qui apparaît comme un seul point.

A.6. [0,75 pt] On détermine l'angle θ' sous lequel l'observateur voit la planète Mars à travers la lunette astronomique. Par définition du grossissement d'une lunette, on a :

$$G_{\text{lunette}} = \frac{\theta'}{\theta} \Rightarrow \boldsymbol{\theta' = \theta \times G_{\text{lunette}}} = 4{,}9 \times 10^{-5} \times 45 = \mathbf{2{,}2 \times 10^{-3}\ rad} > \varepsilon$$

Mars est alors visible comme un petit disque pour l'observateur.

Partie B Détermination du diamètre de Mars

B.1. [0,75 pt] La figure 2 permet d'établir les expressions des angles θ_1 et θ_2 (en se plaçant dans le cadre de l'approximation des petits angles), soit :

$$\theta_1 = \frac{d_M}{D_1} \quad \text{et} \quad \theta_2 = \frac{d_M}{D_2} \text{ (les angles étant en radian)}$$

Or $D_1 < D_2 \Rightarrow \theta_1 > \theta_2$. On en déduit que **les points A et B correspondent respectivement aux angles θ_1 et θ_2**.

Il est évident que A correspond à l'angle maximal de vision, donc lorsque Mars est le plus proche, et B à l'angle minimal lorsque l'astre est le plus éloigné.

On détermine graphiquement que $\boldsymbol{\theta_1 \approx 1{,}18 \times 10^{-4}}$ **rad** et $\boldsymbol{\theta_2 \approx 1{,}70 \times 10^{-5}}$ **rad**.

La courbe n'est pas de bonne qualité, les points sont énormes rendant les valeurs de θ imprécises et l'échelle verticale aurait pu avantageusement être réécrite : ($1{,}20E - 04 = 1{,}20 \times 10^{-4}$)

B.2. [1 pt] La figure 2 permet d'établir une relation simple entre les distances D_1 et D_2, et le rayon r_{SM} :

$$D_1 + D_2 = r_{SM} + r_{SM} = 2r_{SM}$$

On exprime D_1 et D_2 en fonction des angles θ_1 et θ_2 en s'appuyant sur les expressions établies à la question précédente. Il vient :

$$\frac{d_M}{\theta_1} + \frac{d_M}{\theta_2} = 2r_{SM}$$

On factorise par d_M et on obtient l'expression demandée :

$$d_M \times \left(\frac{1}{\theta_1} + \frac{1}{\theta_2}\right) = 2r_{SM} \qquad \boldsymbol{d_M = \frac{2r_{SM}}{\left(\frac{1}{\theta_1} + \frac{1}{\theta_2}\right)}}$$

B.3. [1,25 pts] On déduit des questions précédentes la valeur du diamètre d_M de la planète Mars :

$$\boldsymbol{d_M} = \frac{2r_{SM}}{\left(\frac{1}{\theta_1} + \frac{1}{\theta_2}\right)} = \frac{2 \times 2{,}28 \times 10^8}{\left(\frac{1}{1{,}18 \times 10^{-4}} + \frac{1}{1{,}70 \times 10^{-5}}\right)} = \boldsymbol{6{,}78 \times 10^3\,\text{km}}$$

Le résultat est cohérent avec la valeur de référence $d_{Ref} = 6{,}78 \times 10^3$ km.

Il ne faut pas perdre de vue que le résultat précédent s'appuie sur des approximations (nature de l'orbite de la planète Mars) et sur des incertitudes non négligeables quant à la valeur des angles (imprécision de la courbe…).

Partie C Détermination de la masse de Mars

C.1. [1,75 pts] On étudie le système {Phobos} dans le référentiel « marsocentrique », c'est-à-dire centré sur Mars et dont les axes sont dirigés vers des étoiles suffisamment lointaines pour paraître fixes, supposé galiléen. On utilise le repère de Frenet $\left(\vec{t}\,;\vec{n}\right)$. Dans ce repère, le vecteur accélération $\vec{a}$ se décompose comme suit :

$$\vec{a} = a_t\,\vec{t} + a_n\,\vec{n} \quad \text{avec } a_t = \frac{dv}{dt} \text{ et } a_n = \frac{v^2}{r_{MP}}$$

La seule force extérieure s'exerçant sur le système est la force d'attraction gravitationnelle exercée par Mars, notée $\vec{F}_{M/P}$ qui s'écrit $\boldsymbol{\vec{F}_{M/P} = G \times \frac{M_M \times M_P}{r_{MP}^2}\vec{n}}$, où M_P est la masse de Phobos.

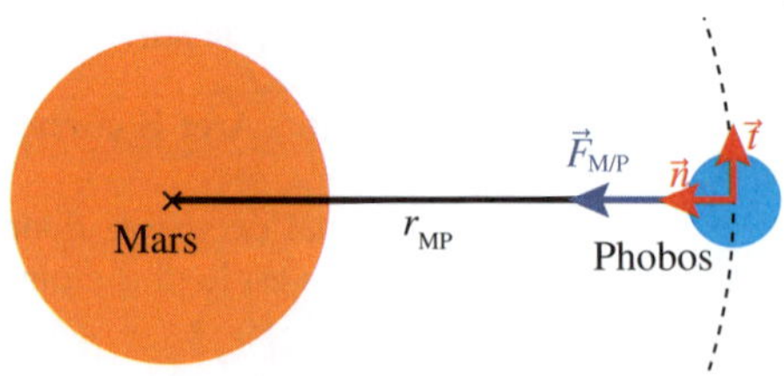

On applique la deuxième loi de Newton au système : $M_P \times \vec{a} = \sum \vec{F}_{ext} = \vec{F}_{M/P}$
Soit, par projection sur la base de Frenet :

$$\begin{cases} \dfrac{dv}{dt} = 0 & (1) \\ \dfrac{v^2}{r_{MP}} = \dfrac{G \times M_M}{r^2_{MP}} & (2) \end{cases}$$

(1) permet de conclure que la **valeur** de la vitesse est constante donc le mouvement uniforme, (2) donne la formule attendue.

$$(1) \Rightarrow \ \boldsymbol{v} = \sqrt{\frac{\mathbf{G} \times \boldsymbol{M}_\mathbf{M}}{\boldsymbol{r}_\mathbf{MP}}} \quad \text{CQFD}$$

C.2. [1 pt] On doit penser ici à aboutir à la 3e loi de Kepler qui permet de déterminer la masse d'un système attracteur, ici Mars. On a vu que le mouvement de Phobos est uniforme, donc :

$$v = \frac{2 \times \pi \times r_{MP}}{T}$$

On remplace v par l'expression obtenue à la question précédente, puis on élève au carré :

$$\sqrt{\frac{G \times M_M}{r_{MP}}} = \frac{2 \times \pi \times r_{MP}}{T} \Rightarrow \left(\sqrt{\frac{G \times M_M}{r_{MP}}}\right)^2 = \left(\frac{2 \times \pi \times r_{MP}}{T}\right)^2$$

$$\Rightarrow \quad \frac{G \times M_M}{r_{MP}} = \frac{4\pi^2 \times r^2_{MP}}{T^2} \qquad \frac{G \times M_M}{4\pi^2} = \frac{r^3_{MP}}{T^2} \qquad \text{(3}^e\text{ loi de Kelper)}$$

D'où :

$$\boldsymbol{M}_\mathbf{M} = \frac{\mathbf{4\pi^2 \times r^3_{MP}}}{\mathbf{G \times T^2}} = \frac{4\pi^2 \times (9{,}38 \times 10^6)^3}{6{,}67 \times 10^{-11} \times (7 \times 3\,600 + 39 \times 60)^2} = \mathbf{6{,}44 \times 10^{23}\ kg}$$

On compare cette masse à celle de la Terre :

$$\frac{M_T}{M_M} = \frac{5{,}97 \times 10^{24}}{6{,}44 \times 10^{23}} = 9{,}27$$

La masse de la Terre ainsi déterminée est environ bien dix fois supérieure à celle de Mars comme indiqué dans l'énoncé.

Corrigé de l'exercice 2

Partie A Étude de produits commerciaux « vanillés »

A.1. [0,5 pt] On détermine la formule brute de ces molécules à partir de leur formule semi-développée : $C_8H_8O_3$ pour la vanilline et $C_9H_{10}O_3$ pour l'éthylvanilline. **Ce ne sont pas des isomères car les formules brutes diffèrent**. Cette différence est d'ailleurs évidente sur les formules semi-développées de l'énoncé.

A.2. [0,5 pt] et **A.3.** [0,75 pt]

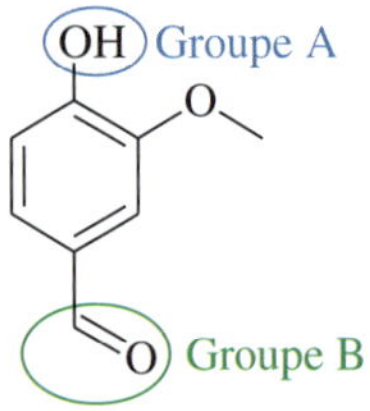

A : fonction alcool (groupe hydroxyle); en réalité, lorsque le groupe hydroxyle –OH est placé sur un cycle benzénique, la fonction est un phénol et non un alcool.

B : fonction aldéhyde (groupe carbonyle)

On note un troisième groupe (C-O-C) qui est une fonction appelée éther ou étheroxyde.

A.4. [1 pt] L'acétate d'éthyle, dans lequel la vanilline est très soluble, n'est pas miscible avec l'eau (contrairement à la solution aqueuse de chlorure de sodium). De plus, sa densité ($d = 0{,}897$) est inférieure à celle de l'eau salée. La phase organique va donc constituer la phase supérieure.

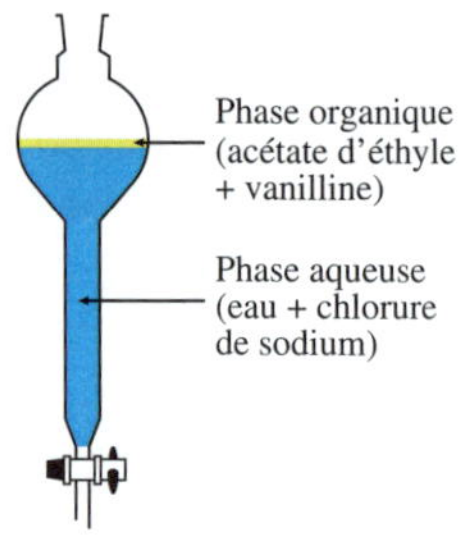

A.5. [0,75 pt] Les dépôts P1 et P2 donnent une tache se situant à la même hauteur que celle issue du dépôt V (vanilline commerciale) et contiennent donc de la vanilline. Ce n'est pas le cas pour le dépôt P3.

Le schéma ci-contre sera évidemment simplifié sur une copie.

Partie B Titrage de la vanilline contenu dans le produit 1

B.1. [0,5 pt] Le pK_A du couple vanilline/ion vanillinate vaut 7,4 et le pH initial est lu sur la courbe et vaut 9,75.

On peut également construire le diagramme de prédominance, assez simple ici.

On a $\mathbf{pH > pK_A}$: c'est bien la forme basique du couple, notée $\mathbf{A^-}$, qui prédomine.

B.2. [0,5 pt] La réaction support du titrage est une réaction acido-basique entre les ions vanillinate A^- et les ions oxonium H_3O^+ provenant de l'acide chlorhydrique. Son équation s'écrit :

$$\mathbf{A^-_{(aq)} + H_3O^+_{(aq)} \rightarrow AH_{(aq)} + H_2O_{(\ell)}} \qquad \text{(D)}$$

B.3. [1 pt] Il est fait mention de deux équivalences. La détermination graphique des volumes équivalents associés, notés $V_{éq_1}$ et $V_{éq_2}$, se fait en cherchant l'abscisse des minima présentés par la courbe $\frac{\mathrm{dpH}}{\mathrm{d}V} = f(V)$.

Les pentes du tracé autour de l'équivalence étant peu inclinées, d'une part la méthode des tangentes est peu commode, d'autre part les pics de la dérivée sont peu marqués et les valeurs lues pour les volumes peu précises.

On obtient : $\boldsymbol{V_{éq_1} = 2{,}4}$ **mL** et $\boldsymbol{V_{éq_2} = 12{,}6}$ **mL**.

L'énoncé indique que le volume à considérer est la différence des deux pour le dosage de A⁻. On peut le comprendre facilement. Les ions OH⁻ de la solution sont d'abord « neutralisés » par l'acide, jusqu'à la première équivalence où ils ont été totalement consommés. À partir de cet instant, l'acide peut commencer à « neutraliser » les ions qui nous intéressent, ce qui se termine à la seconde équivalence.

À la seconde équivalence, la quantité d'ions vanillinate initialement présents dans le bécher et la quantité d'ions oxonium versés (ici depuis la première équivalence) sont en proportions stœchiométriques de la réaction de dosage (D) :

$$\frac{n(H_3O^+)_{equ1\to 2}}{1} = \frac{n(A^-)_{init}}{1}$$

Soit : $n(A^-)_{init} = n(H_3O^+)_{equ2} - n(H_3O^+)_{equ1} = C_{titrant} \times (V_{eq2} - V_{eq1})$

On note $n(AH)$ la quantité de matière de vanilline ayant permis d'obtenir la quantité $n(A^-)_{init}$. Dans ce protocole, une mole d'acide initialement présent donne une mole de sa base conjuguée lors de l'ajout de l'hydroxyde de sodium. On peut écrire :

$$n(AH) = n(A^-)_{init} = C_{titrant} \times \left(V_{éq_2} - V_{éq_1}\right)$$

On en déduit la masse de vanilline que cela représente :

$$\boldsymbol{m(AH) = n(AH) \times M = C_{titrant} \times \left(V_{éq_2} - V_{éq_1}\right) \times M}$$

$$m(AH) = 4{,}1 \times 10^{-3} \times (12{,}6 - 2{,}1) \times 10^{-3} \times 152 = \mathbf{6{,}4 \times 10^{-3}\ g}$$

La prise d'essai représentant la moitié du volume de la fiole jaugée, la masse d'acide présent dans 0,31 g de produit 1 est donc $m_{Sachet} = 2\ m(AH)$, soit dans 1 kg de ce produit :

$$m = \frac{2 \times 6{,}4 \times 10^{-3} \times 1\,000}{0{,}31} = 42\ g$$

La masse minimale imposée par la législation est de 2 g de vanilline par kg d'extrait. La valeur obtenue est vingt fois supérieure : **l'appellation « extrait de vanille » peut être utilisée.**

Corrigé de l'exercice 3

Partie A Encre des stylos plume

A.1. [0,5 pt] Le spectre d'absorption de la solution S_2 présente une absorbance maximale pour une longueur d'onde égale à 580 nm. Le cercle chromatique montre ainsi qu'elle absorbe principalement les radiations correspondant à l'orangé. **La solution S_2 est de la couleur complémentaire de l'orangé, soit le bleu.**

A.2. [0,5 pt] La solution S_2, d'un volume de 100,0 mL, est obtenue en diluant 20 fois la solution S_1, soit un facteur de dilution $F_2 = 20$. Les deux verreries nécessaires sont donc une fiole jaugée de 100,0 mL et une pipette jaugée de $\mathbf{\frac{100{,}0}{20} = 5{,}0\ mL}$.

A.3. [0,5 pt] La figure 1 montre que l'absorbance de la solution S_2, pour une longueur d'onde $\lambda = 580$ nm, vaut $A_{580} = 0{,}75$. On utilise la loi de Beer-Lambert et les grandeurs fournies au début de l'énoncé pour déterminer la concentration en quantité de matière C en bleu d'aniline de cette solution :

$$A_{580} = \varepsilon_{580} \times \ell \times C \Rightarrow \boldsymbol{C} = \frac{\boldsymbol{A_{580}}}{\boldsymbol{\varepsilon_{580}} \times \ell} = \frac{0{,}75}{5{,}00 \times 10^4 \times 1{,}0} = \mathbf{1{,}5 \times 10^{-5}\ mol.L^{-1}}$$

A.4. [0,5 pt] Pour rester dans le domaine de validité de la loi de Beer-Lambert, l'encre de la cartouche a été diluée à deux reprises. La première dilution, de facteur F_1, permet l'obtention de 100,0 mL de solution S_1 à partir de 0,60 mL d'encre ; la seconde, de facteur $F_2 = 20$. On en déduit la concentration $C_{cartouche}$ en bleu d'aniline dans la cartouche :

$$\boldsymbol{C_{cartouche}} = \boldsymbol{C \times F_1 \times F_2} = 1{,}5 \times 10^{-5} \times \frac{100{,}0}{0{,}60} \times 20 = \mathbf{5{,}0 \times 10^{-2}\ mol.L^{-1}}$$

On en déduit la valeur de la quantité de matière de bleu d'aniline dans une cartouche :

$$\boldsymbol{n(bleu)_{cartouche}} = \boldsymbol{C_{cartouche} \times V_{cartouche}} = 5{,}0 \times 10^{-2} \times 0{,}60 \times 10^{-3} = \mathbf{3{,}0 \times 10^{-5}\ mol}$$

Il est inutile ici de calculer la concentration intermédiaire.

A.5. [0,75 pt] Soit t le titre massique en bleu d'aniline dans la cartouche. Le calcul est effectué en considérant une cartouche entière.

$$t = \frac{\boldsymbol{n(bleu)_{cartouche}}}{\boldsymbol{m_{encre}}} = \frac{\boldsymbol{n(bleu)_{cartouche} \times M_{bleu}}}{\boldsymbol{\rho_{encre} \times V_{cartouche}}} = \frac{3{,}0 \times 10^{-5} \times 737{,}7}{1{,}1 \times 0{,}60} = \mathbf{3{,}4 \times 10^{-2}} = \mathbf{3{,}4\ \%}$$

Ce résultat est cohérent avec les chiffres indiqués par le site Internet avec un pourcentage en masse qui est bien compris entre 3 et 5 %.

Partie B Effaceur d'encre

B.1. [0,5 pt] (SO_2, H_2O) est un diacide. Le diagramme de prédominance présente ainsi deux valeurs de pK_A sur lequel on place le pH de la solution S, pH_S :

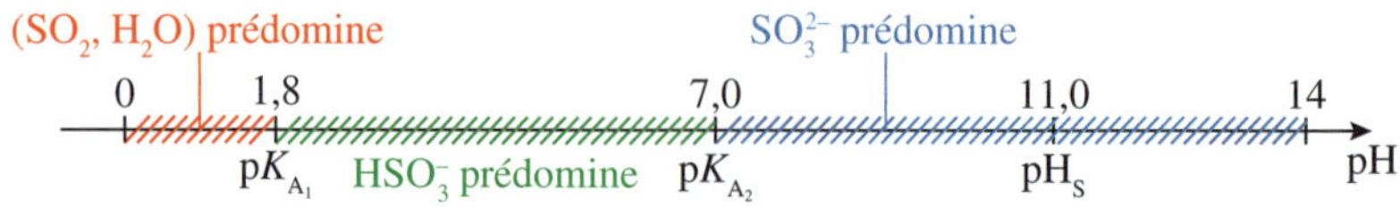

On a $\mathbf{pH_{solution\ S} > pK_{A_2}}$ **: c'est bien l'espèce $\mathbf{SO_3^{2-}}$ qui est majoritaire dans la solution S**.

B.2. [0,5 pt] On écrit les demi-équations électroniques mises en jeu, puis on les combine en tenant compte du fait que tous les électrons cédés par oxydation sont captés par réduction :

$$SO^{2-}_{3(aq)} + 2\ OH^-_{(aq)} = SO^{2-}_{4(aq)} + H_2O_{(\ell)} + 2\ e^- \quad \times 1$$

$$I_{2(aq)} + 2\ e^- = 2\ I^-_{(aq)} \quad \times 1$$

$$\mathbf{SO^{2-}_{3(aq)} + I_{2(aq)} + 2\ OH^-_{(aq)} \rightarrow SO^{2-}_{4(aq)} + 2\ I^-_{(aq)} + H_2O_{(\ell)}}$$

B.3. [0,75 pt] À l'équivalence, la quantité de matière initiale en SO_3^{2-} et la quantité de matière versée en I_2 introduite sont dans les proportions stœchiométriques de la réaction (1) du titrage :

$$\frac{n\left(SO_3^{2-}\right)_{init}}{1} = \frac{n(I_2)_{equ}}{1}$$

$$\Rightarrow \quad \boldsymbol{n\left(SO_3^{2-}\right)_{init}} = \boldsymbol{C_{I_2} \times V_E} = 1{,}0 \times 10^{-2} \times 8{,}2 \times 10^{-3} = \mathbf{8{,}2 \times 10^{-5}\,mol}$$

B.4. [0,5 pt] En **A.4.**, on a calculé la quantité de matière en bleu d'aniline dans une cartouche : $n(\text{bleu})_{aniline} = 3{,}0 \times 10^{-5}$ mol. On a calculé la quantité de matière d'ions « effaceurs » $n(SO_3^{2-})_{init}$ dans un stylo effaceur, $n(SO_3^{2-})_{init} = 8{,}0 \times 10^{-5}$ mol. On note

N le nombre de cartouches d'encre que l'on peut effacer avec un effaceur. La réaction chimique entre les entités s'effectuant mole à mole, il vient la relation simple :

$$n\left(SO_3^{2-}\right)_{init} = N \times n(\text{bleu})_{cartouche} \qquad N = \frac{\boldsymbol{n}\left(\mathbf{SO_3^{2-}}\right)_{\mathbf{init}}}{\boldsymbol{n}(\mathbf{bleu})_{\mathbf{cartouche}}} = \frac{8{,}2 \times 10^{-5}}{3{,}0 \times 10^{-5}} = 2{,}7$$

La réserve de l'effaceur permet d'effacer le contenu de presque trois cartouches.

Corrigé de l'exercice 4

Partie A Étude de la pile Volta

L'énoncé est piégeux car il indique que les rondelles sont plongées dans une solution d'eau salée susceptible d'apporter les ions H⁺ nécessaires : cette solution devra certainement être acidifiée.

A.1. [1 pt] Lorsque la pile débite, on observe un dégagement gazeux qui est nécessairement dû à la réduction des ions hydrogène H^+ en dihydrogène H_2, seule espèce gazeuse dans les couples mis en jeu. Il y a deux électrodes, une en zinc, l'autre en cuivre. Le cuivre étant inerte, l'oxydation doit se produire avec le zinc. On peut donc écrire les demi-équations électroniques et l'équation de la réaction de fonctionnement de la pile de Volta :

$$2\ H^+_{(aq)} + 2\ e^- = H_{2(g)} \qquad \times 1 \qquad \text{(réduction)}$$

$$Zn_{(s)} = Zn^{2+}_{(aq)} + 2\ e^- \qquad \times 1 \qquad \text{(oxydation)}$$

$$\mathbf{Zn_{(s)} + 2\ H^+_{(aq)} \rightarrow Zn^{2+}_{(aq)} + H_{2(g)}}$$

On retrouve bien l'équation indiquée dans l'énoncé.

A.2. [0,25 pt] Par définition, à l'anode se produit l'oxydation, c'est donc le zinc qui joue ce rôle, la cathode est l'électrode où se produit une réduction donc le dégagement d'hydrogène. C'est donc l'électrode de cuivre (lui-même inerte) qui remplit ce rôle.

En fait, cette conclusion n'est pas si évidente de prime abord. Il y a deux électrodes : l'une en cuivre et l'autre en zinc. Une oxydation se produit au niveau de cette dernière. Il ne peut donc pas s'agir de la cathode. Si ce n'est l'une, c'est donc l'autre.

A.3. [1 pt] À l'anode (zinc), il y a production d'électrons vers le circuit (pôle ⊖) et, à la cathode (cuivre), les électons sont récupérés pour l'oxydation (pôle ⊕).

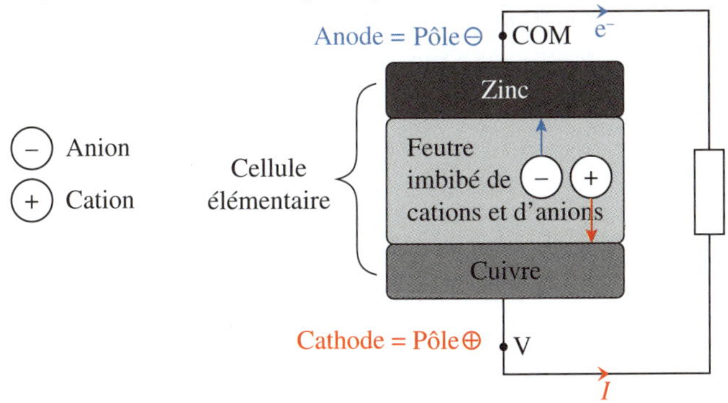

A.4. [0,5 pt] Ainsi connecté, le voltmètre a sa borne « V » reliée au pôle positif de la pile et sa borne « COM » au pôle négatif. La valeur qu'il affiche doit être donc positive.
A.5. [0,5 pt] La courbe $U = f(N)$ est une droite passant par l'origine. Cela traduit une relation de proportionnalité entre la tension électrique et le nombre de cellules. On peut la modéliser par une fonction linéaire : $\boldsymbol{U = k \times N}$, où k est le coefficient de proportionnalité en V car le nombre de cellules est sans dimension.
Sur le graphique, la droite que l'on peut tracer passe opportunément par tous les points, on se sert donc de l'un d'entre eux (16 ; 13,6 V) pour déterminer la valeur de k :

$$k = \frac{\mathbf{13,6}}{\mathbf{16}} = \mathbf{0,85\ V} \quad \text{d'où } U = 0,85 \times N, \text{ avec } U \text{ en V}$$

Dans une relation semi-littérale/semi-numérique, on précise toujours les unités à utiliser.

A.6. [0,5 pt] On s'appuie sur la relation précédente :

$$N = \frac{U}{k} \qquad N_0 = \frac{U_0}{k} \approx \frac{\mathbf{100}}{\mathbf{0,85}} \approx \mathbf{100}$$

Il faudrait une centaine de cellules pour obtenir une tension de l'ordre de la centaine de volts.

Partie B La pile Daniell

B.1. [0,75 pt] On calcule les quantités de matière initiales en réactifs :

$$n_i\left(Cu^{2+}\right) = C \times V = 0,100 \times 0,100 = \mathbf{1,00 \times 10^{-2}\ mol}$$

$$n_i(Zn) = \frac{m}{M(Zn)} \approx \frac{100}{65,4} = \mathbf{1,53\ mol}$$

On a donc : $\frac{n_i\left(Cu^{2+}\right)}{1} < \frac{n_i(Zn)}{1}$, où les dénominateurs correspondent aux coefficients stœchiométriques associés aux réactifs de l'équation de la pile. **Le réactif limitant est donc bien l'ion Cu^{2+}.**
B.2. [0,75 pt] La demi-équation électronique avec l'ion Cu^{2+} s'écrit :

$$Cu^{2+}_{(aq)} + 2\ e^- = Cu_{(s)}.$$

Lorsqu'une mole d'ion cuivre disparaît, deux moles d'électrons ont circulé. On note $n\left(e^-\right)_{max}$ la quantité de matière maximale d'électrons que cette pile peut débiter. En théorie, la pile ne débitera plus lorsque tout le réactif limitant aura disparu, d'où la relation :

$$n\left(e^-\right)_{max} = 2 \times n_i\left(Cu^{2+}\right)$$

Soit une quantité d'électricité (valeur absolue de la charge) $Q_{max} = n(e^-)_{max} \times \mathcal{F}$ correspondant à la durée Δt_{max} pour l'intensité I débitée : $Q_{max} = I \times \Delta t_{max}$. On a donc :

$$Q_{max} = I \times \Delta t_{max} = n\left(e^-\right)_{max} \times \mathcal{F} = 2 \times n_i\left(Cu^{2+}\right) \times \mathcal{F}$$

$$\Rightarrow \quad \Delta t_{max} = \frac{2 \times n_i\left(Cu^{2+}\right) \times \mathcal{F}}{I} = \frac{2 \times 1,00 \times 10^{-2} \times 9,65 \times 10^4}{20 \times 10^{-3}}$$

$$= \mathbf{9,65 \times 10^4\ s = 26\ h\ 48\ min\ 20\ s}$$

Soit environ 26 à 27 h. Cette valeur est très certainement surévaluée, en particulier en raison de la résistance interne de la pile et de son arrêt avant épuisement du réactif.

SUJET 3 BAC 2021
France métropolitaine

Le candidat traite 3 exercices :
l'exercice 1 puis il choisit 2 exercices parmi les 3 proposés.

Exercice 1 — 1 h 40 min — 10 points

Le jeu du Cornhole

Thèmes : *étude énergétique, mouvement parabolique dans un champ de pesanteur, portée.*

Le Cornhole, contraction des mots anglais « corn » et « hole » voulant dire « maïs » et « trou », est un jeu de plein air pratiqué entre autres aux États-Unis et au Canada.
Les règles de ce jeu sont assez simples. Chaque joueur est muni de quatre petits sacs contenant du maïs qu'il doit lancer en direction d'une planche inclinée par rapport à l'horizontale munie d'un trou circulaire et située environ à 8 mètres du joueur. À chaque fois qu'un sac retombe sur la planche, le joueur marque un point ; si le sac passe par le trou circulaire, le joueur marque trois points. Le premier joueur qui marque 21 points gagne la partie. On étudie dans cet exercice les aspects énergétiques du lancer du sac, puis le mouvement du centre de masse du sac dans le référentiel terrestre supposé galiléen.

Données :

- intensité de la pesanteur terrestre : $g = 9{,}81\ \text{m.s}^{-2}$
- masse du sac : $m = 440\ \text{g}$

Un joueur se place à une distance d de la planche afin de réaliser un lancer de son sac de maïs. La situation est représentée sur la **figure 1** ci-après. Afin de simplifier l'étude, la planche est considérée quasi horizontale. Dans le repère d'espace (Ox, Oz) muni des vecteurs unitaires $\vec{i}$ et $\vec{k}$, le sac de maïs est lancé, depuis une hauteur initiale H, avec une vitesse initiale, donc le vecteur $\overrightarrow{v_0}$ est incliné d'un angle α par rapport à l'horizontale. On s'intéresse au mouvement du centre de masse G du sac. L'axe (Oz) du repère d'espace est vertical.

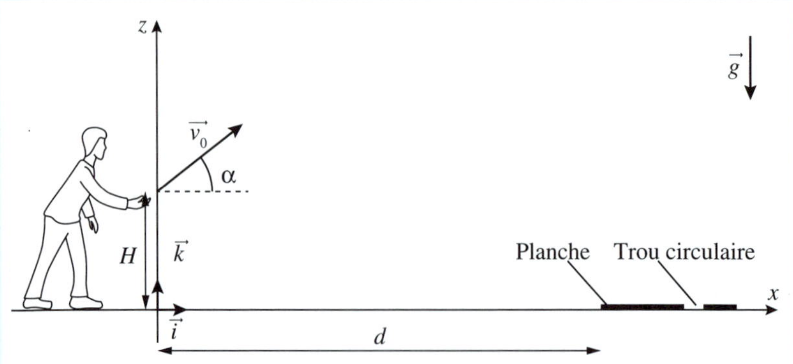

Figure 1. Schéma représentant la situation du lancer du sac

Partie A Étude énergétique

Le mouvement complet du sac est filmé, puis étudié à l'aide d'un logiciel de pointage. Les données de la partie ascendante du mouvement sont traitées à l'aide d'un programme écrit en langage Python (extrait en **figure 2**) qui permet de représenter l'évolution au cours du temps des énergies cinétique E_c, potentielle de pesanteur E_{pp} et mécanique E_m du sac (**figure 3**).

```
#importation des bibliothèques utilisées
import numpy as np
import matplotlib.pyplot as plt

# valeurs experimentales
z=np.array([0.869,0.996,1.17,1.3,1.41,1.51,1.6,1.67,1.75,1.82,1.86,1.92,1.94,1.94,1.97,1.96,1.96])
t=np.array([0,0.033,0.067,0.1,0.133,0.167,0.2,0.233,0.267,0.3,0.333,0.367,0.4,0.433,0.467,0.5,0.533])
vx=np.array([7.61,7.66, 7.712,7.517,7.595,7.578,7.334,7.39,7.329,7.184,7.239,7.116,7.065,7.119,6.997,
7.006,6.997])
vz=np.array([4.8,4.484,4.158,3.797,3.219,2.787,2.515,2.314,2.008,1.827,1.447,0.9539,0.7198,0.3329,0.1782,
-0.02958,-0.4165])

#Calcul des énergies
m=0.440
g=9.81
? = (vx**2 + vz**2)**(1/2)
? = 0.5*m*v**2
? = m*g*z
? = 0.5*m*v**2 + m*g*z
```

Figure 2. Extrait du programme écrit en langage Python

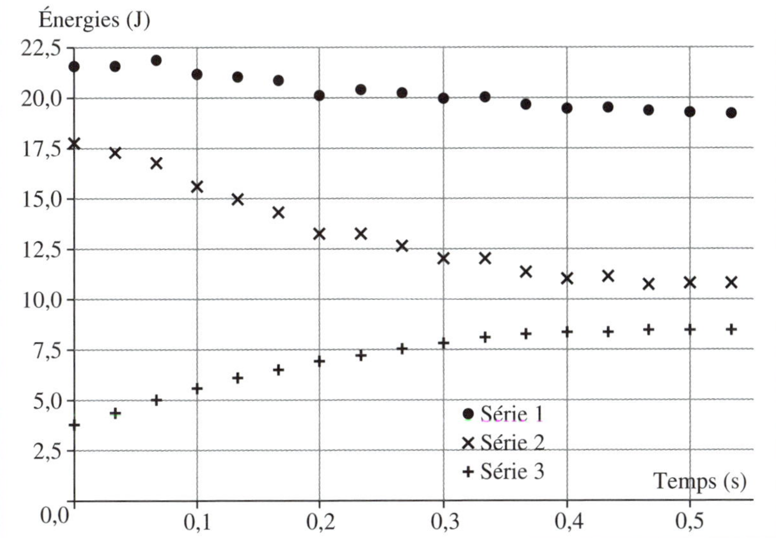

Figure 3. Évolution des énergies cinétique, potentielle de pesanteur et mécanique du sac au cours du temps obtenue à l'aide du programme écrit en langage Python

A.1. Identifier les grandeurs calculées dans l'extrait du programme écrit en langage Python (figure 2) aux lignes 16, 17, 18 et 19.

A.2. Exploitation de la figure 3

a) En justifiant votre choix, attribuer à chaque série l'énergie qui lui correspond.

b) Expliquer en quoi les résultats expérimentaux permettent de considérer que l'action de l'air sur le sac n'est pas négligeable devant le poids du sac.

c) Estimer la valeur de la vitesse initiale v_0 du centre de masse du sac.

d) Estimer la valeur de l'altitude initiale H du centre de masse du sac. Commenter.

Partie B Étude du mouvement du sac après le lancer

On souhaite étudier la chute du sac au cours du temps. La situation est toujours représentée sur la figure 1. Les frottements ne seront pas pris en compte dans cette partie.

On souhaite établir les expressions littérales des grandeurs accélération, vitesse et position du sac lors de son mouvement, ainsi que les caractéristiques (vitesse initiale et direction initiale) nécessaires à la réussite d'un lancer valant trois points.

Les dimensions de la planche sont précisées sur la figure 4 ci-après :

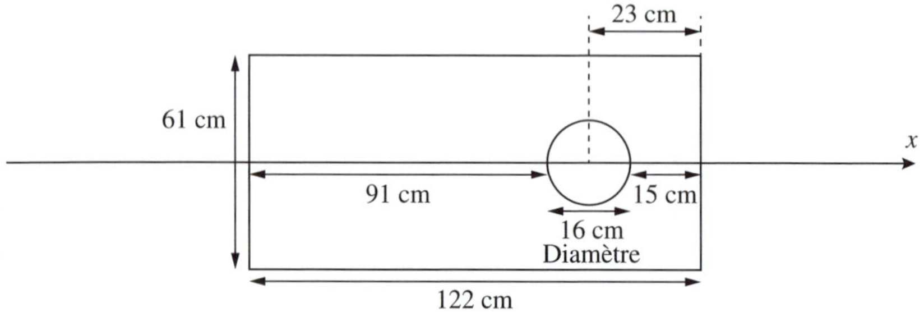

Figure 4. Dimensions de la planche de Cornhole

B.1. Déterminer les expressions littérales des coordonnées a_x et a_z du vecteur accélération $\vec{a}$ du centre de masse du sac suivant les axes (Ox) et (Oz).

B.2. En déduire les expressions littérales des équations horaires $x(t)$ et $z(t)$ de la position du centre de masse du sac au cours du mouvement.

B.3. Montrer que l'équation littérale de la trajectoire du centre de masse du sac dans le repère d'espace (Ox, Oz) est :

$$z(x) = -\frac{gx^2}{2v_0^2\cos^2(\alpha)} + \tan(\alpha)x + H$$

Qualifier cette trajectoire.

B.4. Indiquer les paramètres initiaux de lancement sur lesquels le joueur peut avoir une influence et qui jouent un rôle pour la réussite d'un lancer à trois points.

B.5. Le joueur effectue un premier lancer. L'équation de la trajectoire du centre de masse du sac a pour expression numérique :

$$z(x) = -0{,}0842x^2 + 0{,}625x + 0{,}880 \quad \text{avec } x \text{ et } z \text{ en m}$$

La distance d qui sépare l'origine O du repère d'espace et le bord de la planche est égale à $d = 8{,}0$ m.

a) Déterminer le nombre de point(s) marqué(s) par le joueur pour ce lancer.

b) Le joueur effectue un second lancer en conservant le même angle de tir α, la même hauteur initiale H, mais en modifiant la valeur de la vitesse initiale par rapport au premier lancer. Déterminer une valeur possible de la nouvelle vitesse initiale v_0, afin que le sac tombe directement dans le trou. Commenter la valeur obtenue.

Le candidat est invité à prendre des initiatives et à présenter la démarche suivie, même si elle n'a pas abouti. La démarche est évaluée et nécessite d'être correctement présentée.

Le candidat traite deux exercices au choix parmi les 3 suivants.

Exercice 2 50 min 5 points

Un indicateur coloré naturel issu du chou rouge

Thèmes : *réactions acide-base, titrage.*

Les anthocyanes sont des espèces chimiques responsables de la couleur de nombreux végétaux comme le chou rouge, l'hortensia ou encore l'aubergine.

Une des propriétés remarquables des anthocyanes est que leur couleur en solution dépend fortement du pH de la solution.

Dans cet exercice, on se propose de modéliser un indicateur coloré naturel contenant des anthocyanes pour pouvoir l'utiliser lors du titrage d'un lait fermenté.

Données :

• numéros atomiques des éléments hydrogène, carbone et oxygène :
Z(H) = 1 ; Z(C) = 6 ; Z(O) = 8

• constante d'acidité à 20 °C du couple acide lactique/ion lactate : $K_A = 10^{-3,9}$

• masse molaire de l'acide lactique : $M_{AH} = 90,1\ \text{g.mol}^{-1}$

• l'acidité Dornic d'un lait, exprimée en degré Dornic de symbole °D, est reliée à la concentration en masse d'acide lactique dans ce lait en considérant qu'il est le seul acide présent : 1,0 °D correspond à une concentration en masse en acide lactique égale à $0,10\ \text{g.L}^{-1}$.

Partie A Modélisation d'un indicateur coloré naturel issu du chou rouge

La couleur du chou rouge est principalement due à la présence d'une vingtaine d'anthocyanes différentes.

Pour comprendre l'influence du pH du milieu sur la couleur, on modélise ce mélange complexe d'espèces chimiques par une seule espèce chimique, la cyanidine (**figure 1** ci-après), dont la structure est commune à toutes les anthocyanes.

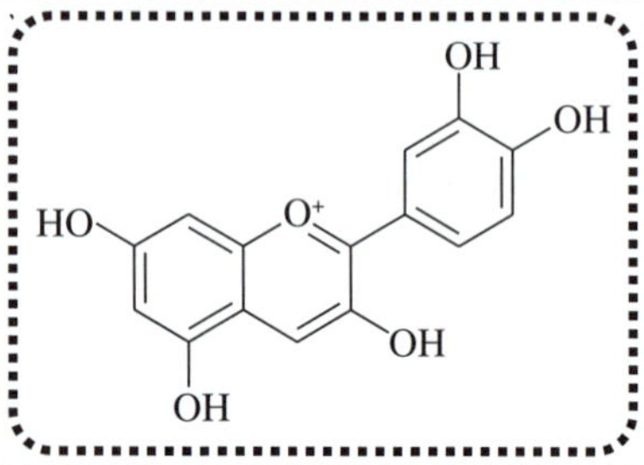

Figure 1. Formule topologique de la cyanidine

On limite la modélisation à des milieux où le pH est compris entre 4,5 et 9,0. Dans cet intervalle, la cyanidine existe principalement sous trois formes :

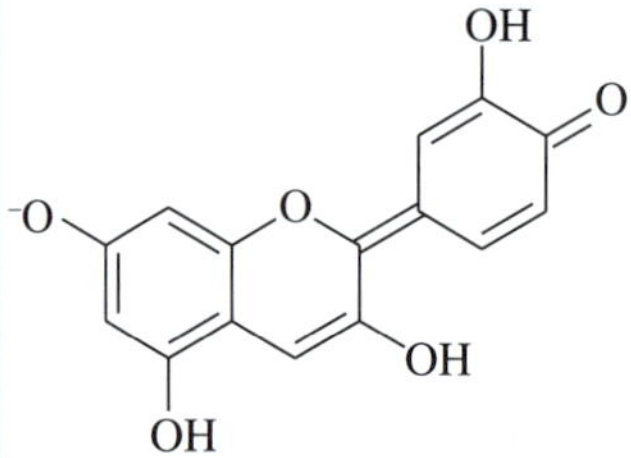

Forme n° 1

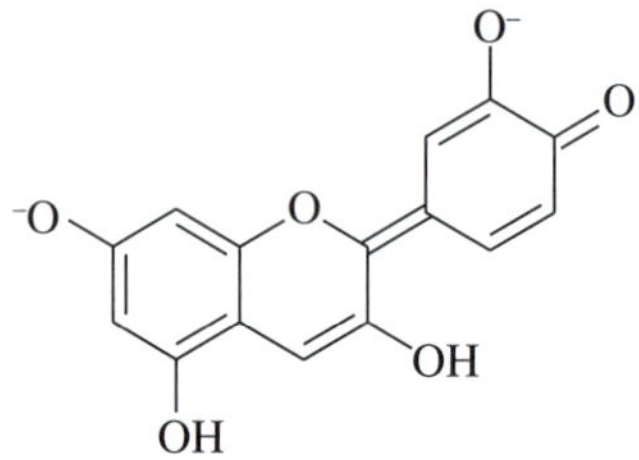

Forme n° 2

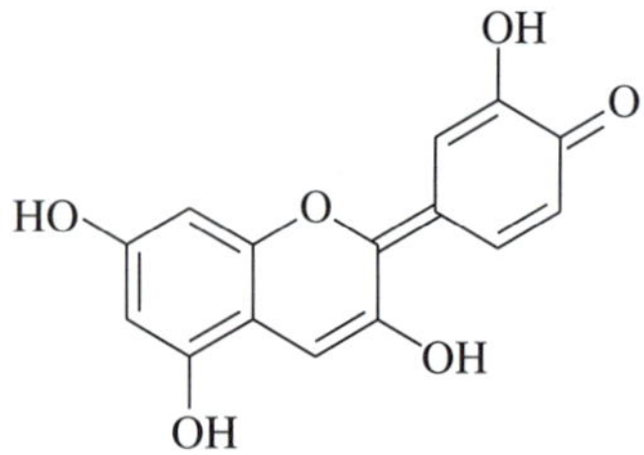

Forme n° 3

Au laboratoire, on prépare une solution de jus de chou rouge en faisant macérer pendant dix minutes dans de l'eau distillée chaude le quart d'un chou rouge coupé en morceaux. On filtre le mélange et on obtient une solution aqueuse de couleur violet-bleu intense. On fait varier le pH de la solution et on note la couleur correspondante :

Couleur	Violet	Violet	Violet-bleu	Violet-bleu	Bleu	Bleu	Bleu-Vert	Bleu-Vert	Vert	Vert
pH	4,5	5,0	5,5	6,0	6,5	7,0	7,5	8,0	8,5	9,0

A.1. Justifier que la forme n° 1 est une espèce amphotère.

A.2. Recopier, puis compléter les pointillés du diagramme de prédominance ci-après pour cet indicateur coloré. Associer une couleur à chaque forme en solution aqueuse.

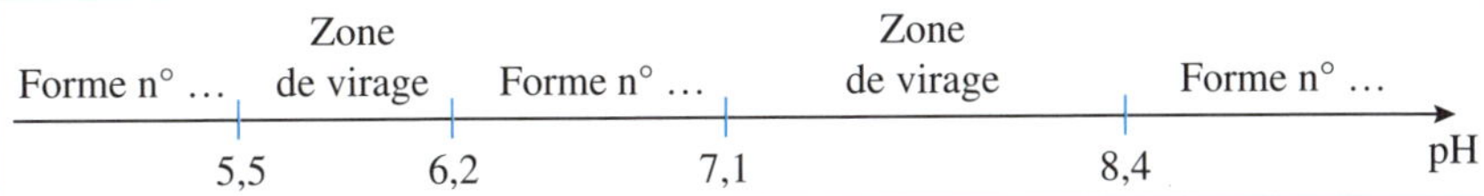

Partie B Titrage d'un lait fermenté

Pour préparer des fromages ou des yaourts, il est nécessaire de faire fermenter du lait frais. Des bactéries appelées ferments lactiques sont utilisées pour transformer notamment le lactose du lait frais en acide lactique (**figure 2**).

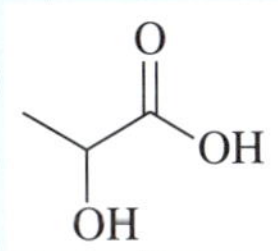

Figure 2. Formule topologique de l'acide lactique

Lors de la fabrication des produits laitiers, pour déterminer l'avancement de la fermentation du lait, les techniciens réalisent un titrage acido-basique de l'acide lactique formé afin de déterminer l'acidité Dornic.

L'acidité Dornic d'un lait doit être supérieure à 80 °D pour pouvoir fabriquer un yaourt.

B.1. Représenter le schéma de Lewis de l'ion lactate.

B.2. Justifier que la fermentation du lait contribue à acidifier celui-ci.

B.3. On veut modéliser la transformation chimique entre l'acide lactique et l'eau du lait. On notera AH l'acide lactique et A^- l'ion lactate.

a) Écrire l'équation de la réaction modélisant cette transformation chimique.

b) Montrer que cette transformation chimique est spontanée. On admettra que la concentration initiale en ion lactate est nulle.

La méthode Dornic consiste à titrer $V_A = 10{,}0$ mL de lait par une solution aqueuse d'hydroxyde de sodium de concentration en quantité de matière $C_0 = 1{,}11 \times 10^{-1}$ mol.L^{-1}. On notera V_E le volume de solution titrante versée à l'équivalence.

On modélise la transformation chimique mise en jeu lors de ce titrage par une réaction support dont l'équation est la suivante :

$$AH_{(aq)} + HO^-_{(aq)} \rightarrow A^-_{(aq)} + H_2O_{(\ell)}$$

On applique la méthode Dornic à un lait en utilisant le chou rouge comme indicateur coloré. Le pH initial vaut 5,9 et le pH à l'équivalence vaut 8,3. Le volume versé à l'équivalence est égal à 2,8 mL.

B.4. Justifier que le jus de chou rouge peut être utilisé pour repérer l'équivalence de ce titrage et préciser le changement de couleur du milieu.
B.5. En détaillant le raisonnement, déterminer si l'acidité Dornic du lait fermenté testé permet la fabrication d'un yaourt.
Le candidat est invité à prendre des initiatives et à présenter la démarche suivie, même si elle n'a pas abouti. La démarche est évaluée et nécessite d'être correctement présenté

Exercice 3 — 50 min — 5 points

Une boisson de réhydratation

Thèmes : *réactions acide-base, réactions d'oxydoréduction, dosage par étalonnage.*

Une boisson de réhydratation, obtenue par dissolution dans l'eau d'un médicament commercialisé sous forme de poudre, est composée principalement d'eau, de glucose (sucre) et de chlorure de sodium (sel). Elle peut être utilisée pour réhydrater rapidement un enfant souffrant de diarrhée.
L'objectif de cet exercice est de vérifier la teneur en glucose d'une de ces boissons par la spectrophotométrie UV-visible.

Données :

- différentes formes de l'acide tartrique :

Nom	Acide tartrique	Ion hydrogénotartrate	Ion tartrate
Notation	H_2T	HT^-	T^{2-}
Formule brute	$C_4H_6O_6$	$C_4H_5O_6^-$	$C_4H_4O_6^{2-}$
Formule topologique	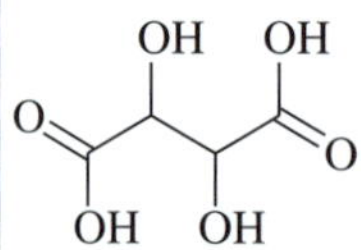	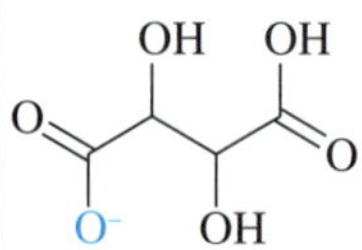	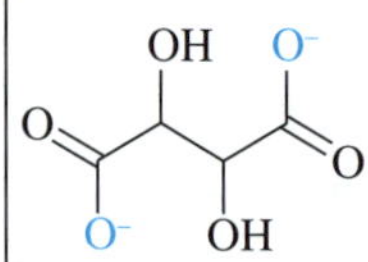

- pK_A de couples acide-base à 25 °C :
  – $H_2T_{(aq)}$ / $HT^-_{(aq)}$: $pK_{A1} = 3{,}5$
  – $HT^-_{(aq)}$ / $T^{2-}_{(aq)}$: $pK_{A2} = 4{,}2$
  – $H_2O_{(\ell)}$ / $HO^-_{(aq)}$: $pK_E = 14$

• couple oxydant-réducteur ion gluconate/glucose :

$$C_5H_{11}O_5-CO^-_{2(aq)}\ /\ C_5H_{11}O_5-CHO_{(aq)}$$

• composition d'un médicament permettant la réhydratation commercialisé en pharmacie :

Espèces chimiques	Analyse moyenne pour un sachet
Glucose ($C_6H_{12}O_6$)	4 g
Saccharose ($C_{12}H_{22}O_{11}$)	4 g
Sodium (Na^+)	0,226 g
Potassium (K^+)	0,199 g
Chlorure ($C\ell^-$)	0,181 g
Bicarbonate (HCO_3^-)	0,289 g
Gluconate ($C_6H_{11}O_7^-$)	0,995 g

Partie A Étude de la liqueur de Fehling

Pour doser le glucose présent dans un médicament permettant la réhydratation, on prépare au préalable une solution de liqueur de Fehling en mélangeant :

• une solution aqueuse (A) contenant des ions cuivre $Cu^{2+}_{(aq)}$;

• une solution aqueuse (B) obtenue lors du mélange d'une solution d'acide tartrique $H_2T_{(aq)}$ et d'une solution aqueuse d'hydroxyde de sodium. La solution (B) ainsi obtenue est très basique, son pH est supérieur à 12.

A.1. Écrire la formule semi-développée de la molécule d'acide tartrique. Entourer les groupes caractéristiques de la molécule, en précisant pour chacun d'eux, la famille fonctionnelle correspondante.

A.2. Déterminer la forme prédominante dans la solution (B) parmi les espèces $H_2T_{(aq)}$, $HT^-_{(aq)}$ et $T^{2-}_{(aq)}$.

A.3. En déduire l'équation de la réaction chimique modélisant la transformation ayant lieu lors de la préparation de la solution (B).

Lors du mélange des solutions (A) et (B), les ions $Cu^{2+}_{(aq)}$ réagissent avec les ions tartrate $T^{2-}_{(aq)}$ pour former des ions de formule $CuT^{2-}_{2(aq)}$, seuls responsables de la coloration bleue de la liqueur de Fehling.

A.4. Écrire l'équation de la réaction chimique modélisant la transformation ayant lieu lors du mélange des solutions (A) et (B).

Le spectre d'absorption de la liqueur de Fehling (**figure 1**) est donné ci-après ainsi qu'un cercle chromatique (**figure 2**) :

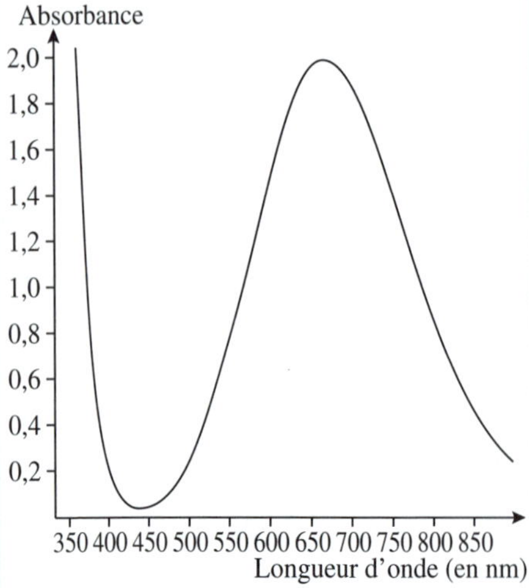

Figure 1. Spectre d'absorption de la liqueur de Fehling

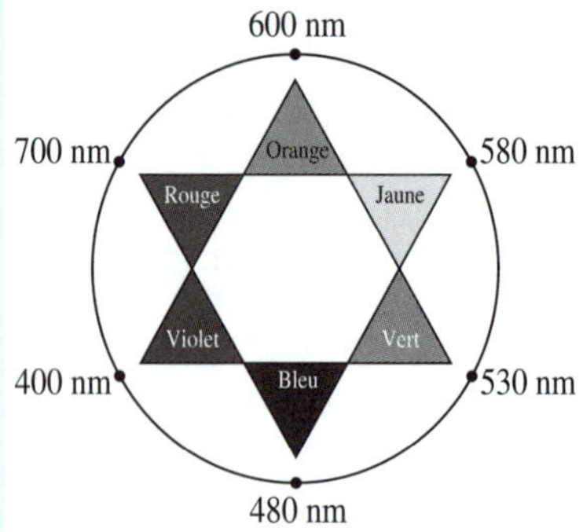

Figure 2. Cercle chromatique

A.5. Justifier la couleur de la solution de liqueur de Fehling.

Partie B Dosage du glucose

Le médicament permettant la réhydratation contient, entre autres, du glucose qui possède des propriétés réductrices. On souhaite utiliser ces propriétés pour réaliser un dosage par étalonnage utilisant la spectrophotométrie.
On réalise une courbe d'étalonnage suivant le protocole suivant :
- préparer une gamme de solutions aqueuses étalons de concentrations en masse γ de glucose connues ; ces solutions étalons sont incolores ;
- faire réagir, une à une, 10,0 mL de ces solutions étalons avec 5,0 mL de liqueur de Fehling dans un bain-marie bouillant pendant 15 min ; il se forme un précipité rouge-brique Cu_2O ;
- éliminer le précipité du mélange par filtration. Le filtrat obtenu est de couleur bleue ;
- introduire ce filtrat dans une fiole jaugée de 25,0 mL et ajuster le trait de jauge avec de l'eau distillée ;
- mesurer avec un spectrophotomètre l'absorbance de la solution obtenue de couleur bleue.

Le glucose contenu dans le médicament permettant la réhydratation réagit avec les ions $CuT_{2(aq)}^{2-}$ contenus dans la liqueur de Fehling. Cette transformation chimique est totale et produit l'ion gluconate et l'oxyde de cuivre

$Cu_2O_{(s)}$, de couleur rouge-brique. L'équation de la réaction modélisant cette transformation est :

$$2\ CuT_{2(aq)}^{2-} + C_5H_{11}O_5-CHO_{(aq)} + 5\ HO_{(aq)}^{-} \rightarrow Cu_2O_{(s)} + C_5H_{11}O_5-CO_{2(aq)}^{-} + 4\ T_{(aq)}^{2-} + 3\ H_2O_{(\ell)}$$

glucose — ion gluconate

B.1. Justifier le caractère réducteur du glucose dans cette réaction à l'aide d'une demi-équation électronique.

B.2. À l'issue de la réaction entre une solution étalon de glucose et la solution de liqueur de Fehling, le filtrat est de couleur bleue. Identifier le réactif limitant.

B.3. Proposer une longueur d'onde optimale pour régler le spectrophotomètre afin de réaliser les mesures.

La courbe d'étalonnage est obtenue à partir des mesures de l'absorbance des filtrats des différents mélanges. Elle est modélisée par une droite d'équation : $A = -0{,}39 \times \gamma + 0{,}88$ avec γ en $g.L^{-1}$.

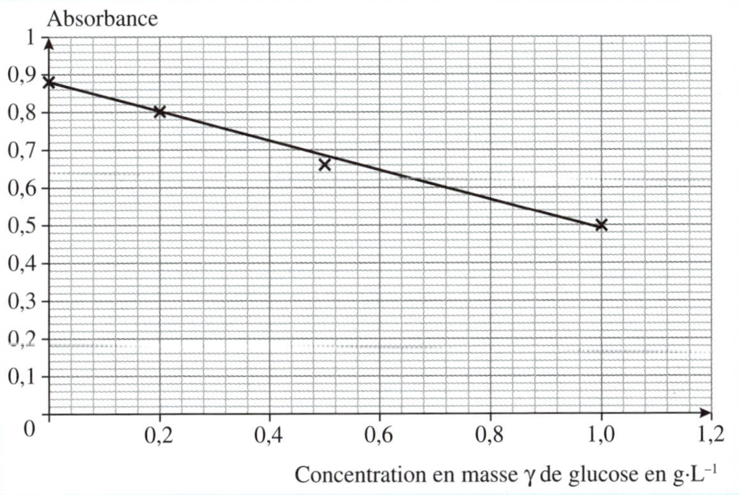

B.4. Expliquer pourquoi l'absorbance du filtrat diminue lorsque la concentration en masse de glucose augmente.

Afin de déterminer la masse de glucose contenue dans un sachet de médicament permettant la réhydratation, on réalise l'expérience suivante :

– une solution (S_1) de volume $V_1 = 500$ mL est préparée en dissolvant le contenu d'un sachet de médicament dans de l'eau distillée ;
– la solution (S_1) est ensuite diluée d'un facteur 10 pour obtenir la solution (S_2) ;

– en réalisant le même protocole expérimental que les solutions étalons, on mesure une absorbance $A = 0{,}59$ lorsqu'on utilise 10,0 mL de solution (S_2) à la place de 10,0 mL de solution étalon.

B.5. Déterminer la masse de glucose contenue dans le sachet de médicament permettant la réhydratation et commenter le résultat obtenu.

Exercice 4 50 min 5 points

Four à micro-ondes pour synthèse organique

Thème : *synthèse organique.*

Un dispositif de chauffage est nécessaire pour réaliser de nombreuses synthèses organiques. Le montage à reflux est couramment utilisé au laboratoire ou dans l'industrie. Cependant, depuis les années 1980, les fours micro-ondes domestiques constituent une alternative.

L'objectif de cet exercice est d'étudier la synthèse d'un principe actif utilisé dans le traitement de l'épilepsie : la phénytoïne.

Les trois étapes de cette synthèse sont représentées ci-après :

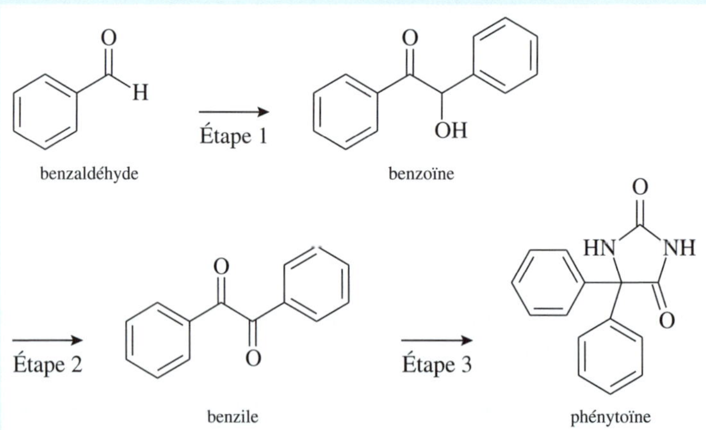

Figure 1. **Schéma de synthèse de la phénytoïne**

Données :

Espèce chimique	Hydroxyde de potassium	Urée	Benzile	Phénytoïne
Formule brute	KOH	CH_4N_2O	$C_{14}H_{10}O_2$	$C_{15}H_{12}N_2O_2$
Masse molaire en g.mol^{-1}	56,1	60,1	210,2	252,3

Partie A Préparation de la benzoïne (étape 1)

On utilise un four à micro-ondes pour réaliser l'étape 1 de la synthèse qui est catalysée par le chlorure de thiamine.

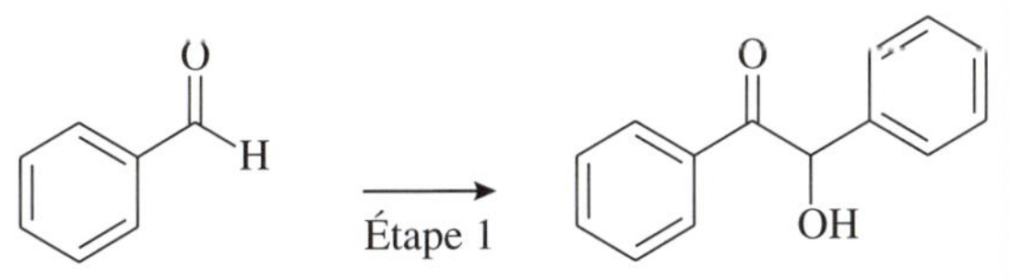

Le protocole expérimental simplifié est le suivant :

a. dans un erlenmeyer de 100 mL, introduire 1,35 g de chlorure de thiamine, environ 4 mL d'eau, 15 mL d'éthanol à 95 %, 7,0 mL d'une solution aqueuse d'hydroxyde de potassium $\left(K^+_{(aq)} + HO^-_{(aq)}\right)$ de concentration 1,1 mol.L^{-1}, puis agiter à température ambiante ;

b. ajouter 2,0 mL de benzaldéhyde ;

c. recouvrir d'un entonnoir et chauffer à l'aide d'un four à micro-ondes pendant 1 min à la puissance de 600 W, sortir du four et laisser cristalliser à température ambiante, puis refroidir dans un bain eau-glace ;

d. filtrer sur Büchner, laver les cristaux avec de l'eau glacée et les rincer avec un mélange refroidi eau-éthanol ; on obtient des cristaux blancs ;

e. purifier le produit à l'aide d'une recristallisation dans l'éthanol.

On réalise deux chromatographies sur couche mince (CCM) des cristaux obtenus : une avant l'étape de recristallisation et une après cette étape. L'éluant utilisé est un mélange d'éther de pétrole et d'acétate d'éthyle. La révélation s'effectue sous une lampe UV, et les dépôts proviennent de solutions diluées d'un facteur 100 dans l'acétate d'éthyle.

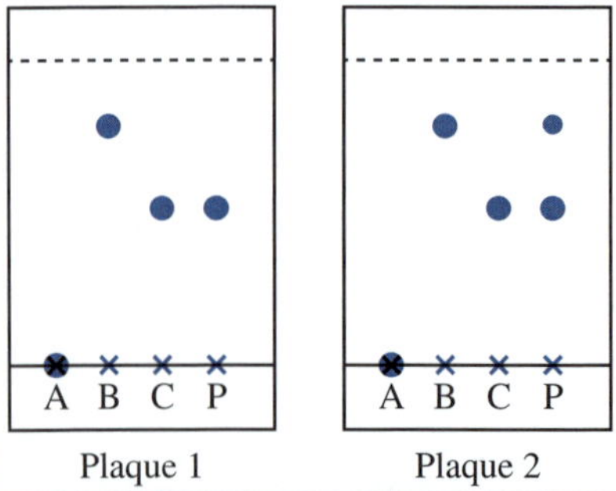

A : dépôt de chlorure de thiamine
B : dépôt de benzaldéhyde (commercial)
C : dépôt de benzoïne (commercial)
P : produit obtenu

Figure 2. Reproduction des plaques de chromatographie sur couche mince (CCM) avant et après purification

A.1. Recopier la formule topologique de la benzoïne sur la copie. Entourer les groupes caractéristiques et nommer les familles fonctionnelles correspondantes.
A.2. Déterminer la valeur de la masse d'hydroxyde de potassium solide à prélever pour préparer 100,0 mL de solution aqueuse d'hydroxyde de potassium dans l'étape **a.**
A.3. Donner l'état physique du produit obtenu à la fin de l'étape **c** du protocole expérimental.
A.4. Indiquer la plaque qui correspond à la CCM effectuée avant la purification. Justifier.
A.5. Proposer une autre méthode d'identification du produit obtenu en fin de synthèse.

Partie B Préparation du benzile (étape 2)

L'étape 2 de la synthèse est une oxydation de la benzoïne qui permet de former du benzile.

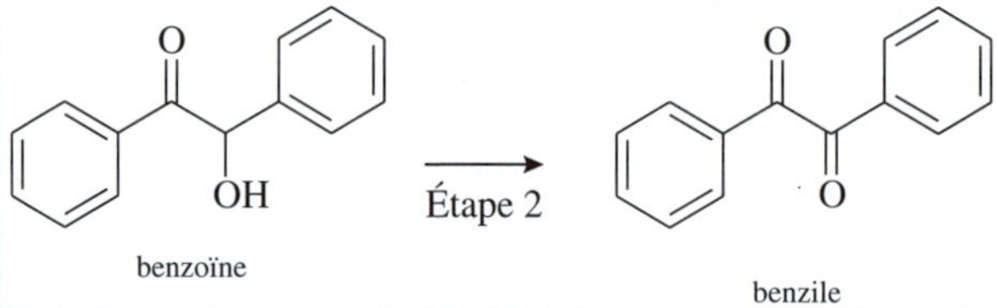

B.1. Donner la formule brute de la benzoïne.
B.2. Justifier, à partir de la demi-équation électronique associée au couple oxydant/réducteur benzile/benzoïne, que l'étape 2 correspond bien à une oxydation de la benzoïne.

Partie C Préparation de la phénytoïne (étape 3)

L'étape 3 de la synthèse se réalise également à l'aide d'un four à micro-ondes, en milieu basique, en utilisant l'éthanol comme solvant. On introduit 1,00 g de benzile et 0,450 g d'urée. Après réaction, on obtient une masse de 1,11 g de phénytoïne.

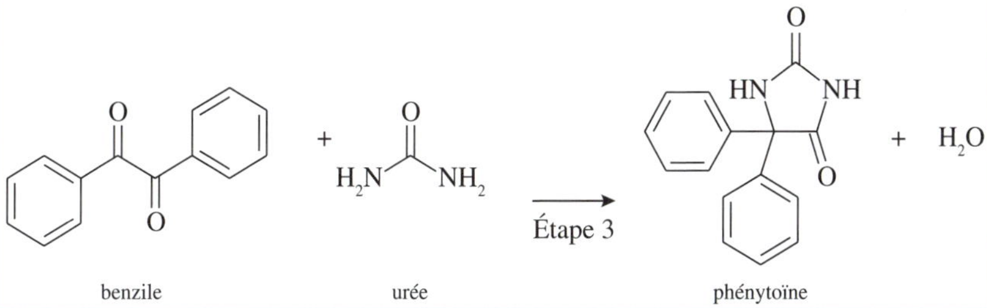

Figure 3. Équation de réaction modélisant l'étape 3 de la synthèse

C.1. Calculer le rendement de cette synthèse.

Corrigé de l'exercice 1

Les textes sur fond jaune apparaissant dans ce corrigé sont des rappels de cours ou des commentaires pour vous guider et vous aider.

Partie A Étude énergétique

A.1. [1 pt] **Ligne 16** : La variable créée ici est calculée suivant la formule $\sqrt{v_x^2 + v_y^2}$. Il s'agit donc de la **valeur du vecteur vitesse** du centre de masse du sac de maïs.
Ligne 17 : La moitié du produit de la masse par le carré de la valeur de la vitesse permet de calculer **l'énergie cinétique E_c** du système.
Ligne 18 : À cette ligne, c'est **l'énergie potentielle de pesanteur E_{pp}** qui est calculée par le produit mgz.
Ligne 19 : Les variables définies aux lignes 17 et 18 sont sommées. Il s'agit donc de **l'énergie mécanique E_m**.

Dans Python, l'opération « ** » permet d'élever à la puissance. Ainsi « vx**2 » équivaut à « v_x^2 ».
Il faut également souligner que les lignes 16 à 19 créent des tableaux numpy qui vont donc contenir plusieurs valeurs calculées à partir des valeurs listées en amont (lignes 6 à 11).

A.2.a) [1 pt] La **série 1** présente des valeurs plus élevées que les deux autres séries : il s'agit de l'**énergie mécanique**. Le système connaît d'abord une phase d'ascension : l'altitude z va augmenter et la vitesse diminuer. D'après les relations rappelées à la question précédente, on sait que la courbe $E_{pp} = f(t)$ est croissante lorsque la courbe $E_c = f(t)$ est décroissante au début du mouvement. La **série 2 correspond donc à l'énergie cinétique et la série 3 à l'énergie potentielle de pesanteur.**

A.2.b) [0,5 pt] Les points de la série 1 montrent clairement que l'énergie mécanique n'est pas constante : elle décroît de manière non négligeable au cours du temps.
Le système est donc soumis à des forces de frottement exercées par l'air.

A.2.c) [0,5 pt] À $t = 0$, $E_c = \frac{1}{2}mv_0^2$. La figure 3 permet de déterminer sa valeur : $E_c(0) = 17{,}8$ J.
On en déduit la valeur de v_0 :

$$\boldsymbol{v_0} = \sqrt{\frac{\mathbf{2}\boldsymbol{E}_\mathbf{c}\mathbf{(0)}}{\boldsymbol{m}}} = \sqrt{\frac{2 \times 17{,}8}{0{,}440}} = \mathbf{8{,}99\ m.s^{-1}}$$

A.2.d) [0,75 pt] À $t = 0$, on a $z = H$. Ainsi, $E_{pp}(0) = mgH$. La détermination graphique donne $E_{pp}(0) = 3{,}7$ J. On peut maintenant calculer la valeur de H :

$$\boldsymbol{H} = \frac{\boldsymbol{E}_\mathbf{pp}\mathbf{(0)}}{\boldsymbol{mg}} = \frac{3{,}7}{0{,}440 \times 9{,}81} = \mathbf{0{,}86\ m}$$

Compte tenu de la taille moyenne d'un adulte, ce résultat est cohérent.

Partie B Étude du mouvement du sac après le lancer

B.1. [1 pt] On applique la deuxième loi de Newton au système {sac de maïs} dans le référentiel terrestre supposé galiléen durant son mouvement. Le système est supposé ponctuel et assimilé à son centre de masse G. On néglige les frottements exercés par l'air ; le poids est l'unique force extérieure s'exerçant sur le système :

$$\sum\vec{F} = m\vec{a} \Rightarrow \vec{P} = m\vec{a} \Rightarrow m\vec{g} = m\vec{a} \Rightarrow \boldsymbol{\vec{a}} = \boldsymbol{\vec{g}}$$

Par projection sur les axes (O x) et (O z), il vient :

$$\begin{cases} \boldsymbol{a_x} = \boldsymbol{g_x} = \mathbf{0} \\ \boldsymbol{a_z} = \boldsymbol{g_z} = \boldsymbol{-g} \end{cases}$$

B.2. [2 pts] Comme $\vec{a} = \frac{d\vec{v}}{dt}$, on détermine la composante v_x (resp. v_y) en intégrant l'expression de a_x (resp. a_y).

$$\begin{cases} v_x = \text{cte} = C_1 \\ v_z = -gt + \text{cte} = -gt + C_2 \end{cases}$$

La projection du vecteur vitesse initial $\overrightarrow{v_0}$ va permettre de déterminer les constantes C_1 et C_2.

$$\begin{cases} v_{0x} = v_0 \cos(\alpha) = v_x(0) = C_1 \\ v_{0z} = v_0 \sin(\alpha) = v_z(0) = C_2 \end{cases}$$

D'où les expressions complètes :

$$\begin{cases} v_x = v_0 \cos(\alpha) \\ v_z = -gt + v_0 \sin(\alpha) \end{cases}$$

Sachant que $\vec{v} = \frac{d\overrightarrow{OG}}{dt}$, on en déduit les coordonnées $x(t)$ et $z(t)$ en intégrant les composantes du vecteur vitesse.

$$\begin{cases} x = v_0 \cos(\alpha)t + C_3 \\ z = -\frac{1}{2}gt^2 + v_0 \sin(\alpha)t + C_4 \end{cases}$$

À $t = 0$: $x(0) = 0 = C_3$ et $z(0) = H = C_4$

Les équations horaires s'écrivent donc :

$$\begin{cases} \boldsymbol{x = v_0 \cos(\alpha) t} \\ \boldsymbol{z = -\frac{1}{2} g t^2 + v_0 \sin(\alpha) t + H} \end{cases}$$

B.3. [0,75 pt] Comme $x = v_0 \cos(\alpha)t$, on peut écrire que $t = \dfrac{x}{v_0 \cos(\alpha)}$

On remplace t par cette dernière expression dans l'équation horaire $z(t)$:

$$z = -\frac{1}{2} g \left(\frac{x}{v_0 \cos(\alpha)} \right)^2 + \cancel{v_0} \sin(\alpha) \frac{x}{\cancel{v_0} \cos(\alpha)} + H$$

$$\boldsymbol{z = -\frac{g x^2}{2 v_0^2 \cos^2(\alpha)} + \tan(\alpha) x + H}$$

Il s'agit bien de l'équation indiquée dans l'énoncé et la **trajectoire du système est une parabole.**

B.4. [0,5 pt] Le joueur peut, suivant sa façon de lancer, **modifier les valeurs de H, v_0 et α.**

B.5.a) [1 pt] Il s'agit de déterminer la portée D du lancer. Nécessairement, tel que le repère (O ; x, z) est défini, on a $z(x_D) = 0$. Il faut donc résoudre l'équation $-0{,}0842 x_D{}^2 + 0{,}625 x_D + 0{,}880 = 0$, où x_D est l'abscisse du point d'impact.

Le discriminant vaut : $\Delta = 0{,}625^2 - 4 \times (-0{,}0842) \times 0{,}880 = 0{,}687 > 0$.

Il y a donc deux racines :

$$x_{D,1} = \frac{-0{,}625 - \sqrt{0{,}687}}{2 \times (-0{,}0842)} = 8{,}63 \text{ m} \quad \text{et} \quad x_{D,2} = \frac{-0{,}625 + \sqrt{0{,}687}}{2 \times (-0{,}0842)} = -1{,}21 \text{ m}$$

On retient la valeur positive : $\boldsymbol{x_D = 8{,}63}$ **m**. Le bord de la planche se situant à $d = 8{,}0$ m, le sac de maïs va la percuter à environ 60 cm du bord. Si le sac atterrit bien sur la planche, il termine sa chute avant le trou circulaire : **le joueur marque 1 point**.

B.5.b) [1 pt] On détermine au préalable la valeur de H et celle de α.

On a établi l'équation : $z = -\dfrac{g x^2}{2 v_0^2 \cos^2(\alpha)} + \tan(\alpha) x + H$ que l'on peut écrire de façon générique $z = a x^2 + b x + c$ avec :

$$a = -\frac{g x^2}{2 v_0^2 \cos^2(\alpha)} \quad ; \quad b = \tan(\alpha) \quad ; \quad c = H$$

La modification de la valeur de v_0 ne modifiera pas la valeur des coefficients b et c (H et α étant maintenus constants).

On s'appuie sur l'équation numérique utilisée précédemment :

$$z(x) = -0{,}0842 x^2 + 0{,}625 x + 0{,}880 .$$

Par identification, on trouve :

$$H = 0{,}880 \text{ m et } \tan(\alpha) = 0{,}625 \Rightarrow \alpha = \arctan(0{,}625) = 32°$$

On considère maintenant un lancer tel que le centre de masse du sac de maïs coïncide avec le centre du trou lors de l'impact, soit $x_D = 8{,}0 + 0{,}91 + 0{,}08 = 8{,}99$ m

On résout à nouveau l'équation : $-\dfrac{g x_D{}^2}{2 v_0^2 \cos^2(\alpha)} + \tan(\alpha) x_D + H = 0$, sauf que l'inconnue est maintenant v_0 et non plus x_D. On isole v_0 :

$$\frac{g{x_D}^2}{2v_0^2\cos^2(\alpha)} = \tan(\alpha)x_D + H \Rightarrow v_0^2 = \frac{g{x_D}^2}{2\cos^2(\alpha)\left(\tan(\alpha)x_D + H\right)}$$

$$\Rightarrow \boldsymbol{v_0 = \sqrt{\frac{g{x_D}^2}{2\cos^2(\alpha)\left(\tan(\alpha)x_D + H\right)}}}$$

$$v_0 = \sqrt{\frac{9{,}81 \times 8{,}99^2}{2\cos^2(32°) \times \left(\tan(32°) \times 8{,}99 + 0{,}880\right)}} = \mathbf{9{,}2\ m.s^{-1}}$$

Cette valeur de la vitesse semble à la portée du joueur, puisque légèrement supérieure à la vitesse communiquée au système lors du premier lancer.

Il s'agit cependant d'une vitesse élevée qui suppose un mouvement rapide du bras doublé d'une bonne très bonne maîtrise du lâcher du sac.

Corrigé de l'exercice 2

Partie A Modélisation d'un indicateur coloré naturel issu du chou rouge

A.1. [0,5 pt] Une espèce chimique amphotère se comporte à la fois comme un acide et comme une base, c'est-à-dire qu'elle peut céder (comportement acide) ou capter (comportement basique) un ion H^+. La formule topologique des différentes formes montre comment les formes n° 2 et n° 3 s'obtiennent à partir de la forme n° 1.

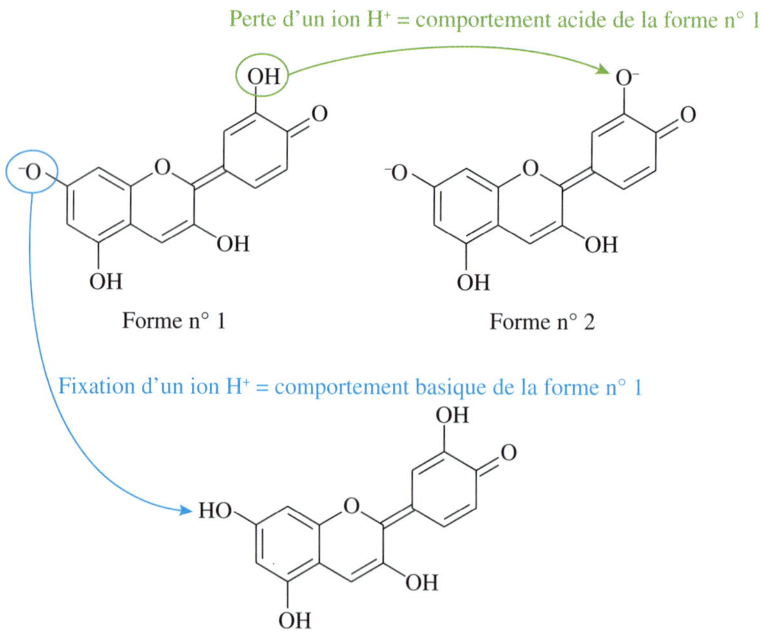

Forme n° 3

La forme n° 1 est donc bien une espèce amphotère.

A.2. [0,75 pt] La question précédente permet de positionner les différentes formes sur un diagramme de prédominance, la couleur de chacune d'elles se déduisant du tableau fourni dans l'énoncé. Le premier couple est « forme n° 3/forme n° 1 » et le second « forme n° 1/forme n° 2 ».

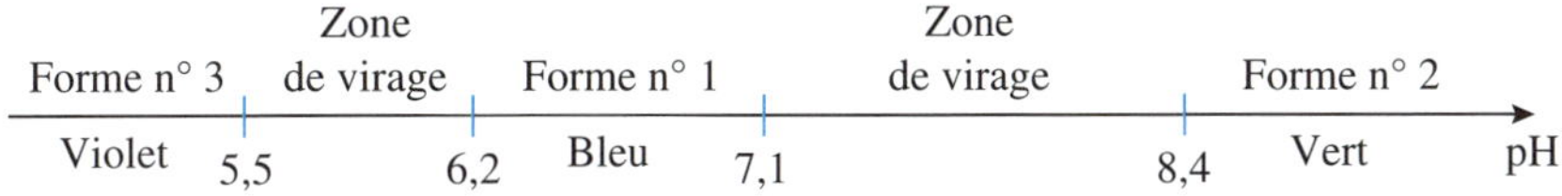

On peut noter une espèce amphotère AH^-. Cette espèce joue le rôle de base au sein du couple acido-basique AH_2/AH^- et celui d'acide dans le couple AH^-/A^{2-}.

Partie B Titrage d'un lait fermenté

B.1. [0,75 pt] L'énoncé indique la formule topologique de l'acide lactique. L'ion lactate est sa base associée : l'ion H^+ qui est cédé provient du groupe carboxyle. On dit de l'atome d'hydrogène impliqué qu'il est labile. On en déduit le schéma de Lewis de l'ion lactate.

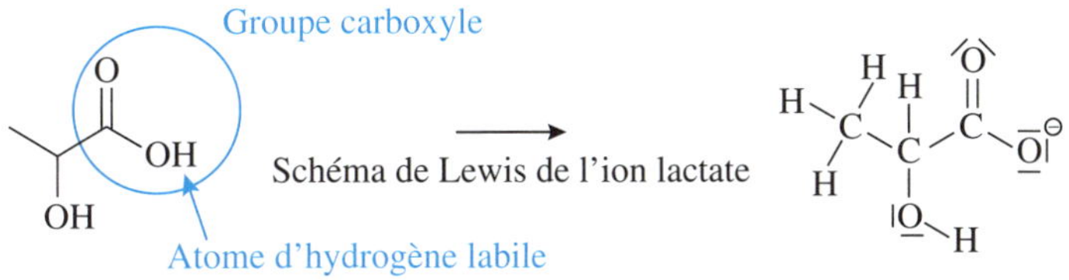

B.2 [0,25 pt] La fabrication d'un yaourt nécessite une fermentation lactique du lait qui transforme du lactose en acide lactique : **le lait s'acidifie.**

B.3.a) [0,25 pt] Cette équation s'écrit : $\mathbf{AH_{(aq)} + H_2O_{(\ell)} \rightleftarrows A^-_{(aq)} + H_3O^+_{(aq)}}$

L'acide lactique est un acide faible. Sa dissociation dans l'eau donne lieu à la réaction inverse, un équilibre dynamique finissant par s'établir entre ces deux réactions. C'est la raison pour laquelle il faut opter ici pour la double flèche.

B.3.b) [0,5 pt] On calcule le quotient de réaction à un instant initial (hypothétique) où l'acide lactique ne se serait pas encore dissocié dans l'eau, soit $\left[A^-\right]_i = 0$ et

$$[AH]_i \neq 0 \ : \ Q_{r,i} = \frac{\left[A^-\right]_i \times \left[H_3O^+\right]_i}{[AH]_i} = \mathbf{0} < K_A$$

Cette transformation chimique est bien spontanée car lors de son évolution, le quotient de réaction se rapproche de la constante d'équilibre K_A.

B.4. [0,5 pt] La valeur du pH à l'équivalence est bien incluse dans la zone de virage du couple « « forme n° 1/forme n° 2 ». Elle est par ailleurs proche de la borne supérieure de cette zone. **On attendra ainsi que le milieu réactionnel vire du bleu-vert au vert pour repérer le volume équivalent.**

Ce changement de teinte est subtil et peu approprié à la mesure d'une équivalence ; on préfèrera un indicateur dont le changement de teinte est plus notable, comme la phénolphtaléine, initialement incolore et qui devient fuchsia à l'équivalence.

B.5. [1,5 pt] Le titrage va permettre de déterminer la concentration en masse d'acide lactique dans le lait testé.

À l'équivalence, la quantité de matière d'ions hydroxyde versée et la quantité d'acide lactique initialement présente sont en proportions stœchiométriques de la réaction support du titrage :

$$\frac{n_{\text{init}}(\text{AH})}{1} = \frac{n_{\text{équ}}(\text{HO}^-)}{1}$$

Soit : $C_A \times V_A = C_0 \times V_E$, où C_A est la concentration en acide lactique dans le lait

$$\boldsymbol{C_A = \frac{C_0 \times V_E}{V_A}}$$

On peut maintenant calculer la concentration en masse γ_A en acide lactique :

$$\boldsymbol{\gamma_A = C_A \times M_{AH}} = \frac{C_0 \times V_E}{V_A} \times M_{AH} = \frac{1{,}11 \times 10^{-1} \times 2{,}8}{10{,}0} \times 90{,}1 = \mathbf{2{,}8\ g.L^{-1}}$$

Le rapport des volumes autorise à les laisser en mL.

Enfin, on peut déterminer par proportionnalité le degré Dornic t_D, sachant que 1,0 °D correspond à une concentration en masse en acide lactique de 0,10 g.L^{-1} :

$$\boldsymbol{t_D} = \frac{2{,}8 \times 1{,}0}{0{,}10} = \mathbf{28\ °D}$$

Ce lait dont l'acidité Dornic est inférieure à 80 °D ne permet pas la fabrication d'un yaourt.

Le volume équivalent mesuré peut surprendre car l'équivalence est « rapidement » atteinte. La méthode Dornic fixe la prise d'essai à 10,0 mL et la concentration en ions hydroxyde à $1{,}11 \times 10^{-1}$ mol.L^{-1}. Cela est commode car le degré Dornic est alors obtenu en multipliant le volume équivalent (exprimé en mL) par 10.

Corrigé de l'exercice 3

Partie A Étude de la liqueur de Fehling

A.1. [0,5 pt] La formule semi-développée de l'acide tartrique est la suivante :

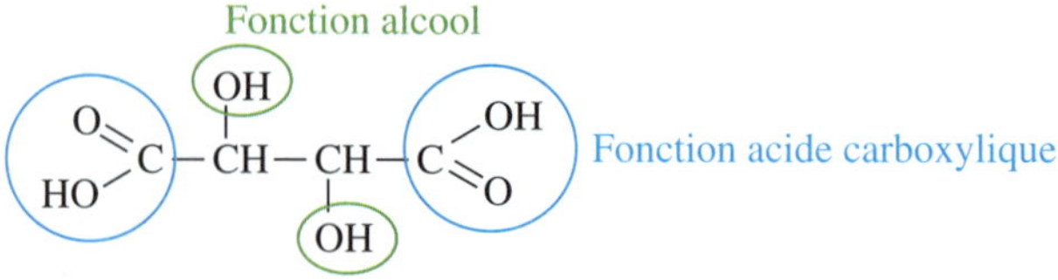

A.2. [0,5 pt] Le pH de la solution (B) est égal à 12. Sa valeur est donc supérieure au pK_A du couple $HT^-_{(aq)}$ / $T^{2-}_{(aq)}$; **l'espèce prédominante sera donc l'entité basique de ce couple, soit $\mathbf{T^{2-}_{(aq)}}$.**

A.3. [0,5 pt] L'espèce chimique de départ, $H_2T_{(aq)}$, cède deux ions H^+ aux ions $HO^-_{(aq)}$ afin de former $T^{2-}_{(aq)}$. D'où l'équation : $\mathbf{H_2T_{(aq)} + 2\ HO^-_{(aq)} \rightarrow T^{2-}_{(aq)} + 2\ H_2O_{(\ell)}}$

A.4. [0,25 pt] La formule de l'ion qui se forme lors du mélange des solutions (A) et (B), $CuT^{2-}_{2(aq)}$, indique que ce complexe comprend deux ions tartrate pour un ion cuivre (II). On en déduit l'équation :

$$\mathbf{Cu^{2+}_{(aq)} + 2\ T^{2-}_{(aq)} \rightarrow CuT^{2-}_{2(aq)}}$$

A.5. [0,5 pt] La solution de liqueur de Fehling présente une absorbance maximale pour une radiation de longueur d'onde $\lambda_{max} = 650$ nm, soit dans l'orange-rouge d'après la figure 2. **Elle sera donc perçue dans la couleur complémentaire, soit le bleu-vert.**

Partie B Dosage du glucose

B.1. [0,5 pt] On écrit la demi-équation électronique du couple $C_5H_{11}O_5 - CO^-_{2(aq)}$ / $C_5H_{11}O_5 - CHO_{(aq)}$ en milieu acide :

$$C_5H_{11}O_5 - CO^-_{2(aq)} + 3\ H^+_{(aq)} + 2\ e^- = C_5H_{11}O_5 - CHO_{(aq)} + H_2O_{(\ell)}$$

Le glucose cède des électrons : il s'agit bien d'un réducteur.

B.2. [0,5 pt] Si la couleur bleue persiste, c'est qu'il reste des ions $CuT^{2-}_{2(aq)}$ en solution. **Le glucose a donc totalement réagi et constitue le réactif limitant.**

B.3. [0,25 pt] Lors de l'utilisation d'un spectrophotomètre, la longueur d'onde de la radiation de travail doit de préférence être égale à la longueur d'onde pour laquelle l'espèce colorée présente une absorbance maximale (si la plage de fonctionnement de l'appareil le permet), **soit 650 nm ici.**

B.4. [0,5 pt] Ici, le volume de liqueur de Fehling et la concentration en ions CuT_2^{2-} sont constants, de même que le volume des solutions étalons. Si la concentration en masse en glucose augmente, il en sera de même pour la quantité de matière de glucose initialement présent dans le mélange réactionnel. Ainsi, la quantité de matière des ions CuT_2^{2-} qui seront consommés va augmenter ; à la fin de la réaction, la concentration en ions CuT_2^{2-} demeurant dans le mélange réactionnel va donc diminuer. **L'absorbance du filtrat, proportionnelle à cette concentration (dans les conditions de l'expérience et suivant la loi de Beer-Lambert), va donc diminuer.**

B.5. [1 pt] On détermine tout d'abord la concentration en masse en glucose γ_{fille} de la solution fille en s'appuyant sur l'équation de la modélisation et sachant que l'absorbance de cette solution vaut $A = 0{,}59$:

$$A = -0{,}39 \times \gamma_{fille} + 0{,}88$$

$$\Rightarrow \gamma_{fille} = \frac{0{,}88 - A}{0{,}39} = \frac{0{,}88 - 0{,}59}{0{,}39} = \mathbf{0{,}74\ g.L^{-1}}$$

On en déduit la concentration en masse de la solution mère qui a été diluée 10 fois pour préparer cette solution fille :

$$\boldsymbol{\gamma = 10 \times \gamma_{fille} = 7{,}4\ g.L^{-1}}$$

L'étiquette figurant dans les données de l'énoncé indique qu'un sachet de ce médicament contient 4 g de glucose. La dissolution de son contenu dans un volume de 500 mL d'eau donnera donc une concentration en masse en glucose de 8 $g.L^{-1}$. **Aux chiffres significatifs près, on retrouve bien la valeur expérimentale.**

Corrigé de l'exercice 4

Partie A Préparation de la benzoïne (étape 1)

A.1. [0,75 pt] La molécule de benzoïne comporte deux groupes caractéristiques :

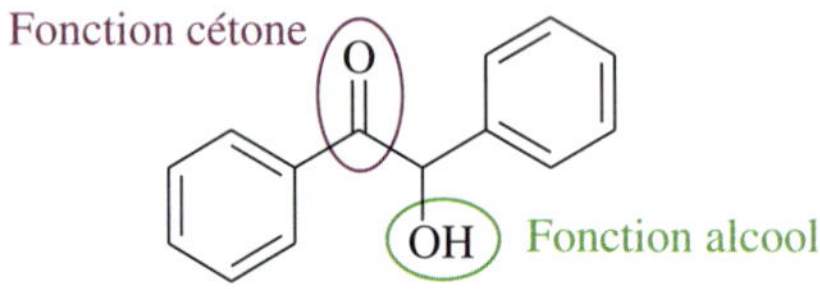

A.2. [0,5 pt] La concentration en quantité de matière en hydroxyde de potassium est $C_{KOH} = 1{,}1 \text{ mol.L}^{-1}$. On prépare un volume $V = 100{,}0 \text{ mL}$ de cette solution. La quantité de matière n_{KOH} vaut ainsi :

$$n_{KOH} = C_{KOH} \times V$$

Soit une masse :

$$\boldsymbol{m_{KOH} = n_{KOH} \times M_{KOH} = C_{KOH} \times V \times M_{KOH}}$$

$$m_{KOH} = 1{,}1 \times 100{,}0 \times 10^{-3} \times 56{,}1 = \mathbf{6{,}2\ g}$$

A.3. [0,25 pt] L'étape **c** fait mention d'une cristallisation : **le produit obtenu est donc à l'état solide.**

A.4. [0,5 pt] La lecture verticale au niveau du dépôt « P » donne une tache pour la plaque 1 (la lecture horizontale montre qu'il s'agit de la benzoïne) et deux taches pour la plaque 2 (présence de benzoïne, mais aussi de benzaldéhyde). **C'est donc la plaque 2 qui correspond à la CCM effectuée avant purification.**

A.5. [0,5 pt] L'identification du produit formé peut aussi se faire par **la détermination de sa température de fusion à l'aide d'un banc Kofler.**

Partie B Préparation du benzile (étape 2)

B.1. [0,5 pt] La formule brute de la benzoïne est $\mathbf{C_{14}H_{12}O_2}$.

Pour répondre à cette question, il faut se rappeler que les liaisons C-H sont implicites dans la formule topologique et dénombrer les atomes d'hydrogène en s'appuyant sur la tétravalence de l'atome de carbone.

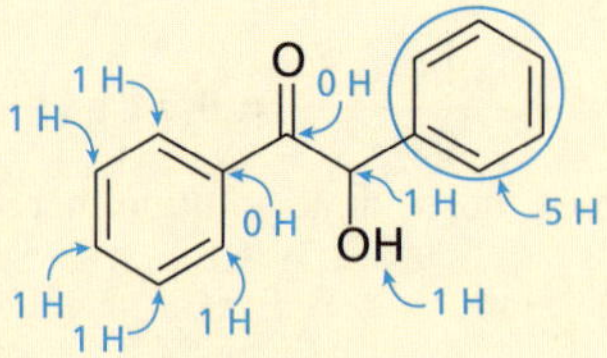

benzoïne

B.2. [0,5 pt] On écrit la demi-équation électronique associée au couple benzile/benzoïne :

$$C_{14}H_{10}O_2 + 2\,H^+_{(aq)} + 2\,e^- = C_{14}H_{12}O_2$$

$$\xleftarrow{\text{étape 2}}$$

Lors de l'étape 2, la benzoïne cède des électrons pour former le benzile : il s'agit bien d'une oxydation.

Partie C Préparation de la phénytoïne (étape 3)

C.1. [1,5 pt] On calcule les différentes quantités de matière des espèces intervenant dans cette transformation :

$$n_{\text{init}}(\text{benzile}) = \frac{m_{\text{init}}(\text{benzile})}{M(\text{benzile})} = \frac{1{,}00}{210{,}2} = 4{,}76 \times 10^{-3} \text{ mol}$$

$$n_{\text{init}}(\text{urée}) = \frac{m_{\text{init}}(\text{urée})}{M(\text{urée})} = \frac{0{,}450}{60{,}1} = 7{,}49 \times 10^{-3} \text{ mol}$$

$$n_{\text{form}}(\text{phénytoïne}) = \frac{m_{\text{form}}(\text{phénytoïne})}{M(\text{phénytoïne})} = \frac{1{,}11}{252{,}3} = 4{,}40 \times 10^{-3} \text{ mol}$$

Des calculs précédents, on peut en déduire :

• le **réactif limitant : le benzile** car $\frac{n_{\text{init}}(\text{benzile})}{1} < \frac{n_{\text{init}}(\text{urée})}{1}$

• la quantité de matière maximale théorique de phénytoïne que l'on peut obtenir d'après la stœchiométrie de la réaction :

$$\boldsymbol{n_{\text{théo}}(\text{phénytoïne}) = n_{\text{init}}(\text{benzile}) = 4{,}76 \times 10^{-3} \text{ mol}}$$

• le rendement r de la synthèse :

$$\boldsymbol{r} = \frac{\boldsymbol{n_{\text{form}}(\text{phénytoïne})}}{\boldsymbol{n_{\text{théo}}(\text{phénytoïne})}} = \frac{4{,}40 \times 10^{-3}}{4{,}76 \times 10^{-3}} = \mathbf{0{,}924 \text{ soit } 92{,}4\ \%}$$

SUJET 4 BAC 2021
France métropolitaine

Le candidat traite 3 exercices :
l'exercice 1 puis il choisit 2 exercices parmi les 3 proposés.

Exercice 1 — 1 h 40 min — 10 points

L'aquarium récifal

Thèmes : *acide-base, titrage conductimétrique, spectrophotométrie, chimie organique, synthèse.*

Depuis décembre 2019, le Parc zoologique de Paris accueille un requin bambou. Il vit dans un aquarium qui cherche à reproduire l'environnement naturel de cette espèce. Cet aquarium, dit récifal, est un bac marin destiné à héberger un écosystème très riche : coraux, crustacés et nombreux poissons tous originaires des eaux peu profondes des côtes de Madagascar. Cet écosystème est complexe et fragile. Plusieurs paramètres sont à contrôler pour maintenir l'équilibre du milieu et assurer le bien-être des différentes espèces vivantes qui y cohabitent. Le but de cet exercice est d'étudier l'influence de certains de ces paramètres, pH et salinité, ainsi que des méthodes de traitement de l'eau.

Données à 25 °C :

- couples acide/base associés au dioxyde de carbone dissous $(CO_2, H_2O)_{(aq)}$:
  $(CO_2, H_2O)_{(aq)}$ / $HCO_{3(aq)}^-$: $pK_{a1} = 6{,}4$
  $HCO_{3(aq)}^-$ / $CO_{3(aq)}^{2-}$: $pK_{a2} = 10{,}3$
- masse molaire atomique de l'ion chlorure : $M(C\ell^-) = 35{,}5\ g.mol^{-1}$
- conductivités molaires ioniques :

Ion	Ag^+	NO_3^-	Na^+	$C\ell^-$
$\lambda(mS.m^2.mol^{-1})$	6,19	7,14	5,01	7,63

• numéros atomiques et électronégativités :

	Hydrogène	Carbone	Oxygène
Z (numéro atomique)	1	6	8
χ (électronégativité)	2,20	2,55	3,44

A. Régulation de l'acidité

Dans un aquarium, le pH de l'eau est une grandeur à surveiller. Sa valeur doit rester proche d'une valeur optimale qui dépend des espèces vivantes présentes. Pour l'aquarium récifal, le pH optimal vaut 8,1. En journée, la photosynthèse végétale augmente naturellement le pH, qui diminue ensuite pendant la nuit. Les différentes espèces vivantes de l'aquarium peuvent s'acclimater à des variations de la valeur du pH si elles restent faibles.

1. Indiquer ce qui peut être mis en œuvre si la valeur du pH devient trop élevée dans l'aquarium.

On peut considérer que l'eau de l'aquarium se comporte comme une solution tampon.

2. Citer les propriétés d'une solution tampon. Justifier l'utilisation d'une telle solution dans l'aquarium récifal.

Un diffuseur permet de réguler précisément la valeur du pH de l'aquarium en injectant au besoin du dioxyde de carbone à l'état gazeux dans l'aquarium. Le dioxyde de carbone, $CO_{2(g)}$, se dissout faiblement dans l'eau de l'aquarium. Il devient du dioxyde de carbone dissous $(CO_2, H_2O)_{(aq)}$ qui peut se dissocier partiellement en ions hydrogénocarbonate $HCO^-_{3(aq)}$ et en ions carbonate $CO^{2-}_{3(aq)}$.

Le schéma de Lewis de la molécule de dioxyde de carbone et celui de la molécule d'eau sont donnés ci-dessous.

Molécule	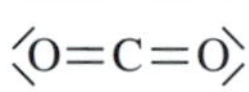	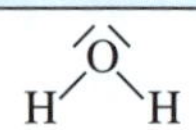
Structure spatiale	linéaire	coudée

3. En s'appuyant notamment sur les électronégativités des atomes, justifier la faible solubilité du dioxyde de carbone dans l'eau.

4. Indiquer, parmi les espèces acido-basiques associées au dioxyde de carbone dissous, celles qui sont des acides de Brønsted et celles qui sont des bases de Brønsted.

5. En précisant la démarche suivie, indiquer, parmi les espèces acido-basiques associées au dioxyde de carbone dissous, celle(s) qui prédomine(nt) dans l'aquarium récifal.

Le squelette et la coquille des coraux sont constitués de calcaire, c'est-à-dire de carbonate de calcium $CaCO_{3(s)}$, qui se forme suivant une transformation modélisée par l'équation de réaction suivante :

$$Ca^{2+}_{(aq)} + CO^{2-}_{3(aq)} \rightarrow CaCO_{3(s)}$$

6. Expliquer pourquoi l'utilisation d'un diffuseur de CO_2 dans l'aquarium peut freiner la formation du squelette et de la coquille des coraux.

B. Contrôle de la salinité

Dans un aquarium, on trouve notamment des ions chlorure $C\ell^-_{(aq)}$, ainsi que des cations comme les ions sodium $Na^+_{(aq)}$. La salinité de l'eau d'un aquarium est assimilée à la concentration en masse en ions chlorure $C\ell^-_{(aq)}$. Celle de l'aquarium récifal doit être comprise entre 19,3 et 19,6 $g.L^{-1}$.

Pour contrôler la salinité de l'eau de l'aquarium étudié, on se propose de réaliser le titrage des ions chlorure. Pour cela, on prélève de l'eau de l'aquarium que l'on dilue d'un facteur 10, puis on titre 10,0 mL de cette solution à laquelle on a ajouté 200 mL d'eau distillée, par une solution de nitrate d'argent $\left(Ag^+_{(aq)} + NO^-_{3(aq)}\right)$ de concentration égale à $5{,}00 \times 10^{-2}$ $mol.L^{-1}$.

Le titrage est suivi par conductimétrie. L'équation de la réaction support du titrage est :

$$Ag^+_{(aq)} + C\ell^-_{(aq)} \rightarrow AgC\ell_{(s)}$$

On obtient la courbe de suivi du titrage de la figure 1.

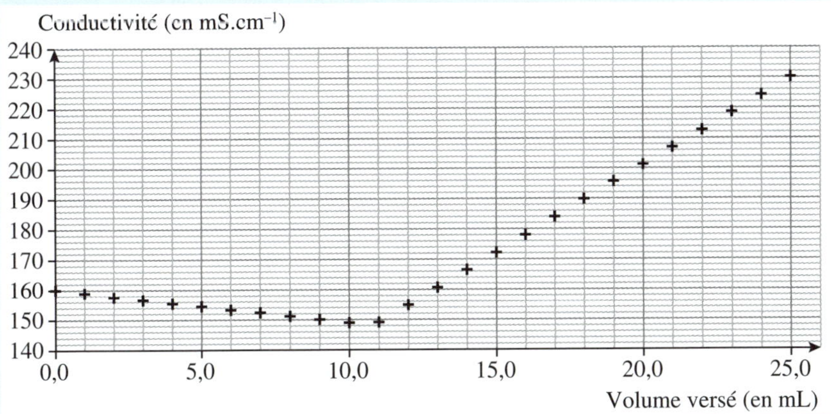

Figure 1. Conductivité de la solution en fonction du volume de solution de nitrate d'argent versé

1. Justifier qualitativement l'évolution de la pente de la courbe lors du titrage.
2. Indiquer si un traitement de l'eau est nécessaire à l'issue du contrôle de la salinité.
Le candidat est invité à prendre des initiatives et à présenter la démarche suivie même si elle n'a pas abouti. La démarche est évaluée et nécessite d'être correctement présentée.

C. Traitement des poissons contre les vers

L'aquarium récifal peut être infesté par différents types de vers qui parasitent les intestins, les branchies ou la peau des poissons. Pour assurer une élimination chimique de ces vers, les poissons doivent être momentanément placés dans un bassin de quarantaine dans lequel est ajouté un vermifuge. Le praziquantel est une espèce chimique qui entre dans la composition d'un vermifuge utilisé en aquariophilie, vendu en animalerie en solution liquide, de concentration en masse de 10,0 g.L^{-1}.
En 2010, un procédé de synthèse du praziquantel impliquant trois étapes a été proposé, ce qui le rend plus écoresponsable et moins onéreux. L'étape 1 conduisant à l'obtention de la molécule A n'est pas présentée ici.
1. L'étape 2, représentée ci-dessous, permet de transformer les réactifs A (C_9H_9N), B, C et D ($C_4H_{11}O_2N$) en produit E ($C_{21}H_{32}O_4N_2$) et produit F.

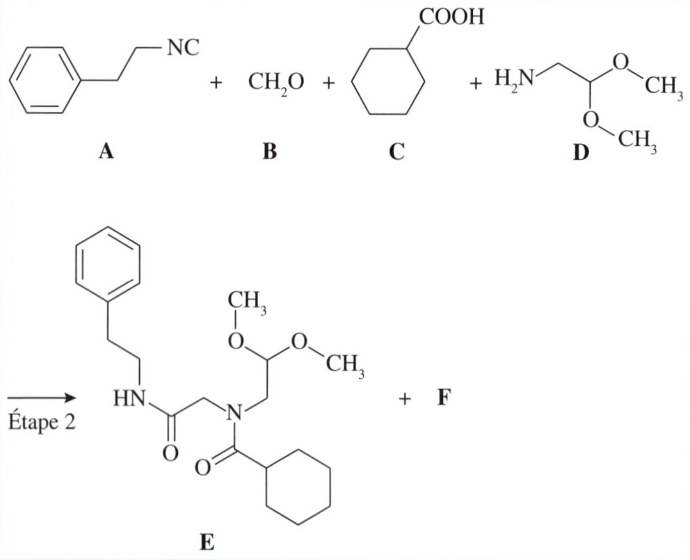

Figure 2. Équation de la réaction modélisant la transformation chimique de l'étape 2

La formule développée du réactif B est représentée ci-contre :

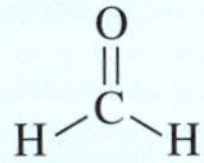

a) Justifier que la molécule B se nomme *méthanal* en nomenclature officielle.

b) Donner la formule semi-développée, puis brute du réactif C.

c) Déterminer le produit F formé à l'issue de l'étape 2 en s'appuyant sur les formules brutes des espèces chimiques mises en jeu.

La synthèse de 40,9 g de la molécule E nécessite 0,110 mol de chacun des réactifs A, B, C et D. La masse molaire moléculaire de E est :

$$M(\text{E}) = 376{,}5\ \text{g.mol}^{-1}.$$

d) Déterminer le rendement de l'étape 2.

2. L'étape 3 permettant de synthétiser le praziquantel nécessite l'utilisation dc l'acide méthylsulfonique, noté AMS. Cette étape comporte quatre opérations décrites ci-dessous.

(1) 30,0 g de E sont ajoutés à 104,0 mL d'AMS, puis l'ensemble est chauffé pendant 6 heures à 70 °C. La solution obtenue est versée dans de l'eau glacée ajustée à un pH égal à 8 avec une solution aqueuse d'hydroxyde de sodium.
(2) La solution est extraite quatre fois avec de l'éther diéthylique.
(3) La phase organique est lavée par 100 mL d'une solution aqueuse salée saturée. La phase organique est ensuite séchée. Après évaporation de l'éther diéthylique, on obtient un solide jaune.
(4) Ce résidu est recristallisé dans un mélange équimolaire d'acétate d'éthyle et d'hexane. On obtient un solide blanc.

D'après Dr. Haiping Cao, Dr. Haixia Liu, Prof. Alexander Dömling
https://doi.org/10.1002/chem.201002046

a) Associer à chacune des opérations **(1)** et **(3)** du protocole un ou plusieurs des mots suivants :

dissolution – séparation – purification – transformation chimique

b) Nommer une méthode d'identification possible pour le solide obtenu.

D. Prévention des infections

Un aquariophile traite de manière préventive son aquarium contre les infections. Pour cela, il utilise une solution aqueuse antiseptique de bleu de méthylène. Le bleu de méthylène ($C_{16}H_{18}C\ell N_3S$) est un colorant faiblement biodégradable, de couleur bleu foncé. L'excès de bleu de méthylène est éliminé par des « filtres » à charbon actif. Le charbon actif est une poudre noire dont les pores, observables au microscope électronique, permettent notamment de fixer et retenir des molécules organiques. C'est le phénomène d'adsorption. La capacité d'adsorption du

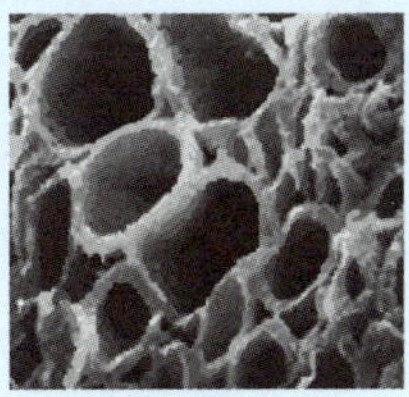

Vue au miscroscope électronique des pores d'un grain de charbon actif

charbon actif peut être évaluée à l'aide d'un dosage par étalonnage en suivant le protocole expérimental suivant :

– tracer la courbe d'étalonnage de l'absorbance, à $\lambda = 650$ nm, pour des solutions-étalons de bleu de méthylène ;
– mesurer l'absorbance d'un échantillon d'eau polluée en bleu de méthylène ;
– prélever un volume V de 50,0 mL d'eau polluée et y ajouter 100,0 mg de charbon actif ;
– agiter le mélange, puis filtrer ;
– mesurer l'absorbance de la solution filtrée après traitement au charbon actif.

1. Justifier l'intérêt de l'étape de filtration.

Pour les questions suivantes, le candidat est invité à prendre des initiatives et à présenter la démarche suivie même si elle n'a pas abouti. La démarche est évaluée et nécessite d'être correctement présentée.

On applique le protocole précédent et on obtient les résultats suivants :

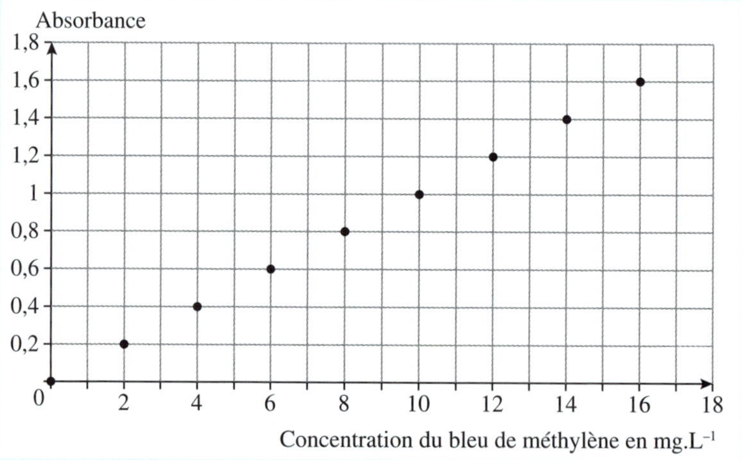

Figure 3. Absorbance en fonction de la concentration en bleu de méthylène, à $\lambda = 650$ nm

Les valeurs d'absorbance obtenues avant et après traitement de l'eau de l'aquarium pour éliminer l'excès de bleu de méthylène sont $A_{\text{polluée}} = 1{,}5$ et $A_{\text{traitée}} = 0{,}2$.

2. Montrer que la masse m_a de colorant adsorbée par gramme de charbon actif est voisine de 7 mg.

3. Sachant qu'un traitement préventif de l'aquarium, de volume $V = 8\,000$ L, nécessite 1 à 2 mg de bleu de méthylène par litre d'eau, calculer la masse de charbon actif nécessaire afin de réaliser le traitement pour cet aquarium récifal. Commenter.

Le candidat traite deux exercices au choix parmi les 3 suivants.

Exercice 2 50 min 5 points

Un saut stratosphérique

Thèmes : *chute libre, frottements de l'air.*

Le 14 octobre 2012, Félix Baumgartner devient le premier homme à atteindre une vitesse égale à celle du son en s'élançant d'une capsule située dans la zone supérieure de la stratosphère.
L'objectif de cet exercice est de comprendre pourquoi il réalise un saut depuis la zone supérieure de la stratosphère pour atteindre la vitesse du son dans l'atmosphère.

Données :

- masse de Félix Baumgartner et de son équipement : $m = 120$ kg
- altitudes limites de la stratosphère : $z_{min} = 11$ km, $z_{max} = 50$ km
- altitude de la capsule au moment du saut : $z_{départ} = 38\,969$ m
- intensité du champ de pesanteur à la surface de la Terre supposée sphérique de rayon R_T : $g_0 = 9{,}81$ m.s^{-2}
- rayon de la Terre : $R_T = 6\,370$ km
- expression du champ de pesanteur terrestre en fonction de l'altitude :

$$g(z) = \frac{g_0 \times R_T^2}{(R_T + z)^2}$$

- évolution de la norme de la vitesse du son v_{son} dans l'atmosphère en fonction de l'altitude :

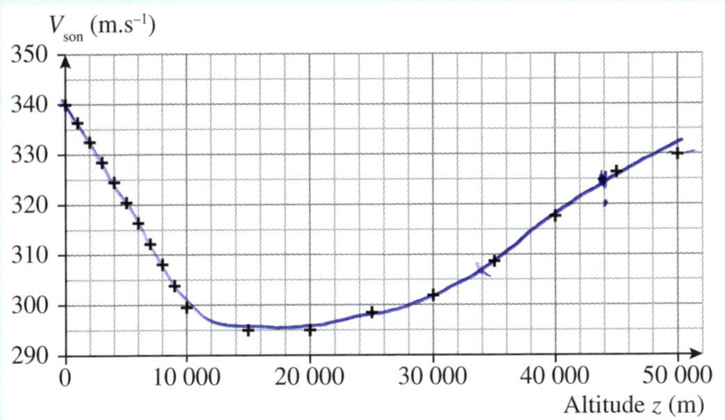

Figure 1. Vitesse du son en fonction de l'altitude

• norme f en N de la force de frottements due à l'air : $f = 0,4 \times \rho_{air}(z) \times v^2$ avec :
 $\rho_{air}(z)$: masse volumique ρ_{air} de l'air à l'altitude z en kg.m^{-3}
 v : vitesse du centre de masse de Félix Baumgartner en m.s^{-1}

1. Calculer la différence Δg entre les valeurs des champs de pesanteur aux limites de la stratosphère définie par : $\Delta g = |g(z_{max}) - g(z_{min})|$.

2. On considère que le champ de pesanteur est uniforme dans une zone de l'espace si sa variation par rapport à sa valeur à l'altitude z_{max} est inférieure à 2 %. Le champ de pesanteur terrestre peut-il être considéré comme uniforme dans la stratosphère ?

Pour la suite de l'exercice, on prend pour valeur du champ de pesanteur g = 9,66 m.s^{-2}.

Le mouvement du centre de masse de Félix Baumgartner est étudié dans le référentiel terrestre supposé galiléen ; l'axe des z est dirigé selon la verticale orientée vers le haut ; l'origine O est prise au niveau du sol.

À la date t = 0 s, Félix Baumgartner s'élance sans vitesse initiale. Son mouvement est supposé vertical.

3. Établir, dans le cadre du modèle de la chute libre, l'équation horaire $z(t)$ de l'altitude du centre de masse de Félix Baumgartner à la date t en fonction de t, g et $z_{départ}$.

4. En déduire, dans le cadre de ce modèle, l'altitude à laquelle la valeur de la vitesse de Félix Baumgartner est égale à 307 m.s^{-1}.

5. Indiquer, dans le cadre de ce modèle, en justifiant, si Félix Baumgartner a dépassé la vitesse du son lorsqu'il atteint cette altitude.

En réalité, Félix Baumgartner atteint une vitesse égale à celle du son à une altitude z_{son} = 33 446 m . On donne, sur la **figure 2** ci-dessous, l'évolution de la masse volumique ρ_{air} de l'air dans la stratosphère pour des altitudes comprises entre 15 km et 50 km.

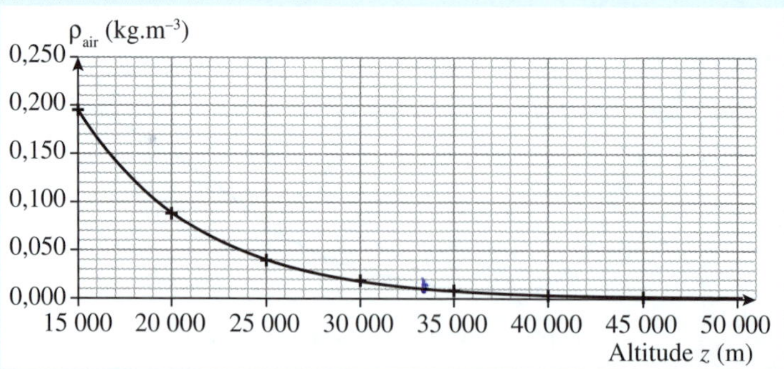

Figure 2. Masse volumique de l'air dans la stratosphère (entre 15 et 50 km) en fonction de l'altitude

6. Comparer la norme de la force de frottement de l'air et la norme du poids lorsque Félix Baumgartner atteint la vitesse de 307 m.s^{-1} à l'altitude de 33 446 m. Critiquer le modèle de chute libre utilisé précédemment.

En raison de la force de frottement due à l'air, Félix Baumgartner atteint une vitesse limite lors du saut. La vitesse limite est la vitesse atteinte lorsque la norme de la force de frottement devient égale à celle du poids.

7. Pour simplifier, on formule l'hypothèse que la vitesse limite est atteinte après 4 000 m de chute. Calculer la valeur de la vitesse limite v_{lim} atteinte par Félix Baumgartner s'il s'était élancé d'une altitude z = 20 000 m.

8. Expliquer qualitativement pourquoi il est nécessaire de s'élancer depuis la zone supérieure de la stratosphère pour atteindre une vitesse égale à celle du son.

Exercice 3 50 min 5 points

Un système de détection de passager

Thèmes : *décharge du condensateur, temps caratéristique, exploitation des courbes.*

Pour renforcer la sécurité routière, les voitures sont équipées d'un système de détection de la présence d'un passager pour lui signaler si sa ceinture de sécurité est bien attachée.

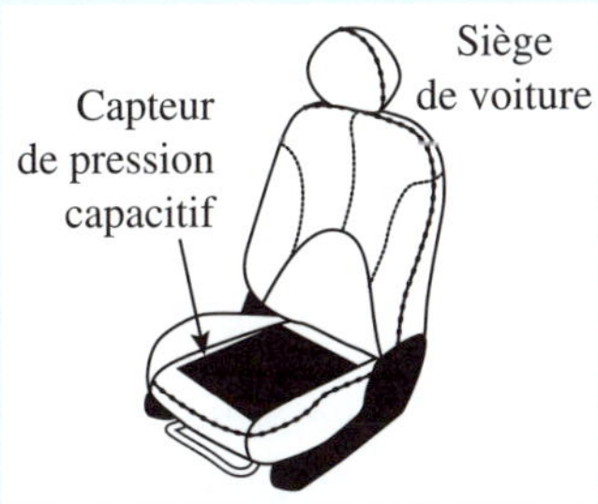

Figure 1. Schéma de l'installation d'un capteur capacitif dans l'assise d'un siège de voiture

Dans le cadre d'un projet scientifique, un groupe d'élèves réalise un système de détection semblable à celui d'une voiture. Il est composé d'un capteur de pression capacitif « artisanal » associé à un microcontrôleur.

Le condensateur « artisanal » est constitué de deux feuilles d'aluminium séparéespar une feuille de papier isolante. Lorsqu'un objet de masse m est posé dessus, il exerce une pression sur les deux feuilles d'aluminium et les déforme, ce qui modifie la capacité électrique du condensateur « artisanal ». Après un traitement numérique des signaux électriques, le microcontrôleur peut détecter la présence de l'objet.

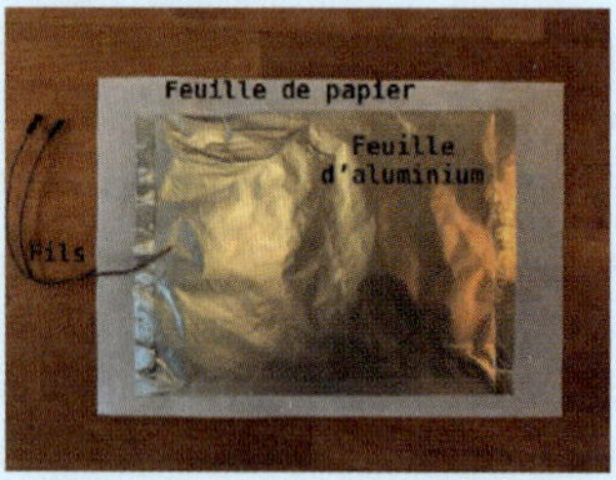

Figure 2. Photographie d'une face du capteur de pression capacitif « artisanal »

L'objectif de cet exercice est d'illustrer le principe de fonctionnement d'un tel capteur.

A. Étude du capteur de pression capacitif « artisanal »

Le capteur de pression capacitif « artisanal » est représenté en coupe à la **figure 3**.

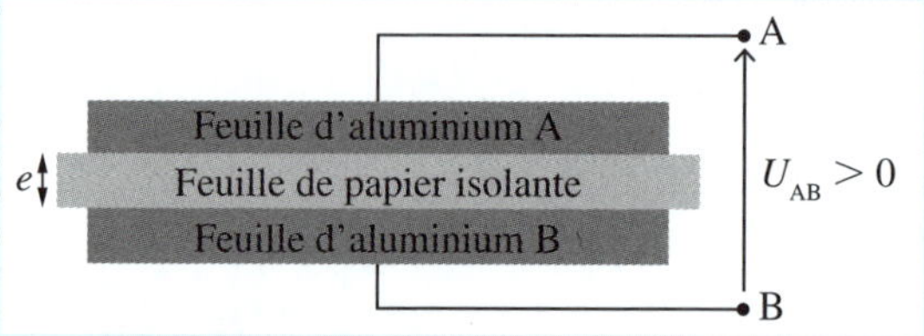

Figure 3. Schéma de la vue en coupe du capteur de pression « artisanal »

1. Justifier l'utilisation de l'adjectif « capacitif » dans l'expression « capteur de pression capacitif » couramment utilisée pour désigner ce genre de capteurs.

2. Si le capteur est soumis à une tension positive constante U_{AB} entre ses bornes A et B, des charges électriques apparaissent sur chacune des feuilles, notées Q_A sur la feuille d'aluminium A et Q_B sur la feuille d'aluminium B. On note C la capacité électrique de ce capteur. Donner l'expression littérale de la charge Q_A puis celle de la charge Q_B en fonction de C et U_{AB}.

3. La capacité électrique C d'un tel capteur s'écrit $C = \dfrac{\varepsilon_0 \times S}{e}$ avec S la surface en regard des feuilles d'aluminium, e l'épaisseur de la feuille de papier isolante et ε_0 une constante caractéristique de la feuille de papier isolante. Indiquer, en justifiant la réponse, le sens de variation de la capacité électrique C du capteur quand un objet est posé sur le condensateur « artisanal ».

B. Modélisation du circuit de la chaîne de mesure

La détection de la variation de la capacité électrique C du capteur est réalisée par un circuit électrique appelé la chaîne de mesure. Le circuit électrique associé peut se modéliser par le circuit schématisé ci-après :

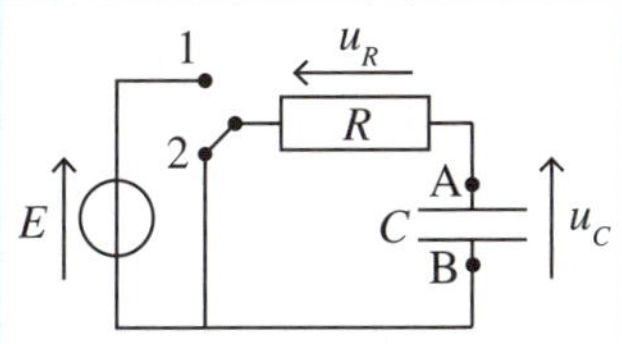

Figure 4. Schéma du circuit électrique

Le générateur de ce circuit est un générateur idéal de tension E. Le condensateur modélise le capteur de pression capacitif « artisanal » installé dans l'assise du siège du véhicule. La mesure de la tension aux bornes du condensateur, notée $u_C(t)$, est réalisée en permanence par un microcontrôleur qui n'est pas représenté sur le schéma. La résistance R est celle d'un conducteur ohmique. Le capteur de pression capacitif « artisanal » possède une capacité électrique C variable, selon que le capteur est soumis ou non à une pression extérieure. Le commutateur possède deux positions notées 1 et 2 et joue le rôle d'un interrupteur fermé sur la position 1 ou sur la position 2.

On considère que l'interrupteur est dans la position 1 depuis un temps très long, et que les paramètres E, C et R sont constants. À la date $t = 0$ s, $u_C(0) = E$ et l'interrupteur est basculé dans la position 2.

1. Établir l'équation différentielle régissant l'évolution de la tension $u_C(t)$ aux bornes du condensateur pour $t \geqslant 0$ et l'écrire sous la forme :

$\frac{\mathrm{d}u_C}{\mathrm{d}t} + \frac{u_C}{\tau} = 0$. Exprimer τ en fonction de R et C.

2. Vérifier que $u_C(t) = A \times \mathrm{e}^{-\frac{t}{\tau}}$ est solution de l'équation différentielle et exprimer A en fonction de E.

3. Montrer que le condensateur est déchargé à la date $t = 5\tau$. On considère que le condensateur est déchargé lorsque la tension $u_C(t)$ devient égale à 1 % de sa valeur initiale.

C. Test expérimental de la chaîne de mesure

Pour tester cette chaîne de mesure qui permet de détecter la présence d'une pression exercée sur le capteur, on réalise le circuit étudié précédemment.

La commutation est réalisée automatiquement par le microcontrôleur. On réalise l'expérience suivante :

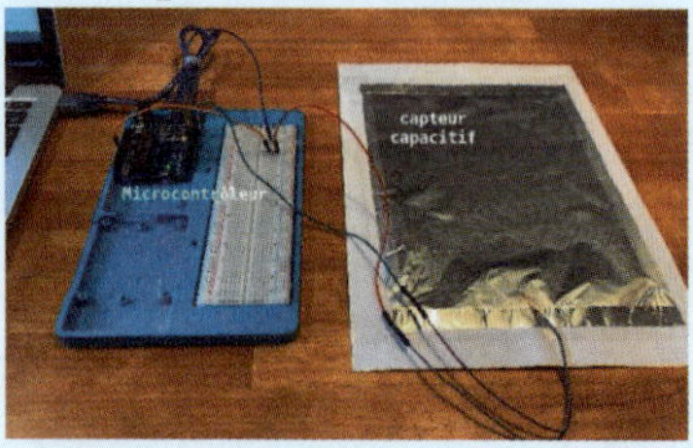

Figure 5. Dispositif sans pression

Figure 6. Dispositif avec pression

Un premier essai est conduit sans qu'aucune pression ne soit exercée sur le capteur (**figure 5**). Le microcontrôleur mesure la tension $u_C(t)$ au cours du temps aux bornes du capteur capacitif. Un second essai est réalisé au cours duquel une masse (ici, un verre rempli d'eau) est posée sur le capteur (**figure 6**). De nouveau, on mesure la tension $u_C(t)$ au cours du temps aux bornes du capteur capacitif.

Données :

• tension du générateur idéal : $E = 5$ V

• résistance du conducteur ohmique : $R = 10$ MΩ

• épaisseur de la feuille de papier isolante sans pression : $e = 1{,}0 \times 10^{-4}$ m

Les séries de mesures, obtenues lors de ces deux essais, sont présentées sur le même graphique ci-dessous(**figure 7**). La date $t = 0$ s correspond au passage du commutateur de la position 1 à 2 (**figure 4**).

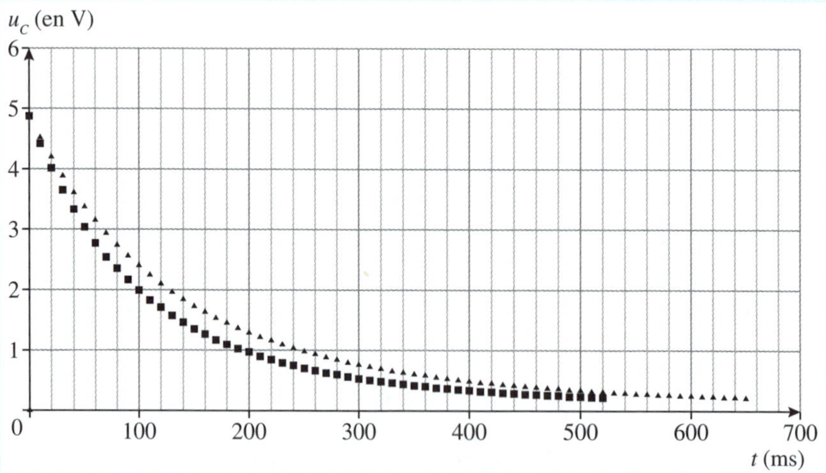

Figure 7. Évolution de u_c mesurée en fonction du temps lors des deux essais

1. Parmi les deux séries de mesures précédentes, représentées soit par ▲ soit par ■, associer celle quicorrespond au dispositif sans pression et celle qui correspond au dispositif avec pression. Justifier.

On considère que la variation de capacité électrique ΔC est liée à la variation d'épaisseur Δe par la relation : $\frac{\Delta C}{C} = \frac{\Delta e}{e}$

2. Déterminer la valeur de la variation d'épaisseur Δe, après avoir évalué la variation de capacité électrique ΔC.

Exercice 4 50 min 5 points

Quelle taille pour les mailles d'un tamis ?

Thèmes : *diffraction, interférences, incertitudes.*

Les artémies (voir photo ci-contre) sont des crustacés élevés pour nourrir les poissons des aquariums. Leur taille doit être adaptée à l'espèce de poisson à nourrir. On utilise des tamis calibrés pour les sélectionner. On se propose dans cet exercice de déterminer la taille des mailles d'un tamis en utilisant une diode laser de longueur d'onde $\lambda = (650 \pm 10)$ nm.

A. Vérification de la valeur de la longueur d'onde de la diode laser utilisée

Pour vérifier la valeur de la longueur d'onde de la diode laser annoncée par le constructeur, on réalise une expérience dont le schéma est donné ci-dessous (**figure 1**).

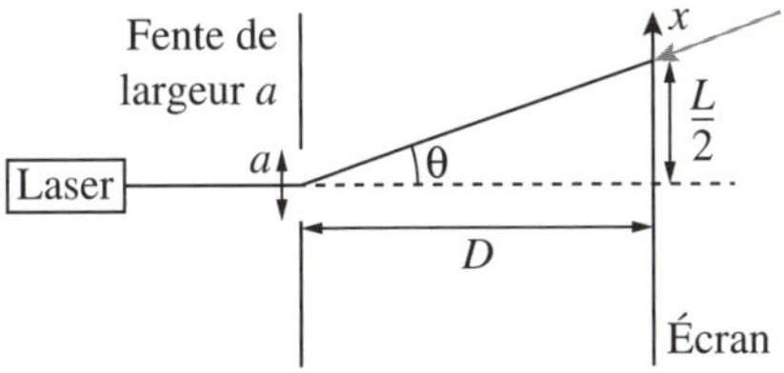

Distance fente - écran : $D = 56$ cm
Largeur de la fente calibrée : $a = 80$ µm

Figure 1. Schéma de l'expérience (échelle non respectée)

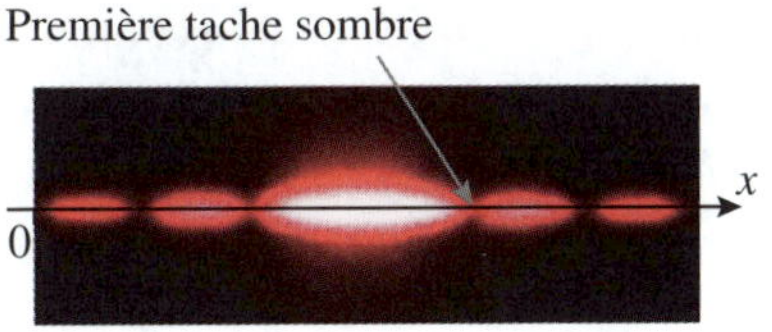

Figure 2. Figure observée sur l'écran

1. Nommer le phénomène physique responsable des taches lumineuses observées sur l'écran. Discuter qualitativement de l'influence de la largeur de la fente et de la longueur d'onde de l'onde incidente sur le phénomène observé.

2. On rappelle que l'angle θ est donné par la relation $\theta = \frac{\lambda}{a}$ et on considère que $\tan\theta \approx \theta$ pour les petits angles ($\theta << 1$ rad). Déterminer l'expression de l'angle θ en fonction de la largeur L de la tache centrale et de D. En déduire l'expression de la longueur d'onde λ en fonction de L, a et D.

Pour faire une mesure précise, on remplace l'écran par une caméra qui permet d'obtenir l'intensité lumineuse relative* en fonction de la position x, repérée selon l'axe indiqué sur la photo de la **figure 2**. L'origine $x = 0$ m est prise sur le bord du capteur de la caméra. On obtient alors la **figure 3**.

* L'intensité lumineuse relative est le rapport de l'intensité lumineuse reçue par le capteur sur l'intensité maximale reçue.

3. Déterminer la valeur de la longueur d'onde de la diode laser utilisée en exploitant la courbe obtenue sur la **figure 3**. La comparer à la valeur indiquée par le constructeur.

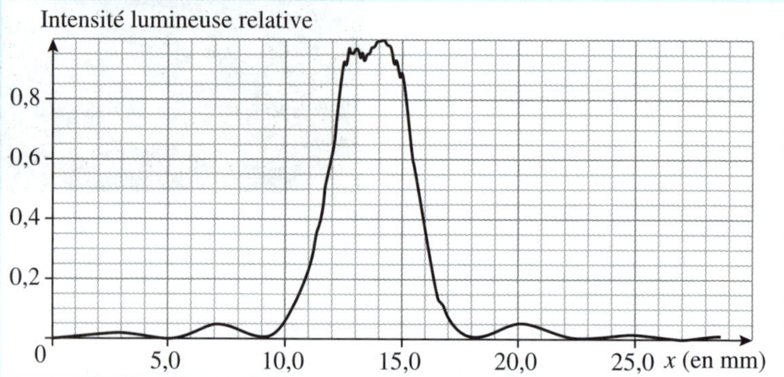

Figure 3. **Intensité lumineuse relative en fonction de la position sur l'écran**

B. Calibrage du tamis de récupération

Le but de cette partie est de vérifier que le tamis disponible, dont le maillage est représenté sur la **figure 5**, permet de récupérer toutes les artémies d'une taille supérieure à 150 μm. On réalise une expérience d'interférences pour évaluer les dimensions du tamis en utilisant la diode laser précédente. La largeur du fil plastique constituant le tamis est égale à 230 μm.

L'expérience d'interférences est décrite ci-après :

– le montage utilisé est donné sur la **figure 4** ;

– on utilise la diode laser de longueur d'onde $\lambda = (650 \pm 10)$ nm. La distance entre le tamis et l'écran vaut : $D = (7{,}75 \pm 0{,}03)$ m ;

– on note b la distance entre les centres de deux trous consécutifs du maillage du tamis ;
– la figure d'interférences obtenue est donnée sur les **figures 6** et **7**.

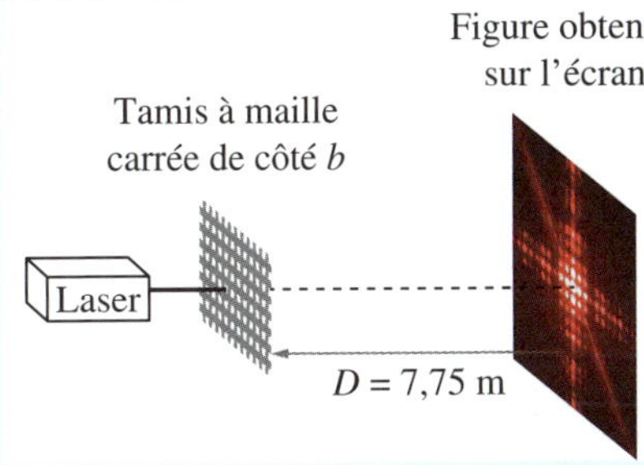

Figure 4. Montage utilisé (échelle non respectée)

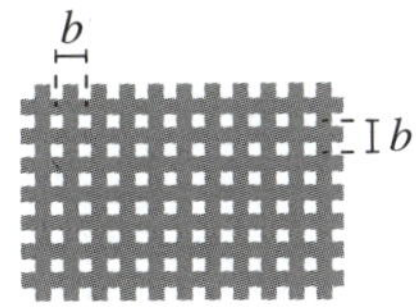

Figure 5. Schéma du maillage du tamis

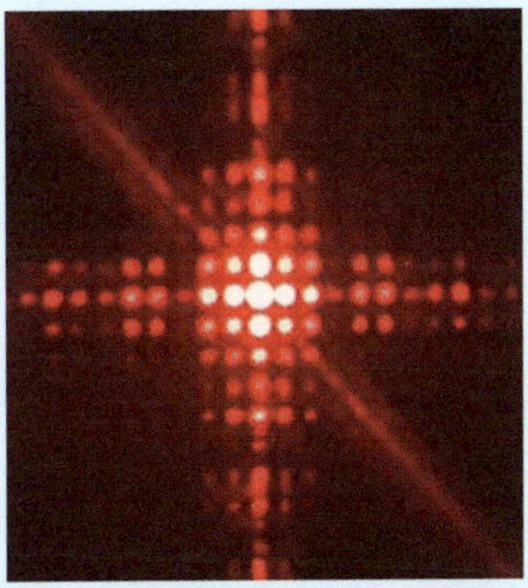

Figure 6. Figure d'interférences obtenue

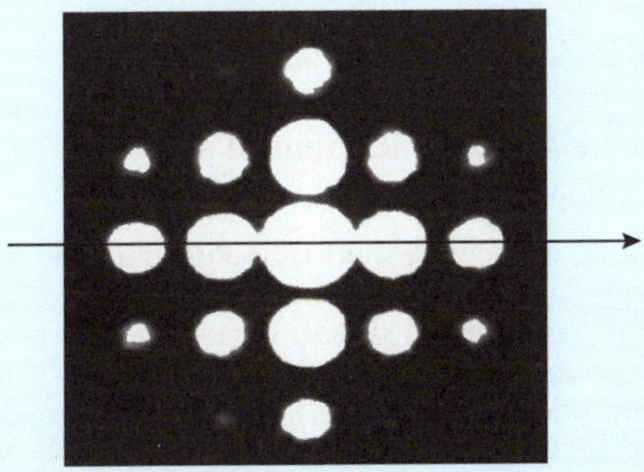

Figure 7. Tache centrale de la figure d'interférences à l'échelle 1/2

1. Expliquer brièvement, sans calcul, l'origine de la présence de zones sombres et de zones brillantes dans une figure d'interférences lumineuses.

Le centre de la figure d'interférences de la **figure 6** est représenté sur la **figure 7** ci-dessus à l'échelle 1/1. L'interfrange, noté i, est défini comme la distance entre les centres de deux taches lumineuses successives selon l'axe identifié sur la **figure 7**. L'expression de l'interfrange est donnée par la relation : $i = \frac{\lambda D}{b}$.

L'incertitude-type $u(b)$ sur la grandeur b peut se calculer à partir de la relation :

$$u(b) = b\sqrt{\left(\frac{u(D)}{D}\right)^2 + \left(\frac{u(i)}{i}\right)^2 + \left(\frac{u(\lambda)}{\lambda}\right)^2}$$

où $u(x)$ désigne l'incertitude-type associée à la grandeur x.

2. Évaluer la valeur de l'interfrange i en explicitant la méthode suivie pour obtenir la meilleure précision. Évaluer l'incertitude-type $u(i)$ sur la mesure de l'interfrange i.
3. Calculer b puis évaluer $u(b)$.
4. Indiquer si le tamis étudié permet de récupérer les artémies voulues. Justifier.

Corrigé de l'exercice 1

Les textes sur fond jaune apparaissant dans ce corrigé sont des rappels de cours ou des commentaires pour vous guider et vous aider.

A. Régulation de l'acidité

A.1. [0,5 pt] Si le pH de l'aquarium devient trop élevé (donc trop basique) **on peut le faire baisser avec un ajout d'acide**. On peut, par exemple, faire barboter du dioxyde de carbone dans l'eau.

Le CO_2 étant tellement diabolisé dans les médias, le candidat hésitera peut-être à le suggérer... Cependant, c'est exactement ce qui est fait ensuite dans l'énoncé. Il ne faut donc pas hésiter à revenir sur la question pour compléter sa réponse.
On pourra aussi suggérer un produit appelé « pHmoins » tel qu'utilisé pour les piscines. Ce produit contient de l'hydrogénosulfate de sodium, l'ion hydrogénosulfate étant l'acide du couple HSO_4^- / SO_4^{2-} ($pK_a = 1,9$).

A.2. [0,5 pt] Une solution tampon est une solution dont le pH varie « peu » par ajout « modéré » d'un acide ou d'une base ou par dilution « modérée ». Cela permet de maintenir la valeur du pH proche de sa valeur optimale.

Les termes entre « » devant être chiffrés en fonction des limites tolérées d'écart au pH souhaité dans la solution étudiée.

A.3. [0,5 pt] L'hydrogène est moins électronégatif que l'oxygène, la liaison H-O est donc polarisée vers l'oxygène qui porte un excès de charge négative au contraire de l'hydrogène qui porte un excès de charge positive. La forme coudée de la molécule induit des barycentres de charges distincts, **la molécule d'eau est donc polaire**. De même, la liaison C=O est polarisée vers l'oxygène, mais la forme linéaire et symétrique de la molécule de dioxyde carbone conduit à une superposition des barycentres de charge. **La molécule n'est donc pas polaire.** L'eau est un solvant polaire qui dissout donc facilement les molécules polaires mais pas les molécules apolaires, **le CO_2 est donc peu soluble dans l'eau.**

A.4. [0,5 pt] Un acide de Brønsted est une espèce susceptible de céder un proton, une base susceptible d'en capter un. Parmi les espèces proposées :

$CO_2, H_2O_{(aq)}$ et $HCO^-_{3(aq)}$ **sont des espèces acides** (elles cèdent H^+ pour former leur base associée).
$HCO^-_{3(aq)}$ et $CO^{2-}_{3(aq)}$ **sont des espèces basiques** (elles captent H^+ pour former leur acide associé).
$HCO^-_{3(aq)}$ **est donc une espèce ampholyte (ou amphotère).**

Le dioxyde de carbone dissous (CO_2, H_2O) est également appelé acide carbonique, parfois noté H_2CO_3. Il s'agit d'un diacide au sens de Brønsted dans la mesure où cette entité chimique peut perdre deux ions hydrogène H^+.

A.5. [0,5 pt] Le diagramme de prédominance avec les espèces intervenant dans les équilibres mis en jeu ici est :

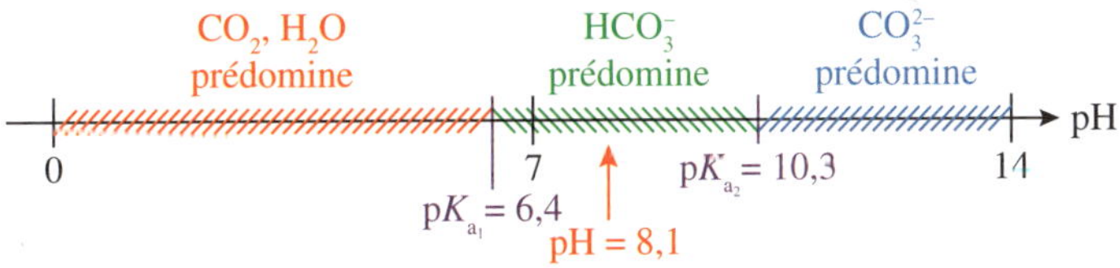

L'espèce qui prédomine dans l'aquarium (pH = 8,1) est donc l'ion hydrogénocarbonate $HCO^-_{3(aq)}$.

A.6. [0,5 pt] La formation de squelettes et coquilles nécessite la présence d'ions carbonate CO_3^{2-} qui prédominent en milieu très basique. L'ajout de dioxyde de carbone fait baisser le pH et donc la concentration en ions carbonate, ce qui freine la formation.

B. Contrôle de la salinité

B.1. [0,75 pt] En négligeant la dilution, il suffit de lister les évolutions des ions présents en solution et d'en déduire celle de la conductivité.

$[X_i]$	Avant l'équivalence	Après l'équivalence
$[C\ell^-_{(aq)}]$	↘ consommé progressivement	= 0 a été totalement consommé
$[Ag^+_{(aq)}]$	= 0 consommé immédiatement	↗ ajouté mais ne réagit plus
$[Na^+_{(aq)}]$	⟶ car spectateur	⟶ car spectateur
$[NO^-_{3(aq)}]$	↗ ajouté mais ne réagit pas	↗ ajouté mais ne réagit pas
σ_{totale}	$\lambda_{C\ell^-} > \lambda_{NO_3^-} \Rightarrow \sigma_{totale}$ ↘	σ_{totale} ↗

Avant l'équivalence, la compétitivité a lieu entre les ions chlorure dont la quantité diminue et les ions nitrate dont la quantité augmente. La stœchiométrie permet de dire qu'en nombre d'ions les variations sont identiques. La comparaison des conductivités molaires ioniques permet de conclure. Après l'équivalence, toutes les quantités augmentent, il n'y a pas de doute sur le résultat. Notons aussi que les ions de l'eau restent en quantité identique au cours du dosage et n'influent donc pas sur la variation de la conductivité.
En conclusion, la conductivité décroît avant l'équivalence et augmente ensuite, ce qui est conforme à la courbe.

Lors d'un dosage conductimétrique, on travaille toujours dans un grand volume d'eau, ce qui permet de négliger la faible dilution due à l'ajout de l'espèce titrante.

B.2. [1 pt] Le titre massique de la solution dosée de volume $V_{sol} = 10\text{ mL}$ est :

$$t_{\text{dosée}} = \frac{m(C\ell^-)}{V_{sol}} = \frac{n(C\ell^-) \times M_{C\ell^-}}{V_{sol}}$$

La solution a été diluée 10 avant dosage, le titre de l'aquarium est donc :

$$\mathbf{t_{aquarium} = 10 \times t_{dosée}}$$

On détermine $n_{C\ell^-}$ la quantité de matière dans la solution dosée en exploitant la courbe de titrage.

On repère, dans un premier temps, l'équivalence en traçant les droites support des mesures dans les deux parties. Leur intersection donne un volume équivalent $\boldsymbol{V_E = 10,8\text{ mL}}$.

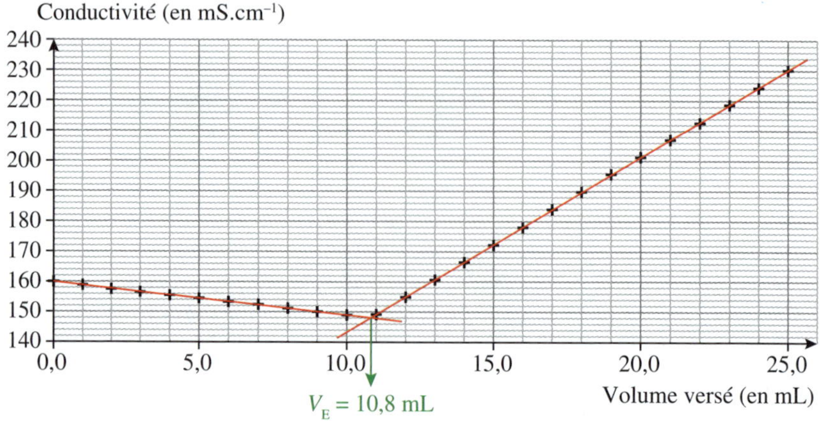

À l'équivalence du dosage, la quantité de matière de réactif titré $n(C\ell^-)$ initialement introduite dans le bécher, et la quantité de matière de réactif titrant $n_E(Ag^+)$ versée, sont en proportions stœchiométriques de la réaction support du titrage soit :

$$\frac{n(C\ell^-)}{1} = \frac{n_E(Ag^+)}{1} \Rightarrow n(C\ell^-) = C_A \times V_E$$

En combinant les expressions :

$$t_{\text{aquarium}} = 10 \times t_{\text{dosée}} = 10 \times \frac{n(C\ell^-) \times M_{C\ell^-}}{V_{sol}} = 10 \times \frac{\boldsymbol{C_A \times V_E \times M_{C\ell^-}}}{\boldsymbol{V_{sol}}}$$

$$t_{\text{aquarium}} = \frac{10 \times 5,00\ \ 10^{-2} \times 10,8 \times 35,5}{10,0} = \mathbf{19,2\ g.L^{-1}}$$

La valeur obtenue est très légèrement inférieure à l'encadrement idéal. On peut augmenter un peu la salinité ou estimer que les incertitudes de mesures suffisent à considérer la valeur correcte.

C. Traitement des poissons contre les vers

C.1.a) [0,5 pt] La molécule contient un seul carbone, d'où le radical « méth » et possède le groupement carbonyle CHO spécifique de la fonction aldéhyde, correspondant au suffixe « al ». **Cela explique le nom de méthanal de la molécule B.**

b) [0,5 pt] La formule brute de la molécule C est $\mathbf{C_7H_{12}O_2}$ et sa représentation semi-développée est :

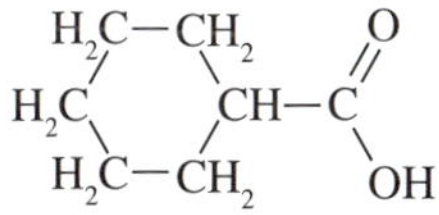

Cette espèce est l'acide cyclohexanecarboxylique (la nomenclature des acides cycliques est particulière, différente de celle des acides linéaires) à ne pas confondre avec l'acide benzoïque (acide familier en TP ou en dosage) dont le cycle contient 3 doubles liaisons.

c) [0,5 pt] La réaction écrite en formule brute est la suivante :

$$C_9H_9N + CH_2O + C_7H_{12}O_2 + C_4H_{11}O_2N \rightarrow C_{21}H_{32}O_4N_2 + C_xH_yO_zN_w$$

La conservation de la matière impose :

$$C : 9 + 1 + 7 + 4 = 21 + x \quad \Rightarrow x = 0$$
$$H : 9 + 2 + 12 + 11 = 32 + y \quad \Rightarrow y = 2$$
$$O : 1 + 2 + 2 = 4 + z \quad \Rightarrow z = 1$$
$$N : 1 + 1 = 2 + w \quad \Rightarrow w = 0$$

La formule de F est donc H_2O, l'eau.

d) [1 pt] Compte tenu de la stœchiométrie de la réaction, si la réaction est totale, $n_0 = 0{,}110$ mol d'un réactif fournit n_0 moles de E. Le rendement s'écrit donc :

$$r = \frac{n_{exp}}{n_0} = \frac{m_{exp}}{M_E \times n_0} = \frac{40{,}9}{376{,}5 \times 0{,}110} = \mathbf{0{,}988 = 98{,}8\ \%}$$

La réaction est quasi totale (l'écart à 100 % pouvant résulter des pertes de produits).

C.2.a) [0,5 pt] L'opération **(1)** est la **transformation chimique** ; l'opération **(3)** est la **séparation** (ou isolement ou extraction) de l'espèce recherchée.

La question est assez ambiguë et mal posée... En effet, la séparation est largement entamée dans l'opération **(2)** par l'extraction à l'éther, l'opération **(3)** ne faisant que la finaliser en récupérant le produit avec une phase aqueuse salée. L'opération **(4)** est sans conteste par contre une purification par recristallisation.
Enfin, dans l'opération **(1)**, on peut supposer qu'il y a une dissolution même si ce n'est pas forcément le cas, ce qu'on ne peut déterminer en l'absence de données physiques sur les espèces présentes.

b) [0,25 pt] L'identification de l'espèce, puisqu'elle est solide, peut se faire par exemple à l'aide de la mesure de sa température de fusion sur un banc Kofler.

De nombreuses méthodes peuvent être citées : la spectroscopie, la chromatographie, la mesure de diverses caractéristiques physiques...

D. Prévention des infections

D.1. [0,5 pt] L'étape de filtration est indispensable pour éliminer le charbon actif dont les particules vont perturber fortement la mesure spectrophotométrique (qui cherche à identifier uniquement la quantité de bleu de méthylène restant en solution).

D.2. [1 pt] La lecture de la courbe permet de déterminer les concentrations massiques de l'eau avant (polluée) et après l'ajout de charbon (traitée) :

$$t_{polluée} = 15{,}0 \text{ mg.L}^{-1} \text{ et } t_{traitée} = 2{,}0 \text{ mg.L}^{-1}$$

Soit des masses correspondantes dans le volume V traité :

$$m_{\text{polluée}} = t_{\text{polluée}} \times V = 15{,}0 \times 50{,}0 \times 10^{-3} = \mathbf{0{,}750\ mg}$$

et $$m_{\text{traitée}} = t_{\text{traitée}} \times V = 2{,}0 \times 50{,}0 \times 10^{-3} = \mathbf{0{,}10\ mg}$$

100,0 mg (soit 0,1 g) de charbon ont donc éliminé : 0,75 – 0,10 = 0,65 mg
1 g de charbon en élimine 10 fois plus soit : $\boldsymbol{m_a} \approx$ **7 mg environ**

La notation m_a est malheureuse et risque d'entraîner des erreurs ensuite. On devrait noter la masse de bleu de méthylène (BM) éliminée par g de charbon actif (CA) : $x = 7\ \text{mg}_{\text{BM}}/\text{g}_{\text{CA}}$.

D.3. [0,5 pt] La masse de bleu de méthylène à éliminer une fois le traitement effectué est donc :

$$m_{\text{BM}} = t_{\text{BM}} \times V \text{ (avec } t_{\text{BM}} \text{ compris entre 1 mg/L et 2 mg/L)}$$

Attention, V est ici le volume de l'aquarium et non du prélèvement de la question précédente ; un énoncé devrait toujours éviter la confusion des notations.

Soit une quantité de charbon nécessaire (*voir unités ci-contre*) :

$$m_{\text{CA}} = \frac{m_{\text{BM}}}{m_a} = \frac{t_{\text{BM}} \times V}{m_a}$$

$$\underset{\text{g}}{m_{\text{CA}}} = \frac{\overset{\text{mg/L}}{t_{\text{BM}}} \times \overset{\text{L}}{V}}{\underset{\text{mg/g}}{m_a}}$$

Soit une fourchette selon la masse de bleu de méthylène introduit :

$$\frac{1 \times 8\,000}{6{,}5} < m_{\text{CA}} < \frac{2 \times 8\,000}{6{,}5}$$

$$1\,230\ \text{g} < m_{\text{CA}} < 2\,460\ \text{g}$$

Soit environ 1 à 2 kg de charbon actif. Cette quantité ne paraît pas du tout excessive, pour filtrer un aquarium aussi grand.

Il est difficile de savoir ce qu'attend le sujet, encore une fois en l'absence de référence ou de moyen de comparaison... On peut toutefois s'étonner de la dimension de l'aquarium d'un amateur (8 000 L, soit environ 40 baignoires d'un volume moyen de 200 L). La quantité de charbon étant finalement modeste ! On trouve par ailleurs dans le commerce très facilement du charbon actif pour l'eau (peu onéreux : environ 20 euros le kg).

Corrigé de l'exercice 2

1. [0,5 pt] On exprime le champ de pesanteur en fonction de l'altitude pour les deux points extrêmes :

$$g\left(z_{\max}\right) = \frac{g_0 \times R_T^2}{\left(R_T + z_{\max}\right)^2} \quad \text{et} \quad g\left(z_{\min}\right) = \frac{g_0 \times R_T^2}{\left(R_T + z_{\min}\right)^2}$$

La première valeur étant à l'évidence inférieure à la seconde, d'où :

$$\Delta g = g(z_{\text{min}}) - g(z_{\text{max}}) = \frac{g_0 \times R_T^2}{(R_T + z_{\text{min}})^2} - \frac{g_0 \times R_T^2}{(R_T + z_{\text{max}})^2}$$

$$= \boldsymbol{g_0 \times R_T^2 \left[\frac{1}{(R_T + z_{\text{min}})^2} - \frac{1}{(R_T + z_{\text{max}})^2}\right]}$$

$$\Delta g = 9{,}81 \times 6\ 370^2 \left[\frac{1}{6\ 381^2} - \frac{1}{6\ 420^2}\right] = \mathbf{0{,}118\ m.s^{-2}} = \mathbf{0{,}0121}\, \boldsymbol{g_0}$$

La valeur de Δg est peu intéressante en soi, c'est la comparaison de cet écart à g_0 qui est intéressante, comme exploité à la question suivante.
On remarque que, puisque le calcul consiste à diviser une longueur au carré par une autre au carré, on peut conserver les données en km.

2. [0,5 pt] D'après la question précédente : $\Delta g = 0{,}0121 g_0$ soit 1,21 % de variation, ce qui est inférieur à la limite indiquée, **le champ peut donc être considéré uniforme dans la stratosphère.**

On devrait préciser « uniforme sur une verticale », car l'ensemble de la stratosphère ne présente pas un champ uniforme puisque sa direction varie en raison de la forme sphérique de la Terre.

3. [1 pt] On étudie le sauteur assimilé à un point matériel G dans le référentiel terrestre supposé galiléen et muni du repère d'espace $(O\ ;\vec{k})$. Il est soumis à son poids (frottements et poussée d'Archimède de l'air négligés). On applique la deuxième loi de Newton à G :

$$m\overrightarrow{a_G} = m\vec{g} \Rightarrow \overrightarrow{a_G} = \vec{g}$$

Par projection sur la direction verticale, on obtient :

$$\ddot{z} = -g$$

Par intégration, il vient :

$$v(t) = \dot{z} = -g \times t + C$$

C est une constante d'intégration dont la valeur est déterminée à partir des conditions initiales :

$$\dot{z}(t = 0) = 0 = C \Rightarrow v(t) = \dot{z} = -g \times t \qquad (1)$$

Les notations « point » sont commodes dans ce genre d'exercice, car elles mettent en évidence de façon concise les dérivées (donc les intégrations) successives. Attention, cette notation est réservée aux dérivées par rapport au temps uniquement.

Par intégration de la vitesse, il vient :

$$z(t) = -\frac{1}{2} g t^2 + C'$$

C' est une constante d'intégration dont la valeur est déterminée à partir des conditions initiales :

$$z(t = 0) = z_{\text{départ}} = C'$$

Finalement, l'équation horaire s'écrit :

$$\boldsymbol{z(t) = -\frac{1}{2} g t^2 + z_{\text{départ}}} \qquad \mathbf{(2)}$$

4. [0,5 pt] Il convient d'établir une relation entre altitude et vitesse ; il suffit, pour cela, d'éliminer le temps entre (1) et (2) :

$$(1) \Rightarrow \quad t = -\frac{v}{g} \quad \text{puis} \qquad (2) \Rightarrow z = -\frac{1}{2}g\left(-\frac{v}{g}\right)^2 + z_{\text{départ}}$$

Félix atteint donc la vitesse $v_1 = 307 \text{ m.s}^{-1}$ à l'altitude z_1 telle que :

$$z_1 = z_{\text{départ}} - \frac{v_1^2}{2g} = 38\,969 - \frac{307^2}{2 \times 9{,}66} = \mathbf{34\,090 \text{ m}}$$

5. [0,25 pt] Sur la courbe de la figure 1, la vitesse du son à cette altitude est justement 307 m.s^{-1}, donc dans le modèle de chute libre, il atteint la vitesse du son à l'altitude z_1.

6. [0,75 pt] Le frottement de l'air, si la vitesse vaut $v_1 = 307 \text{ m.s}^{-1}$ à l'altitude $z_2 = 33\,446 \text{ m}$, a pour valeur (on lit sur la figure 2 : $\rho_{\text{air}}(z_2) = 0{,}010 \text{ kg.m}^{-3}$) :

$$f = \mathbf{0{,}4} \times \rho_{\text{air}}(z_2) \times v_1^2 = 0{,}4 \times 0{,}010 \times 307^2 = \mathbf{377 \text{ N}}$$

Alors que le poids vaut :

$$P = m \times g = 120 \times 9{,}66 = \mathbf{1\,159 \text{ N}}$$

La force de frottement est environ égale à 1/3 du poids, elle ne peut pas être négligée comme on l'a fait dans le modèle de chute libre, ce qui explique pourquoi la vitesse v_1 est atteinte à z_2 plus bas que z_1.

7. [1 pt] Le frottement devient égal au poids à l'altitude $z_3 = 16\,000 \text{ m}$; la masse volumique de l'air vaut alors : $\rho_{\text{air}}(z_3) = 0{,}165 \text{ kg.m}^{-3}$, d'où la vitesse atteinte v_{lim} telle que :

$$f = 0{,}4 \times \rho_{\text{air}}(z_2) \times v_1^2 = P = m \times g$$

$$v_{\text{lim}}^2 = \frac{m \times g}{0{,}4 \times \rho_{\text{air}}(z_3)}$$

d'où : $$v_{\text{lim}} = \sqrt{\frac{m \times g}{0{,}4 \times \rho_{\text{air}}(z_3)}} = \sqrt{\frac{120 \times 9{,}66}{0{,}4 \times 0{,}165}} = \mathbf{132 \text{ m.s}^{-1}} = \mathbf{477 \text{ km/h}}$$

8. [0,5 pt] Une fois que la vitesse limite est atteinte, le frottement compense le poids, l'accélération s'annule et la vitesse n'augmente plus. Or, à 16 000 m, la vitesse du son est d'environ 295 m.s^{-1}, très supérieure à cette vitesse limite. En s'élançant plus haut dans la stratosphère, le frottement de l'air est beaucoup plus faible car l'air est moins dense, le freinage est moindre et la vitesse peut augmenter bien davantage, jusqu'**à atteindre une vitesse limite bien plus élevée, au moins égale à celle du son.**

Corrigé de l'exercice 3

A. Étude du capteur de pression capacitif « artisanal »

A.1. [0,25 pt] La grandeur qui varie et permet de mesurer/détecter la pression sur le siège est l'épaisseur du condensateur et donc la capacité du condensateur, d'où le nom de capteur capacitif.

A.2. [0,5 pt] La relation, compte tenu du choix des grandeurs, s'écrit :

$$Q_A = C \times U_{AB} \quad \text{et} \quad Q_B = -\,Q_A = -C \times U_{AB}$$

A.3. [0,5 pt] La relation indique que la capacité est inversement proportionnelle à l'épaisseur. Par suite, quand un objet est posé sur le capteur, l'épaisseur diminue et donc **la capacité du condensateur augmente**.

B. Modélisation du circuit de la chaîne de mesure

B.1. [1 pt] Le schéma simplifié du circuit figure ci-dessous. Les relations entre les grandeurs électriques aux bornes des dipôles (en convention récepteur, adoptée sur le schéma) sont :

Condensateur : $i = \frac{dq_A}{dt}$ et $q_A = C \times u_C$

$$\Rightarrow i = \frac{d(Cu_C)}{dt} = C\frac{du_C}{dt}$$

Conducteur ohmique : $u_R = R \times i$

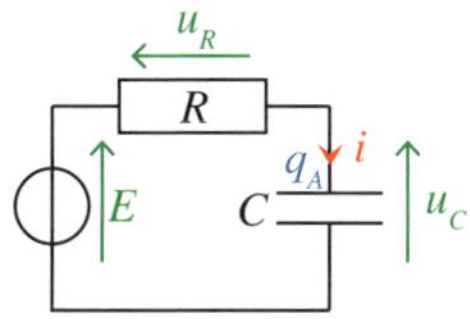

En physique, on écrit généralement les grandeurs qui varient en minuscule.

L'application de la loi des mailles dans ce circuit permet d'écrire :

$$u_R + u_C = 0$$

$$\Rightarrow \quad Ri + u_C = 0$$

$$\Rightarrow \quad R\frac{d(Cu_C)}{dt} + u_C = 0$$

$$\Rightarrow \quad \frac{du_C}{dt} + \frac{u_C}{RC} = 0$$

Soit : $\mathbf{\frac{du_C}{dt} + \frac{u_C}{\tau} = 0}$ avec $\boldsymbol{\tau = RC}$

B.2. [0,75 pt] La fonction $u_C(t)$ proposée vérifie :

$u_C = Ae^{-t/\tau}$ d'où $\frac{du_C}{dt} = -\frac{A}{\tau}e^{-t/\tau}$

soit en remplaçant dans l'équation différentielle :

$$\mathbf{\frac{du_C}{dt}} + \mathbf{\frac{u_C}{\tau}} = -\frac{A}{\tau}e^{-t/\tau} + \frac{Ae^{-t/\tau}}{\tau} = \mathbf{0}$$

La fonction proposée est donc bien solution de l'équation différentielle.

La constante A se détermine à l'aide des conditions initiales. À $t = 0$, le condensateur est complétement chargé, car depuis longtemps connecté au générateur :

$$u_C(t=0) = A \times e^{-0/\tau} = E \Rightarrow \mathbf{A = E} \Rightarrow \mathbf{u_C = E \times e^{-t/RC} = E \times e^{-t/\tau}}$$

B.3. [0,5 pt] La tension au bout d'un temps de 5τ vaut :

$$u_C(t = 5\tau) = E \times e^{-5t/\tau} = E \times e^{-5} = 6,74 \times 10^{-3}\ E < 0,01E$$

Au temps $t = 5\tau$, le condensateur est déchargé, sa tension (donc sa charge) est inférieure à 1 % de sa valeur initiale.

C. Test expérimental de la chaîne de mesure

C.1. [0,5 pt] Les deux courbes ont même valeur initiale et tendent toutes deux vers zéro selon une exponentielle décroissante, ce qui est conforme à des courbes de décharge. Cependant, la courbe en ▲ tend moins vite vers la limite que celle en ■ et correspond donc à un temps caractéristique τ plus grand. Or, ce temps est proportionnel à la capacité (tous les autres paramètres étant inchangés). En cohérence avec la question **A.3.**, la plus grande capacité (courbe en ▲) correspond donc à la faible épaisseur, situation obtenue avec une pression imposée par l'objet posé sur le capteur.

La représentation peu précise des points expérimentaux et la nomination des courbes laissent ici à désirer... Un point expérimental est précis et s'écrit « + » sur une courbe, ce qui permet une lecture optimale des grandeurs.

C.2. [1 pt] La variation de la capacité s'obtient en déterminant les variations de τ entre les deux courbes. La mesure du temps caractéristique se fait sur les courbes en prenant :

$$u_C(t = \tau) = E \times e^{-\tau/\tau} = E \times e^{-1} = 0{,}37E = 1{,}85 \text{ V}$$

La mesure du temps caractéristique par la tangente à l'origine est souvent imprécise. On préfèrera l'abscisse à 0,63 u_{max} pour une charge et à 0,37 u_{max} pour une décharge (voir aussi pages 262, 270 et 271)

$$\Delta\tau = RC_{avec} - RC_{sans} = R\left(C_{avec} - C_{sans}\right) = R \times \Delta C$$

D'où : $\boldsymbol{\Delta C} = \dfrac{\boldsymbol{\Delta\tau}}{\boldsymbol{R}} = \dfrac{30 \times 10^{-3}}{10 \times 10^{6}} = \mathbf{3{,}0 \times 10^{-9}\ F = 3{,}0\ nF}$

En réalité, cette valeur est inutile pour obtenir la variation d'épaisseur, on écrira plutôt :

$$\frac{\Delta e}{e} = \frac{\Delta C}{C} = \frac{R \times \Delta C}{R \times C} = \frac{\Delta\tau}{\tau}$$

D'où : $\boldsymbol{\Delta e} = \boldsymbol{e}\dfrac{\boldsymbol{\Delta\tau}}{\boldsymbol{\tau}} = 1{,}0 \times 10^{-4} \times \dfrac{30}{110} = \mathbf{2{,}7 \times 10^{-5}\ m}$ (avec Δτ et τ exprimés dans la même unité)

La variation d'épaisseur (mesurable par *C*) est seulement de moins de 3 centièmes de mm.

La façon dont la question est posée peut entraîner le candidat à tourner un peu en rond. Il est ici plus intéressant de noter que la variation relative des grandeurs (*e*, *C* et τ) est d'environ 30 %, ce qui suffit largement à la détection, bien que la variation d'épaisseur soit très faible dans l'absolu (27 μm).

Corrigé de l'exercice 4

A. Vérification de la valeur de la longueur d'onde de la diode laser utilisée

A.1. [0,5 pt] On observe ici un **phénomène de diffraction de la lumière**. Pour une longueur d'onde donnée, ce phénomène est d'autant plus important (largeur de la tache de diffraction sur l'écran) que la fente est étroite. Pour des fentes identiques, la largeur de la tache augmente avec la longueur d'onde.

Ces propriétés résultent de l'expression de l'angle de diffraction dont l'expression est justement donnée dans la question suivante.

A.2. [0,75 pt] En utilisant les propriétés du triangle, on a :

$$\tan\theta = \frac{L}{2D}$$

Et en utilisant l'approximation proposée et la relation de la diffraction, il vient :

$$\tan\theta = \frac{L}{2D} \approx \theta = \frac{\lambda}{a}$$

D'où : $\boldsymbol{\lambda} = \dfrac{\boldsymbol{L \times a}}{\boldsymbol{2D}}$

A.3. [0,75 pt] La courbe permet d'obtenir la largeur L de la tache centrale entre les deux minima. On en déduit la longueur d'onde :

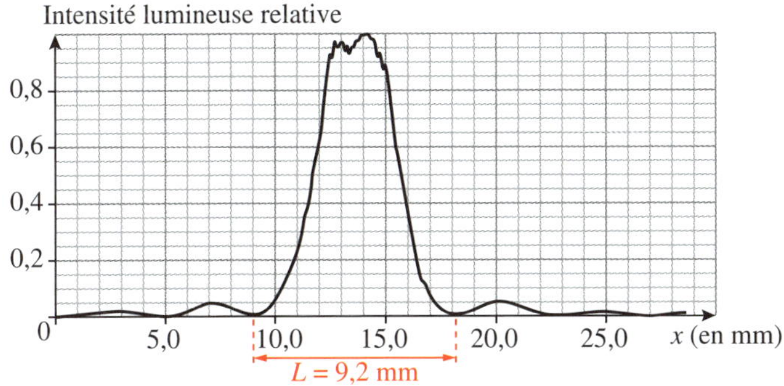

$$\lambda = \frac{9,2 \times 10^{-3} \times 80 \times 10^{-6}}{2 \times 56 \times 10^{-2}} = \mathbf{6,57 \times 10^{-7}\,m = 657\ nm}$$

La valeur obtenue est bien dans l'intervalle prévu par le constructeur.

Dans cet exercice, la plupart des données et des mesures ont deux chiffres significatifs, mais il est plus aisé de répondre aux questions en donnant les résultats avec 3 chiffres significatifs...

B. Calibrage du tamis de récupération

B.1. [0,5 pt] Les taches sombres et lumineuses résultent des interférences entre les ondes ayant suivi des chemins différents en étant issues de trous différents à travers le tamis : les taches sombres sont des interférences destructives, les taches brillantes des interférences constructives. Les directions privilégiées du tamis (quadrillage) sont aussi celles de la figure obtenue.

Le tamis se comporte ici comme un réseau, c'est-à-dire un système interférentiel à ondes multiples (grand nombre de trous). Les figures présentent, comme avec un dispositif d'interférences à 2 ondes (fente d'Young), des alternances de zones sombres et lumineuses. Il est délicat de parler d'opposition de phase ou d'ondes en phase dans la mesure où ces ondes sont multiples à se superposer... Le concept de la diffraction par un réseau (étudié ici sous son aspect interférentiel) est d'un niveau qui dépasse celui de terminale... Notons que le terme d'interfrange est alors généralement peu employé. On peut aisément obtenir une image semblable en regardant une lampe orange au sodium de l'éclairage public (qui est presque monochromatique) à travers un voilage de fenêtre, qui est aussi un quadrillage de trous.

B.2. [0,5 pt] On mesure plusieurs interfranges sur l'image, soit ici 4 interfranges (attention seuls les centres des taches lumineuses sont aisés à déterminer). On obtient sur le schéma 3,0 cm pour 4 interfranges, soit, compte tenu de l'échelle, 6,0 cm en réalité et

$$i = \mathbf{1,5\ cm}$$

On peut évaluer l'incertitude sur la mesure à au moins 2 mm, donc à $u(i) = \mathbf{1\ mm}$ (chiffres significatifs de i) soit :

$$i = (\mathbf{1,5 \pm 0,1})\ \mathbf{cm}$$

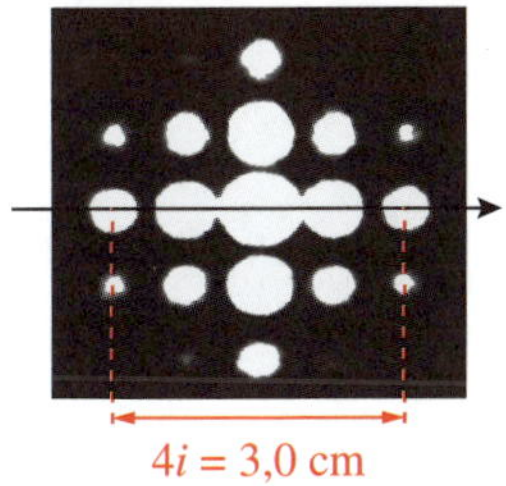

B.3. [1 pt] En utilisant la formule de l'énoncé donnant l'interfrange :

$$i = \frac{\lambda D}{b}$$

Soit : $\boldsymbol{b} = \frac{\boldsymbol{\lambda D}}{\boldsymbol{i}} = 650 \times 10^{-9} \times \frac{775}{1{,}5} = \mathbf{3{,}4 \times 10^{-4}\ m = 0{,}34\ mm}$

avec D et i dans la même unité, le cm.

N.B. : Pour la suite, il sera commode de prendre $b = 340$ µm.

L'incertitude sur cette valeur est :

$$\boldsymbol{u(b) = b\sqrt{\left(\frac{u(D)}{D}\right)^2 + \left(\frac{u(i)}{i}\right)^2 + \left(\frac{u(\lambda)}{\lambda}\right)^2}}$$

$$u(b) = 0{,}34 \times \sqrt{\left(\frac{3}{775}\right)^2 + \left(\frac{1}{15}\right)^2 + \left(\frac{10}{650}\right)^2} = 0{,}023 \text{ mm}$$

L'incertitude relative est d'environ $\frac{0{,}023}{0{,}34} \approx 7\ \%$.

Comme précédemment, il est commode d'utiliser des unités de son choix, à condition qu'elles soient les mêmes dans un rapport : $u(D)$ et D en cm, $u(i)$ et i en mm, $u(\lambda)$ et λ en nm. b étant en mm, alors $u(b)$ est aussi en mm.

On peut donc écrire, arrondissant par valeur supérieure, l'incertitude à un seul chiffre significatif :

$$\boldsymbol{b} = \mathbf{0{,}34 \pm 0{,}03\ mm}$$

B.4. [1 pt] Compte tenu de la largeur du fil et de l'incertitude sur la mesure de b, la largeur de l'espace vide est donc au maximum ($b_{max} = 0{,}34 + 0{,}03 = 0{,}37$ mm $= 370$ µm) :

$$x_{max} = 370 - 230 = 140 \text{ µm}$$

On peut donc filtrer les espèces de taille supérieure à 140 µm, donc a fortiori supérieure à 150 µm.

Un candidat pointilleux pourrait arguer que l'artémie peut passer en diagonale dans le carré car ce dernier peut avoir $\sqrt{2} \times 140 \approx 200$ µm de diagonale...

1 Chimie des solutions

Avertissement : Les constantes d'équilibre ou les quotients de réaction sont définis à partir des activités, lesquelles utilisent une valeur de référence c° = 1 mol.L^{-1}. Afin d'alléger les expressions, on utilisera ici les écritures simplifiées semi-numériques, qui imposent de toujours préciser les unités utilisées, à savoir que toutes les concentrations sont impérativement en mol.L^{-1}. Par ailleurs, on rappelle que les activités du solvant et d'un solide sont égales à 1.

Exemples

Équation	$HCOOH_{(aq)} + NH_{3(aq)} \rightleftharpoons HCOO^-_{(aq)} + NH^+_{4(aq)}$	$H_2O_{(\ell)} \rightleftharpoons HO^-_{(aq)} + H_3O^+_{(aq)}$	$Cu^{2+}_{(aq)} + 2\ HO^-_{(aq)} \rightleftharpoons Cu(OH)_{2(s)}$
Q_r	$Q_r = \dfrac{\left(\dfrac{[HCOO^-]}{c°}\right)^1 \times \left(\dfrac{[NH_4^+]}{c°}\right)^1}{\left(\dfrac{[HCOOH]}{c°}\right)^1 \times \left(\dfrac{[NH_3]}{c°}\right)^1}$	$Q_r = \dfrac{\dfrac{[HO^-]}{c°} \times \dfrac{[H_3O^+]}{c°}}{1}$	$Q_r = \dfrac{1}{\left(\dfrac{[HO^-]}{c°}\right)^2 \times \left(\dfrac{[Cu^{2+}]}{c°}\right)}$
Q_r **avec [X] en mol.L^{-1}**	$Q_r = \dfrac{[HCOO^-] \times [NH_4^+]}{[HCOOH] \times [NH_3]}$	$Q_r = [HO^-] \times [H_3O^+]$	$Q_r = \dfrac{1}{[HO^-]^2 \times [Cu^{2+}]}$

SUJET 5

55 min 5,5 points

Réactions acido-basiques

Thèmes : *pH, pK_A, taux d'avancement, titrage avec suivi conductimétrique, indicateur coloré, titrage avec suivi pH-métrique, titre massique.*

Partie A Identification d'un indicateur coloré

On dispose d'un flacon d'indicateur coloré de concentration en quantité de matière C_0 égale à $2{,}90 \times 10^{-4}$ mol.L^{-1}. Son pH vaut 4,2. Dans un souci de simplification, le couple acide/base présent dans cet indicateur coloré sera noté HInd/Ind$^-$.

La solution d'indicateur coloré a été préparée à partir de la forme acide de l'indicateur : HInd.

A.1. Écrire l'équation rendant compte de la dissociation de l'espèce acide HInd dans l'eau.

A.2. Calculer la concentration en ions oxonium H_3O^+ dans le flacon.

A.3. En considérant un volume $V = 100$ mL de solution d'indicateur, déterminer le taux d'avancement final de la réaction de l'acide HInd avec l'eau.

A.4. Donner l'expression littérale de la constante d'acidité K_A du couple HInd/Ind^-.

A.5. Les concentrations à l'équilibre permettent de calculer cette constante d'acidité : $K_A = 1{,}9 \times 10^{-5}$.

Identifier l'indicateur contenu dans le flacon à l'aide des données du tableau suivant :

Indicateur	Couleur de l'espèce acide	Zone de virage	Couleur de l'espèce basique	pK_A
Hélianthine	Jaune orangé	3,1 – 4,4	Rouge	3,7
Vert de bromocrésol	Jaune	3,8 – 5,4	Bleu	4,7
Bleu de bromothymol	Jaune	6,0 – 7,6	Bleu	7,0
Phénolphtaléine	Incolore	8,2 – 10,0	Magenta	9,4

Partie B Dosage d'une solution d'acide chlorhydrique concentrée

Dans le laboratoire d'un lycée, on dispose d'un flacon d'une solution d'acide chlorhydrique concentrée où est notée sur l'étiquette l'indication suivante : *33 % minimum en masse d'acide chlorhydrique (HCℓ).* On appellera cette solution S_0.

On veut connaître la concentration molaire C_0 de cette solution.

Première étape :

On dilue 1 000 fois la solution S_0. On obtient alors une solution S_1 de concentration C_1.

Seconde étape :

On prélève précisément un volume $V_1 = 100$ mL de solution S_1.

On effectue un suivi conductimétrique du titrage de la solution S_1 par une solution titrante d'hydroxyde de sodium $\left(Na^+_{(aq)} + OH^-_{(aq)}\right)$ de concentration $C_B = 1{,}00 \times 10^{-1}$ mol.L^{-1}.

La représentation graphique de la conductance de la solution en fonction du volume V de solution titrante versé est donnée dans le document 1 ci-après.

Document n° 1 : Dosage de la solution diluée d'acide chlorhydrique S_1 par conductimétrie

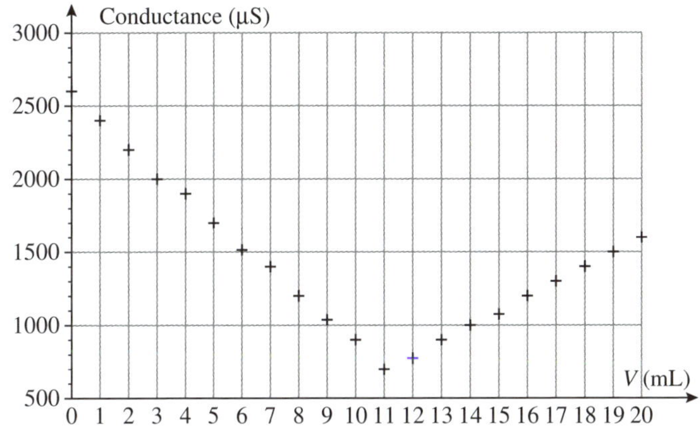

B.1. Écrire l'équation de la réaction acido-basique support du titrage.

B.2. Déterminer graphiquement, sur le document n° 1, le volume versé V_E à l'équivalence.

B.3. Définir l'équivalence, puis en déduire la relation existant entre C_1, C_B, V_E et V_1. En déduire la valeur de C_1.

B.4. Calculer la valeur de la concentration C_0 de la solution d'acide chlorhydrique concentrée S_0.

B.5. Sachant que la solution S_0 a une masse volumique $\rho_0 = 1\,160$ g.L^{-1} et que $M(HC\ell) = 36{,}5$ g.mol^{-1}, déterminer si l'indication de l'étiquette du flacon est correcte.

B.6. Une simulation du dosage par suvi pH-métrique de la solution S_1 est donnée dans le document 2 page suivante à la fin de l'énoncé.
Sur le document 2, indiquer la zone de virage de l'indicateur identifié à la question **A.5.** En utilisant cet indicateur pour le dosage de la solution S_1, décrire le changement de couleur observé.

B.7. Dans la liste donnée à la question **A.5.**, un autre indicateur semble-t-il mieux adapté pour repérer l'équivalence du dosage ? Justifier la réponse.

Document n° 2 : Simulation du dosage de la solution diluée d'acide chlorhydrique S_1 par pH-métrie

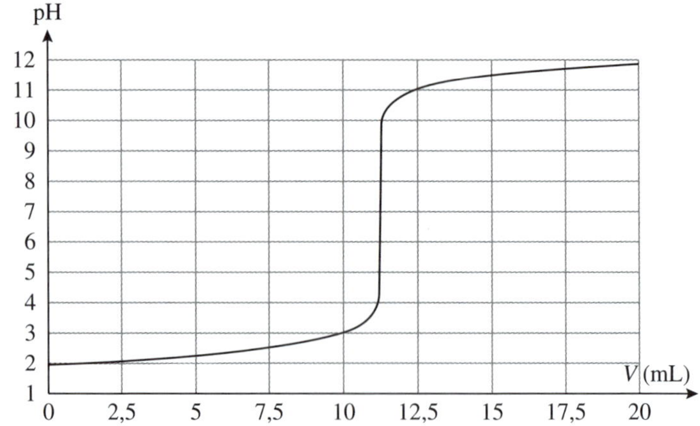

Corrigé du sujet 5

Les textes sur fond jaune apparaissant dans ce corrigé sont des rappels de cours ou des commentaires pour vous guider et vous aider.

Partie A. Identification d'un indicateur coloré

A.1. [0,25 pt] HInd se dissocie dans l'eau. L'équation s'écrit :

$$\mathbf{HInd_{(aq)} + H_2O_{(\ell)} \rightleftharpoons Ind^-_{(aq)} + H_3O^+_{(aq)}} \quad (1)$$

La double flèche est évidente ici. En effet, l'évocation du K_A dans l'énoncé indique que HInd est un acide faible, sa dissociation lors de sa mise en solution dans l'eau n'est donc pas totale. De plus, un indicateur coloré donne toujours lieu à une dissociation partielle car c'est le déplacement de l'équilibre entre les formes acide et basique, en fonction du pH du milieu, qui donne leur intérêt à ces entités chimiques.

A.2. [0,25 pt] La concentration en ions oxonium dans le flacon définit le pH :

$$[\mathbf{H_3O^+}] = \mathbf{10^{-pH}} = 10^{-4,2} = \mathbf{6,3 \times 10^{-5}\ mol.L^{-1}}$$

Il faut être capable de calculer très rapidement la concentration en ions oxonium à partir du pH, et inversement.

A.3. [0,75 pt] D'après l'équation (un tableau d'avancement est superflu) :

$$x_f = n(H_3O^+)_{\text{formé}} = [H_3O^+]_{\text{formé}} \times V$$

H_3O^+ étant limitant, si la réaction était totale, on aurait :

$$x_{max} = n(H_3O^+)_{max} = n(HInd)_i = C_0 \times V$$

Le taux d'avancement final τ_f de cette réaction vaut :

$$\tau_f = \frac{x_f}{x_{max}} = \frac{n(H_3O^+)_{\text{formé effectivement}}}{n(H_3O^+)_{\text{formé si réaction totale}}} = \frac{[H_3O^+] \times V}{C_0 \times V} = \frac{[H_3O^+]}{C_0}$$

$$\tau_f = \frac{6,3 \times 10^{-5}}{2,90 \times 10^{-4}} = \mathbf{0,22\ (soit\ 22\ \%)}.$$

L'énoncé suggère de calculer x_f et x_{max} à partir du volume. Cela peut sembler plus simple de fractionner ainsi la résolution avec des calculs intermédiaires, mais c'est aussi plus long.

A.4. [0,25 pt] La constante d'acidité de l'espèce HInd est la constante d'équilibre de la mise en solution de l'acide dans l'eau (1), soit : $K_A = \frac{[Ind^-] \times [H_3O^+]}{[HInd]}$

A.5. [0,5 pt] La valeur de K_A étant donnée, cela permet de calculer le pK_A du couple HInd/Ind⁻ à l'aide de la formule :

$$pK_A = -\log K_A = -\log(1,9 \times 10^{-5}) = \mathbf{4,7}$$

Par comparaison avec les informations du document 1, il apparaît que **cet indicateur coloré est le vert de bromocrésol**.

Partie B Dosage d'une solution d'acide chlorhydrique concentrée

B.1. [0,25 pt] L'équation de la réaction de titrage est :

$$H_3O^+_{(aq)} + OH^-_{(aq)} \rightarrow 2\ H_2O_{(\ell)}$$

Au niveau du formalisme, écrire cette équation avec une flèche simple. Il s'agit en effet d'une réaction entre un acide fort et une base forte. De surcroît, une réaction support de titrage est **toujours** totale.

B.2. [0,25 pt] Le volume équivalent correspond à la valeur de l'abscisse pour laquelle la courbe $G = f(V)$ présente une rupture de pente. On obtient V_E **= 11,2 mL**.

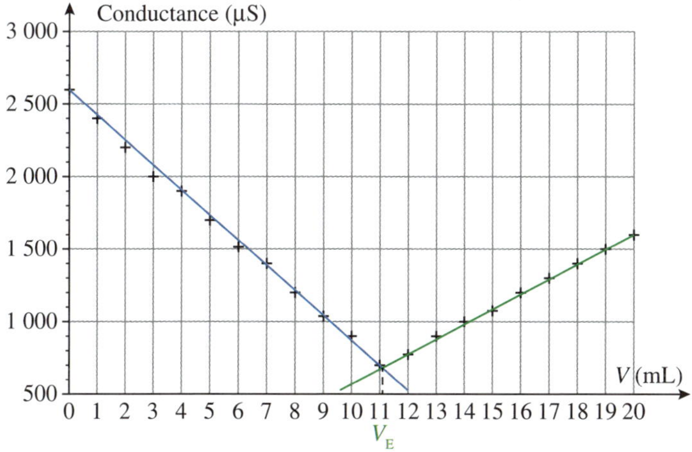

B.3. [1 pt] À l'équivalence, la quantité de matière d'ions hydroxyde versée et la quantité d'ions oxonium initialement présente dans le bécher sont en proportions stœchiométriques de la réaction du dosage :

$$\frac{\boldsymbol{n\left(H_3O^+\right)_{initial}}}{1} = \frac{\boldsymbol{n\left(OH^-\right)_{équivalence}}}{1}$$

Soit : $C_1 \times V_1 = C_B \times V_E$

Et : $\boldsymbol{C_1} = \frac{\boldsymbol{C_B \times V_E}}{\boldsymbol{V_1}} = \frac{1{,}00 \times 10^{-1} \times 11{,}2}{100{,}0} = \mathbf{1{,}12 \times 10^{-2}\ mol.L^{-1}}$

B.4. [0,5 pt] La solution S_1 ayant été obtenue en diluant 1 000 fois S_0, on a :

$$\boldsymbol{C_0} = \mathbf{1\,000} \times \boldsymbol{C_1} = 1\,000 \times 1{,}12 \times 10^{-2} = \mathbf{11{,}2\ mol.L^{-1}}$$

B.5. [1 pt] Déterminons le pourcentage massique P en acide chlorhydrique dans la solution S_0.

$$P = \frac{\text{masse d'acide chlorhydrique dissous dans un volume } V \text{ de } S_0}{\text{masse d'un volume } V \text{ de } S_0}$$

$$= \frac{m(HC\ell)}{m_{sol}} = \frac{n(HC\ell) \times M\ (HC\ell)}{\rho_0 \times V} = \frac{C_0 \times V \times M(HC\ell)}{\rho_0 \times V}$$

$$\boldsymbol{P} = \frac{\boldsymbol{C_0 \times M(HC\ell)}}{\boldsymbol{\rho_0}} = \frac{11{,}2 \times 36{,}5}{1\,160} = 0{,}352 = 35{,}2\%$$

Ce résultat est cohérent avec l'étiquetage qui indique un pourcentage massique au moins égal à 33 %.

B.6. [0,25 pt] Avec le vert de bromocrésol :

- pH < 3,8 : teinte jaune ;
- 3,8 < pH < 5,4 : teinte verte ;
- pH > 5,4 : teinte bleue.

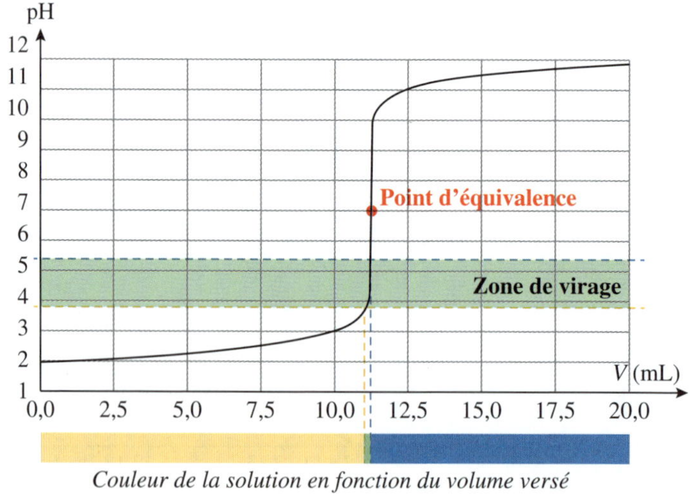

Couleur de la solution en fonction du volume versé

B.7. [0,25 pt] Le choix de l'indicateur est guidé par la zone de virage qui doit contenir le pH à l'équivalence (qui vaut 7 ici).
D'après le document 1, il serait donc préférable d'opter pour le bleu de bromothymol.

Le graphique précédent montre que, lors du titrage, le vert de bromocrésol vire un peu avant l'équivalence. On pourrait alors éventuellement considérer que l'équivalence est atteinte dès que la solution prend une teinte bleue (et donc de ne pas s'arrêter à la teinte verte de la zone de virage).

SUJET 6 60 min 6 points

Quand un acide rencontre une base

Thèmes : *pH, pK_A, taux d'avancement, loi de Kohlrausch, équation d'état du gaz parfait.*

Une expérience instructive, très simple à réaliser, consiste à disposer du bicarbonate de soude au fond d'une flûte à champagne, puis à y ajouter délicatement de l'huile végétale claire et, au-dessus, du vinaigre.

[...] le vinaigre pénètre dans l'huile en formant des gouttelettes qui descendent au fond du verre. Puis, à peine touchent-elles le fond qu'elles remontent jusqu'à la surface, avant de redescendre à nouveau... Il faut attendre cinq bonnes minutes avant que cette danse ne s'arrête ! [...] Au bout du voyage, les gouttes entrent en contact avec le bicarbonate de soude. Cela provoque une réaction chimique qui conduit à une émission de dioxyde de carbone. Rapidement, le gaz ainsi créé s'agrège en bulles qui s'accrochent sur les gouttelettes de vinaigre. Le volume de ces bulles augmente jusqu'à ce qu'elles remontent, entraînant avec elles les gouttelettes. Une fois arrivées à la surface, les bulles éclatent. Résultat : débarrassées des bulles les petites gouttes de vinaigre redescendent dans l'huile. Et le manège recommence, jusqu'à disparition du vinaigre.

D'après Alain Schuhl, dans Science et Vie Junior *N°165, juin 2003*

Partie A Étude du vinaigre

Le vinaigre est une solution aqueuse d'acide éthanoïque, appelé aussi acide acétique, de formule CH_3COOH. On mesure le pH d'une solution diluée dont la concentration en soluté apporté vaut $C_{\text{vinaigre}} = 1{,}00 \times 10^{-2}$ mol.L^{-1} et le pH 3,40.

Données :

- $pK_A(CH_3COOH / CH_3COO^-) = 4{,}75$; $pK_A(CO_2,\ H_2O / HCO_3^-) = 6{,}35$;
- conductivités molaires ioniques : $\lambda(H_3O^+) = 35{,}0 \times 10^{-3}$ S.m^2.mol^{-1} ; $\lambda(CH_3COO^-) = 4{,}09 \times 10^{-3}$ S.m^2.mol^{-1} ;
- constante des gaz parfaits : $R = 8{,}314$ J.mol^{-1}.K^{-1} ;
- température absolue : $T(\text{K}) = \theta(°\text{C}) + 273$;
- masses molaires : $M(NaHCO_3) = 84{,}0$ g.mol^{-1} ; $M(CH_3COOH) = 60{,}0$ g.mol^{-1}.

A.1. Écrire l'équation traduisant la dissociation de l'acide éthanoïque dans l'eau.

A.2. Donner l'expression littérale de la constante d'acidité associée à cette équation. Calculer sa valeur numérique.

A.3. Déterminer le taux d'avancement final de cette réaction. Conclure.

A.4. On mesure la conductivité de la solution diluée d'acide éthanoïque. On trouve $\sigma = 15{,}5 \times 10^{-3}$ S.m^{-1}. Retrouver la valeur de son pH.

Partie B Étude de la réaction

On considère la réaction chimique correspondant à la transformation qui a lieu lorsque la gouttelette de vinaigre touche le bicarbonate de soude solide se trouvant au fond du verre. Le bicarbonate de soude du commerce est en réalité de l'hydrogénocarbonate de sodium $NaHCO_{3(s)}$. On rappelle que le vinaigre est une solution aqueuse d'acide éthanoïque $CH_3COOH_{(aq)}$.

B.1. Écrire l'équation associée à cette transformation chimique.

B.2. On introduit au fond de la flûte 1,00 g d'hydrogénocarbonate de sodium. Calculer la quantité de matière $n(NaHCO_3)_{\text{apporté}}$.

B.3. La quantité de matière d'acide éthanoïque à l'état initial contenue dans une goutte de vinaigre, de volume $V = 3{,}7 \times 10^{-2}$ cm^3, est égale à $3{,}7 \times 10^{-5}$ mol. En déduire le réactif limitant et l'avancement maximal.

B.4. Dans les conditions de l'expérience, la pression est $P = 1\,020$ hPa et $\theta = 25$ °C. Le volume total de gaz dégagé par la réaction vaut 0,89 mL. On considère que tout l'acide carbonique (CO_2, H_2O) formé s'est transformé en dioxyde de carbone. Déterminer alors la valeur de l'avancement final x_f de la réaction écrite en **B.1.** en utilisant l'équation du gaz parfait.

B.5. Calculer le taux d'avancement final de cette transformation et conclure.

Corrigé du sujet 6

Partie A Étude du vinaigre

A.1. [0,5 pt] L'acide éthanoïque est un acide faible se dissociant dans l'eau suivant une transformation non totale. L'équation s'écrit :

$$\mathbf{CH_3COOH_{(aq)} + H_2O_{(\ell)} \rightleftharpoons CH_3COO^-_{(aq)} + H_3O^+_{(aq)}}$$

A.2. [0,75 pt] L'expression de la constante d'acidité associée à cette réaction est :

$$K_A = \frac{\mathbf{[CH_3COO^-] \times [H_3O^+]}}{\mathbf{[CH_3COOH]}}$$

On détermine sa valeur à partir de celle du pK_A qui vaut 4,75.

$$K_A = 10^{-pK_A} = 10^{-4,75} = \mathbf{1,78 \times 10^{-5}\ mol.L^{-1}}$$

A.3. [0,75 pt] Le taux d'avancement final τ_f de cette réaction vaut :

$$\tau_f = \frac{x_f}{x_{max}} = \frac{n(H_3O^+)_{\text{formé effectivement}}}{n(H_3O^+)_{\text{formé si réaction totale}}} = \frac{[H_3O^+] \times V}{C_{vinaigre} \times V} = \frac{[H_3O^+]}{C_{vinaigre}}$$

$$\tau_f = \frac{\mathbf{10^{-pH}}}{\mathbf{C_{vinaigre}}} = \frac{10^{-3,40}}{1,00 \times 10^{-2}} = \mathbf{3,98 \times 10^{-2}\ (soit\ 3,98\ \%)}$$

La valeur du taux d'avancement < 100 % confirme le caractère faible de cet acide.

> Cette réponse était pour le moins attendue. Il est possible de lui donner un caractère plus pertinent en précisant que cette valeur du taux d'avancement indique une dissociation particulièrement faible (4 moles dissociées pour 100 moles initialement présentes).

A.4. [1 pt] La loi de Kohlrausch relie la conductivité de la solution aux concentrations des espèces ioniques qui y sont solvatées :

$$\boldsymbol{\sigma = \lambda(H_3O^+) \times [H_3O^+] + \lambda(CH_3COO^-) \times [CH_3COO^-]}$$

> Des ions OH^- sont également présents en solution, mais en quantité négligeable. En toute rigueur, il faudrait considérer leur contribution à la conductivité de la solution dans l'expression précédente, ce que n'invite pas à faire l'énoncé qui ne mentionne pas dans les données la conductivité molaire ionique de cette entité, et ensuite négliger ce terme devant les autres.

D'après l'équation écrite au **A.1**,

$$n(H_3O^+) = n(CH_3COO^-) \Rightarrow [H_3O^+] = [CH_3COO^-]$$

D'où : $\sigma = \lambda(H_3O^+) \times [H_3O^+] + \lambda(CH_3COO^-) \times [H_3O^+]$

$$\sigma = [\lambda(H_3O^+) + \lambda(CH_3COO^-)] \times [H_3O^+]$$

Il s'agit de retrouver la valeur du pH dans cette question, ce qui conduit à isoler $[H_3O^+]$:

$$[H_3O^+] = \frac{\sigma}{\lambda(H_3O^+) + \lambda(CH_3COO^-)}$$

> Ne pas oublier que, compte tenu des unités de σ et λ, les concentrations doivent être exprimées en mole par mètre cube dans cette expression. Il faudra donc **diviser par mille pour avoir une concentration en mole par litre** dans le calcul du pH où cette unité est impérative.

$$[H_3O^+] = \frac{\sigma}{\lambda(H_3O^+) + \lambda(CH_3COO^-)} = \frac{15,5 \times 10^{-3}}{35,0 \times 10^{-3} + 4,09 \times 10^{-3}} = 0,397 \text{ mol.m}^{-3}$$

$$\mathbf{pH = -\log[H_3O^+]} = -\log(0,397 \times 10^{-3}) = \mathbf{3,40}$$

On retrouve bien la valeur du pH indiquée dans l'énoncé.

Partie B Étude de la réaction

B.1. [0,25 pt] L'équation associée à la transformation se produisant dans la flûte de champagne s'écrit :

$$\mathbf{CH_3COOH_{(aq)} + HCO^-_{3(aq)} \rightleftharpoons CH_3COO^-_{(aq)} + CO_2,H_2O_{(aq)}}$$

Une réaction acido-basique se produit entre l'acide d'un couple acide / base et la base d'un autre couple. Le couple avec l'ion hydrogénocarbonate n'est pas le plus simple mais un rapide coup d'œil aux données de l'énoncé permet d'identifier les entités concernées.

B.2. [0,5 pt] Soit $n(NaHCO_3)_{apporté}$ la quantité de matière « initiale » en hydrogénocarbonate de sodium :

$$\boldsymbol{n}(\mathbf{NaHCO_3})_{\mathbf{apporté}} = \frac{\boldsymbol{m}(\mathbf{NaHCO_3})}{\boldsymbol{M}(\mathbf{NaHCO_3})} = \frac{1,00}{84,0} = \mathbf{1,19 \times 10^{-2}\ mol}$$

B.3. [1 pt] D'après l'énoncé, on a $n_0(CH_3COOH) = 3,7 \times 10^{-5}$ mol.

Le sujet demande à calculer $n(NaHCO_3)_{apporté}$, lorsqu'il faut considérer $n_0(HCO_3^-)$ dans cette question. La dissociation totale du solide ionique $NaHCO_3$ est implicite ici : $n_0(HCO_3^-) = n(NaHCO_3)_{apporté}$.

Dans ce système chimique, à l'état initial, on a :

$$\begin{cases} n_0(CH_3COOH) = 3,7 \times 10^{-5} \text{ mol} \\ n_0(HCO_3^-) = 1,19 \times 10^{-2} \text{ mol} \end{cases} \Rightarrow \frac{n_0(CH_3COOH)}{1} < \frac{n_0(HCO_3^-)}{1}$$

La résolution de ce type de question se fait souvent avec l'appui d'un tableau d'avancement. Cet outil est d'une utilité assez relative ici car, au-delà de la maîtrise qu'il convient d'avoir de la stœchiométrie d'une réaction en classe de Terminale, l'équation est simple. Elle comporte seulement deux réactifs et les coefficients stœchiométriques valent 1.

Le réactif limitant est l'acide éthanoïque et :

$$\boldsymbol{x}_{\mathbf{max}} = \boldsymbol{n}_{\mathbf{0}}(\mathbf{CH_3COOH}) = \mathbf{3,7 \times 10^{-5}\ mol}$$

B.4. [0,75 pt] L'hypothèse conduit à écrire :

$$CO_2,H_2O_{(aq)} \rightarrow CO_{2(g)} + H_2O_{(\ell)}$$

À l'état final, d'après cette équation et celle du **B.1** :

$$n_f(CO_2) = n_f(CO_2,H_2O) = x_f$$

L'équation d'état du gaz parfait permet d'écrire :

$$\boldsymbol{P \times V = n_f(\mathbf{CO_2}) \times \mathbf{R} \times T = x_f \times \mathbf{R} \times T}$$

On isole x_f :

$$\boldsymbol{x_f} = \frac{\boldsymbol{P \times V}}{\mathbf{R} \times \boldsymbol{T}} = \frac{1\,020 \times 10^2 \times 0,89 \times 10^{-6}}{8,314 \times (25 + 273)} = \mathbf{3,7 \times 10^{-5}\ mol}$$

Comme pour la loi de Kohlrausch, il faut faire attention aux unités ici. Ce sont les unités SI (la pression en pascal, le volume en mètre cube et la température en kelvin).

B.5. [0,5 pt] Les résultats précédents montrent que $x_f = x_{max} = 3{,}7 \times 10^{-5}$ mol. **Le taux d'avancement final est donc de 100 % : la transformation est totale.**

SUJET 7

60 min 6 points

pH d'un mélange

Thèmes : *pH, pK_A, diagramme de prédominance, quotient de réaction.*

Dans cet exercice, on se propose de calculer la valeur du pH d'un mélange de deux solutions de pH connus.

Données : pK_A (HNO_2/NO_2^-) = pK_{A_1} = 3,3 ;

pK_A ($HCOOH/HCOO^-$) = pK_{A_2} = 3,8.

Partie A Étude de deux solutions

Le pH d'une solution aqueuse S_1 d'acide nitreux $HNO_{2(aq)}$, de concentration en soluté apporté $C_1 = 0{,}20$ mol.L^{-1}, a pour valeur $pH_1 = 2{,}0$; celui d'une solution aqueuse S_2 de méthanoate de sodium ($Na^+_{(aq)} + HCOO^-_{(aq)}$), de concentration en soluté apporté $C_2 = 0{,}40$ mol.L^{-1}, a pour valeur $pH_2 = 8{,}7$.

A.1. Écrire l'équation associée à la dissociation de l'acide nitreux dans l'eau. Donner l'expression de sa constante d'acidité.

A.2. Écrire l'équation de la réaction entre l'ion méthanoate et l'eau. Donner l'expression de la constante d'acidité du couple mis en jeu.

A.3. Sur un axe des pH, placer les domaines de prédominance des deux couples acide / base mis en jeu. Préciser alors l'espèce prédominante dans chacune des deux solutions précédentes.

Partie B Étude d'un mélange de ces solutions

B.1. On mélange un même volume $V = 200$ mL de chacune des deux solutions précédentes. La quantité de matière d'acide nitreux introduite dans le mélange est $n_1 = 4{,}0 \times 10^{-2}$ mol et celle de méthanoate de sodium est $n_2 = 8{,}0 \times 10^{-2}$ mol.

a) Écrire l'équation associée à la transformation qui se produit lors du mélange entre l'acide nitreux et l'ion méthanoate.

b) Exprimer puis calculer le quotient de réaction $Q_{r,\,i}$ associé à cette équation, dans l'état initial du système chimique.

c) Exprimer le quotient de réaction dans l'état d'équilibre $Q_{r,éq}$ en fonction des constantes d'acidité des couples puis le calculer.

B.2. a) Établir un tableau d'avancement de la réaction mise en jeu dans ce système chimique.

b) La valeur de l'avancement final dans cet état d'équilibre est $x_f = 3{,}3 \times 10^{-2}$ mol. Calculer les concentrations des différentes espèces chimiques présentes à l'équilibre.

3. À l'aide de l'un des couples mis en jeu, vérifier que la valeur du pH du mélange est de 4,0.

Corrigé du sujet 7

Partie A Étude de deux solutions

A.1. [0,5 pt] L'équation s'écrit :

$$HNO_{2(aq)} + H_2O_{(\ell)} \rightleftharpoons NO^-_{2(aq)} + H_3O^+_{(aq)}$$

La constante d'acidité est la constante d'équilibre associée à la réaction de l'acide sur l'eau. Donc selon l'équation ci-dessus :

$$K_{A_1} = \frac{[NO_2^-] \times [H_3O^+]}{[HNO_2]}$$

A.2. [0,5 pt] L'équation de la réaction de l'ion méthanoate avec l'eau est :

$$HCOO^-_{(aq)} + H_2O_{(\ell)} \rightleftharpoons HCOOH_{(aq)} + HO^-_{(aq)}$$

Ce n'est pas cette réaction qui permet d'écrire K_A, mais celle de l'acide du couple sur l'eau :

$$HCOOH_{(aq)} + H_2O_{(\ell)} \rightleftharpoons HCOO^-_{(aq)} + H_3O^+_{(aq)}$$

$$K_{A_2} = \frac{[HCOO^-] \times [H_3O^+]}{[HCOOH]}$$

A.3. [1 pt] Le diagramme de prédominance permet de déterminer pour un couple acide/base, en fonction du pH de la solution, l'espèce majoritaire.

• Couple HNO_2 / NO_2^-

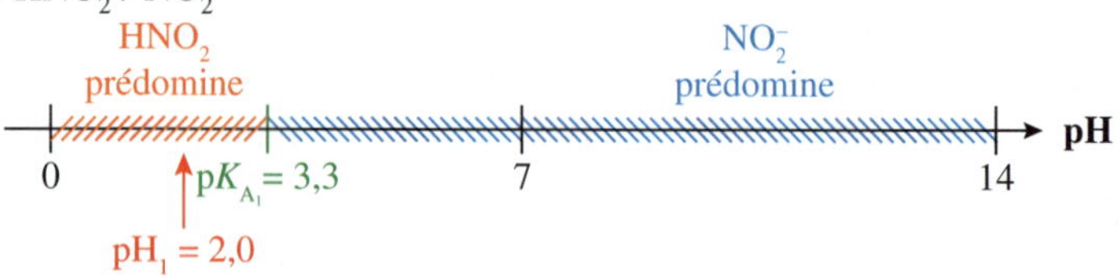

$pH_1 < pK_{A_1}$: l'espèce acide HNO_2 prédomine dans la solution S_1.

- Couple $HCOOH$ / $HCOO^-$

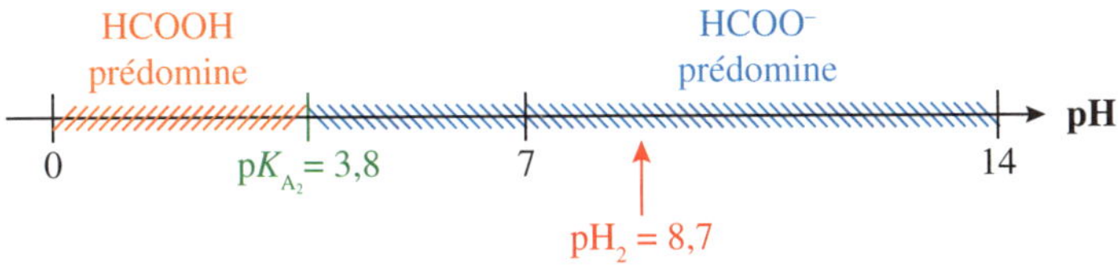

$pH_2 > pK_{A_2}$: l'espèce basique $HCOO^-$ prédomine dans la solution S_2.

Il est à souligner que jusqu'ici, les questions amènent des réponses immédiates qui relèvent de la restitution de connaissances. Il convient donc d'être rapide.

Partie B Étude d'un mélange de ces solutions

B.1. a) [0,25 pt] L'acide nitreux HNO_2 réagit avec l'ion méthanoate $HCOO^-$ pour former l'ion nitrite NO_2^- (base conjuguée de l'acide nitreux) et l'acide méthanoïque $HCOOH$ (acide conjugué de l'ion méthanoate).

$$\mathbf{HNO_{2(aq)} + HCOO^-_{(aq)} \rightleftharpoons NO^-_{2(aq)} + HCOOH_{(aq)}}$$

La double flèche indique que la réaction opposée se produit également. En l'absence d'information, on la met systématiquement (sauf pour un titrage).

b) [0,25 pt] Soit $Q_{r,i}$ le quotient de réaction dans l'état initial.

$$Q_{r,i} = \frac{[NO_2^-]_i \times [HCOOH]_i}{[HNO_2]_i \times [HCOO^-]_i}$$

Dans l'état initial, la réaction n'a pas encore eu lieu. Il ne s'est pas encore formé d'ion nitrite et d'acide méthanoïque : $\mathbf{Q_{r,i} = 0}$

c) [1 pt] À l'équilibre, cette expression devient :

$$Q_{r,éq} = \frac{[NO_2^-]_{éq} \times [HCOOH]_{éq}}{[HNO_2]_{éq} \times [HCOO^-]_{éq}}$$

Cette valeur particulière prise par le quotient de reaction à l'équilibre est également notée $K(T)$ et appelée constante d'équilibre.

Pour alléger l'écriture, le choix est souvent fait de ne pas faire figurer l'indice « éq » (l'indice « f » convient aussi) au niveau des concentrations, ce qui a été fait aux questions **A.1.** et **A.2.** pour la constante K_A. Cela ne pose pas de problème à condition d'avoir bien intégré qu'il s'agit des concentrations lorsque l'équilibre dynamique du système a été atteint.

La multiplication du numérateur et du dénominateur de ce quotient par $[H_3O^+]_{éq}$ permet de relier K à K_{A_1} et à K_{A_2} (plus exactement à l'inverse de K_{A_2}).

$$Q_{r,\,éq} = K = \frac{[NO_2^-]_{éq} \times [HCOOH]_{éq}}{[HNO_2]_{éq} \times [HCOO^-]_{éq}} \times \frac{[H_3O^+]_{éq}}{[H_3O^+]_{éq}} = \frac{K_{A_1}}{K_{A_2}} = \frac{10^{-pK_{A_1}}}{10^{-pK_{A_2}}}$$

$$\mathbf{Q_{r,\,éq} = K = 10^{-pK_{A_1} + pK_{A_2}}} = 10^{-3,3+3,8} = \mathbf{10^{0,5} = 3,2}$$

B.2. a) [0,75 pt] Le tableau d'avancement pour ce système chimique est le suivant :

Équation		$HNO_{2(aq)}$ +	$HCOO^-_{(aq)}$ ⇌	$NO^-_{2(aq)}$ +	$HCOOH_{(aq)}$
État du système	**Avancement (mol)**	**Quantités de matière (mol)**			
Initial	$x = 0$	$4,0 \times 10^{-2}$	$8,0 \times 10^{-2}$	0	0
Intermédiaire	x	$4,0 \times 10^{-2} - x$	$8,0 \times 10^{-2} - x$	x	x
Final	x_f	$4,0 \times 10^{-2} - x_f$	$8,0 \times 10^{-2} - x_f$	x_f	x_f

b) [0,75 pt] L'avancement dans l'état final est donné et vaut $x_f = 3,3 \times 10^{-2}$ mol . Il est alors aisé de déterminer la composition du système dans cet état. Attention, le volume total de la solution est la somme des volumes mélangés, soit 2 V.

$$[\mathbf{HNO_2}]_\mathbf{f} = \frac{4,0 \times 10^{-2} - x_f}{2 \times V} = \frac{4,0 \times 10^{-2} - 3,3 \times 10^{-2}}{2 \times 200 \times 10^{-3}} = \mathbf{1,8 \times 10^{-2}\ mol.L^{-1}}$$

$$[\mathbf{HCOO^-}]_\mathbf{f} = \frac{8,0 \times 10^{-2} - x_f}{2 \times V} = \frac{8,0 \times 10^{-2} - 3,3 \times 10^{-2}}{2 \times 200 \times 10^{-3}} = \mathbf{1,2 \times 10^{-1}\ mol.L^{-1}}$$

$$[\mathbf{NO_2^-}]_\mathbf{f} = [\mathbf{HCOOH}]_\mathbf{f} = \frac{x_f}{2 \times V} = \frac{3,3 \times 10^{-2}}{2 \times 200 \times 10^{-3}} = \mathbf{8,2 \times 10^{-2}\ mol.L^{-1}}$$

B.3. [1 pt] Pour un couple acide/base donné,

$$K_A = \frac{[\text{base}] \times [H_3O^+]}{[\text{acide}]} \Rightarrow [H_3O^+] = \frac{K_A \times [\text{acide}]}{[\text{base}]}$$

$$\Rightarrow \quad -\log[H_3O^+] = -\log(K_A) - \log\frac{[\text{acide}]}{[\text{base}]}$$

$$\Rightarrow \quad pH = pK_A + \log\frac{[\text{base}]}{[\text{acide}]}$$

En s'appuyant sur le couple HCOOH / $HCOO^-$, à l'état final, on peut écrire que :

$$pH_{\text{mélange}} = \mathbf{p}\boldsymbol{K}_{\mathbf{A_2}} + \mathbf{log}\left(\frac{[\mathbf{HCOO^-}]_\mathbf{f}}{[\mathbf{HCOOH}]_\mathbf{f}}\right)$$

$$= 3,8 + \log\frac{1,2 \times 10^{-1}}{8,2 \times 10^{-2}} = 4,0$$

La valeur du pH du mélange ainsi réalisé est bien égale à la valeur indiquée dans l'énoncé.

SUJET 8

1 h 10 min 7,5 points

Solubilité de l'acide benzoïque

Thèmes : *pH, pK_A, pK_e, titrage avec suivi pH-métrique, indicateur coloré, solubilité.*

On se propose de déterminer la solubilité exacte, notée *s*, de l'acide benzoïque C_6H_5COOH. **Les documents et courbes utiles se trouvent en annexe à la fin de l'exercice.** L'ensemble des mesures se fait à 25 °C.

Pour déterminer la solubilité, on va doser l'acide dissous d'une solution tout juste saturée. Le dosage est de type acido-basique. La solution titrante utilisée est une solution d'hydroxyde de sodium préparée à partir du solide NaOH. L'hydroxyde de sodium solide est très hygroscopique, c'est-à-dire avide d'eau, et les cristaux deviennent déliquescents à l'air.

Données :
- $pK_A(C_6H_5COOH/C_6H_5COO^-) = 4{,}2$;
- produit ionique de l'eau : $K_e = 10^{-14}$ (à 25 °C) ;
- masses molaires : $M(H) = 1{,}0$ g.mol^{-1} ; $M(C) = 12$ g.mol^{-1} ; $M(O) = 16$ g.mol^{-1} ; $M(Na) = 23$ g.mol^{-1}.

Partie A Préparation de la solution titrante

On prépare un volume $V_0 = 250$ mL d'une solution S_0 en dissolvant dans l'eau une masse $m = 0{,}70$ g de cristaux d'hydroxyde de sodium provenant d'un flacon laissé par inadvertance à l'air libre. L'hydroxyde de sodium est totalement soluble.

A.1. Expliquer pourquoi, pour connaître la concentration volumique en quantité de matière précise d'une solution aqueuse d'hydroxyde de sodium préparée avec de tels cristaux, on ne peut pas se contenter de peser les cristaux avant dissolution, et pourquoi il faut doser la solution.

A.2. Quelle serait la concentration de S_0 si le solide était de l'hydroxyde de sodium pur ?

A.3. On titre 50 mL de la solution S_0 par un suivi pH-métrique en ajoutant à l'aide d'une burette une solution titrante d'acide chlorhydrique S_a de concentration $C_a = 1{,}00 \times 10^{-1}$ mol.L^{-1}. On obtient le graphe n° 1.

a) Écrire l'équation support du titrage.

b) Déterminer le volume équivalent de ce dosage en faisant ressortir clairement sur le graphe la méthode utilisée.

c) En déduire la concentration en hydroxyde de sodium de la solution S_0.

d) Déterminer le pH à l'équivalence de ce dosage. Parmi la liste du document 3, quel serait le meilleur indicateur coloré pour ce dosage ? Comment évoluera la teinte au cours du dosage ?

e) Justifier les variations du pH observées lors du suivi pH-métrique.

A.4. Déterminer la masse d'hydroxyde de sodium réellement présent dans les 0,70 g prélevés, en déduire la masse d'eau contenue dans le prélèvement.

A.5. Déterminer les quantités de matière d'hydroxyde de sodium et d'eau présentes dans ces 0,70 g.

A.6. En déduire que l'espèce ionique NaOH est entourée en moyenne de 4 molécules d'eau.

Partie B Détermination de la solubilité de l'acide benzoïque

On prépare 50 mL d'une solution saturée d'acide benzoïque. Pour les calculs qui suivent, on pourra prendre $M(C_6H_5COOH) = 122\ g.mol^{-1} \approx 120\ g.mol^{-1}$.

B.1. À l'aide des informations des documents en annexe, donner un encadrement de la masse d'acide benzoïque solide nécessaire.

B.2. On réalise le suivi pH-métrique du titrage d'un volume $V_1 = 20{,}0$ mL de la solution saturée par la solution d'hydroxyde de sodium préparée précédemment et de concentration $C_b = 2{,}50.10^{-2}$ mol.L^{-1}. À partir des mesures obtenues, on a tracé le graphe pH $= f(V_b)$ et, à l'aide d'un logiciel, on a construit et représenté le graphe $\dfrac{\mathrm{dpH}}{\mathrm{d}V_b} = g(V_b)$ sur le graphe n° 2.

a) Faire un schéma annoté du dispositif expérimental.

b) Écrire l'équation de la réaction support du titrage.

c) Déterminer les coordonnées du point équivalent, en expliquant la méthode adoptée. Parmi la liste du document 3, quel serait le meilleur indicateur coloré pour ce dosage ? Comment évoluera la teinte au cours du dosage ?

B.3. Déterminer la concentration molaire de la solution d'acide benzoïque mesurée par le dosage.

B.4. En déduire la valeur correcte s de la solubilité de l'acide benzoïque dans l'eau à la température de l'expérience. Commenter.

B.5. On considère un état initial constitué de 20 mL de solution aqueuse d'acide benzoïque saturée et de 2 mL de solution titrante d'hydroxyde de sodium.

a) Quelle est la valeur du pH du mélange obtenu (aucun calcul nécessaire) ?

b) En déduire la valeur de la concentration en hydroxyde (on exprimera cette valeur sous forme d'une puissance de 10).

c) En déduire alors que l'on peut considérer la transformation entre l'acide benzoïque et les ions hydroxyde comme totale. Pourquoi est-ce nécessaire pour que la mesure de *s* soit correcte ?

Aide au calcul : $12 \times 175 = 2\,100$.

Annexe

Document 1. Acide benzoïque

L'acide benzoïque de formule C_6H_5COOH, est utilisé dans l'industrie alimentaire sous le code E210 comme conservateur. À température ambiante, c'est un solide blanc, d'aspect soyeux dont la solubilité est comprise entre 2 g.L^{-1} et 3 g.L^{-1}.

Document 2. Solubilité

La solubilité dans l'eau d'une substance solide à la température *T* est la masse maximale de substance que l'on peut dissoudre dans un litre d'eau à cette température *T*. Elle s'exprime en g.L^{-1}.

Une solution est dite saturée lorsque la substance dissoute dans le liquide arrive à la concentration maximale.

Document 3. Liste d'indicateurs colorés

Nom	Teinte acide	Teinte basique	Zone de virage
Hélianthine	rouge	jaune	3,1 - 4,4
Rouge de méthyle	rouge	jaune	4,2 - 6,2
Bleu de bromothymol	jaune	bleu	6,0 - 7,6
Rouge de crésol	jaune	rouge	7,2 - 8,8
Phénolphtaléine	incolore	rose	8,2 - 10,0
Rouge d'alizarine	violet	jaune	10,0 - 12,0

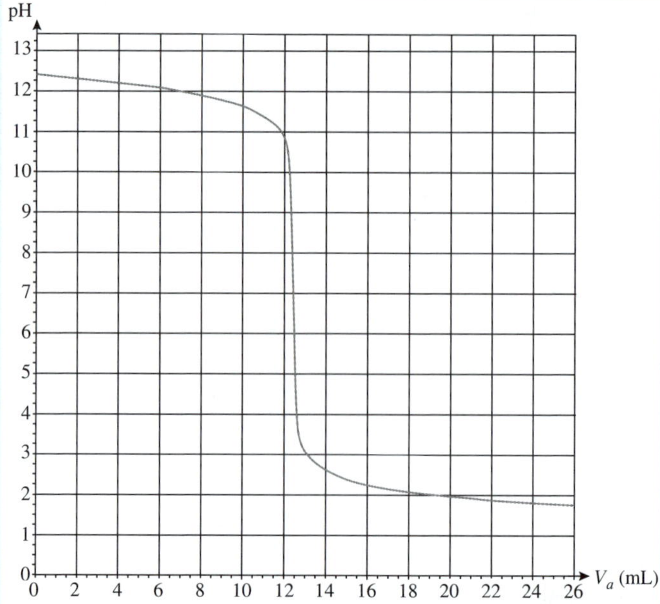

Graphe n° 1. Dosage de la solution S_0 par l'acide chlorhydrique

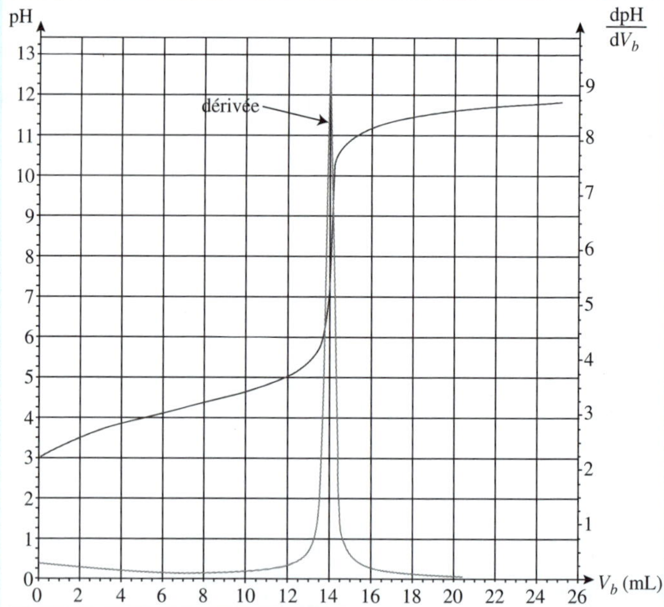

Graphe n° 2. Dosage de l'acide benzoïque par la soude

Corrigé du sujet 8

Remarque : on donne ici en vert, dans les calculs, des moyens de trouver facilement les résultats sans calculatrice. Les chiffres significatifs ne sont pas forcément respectés dans ces écritures.

Partie A Préparation de la solution titrante

A.1. Les cristaux ayant été laissés en contact avec l'air (présence de vapeur d'eau) se sont hydratés en raison de leur pouvoir hygroscopique. La masse pesée est donc la somme des masses d'eau et d'hydroxyde de sodium, supérieure à la masse réelle d'hydroxyde de sodium, d'où la nécessité du dosage.

A.2. Si le solide était de l'hydroxyde de sodium pur, la concentration de S_0 serait :

$$C_{\text{pur}} = \frac{n_{\text{NaOH}}}{V_0} = \frac{m}{M_{\text{NaOH}} \times V_0} = \frac{0,70}{40 \times 0,25} = \frac{0,7}{10} = \mathbf{0,07\ mol.L^{-1}} \quad \left(0,25 = \frac{1}{4}\right)$$

A.3. a) On titre une solution de base forte par une solution d'acide fort. L'équation s'écrit :

$$H_3O^+_{(aq)} + OH^-_{(aq)} \rightarrow 2\,H_2O_{(\ell)} \qquad (1)$$

b) On détermine le volume équivalent à l'aide de la méthode de la double tangente. On lit sur le graphe $V_E = 12,5$ **mL.**

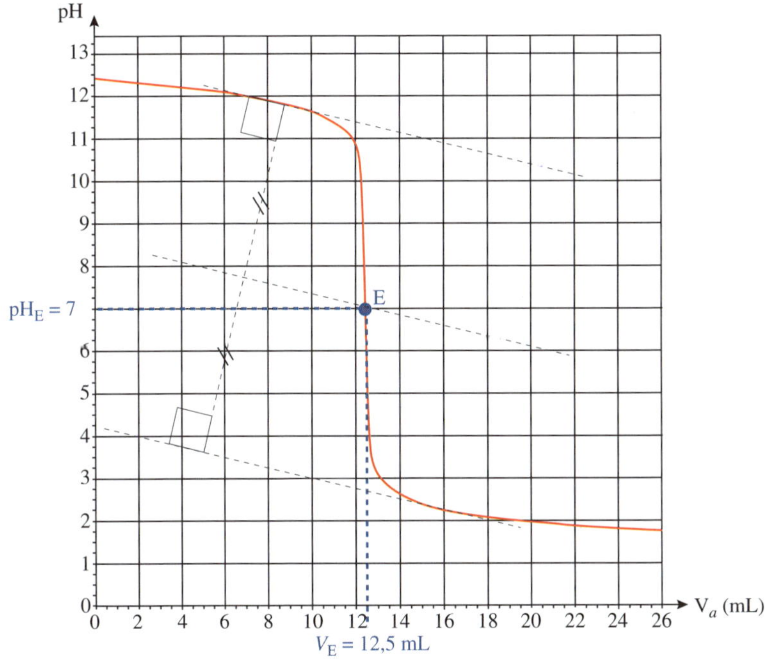

c) À l'équivalence, la quantité de matière d'ions hydronium versée et la quantité de matière d'ions hydroxyde initialement présente dans le bécher sont en proportions stœchiométriques de la réaction de dosage (1), soit ici :

$$n(H_3O^+)_{\text{équivalence}} = n(OH^-)_{\text{initial}}$$

D'où : $C_a \times V_{éq} = C_0 \times V_0$

Soit : $$C_0 = \frac{C_a V_{éq}}{V_0} = \frac{1{,}00 \times 10^{-1} \times 12{,}5}{50{,}0} = \frac{125 \times 2}{100} \times 10^{-2} = \mathbf{2{,}50 \times 10^{-2}\ mol.L^{-1}}$$

d) Le pH à l'équivalence est lu sur la courbe : $\mathbf{pH_E = 7}$. Le meilleur indicateur doit contenir cette valeur dans sa zone de virage, on choisira donc le **bleu de bromothymol** (6,0 - 7,6). Il passera de sa couleur basique à sa couleur acide, soit du bleu au jaune.

La teinte sensible verte avec un saut de pH aussi abrupt n'est pas toujours facile à observer (sauf chance !) ; elle sera sûrement fugace.

e) Initialement, le bécher contient uniquement l'ion hydroxyde comme espèce acido-basique. Verser l'acide consomme totalement ces ions de façon progressive (tous les ions oxonium sont aussi consommés) et donc la concentration en hydroxyde diminue, donc le pH aussi. À l'équivalence tous les ions hydroxyde et oxonium sont consommés et la solution passe brutalement par un pH neutre. Puis les ions oxonium sont introduits en excès, le pH diminue rapidement, puis plus lentement.

A.4. La masse d'hydroxyde de sodium réellement présent dans les 0,7 g prélevés est obtenue à l'aide de la même formule qu'en **A.2.** :

$$C_0 = \frac{m_{NaOH}}{M_{NaOH} \times V_0}$$

d'où : $\mathbf{m_{NaOH} = C_0 \times M_{NaOH} \times V_0} = 2{,}50 \times 10^{-2} \times 40 \times 0{,}250 = 2{,}5 \times 10^{-1} = \mathbf{0{,}25\ g}$

On peut aussi ici faire le calcul numérique par proportion (question A.2. : 0,7 g donne une concentration de 0,07 $mol.L^{-1}$ donc 0,25 g donne 0,025 $mol.L^{-1}$).

La masse d'eau contenue dans le prélèvement se déduit par différence :

$$\mathbf{m_{eau} = m - m_{NaOH}} = 0{,}70 - 0{,}25 = \mathbf{0{,}45\ g}$$

A.5. Il vient facilement :

$$\mathbf{n_{eau} = \frac{m_{eau}}{M_{eau}}} = \frac{0{,}45}{18} = \left(\frac{45}{18}\right) \times 10^{-2} = \left(\frac{5}{2}\right) \times 10^{-2} = \mathbf{2{,}5 \times 10^{-2}\ mol}$$

$$\mathbf{n_{NaOH} = \frac{m_{NaOH}}{M_{NaOH}}} = \frac{0{,}25}{40} = \mathbf{6{,}25 \times 10^{-3}\ mol}$$

A.6. On calcule le rapport des quantités de matières :

$$\frac{n_{eau}}{n_{NaOH}} = \frac{2{,}5 \times 10^{-2}}{6{,}25 \times 10^{-3}} = \frac{25}{6{,}25} = \mathbf{4}$$

L'espèce NaOH est donc entourée en moyenne de 4 molécules d'eau dans le solide déliquescent.

Partie B Détermination de la solubilité de l'acide benzoïque

B.1. On lit que la solubilité est comprise entre 2 et 3 $g.L^{-1}$, donc pour le volume choisi :

$$s_{min} \times V < m < s_{max} \times V$$
$$2 \times 0{,}05 < m < 3 \times 0{,}05$$
$$\mathbf{0{,}1\ g < m < 0{,}15\ g}$$

B.2. a)

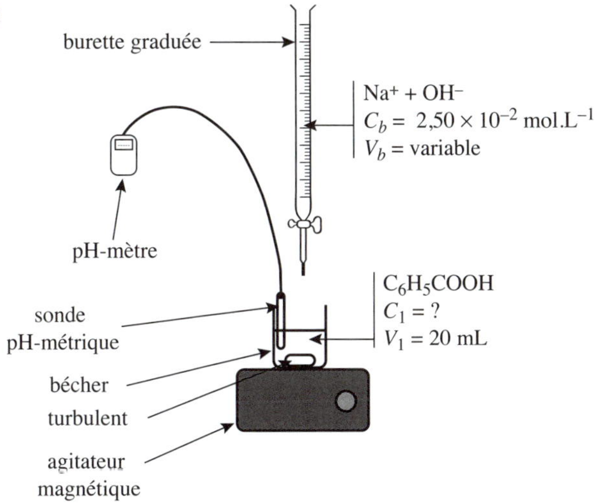

La valeur de la concentration de la solution de soude cherchée dans la partie 1 est implicitement donnée ici.

b) L'équation de la réaction support du dosage est donc :

$$C_6H_5COOH_{(aq)} + OH^-_{(aq)} \rightarrow C_6H_5COO^-_{(aq)} + H_2O \qquad (2)$$

c) On utilise la méthode de la dérivée : l'abscisse du pic de la dérivée correspond au volume versé à l'équivalence. On obtient le pH à l'équivalence en déterminant sur la courbe de suivi pH-métrique, l'ordonnée correspondante. On obtient ici :

$$V_{bE} = 14{,}0 \text{ mL} \qquad \text{et} \qquad pH_E = 8$$

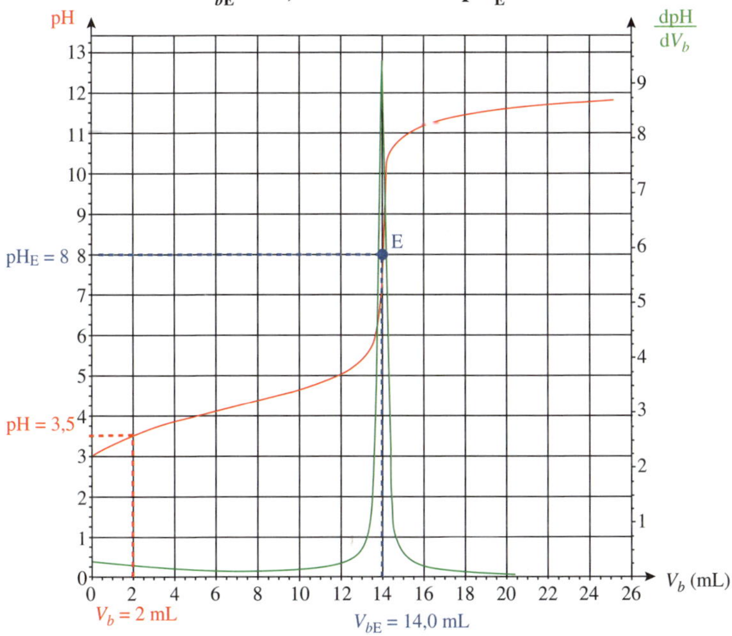

Attention, seule l'abscisse du pic est utile, l'ordonnée n'a rien à voir avec le point équivalent. Lorsqu'on a le choix comme ici, la méthode du pic de la dérivée est beaucoup plus rapide et souvent plus précise que celle des doubles tangentes.

Le pH_E doit être si possible au centre de la zone de virage. Le **rouge de crésol** est le meilleur indicateur : il évoluera de sa couleur acide à sa couleur basique, donc du jaune au rouge (en passant rapidement par la teinte sensible orange).

B.3. À l'équivalence, la quantité d'ions hydroxyde versée et la quantité d'acide benzoïque initialement présente dans le bécher sont en proportions stœchiométriques de la réaction de dosage (2), soit ici :

$$\boldsymbol{n(OH^-)_{\text{équivalence}} = n(C_6H_5COOH)_{\text{initial}}}$$

D'où : $C_b \times V_{bE} = C_1 \times V_1$

Soit : $$C_1 = \frac{C_b \times V_{bE}}{V_1} = \frac{2{,}50 \times 10^{-2} \times 14{,}0}{20{,}0} = \frac{25 \times 14}{2} \times 10^{-4} = \mathbf{1{,}75 \times 10^{-2}\ mol.L^{-1}}$$

B.4. On en déduit la solubilité :

$$s = C_1 \times M_{C_6H_5COOH} = 1{,}75 \times 10^{-2} \times 120 = \mathbf{2{,}1\ g.L^{-1}} \text{ (aide au calcul).}$$

Cette valeur est bien comprise dans l'intervalle attendu.

L'approximation sur la valeur de la masse molaire ne permet pas plus de chiffres significatifs.

B.5. a) Cette situation correspond à celle de $V_b = 2$ mL et le pH se lit sur la courbe : **pH = 3,5**

b) La valeur du pH permet d'écrire $[H_3O^+] = 10^{-3,5}$. Or, on a d'après l'autoprotolyse de l'eau :

$$[H_3O^+][OH^-] = K_e = 10^{-14}$$

D'où : $$\mathbf{[OH^-]} = \frac{K_e}{[H_3O^+]} = \frac{10^{-14}}{10^{-3,5}} = \mathbf{10^{-10,5}\ mol.L^{-1}}$$

Il faut savoir calculer les concentrations des ions de l'eau à l'aide du pH (et inversement) et à l'aide en particulier du produit ionique K_e.

c) Cette valeur est complètement négligeable devant la concentration de la soude versée, même en tenant compte de la dilution (d'un facteur 10 environ) lorsqu'on verse les 2 mL dans 20 mL. OH^- est donc totalement consommé, la transformation est bien totale. Cette propriété est indispensable pour effectuer un dosage et écrire la condition utilisée à l'équivalence.

La transformation chimique mise en jeu lors d'un titrage doit toujours être totale, rapide et spécifique.

SUJET 9

1 h 10 min 6,5 points

Les caractéristiques d'un sol truffier

Thèmes : *pH, pK_A, loi de Beer-Lambert, dilution, pourcentage massique.*

Il existe en France des sols favorables à la trufficulture. L'analyse des différentes caractéristiques du sol est déterminante pour juger de son aptitude à héberger des truffes.

Le but de cet exercice est d'étudier trois analyses portant sur un échantillon du sol d'un ancien vignoble afin de déterminer si celui-ci est propice à la culture des truffes.

Caractéristiques d'un sol truffier :

Les truffières sont souvent implantées sur d'anciennes vignes qui ont reçu d'importantes quantités de cuivre sous forme de bouillie bordelaise (sulfate de cuivre et de chaux) pendant des décennies et plus récemment des fongicides organo-cupriques. Ces traitements répétés ont pour conséquence un enrichissement en cuivre dans les couches supérieures.

Dans les sols, la teneur totale en cuivre est de l'ordre de 20 mg/kg de terre et peut varier entre 3 et 100 mg sans incidence sur la végétation. On considère qu'un sol n'est pas propice aux truffes au-delà de 100 mg d'ions cuivre par kg de sol.

D'après « la truffe, la terre, la vie » de Gabriel Callot, Collection du Labo de terrain, éditions INRA

- Un sol truffier est calcaire, c'est-à-dire riche en carbonate de calcium $CaCO_{3(s)}$. Le pourcentage massique en carbonate de calcium d'un sol truffier doit être compris entre 20 % et 60 %.
- Le pH d'un sol truffier doit être compris entre 7,5 et 8,5.

Données à 25 °C :

- $pK_A(CO_2,H_2O / HCO_3^-) = pK_{A_1} = 6{,}4$;
  $pK_A(HCO_3^- / CO_3^{2-}) = pK_{A_2} = 10{,}3$;
- masses molaires : $M(CaCO_3) = 100{,}1$ g.mol^{-1} ;
  $M(Cu^{2+}) = 63{,}5$ g.mol^{-1}.

Partie A Le pH du sol

Le pH des sols calcaires dépend de la réaction entre l'eau, le dioxyde de carbone et le carbonate de calcium. Lorsque le dioxyde de carbone contenu dans l'atmosphère se dissout dans l'eau de pluie, on observe au niveau du sol la réaction acido-basique suivante :

Réaction 1 : $CaCO_{3(s)} + CO_2, H_2O_{(aq)} \rightarrow Ca^{2+}_{(aq)} + 2HCO^-_{3(aq)}$

On introduit un échantillon de sol à analyser dans de l'eau distillée. Après agitation, on laisse reposer puis on filtre. La concentration molaire en ions oxonium de la solution obtenue est : $[H_3O^+] = 1{,}25 \times 10^{-8}$ mol.L^{-1}.

A.1. Vérifier que les conditions de pH sont favorables à la culture de la truffe.

A.2. Identifier, sur un axe gradué en fonction du pH, les domaines de prédominance des espèces acido-basiques : HCO_3^-, CO_3^{2-} et CO_2, H_2O. En déduire l'espèce prédominante dans la solution aqueuse de sol préparée. Ce résultat est-il cohérent avec la réaction 1 ? Justifier.

A.3. Écrire l'équation de la réaction acido-basique mise en jeu entre le dioxyde de carbone dissous CO_2, H_2O et l'eau.

A.4. Expliquer comment évoluerait le pH du sol si la quantité de dioxyde de carbone dissous venait à augmenter.

Partie B La teneur en calcaire du sol

Un test rapide permettant de savoir si un sol contient du carbonate de calcium consiste à verser un peu d'acide chlorhydrique concentré sur ce sol. Si une effervescence se produit, le sol est dit « calcaire ».

Le test peut être modélisé par la réaction d'équation suivante :

$$CaCO_{3(s)} + 2\ H_3O^+_{(aq)} \rightarrow Ca^{2+}_{(aq)} + CO_{2(g)} + 3\ H_2O_{(\ell)}$$

On peut utiliser cette réaction pour déterminer la teneur en carbonate de calcium d'un sol. Pour cela, on réalise le dispositif expérimental ci-dessous. On introduit de l'acide chlorhydrique en excès ; le gaz dégagé est recueilli au moyen d'une éprouvette graduée remplie au préalable d'eau.

Le volume de gaz recueilli est V_{gaz} = 72 mL pour un échantillon de masse m = 1,2 g du sol à analyser. Dans les conditions de l'expérience, le volume d'une mole de gaz est égal à 24,1 L.

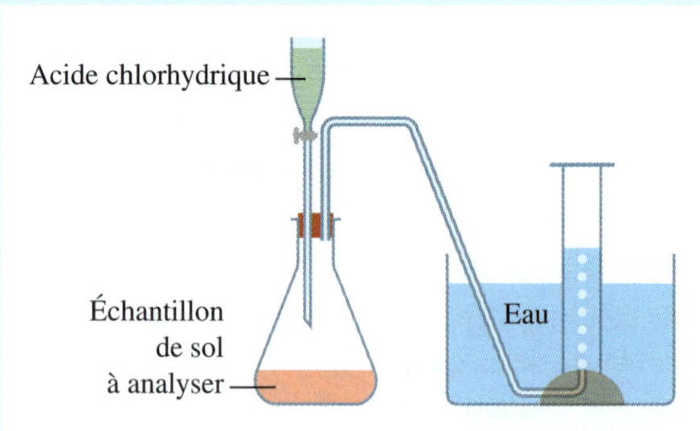

B.1. Expliquer pourquoi l'acide chlorhydrique doit être introduit en excès.

B.2. La quantité de calcaire dans le sol étudié convient-elle à la culture de la truffe ?

Partie C La teneur en cuivre du sol

À l'aide d'une fiole jaugée de 1,00 L, on prépare une solution aqueuse avec une masse m = 500,0 g de sol à analyser. Après agitation, traitement et filtration, on obtient une solution « de sol » comprenant les ions cuivre Cu^{2+}. Les ions cuivre présents en solution sont dosés par spectrophotométrie.

Une série de solutions aqueuses de sulfate cuivre $\left(Cu^{2+}_{(aq)} + SO^{2-}_{4(aq)}\right)$ de volume $V = 50{,}0$ mL est préparée à partir d'une solution mère S_0 de concentration $C_0 = 1{,}0 \times 10^{-2}$ mol.L^{-1}.

On mesure l'absorbance A de ces solutions à l'aide d'un spectrophotomètre pour une longueur d'onde du maximum d'absorption dans l'eau de l'ion Cu^{2+} : λ_{max} = 800 nm. Les résultats sont les suivants :

Solution	S_1	S_2	S_3	S_4	S_5
Concentration de la solution de sulfate de cuivre (mol.L^{-1})	$1{,}0 \times 10^{-3}$	$2{,}0 \times 10^{-3}$	$5{,}0 \times 10^{-3}$	$8{,}0 \times 10^{-3}$	$1{,}0 \times 10^{-2}$
Absorbance A	0,010	0,019	0,045	0,082	0,103

On mesure ensuite l'absorbance A_{sol} de la solution de sol : $A_{sol} = 0{,}035$.

C.1. Proposer une liste de matériel et un protocole nécessaire pour préparer la solution S_3 à partir de la solution S_0.

C.2. Déterminer la concentration en quantité de matière $[Cu^{2+}]_{sol}$ en ions cuivre dans la solution de sol préparée.

C.3. En déduire la concentration en masse $\gamma_{sol}(Cu^{2+})$ en ions cuivre dans le sol. Conclure.

Corrigé du sujet 9

Partie A Le pH du sol

A.1. [0,5 pt] La concentration en ions oxonium dans la solution obtenue après filtration du mélange (eau + terre) vaut $[H_3O^+] = 1{,}25 \times 10^{-8}$ mol.L^{-1}. On en déduit la valeur du pH :

$$\mathbf{pH_{sol}} = \mathbf{-log[H_3O^+]} = -\log\left(1{,}25 \times 10^{-8}\right) = \mathbf{7{,}9}$$

D'après l'énoncé, le pH doit être compris entre 7,5 et 8,5 pour permettre la culture de la truffe. Cette condition est bien vérifiée par le sol analysé ici.

A.2. [0,5 pt] Le diagramme de prédominance avec les espèces intervenant dans les équilibres mis en jeu ici est :

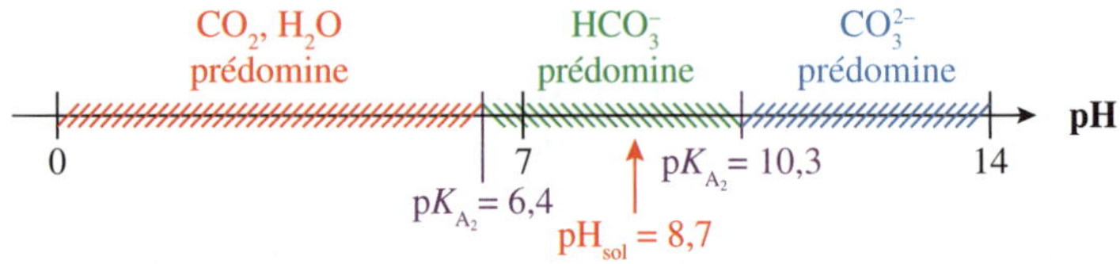

Le dioxyde de carbone dissous CO_2, H_2O est également appelé acide carbonique et noté H_2CO_3. Il s'agit d'un diacide au sens de Brønsted dans la mesure où cette entité chimique peut perdre deux ions hydrogène H^+.

Le repérage du pH de la solution sur cet axe montre que l'espèce qui prédomine est l'ion hydrogénocarbonate HCO_3^-. Cela est cohérent avec la réaction 1 qui montre l'accumulation de ces ions dans le milieu, en tant que produit de cette réaction.

A.3. [0,5 pt] Le dioxyde de carbone dissous et l'eau subissent une transformation chimique avec transfert d'un proton de la première espèce vers la seconde :

$$\mathbf{CO_2, H_2O_{(aq)} + H_2O_{(\ell)} \rightleftharpoons HCO^-_{3(aq)} + H_3O^+_{(aq)}}$$

A.4. [0,5 pt] Lorsque l'équilibre est atteint, les concentrations de ces espèces sont reliées par

$$K_{A_1} = \frac{[HCO_3^-] \times [H_3O^+]}{[CO_2, H_2O]}$$

À une température donnée, K_{A_1} est constant : si la concentration $[CO_2, H_2O]$ venait à augmenter, le produit $[HCO_3^-] \times [H_3O^+]$ augmenterait également, et donc $[H_3O^+]$. Il y aurait donc une acidification du milieu et donc une valeur plus faible du pH.

C'est cela que traduit notamment le principe de Le Chatelier sur les équilibres chimiques : la modification d'un facteur d'équilibre tend à déplacer cet équilibre dans le sens permettant de contrecarrer cette modification. L'équilibre précédent est donc déplacé dans le sens direct suite à l'augmentation de dioxyde de carbone dissous dans l'eau, afin de consommer une partie de cette quantité ajoutée.

Partie B La teneur en calcaire du sol

B.1. [0,25 pt] La mesure du volume de dioxyde de carbone qui s'est formé lors de l'expérience permet de déterminer la teneur en carbonate de calcium du sol. Pour ce faire, il faut s'assurer que tout le carbonate de calcium ait réagi donc qu'il soit limitant. C'est pour cela que l'acide chlorhydrique est introduit en excès.

B.2. [1 pt] Il s'agit de déterminer le pourcentage massique en carbonate de calcium du sol. L'expérience réalisée a permis de recueillir un volume $V_{gaz} = 72\ mL$. Soit n_{gaz} la quantité de matière de gaz correspondante.

$$n_{gaz} = \frac{V_{gaz}}{V_m}$$, où V_m désigne le volume molaire de gaz.

D'après l'équation écrite dans l'énoncé, pour une mole de carbonate de calcium qui réagit, il se forme une mole de dioxyde de carbone :

$$n(CaCO_3)_{sol} = n(CO_2)_{formé} = n_{gaz}$$

On en déduit la masse de carbonate de calcium :

$$m(CaCO_3)_{sol} = n(CaCO_3)_{sol} \times M(CaCO_3) = \frac{V_{gaz}}{V_m} \times M(CaCO_3)$$

D'où le pourcentage massique $P(CaCO_3)_{sol}$ en carbonate de calcium dans le sol :

$$\boldsymbol{P} = \frac{\boldsymbol{m(CaCO_3)_{sol}}}{\boldsymbol{m_{sol}}} = \frac{\boldsymbol{V_{gaz} \times M(CaCO_3)}}{\boldsymbol{V_m \times m_{sol}}} = \frac{72 \times 10^{-3} \times 100{,}1}{24{,}1 \times 1{,}2} = \boldsymbol{0{,}25}$$

Ce pourcentage massique de 25 % convient bien à la culture de la truffe d'après les informations fournies dans l'énoncé.

Partie C La teneur en cuivre du sol

C.1. [1 pt] On calcule le facteur de dilution F pour préparer cette solution fille.

$$\boldsymbol{F} = \frac{\boldsymbol{C_0}}{\boldsymbol{C_{S_3}}} = \frac{1{,}0 \times 10^{-2}}{5{,}0 \times 10^{-3}} = \boldsymbol{2{,}0}$$

Le facteur de dilution étant de deux, on peut par exemple utiliser une pipette jaugée de 25,0 mL pour prélever la solution mère et réaliser la solution fille dans une fiole jaugée d'un volume deux fois supérieur, soit 50,0 mL.

> Il est bien évidemment possible de raisonner avec la formule introduite dès la classe de Seconde : $C_{mère} \times V_{mère} = C_{fille} \times V_{fille}$. C'est un peu plus long. Il convient d'être très à l'aise et efficace sur ce savoir-faire incontournable. L'utilisation du facteur de dilution F est très commode :
>
> $$F = \frac{C_{mère}}{C_{fille}} = \frac{V_{fille}(\text{fiole})}{V_{mère}(\text{prélèvement})}$$
>
> Il est parlant (on dilue « F fois »). F est toujours supérieur à 1.

Liste du matériel : bécher 100 mL ; pipette jaugée 25,0 mL ; poire d'aspiration ; fiole jaugée de 50,0 mL ; bouchon ; pipette simple ; eau distillée,

Protocole :

- Verser un peu de solution S_0 dans un bécher de 100 mL.
- Prélever 25,0 mL de cette solution à l'aide d'une pipette jaugée, préalablement rincée avec cette solution, munie de sa poire d'aspiration.
- Verser ce prélèvement dans une fiole jaugée de 50,0 mL.
- Ajouter de l'eau distillée aux deux tiers de la fiole et agiter latéralement.
- Compléter avec de l'eau distillée jusqu'au trait de jauge, en s'aidant éventuellement d'une pipette simple.
- Boucher et agiter vigoureusement.

C.2. [1,5 pt] On effectue une régression linéaire sur la calculatrice qui donne un coefficient de corrélation 99,8 % et un coefficient directeur $k = 10{,}1$ L.mol^{-1}. On en déduit que la courbe est une droite passant par l'origine et que les solutions vérifient la loi de Beer-Lambert :

$$A = k[Cu^{2+}]_{sol} \quad \text{avec } k = 10{,}1 \text{ L.mol}^{-1}$$

La matière

Concentration C	$1{,}0 \times 10^{-3}$	$2{,}0 \times 10^{-3}$	$5{,}0 \times 10^{-3}$	$8{,}0 \times 10^{-3}$	$1{,}0 \times 10^{-2}$
Absorbance A	0,010	0,019	0,045	0,082	0,103

Le sujet ne met pas à disposition une courbe $A = f(C)$ déjà tracée. Au lieu d'effectuer une régression linéaire, il est tout à fait possible de tracer la courbe sur du papier millimétré (échelle : 1 cm $\leftrightarrow$ $1{,}0 \times 10^{-3}$ mol.L^{-1} en abscisse et 1 cm $\leftrightarrow$ 0,010 en ordonnée) et d'en déterminer graphiquement le coefficient de proportionnalité. Il est vivement conseillé de savoir mettre en œuvre rapidement les deux méthodes.

L'absorbance du sol vaut $A_{sol} = 0{,}035$, ce qui permet de déterminer la concentration $[Cu^{2+}]_{sol}$. En effet, la loi de Beer-Lambert permet d'écrire :

$$\boldsymbol{A_{sol} = k \times [Cu^{2+}]_{sol}}$$

Donc : $$[\mathbf{Cu}^{2+}]_{\mathbf{sol}} = \frac{\boldsymbol{A_{sol}}}{\boldsymbol{k}} = \frac{0{,}035}{10{,}1} = \mathbf{3{,}5 \times 10^{-2}\ mol.L^{-1}}$$

C.3. [0,75 pt] On en déduit la concentration en masse $\gamma_{sol}(Cu^{2+})$ en ions cuivre dans le sol :

$$\boldsymbol{\gamma_{sol}(Cu^{2+}) = M(Cu^{2+}) \times [Cu^{2+}]_{sol}}$$
$$= 3{,}5 \times 10^{-2} \times 63{,}5 = \mathbf{0{,}22\ g.L^{-1}}$$

La solution S_0 a été réalisée en introduisant 500,0 g de sol dans 1,00 L d'eau.
En s'appuyant sur le calcul précédent, on en déduit que 500,0 g de sol renferment 220 mg d'ions cuivre.
Dans 1 kg de sol, cette masse serait de 440 mg. On est bien au-delà de la valeur limite indiquée dans l'énoncé qui est de 100 mg/kg de terre. Ce critère n'étant pas vérifié, **la culture de la truffe ne sera pas possible dans ce sol.**

SUJET 10

50 min 5 points

Dosage des ions cuivre (II)

Thèmes : *dosage indirect, titrage rédox, dosage par étalonnage, dilution, loi de Beer-Lambert.*

Le but de l'exercice est d'illustrer le dosage de solutions parfois utilisées en hydrométallurgie et contenant des ions cuivre (II) : Cu^{2+}.
On dispose d'une solution S_0 contenant des ions Cu^{2+}.

Partie A Première méthode de dosage

Cette méthode met en jeu deux réactions successives : on prélève un volume $V_1 = 20,0$ mL de la solution S_0 que l'on place dans un erlenmeyer, on ajoute une solution d'iodure de potassium $\left(K^+_{(aq)} + I^-_{(aq)}\right)$.
La transformation chimique mise en jeu est modélisée par :

$$2\ Cu^{2+}_{(aq)} + 4\ I^-_{(aq)} \rightarrow 2\ CuI_{(s)} + I_{2(s)} \qquad \textbf{(réaction 1)}$$

On dose ensuite le diode formé I_2 par une solution de thiosulfate de sodium $\left(2\ Na^+_{(aq)} + S_2O^{2-}_{3(aq)}\right)$. L'erlenmeyer est placé sous une burette contenant la solution de thiosulfate de sodium telle que $[S_2O_3^{2-}] = 0,40$ mol.L^{-1}. L'équivalence est repérée grâce à la décoloration d'empois d'amidon ajouté. Le volume de solution de thiosulfate de sodium ajouté est alors $V_E = 12,4$ mL.
La transformation chimique mise en jeu est modélisée par :

$$I_{2(aq)} + 2\ S_2O^{2-}_{3(aq)} \rightarrow S_4O^{2-}_{6(aq)} + 2\ I^-_{(aq)} \qquad \textbf{(réaction 2)}$$

A.1. Dans la réaction (1), il est nécessaire que l'ion iodure I^- soit en excès par rapport aux ions cuivre Cu^{2+}. Justifier cette nécessité.
On considérera que cette condition est vérifiée par la suite.

A.2. La méthode proposée constitue-t-elle un dosage direct ou indirect des ions Cu^{2+} ?

A.3. a) Quelle relation lie la quantité d'ion cuivre prélevé dans S_0 et la quantité de diiode formé par la réaction (1) ?

b) Quelle relation lie la quantité de diiode dosée et la quantité d'ions thiosulfate ayant réagi à l'équivalence ?

c) En déduire la concentration $[Cu^{2+}]_{S_0}$ de la solution S_0 en ions cuivre (II).

Partie B Deuxième méthode de dosage

On veut maintenant réaliser le dosage spectrophotométrique de la solution S_0. Pour cela, on prépare un ensemble de solutions de sulfate de cuivre $\left(Cu^{2+}_{(aq)} + SO^{2-}_{4(aq)}\right)$ à partir d'une solution mère S_m de concentration $C_m = 0,50$ mol.L^{-1}. La teinte bleue de ces solutions est due à la présence des ions Cu^{2+}.

Solution	S_m	S_1	S_2	S_3	S_4	S_5
$[Cu^{2+}]$ (mol.L^{-1})	0,50	0,25	0,20	0,10	0,050	0,010

B.1. Décrire soigneusement la préparation de 50 mL de la solution S_2 à partir de la solution mère S_m, sachant que l'on dispose de la verrerie suivante :
- fioles jaugées de 25,0 mL, 50,0 mL, 100,0 mL ;
- pipettes jaugées de 10,0 mL, 20,0 mL, 25,0 mL ;
- béchers de 50 mL, 100 mL ;
- épouvettes graduées de 20 mL, 50 mL.

B.2. Mesure de l'absorbance de chacune des solutions avec un spectrophotomètre

a) L'opérateur introduit de l'eau distillée dans une cuve qu'il place dans le spectrophotomètre, il règle alors l'absorbance sur la valeur « zéro ». Justifier cette opération.

b) On mesure l'absorbance des solutions préparées. Les points expérimentaux sont présentés sur le graphique ci-après. La loi de Beer-Lambert est-elle vérifiée ?

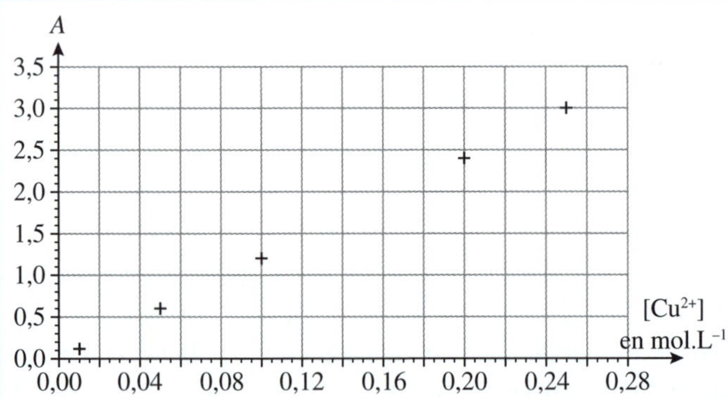

B.3. On prélève 25,0 mL de la solution S_0 que l'on introduit dans une fiole jaugée de 50,0 mL dont on complète le niveau avec de l'eau distillée. Après homogénéisation, l'absorbance de cette solution est mesurée. On trouve $A_{S_0} = 1,5$. Déterminer graphiquement la concentration en ions Cu^{2+} de cette solution. En déduire celle de la solution S_0.

B.4. La méthode employée constitue-t-elle un dosage par titrage ou par étalonnage ?

Partie C Validité des dosages

C.1. En réalité, la solution S_0 a été préparée par dissolution de sulfate de cuivre pentahydraté solide ($CuSO_4$, 5 H_2O) de masse molaire M = 249,6 g.mol^{-1}. Une masse m = 15,6 g de ce produit a été utilisée pour préparer un volume V = 250 mL de solution, déterminer la concentration en ions Cu^{2+} de cette solution.

C.2. Conclure sur la validité des dosages effectués précédemment.

Corrigé du sujet 10

Partie A Première méthode de dosage

A.1. [0,25 pt] Il s'agit de déterminer la concentration en ions Cu^{2+} dans la solution S_0. Pour cela, il faut s'assurer que tous les ions Cu^{2+} présents dans l'échantillon dosé aient réagi lors de la réaction 1 : l'autre réactif, l'ion I^-, doit donc être introduit en excès.

A.2. [0,25 pt] Lors de ce dosage, le repérage du point d'équivalence ne concerne pas l'ion Cu^{2+} dont on souhaite déterminer la concentration, mais un produit issu d'une première réaction entre cet ion et l'ion I^-. **Il s'agit donc d'un dosage indirect.**

Il existe deux types de dosage indirect : par retour et par déplacement. Dans le premier cas, l'espèce titrée A réagit avec une autre espèce B en excès connu. On dose ensuite la quantité de B restante.
Pour le dosage indirect par déplacement, A réagit avec B en excès inconnu pour donner un produit C qui est ensuite dosé. C'est cela qui est réalisé ici.

A.3. a) [0,5 pt] La stoechiométrie de la réaction 1 impose :

$$\frac{n\left(Cu^{2+}\right)_{consommé}}{2} = \frac{n\left(I_2\right)_{formé}}{1} \qquad \textbf{(1)}$$

b) [0,5 pt] À l'équivalence, la quantité de matière d'ions thiosulfate versée et la quantité de diiode initialement présente dans le bécher sont en proportions stœchiométriques de la réaction du dosage (réaction 2) :

$$\frac{n\left(I_2\right)_{initial}}{1} = \frac{n\left(S_2O_3^{2-}\right)_{équivalence}}{2} \qquad \textbf{(2)}$$

c) [0,75 pt] Or la quantité de diiode formé par la réaction 1 est aussi la quantité de diiode initale dosée par la réaction 2. Donc :

$$\frac{n(Cu^{2+})_{consommé}}{2} = \frac{n(S_2O_3^{2-})_{équivalence}}{2} \Rightarrow n(Cu^{2+})_{consommé} = n(S_2O_3^{2-})_{équivalence}$$

Or : $n(Cu^{2+})_{consommé} = [Cu^{2+}]_{S_0} \times V_1$ et $n(S_2O_3^{2-})_{équivalence} = [S_2O_3^{2-}] \times V_E$

$$\Rightarrow \quad [\mathbf{Cu^{2+}}]_{S_0} = \frac{[\mathbf{S_2O_3^{2-}}] \times V_E}{V_1} = \frac{0,40 \times 12,4}{20,0} = \mathbf{0,25\ mol.L^{-1}}$$

Partie B Deuxième méthode de dosage

B.1. [0,75 pt] On calcule le facteur de dilution F pour préparer cette solution fille.

$$F = \frac{[\mathbf{Cu^{2+}}]_{S_m}}{[\mathbf{Cu^{2+}}]_{S_2}} = \frac{0,50}{0,20} = 2,5$$

On peut par exemple utiliser la pipette jaugée de 20,0 mL et la fiole jaugée de 50,0 mL pour réaliser cette dilution (ou la pipette jaugée de 10,0 mL et la fiole de 25,0 mL).

Protocole :

- Verser un peu de solution S_m dans un bécher de 100 mL.
- Prélever 25,0 mL de cette solution à l'aide d'une pipette jaugée, préalablement rincée avec cette solution, munie de sa propipette.
- Verser ce prélèvement dans une fiole jaugée de 50,0 mL.
- Ajouter de l'eau distillée aux deux tiers de la fiole et agiter latéralement.
- Compléter avec de l'eau distillée jusqu'au trait de jauge, en s'aidant éventuellement d'une pipette simple.
- Boucher et agiter vigoureusement.

B.2.a) [0,25 pt] Dans les conditions expérimentales, l'ion Cu^{2+} est l'entité chimique présente en solution qui va **principalement** absorber les radiations émises dans le spectrophotomètre. Mais, le solvant va également contribuer à l'absorbance de la solution, ainsi que les parois de la cuve. On aura ainsi :

$$A_{\text{mesurée}} = A_{Cu^{2+}} + A_{\text{solvant}} + A_{\text{cuve}}$$

Lorsque l'opérateur effectue ce réglage de l'absorbance sur la valeur « zéro », cela permet de décompter de la mesure l'absorbance due au solvant. Ainsi :

$$A_{\text{solvant}} + A_{\text{cuve}} = 0 \quad \text{et} \quad A_{\text{mesurée}} = A_{Cu^{2+}}$$

Cette opération s'appelle « faire le blanc » ; elle est équivalente à « faire la tare » sur une balance. En théorie, il convient de préciser que d'autres espèces présentes en solution peuvent également absorber des radiations. Soit : $A_{\text{mesurée}} = A_{Cu^{2+}} + A_{\text{solvant}} + A_{\text{cuve}} + A_{\text{autres espèces}}$ et le blanc devrait se faire avec une solution où seuls les ions Cu^{2+} ont été éliminés. C'est en général inutilement contraignant et on fait le plus souvent le blanc avec de l'eau.

b) [0,25 pt] Ces points expérimentaux montrent que la courbe est une droite passant par l'origine. Il y a donc bien une relation de proportionnalité entre l'absorbance et la concentration en ions cuivre (II) : la loi de Beer-Lambert est vérifiée (voir courbe page suivante).

On a : $A = k \times [Cu^{2+}]$, où k est le coefficient de proportionnalité (en litre par mole).

B.3. [0,5 pt] L'énoncé indique la dilution d'un facteur deux de la solution S_0. Graphiquement, on lit pour la solution fille ainsi préparée ($A = 1,5$) :

$$[\mathbf{Cu^{2+}}] = \mathbf{0,125\ mol.L^{-1}}$$

Donc : $[\mathbf{Cu^{2+}}]_{S_0} = 2 \times 0,125 = \mathbf{0,250\ mol.L^{-1}}$

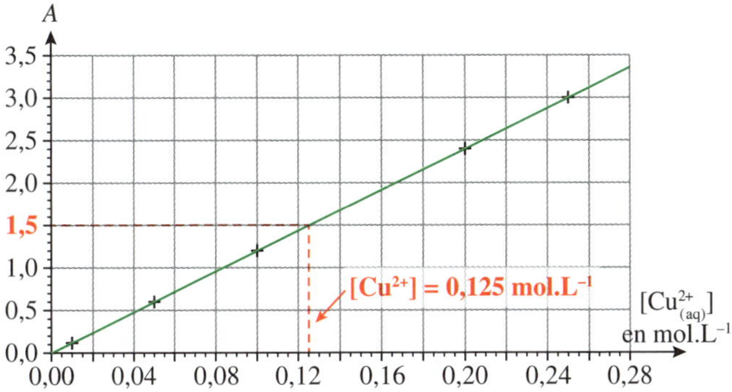

B.4. [0,25 pt] **Il s'agit d'un dosage par étalonnage :** des couples de valeurs (concentration, absorbance) sont reportés dans le plan afin d'obtenir une courbe dite d'étalonnage. Celle-ci permet ensuite de déterminer des concentrations ou des absorbances inconnues par détermination graphique.

Un dosage par titrage suppose une réaction chimique support. C'est ce qui a été réalisé dans la première partie.

Partie C. Validité des dosages

C.1. [0,5 pt] Le sulfate de cuivre pentahydraté va se dissoudre suivant l'équation :

$$CuSO_4,\ 5\ H_2O_{(s)} \rightarrow Cu^{2+}_{(aq)} + SO^{2-}_{4(aq)} + 5\ H_2O_{(\ell)}$$

La dissociation d'une mole de ce solide ionique permet donc la formation d'une mole d'ion cuivre (II) :

$$n\left(Cu^{2+}\right) = n\left(CuSO_4,\ 5\ H_2O\right) = \frac{m\left(CuSO_4,\ 5\ H_2O\right)}{M\left(CuSO_4,\ 5\ H_2O\right)}$$

Et : $$[\mathbf{Cu^{2+}}] = \frac{\boldsymbol{n}\left(\mathbf{Cu^{2+}}\right)}{\boldsymbol{V}} = \frac{\boldsymbol{m}\left(\mathbf{CuSO_4,\ 5\ H_2O}\right)}{\boldsymbol{M}\left(\mathbf{CuSO_4,\ 5\ II_2O}\right) \times \boldsymbol{V}}$$

$$[\mathbf{Cu^{2+}}] = \frac{15{,}6}{249{,}6 \times 0{,}250} = \mathbf{0{,}250\ mol.L^{-1}}$$

C.2. [0,25 pt] Le calcul précédent valide les résultats obtenus avec les deux méthodes de dosage qui ont bien donné cette valeur de la concentration en quantité de matière pour les ions cuivre (II).

2 Fonctionnement d'une pile

Avertissement : Les constantes d'équilibre ou les quotients de réaction sont définis à partir des activités, lesquelles utilisent une valeur de référence $c° = 1$ mol.L^{-1}. Afin d'alléger les expressions, on utilisera ici les écritures simplifiées semi-numériques, qui imposent de toujours préciser les unités utilisées, à savoir que toutes les concentrations sont impérativement en mol.L^{-1}. Par ailleurs, on rappelle que les activités du solvant et d'un solide sont égales à 1.

Exemples

Réaction	$HCOOH_{(aq)} + NH_{3(aq)} \rightleftharpoons HCOO^-_{(aq)} + NH^+_{4(aq)}$	$H_2O_{(\ell)} \rightleftharpoons HO^-_{(aq)} + H_3O^+_{(aq)}$	$Cu^{2+}_{(aq)} + 2\ HO^-_{(aq)} \rightleftharpoons Cu(OH)_{2(s)}$
Q_r	$Q_r = \dfrac{\left(\dfrac{[HCOO^-]}{c°}\right)^1 \times \left(\dfrac{[NH_4^+]}{c°}\right)^1}{\left(\dfrac{[HCOOH]}{c°}\right)^1 \times \left(\dfrac{[NH_3]}{c°}\right)^1}$	$Q_r = \dfrac{\dfrac{[HO^-]}{c°} \times \dfrac{[H_3O^+]}{c°}}{1}$	$Q_r = \dfrac{1}{\left(\dfrac{[HO^-]}{c°}\right)^2 \times \left(\dfrac{[Cu^{2+}]}{c°}\right)}$
Q_r avec [X] en mol.L^{-1}	$Q_r = \dfrac{[HCOO^-] \times [NH_4^+]}{[HCOOH] \times [NH_3]}$	$Q_r = [HO^-] \times [H_3O^+]$	$Q_r = \dfrac{1}{[HO^-]^2 \times [Cu^{2+}]}$

SUJET 11 40 min 4 points

Oxydoréduction

Thèmes : *réaction de fonctionnement et polarité d'une pile, schéma d'une pile, quotient réactionnel, sens d'évolution spontanée d'un système chimique.*

Données : couples oxydant / réducteur : $Cu^{2+}_{(aq)}$ / $Cu_{(s)}$; $Zn^{2+}_{(aq)}$ / $Zn_{(s)}$

Partie A Oxydation directe d'un métal

On introduit dans un bécher un volume de 20 mL d'une solution de sulfate de cuivre (II) $\left(Cu^{2+}_{(aq)} + SO^{2-}_{4(aq)}\right)$, de concentration égale à 0,20 mol.L^{-1}, et un volume de 20 mL d'une solution de sulfate de zinc (II) $\left(Zn^{2+}_{(aq)} + SO^{2-}_{4(aq)}\right)$, de concentration égale à 0,20 mol.L^{-1}.

On y plonge alors une lame de zinc et une lame de cuivre. On observe la décoloration de la solution initialement bleue et un dépôt métallique sur la lame de zinc.

A.1. Écrire l'équation associée à cette transformation, après avoir indiqué les demi-équations électroniques.

A.2. Donner l'expression littérale du quotient de réaction $Q_{r,i}$ à l'état initial, puis faire l'application numérique.

A.3. Sachant que la constante d'équilibre K associée à la réaction est égale à 10^{37}, montrer que le sens d'évolution prévu en appliquant le critère d'évolution correspond aux observations expérimentales.

Partie B Application aux piles

On construit maintenant une pile cuivre-zinc en reliant, par un pont salin, un bécher contenant 20 mL de la solution de sulfate de cuivre (II) précédente, dans laquelle plonge une lame de cuivre, à un bécher contenant 20 mL de la solution de sulfate de zinc (II) précédente, dans laquelle plonge une lame de zinc.

On réalise un circuit série comprenant cette pile et un conducteur ohmique.

B.1. Quel est le rôle du pont salin ?

B.2. En appliquant le critère d'évolution, déterminer la polarité des électrodes.

B.3. Faire un schéma de cette pile et préciser le sens du courant dans le circuit extérieur.

B.4. La pile en fonctionnement constitue-t-elle un système dans l'état d'équilibre ou un système hors équilibre ?

Corrigé du sujet 11

Les textes sur fond jaune apparaissant dans ce corrigé sont des rappels de cours ou des commentaires pour vous guider et vous aider.

Partie A Oxydation directe d'un métal

A.1. [0,75 pt] L'énoncé indique qu'il y a décoloration de la solution : des ions Cu^{2+} (donnant à la solution sa couleur bleue) sont donc réduits en cuivre solide Cu. Cela explique également le dépôt solide sur la lame de zinc.

Une réaction d'oxydoréduction fait intervenir deux couples oxydant / réducteur : Ox_1 / Red_1 et Ox_2 / Red_2. Un transfert d'électrons va s'opérer entre le réducteur d'un couple (par exemple, ici Red_2) et l'oxydant d'un autre couple (Ox_1). Ces électrons proviennent de l'oxydation de Red_2 en Ox_2, et permettent la réduction de Ox_1 en Red_1.

Ici, les ions cuivre (II) sont réduits en cuivre métallique. On en déduit que s'effectue dans le même temps l'oxydation du zinc métallique en ions zinc (II). Cela se traduit par les demi-équations et l'équation de réaction suivantes :

$$Cu^{2+}_{(aq)} + 2\,e^- \rightleftarrows Cu_{(s)} \qquad (1)$$

$$Zn_{(s)} \rightleftarrows Zn^{2+}_{(aq)} + 2\,e^- \qquad (2)$$

$$\mathbf{Cu^{2+}_{(aq)} + Zn_{(s)} \rightleftharpoons Cu_{(s)} + Zn^{2+}_{(aq)}}$$

Pour écrire l'équation de réaction, il suffit de combiner les demi-équations en faisant (1) + (2). Il en résulte : $Cu^{2+}_{(aq)} + 2\,e^- + Zn_{(s)} \rightleftharpoons Cu_{(s)} + Zn^{2+}_{(aq)} + 2\,e^-$ que l'on simplifie. Il ne doit jamais rester d'électrons dans une équation d'oxydoréduction, car ils n'existent pas à l'état libre en solution aqueuse. On effectue donc une combinaison linéaire (ici une simple addition) des demi-équations qui élimine les électrons.

A.2. [0,75 pt] On déduit de la question précédente l'expression du quotient réactionnel $Q_{r,i}$ à l'état initial :

$$\boldsymbol{Q_{r,i} = \frac{[Zn^{2+}]_i}{[Cu^{2+}]_i}}$$

Les espèces métalliques (Cu et Zn) n'apparaissent pas dans cette expression, étant à l'état solide (voir **Avertissement** au début du chapitre).

Le mélange effectué ici est simple : volumes et concentrations identiques des espèces introduites dans le mélange réactionnel. Donc :

$$\mathbf{[Zn^{2+}]_i = [Cu^{2+}]_i} \qquad \text{et} \qquad \boldsymbol{Q_{r,i} = 1{,}0}$$

A.3. [0,5 pt] $Q_{r,i} < K$: le critère d'évolution prévoit que la réaction évolue spontanément dans le sens direct de l'équation écrite en **1.**, ce qui doit se traduire notamment par la décoloration de la solution. C'est bien ce qui a été observé ici.

Partie B Application aux piles

B.1. [0,25 pt] Le pont salin, en reliant les demi-piles, réalise la fermeture du circuit, et permet ainsi à la pile de débiter. En effet, les ions qu'il renferme vont circuler pour maintenir l'électroneutralité de chaque solution.

B.2. [0,5 pt] Le mélange réactionnel est toujours tel que : $[Zn^{2+}]_i = [Cu^{2+}]_i$ et $Q_{r,i} = 1$.
La transformation se produit dans le sens direct de l'équation écrite à la question **A.1.**
Si le courant électrique est orienté de la borne « + » à la borne « – » de la pile, à l'extérieur de celle-ci, les électrons circulent dans le sens inverse.
Les demi-équations montrent que les électrons « quittent » la lame de zinc, qui constitue donc la borne négative de la pile ainsi constituée, et « arrivent » sur la lame de cuivre, qui en constitue la borne positive.

B.3. [1 pt] Schéma de la pile :

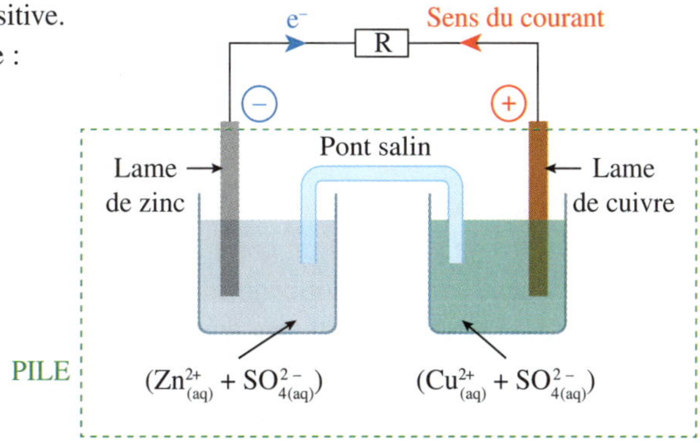

B.4. [0,25 pt] Tant que la pile débite, elle constitue un système hors équilibre. En effet, les électrons qui circulent proviennent de l'évolution du sytème chimique, dans le sens direct de l'équation $Cu^{2+}_{(aq)} + Zn_{(s)} \rightleftharpoons Cu_{(s)} + Zn^{2+}_{(aq)}$: les quantités de matière ne sont pas encore figées dans le système. **Le système est hors équilibre.**

SUJET 12 — 60 min — 5,5 points

Réalisation d'une pile nickel-zinc

Thèmes : *réaction de fonctionnement d'une pile, schéma d'une pile, quotient réactionnel, sens d'évolution spontanée d'un système chimique, quantité d'électricité.*

On réalise une pile formée à partir des couples $Ni^{2+}_{(aq)}$ / $Ni_{(s)}$ et $Zn^{2+}_{(aq)}$ / $Zn_{(s)}$. Chaque demi-pile contient une solution de volume $V = 100$ mL et la concentration initiale des ions positifs est $[Ni^{2+}]_i = [Zn^{2+}]_i = C = 5{,}0 \times 10^{-2}$ mol.L^{-1}.

Données :

- masses molaires : $M(Zn) = 65{,}4$ g.mol^{-1} ; $M(Ni) = 58{,}7$ g.mol^{-1} ;
- Faraday : $\mathcal{F} = 96\,500$ C.mol^{-1}.

Partie A Réalisation de la pile

A.1. L'électrode positive de cette pile est l'électrode de nickel. Faire un schéma de cette pile, lorsqu'elle ne débite pas, en utilisant les termes suivants : *électrode de zinc, électrode de nickel, pont salin, solution contenant des ions Zn^{2+}, solution contenant des ions Ni^{2+}.*

A.2. Écrire les demi-équations se produisant aux électrodes. Préciser à chaque électrode s'il s'agit d'une oxydation ou d'une réduction et nommer les électrodes.

A.3. Écrire l'équation permettant de rendre compte de la réaction de fonctionnement lorsque la pile débite.

A.4. Calculer la valeur du quotient réactionnel initial $Q_{r,i}$. La constante d'équilibre pour la réaction étudiée ici vaut $K = 10^{18}$.
Cette valeur est-elle cohérente avec la polarité proposée ?

Partie B Étude de la pile

On fait débiter la pile dans un conducteur ohmique.

B.1. Comment varie la concentration des ions positifs dans chacun des béchers ? En déduire l'évolution du quotient réactionnel Q_r.

B.2. Sachant que la masse des électrodes ne limite pas la réaction, pour quelle raison la pile s'arrêtera-t-elle de débiter ? Quelle est alors la valeur numérique de Q_r ?

B.3. La transformation étant considérée comme totale, déterminer la valeur de l'avancement final x_f .

B.4. En déduire la quantité totale d'électricité Q_{max} (également appelée capacité) que peut fournir cette pile.

Partie C Décharge partielle de la pile

On prend une deuxième pile identique et on la laisse fonctionner pendant une heure. On supposera que l'intensité reste constante.

On constate une augmentation de masse de l'électrode de nickel de $\Delta m = 100$ mg.

C.1. Calculer la quantité de matière d'ions Ni^{2+} disparus, notée $n\left(Ni^{2+}\right)_{disp}$, pendant cette durée.

C.2. Déterminer la quantité d'électricité correspondante Q. En déduire la valeur de l'intensité du courant.

Corrigé du sujet 12

Partie A Réalisation de la pile

A.1. [0,5 pt] Le schéma de la pile est le suivant :

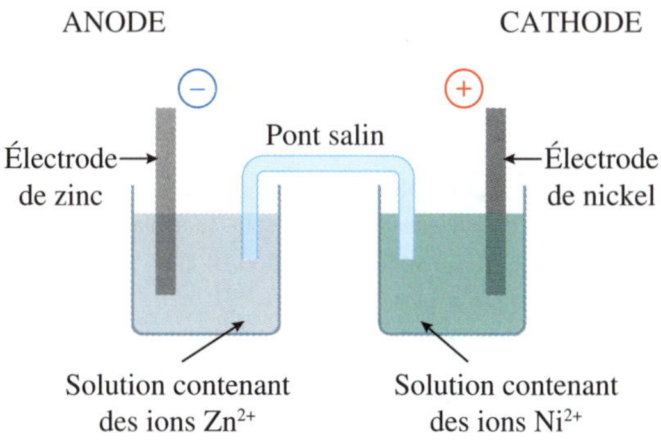

A.2. [0,5 pt] L'énoncé précise que l'électrode de nickel constitue la borne positive de la pile. Des électrons circulent vers celle-ci : une réduction s'y produit ⇒ c'est la cathode.

$Ni^{2+}_{(aq)}$ / $Ni_{(s)}$: $\mathbf{Ni^{2+}_{(aq)} + 2\,e^- \rightleftarrows Ni_{(s)}}$ (1)

La lame de zinc est le siège d'une oxydation ⇒ c'est l'anode.

$Zn^{2+}_{(aq)}$ / $Zn_{(s)}$: $\mathbf{Zn_{(s)} \rightleftarrows Zn^{2+}_{(aq)} + 2\,e^-}$ (2)

À l'Anode se produit toujours une Oxydation et à la Cathode une Réduction. (moyen mnémotechnique voyelles/consonnes). Pour un système électrochimique évoluant spontanément, la borne positive est constituée par la cathode et la borne négative par l'anode. Lorsque le comportement de ce système est forcé par un générateur extérieur (électrolyse), l'électrode reliée à la borne positive du générateur est une anode et celle reliée à la borne négative une cathode.

A.3. [0,25 pt] On en déduit l'équation de la réaction de fonctionnement de cette pile :

$$Ni^{2+}_{(aq)} + 2\,e^- \rightleftarrows Ni_{(s)} \qquad \times 1$$
$$Zn_{(s)} \rightleftarrows Zn^{2+}_{(aq)} + 2\,e^- \qquad \times 1$$
$$\mathbf{Ni^{2+}_{(aq)} + Zn_{(s)} \rightleftharpoons Ni_{(s)} + Zn^{2+}_{(aq)}}$$

Cette équation s'obtient en combinant les demi-équations (1) et (2) de manière à « éliminer » les électrons de l'écriture. Tous les électrons provenant de l'anode se retrouvent au niveau de la cathode.

A.4. [0,5 pt] On calcule la valeur du quotient réactionnel $Q_{r,i}$ à l'état initial.

$$Q_{r,i} = \frac{[Zn^{2+}]_i}{[Ni^{2+}]_i} = \frac{C}{C} = \mathbf{1{,}0}$$

Si la polarité de la pile a bien été établie, l'équation écrite à la question 3. l'est également (notamment au niveau du sens direct et du sens opposé figurés).

La pile débitant, le système doit évoluer spontanément dans le sens direct de l'équation. On doit donc avoir $Q_{r,i} < K$, ce qui est bien le cas ici avec $Q_{r,i} = 1$ et $K = 10^{18}$.

Partie B Étude de la pile

B.1. [0,5 pt] Le système évolue dans le sens direct de l'équation écrite en **A.3.** La quantité de matière des ions nickel (II) diminue et celle des ions zinc (II) augmente. Il en va de même pour les concentrations. Or :

$$Q_r = \frac{[Zn^{2+}]}{[Ni^{2+}]}$$

on peut donc dire que le quotient de réaction va augmenter à mesure que la pile débite.

B.2. [0,25 pt] Le système cesse d'évoluer lorsque l'état d'équilibre dynamique est atteint. À ce moment, $\mathbf{Q_r = Q_{r,éq} = K = 10^{18}}$

B.3. [0,5 pt] La transformation étant totale, l'avancement final est à égal à l'avancement maximal. Ce ne sont pas les électrodes qui limitent la réaction. Le réactif limitant est donc Ni^{2+}. Il est totalement consommé. On en déduit que :

$$x_f = n_{formé}(Ni) = n_i(Ni^{2+})$$
$$x_f = x_{max} = n_i(Ni^{2+}) = C \times V = 5{,}0 \times 10^{-2} \times 100 \times 10^{-3} = \mathbf{5{,}0 \times 10^{-3}\ mol}$$

B.4. [1 pt] On rappelle la demi-équation électronique impliquant le réactif limitant :

$$\mathbf{Ni^{2+}_{(aq)} + 2\,e^- \rightleftarrows Ni_{(s)}}$$

Celle-ci montre que lorsque 1 mole d'ions Ni^{2+} a réagi, 2 moles d'électrons ont circulé, soit 2 fois plus : $n(e^-) = 2 \times n(Ni^{2+})_{\text{ayant réagi}}$

Pour ce type de question, il faut impérativement établir une relation entre la quantité de matière d'une espèce chimique et la quantité de matière des électrons ayant circulé et, pour cela, s'appuyer sur l'une des demi-équations électroniques.

La quantité totale d'électricité Q_{max} que peut fournir la pile vaut ainsi :

$$Q_{max} = n(e^-)_{max} \times \mathcal{F} = 2 \times n_i(Ni^{2+}) \times \mathcal{F}$$

$$Q_{max} = 2 \times x_f \times \mathcal{F} = 2 \times 5{,}0 \times 10^{-3} \times 96\,500 = \mathbf{9{,}7 \times 10^2\ C}$$

Cette quantité totale d'électricité est également appelée capacité C de la pile. Pour éviter la confusion avec la capacité du condensateur (voir chapitre 11), l'emploi de ce terme sera évité ici.

Partie C Décharge partielle de la pile

C.1. [0,5 pt] L'équation-bilan de la réaction montre que :

$$n(Ni^{2+})_{consommé} = n(Ni)_{formé}$$

Donc : $n(Ni^{2+})_{consommé} = \dfrac{\Delta m}{M(Ni)} = \dfrac{0{,}100}{58{,}7} = \mathbf{1{,}70 \times 10^{-3}\ mol}$

C.2. [1 pt] On en déduit la valeur de Q :

$$Q = 2 \times n(Ni^{2+})_{consommé} \times \mathcal{F} = 2 \times 1{,}70 \times 10^{-3} \times 96\,500 = \mathbf{329\ C}$$

Il est à noter que les questions 1. et 2. de cette partie auraient pu être condensées pour éviter les calculs intermédiaires. Il faut donc veiller ici à bien rappeler toutes les valeurs intermédiaires avec toutes les décimales. Sans cela, le calcul précédent donnerait comme résultat « 328 C » par exemple.

Sachant que la pile a débité pendant une heure à courant (intensité) constant, on peut calculer la valeur de l'intensité du courant I :

$$Q = I \times \Delta t$$

$$I = \frac{Q}{\Delta t} = \frac{329}{1 \times 3\,600} = \mathbf{9{,}13 \times 10^{-2}\ A = 91{,}3\ mA}$$

Penser à écrire le résultat sous une forme pertinente. Ici, « 91,3 mA » fait ainsi davantage sens que « $9{,}13 \times 10^{-2}$ A ».

SUJET 13

50 min 5 points

Durée de fonctionnement d'une pile cuivre-aluminium

Thèmes : *réaction de fonctionnement et polarité d'une pile, schéma d'une pile, quotient réactionnel, sens d'évolution spontanée d'un système chimique, quantité d'électricité.*

Une pile est composée de deux demi-piles reliées par un pont salin (papier filtre imbibé d'une solution de chlorure de potassium). La première demi-pile est constituée d'une lame d'aluminium de masse $m_1 = 1{,}0$ g qui plonge dans un volume $V_1 = 50$ mL de solution de sulfate d'aluminium $\left(2\ A\ell^{3+}_{(aq)} + 3\ SO^{2-}_{4(aq)}\right)$ de concentration initiale en ion aluminium $[A\ell^{3+}]_i = 1{,}0 \times 10^{-1}$ mol.L^{-1}. La seconde est constituée d'une lame de cuivre de masse $m_2 = 8{,}9$ g qui plonge dans un volume $V_2 = 50$ mL de solution de sulfate de cuivre $\left(Cu^{2+}_{(aq)} + SO^{2-}_{4(aq)}\right)$ de concentration $[Cu^{2+}]_i = 5{,}0 \times 10^{-1}$ mol.L^{-1}.

On associe à cette pile un ampèremètre et une résistance en série. L'ampèremètre indique que le courant circule de la plaque de cuivre vers la plaque d'aluminium à l'extérieur de la pile.

Données :

- masses molaires : $M(A\ell) = 27{,}0$ g.mol^{-1} ; $M(Cu) = 63{,}5$ g.mol^{-1} ;
- Faraday : $\mathcal{F} = 96\ 500$ C.mol^{-1}.
- couples oxydant / réducteur : $Cu^{2+}_{(aq)}$ / $Cu_{(s)}$; $A\ell^{3+}_{(aq)}/A\ell_{(s)}$.

1. Réaliser le schéma annoté du circuit ainsi constitué. Indiquer, en le justifiant, la polarité de la pile. Compléter le schéma en indiquant le sens du courant, ainsi que les bornes « mA » et « COM » de l'appareil de mesure.

2. Montrer que l'équation associée à la réaction de fonctionnement de cette pile s'écrit :

$$3\ Cu^{2+}_{(aq)} + 2\ A\ell_{(s)} \rightleftharpoons 3\ Cu_{(s)} + 2\ A\ell^{3+}_{(aq)}$$

3. La constante d'équilibre vaut $K = 10^{200}$. Après avoir calculé le quotient initial de réaction $Q_{r,i}$, indiquer si le sens d'évolution du système étudié est cohérent avec l'équation ci-dessus.

4. Déterminer les quantités de matière initiales des réactifs. Montrer alors que ce ne sont pas les électrodes qui vont limiter le fonctionnement de cette pile.

5. Calculer la quantité maximale d'électricité que peut débiter cette pile.

6. Déterminer la masse théorique de l'électrode de cuivre lorsque la pile cesse de débiter.

Corrigé du sujet 13

1. [1 pt] Le courant électrique est orienté de la borne positive à la borne négative, à l'extérieur de la pile. D'après l'énoncé, c'est donc la lame de cuivre qui constitue la borne positive de cette pile.

Le schéma de la pile est le suivant :

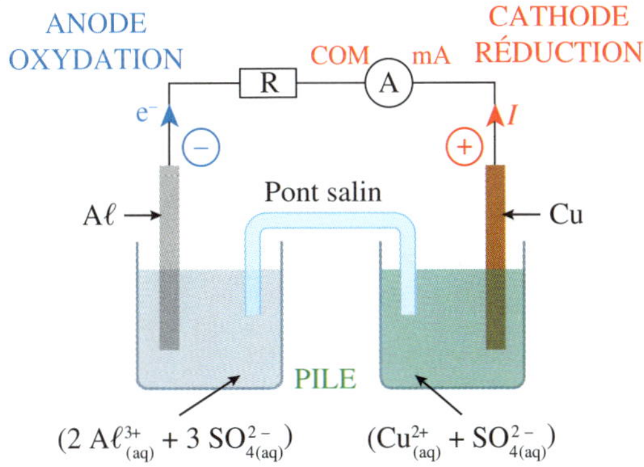

2. [0,75 pt] La lame de cuivre constitue la borne positive de la pile. Des électrons circulent vers celle-ci : une réduction se produit, c'est la cathode. Inversement la borne négative est le siège d'une oxydation, c'est l'anode. L'équation s'obtient par une combinaison linéaire qui élimine les électrons dans l'équation finale :

$$Cu^{2+}_{(aq)} / Cu_{(s)} \Rightarrow \quad Cu^{2+}_{(aq)} + 2\,e^- \rightleftarrows Cu_{(s)} \quad \times 3$$

$$A\ell^{3+}_{(aq)} / A\ell_{(s)} \Rightarrow \quad A\ell_{(s)} \rightleftarrows A\ell^{3+}_{(aq)} + 3\,e^- \quad \times 2$$

$$\mathbf{3\,Cu^{2+}_{(aq)} + 2\,A\ell_{(s)} \rightleftarrows 3\,Cu_{(s)} + 2\,A\ell^{3+}_{(aq)}}$$

3. [0,75 pt] On calcule la valeur du quotient réactionnel $Q_{r,i}$ à l'état initial :

$$\boldsymbol{Q_{r,i}} = \frac{([A\ell^{3+}]_i)^2}{([Cu^{2+}]_i)^3} = \frac{\left(1{,}0 \times 10^{-1}\right)^2}{\left(5{,}0 \times 10^{-1}\right)^3} = \mathbf{0{,}080}$$

Si la polarité de la pile a bien été établie, l'équation écrite à la question **2.** l'est également (notamment au niveau du sens direct et du sens opposé figurés). **La pile débitant, le système doit évoluer spontanément dans le sens direct de l'équation. On doit donc avoir $Q_{r,i} < K$, ce qui est bien le cas ici avec $Q_{r,i} = 0{,}080$ et $K = 10^{200}$.**

4. [1 pt] On détermine les quantités de matière des réactifs à l'état initial.

$$n_i\left(Cu^{2+}\right) = [Cu^{2+}]_i \times V_2 = 5{,}0 \times 10^{-1} \times 50 \times 10^{-3} = \mathbf{2{,}5 \times 10^{-2}\ mol}$$

$$n_i(A\ell) = \frac{m_1}{M(A\ell)} = \frac{1{,}0}{27{,}0} = \mathbf{3{,}7 \times 10^{-2}\ mol}$$

On en déduit en utilisant la stœchiométrie de la réaction :

$$\frac{n_i\left(Cu^{2+}\right)}{3} < \frac{n_i(A\ell)}{2}$$

Donc l'ion cuivre (II) est limitant et l'aluminium en excès ne peut pas être totalement consommé. À l'autre électrode, le cuivre est formé, ce n'est évidemment pas cette électrode qui va limiter la réaction. **Ce ne sont donc pas les électrodes qui limitent le fonctionnement de la pile, c'est l'ion Cu^{2+}.**

5. [0,75 pt] On rappelle la demi-équation électronique impliquant le réactif limitant :

$$Cu^{2+}_{(aq)} + 2\ e^- \rightleftarrows Cu_{(s)}$$

Celle-ci montre que lorsque 1 mole d'ions Cu^{2+} a réagi, 2 moles d'électrons ont circulé, soit 2 fois plus :

$$n(e^-)_{\text{transférés}} = 2 \times n(Cu^{2+})_{\text{ayant réagi}}$$

La quantité maximale correspond à la disparition complète du réactif limitant, soit :

$$n(e^-)_{\text{max}} = 2 \times n(Cu^{2+})_{\text{i}}$$

La quantité totale d'électricité Q_{max} vaut donc :

$$\boldsymbol{Q_{\text{max}}} = \boldsymbol{n(e^-)_{\text{max}}} \times \mathcal{F} = \mathbf{2} \times \boldsymbol{n_{\text{i}}(Cu^{2+})} \times \mathcal{F}$$

$$\boldsymbol{Q_{\text{max}}} = 2 \times 2{,}5 \times 10^{-2} \times 96\,500 = \mathbf{4{,}8 \times 10^3\ C}$$

6. [0,75 pt] La demi-équation rappelée à la question précédente montre que :

$$n(Cu)_{\text{formé}} = n(Cu^{2+})_{\text{ayant réagi}}$$

Lorsque la pile cesse de débiter, on a :

$$n(Cu)_{\text{formé}} = n_{\text{i}}(Cu^{2+}) = 2{,}5 \times 10^{-2}\,\text{mol}$$

soit $m(Cu)_{\text{formé}} = n(Cu)_{\text{formé}} \times M(Cu) = 2{,}5 \times 10^{-2} \times 63{,}5 = 1{,}6\ \text{g}$

et $\boldsymbol{m_{\text{électrode Cu}}} = \boldsymbol{m_2} + \boldsymbol{m(Cu)_{\text{formé}}} = 8{,}9 + 1{,}6 = \mathbf{10{,}5\ g}$

Lors de cette résolution, il a été considéré que, lorsque l'équilibre est atteint, le réactif limitant a totalement disparu. C'est un peu hâtif comme postulat car cela pourrait très bien ne pas être le cas. De plus, aucune information à ce propos ne figure dans l'énoncé, du moins de manière explicite. Cependant, la valeur de la constante d'équilibre ici (10^{200}) montre que cette réaction peut effectivement être considérée comme totale. Il faut garder à l'esprit que TOUTES les transformations chimiques se déroulent jusqu'à établissement d'un équilibre dynamique, cet équilibre étant plus ou moins déplacé dans le sens de formation des produits. Les transformations dites totales sont en fait des transformations présentant une valeur élevée de la constante d'équilibre. La valeur de la constante ici n'a d'ailleurs guère de sens, puisque lorsqu'une quantité de matière devient inférieure à l'inverse du nombre d'Avogadro (environ 10^{-23} mol), cela veut dire qu'il y moins d'une entité chimique (ions, atome, molécule) dans le milieu, donc que l'espèce a totalement disparu, ce qui est très largement le cas ici.

3 Cinétique chimique

SUJET 14 60 min 5,5 points

Suivi cinétique par conductimétrie

Thèmes : *vitesse volumique de disparition, équilibre dynamique, temps de demi-réaction, loi de Kohlrausch, facteurs cinétiques.*

On se propose d'étudier par conductimétrie la cinétique de l'hydrolyse du 2-chloro-2-méthylpropane qui est noté $RC\ell$. L'équation décrivant cette transformation s'écrit :

$$RC\ell_{(\ell)} + 2\ H_2O_{(\ell)} \rightleftharpoons ROH_{(aq)} + H_3O^+_{(aq)} + C\ell^-_{(aq)} \quad \textbf{(1)}$$

ROH représente le 2-méthylpropan-2-ol qui est produit au cours de la transformation.

Protocole : Le 2-chloro-2-méthylpropane ($RC\ell$) est peu soluble dans l'eau mais il est très soluble dans un mélange eau-acétone en proportions appropriées. Le mélange réactionnel initial est réalisé en versant une quantité de matière $n_i(RC\ell) = 9{,}1 \times 10^{-3}$ mol dans un mélange eau-acétone. Le volume total de la solution dans le bécher est $V_T = 50{,}0$ mL. L'eau présente est en très large excès.

Données : conductivités ioniques molaires : $\lambda(H_3O^+) = 35{,}0\ \text{mS.m}^2.\text{mol}^{-1}$; $\lambda(C\ell^-) = 7{,}63\ \text{mS.m}^2.\text{mol}^{-1}$.

Partie A Questions préliminaires

A.1. Pour chacune des propositions ci-après, répondre par *vrai* ou par *faux* en donnant une brève justification.

a) Lorsque l'état d'équilibre chimique d'un système est atteint, les espèces chimiques arrêtent de réagir entre elles au niveau microscopique.

b) Dans le cas d'un équilibre chimique, le taux d'avancement final change si on augmente la quantité de l'un des réactifs.

c) Lorsque l'état d'équilibre chimique d'un système est atteint, le taux d'avancement final est toujours égal à 1.

A.2. Pour une valeur quelconque de l'avancement x de la réaction, donner la composition du système avec les expressions littérales. Sera négligée la quantité initiale d'ions H_3O^+ provenant de l'autoprotolyse de l'eau.

Partie B Suivi cinétique de la transformation par conductimétrie

La transformation modélisée par les réactions opposées décrites par l'équation **(1)** peut être suivie par conductimétrie dans une enceinte thermostatée à la température de 40 °C.

Pour cela, on plonge dans le bécher contenant le mélange eau-acétone une cellule conductimétrique préalablement étalonnée. On déclenche le chronomètre à l'instant où on ajoute le 2-chloro-2-méthylpropane ($RC\ell$) dans le mélange et on mesure la conductivité σ de la solution à différentes dates. Les résultats obtenus permettent de tracer la courbe d'évolution de l'avancement x de la réaction en fonction du temps. On considère que l'état final est atteint à partir de la date $t = 60$ min.

Courbe d'évolution de l'avancement au cours du temps

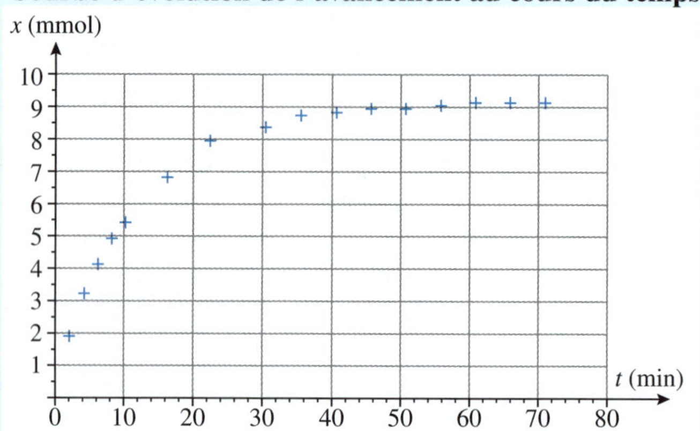

B.1. Pourquoi peut-on effectuer un suivi conductimétrique de cette transformation ?

B.2. Donner l'expression littérale de la conductivité σ de la solution en fonction de l'avancement x de la réaction, puis expliquer comment elle vient conforter la réponse à la question précédente.

B.3. Quelle est la valeur de la conductivité à $t = 0$ min ? $t = 10$ min ?

B.4. Donner l'expression de la vitesse volumique de disparition de $RC\ell$, notée $v_{RC\ell}$.

B.5. On montre que $v_{RC\ell}(t) = \frac{1}{V_T} \times \left(\frac{dx}{dt}\right)_t$, où $\left(\frac{dx}{dt}\right)_t$ correspond au coefficient directeur de la tangente à la courbe $x = f(t)$ à la date t.

a) Comparer, sans les calculer, les vitesses de disparition de $RC\ell$ à $t = 20$ min et à $t = 40$ min.

b) Quel facteur cinétique permet d'expliquer cette variation ?

B.6. On s'intéresse au temps de demi-réaction $t_{1/2}$ de cette transformation.

a) En s'appuyant sur la courbe $x = f(t)$, montrer que la transformation étudiée ici est totale.

b) Définir puis déterminer graphiquement le temps de demi-réaction.

c) Comment serait-il possible de diminuer ce temps de demi-réaction ?

Corrigé du sujet 14

Les textes sur fond jaune apparaissant dans ce corrigé sont des rappels de cours ou des commentaires pour vous guider et vous aider.

Partie A Questions préliminaires

A.1. [0,75 pt] **a) Faux :** les espèces chimiques intervenant dans l'équation (1) continuent d'interagir au niveau microscopique, mais cela n'a plus d'incidence au niveau macroscopique car les vitesses des réactions opposées décrites par cette équation sont égales. C'est l'équilibre dynamique.

b) Vrai : l'augmentation de la quantité de matière de l'un des réactifs entraîne une augmentation du rendement (déplacement d'équilibre dans le sens direct de l'équation). Le taux d'avancement final va donc augmenter.

c) Faux : le taux d'avancement final est égal à 1 si la transformation est totale. Beaucoup de transformations chimiques sont limitées : le réactif limitant est toujours présent dans le système alors que ce dernier a cessé d'évoluer et le taux d'avancement final est alors < 1.

A.2. [0,75 pt] La valeur de l'avancement x à une date quelconque permet de déterminer la composition du système selon :

$$\boldsymbol{n(RC\ell) = n_i(RC\ell) - x}$$
$$\boldsymbol{n(ROH) = n(H_3O^+) = n(C\ell^-) = x}$$

L'eau n'apparaît pas dans ce bilan, car étant en grand excès, la variation de sa quantité de matière est négligeable.

Ces résultats peuvent bien sûr s'obtenir en construisant le tableau d'avancement, mais avec une stœchiométrie aussi simple, il n'est pas vraiment nécessaire !

Partie B Suivi cinétique de la transformation par conductimétrie

B.1. [0,25 pt] Le mélange réactionnel initial ne contient pas d'ions, sinon en quantité négligeable. La réaction chimique étudiée ici conduit à la **formation d'ions oxonium et d'ions chlorure**. Celle-ci **induit une augmentation de la conductivité de la solution**. La mesure de la conductivité va donc permettre de suivre l'avancement de la réaction.

B.2. [0,75 pt] La loi de Kohlrausch permet d'exprimer la conductivité σ de la solution :

$$\sigma = \lambda(H_3O^+) \times [H_3O^+] + \lambda(C\ell^-) \times [C\ell^-] = \lambda(H_3O^+) \times \frac{x}{V_T} + \lambda(C\ell^-) \times \frac{x}{V_T}$$

$$\boldsymbol{\sigma = \frac{\lambda(H_3O^+) + \lambda(C\ell^-)}{V_T} \times x}$$

La relation entre ces deux grandeurs est du type $\sigma = k \times x$ avec k une constante. Cette proportionnalité permet ainsi de déterminer facilement l'avancement de la réaction par mesure de la conductivité de la solution.

B.3. [0,75 pt] À $t = 0$ min, la réaction ne s'est pas encore produite : $\boldsymbol{\sigma(t = 0\ \text{min}) = 0}$.
Une détermination graphique sur la courbe d'évolution de l'avancement au cours du temps montre qu'à $t = 10$ min, $x = 5{,}5$ mmol. D'où :

$$\sigma(t = \mathbf{10\ min}) = \frac{(35{,}0 + 7{,}63) \times 10^{-3}}{50{,}0 \times 10^{-6}} \times 5{,}5 \times 10^{-3} = \mathbf{4{,}7\ S.m^{-1}}$$

Pour ne pas se tromper d'une puissance de dix dans le résultat, se rappeler que les grandeurs sont à exprimer dans les unités SI au niveau de la loi de Kohlrausch. Ainsi le volume est-il à exprimer en mètre cube.
Cependant, les conductimètres affichent souvent le résultat en millisiemens par centimètre (ce qui donnerait pour le résultat ci-avant 47 $mS.cm^{-1}$). Il convient d'être capable de passer rapidement d'une unité à une autre.

B.4. [0,25 pt] Soit $v_{RC\ell}$ la vitesse volumique de disparition de $RC\ell$:

$$\boldsymbol{v_{RC\ell} = -\frac{d[RC\ell]}{dt}}$$

Exprimer une vitesse volumique de disparition ou d'apparition ne présente aucune difficulté. Pour une vitesse de disparition, contrairement à une vitesse d'apparition, la dérivée temporelle est précédée du signe moins. Ainsi, une vitesse volumique, qu'elle soit de disparition ou d'apparition, est toujours positive.

B.5. a) [0,5 pt] Le coefficient directeur de la tangente à la courbe est plus grand à $t = 20$ min qu'à $t = 40$ min. Soit, en s'appuyant sur l'expression fournie dans la question :

$$\left(\frac{dx}{dt}\right)_{t=20\ \text{min}} > \left(\frac{dx}{dt}\right)_{t=40\ \text{min}} \Rightarrow \boldsymbol{v_{RC\ell}(t = 20\ \text{min}) > v_{RC\ell}(t = 40\ \text{min})}$$

Au niveau des savoir-faire, il peut être demandé de calculer une vitesse volumique en s'appuyant sur une courbe, ce qui suppose d'être capable de tracer soigneusement une tangente et d'en déterminer rapidement le coefficient directeur (voir sujet 12).

b) [0,25 pt] **Le facteur cinétique qui permet d'expliquer cela est la concentration des réactifs.** Elle diminue au cours du temps et par suite les vitesses également.

Il y a de moins en moins d'entités microscopiques de réactifs, le nombre de chocs efficaces diminue et, avec lui, le nombre d'entités de produits formés (par unité de temps).

B.6. a) [0,5 pt] D'après l'énoncé, le réactif limitant est $RC\ell$. Si on suppose la transformation totale, et en tenant compte de la stœchiométrie de la réaction, on peut écrire :

$$n_i(RC\ell) - x_{max} = 0 \Rightarrow x_{max} = n_i(RC\ell) = 9{,}1 \times 10^{-3}\ \text{mol}$$

L'état final du système est atteint pour $t = 60$ min. D'après la courbe, à cette date :

$$x = x_f = 9{,}1 \times 10^{-3} \text{ mol.}$$

Donc $x_f = x_{max}$, **on peut affirmer que la transformation est totale.**

b) [0,5 pt] Le temps de demi-réaction est la date à laquelle l'avancement de la réaction x a atteint la moitié de sa valeur finale.

Sur la courbe, $t_{1/2}$ sera donc l'antécédent de la valeur :

$$x(t = t_{1/2}) = \frac{x_f}{2} = \frac{9{,}1 \times 10^{-3}}{2} = 4{,}6 \times 10^{-3} \text{ mol} = 4{,}6 \text{ mmol}$$

Soit : $t_{1/2} \approx$ **8 min.**

c) [0,25 pt] **La température est également un facteur cinétique**. Son élévation permettrait d'augmenter la vitesse volumique de disparition de $RC\ell$ et donc de diminuer le temps de demi-réaction.

SUJET 15

1 h 30 min 8 points

Le parfum de poire

Thèmes : *vitesse volumique d'apparition, groupes caractéristiques et fonctions chimiques, taux d'avancement, temps de demi-réaction, facteurs cinétiques, catalyse.*

Une estérification est une réaction chimique entre un acide carboxylique et un alcool permettant l'obtention d'un ester. Cette transformation est lente et nécessite l'utilisation d'un catalyseur. Elle peut s'écrire de façon générale :

$$R_1-COOH + R_2-OH \rightleftharpoons R_1-COO-R_2 + \text{composé X}$$

où R_1 est un d'atome d'hydrogène ou une chaîne carbonée, R_2 une chaîne carbonée et $R_1-COO-R_2$ l'ester formé. La nature du composé X sera à déterminer ultérieurement.

L'éthanoate de pentyle, ou parfum de poire, est un ester plus connu sous le nom d'acétate d'amyle. Sa formule semi-développée est :

$$CH_3-\underset{\underset{\displaystyle O}{\|}}{C}-O-CH_2-CH_2-CH_2-CH_2-CH_3$$

Partie A Étude théorique

A.1. Réécrire la formule semi-développée de l'éthanoate de pentyle, puis mettre en évidence le groupe fonctionnel et le nommer.

A.2. L'éthanoate de pentyle peut être obtenu à partir de deux réactifs **A** et **B**.

a) Écrire la formule topologique de chacun de ces réactifs. Entourer et nommer le groupe caractéristique présent.

b) Dans la nomenclature officielle, le nom du réactif **A** est *acide éthanoïque* et celui du réactif **B** *pentan-1-ol*. Justifier ces noms en vous appuyant sur les formules topologiques.

c) Donner la formule brute et le nom du composé X.

Partie B Étude cinétique

B.1. Décrire un mode opératoire permettant de suivre l'évolution de la quantité de matière du réactif **A** au cours du temps.

B.2. À un instant $t = 0$ s, on mélange 0,50 mol de réactif **A** et 0,50 mol de réactif **B**. On ajoute une petite quantité d'acide sulfurique concentré. Le milieu réactionnel est maintenu à une température constante de 25 °C et le volume total du mélange réactionnel est $V_T = 83$ mL .

a) Quel est le rôle de l'acide sulfurique ?

b) L'acide sulfurique apparaît-il dans l'équation décrivant la transformation ?

B.3. On détermine toutes les 5 minutes, la quantité de matière n_E d'éthanoate de pentyle formée. Les résultats obtenus sont rassemblés dans le tableau ci-après :

Temps (min)	0	5	10	15	20	25	30	35	40	45	50	55	60
n_E **(mol)**	0,00	0,14	0,21	0,25	0,275	0,295	0,31	0,32	0,325	0,33	0,33	0,33	0,33

a) Déterminer la concentration [E] en éthanoate de pentyle (noté E) dans le système pour chacune des dates du tableau.

b) Tracer la courbe $[E] = f(t)$ sur une feuille de papier millimétré.

c) Exprimer la vitesse volumique d'apparition de l'ester, notée v_{ester}.

d) Déterminer la valeur de cette vitesse à $t = 0$ min , puis à $t = 20$ min.

e) Comment évolue la vitesse volumique d'apparition de l'ester au cours du temps ? Quel facteur cinétique permet d'expliquer cette évolution ?

B.4. a) Quel est l'état du système à partir de $t = 50$ min ? Déterminer s'il s'agit d'une transformation totale ou limitée, puis calculer son rendement.

b) Si la synthèse était réalisée sans ajout d'acide sulfurique, les résultats des questions **3. d)** et **4. a)** auraient-ils été identiques ?

c) L'augmentation de la température du système modifie la vitesse volumique d'apparition de l'ester mais pas le rendement. Indiquer sur le graphique précédent l'allure qu'aurait la courbe $[E] = f(t)$ si la température du système était plus élevée.

Corrigé du sujet 15

Partie A Étude théorique

A.1. [0,5 pt] L'éthanoate de pentyle présente **un groupe ester mis en évidence ci-dessous.**

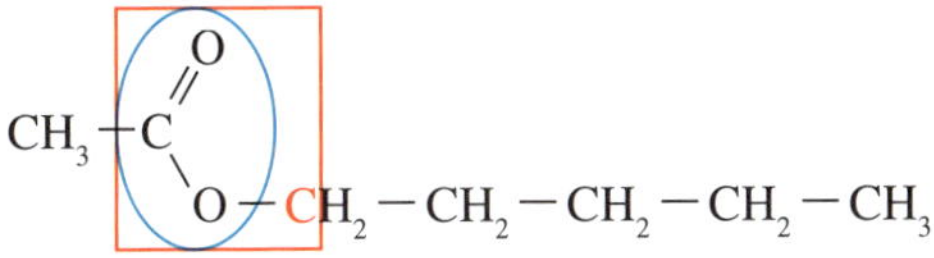

Le groupe ester est le groupe –COO– entouré en bleu. Afin de ne pas confondre ce groupe avec le groupe carboxyle de l'acide –COOH, on trouve aussi parfois indiqué que le groupe ester est –COOC– ce qui est encadré en rouge ci-dessus. À ce niveau, les deux réponses seront acceptées sachant que la première sera seule valable par la suite. Notons par ailleurs qu'il est toujours possible de réécrire une formule sous une forme où l'on identifie mieux la fonction, comme proposé ici.

A.2. a) [1 pt] Un ester se note de façon générale : R_1–COO–R_2. La formule semi-développée de l'éthanoate de pentyle permet d'identifier aisément ce que sont R_1 et R_2.

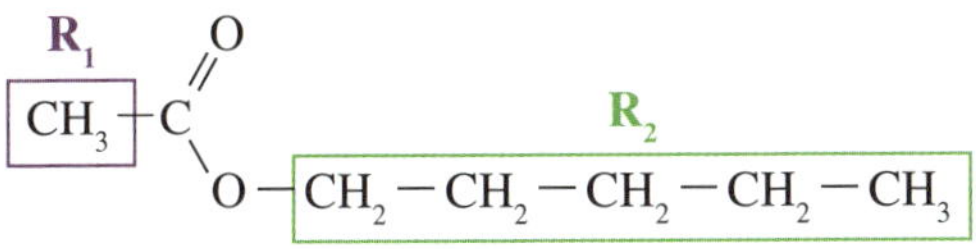

D'où les formules topologiques :

A

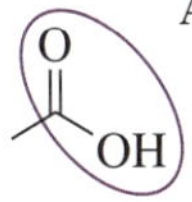

groupe carboxyle

B

groupe hydroxyle

b) [0,5 pt] • La chaîne carbonée principale de la molécule **A** comporte deux atomes de carbone. Elle est décrite par la racine *éthan-* à laquelle on accole le suffixe correspondant à la fonction acide carboxylique : *-oïque*. S'agissant d'un acide, le nom est précédé par *acide*.

• Concernant la molécule **B**, la racine *pentan-* indique une chaîne carbonée principale avec cinq atomes de carbone. Le suffixe *–ol* précise la présence d'une fonction alcool. Enfin, ce groupe –OH pouvant être « porté » par différents atomes de carbone, le complément « -1- » sur le nom indique qu'il est en bout de chaîne.

c) [0,5 pt] Lors d'une transformation chimique, il y a conservation des éléments.
La stœchiométrie de l'équation :

$$R_1\text{–COO}\mathbf{H} + R_2\text{–}\mathbf{OH} \rightleftharpoons R_1\text{–COO–}R_2 + \mathbf{X}$$

impose $\mathbf{X = H_2O}$ **. En plus de l'ester, il se forme donc également de l'eau.**

Partie B Étude cinétique

B.1. [0,5 pt] Lors de la mise en contact de **A** et de **B** dans le milieu réactionnel, on déclenche le chronomètre. Toutes les 5 minutes, une fraction de ce mélange est prélevée puis introduite dans un bécher immergé dans un bain de glace (cela permet de bloquer la transformation chimique en agissant sur le facteur température) pour figer le système. Il faut alors titrer l'acide acétique présent par une base forte, comme la soude par exemple. Étant donné les douze mesures à effectuer, réaliser un suivi pH-métrique serait excessivement long. Le volume équivalent sera plus rapidement obtenu par titrage colorimétrique (avec indicateur coloré).

B.2. a) [0,25] Le début de l'énoncé précise qu'un **catalyseur** doit être introduit dans le milieu réactionnel, cela afin d'améliorer la cinétique de la transformation. L'acide sulfurique joue ce rôle ici.

b) [0,25] Un catalyseur permet d'accélérer la transformation chimique mais **il ne figure pas dans l'équation** car il est consommé puis restitué à la fin.

B.3. a) [0,5 pt] Pour chacune des dates du tableau, on calcule la concentration $[\mathrm{E}]$ en ester :

$$[\mathrm{E}] = \frac{n_\mathrm{E}}{V_\mathrm{T}} = \frac{n_\mathrm{E}}{83 \times 10^{-3}} \quad \text{avec } n_\mathrm{E} \text{ en mol et [E] en mol.L}^{-1}$$

***t* (min)**	0	5	10	15	20	25	30	35	40	45	50	55	60
[E] (mol.L^{-1})	0	1,7	2,5	3,0	3,3	3,6	3,7	3,9	3,9	4,0	4,0	4,0	4,0

b) [0,75 pt] Voir ci-dessous.

Le tracé d'une courbe a tendance à être beaucoup trop automatisé. Une courbe tracée soigneusement sur papier est un support d'étude ayant autant de valeur (voire plus !) qu'une courbe obtenue à l'aide d'un tableur-grapheur.

c) [0,25 pt] Soit v_ester la vitesse volumique d'apparition de l'ester.

$$v_\text{ester} = \frac{\mathrm{d}[\mathrm{E}]}{\mathrm{d}t}$$

d) [0,75 pt] L'expression précédente montre que, à une date donnée, la vitesse volumique d'apparition de l'ester est égale au coefficient directeur de la tangente à la courbe $[\mathrm{E}] = f(t)$ à la date considérée. On trace alors la tangente à la courbe aux dates $t = 0$ min (tracé vert) et à $t = 20$ min (tracé rouge).

Courbe d'évolution de la concentration en ester au cours du temps

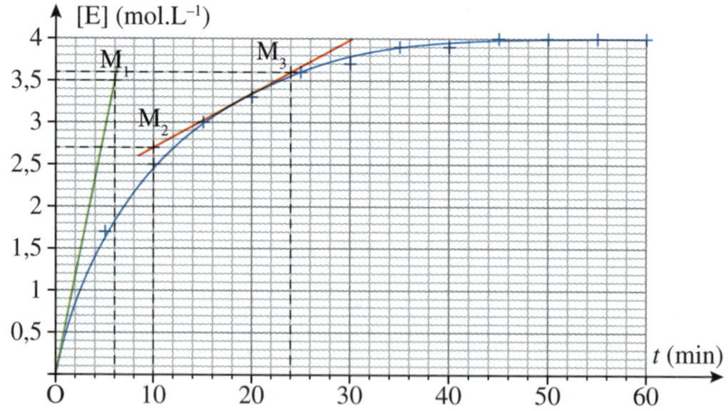

Après avoir tracé la tangente en un point de la courbe, il faut alors considérer deux de ses points afin de calculer son coefficient directeur. Il convient de les choisir assez éloignés et de telle sorte que leurs coordonnées soient simples à déterminer graphiquement. D'où le choix de O et de M_1 pour la première tangente et de M_2 et M_3 pour la seconde.

D'où : $v_{\text{ester}}(t = 0) = \left(\dfrac{d[E]}{dt}\right)_{t=0} = \dfrac{3,5 - 0}{6 - 0} = \mathbf{0,58\ mol.L^{-1}.min^{-1}}$

$v_{\text{ester}}(t = 20\ \text{min}) = \left(\dfrac{d[E]}{dt}\right)_{t=20\ \text{min}} = \dfrac{3,6 - 2,7}{24 - 10} = \mathbf{0,064\ mol.L^{-1}.min^{-1}}$

e) [0,5 pt] Les résultats précédents montrent que la **vitesse volumique d'apparition de l'ester décroît au cours du temps**. Le tableau de la question **3** le montre également. Entre 0 et 5 min, la quantité de matière de cette espèce a augmenté de 1,7 mol dans le milieu réactionnel. Entre 5 et 10 min, cette augmentation n'est plus que de 0,8 mol.
Le facteur cinétique qui permet d'expliquer cela est la concentration des réactifs qui diminue au cours du temps et par suite la vitesse également (voir remarque p. 72).

B.4. a) [0,75 pt] À partir de $t = 50$ min, la quantité de matière d'ester formée n'augmente plus dans le système. **L'état d'équilibre est atteint.** On a alors : $n_{E,f} = x_f = \mathbf{0,33\ mol}$.
Compte tenu de l'état initial du système ($n_A = n_B = 0,50$ mol) et de la stœchiométrie de la réaction, si la transformation était totale, on aurait formé $n_{E,\,max} = 0,50$ mol d'ester. **La transformation n'est donc pas totale. Son rendement est** :

$$r = \frac{n_{E,f}}{n_{E,max}} = \frac{0,33}{0,50} = \mathbf{0,66\ soit\ 66\ \%}$$

b) [0,5 pt] Un catalyseur permet d'accélérer une transformation. **Les valeurs des vitesses calculées en 3. d) seraient donc plus faibles en l'absence de catalyseur.** En revanche, le catalyseur ne modifie pas l'état final d'un système chimique, on aurait donc le même rendement qu'en présence de catalyseur.

c) [0,5 pt]

Pour $T_2 > T_1$:

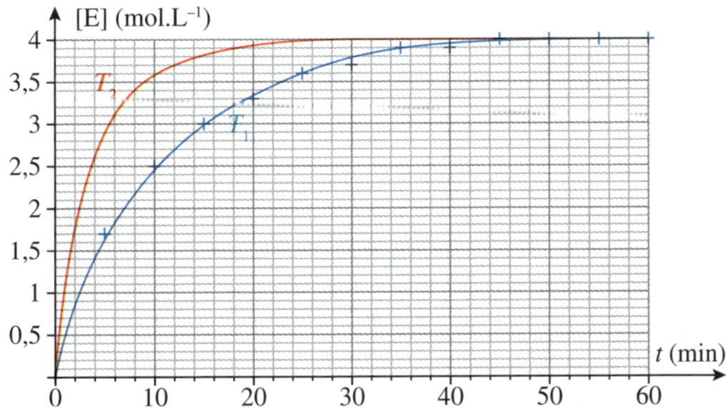

Une température plus élevée permet d'augmenter la vitesse moyenne d'agitation des molécules de réactifs. Le nombre de chocs efficaces entre elles par unité de temps est plus important : l'ester va se former plus rapidement dans le système. L'état final n'est pas modifié.

Une modification de la température n'est pas toujours pas sans effet sur l'état final, sauf pour les transformations athermiques comme l'estérification.

La matière

SUJET 16 1 h 20 min 7 points

Étude cinétique de la dismutation de l'eau oxygénée

Thèmes : *vitesses volumiques de disparition et d'apparition, titrage rédox, temps de demi-réaction, loi de vitesse d'ordre 1, facteurs cinétiques, catalyse.*

L'eau oxygénée commerciale est une solution aqueuse de peroxyde d'hydrogène utilisée comme désinfectant pour des plaies, pour l'entretien des lentilles de contact ou comme agent de blanchiment. Le peroxyde d'hydrogène H_2O_2 intervient dans deux couples oxydant-réducteur : $H_2O_{2(aq)}$ / $H_2O_{(\ell)}$ et $O_{2(g)}$ / $H_2O_{2(aq)}$.

Le peroxyde d'hydrogène est capable dans certaines conditions de réagir sur lui-même, c'est-à-dire de se dismuter selon l'équation :

$$2\ H_2O_{2(aq)} \rightarrow 2\ H_2O_{(\ell)} + O_{2(g)} \qquad \textbf{(1)}$$

Cette transformation est totale et lente à température ordinaire mais sa vitesse peut être augmentée en présence d'un catalyseur.

Donnée : volume molaire des gaz dans les conditions de l'expérience : $V_m = 22,4\ L.mol^{-1}$.

Les parties A et B sont indépendantes.

Partie A Détermination de la concentration initiale de la solution de peroxyde d'hydrogène

L'eau oxygénée du commerce se présente en flacons opaques afin d'éviter que la lumière ne favorise la transformation chimique précédente. Le flacon utilisé dans cette étude porte la mention suivante : *eau oxygénée à 10 volumes*. Cette indication est appelée le titre de l'eau oxygénée.

Par définition, le titre est le volume de dioxygène (exprimé en litres) libéré (sous-entendu si tout H_2O_2 se dismute) par un litre de solution aqueuse de peroxyde d'hydrogène suivant la réaction de dismutation (**1**) dans les conditions normales de température et de pression. On considérera, en première approximation, que les conditions de l'expérience sont assimilables aux conditions normales.

Avant de réaliser le suivi cinétique de la réaction de dismutation, on désire vérifier l'indication donnée sur le flacon concernant le titre de l'eau oxygénée de la solution commerciale utilisée.

A.1. On cherche $[H_2O_2]_{th}$ la valeur attendue d'après l'étiquette de la concentration en peroxyde d'hydrogène.

a) Par définition du titre de l'eau oxygénée, quel volume de dioxygène $V(O_2)$ serait libéré par un volume $V = 1{,}00$ L de la solution commerciale au cours de la réaction de dismutation du peroxyde d'hydrogène ?

b) Calculer la quantité de dioxygène formé au cours de cette transformation.

c) Vérifier que la concentration en peroxyde d'hydrogène de cette solution commerciale a pour valeur : $[H_2O_2]_{th} = 0{,}89$ mol.L^{-1}.

A.2. On cherche maintenant $[H_2O_2]_{exp}$ la valeur réelle de la concentration en peroxyde d'hydrogène.

Pour vérifier la valeur de la concentration précédente, on réalise le titrage d'un volume $V_o = 10{,}0$ mL de cette solution par une solution de permanganate de potassium acidifiée de concentration en soluté $C_1 = 2{,}0 \times 10^{-1}$ mol.L^{-1}.

Les couples oxydant-réducteur intervenant au cours du titrage sont $MnO^-_{4(aq)}$ / $Mn^{2+}_{aq)}$ et $O_{2(g)}$ / $H_2O_{2(aq)}$. Le volume de permanganate de potassium versé pour obtenir l'équivalence est $V_E = 15{,}8$ mL .

La transformation chimique support du titrage est totale. L'équation s'écrit :

$$5\ H_2O_{2(aq)} + 2\ MnO^-_{4(aq)} + 6\ H^+_{(aq)} \rightarrow 5\ O_{2(g)} + 2\ Mn^{2+}_{(aq)} + 8\ H_2O_{(\ell)} \quad \textbf{(2)}$$

a) L'ion permanganate MnO_4^- donne une coloration violette aux solutions aqueuses qui le contiennent, l'ion Mn^{2+} est incolore. Comment l'équivalence est-elle repérée au cours du titrage ?

b) Quelle relation peut-on écrire entre la quantité initiale de peroxyde d'hydrogène se trouvant dans le bécher $n_0(H_2O_2)$ et la quantité d'ions permanganate introduits dans le bécher à l'équivalence $n_E(MnO_4^-)$?

c) Donner l'expression de la concentration en peroxyde d'hydrogène de la solution commerciale $[H_2O_2]_{exp}$ en fonction de C_1, V_0 et V_E, puis calculer sa valeur.

d) Comparer à la valeur obtenue à la question 1. c) Les erreurs de manipulation mises à part, comment peut-on expliquer l'écart de concentration obtenu ?

Partie B Étude cinétique de la dismutation du peroxyde d'hydrogène

La dismutation du peroxyde d'hydrogène est une réaction lente qui peut être accélérée en utilisant par exemple des ions fer (III) Fe^{3+}, un fil de platine ou de la catalase, enzyme se trouvant dans le sang. L'équation de la réaction associée à cette transformation est donnée dans l'énoncé **(1)**. La transformation étudiée est catalysée par les ions fer (III). On mélange 10,0 mL de la solution commerciale d'eau oxygénée avec 85 mL d'eau. À l'instant $t = 0$ s, on introduit dans le système 5 mL d'une solution de chlorure de fer (III) $\left(Fe^{3+}_{(aq)} + 3\ C\ell^-_{(aq)}\right)$.

Au bout d'un temps déterminé, on prélève 10,0 mL du mélange réactionnel que l'on verse dans un bécher d'eau glacée. On titre alors le contenu du bécher par une solution de permanganate de potassium afin de déterminer la concentration en peroxyde d'hydrogène se trouvant dans le milieu réactionnel.
On obtient les résultats suivants :

t (min)	0	5	10	20	30	35
$[H_2O_2]$ (mol.L^{-1})	$7{,}30 \times 10^{-2}$	$5{,}52 \times 10^{-2}$	$4{,}20 \times 10^{-2}$	$2{,}35 \times 10^{-2}$	$1{,}21 \times 10^{-2}$	$0{,}90 \times 10^{-2}$

B.1. Donner la définition d'un catalyseur. Attribuer le qualificatif de catalyse homogène, hétérogène ou enzymatique à chacun des catalyseurs indiqués.

B.2. Donner la définition du temps de demi-réaction $t_{1/2}$.

B.3. Proposer un encadrement du temps de demi-réaction ici.

B.4. a) Donner la définition de la vitesse volumique de disparition de l'eau oxygénée, notée $v_{H_2O_2}$

b) Si l'évolution de la concentration d'un réactif X suit une loi de vitesse d'ordre 1 par rapport à la concentration d'un réactif limitant R_L alors sa vitesse de disparition est proportionnelle à la concentration de ce réactif limitant, la constante de proportionnalité k est appelée constante de vitesse. Établir l'équation différentielle que vérifie la concentration en eau oxygénée dans l'hypothèse où elle suit une loi d'ordre 1.

c) Résoudre cette équation différentielle et exprimer complètement $[H_2O_2](t)$. On notera $[H_2O_2]_0 = 7{,}30 \times 10^{-2}$ mol.L^{-1} la concentration en peroxyde d'hydrogène à $t = 0$.

d) Compléter le tableau suivant. Prouver alors que la concentration en eau oxygénée suit bien une loi d'ordre 1.

t (min)	0	5	10	20	30	35
$[H_2O_2]$ (mol.L^{-1})	$7{,}30 \times 10^{-2}$	$5{,}52 \times 10^{-2}$	$4{,}20 \times 10^{-2}$	$2{,}35 \times 10^{-2}$	$1{,}21 \times 10^{-2}$	$0{,}90 \times 10^{-2}$
$\dfrac{\ln\left(\dfrac{[H_2O_2]}{[H_2O_2]_0}\right)}{t\ (\text{min}^{-1})}$ (min^{-1})						

B.5. En utilisant la définition du temps de demi-réaction, établir son expression en fonction de k, puis donner sa valeur numérique. Comparer au résultat de la question **3.**

B.6. Comment évoluerait le temps de demi-réaction si on augmentait la valeur de la concentration initiale en eau oxygénée ?

Corrigé du sujet 16

Partie A Détermination de la concentration initiale de la solution de peroxyde d'hydrogène

A.1. a) [0,25 pt] D'après la définition du titre de l'eau oxygénée :

$$V(O_2) = 10 \times V = 10 \times 1{,}00 = \mathbf{10{,}0\ L}$$

b) [0,25 pt] On en déduit la quantité de matière de dioxygène formé :

$$n(O_2)_{\text{formé}} = \frac{V(O_2)}{V_m} = \frac{10{,}0}{22{,}4} = \mathbf{4{,}46 \times 10^{-1}\ mol}$$

c) [0,5 pt] La stœchiométrie de la réaction **(1)** permet d'écrire que, suite à la dismutation de toute l'eau oxygénée :

$$\frac{n(H_2O_2)_{\text{initial}}}{2} = \frac{n(O_2)_{\text{formé}}}{1}$$

> Si la réaction n'avait pas été totale, ou si l'on avait considéré un état intermédiaire du système, il aurait fallu écrire : $\frac{n(H_2O_2)_{\text{ayant réagi}}}{2} = \frac{n(O_2)_{\text{formé}}}{1}$

Soit : $n(H_2O_2)_{\text{initial}} = 2 \times n(O_2)_{\text{formé}}$

Et : $$[H_2O_2]_{th} = \frac{n(H_2O_2)_{\text{initial}}}{V_T} = \frac{2 \times 4{,}46 \times 10^{-1}}{1{,}00} = \mathbf{8{,}93 \times 10^{-1}\ mol.L^{-1}}$$

Il s'agit bien de la valeur 0,89 $mol.L^{-1}$ indiquée dans l'énoncé.

A.2. a) [0,25 pt] Jusqu'à l'équivalence, les ions permanganate introduits dans le milieu réactionnel réagissent avec l'eau oxygénée : la solution est incolore. Après l'équivalence, ces ions ne sont plus consommés et persistent ainsi dans la solution qui devient violette. **C'est ce changement de couleur qui permet le repérage de l'équivalence.**

b) [0,5 pt] À l'équivalence, la quantité de matière d'ions permanganate versée et la quantité d'eau oxygénée initialement présente dans le bécher sont en proportions stœchiométriques de la réaction du dosage **(2)** :

$$\frac{n_0(H_2O_2)}{5} = \frac{n_E(MnO_4^-)}{2} \Rightarrow n_0(H_2O_2) = \frac{5 \times n_E(MnO_4^-)}{2}$$

c) [0,5 pt] Soit $[H_2O_2]_{exp}$ la concentration en eau oxygénée de la solution commerciale. L'égalité précédente permet d'écrire que :

$$[H_2O_2]_{exp} \times V_0 = \frac{5 \times C_1 \times V_E}{2}$$

Soit : $$[H_2O_2]_{exp} = \frac{5 \times C_1 \times V_E}{2 \times V_0} = \frac{5 \times 2{,}0 \times 10^{-1} \times 15{,}8}{2 \times 10{,}0} = \mathbf{0{,}79\ mol.L^{-1}}$$

d) [0,5 pt] Les résultats précédents montrent que $[H_2O_2]_{exp} < [H_2O_2]_{th}$.

> Il est possible ici d'effectuer un calcul d'écart relatif :
> $$\varepsilon = \frac{\left|[H_2O_2]_{exp} - [H_2O_2]_{th}\right|}{[H_2O_2]_{th}} = \frac{|0{,}79 - 0{,}89|}{0{,}89} \approx 11\%$$
> Les valeurs des concentrations diffèrent notablement.

En plus des incertitudes liées au titrage, **cet écart s'explique principalement par l'instabilité de l'eau oxygénée** qui s'est lentement en partie dismutée.

Partie B Étude cinétique de la dismutation du peroxyde d'hydrogène

B.1. [0,25 pt] Un catalyseur est une espèce chimique qui permet d'accélérer une transformation chimique mais qui n'apparaît pas dans l'équation la décrivant. Les ions fer (III) sont en solution aqueuse comme les réactifs, il s'agit d'une catalyse homogène. Le platine n'est pas dans le même état physique que les réactifs, c'est une catalyse hétérogène. La catalase est une enzyme elle donne lieu à une catalyse enzymatique.

B.2. [0,25 pt] Le temps de demi-réaction d'une transformation totale est le temps au bout duquel la moitié du réactif limitant a été consommée, soit ici le peroxyde d'hydrogène (seul réactif).

B.3. [0,5 pt] À $t = t_{1/2}$:

$$[H_2O_2]_{t_{1/2}} = \frac{[H_2O_2]_0}{2} = 3{,}65 \times 10^{-2}\ \text{mol.L}^{-1}$$

Le tableau donné dans l'énoncé montre que cette valeur de la concentration sera atteinte à une date supérieure à 10 min mais inférieure à 20 min.

$$\mathbf{10\ min} < t_{1/2} < \mathbf{20\ min}$$

B.4. a) [0,25 pt] Soit $v_{H_2O_2}$ la vitesse volumique de disparition de l'eau oxygénée :

$$v_{H_2O_2} = -\frac{d[H_2O_2]}{dt}$$

b) [0,5 pt] Ici le peroxyde d'hydrogène est à la fois le réactif qui suit la loi d'ordre 1 et le réactif limitant (puisqu'il est le seul). Donc dans l'hypothèse où il suit une loi d'ordre 1, sa vitesse de disparition est proportionnelle à sa concentration :

$$v_{H_2O_2} = -\frac{d[H_2O_2]}{dt} = k \times [H_2O_2] \Rightarrow \frac{d[H_2O_2]}{dt} + k \times [H_2O_2] = 0 \quad (3)$$

c) [0,5 pt] La solution de l'équation différentielle (3) est : $[H_2O_2] = A \times e^{-kt}$ où A est une constante d'intégration que l'on détermine par la condition initiale :
à $t = 0$, $[H_2O_2] = A = [H_2O_2]_0$ D'où : $\mathbf{[H_2O_2] = [H_2O_2]_0 \times e^{-kt}}$

Pour résoudre l'équation différentielle, on peut utiliser directement un résultat du cours de mathématiques sur les équations différentielles donnant la solution générale $y(x) = A \times e^{-ax}$ de l'équation $y' + ay = 0$ avec ici : $y = [H_2O_2]$; $x = t$; $a = k$ d'où : $[H_2O_2] = A \times e^{-kt}$. Cette équation différentielle est rencontrée dans plusieurs parties du cours, et on doit savoir donner sa solution. Il est possible aussi d'établir cette solution par une méthode dite de séparation des variables, qui sans être explicitement au programme est très utile pour la suite des études en physique (voir page 166).

d) [1 pt] L'énoncé suggère de raisonner à partir de la ligne à compléter de ce tableau.

t (min)	0	5	10	20	30	35
$[H_2O_2]$ (mol.L^{-1})	$7{,}30 \times 10^{-2}$	$5{,}52 \times 10^{-2}$	$4{,}20 \times 10^{-2}$	$2{,}35 \times 10^{-2}$	$1{,}21 \times 10^{-2}$	$0{,}90 \times 10^{-2}$
$\dfrac{\ln\left(\dfrac{[H_2O_2]}{[H_2O_2]_0}\right)}{t}$ (min^{-1})		–0,056	–0,055	–0,057	–0,060	–0,060

Ce tableau montre que le rapport $\dfrac{\ln\left(\dfrac{[H_2O_2]}{[H_2O_2]_0}\right)}{t}$ est constant et environ égal à $-0{,}058\ \text{min}^{-1}$ (valeur moyenne des résultats obtenus).

Cette méthode rapide, parfois demandée, reste discutable. Il vaut mieux effectuer une régression linéaire entre les deux grandeurs (ou tracer la courbe) pour conclure.

Or, il a été vu précédemment que $[H_2O_2] = [H_2O_2]_0 \times e^{-kt}$ (si loi d'ordre 1). Dans cette hypothèse :

$$\frac{[H_2O_2]}{[H_2O_2]_0} = e^{-kt} \Rightarrow \ln\left(\frac{[H_2O_2]}{[H_2O_2]_0}\right) = \ln\left(e^{-kt}\right) \Rightarrow \ln\left(\frac{[H_2O_2]}{[H_2O_2]_0}\right) = -kt \quad \textbf{(4)}$$

Si la concentration en eau oxygénée suit une loi d'ordre 1, $\ln\left(\dfrac{[H_2O_2]}{[H_2O_2]_0}\right)$ doit donc être une fonction linéaire du temps.

C'est bien le cas ici car : $\ln\left(\dfrac{[H_2O_2]}{[H_2O_2]_0}\right) = -0{,}058t$ (5)

Pour montrer qu'une concentration suit une loi de vitesse d'ordre 1, utiliser l'une des méthodes suivantes en fonction des données de l'énoncé :

- $\dfrac{v_X}{[X]}$ = constante
- $\ln\left(\dfrac{[X]}{[X]_0}\right) = K \times t$ avec $K < 0$
- la courbe $[X] = f(t)$ a pour équation $[X] = [X]_0 \times e^{Kt}$ avec $K < 0$
- le temps de demi-réaction $t_{1/2}$ ne dépend pas de la concentration initiale $[X]_0$
- [X] est divisée par 2 à chaque durée $t_{1/2}$.

B.5. [0,5 pt] Le temps de demi-réaction est le temps au bout duquel la moitié du réactif limitant a été consommé. On a donc :

$$[H_2O_2](t = t_{1/2}) = [H_2O_2]_0 \times e^{-kt_{1/2}} = \frac{[H_2O_2]_0}{2} \Rightarrow e^{-kt_{1/2}} = \frac{1}{2}$$

et en prenant le logarithme népérien :

$$\Rightarrow \quad -kt_{1/2} = \ln\frac{1}{2} = -\ln 2 \quad \Rightarrow \quad \boldsymbol{t_{1/2} = \frac{\ln 2}{k}}$$

La valeur de k s'obtient par identification en comparant les égalités (4) et (5).
Soit : $k = 0{,}058\ \text{min}^{-1}$ D'où :

$$t_{1/2} = \frac{\ln 2}{k} = \frac{\ln 2}{0{,}058} = \mathbf{12\ min}$$

Cette valeur est bien dans l'intervalle proposé à la question 3.

B.6. [0,5 pt] Le temps de demi-réaction ne dépend pas de la concentration initiale en eau oxygénée ici (propriété d'une loi d'ordre 1, démontrée par le calcul de la question précédente). On aurait toujours $t_{1/2}$ = **12 min**.

La modification de la température aurait cependant une influence sur le temps de demi-réaction car la constante de vitesse k est fonction de cette grandeur.

La matière

4 Chimie organique

SUJET 17 45 min 4 points

Acides aminés

Thèmes : *groupes fonctionnels, formules topologique et semi-développée, stratégie de synthèse, catalyse, catégorie de réaction, spectroscopie IR.*

Les acides α-aminés sont des composants essentiels de la chimie du vivant, en particulier parce qu'ils donnent lieu à la formation de peptides, qui sont des chaînes d'acides aminés liées par liaison peptidique. Les peptides s'assemblent en chaînes encore plus longues : les protéines. L'hémoglobine par exemple est une protéine de 4 chaînes qui totalisent 574 acides α-aminés !

Quelques acides α-aminés de l'organisme :

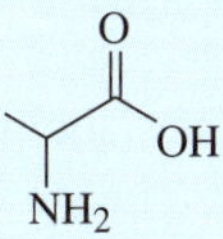

ala Alanine

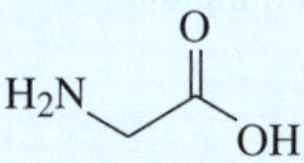

gly Glycine

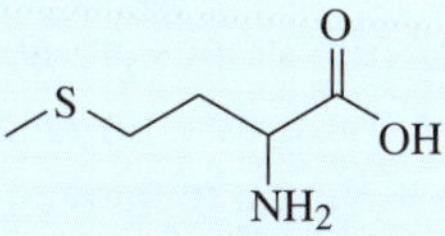

met Méthionine

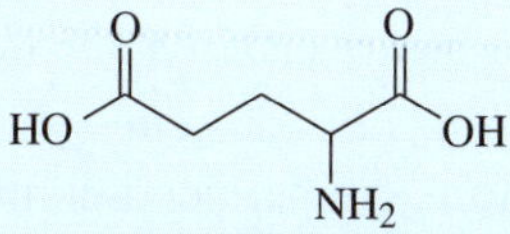

glu Acide glutamique

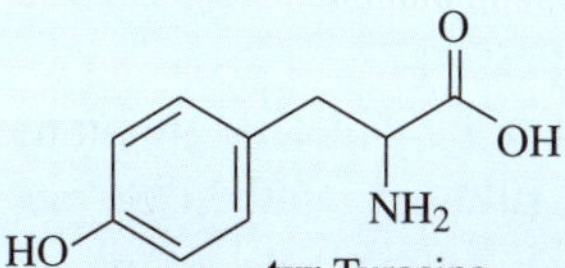

tyr Tyrosine

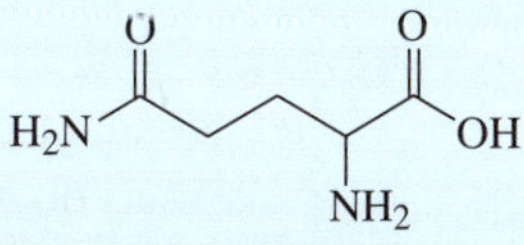

gln Glutamine

Partie A La liaison peptidique

Pour former une liaison peptidique, deux acides α-aminés AαA1 et AαA2 se lient par la réaction ci-après, R_1 et R_2 étant des groupes plus ou moins complexes selon l'acide aminé en jeu. Le nom du peptide formé est celui des deux acides aminés qui sont associés, dans l'ordre où ils s'écrivent dans la formule du peptide ci-après. Par exemple, si AαA1 est l'alanine et AαA2 la méthionine, le peptide ci-dessus s'appelle Ala-Met.

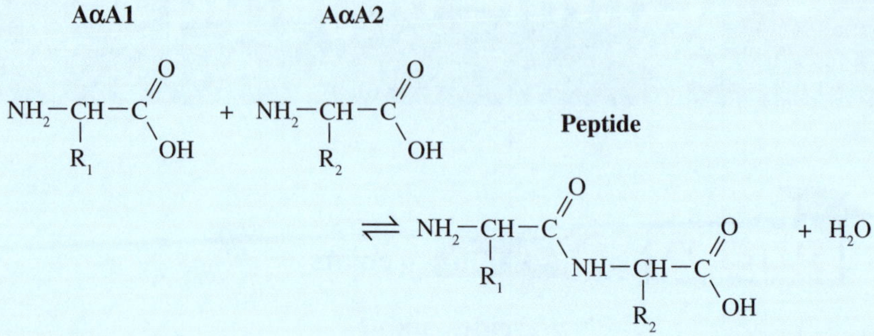

A.1. Quelles sont les fonctions présentes sur un acide aminé ? Représenter la formule semi-développée de la tyrosine et entourer les groupes fonctionnels. Que peut signifier le « α » ?

A.2. Écrire en formules semi-développées l'équation de formation du peptide Tyr-Gly et identifier le groupe fonctionnel qui forme la liaison peptidique.

A.3. Si l'on fait réagir sans précaution de la glycine et de la tyrosine, quels peptides sont susceptibles de se former ? Quelle stratégie employer pour synthétiser uniquement Tyr-Gly ? (On ne demande pas la nature des espèces à mettre en œuvre en dehors des acides aminés.)

A.4. Lors de cette synthèse, on utilise un Dean-Stark, dispositif de laboratoire qui permet d'éliminer l'eau du mélange réactionnel au fur et à mesure. Pourquoi ?

Partie B La glutamine

Acide aminé le plus abondant dans l'organisme, la glutamine participe à la régulation acido-basique du sang. Elle est synthétisée par l'organisme humain à partir de l'acide glutamique, autre acide aminé. L'enzyme qui permet d'accélérer cette conversion s'appelle la glutamine synthétase. La glutamine est particulièrement utilisée par les sportifs de haut niveau pour améliorer les performances physiques.

B.1. La glutamine est synthétisée au sein de l'organisme par la réaction de l'acide glutamique avec l'ammoniac NH_3. Écrire les formules semi-développées de ces deux acides aminés, puis l'équation associée à la synthèse de la glutamine dans l'organisme. À quelle catégorie de réaction appartient cette synthèse ? Quel est le rôle de la glutamine synthétase ?

B.2. La fixation d'une molécule d'ammoniac NH_3 sur l'acide glutamique peut conduire à un autre produit (B) que la glutamine (A). Donner la représentation topologique de ce produit B.

B.3. Afin d'identifier sans ambiguïté le produit de la synthèse, on réalise un spectre IR. Après avoir recensé les trois fonctions de la molécule de glutamine, donner trois arguments justifiant que le spectre IR proposé ci-dessous peut correspondre à celui de la glutamine.

B.4. Ce spectre suffit-il à lever l'ambiguïté entre A et B ? Proposer une autre méthode d'identification possible.

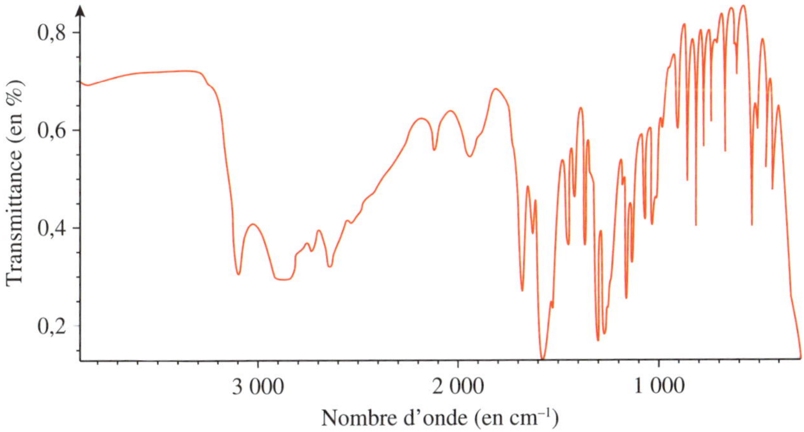

Données : Tableau simplifié des bandes d'absorption en spectroscopie IR :

Liaison	Nombre d'onde (cm^{-1})	Intensité
O–H alcool libre	3 500 – 3 700	forte, fine
O–H alcool lié	3 200 – 3 400	forte, large
O–H acide carboxylique	2 500 – 3 200	forte à moyenne, large
N–H amine	3 100 – 3 500	moyenne
N–H amide	3 100 – 3 500	forte
N–H amine ou amide	1 560 – 1 640	forte ou moyenne
C = O ester	1 700 – 1 740	forte
C = O amide	1 650 – 1 740	forte
C = O aldéhyde et cétone	1 650 – 1 730	forte
C = O acide	1 680 – 1 710	forte

Corrigé du sujet 17

Les textes sur fond jaune apparaissant dans ce corrigé sont des rappels de cours ou des commentaires pour vous guider et vous aider.

Partie A La liaison peptidique

A.1. [0,5 pt] Les acides aminés possèdent tous une **fonction acide carboxylique** (groupe carboxyle entouré en rouge) **et une fonction amine** (groupe amine entouré en bleu). Quel que soit l'acide α-aminé, ces deux groupes sont **sur le même carbone** (représenté par une * sur la formule semi-développée de la tyrosine ci-contre), ce qu'on nomme α.

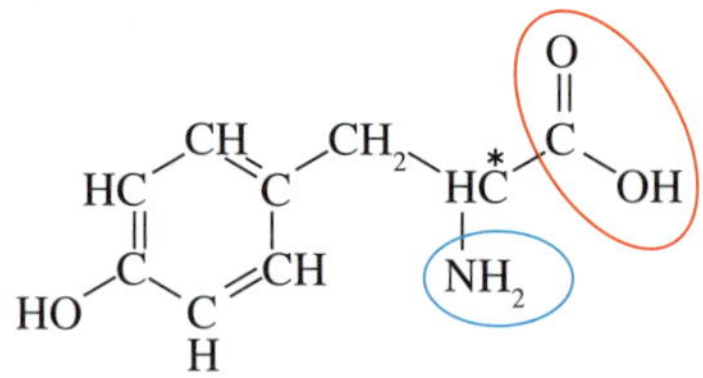

Sur ce carbone figure aussi un groupe plus ou moins complexe (ici $-CH_2-C_6H_4-OH$) qui dépend de l'acide α-aminé. Très simple dans la glycine (–H) il peut aussi contenir d'autres fonctions (amide par exemple), des cycles, voire un atome de soufre comme dans la méthionine.

A.2 [0,75 pt] Il suffit de remplacer les groupes R_1 et R_2 du modèle de l'énoncé par ceux correspondant aux acides aminés souhaités : R_1 = groupe CH_2–phénol (cycle benzénique avec groupe –OH) sur la tyrosine et R_2 = H sur la glycine, et de respecter l'ordre du modèle. D'où l'équation :

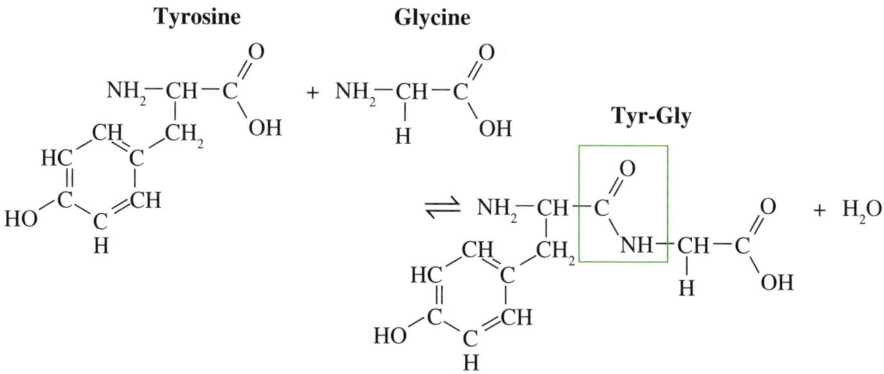

La liaison peptidique consiste donc en la formation d'un **groupe amide**, encadré en vert ci-dessus (on peut même préciser qu'il s'agit d'un amide secondaire, car il y a deux groupes différents de H sur le N du groupe amide).

A.3. [0,5 pt] On voit que la liaison peptidique se forme entre l'acide d'une molécule et l'amine d'une autre. Ainsi, on peut former 4 peptides Gly-Gly (acide d'une glycine et amine d'une autre glycine), Gly-Tyr (acide d'une glycine et amine d'une tyrosine), Tyr-Tyr (acide d'une tyrosine et amine d'une autre tyrosine) en plus de Tyr-Gly (acide d'une tyrosine et amine d'une glycine), comme souhaité. Pour obtenir uniquement le peptide souhaité, **il faut une stratégie de protection/déprotection** : protéger la fonction amine de la tyrosine et la fonction acide de la glycine, faire la réaction de formation du peptide, puis déprotéger les deux fonctions. La protection ① se fait en fixant un groupe spécifique sur la partie de la molécule qu'on ne souhaite pas voir réagir. La déprotection ③ consiste à retirer ce groupe une fois la réaction ② souhaitée effectuée.

Le bilan général du processus peut s'écrire comme suit pour deux acides aminés quelconques.

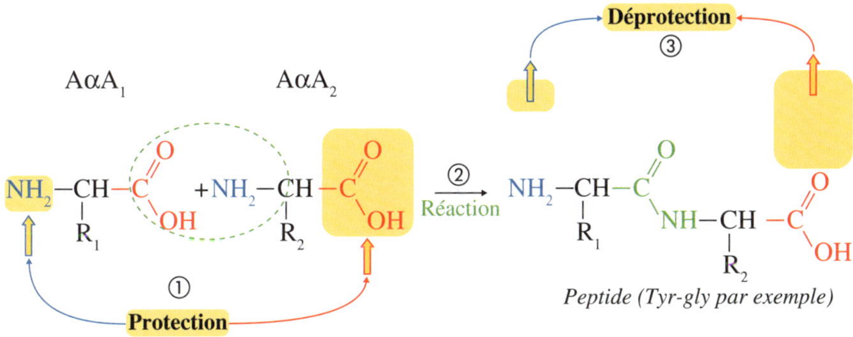

Peptide (Tyr-gly par exemple)

Décrit ainsi le processus semble enfantin ; dans la pratique, il n'est pas si aisé de fixer les groupes comme souhaité. On combine d'ailleurs la protection avec l'activation des groupes intéressants pour les « inciter » à réagir. En général, chaque étape de ces processus a un rendement inférieur à 90 %, ce qui fait qu'en les enchaînant, le rendement global diminue à chaque étape. Ces procédés sont donc adaptés à des petits peptides, mais si l'on veut de longues chaînes peptidiques, on aura recours à des procédés différents comme le procédé Merrifield (Nobel 1984) qui permet de fabriquer la chaîne voulue à l'aide d'un support polymère, un peu comme un assemblage de briques de lego alignées sur une plaque et qui « tiendraient » ensemble une fois la plaque retirée !

A.4. [0,5 pt] En éliminant un produit au fur et à mesure de sa formation, **on augmente le rendement de la réaction** car on empêche la réaction dans le sens opposé. On peut aussi raisonner sur le quotient de réaction Q_r. Supposons qu'il a atteint sa valeur d'équilibre $K(T)$. Si on diminue la concentration d'un produit, la valeur de Q_r diminue ; Q_r tend alors à augmenter pour retrouver la valeur d'équilibre, ce qui suppose la diminution de la concentration des réactifs (au dénominateur de l'expression de Q_r) et l'augmentation de celle des produits (au numérateur de l'expression de Q_r). Ainsi la quantité produite de l'espèce synthétisée augmente, et par suite le rendement de la réaction.

D'une façon générale, de nombreux systèmes physico-chimiques s'opposent aux variations qu'on essaie de leur imposer (l'inertie à une variation de vitesse par exemple). Ainsi, en éliminant un produit, on diminue sa concentration dans le milieu réactionnel, et le système réagit en en produisant davantage pour faire augmenter sa concentration.

Partie B La glutamine

B.1. [0,5 pt] En écrivant les formules semi-développées des molécules, on met en évidence la partie de la molécule qui est modifiée, on voit alors que **la réaction est une substitution** : le groupe –OH est remplacé par le groupe $-NH_2$; la molécule reste inchangée par ailleurs. La glutamine synthéase est une enzyme, c'est donc un **catalyseur de la réaction**, elle augmente la vitesse de la réaction (catalyse enzymatique).

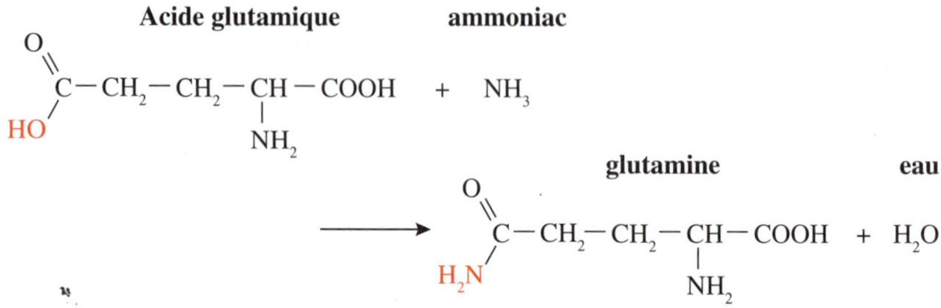

En dehors des réactions acide-base, il y a trois grandes catégories de réactions à identifier en chimie organique : la substitution, l'addition et l'élimination (voir exemples dans le sujet 16). Concernant la catalyse, il y a aussi trois catégories à connaître : la catalyse homogène dans laquelle le catalyseur est dans le même état physique que les réactifs (tous liquides par exemple), la catalyse hétérogène dans laquelle le catalyseur est dans un état différent (par exemple, solide dans une solution) et la catalyse enzymatique, spécifique du monde vivant, lorsque le catalyseur est une enzyme, comme ici.

B.2. [0,25 pt] La fixation du groupe $-NH_2$ se fait en remplacement d'un groupe –OH de l'acide, or il y a deux fonctions acides sur la molécule d'acide glutamique, l'ammoniac peut donc aussi se fixer sur cette autre partie et former la molécule B ci-contre qui est différente de la glutamine.

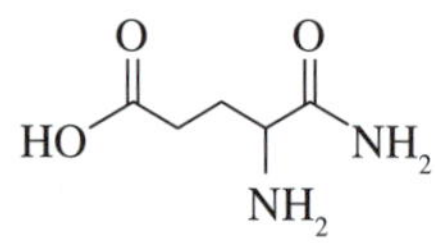

B

On notera que la fixation de l'ammoniac produit dans les deux cas une fonction amide.

B.3. [0,75 pt] On identifie des bandes remarquables du spectre. Parmi ces bandes, plusieurs peuvent être attribuées aux liaisons présentes dans la glutamine, qui contient une fonction acide, une fonction amine et une fonction amide, et certaines peuvent être cohérentes avec les données du tableau. Les possibilités envisageables figurent ci-dessous.

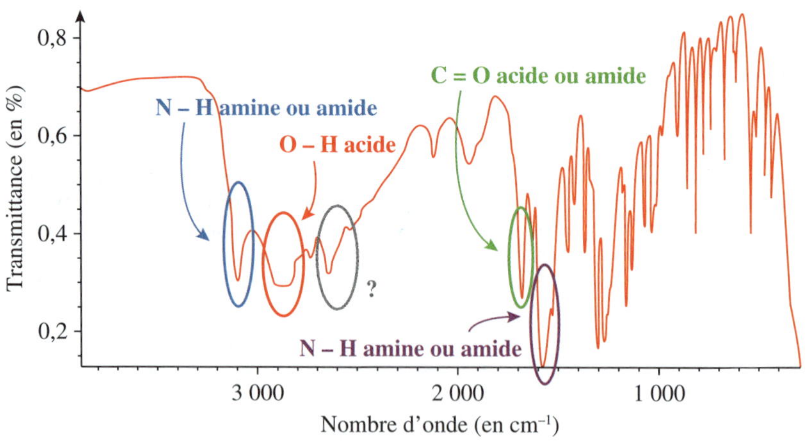

Ce spectre est complexe, la molécule également. D'après les tables, plusieurs bandes peuvent correspondre à plusieurs liaisons. Seul l'œil averti d'un spectroscopiste peut permettre une analyse pertinente complète en identifiant les formes et, avec les données disponibles, les nombreuses bandes dans la partie droite du spectre, ainsi que la bande non identifiable notée « ? ». À ce niveau, on se contentera de rechercher les liaisons remarquables et les possibilités correspondantes.

B.4. [0,25 pt] Ce spectre ne suffit pas car les deux molécules A et B possèdent strictement les mêmes fonctions, donc, sauf travail d'un spectroscopiste spécialisé, on n'identifie pas ce spectre comme étant celui de A, il pourrait convenir à B également. On pourra par exemple **mesurer sur un banc Kofler, la température de fusion du produit obtenu**, car elle diffère selon la molécule.

La température de fusion de la glutamine est de 185 °C, valeur parfaitement appropriée à l'utilisation du banc Kofler dont les températures s'étalent de 50° à 250 °C.

SUJET 18

1 h 10 min — 7 points

Quelques médicaments

Thèmes : *groupes fonctionnels, formules topologique et semi-développée, stratégie de synthèse, catégorie de réaction, rendement.*

Partie A Dérivés salicylés

L'acide salicylique et le salicylate de méthyle sont des principes actifs qui ont été isolés dans des plantes, traditionnellement utilisées contre la douleur. En trop faible quantité, pour être rentablement extraits de ces plantes, on les synthétise aussi au laboratoire. Les effets secondaires de ces molécules (en particulier les douleurs d'estomac) ont conduit à la mise au point de l'aspirine ou acide acétylsalicylique, uniquement synthétisé en laboratoire.

Données :

Nom	Formule brute	Masse molaire	Masse volumique
Acide salicylique	$C_7H_6O_3$	138 $g.mol^{-1}$	1,44 $g.mL^{-1}$
Salicylate de méthyle	$C_8H_8O_3$	152 $g.mol^{-1}$	1,17 $g.mL^{1}$
Acide acétylsalicylique	$C_9H_8O_4$	180 $g.mol^{-1}$	1,40 $g.mL^{-1}$
Méthanol	CH_4O	32 $g.mol^{-1}$	0,792 $g.mL^{-1}$

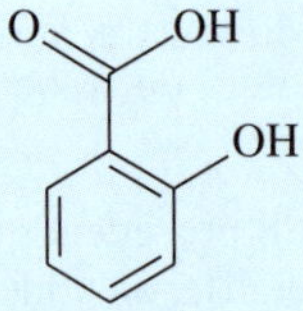

Acide salicylique

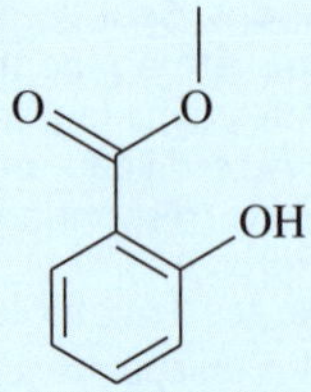

Salicylate de méthyle

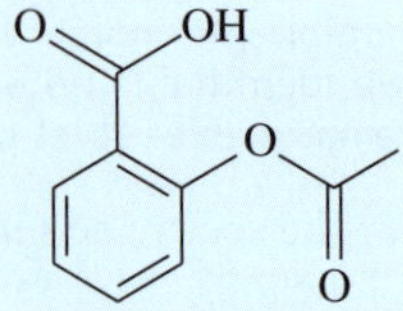

Acide acétylsalicylique

A.1. Parmi les trois molécules citées, indiquer si elles sont naturelles, synthétiques ou artificielles.

A.2. Donner leurs formules semi-développées puis entourer et nommer le(s) groupe(s) fonctionnel(s) de chacune. Préciser les familles chimiques correspondantes.

A.3. On peut synthétiser le salicylate de méthyle à partir de deux réactifs : l'acide salicylique et le méthanol. La réaction de synthèse produit une autre molécule, Identifier cette molécule en écrivant l'équation associée à la réaction. À quelle catégorie appartient cette réaction ?

A.4. Une synthèse est réalisée en laboratoire en introduisant 10,0 g d'acide salicylique et 10,0 mL de méthanol dans le milieu réactionnel. Déterminer le réactif limitant de la synthèse.

A.5. La masse de salicylate de méthyle obtenue après synthèse et purification est de 6,9 g. Déterminer le rendement expérimental de cette synthèse. Que peut-on en conclure si la réaction est terminée et qu'on a récupéré correctement tout le produit formé ?

Partie B L'acétanilide

L'acétanilide fut l'un des premiers fébrifuges (médicaments combattant la fièvre) synthétisé par l'industrie chimique à partir de l'aniline et du vinaigre (solution aqueuse d'acide éthanoïque). C'est un solide blanc. Actuellement, on réalise cette synthèse avec de l'anhydride éthanoïque, car contrairement à la précédente dont le rendement maximal est limité à 67 %, cette transformation est totale et s'effectue selon le protocole suivant :

Étape 1

- Dans un ballon rodé propre et sec, introduire 15 mL d'acide éthanoïque qui joue ici le rôle de solvant, 15,0 mL d'anhydride éthanoïque, 10,0 mL d'aniline et quelques grains de pierre ponce.
- Adapter sur le ballon rodé un réfrigérant à boules ; chauffer pendant environ 20 minutes.
- Arrêter le chauffage et verser immédiatement par le sommet du réfrigé-

rant 10 mL d'eau sans attendre le refroidissement en faisant attention aux vapeurs chaudes et acides.

• Lorsque l'ébullition cesse, ajouter 50 mL d'eau froide et agiter à température ambiante jusqu'à apparition des cristaux.

• Lorsque les premiers cristaux blancs apparaissent, ajouter 50 mL d'eau glacée et refroidir le ballon dans la glace jusqu'à cristallisation complète.

• Effectuer une filtration sous vide en rinçant à l'eau distillée froide.

Étape 2

• Dans un bécher, faire chauffer environ 50 mL d'eau ; y dissoudre la totalité du produit obtenu lors de l'étape 1 ; après dissolution, attendre la cristallisation.

• Effectuer une filtration sous vide.

• Placer le solide obtenu dans une coupelle préalablement pesée.

• Sécher à l'étuve à 90 °C.

Données :

Nom	Masse volumique ($kg.m^{-3}$)	Température de fusion	Masse molaire ($g. mol^{-1}$)	Solubilité dans l'eau chaude	Solubilité dans l'eau froide
Aniline	1 022	–6 °C	93,1	soluble	soluble
Anhydride éthanoïque	1 082	–73 °C	102,1	*	*
Acétanilide	1 219	114 °C	135,2	soluble	très peu soluble
Acide éthanoïque	1 049	16 °C	60,1	très soluble	très soluble

* L'anhydride éthanoïque réagit violemment avec l'eau à chaud et à froid.

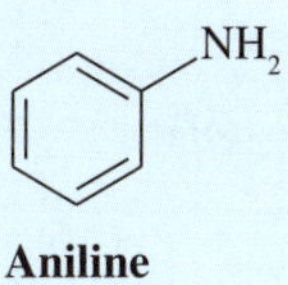

Aniline

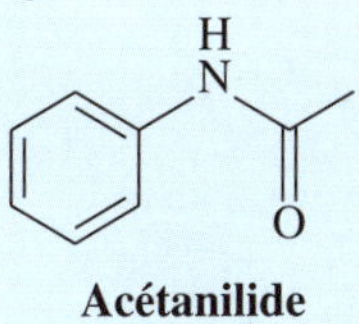

Acétanilide

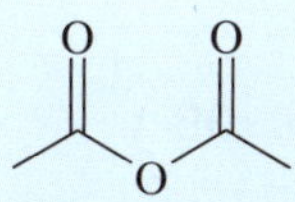

Anhydride éthanoïque

B.1. Donner leurs formules semi-développées, puis entourer et nommer les groupes fonctionnels de l'aniline et de l'acétanilide. Préciser les familles chimiques correspondantes. Donner la formule semi-développée de l'acide éthanoïque.

B.2. Faire un schéma annoté du montage à reflux. Préciser le sens de circulation de l'eau dans le réfrigérant. Pourquoi chauffer ? Pourquoi à reflux ? À quoi sert la pierre ponce ?

B.3. En utilisant les données ci-dessus, justifier l'apparition des cristaux blancs après refroidissement.

B.4. Quel est l'intérêt d'effectuer une filtration sous vide ?

B.5. Quel est le rôle de l'étape 2 ? Quelle technique y est employée ?

B.6. Écrire l'équation associée à la synthèse de l'acétanilide par réaction entre l'aniline et l'anhydride éthanoïque. Identifier le second produit formé (tous les coefficients stœchiométriques valent 1).

B.7. On réalise le protocole ci-dessus, la masse du produit obtenu est $m = 14{,}7$ g.

a) Quel est le réactif limitant ? Quelle masse maximale d'acétanilide peut-on espérer obtenir ?

b) Définir et calculer le rendement de cette synthèse. Commenter ce résultat.

Corrigé du sujet 18

Partie A Dérivés salicylés

A.1. [0,25 pt] L'acide salicylique et le salicylate de méthyle sont des molécules naturelles lorsqu'on les extrait des plantes, et synthétiques quand on les crée au laboratoire. L'acide acétylsalicylique n'existe pas à l'état naturel, c'est une molécule artificielle.

Il ne faut pas croire que la chimie de laboratoire est « mauvaise » et celle naturelle « bonne ». D'une part la molécule synthétique est strictement identique à la molécule naturelle, d'autre part dans le cas présent par exemple, la molécule artificielle est moins nocive tout en étant plus efficace que les molécules naturelles.

A.2. [0,75 pt] On identifie en rouge le **groupe carboxyle –COOH** des acides carboxyliques, en vert le **groupe ester –COO–** des esters, en bleu le **groupe hydroxyle –OH** des alcools.

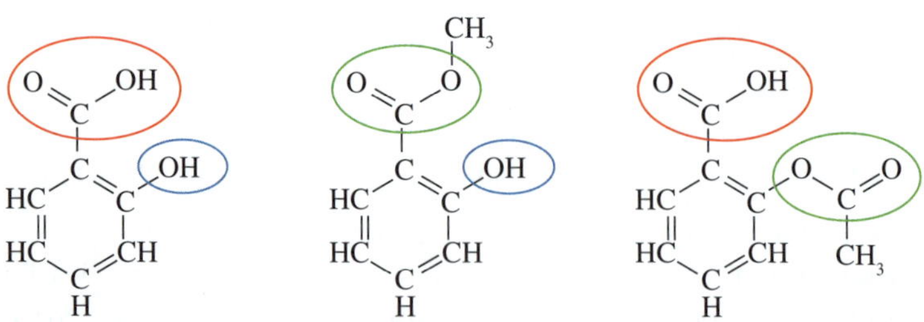

Acide salicylique **Salicylate de méthyle** **Acide acétylsalicylique**

En réalité, lorsque le groupe hydroxyle est sur un cycle benzénique comme ici, on appelle la fonction phénol et non alcool. Le passage de la formule topologique à l'écriture semi-développée se fait toujours dans le même ordre :

1) identifier tous les « traits » (simples ou multiples) sans groupes particuliers et en déduire la chaîne carbonée ramifiée ou non, cyclique ou non. Attention, si aucun atome n'est noté, il y a un carbone au bout de chaque « trait » ;
2) placer les groupes caractéristiques (OH, C=O ...) ;
3) ajouter les hydrogènes sur les carbones en respectant la tétravalence.
Notons que les formules brutes données dans le tableau de l'énoncé permettent de vérifier qu'on n'a rien oublié !

A.3. [0,5 pt] On écrit l'équation en mettant en évidence les parties de la molécule qui sont modifiées. Le méthanol est un alcool (-ol) à un seul carbone (méth). Sa formule est donc CH_3–OH. On constate qu'un groupe méthyl –CH_3 a remplacé un –H, c'est donc **une réaction de substitution.**

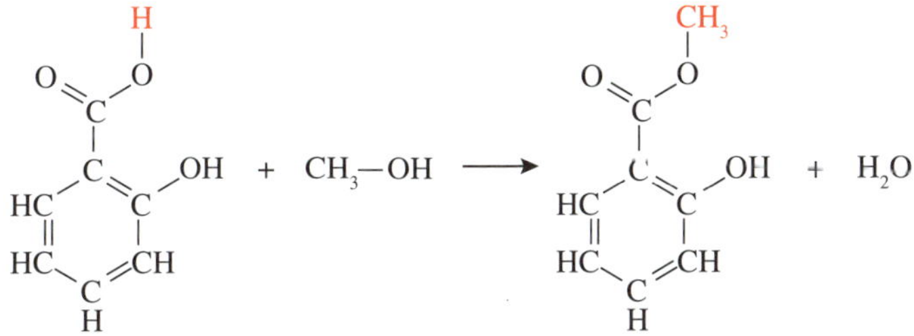

Acide salicylique **Méthanol** **Salicylate de méthyle** **Eau**

La question de catégorie de réaction est classique, il faut choisir entre substitution, addition et élimination (voir le sujet suivant pour ces deux dernières). Il suffit en général d'écrire les équations en mettant en évidence la partie modifiée de la molécule pour trancher sans ambiguïté possible entre ces trois possibilités.

A.4. [0,5 pt] On calcule dans un premier temps les quantités de matière :

$$n_i(AS) = \frac{m(AS)}{M(AS)} = \frac{10,0}{138} = 7,25 \times 10^{-2} \text{ mol}$$

et $$n_i(\text{meth}) = \frac{m(\text{meth})}{M(\text{meth})} = \frac{\rho(\text{meth}) \times V(\text{meth})}{M(\text{meth})} = \frac{0,792 \times 10,0}{32} = 0,25 \text{ mol}$$

D'après l'équation de la réaction, 1 mol de méthanol réagit avec 1 mol d'acide, on a donc un large excès de méthanol. **L'acide est donc le réactif limitant**.

Cet excès permet d'augmenter le rendement. Par ailleurs, on sera vigilant sur les données, et notamment sur leurs unités. Ici, bien que n'ayant pas les unités internationales, elles sont « gentilles » car cohérentes entre elles et ne nécessitent pas de conversion.

A.5. [1 pt] D'après l'équation de la réaction, si la transformation est totale, on forme :

$$n(SM)_{\text{max formé}} = n(AS)_i = 7,25 \times 10^{-2} \text{ mol}$$

Soit une masse de salicylate de méthyle maximale théorique de :

$$m(SM)_{\text{max}} = n(SM)_{\text{max formé}} \times M(SM) = 7,25 \times 10^{-2} \times 152 = 11,0 \text{ g}$$

Le rendement est donc :

$$\boldsymbol{r} = \frac{\boldsymbol{m(SM)_{exp}}}{\boldsymbol{m(SM)_{max}}} = \frac{6,9}{11,0} = \mathbf{0,63 = 63\ \%}$$

La matière

Le rendement est nettement inférieur à 100 %, on en déduit, puisque la réaction est terminée et qu'on a récupéré tout le produit, que **la transformation mise en jeu est non totale**.

Ce rendement est habituel pour une estérification (action d'un alcool sur un acide pour former un ester) à partir d'un alcool primaire. Cette transformation est en effet non totale, car la réaction opposée qui a lieu en même temps, l'hydrolyse de l'ester, conduit à un équilibre chimique.

Partie B L'acétanilide

B.1. [0,5 pt] L'aniline contient un groupe amine (en vert) et l'acétanilide un groupe amide (en bleu). **L'aniline est une amine** (primaire), **l'acétanilide est un amide** (secondaire). **L'acide éthanoïque a pour formule CH_3–COOH.**

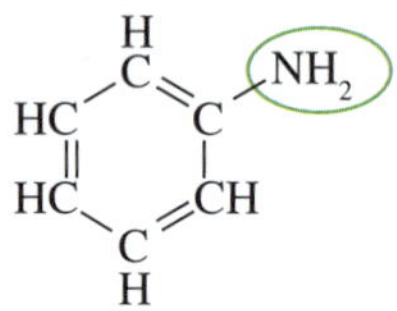

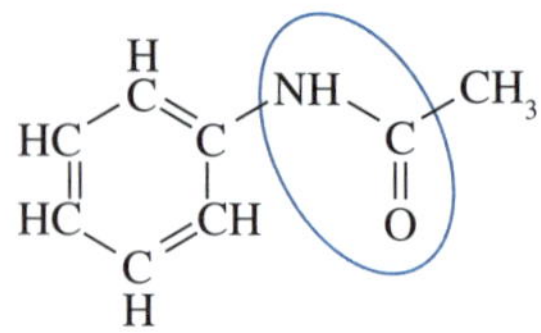

B.2. [0,25 pt] Le chauffage permet d'augmenter la vitesse de la réaction (la température est un facteur cinétique). Le montage à reflux (schéma ci-contre) qui génère la liquéfaction des vapeurs, permet de ne pas perdre de réactifs ou de produits dans le mélange réactionnel. La pierre ponce assure l'agitation et régule l'ébullition du mélange réactionnel.

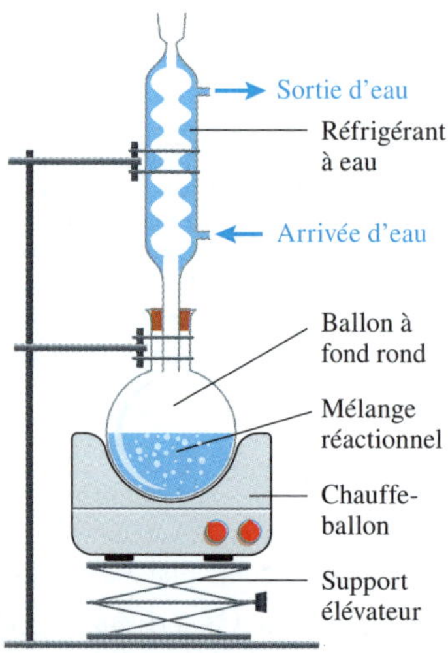

B.3. [0,5 pt] Pendant le chauffage, les espèces sont liquides, mais en refroidissant, **l'acétanilide cristallise car il se solidifie en dessous de 114 °C (solide blanc)**, contrairement aux autres espèces qui restent liquides, en raison de leurs différentes températures de fusion inférieures à la température ambiante (voir tableau de données).

B.4. [0,25 pt] S'il n'y a « plus » d'air à l'intérieur de la fiole à vide, la force pressante de l'air externe va pousser fortement le liquide qui va descendre rapidement dans la fiole, le résidu solide sera vite extrait et sera plus « sec » qu'avec une filtration simple.

B.5. [0,5 pt] L'étape 2 est une étape de **purification du produit par recristallisation.**

Principe de la recristallisation : la solubilité augmente avec la température du solvant ou diminue avec elle. En chauffant, produit et impuretés se dissolvent. Le solvant est mis en quantité juste suffisante pour atteindre une concentration maximale en corps pur dissous ; il n'est pas à saturation en impuretés, car elles sont très minoritaires : donc elles restent dissoutes dans le solvant lors du refroidissement mais pas le produit recherché, le produit solide est alors plus pur.

B.6. [0,5 pt] L'équation est la suivante :

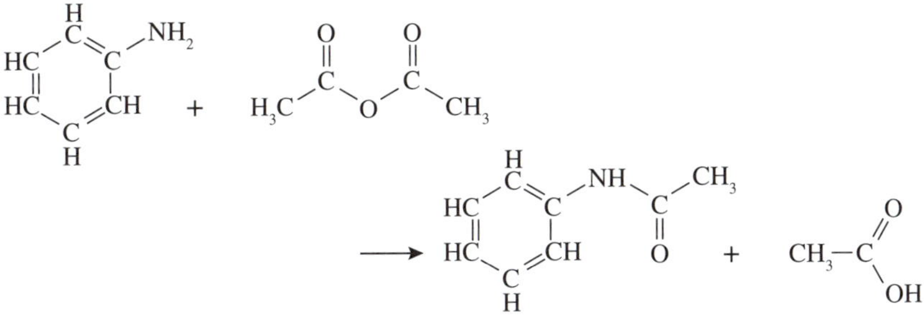

que l'on peut aussi écrire :

$$C_6H_5–NH_2 + CH_3–(CO)O(CO)–CH_3 \longrightarrow C_6H_5–NH–CO–CH_3 + CH_3COOH$$

ou également :

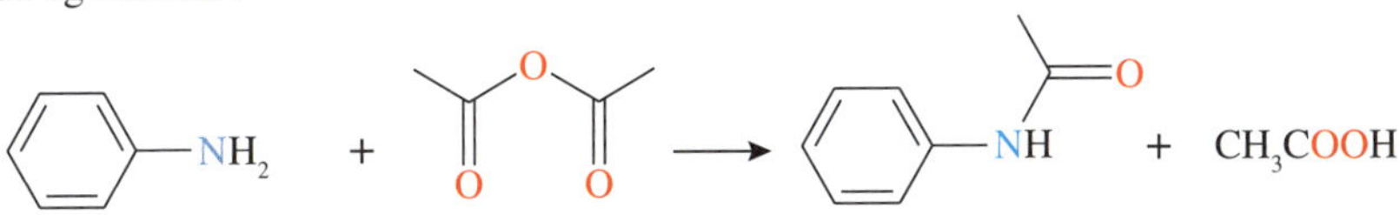

Aniline **Anhydride éthanoïque** **Acétanilide** **Acide éthanoïque**

Le second produit est l'acide éthanoïque.

On peut, si on ne voit pas bien la stœchiométrie ou la réaction, écrire l'équation en formule semi-développée ou topologique, voire en mixant les deux, le cycle étant plus commode en topologique. Il est également toujours possible de « tourner » les représentations des molécules pour y voir plus clair. Par ailleurs, même si on n'arrive pas à écrire cette équation, on peut continuer l'exercice car seule la stœchiométrie (qui est donnée) suffit pour les calculs qui suivent. L'acide éthanoïque fait partie des formules à connaître.

B.7. a) [0,5 pt] On calcule dans un premier temps les quantités de matière :

$$n_i(\text{an}) = \frac{m(\text{an})}{M(\text{an})} = \frac{\rho(\text{an}) \times V(\text{an})}{M(\text{an})} = \frac{1\,022 \times 10{,}0 \times 10^{-3}}{93{,}1} = 0{,}110 \text{ mol}$$

et $$n_i(\text{AE}) = \frac{m(\text{AE})}{M(\text{AE})} = \frac{\rho(\text{AE}) \times V(\text{AE})}{M(\text{AE})} = \frac{1\,082 \times 15{,}0 \times 10^{-3}}{102{,}1} = 0{,}159 \text{ mol}$$

D'après l'équation de la réaction, 1 mol d'aniline réagit avec 1 mol d'anhydride éthanoïque, on a donc un excès de ce dernier. On déduit que **l'aniline est le réactif limitant**.

Ici, les données sont dans les unités habituelles des grandeurs (et non « gentilles »). On a plusieurs possibilités :

1) On ramène tout aux unités internationales (kg, m^3 et mol) et dans ce cas on écrira par exemple $\frac{\rho(\text{an}) \times V(\text{an})}{M(\text{an})} = \frac{1\,022 \times 10{,}0 \times 10^{-6}}{93{,}1 \times 10^{-3}}$

2) On remarque que l'unité $kg.m^{-3}$ est équivalente à $g.dm^{-3}$ ou $g.L^{-1}$, ce qui ne nécessite plus alors que la conversion du volume en L, comme exploité dans le calcul présenté.

b) [1 pt] D'après l'équation de la réaction, si elle est totale, on forme :

$$n(\text{AC})_{\text{max formé}} = n(\text{an})_{\text{i}} = 0{,}110 \text{ mol}$$

Soit une masse d'acétanilide maximale théorique de :

$$\boldsymbol{m}(\textbf{AC})_{\textbf{max}} = \boldsymbol{n}(\textbf{AC})_{\textbf{max formé}} \times \boldsymbol{M}(\textbf{AC}) = 0{,}110 \times 135{,}2 = \mathbf{14{,}9\ g}$$

Le rendement est le rapport de la masse obtenue sur la masse maximale que l'on pourrait obtenir si la réaction était totale, donc :

$$r = \frac{\boldsymbol{m}(\textbf{AC})_{\textbf{exp}}}{\boldsymbol{m}(\textbf{AC})_{\textbf{max}}} = \frac{14{,}7}{14{,}9} = \mathbf{0{,}987} = \mathbf{98{,}7\ \%}$$

Avec une telle valeur, on peut penser que **la transformation est bien totale** comme indiqué dans l'énoncé, l'écart à 100 % résultant des pertes de produits dans la mise en œuvre du protocole expérimental.

SUJET 19

1 h 30 min 8,5 points

Hydrocarbures

Thèmes : *groupes fonctionnels, formules topologique et semi-développée, stratégie de synthèse, polymère, CCM.*

Beaucoup d'hydrocarbures sont à la base des synthèses en chimie. Ils permettent de fabriquer d'innombrables substances dans la plupart des domaines : cosmétiques, médicaments, solvants, peintures, colles, vernis, plastiques, etc. La plus grande partie de ces hydrocarbures est obtenue à partir de dérivés du pétrole. Mais pas tous !

Partie A Styrène et polystyrène

Le polystyrène et le polystyrène expansé sont des matériaux fréquemment utilisés dans le domaine de l'isolation et de l'emballage. Ces polymères sont synthétisés à partir d'une même molécule, le styrène. Le styrène est disponible auprès des fournisseurs spécialisés sous la forme d'un liquide commercialisé pur ou dilué dans un solvant spécifique, dont un exemple est reproduit page suivante.

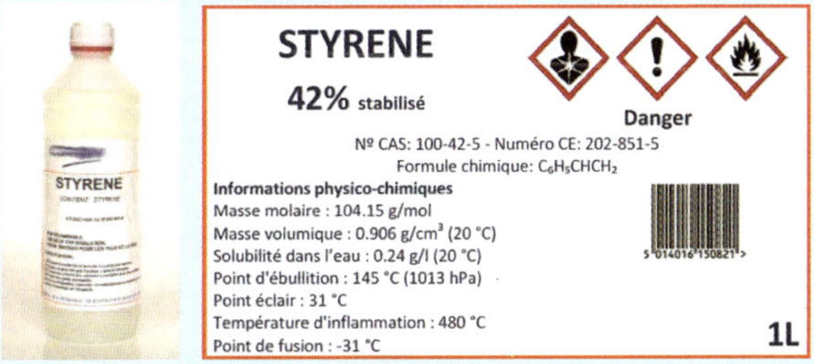

Le styrène fut célébré par Raymond Queneau dans un poème en alexandrins intitulé « Le chant du styrène » dont un extrait est reproduit ci-dessous :

Le styrène est produit en grande quantité
À partir de l'éthylbenzène surchauffé.
Faut un catalyseur comme cela se nomme
Oxyde ou bien de zinc ou bien de magnésium.

La voie de synthèse du styrène, évoquée dans le poème, est la déshydrogénation de l'éthylbenzène, produit issu de la pétrochimie. Cette transformation peut être modélisée par la réaction chimique dont l'équation s'écrit :

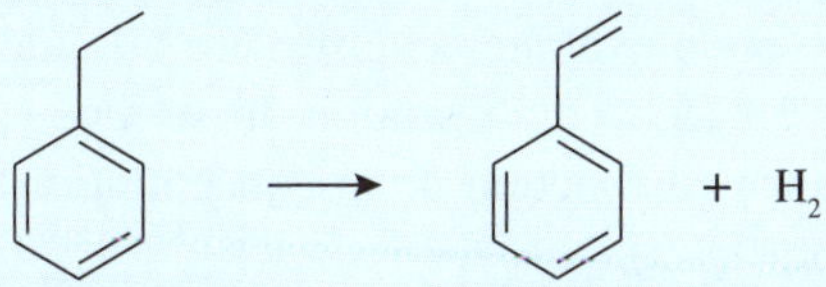

Éthylbenzène **Styrène**

Données : éthylbenzène : température de fusion = –95 °C ; température d'ébullition = 136 °C ; température de fusion des oxydes de zinc : 1 975 °C.

A.1. La réaction de synthèse du styrène à partir de l'éthylbenzène correspond-elle à une modification de chaîne ou à une modification de groupe caractéristique ? Parmi les trois grandes catégories de réactions en chimie organique, déterminer à quelle catégorie appartient cette réaction.

A.2. Le poème indique que cette transformation chimique nécessite l'emploi de catalyseurs. Définir ce terme et déterminer à l'aide des données si, ici, la catalyse est homogène, hétérogène ou enzymatique.

A.3. À partir du styrène on fabrique le polystyrène. Une première étape peut s'écrire :

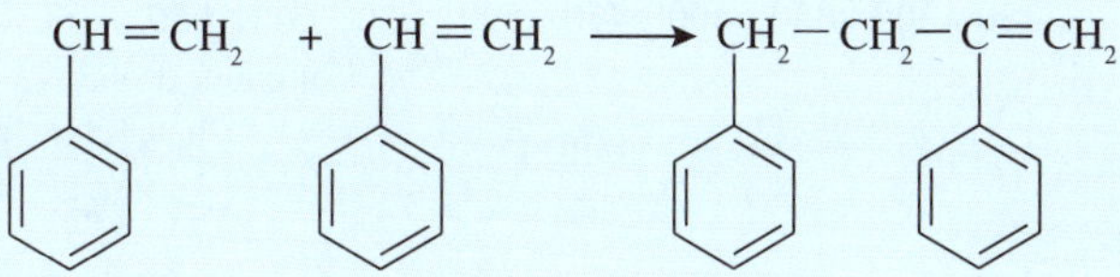

De quelle catégorie de réaction s'agit-il ?

A.4. En répétant un grand nombre de fois cette réaction, on obtient l'équation globale de fabrication du polystyrène :

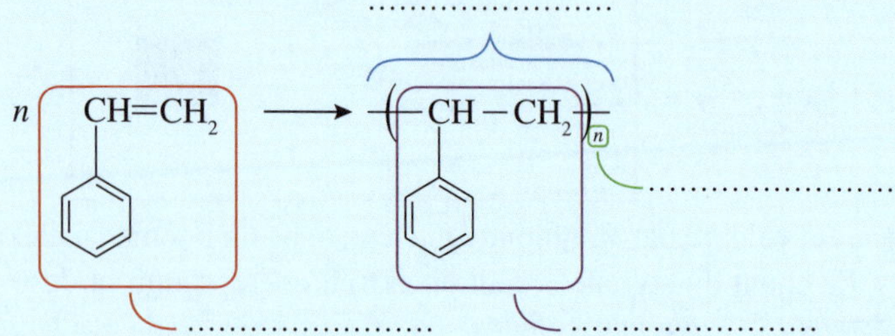

Légender cette équation en complétant la figure ci-dessus.

A.5. Compte tenu des difficultés qui peuvent être rencontrées lors de la conservation du styrène, susceptible de polymériser spontanément à la lumière, il est recommandé de déterminer sa concentration avant de l'utiliser. On réalise pour cela une mesure d'absorbance du styrène à l'aide d'un spectrophotomètre et on exploite cette mesure à l'aide des graphes fournis par le fabricant : le spectre d'absorption du styrène (fig. 1) et une courbe donnant l'absorbance en fonction de la concentration du styrène dans une solution de solvant (fig. 2).

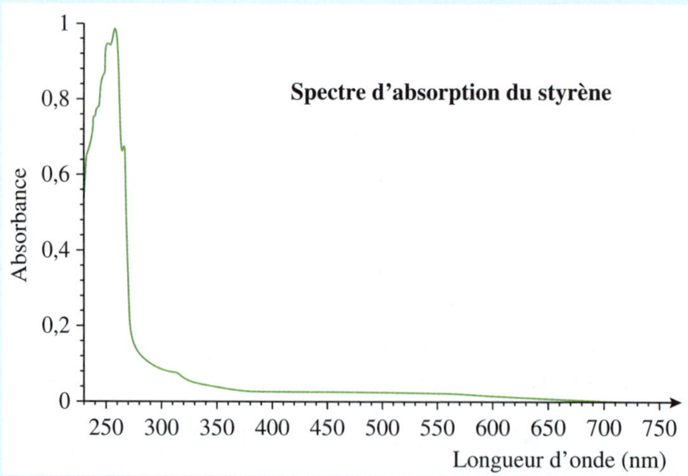

fig. 1

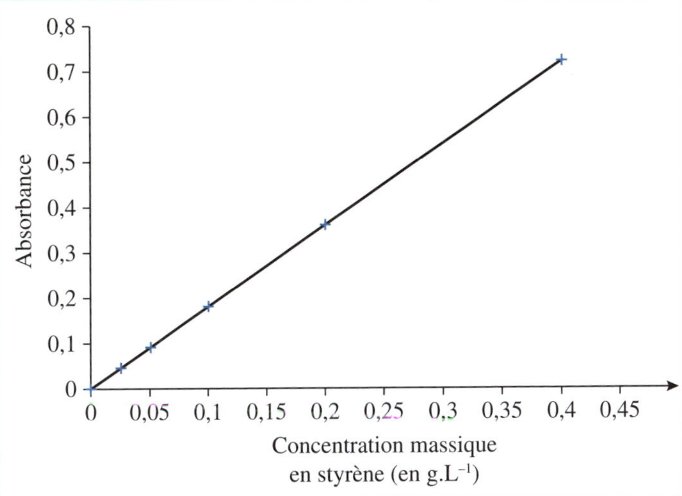

fig. 2

a) À quelle longueur d'onde la mesure d'absorbance devra-t-elle être réalisée ? Dans quel domaine les ondes se trouvent-elles ? Quelle est la couleur du styrène ?

b) Que peut-on conclure d'après le graphe de la fig. 2 ? Nommer la loi vérifiée par le styrène.

c) On prélève alors une masse m = 10 mg de résine dans le flacon du produit commercial étudié. Puis, dans le même solvant que celui utilisé pour obtenir le graphe, on dissout ce prélèvement pour former une solution de volume 50,0 mL. La mesure de l'absorbance de l'échantillon obtenu conduit à une valeur de 0,15. Déterminer si le styrène s'est bien conservé.

Partie B Huiles essentielles

Les huiles essentielles sont des mélanges de composés organiques peu solubles dans l'eau qui confèrent aux plantes et aux fruits leur odeur. L'écorce de nombreux agrumes contient du limonène et du citral dont les formules semi-développées figurent ci-dessous. L'huile essentielle est extraite par hydrodistillation. Elle est ensuite isolée par une technique appropriée. Les composés principaux de l'huile sont identifiés par chromatographie.

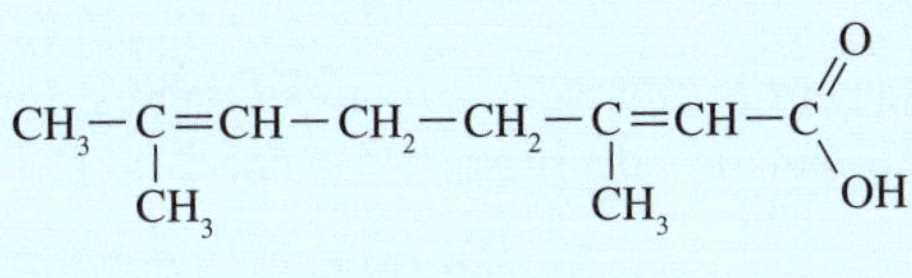

Citral

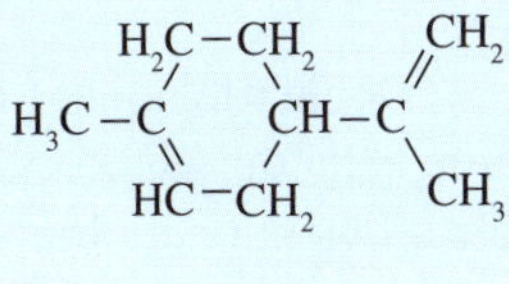

Limonène

Un protocole d'obtention du limonène est décrit ci-dessous :

Étape 1

• Prélever le zeste de deux oranges, les mixer et les introduire dans un ballon avec de l'eau distillée.

• Réaliser le montage d'hydrodistillation et porter à ébullition.

• Recueillir le distillat dans une éprouvette graduée.

Étape 2

• Verser le distillat dans un verre à pied.

• Ajouter un peu d'une solution saturée de chlorure de sodium et agiter.

Étape 3

• Verser dans une ampoule à décanter.

• Introduire quelques millilitres de dichlorométhane dans l'ampoule, agiter en purgeant régulièrement.

• Laisser décanter et récupérer la phase organique.

• Introduire dans la phase organique une spatule de sulfate de magnésium anhydre.

Nom courant	**Masse molaire ($g \cdot mol^{-1}$)**	**Densité**	**Solubilité * (g pour 100 mL)**				
			Dans l'eau	**Dans l'eau salée**	**Dans l'éther**	**Dans le cyclohexane**	**Dans le dichlorométhane**
Limonène	136,2	0,842	**tps**	**i**	∞	∞	∞
Citral	152,2	0,888	**tps**	**i**	∞	∞	∞
Eau salée		1,1					
Dichloro-méthane	85,0	1,30					

***tps** : très peu soluble ; **i** : insoluble ; ∞ : soluble en toutes proportions.

B.1. Écrire la formule topologique du limonène et du citral. Ces espèces sont-elles des hydrocarbures ? Sont-elles issues de la pétrochimie ?

B.2. Identifier le groupe fonctionnel du citral en l'entourant sur une représentation de la molécule et en déduire la famille chimique de ce composé. Justifier son nom dans la nomenclature officielle : 3,7-diméthyloct-2,6-diènal.

B.3. Ces composés sont-ils saturés ou insaturés ? linéaires, ramifiés ou cycliques ?

B.4. a) Donner le nom et l'utilité des trois montages proposés ci-après. En déduire celui qui est adapté à la manipulation décrite dans l'étape 1 du protocole d'obtention du limonène.

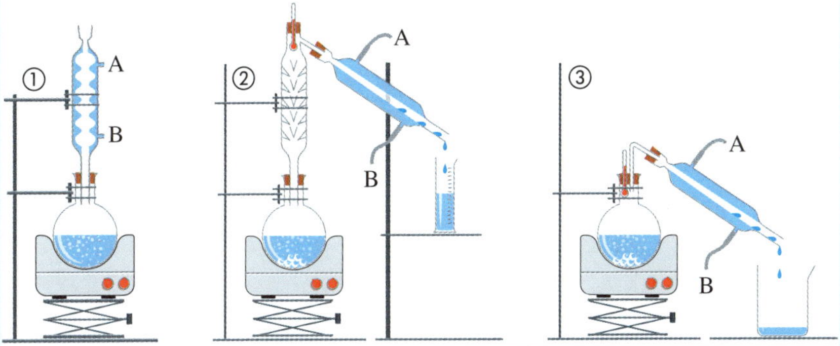

b) Indiquer le sens de circulation de l'eau dans le réfrigérant sur le montage qui a été choisi.

c) Représenter l'ampoule à décanter en justifiant les positions respectives des deux phases. Préciser, en le justifiant, la phase dans laquelle se trouve majoritairement l'huile essentielle.

d) Quel est le rôle du sulfate de magnésium anhydre ?

B.5. Afin d'identifier les constituants de l'huile extraite, on réalise une chromatographie sur couche mince (CCM). L'éluant est un mélange de cyclohexane et d'éther. On dépose trois échantillons : limonène L du commerce, huile essentielle H obtenue par le protocole ci-dessus et citral C du commerce. Le chromatogramme obtenu figure ci-contre.

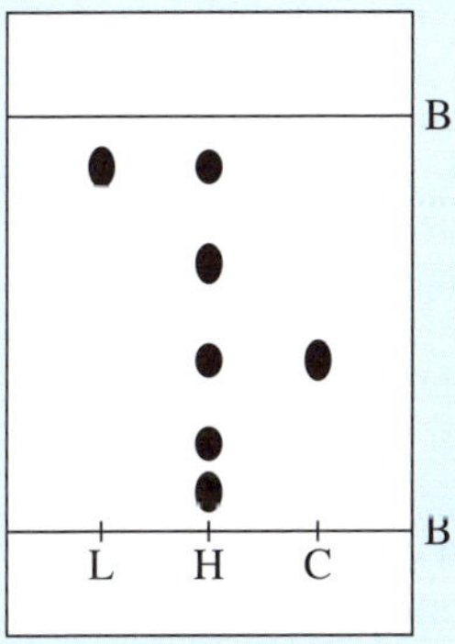

a) Que matérialisent les deux traits situés en haut et en bas du chromatogramme et repérés par les lettres A et B ?

b) Décrire le protocole qui a permis d'obtenir ce chromatogramme. On pourra s'aider de schémas.

c) Interpréter ce chromatogramme.

Corrigé du sujet 19

Partie A Styrène et polystyrène

A.1. [0,5 pt] Une liaison simple a été transformée en liaison double, la structure de la chaîne s'en trouve modifiée, il y a donc modification de chaîne. Il est par ailleurs facile de mettre en évidence qu'il s'agit d'une **réaction d'élimination (de H_2)**.

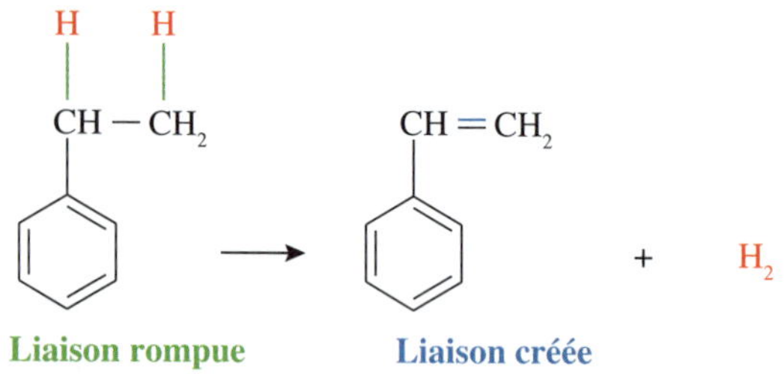

Dans une réaction d'élimination, deux liaisons simples existant sur deux atomes liés sont rompues, de sorte qu'une liaison multiple se crée entre les deux atomes.

A.2. [0,5 pt] Un catalyseur est une substance qui accélère la réaction. Il intervient dans le mécanisme mais pas dans l'équation car il est consommé pendant la synthèse mais il est régénéré ensuite. On élimine ici à l'évidence la catalyse enzymatique qui ne se produit que dans les organismes vivants. La température est élevée (« surchauffé ») on peut en déduire au vu des températures de changement d'état des corps que l'éthylbenzène est gazeux (ou éventuellement liquide), il en est de même pour le styrène formé. Par ailleurs, on ne dépasse certainement pas la température d'inflammation du styrène (480 °C). Or la température de fusion du catalyseur est supérieure à 1 000 °C, il est donc à l'état solide. Par conséquent, que les espèces de la réaction soient gazeuses ou liquides, le catalyseur solide est dans un état physique différent ; **la catalyse est donc hétérogène**.

A.3. [0,25 pt] Une des liaisons d'une liaison multiple (de la première molécule) a été brisée et deux autres liaisons simples se sont créées permettant à deux groupes (d'une part –H et d'autre part $-C(C_6H_5)=CH_2$) de s'ajouter à la molécule initiale ; il s'agit donc **d'une réaction d'addition.**

L'addition peut être considéré comme le « contraire » de l'élimination.

A.4. [0,5 pt] Il s'agit de l'équation d'une polymérisation :

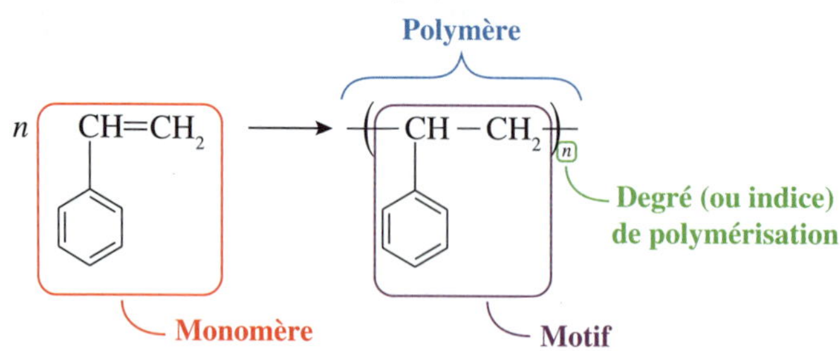

A.5. a) [0,5 pt] La précision des mesures d'absorbance est meilleure à proximité du maximum d'absorption de l'espèce étudiée. On réglera donc ici le spectrophotomètre **de préférence à 260 nm, longueur d'onde se situant dans les UV**. Le styrène n'absorbe pas dans le visible**, il est donc incolore (liquide transparent).**

b) [0,25 pt] La courbe est une droite qui passe par l'origine, l'absorbance est donc proportionnelle à la concentration du styrène, qui suit donc **la loi de Beer-Lambert.**

c) [1 pt] La concentration massique en styrène du produit dosé (par étalonnage) se lit sur la courbe $C_{mes} = 0{,}082$ g.L^{-1} pour une absorbance de 0,15. Le pourcentage dans le flacon de produit (résine) est un pourcentage massique qui vaut donc :

$$p = \frac{m_{\text{styrène}}}{m_{\text{produit}}}$$

Or la masse de styrène du prélèvement est dosée dans un volume $V_P = 50$ mL, donc :

$$m_{\text{styrène}} = C_{mes} \times V_P$$

Et la masse du produit est la masse $m = 10$ mg du prélèvement. D'où :

$$\boldsymbol{p} = \frac{\boldsymbol{C_{mes} \times V_P}}{\boldsymbol{m}} = \frac{0{,}082 \times 50{,}0 \times 10^{-3}}{10 \times 10^{-3}} = \mathbf{0{,}41 = 41\ \%}$$

La valeur mesurée est très proche du pourcentage affiché, **le styrène est bien conservé**.

Partie B Huiles essentielles

B.1. [0,5 pt] Les formules figurent ci-dessous. Un hydrocarbure est une espèce ne contenant que des atomes de carbone et d'hydrogène, ce qui est le cas du limonène qui est donc un hydrocarbure. Ces espèces ne sont pas issues de la pétrochimie mais extraites des plantes.

Limonène

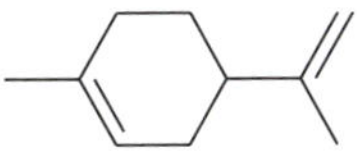

Citral

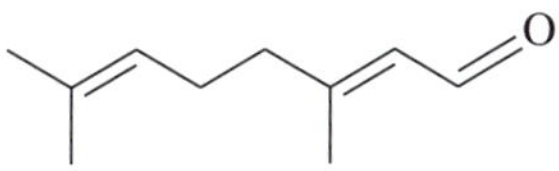

Pour écrire une formule topologique, il faut dans l'ordre :
1) représenter le squelette carboné de la chaîne principale avec des traits correspondant au nombre de carbones présents (attention de ne pas en mettre un de trop !) en n'oubliant pas de noter les éventuelles liaisons multiples ;
2) ajouter les traits correspondant aux éventuelles ramifications C–C sur la chaîne principale ;
3) placer les groupes caractéristiques (OH, C=O ...).

B.2. [0,5 pt] Il s'agit d'un groupe carbonyle en bout de chaîne, **le citral est donc un aldéhyde.** Sa terminaison est donc « al » en nomenclature, et la chaîne carbonée est numérotée 1 à partir de cette fonction. La chaîne possède 8 carbones (*oct*) avec deux doubles liaisons C=C en position 2 et 6 (*2,6-dièn*) et deux groupes méthyl -CH_3 en positions 3 et 7 (*3,7-diméthyl*). D'où le nom complet de 3,7-diméthyloct-2,6-diènal.

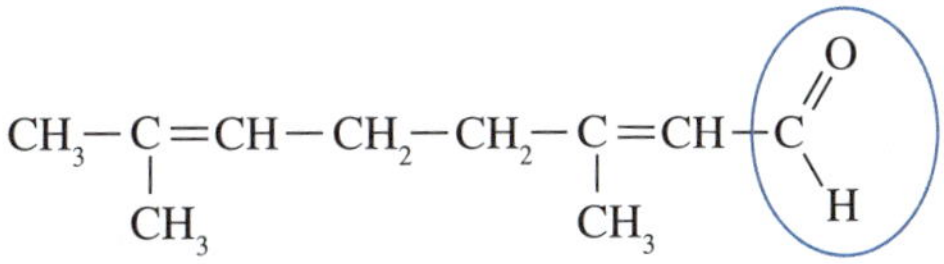

3. [0,25 pt] Les composés possèdent des liaisons multiples, **ils sont donc insaturés**. Le citral est un composé non cyclique à chaîne ramifiée, le limonène est un composé cyclique et ramifié.

4. a) [0,5 pt] Les montages sont respectivement ① un montage à reflux ② un montage à distillation fractionnée (colonne de Vigreux) et ③ un montage d'hydrodistillation. **C'est ce dernier qui convient ici.**

b) [0,25 pt] L'eau doit rentrer par B et sortir par A.

> Ce sens est valable sur les trois montages.

c) [1 pt] Le dichlorométhane est plus dense que l'eau, la phase organique est donc en dessous de la phase aqueuse. L'huile essentielle étant très peu soluble dans l'eau mais très soluble dans les solvants organiques, **elle se trouve majoritairement dans la phase organique (en bas).**

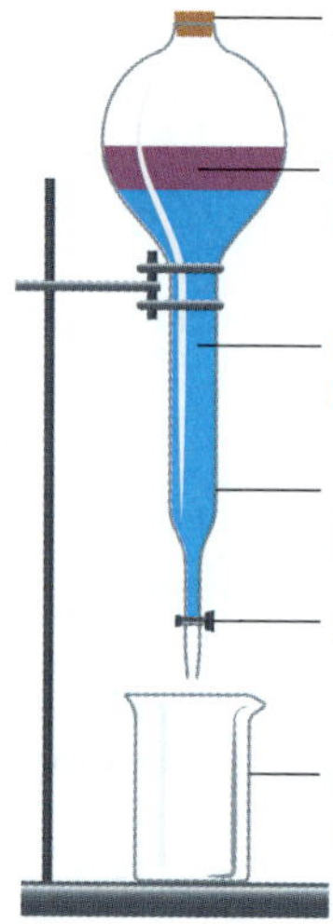

d) [0,25 pt] Le sel anhydre attire les traces d'eau qui se trouveraient encore dans la phase organique recueillie, on dit **qu'il sert à « sécher » la phase organique**

B.5. a) [0,5 pt] Les traits représentent en **B la ligne de dépôt** (où l'on dépose les gouttes d'échantillon), et la ligne **A est le front de l'éluant**, hauteur à laquelle est monté l'éluant qui a entraîné les espèces dans les échantillons.

b) [0,75 pt] Le protocole de la CCM est le suivant :

- placer un fond d'éluant (spécifique de l'analyse à réaliser) dans un récipient à couvercle (cuve à élution) ;
- tracer un trait horizontal (ligne de dépôt) sur la plaque de CCM ;
- déposer une goutte de chaque liquide sur la ligne de base ;
- placer verticalement la plaque dans la cuve, de sorte que la ligne de base soit au-dessus de l'éluant ;
- replacer le couvercle, et laisser monter l'éluant (par capillarité) sur la plaque ;
- stopper l'élution avant que le niveau de l'éluant n'atteigne le haut de la plaque ;
- observer la position des taches qui ont migré avec l'éluant (éventuellement avec un révélateur ou aux UV).

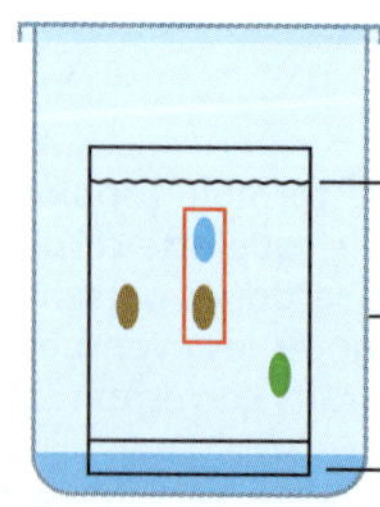

c) [0,5 pt] Le chromatogramme montre que l'huile essentielle a une tache au niveau de celle du citral pur et une autre au niveau de celle du limonène pur. **L'huile contient donc ces deux substances**. Elle contient aussi au moins trois autres substances qui ne sont pas identifiées par la CCM.

5 Cinématique et dynamique du point

SUJET 20 1 h 10 min 7 points

Les lois de Newton

Thèmes : *vecteurs vitesse et accélération, première et deuxième lois de Newton.*

Un objet de masse $m = 3{,}80 \times 10^{-3}$ kg, de volume $V = 2{,}10$ cm^3, est lâché sans vitesse initiale dans un liquide de masse volumique $\rho = 1\,240$ kg.m^{-3}. Sa chute est filmée avec une webcam. Le film est ensuite numérisé puis analysé par un logiciel adapté. Le document ci-contre montre l'ensemble des positions successives occupées par le centre d'inertie G de l'objet à intervalles de temps réguliers $\tau = 0{,}050$ s. Les frottements du fluide sur l'objet peuvent être modélisés par une force $\vec{f}$ opposée au vecteur vitesse et de valeur proportionnelle à la vitesse ; le coefficient de proportionnalité appelé coefficient de frottement sera noté K. La bille sera modélisée par un point matériel en G.

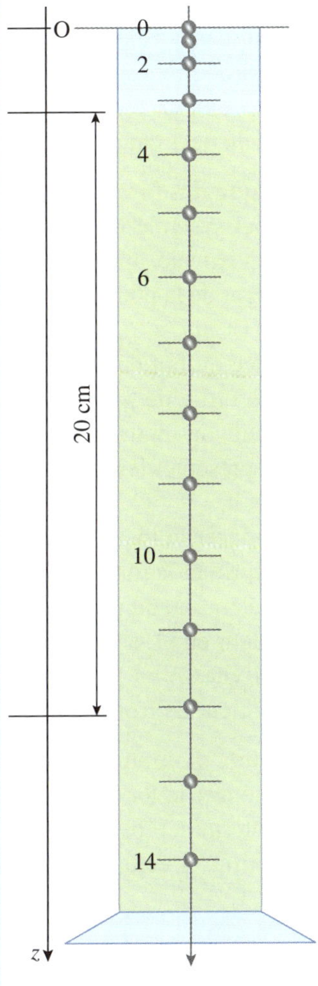

Donnée : intensité du champ de pesanteur $g = 9{,}8$ m.s^{-2}.

1. Le document montre que le mouvement de chute comporte deux phases de natures différentes. Délimiter les deux phases en précisant approximativement les positions limites de chacune d'elles. Indiquer la nature du mouvement dans chaque phase.

2. Étude cinématique de la première phase

On cherche à représenter les vecteurs cinématiques (vitesse et accélération) en différents points avec le maximum de précision possible compte tenu du document.

a) Compte tenu de la nature géométrique du mouvement, quels sont, en tout point de la trajectoire, la direction et le sens de ces vecteurs ?

b) De quelle façon peut-on estimer la valeur de la vitesse en un point G_i de la trajectoire ?

c) En tenant compte de l'échelle du document, estimer les valeurs des vitesses en G_3 et en G_5.

d) Estimer la valeur de l'accélération a_4 au point G_4.

e) Reproduire les positions des points G_2 à G_7 puis tracer les vecteurs vitesse en G_3 et en G_5 (échelle 1 cm pour 0,10 $m.s^{-1}$) et le vecteur accélération en G_4 (échelle 1 cm pour 0,50 $m.s^{-2}$).

3. Étude des forces lors de la première phase

a) Tout système immergé dans un fluide subit de la part de ce dernier une force verticale, appelée poussée d'Archimède, orientée vers le haut. Calculer la valeur de la poussée d'Archimède, notée $\vec{\Pi}$, s'exerçant sur la bille sachant que $\Pi = m_{\text{fluide déplacé}} \times g$, où $m_{\text{fluide déplacé}}$ correspond à la masse de fluide déplacé du fait de l'immersion du système. Montrer que cette valeur est du même ordre de grandeur que celle du poids. Ces deux forces varient-elles au cours du mouvement ?

b) Représenter les forces s'exerçant sur le système sur un schéma, sans souci d'échelle.

c) Énoncer la loi de Newton qui régit cette première phase.

d) Exprimer la force de frottement en un point de la trajectoire en fonction de l'accélération du mobile en ce point et des constantes du problème. Calculer sa valeur en G_4 à l'aide de la valeur de l'accélération mesurée en **2. d)**

e) La vitesse en position G_4 vaut $v_4 = 0{,}32$ $m.s^{-1}$. Calculer la valeur du coefficient de frottement K en unités du système international.

4. Étude de la deuxième phase

a) Énoncer la loi de Newton qui régit cette phase.

b) Déterminer, par le calcul, la vitesse de l'objet au cours de cette phase.

c) Retrouver cette vitesse à partir du document.

Corrigé du sujet 20

Les textes sur fond jaune apparaissant dans ce corrigé sont des rappels de cours ou des commentaires pour vous guider et vous aider.

1. [0,5 pt] **Pour les positions 0 à 9 :** la distance entre deux points successifs augmente au cours du temps. Or ces trajets sont effectués pendant des durées identiques, l'intervalle de temps entre deux images du film. **Le système {bille} est donc animé d'un mouvement rectiligne accéléré.**

Attention, le système n'est pas en chute libre, la force de frottement varie au cours du temps, l'accélération ne sera pas constante, on ne doit donc pas dire que le mouvement est uniformément accéléré, car c'est faux.

Pour les positions 9 à 14, les points marquant les positions successives du système sont équidistants, et les durées entre deux points identiques. Durant cette seconde phase, **le mouvement du système est rectiligne uniforme.**

2. a) [0,5 pt] Le mouvement est rectiligne, **donc les vecteurs cinématiques sont tous portés par la droite de la trajectoire**. Le déplacement est vers le bas, donc les vecteurs vitesse sont aussi orientés vers le bas. Le vecteur accélération est orienté vers le bas dans la première phase (mouvement accéléré, la vitesse augmente). L'accélération est nulle dans la seconde phase car le vecteur vitesse est constant.

Le mouvement étant rectiligne, le fait qu'il soit uniforme entraîne une accélération nulle. Ceci n'est pas le cas dans tous les autres mouvements uniformes ! Dans les calculs qui suivent, on peut donc raisonner uniquement sur les valeurs des vecteurs qui sont tous colinéaires.

b) [0,5 pt] On estime la valeur de la vitesse en un point G_i en déterminant aussi précisément que possible sa vitesse moyenne entre les deux points de part et d'autre G_{i-1} et G_{i+1}, entre lesquels le trajet dure 2τ :

$$v(G_i) = v_i = \frac{G_{i-1}G_{i+1}}{t_{i+1} - t_{i-1}} = \frac{G_{i-1}G_{i+1}}{2 \times \tau}$$

La mesure de distance entre les points doit tenir compte de l'échelle : le repère de 20 cm correspond à une longueur de 8 cm sur le papier. 1 cm sur le papier correspond donc en réalité à une longueur de $\frac{20}{8} = 2{,}5$ cm.

Ce ne sont pas des vitesses instantanées qui sont calculées ici mais une approximation de ces vitesses par la vitesse moyenne considérée sur des durées courtes. Cette approximation est d'autant plus précise que la durée est courte, car la vitesse instantanée est :

$$\vec{v}(M_i) = \lim_{t_{i+1} \to t_{i-1}} \frac{\overrightarrow{M_{i-1}M_{i+1}}}{t_{i+1} - t_{i-1}} = \lim_{\Delta t \to 0} \left(\frac{\Delta\overrightarrow{OM}}{\Delta t}\right)_{t=t_i} = \left(\frac{d\overrightarrow{OM}}{dt}\right)_{t=t_i}$$

Dans les ouvrages, divers choix sont faits pour estimer la vitesse en M_i :

1) $v(M_i) = \dfrac{M_{i-1}M_{i+1}}{t_{i+1} - t_{i-1}} = \dfrac{M_{i-1}M_{i+1}}{2 \times \tau}$ 2) $v(M_i) = \dfrac{M_{i-1}M_i}{t_i - t_{i-1}} = \dfrac{M_{i-1}M_i}{\tau}$

3) $v(M_i) = \dfrac{M_iM_{i+1}}{t_{i+1} - t_i} = \dfrac{M_iM_{i+1}}{\tau}$

Il ne faut pas perdre de vue qu'il s'agit ici d'approximer la valeur d'une vitesse instantanée, ce qui permet ces variantes. La troisième relation permet de comprendre la notion de limite et de dérivée, mais la première relation donne une valeur plus proche de la vitesse instantanée, c'est pourquoi on l'utilise ici.

c) [0,5 pt] Les mesures donnent : $G_2G_4 = 1{,}2$ cm et $G_3G_5 = 1{,}6$ cm. D'où en tenant compte de l'échelle :

$$v(G_3) = v_3 = \frac{\mathbf{G_2G_4}}{\boldsymbol{t_4 - t_2}} = \frac{G_2G_4}{2 \times \tau} = \frac{1{,}2 \times 10^{-2} \times 2{,}5}{2 \times 0{,}050} = \mathbf{0{,}30\ m.s^{-1}}$$

$$v(G_5) = v_5 = \frac{\mathbf{G_3G_5}}{\boldsymbol{t_5 - t_3}} = \frac{G_3G_5}{2 \times \tau} = \frac{1{,}6 \times 10^{-2} \times 2{,}5}{2 \times 0{,}050} = \mathbf{0{,}40\ m.s^{-1}}$$

d) [0,5 pt] De la même façon, on estime l'accélération par une valeur moyenne entre les points de part et d'autre :

$$a_4 = \frac{\boldsymbol{v_5 - v_3}}{\mathbf{2 \times \tau}} = \frac{0{,}40 - 0{,}30}{2 \times 0{,}050} = \mathbf{1{,}0\ m.s^{-2}}$$

e) [0,5 pt] On représente sur un schéma les vecteurs $\vec{v}_3$, $\vec{v}_5$ et $\vec{a}_4$ (figure ci-contre). Compte tenu des échelles indiquées :

$$\vec{v}_3 \leftrightarrow \mathbf{3{,}0\ cm}\ ;\ \vec{v}_5 \leftrightarrow \mathbf{4{,}0\ cm}\ ;\ \vec{a}_4 \leftrightarrow \mathbf{2{,}0\ cm}$$

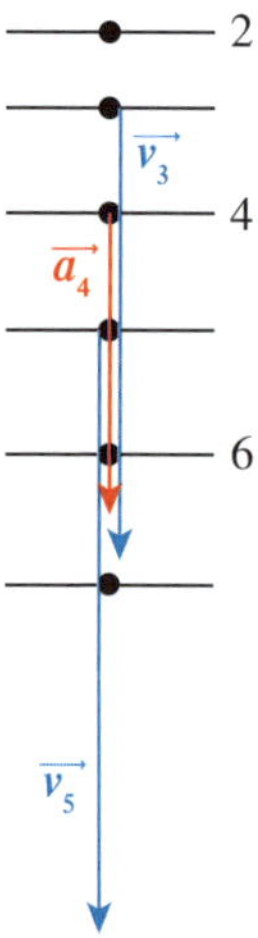

Les vecteurs ont été légèrement décalés pour une meilleure visibilité.

3. a) [0,75 pt] On calcule la valeur de la poussée d'Archimède $\vec{\Pi}$ s'exerçant sur la bille :

$$\Pi = m_{\text{liquide déplacé}} \times g = \rho \times \boldsymbol{V_{\text{bille}}} \times \boldsymbol{g}$$

$$\Pi = 1\,240 \times 2{,}10 \times 10^{-6} \times 9{,}8 = \mathbf{2{,}6 \times 10^{-2}\ N \approx 10^{-2}\ N}$$

Le poids de la bille vaut :

$$\boldsymbol{P = m \times g} = 3{,}80 \times 10^{-3} \times 9{,}8 = \mathbf{3{,}7 \times 10^{-2}\ N \approx 10^{-2}\ N}$$

La valeur de la poussée d'Archimède, bien que plus faible (le corps coule), est effectivement du même ordre de grandeur que celle du poids. **Ces forces ne varient pas au cours du mouvement**, car ni la masse ni le volume du mobile ne varient.

b) [0,25 pt] L'énoncé précise que la force de frottement $\vec{f}$ et le vecteur vitesse sont colinéaires mais de sens opposés, ce qui permet d'écrire que $\vec{f} = -K\vec{v}$, K étant le coefficient de frottement. **Cette force est donc verticale et vers le haut dans ce cas d'étude.**

c) [0,25 pt] On étudie le système {bille} dans le référentiel terrestre, supposé galiléen, et muni du repère $(0\ ;\ \vec{k})$. Le mouvement n'étant pas rectiligne uniforme durant cette phase, c'est la deuxième loi de Newton qu'il faut appliquer au point G : dans un référentiel galiléen, la somme des forces extérieures appliquées à un système est égale au produit de sa masse par le vecteur accélération de son centre d'inertie.

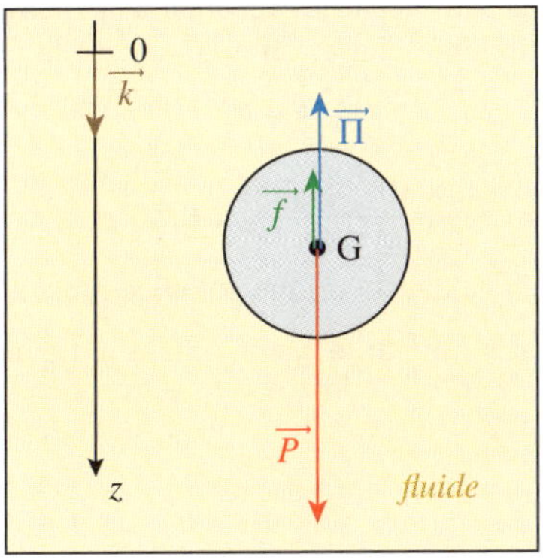

d) [1 pt] La deuxième loi de Newton permet d'écrire :

$$\sum \vec{F} = m \times \vec{a} \Rightarrow \vec{P} + \vec{\Pi} + \vec{f} = m \times \vec{a}$$

On projette cette relation sur l'axe (Oz) :

$$P - \Pi - f = m \times a \Rightarrow \boldsymbol{f = P - \Pi - m \times a}$$

Appliquée au système à la date correspondant à la position G_4, on a donc :

$$f_4 = P - \Pi - m \times a_4$$

$$f_4 = 3{,}7 \times 10^{-2} - 2{,}6 \times 10^{-2} - 3{,}80 \times 10^{-3} \times 1{,}0 = \mathbf{7{,}2 \times 10^{-3}\ N}$$

e) [0,25 pt] On en déduit la valeur du coefficient de frottement K :

$$f_4 = K \times v_4 \Rightarrow K = \frac{f_4}{v_4} = \frac{7{,}2 \times 10^{-3}}{0{,}32} = \mathbf{2{,}3 \times 10^{-2}\ kg.s^{-1}}$$

L'unité du coefficient de frottement n'est pas spécifiée dans le sujet. Il est possible d'écrire simplement le résultat suivi de « USI », ou alors, mieux, d'effectuer une analyse dimensionnelle pour déterminer cette unité : $[K] = \frac{[f_4]}{[v_4]} = \frac{M.L.T^{-2}}{L.T^{-1}} = M.T^{-1}$.

Compte tenu des unités utilisées ici ($M \equiv kg$ et $T \equiv s$), K s'exprimera bien en $kg.s^{-1}$.
(voir chapitre 11, p. 211, pour un complément d'informations sur les dimensions).

4. a) [0,25 pt] Le mouvement est rectiligne uniforme durant cette seconde phase. Or, d'après la première loi de Newton, si un système est animé d'un tel mouvement dans un référentiel galiléen, c'est qu'il est soumis à une résultante de forces nulle (forces qui se compensent).

Lors de cette phase, la vitesse du système n'évolue donc plus et a atteint sa valeur limite v_{limite}.

b) [0,75 pt] Il en découle la relation vectorielle :

$$\vec{P} + \vec{\Pi} + \vec{f} = \vec{0}$$

Par projection sur l'axe (Oz), et en explicitant la force de frottement, il vient :

$$P - \Pi - K \times v_{limite} = 0 \Rightarrow \boldsymbol{v_{limite} = \frac{P - \Pi}{K}}$$

$$v_{limite} = \frac{3{,}7 \times 10^{-2} - 2{,}6 \times 10^{-2}}{2{,}3 \times 10^{-2}} = \mathbf{0{,}48\ m.s^{-1}}$$

c) [0,5 pt] On mesure comme dans la partie précédente la vitesse sur le document. Comme elle est constante sur la deuxième phase, on augmentera la précision en effectuant une mesure sur plusieurs points, par exemple les cinq derniers. La distance parcourue par la bille, sur le papier de G_{10} à G_{14}, est de 4,0 cm.

$$v'_{\text{limite}} = \frac{G_{10}G_{14}}{4\tau} = \frac{4{,}0 \times 10^{-2} \times 2{,}5}{4 \times 0{,}050} = \mathbf{0{,}50\ m.s^{-1}}$$

Cette valeur est proche de la valeur théorique calculée précédemment.

C'est la vitesse maximale atteinte par le système dans le fluide. Ce résultat vient également conforter le fait que la force de frottement est proportionnelle à la vitesse. Cette relation n'est en effet valable que pour des vitesses faibles, ce qui est bien le cas ici.

SUJET 21

1 h 15 min 7,5 points

Mouvement d'un palet

Thèmes : *vecteurs vitesse et accélération, deuxième loi de Newton, conservation de l'énergie mécanique.*

Les trois parties du problème sont indépendantes.

Les Figures 1 et 2 ne sont pas à l'échelle. La Figure 3 est à l'échelle 1.

Donnée : intensité du champ de pesanteur au niveau du sol : $g = 9{,}80$ m.s^{-2}

Un palet en acier de masse $m = 50{,}0$ g peut se déplacer sur une gouttière inclinée d'un angle $\alpha = 28{,}0°$ avec l'horizontale. En D, le palet passe avec une vitesse $\vec{v}_D$ acquise à l'aide d'un propulseur à ressort. En F, la gouttière est ouverte et le palet peut en sortir librement. Il tombe ensuite dans une éprouvette contenant de la glycérine (voir Figure 1)

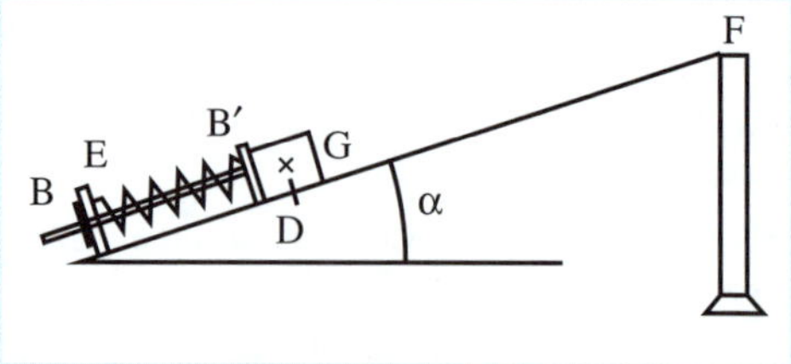

Figure 1. **Le dispositif**

On peut considérer les frottements comme négligeables dans les parties 1 et 2, lorsque le palet glisse dans la gouttière.

Partie A Propulsion du palet

Dans le bas de la gouttière se trouve un dispositif de propulsion constitué d'une tige munie de deux butées B et B′ servant d'axe à un ressort. Le dispositif a une masse négligeable devant celle du palet. Le ressort a une longueur à vide ℓ_0. L'extrémité E du ressort est maintenue fixe, l'autre est libre et reste en contact avec le palet par l'intermédiaire de la butée B′ tant que le ressort est comprimé. La position du centre d'inertie G du palet est repérée sur un axe (Ox) de même direction que la ligne de plus grande pente de la gouttière et orienté vers le haut (**voir Figure 2**).

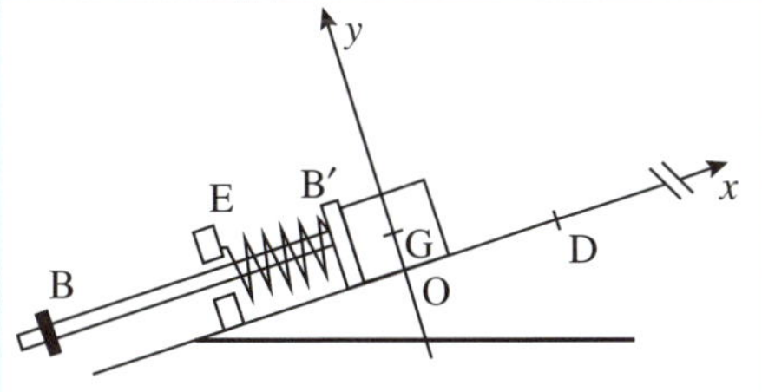

Figure 2. Vue agrandie du lanceur

Un manipulateur tire sur la tige et comprime ainsi le ressort jusqu'à ce que le centre d'inertie du palet se trouve au point O. En lâchant la tige, il libère le dispositif qui propulse le palet. Lorsque le centre d'inertie du palet arrive en D, la butée B bloque le mouvement du ressort qui retrouve dans cette position sa longueur à vide et libère le palet. On filme le mouvement du palet, puis on exploite la vidéo avec un logiciel adapté. La **Figure 3** ci-dessous présente la position qu'occupe le centre d'inertie G du palet à intervalles de temps réguliers $\tau = 20{,}0$ ms (points G_0 à G_5) le long de l'axe (Ox). À $t = 0$, le centre d'inertie du palet est au point O ou G_0.

Figure 3. Position du centre d'inertie du palet (échelle 1)

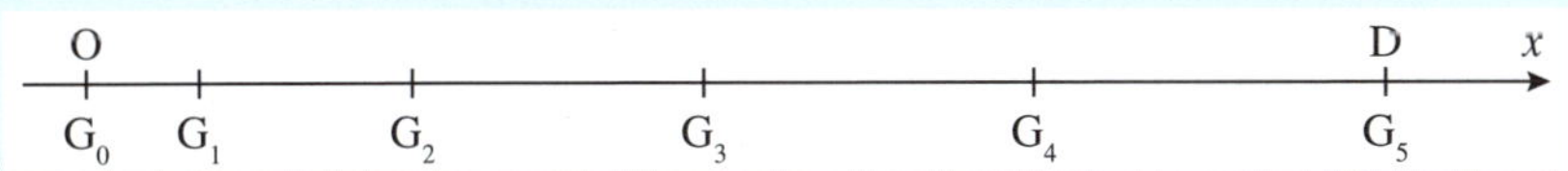

A.1. En exploitant numériquement la figure 3, estimer les valeurs des vitesses v_2 et v_4 du palet aux points G_2 et G_4.

A.2. Estimer de même la valeur de a_3 l'accélération en G_3.

A.3. Faire l'inventaire des forces qui s'appliquent au palet et les représenter sur un schéma.

A.4. En projetant la deuxième loi de Newton appliquée au palet sur l'axe (Ox), exprimer la valeur de la force F du ressort en fonction de m, g, a_G, α.

A.5. À l'aide des mesures effectuées, calculer la valeur de F au point G_3.

Partie B Montée du palet dans la gouttière

Le palet n'est plus sous l'action du propulseur et il quitte le point D avec une vitesse $v_D = 2{,}00\ \text{m.s}^{-1}$ puis il glisse jusqu'au point F où il s'arrête. Dans cette partie du mouvement, on prendra la position du centre d'inertie du palet en D comme origine des altitudes ($z_D = 0$) et comme niveau de référence de l'énergie potentielle de pesanteur : $E_{PP}(\text{D}) = 0$.

B.1. Faire l'inventaire des forces qui s'appliquent au palet sur le trajet DF.

B.2. Donner l'expression au point D de l'énergie mécanique $E_M(\text{D})$ du palet en translation dans le champ de pesanteur.

B.3. Donner l'expression de l'énergie mécanique $E_M(\text{F})$ du palet au point F, en fonction de m, g, α et de la distance DF.

B.4. En déduire la valeur de la distance DF.

Partie C Chute du palet dans la glycérine

En F, le palet poursuit son mouvement en réalisant une chute verticale (sans vitesse initiale) dans une éprouvette contenant de la glycérine. On admettra que dans ce cas, le palet est soumis à une force de frottement fluide, modélisée par un vecteur $\vec{f}$ de même direction que le vecteur vitesse $\vec{v}$ mais de sens opposé et de valeur $f = k \times v$, k étant une constante positive. De plus, tout système immergé dans un fluide subit de ce dernier une force verticale, appelée poussée d'Archimède, orientée vers le haut. La poussée d'Archimède, notée $\vec{\Pi}$, a pour valeur $\Pi = m_{\text{fluide déplacé}} \times g$, où $m_{\text{fluide déplacé}}$ correspond à la masse de fluide déplacé du fait de l'immersion du système. On choisit un axe (O'z) vertical (avec O' = F), orienté vers le bas pour repérer la position du mobile.

C.1. Représenter sur un schéma les forces qui s'exercent alors sur le système.

C.2. En appliquant la seconde loi de Newton, montrer que le mouvement du centre d'inertie du palet obéit à une équation différentielle du type $\dfrac{dv}{dt} + \dfrac{v}{\tau} = B$ où B est une constante. Donner les expressions littérales de B et de τ en fonction des données du texte, de la masse volumique ρ de la glycérine et du volume V_P du palet.

C.3. Déterminer la solution de l'équation différentielle et en déduire que le mobile tend vers un mouvement uniforme à la vitesse v_{lim}. Déterminer graphiquement cette vitesse sur la courbe correspondant à $v = f(t)$ donnée ci-après.

C.4. En utilisant le graphe $v = f(t)$, on lit $\tau = 15$ ms. Expliquer comment cette valeur est obtenue, puis déterminer le coefficient de frottement fluide k.

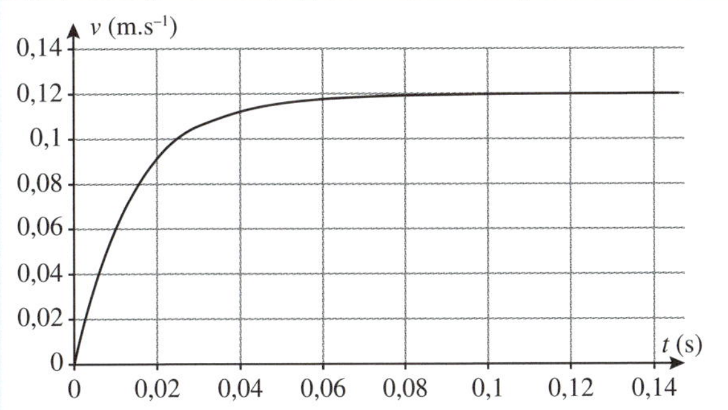

Corrigé du sujet 21

Partie A Propulsion du palet

A.1. [0,5 pt] On approxime ici la vitesse instantanée à une date t_i par la vitesse moyenne du système entre deux dates t_{i-1} et t_{i+1} telles que $t_{i-1} < t_i < t_{i+1}$.
Ainsi, en exploitant la Figure 3 (à l'échelle), on peut estimer v_2 et v_4.

$$v_2 = \frac{\mathbf{G_1G_3}}{\mathbf{t_3 - t_1}} = \frac{\mathbf{G_1G_3}}{\mathbf{2 \times \tau}} = \frac{3{,}6 \times 10^{-2}}{2 \times 20{,}0 \times 10^{-3}} = \mathbf{0{,}90\ m.s^{-1}}$$

$$v_4 = \frac{\mathbf{G_3G_5}}{\mathbf{2 \times \tau}} = \frac{4{,}2 \times 10^{-2}}{2 \times 20{,}0 \times 10^{-3}} = \mathbf{1{,}2\ m.s^{-1}}$$

On peut se reporter au sujet **17**, question **2. b)** pour revoir la méthode mise en œuvre.

A.2. [0,5 pt] De la même façon, on estime l'accélération par une valeur moyenne entre les points de part et d'autre :

$$a_3 = \frac{v_4 - v_2}{2 \times \tau} = \frac{1{,}2 - 0{,}90}{2 \times 20{,}0 \times 10^{-3}} = \mathbf{7{,}5\ m.s^{-2}}$$

On peut se reporter au sujet **17**, question **2. b)** pour revoir la méthode mise en œuvre.

A.3. [0,5 pt] Le système {palet} est étudié dans le référentiel terrestre, supposé galiléen au regard de la durée de l'étude. On le modélise par un point matériel ramené à G. Il est soumis à trois forces :

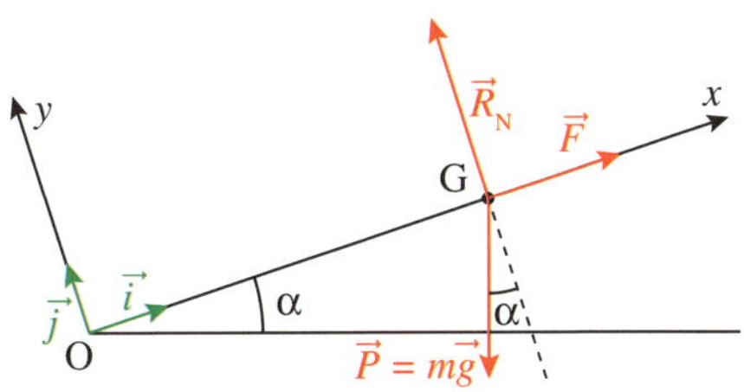

- le poids $\vec{P}$ (verticale, vers le bas) ;
- la réaction du support $\vec{R}$ (perpendiculaire au support en l'absence de frottements, vers le haut) ;
- la force $\vec{F}$ exercée par le lanceur (direction parallèle à l'axe (Ox)), dans le sens du mouvement.

On peut conserver un système non ponctuel sur le schéma ; il faut alors tenir compte des points d'application des forces : G pour $\vec{P}$, le centre de la surface de contact entre le palet et la glissière pour $\vec{R}$ et le centre de la surface de contact entre le palet et la butée B' pour $\vec{F}$.

A.4. [0,5 pt] On applique la deuxième loi de Newton au système tel que défini à la question précédente.

$$\vec{P} + \vec{R} + \vec{F} = m \times \vec{a}_G$$

On projette cette relation sur l'axe (Ox).

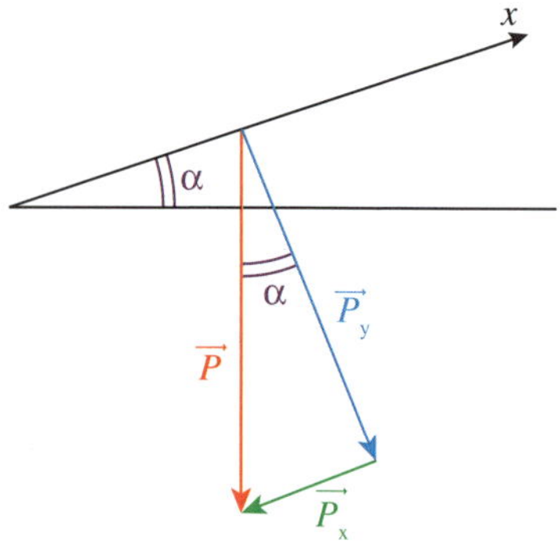

La seule projection qui pourrait poser problème ici est celle du poids $\vec{P}$, c'est pourquoi on la représente ci-contre. On construit les composantes du vecteur $\vec{P}$. Par construction, l'angle défini par $(\vec{P},\vec{P}_y)$ est nécessairement égal à l'angle α. De plus, $\vec{P}_x$ et $\vec{i}$ sont colinéaires, mais ils n'ont pas le même sens : $\vec{P}_x = -P_x\vec{i}$ avec $P_x > 0$.

En utilisant le sinus de l'angle α, on peut donc écrire : $\sin\alpha = \dfrac{P_x}{P} \Rightarrow P_x = P \times \sin\alpha = m \times g \times \sin\alpha$

et donc : $\vec{P}_x = -m \times g \times \sin\alpha\ \vec{i}$

$$-m \times g \times \sin\alpha + 0 + F = m \times a_G \Rightarrow \boldsymbol{F = m \times (a_G + g \times \sin\alpha)}$$

Le mouvement est rectiligne, suivant (Ox) ⇒ il n'y a pas de composante de l'accélération suivant (Oy). Il est accéléré ⇒ $\vec{a}_G = a_G\vec{i}$ avec $a_G > 0$

S'il avait été décéléré, on aurait eu : $\vec{a}_G = -a_G\vec{i}$ avec $a_G > 0$

A.5. [0,5 pt] On calcule la valeur de la force de rappel en G_3 en conjuguant la relation établie précédemment au résultat obtenu à la question **2.** pour la valeur de a_3.

$$\boldsymbol{F_3} = m \times (a_3 + g \times \sin\alpha) = 50{,}0 \times 10^{-3} \times (7{,}5 + 9{,}80 \times \sin(28{,}0°)) = \mathbf{0{,}61\ N}$$

Partie B Montée du palet dans la gouttière

B.1. [0,25 pt] Le système n'est plus soumis à la force exercée par le propulseur. Les forces s'exerçant sur lui pour cette phase du mouvement sont **le poids $\vec{P}$ et la réaction de la glissière $\vec{R}$**.

B.2. [0,5 pt] L'énergie mécanique est la somme de l'énergie cinétique et de l'énergie potentielle (de pesanteur ici). L'origine des potentiels étant au point D, $E_{PP}(D) = 0$.

D'où : $\boldsymbol{E_M(D) = E_C(D) + E_{PP}(D) = \dfrac{1}{2} \times m \times v_D^2}$

B.3. [0,5 pt] On exprime maintenant l'énergie mécanique au point F.

$$\boldsymbol{E_M(F) = E_C(F) + E_{PP}(F)} = \frac{1}{2} \times m \times v_F^2 + m \times g \times z_F$$

Le système s'arrête en F :

$v_F = 0 \Rightarrow E_C(F) = 0$ et $z_F = \mathrm{DF}\sin\alpha$

$\boldsymbol{E_M(F) = m \times g \times \mathrm{DF} \times \sin\alpha}$

B.4. [1 pt] Le système est soumis à son poids qui est une force conservative et à la réaction normale qui ne travaille pas car elle reste en tout point orthogonale au déplacement. On en déduit que l'énergie mécanique se conserve, d'après le théorème de l'énergie mécanique, que la variation d'énergie mécanique entre D et F est nulle soit :

$$E_M(\text{F}) = E_M(\text{D})$$

$$m \times g \times \text{DF} \times \sin\alpha = \frac{1}{2} \times m \times v_D^2$$

L'égalité précédente permet de calculer DF :

$$\mathbf{DF} = \frac{v_D^2}{2 \times g \times \sin\alpha} = \frac{(2{,}00)^2}{2 \times 9{,}80 \times \sin(28{,}0°)} = \mathbf{0{,}435\ m = 43{,}5\ cm}$$

La conservation (ou la non-conservation) de l'énergie mécanique constitue le théorème de l'énergie mécanique.

Partie C Chute du palet dans la glycérine

C.1. [0,25 pt] La trajectoire du palet dans le fluide est portée par une droite verticale. Le vecteur vitesse est vers le bas (sens du mouvement) : la force de frottement fluide $\vec{f}$ est donc verticale vers le haut car $\vec{f} = -k\vec{v}$.

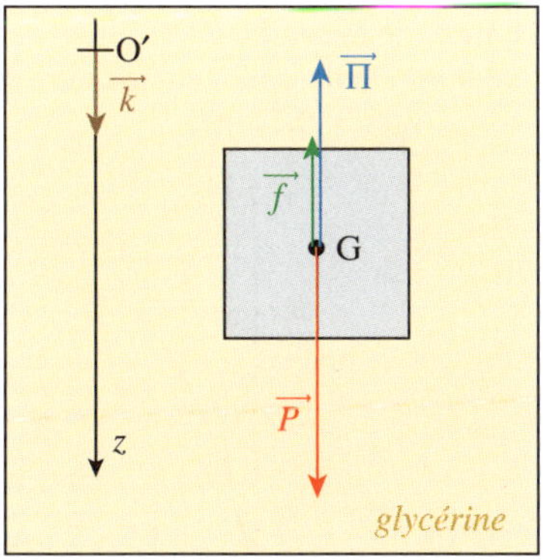

C.2. [1 pt] On applique la deuxième loi de Newton au système {palet} dans le référentiel terrestre, galiléen pendant la durée de l'étude :

$$\vec{P} + \vec{\Pi} + \vec{f} = m \times \vec{a}_G = m \times \frac{d\vec{v}}{dt}$$

Par définition, le vecteur accélération est la dérivée du vecteur vitesse.

On projette cette relation sur l'axe (O'z) :

$$P - \Pi - f = m \times \frac{dv}{dt}$$

$$\Rightarrow \quad m \times g - \rho \times V_P \times g - k \times v = m \times \frac{dv}{dt}$$

Soit : $\frac{dv}{dt} = \frac{(m - \rho \times V_P) \times g}{m} - \frac{k}{m} \times v$

Et finalement :

$$\frac{dv}{dt} + \frac{k}{m} \times v = \frac{(m - \rho \times V_P) \times g}{m}$$

Soit : $\mathbf{\frac{dv}{dt} + \frac{v}{\tau} = B}$

avec $\boldsymbol{\tau = \frac{m}{k}}$ et $\boldsymbol{B = \frac{(m - \rho \times V_P) \times g}{m} = \left[1 - \frac{\rho \times V_P}{m}\right]}$ **= cte**

On retrouve ici l'équation différentielle qui revient dans différentes situations de modélisation abordées dans le programme de spécialité de Terminale.

C.3. [1 pt] On utilise le résultat du cours de mathématiques sur les équations différentielles donnant la solution générale $y(x) = Ae^{-ax} + \frac{b}{a}$ de l'équation $y' + ay = b$ avec ici :

$$y = v \; ; \; x = t \; ; \; a = \frac{1}{\tau} \; ; \; b = B \text{ d'où :}$$

$$v = A\,e^{-t/\tau} + B \times \tau$$

où A est une constante d'intégration, qu'on détermine avec la condition initiale. À $t = 0$, la vitesse est nulle, donc :

$$v(t = 0) = A\,e^{-0/\tau} + B \times \tau = 0 \Rightarrow A + B \times \tau = 0 \Rightarrow A = -B \times \tau$$

Et : $\boldsymbol{v = B \times \tau(1 - e^{-t/\tau})}$

La limite de la fonction exponentielle est nulle quand le temps tend vers l'infini. La fonction $v(t)$ tend donc vers une valeur limite, atteinte au bout de « quelques τ » (par analogie avec la charge du condensateur dans un circuit RC par exemple) :

$$\boldsymbol{\lim_{t \to \infty} v(t) = B \times \tau = v_{lim}}$$

Le tracé de la courbe est familier, cette valeur coïncide aussi avec l'ordonnée de l'asymptote horizontale (voir schéma ci-dessous), soit :

$$\boldsymbol{v_{lim} = 0{,}12 \text{ m.s}^{-1}}$$

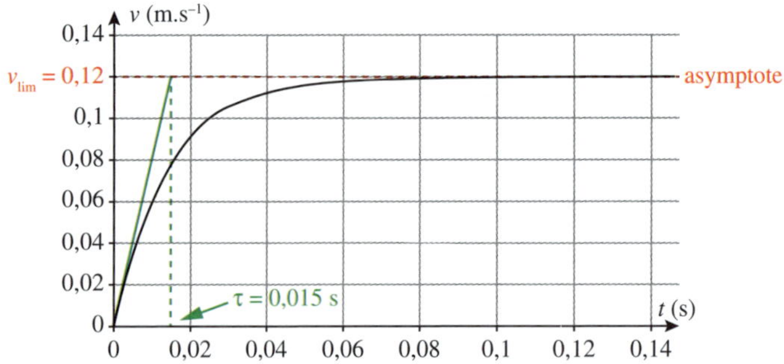

C.4. [0,5 pt] On a utilisé par exemple l'intersection de la tangente à l'origine avec l'asymptote horizontale pour déterminer l'abscisse $\tau = 0{,}015$ s (voir schéma ci-dessus). On en déduit le coefficient de frottement fluide :

$$\tau = \frac{m}{k} \Rightarrow \boldsymbol{k} = \frac{\boldsymbol{m}}{\boldsymbol{\tau}} = \frac{50{,}0 \times 10^{-3}}{15 \times 10^{-3}} = \boldsymbol{3{,}3 \text{ kg.s}^{-1}}$$

L'équation différentielle exploitée ici comme dans de nombreux autres chapitres doit être connue ainsi que ses solutions, l'allure des fonctions correspondantes et toutes les propriétés du graphe. Il faut ainsi savoir appliquer tous ces résultats à des situations inédites, décrite par la même équation différentielle.

6 Mouvement dans un champ uniforme

SUJET 22 50 min 6 points

Le saut du dauphin à flancs blancs

Thèmes : *mouvement parabolique dans le champ de pesanteur, flèche, portée, étude énergétique.*

Le dauphin à flancs blancs du Pacifique est peut-être l'espèce la plus abondante du Pacifique Nord. C'est un dauphin très sociable et qui voyage généralement en groupe ; il est rapide, puissant et bon surfeur. Il est capable de délaisser un repas pour attraper la vague provoquée par le passage d'un navire. Un jour, un dauphin a fait un saut de 3 mètres pour se retrouver sur le pont d'un navire de recherche arrêté en mer ! Quand il a atteint sa taille adulte, il mesure environ 2,50 mètres et pèse jusqu'à 180 kg.

Issu du site « Pêches et océans Canada »

On négligera dans cette étude les actions de l'air (frottements et poussée d'Archimède) sur le dauphin. Au cours du saut hors de l'eau, le dauphin n'est soumis qu'à son poids.

Partie A Étude cinématique du saut

On souhaite étudier la trajectoire du centre d'inertie G du dauphin pendant son saut hors de l'eau. Le repère d'étude est $(O; \vec{i}, \vec{j})$. L'origine des dates est l'instant où le point G est confondu avec le point O à la sortie de l'eau. Le vecteur vitesse initiale $\vec{V_0}$ est dans le plan (Oxy) et incliné d'un angle α par rapport à l'axe (Ox). Grâce à l'exploitation d'un enregistrement vidéo du saut du dauphin, on a mesuré $V_0 = 10$ m.s^{-1} et $\alpha = 60°$. Pour les calculs, on prendra $g = 10$ m.s^{-2}. Le dauphin a une masse $m = 180$ kg.

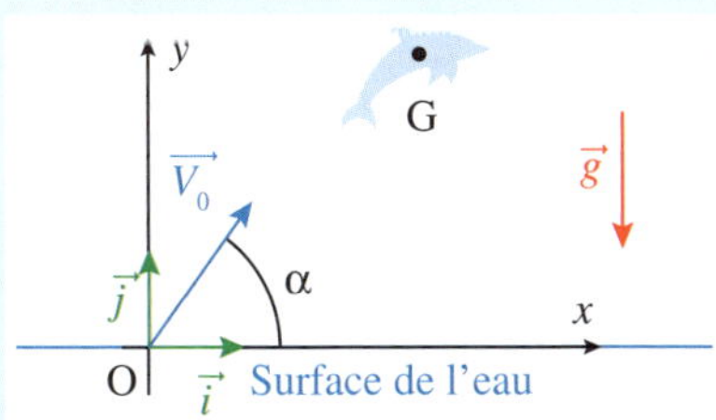

A.1. En appliquant la deuxième loi de Newton, donner l'expression du vecteur accélération $\vec{a}_G$ du centre d'inertie du dauphin, puis ses coordonnées a_x et a_y dans le repère d'étude.

A.2. En déduire l'expression littérale des coordonnées du vecteur vitesse $\vec{V}_G$ du centre d'inertie : $V_x(t)$ en fonction de V_0 et α, $V_y(t)$ en fonction de V_0, α, g et t.

A.3. Établir l'expression des équations horaires $x(t)$ et $y(t)$ du mouvement de G.

A.4. Sachant qu'il faut 0,87 seconde au dauphin pour atteindre le sommet S de cette trajectoire, le saut effectué est-il réellement d'au moins 3 mètres de haut ?

A.5. Établir l'équation de la trajectoire et la distance à laquelle le dauphin retombe sur l'eau.

Partie B Étude énergétique

B.1. Exprimer l'énergie cinétique $E_C(G)$ du dauphin en fonction de m, V_x et V_y.

B.2. Exprimer l'énergie potentielle $E_P(G)$ de pesanteur du dauphin en fonction de l'ordonnée y, de la masse m et de g. On la choisira égale à 0 pour $y = 0$.

B.3. Exprimer l'énergie mécanique du dauphin à l'instant initial.

B.4. Par une étude énergétique, retrouver la valeur de l'ordonnée y_S du sommet S de la trajectoire.

B.5. À quelle vitesse le dauphin entre-t-il à nouveau dans l'eau ?

Corrigé du sujet 22

Les textes sur fond jaune apparaissant dans ce corrigé sont des rappels de cours ou des commentaires pour vous guider et vous aider.

Partie A Étude cinématique du saut

A.1. [0,5 pt] On étudie le dauphin assimilé à un point matériel G dans le référentiel terrestre supposé galiléen muni du repère d'espace $(O\,;\vec{i},\vec{j})$. Il est soumis à son poids (les frottements et la poussée d'Archimède de l'air sont négligés). On applique la deuxième loi de Newton au point G :

$$m\overrightarrow{a_G} = m\vec{g} \Rightarrow \overrightarrow{a_G} = \vec{g}$$

Par projection sur les deux directions, cette équation vectorielle est équivalente à deux équations algébriques :

$$\overrightarrow{a_G}\begin{cases} a_x(t) = \ddot{x} = 0 \\ a_y(t) = \ddot{y} = -g \end{cases}$$

A.2. [0,75 pt] Par intégration des coordonnées du vecteur accélération, il vient :

$$\overrightarrow{V_G}\begin{cases} V_x(t) = \dot{x} = C_1 \\ V_y(t) = \dot{y} = -gt + C_2 \end{cases}$$

C_1 et C_2 sont des constantes d'intégration dont les valeurs sont déterminées à partir des conditions initiales :

$$\vec{V}_G(t = 0) = \vec{V}_0\begin{cases} V_x(0) = V_0 \times \cos\alpha = C_1 \\ V_y(0) = V_0 \times \sin\alpha = C_2 \end{cases}$$

Finalement les coordonnées du vecteur vitesse s'écrivent :

$$\overrightarrow{\boldsymbol{V_G}}\begin{cases} \boldsymbol{V_x(t) = V_0 \times \cos\alpha} \\ \boldsymbol{V_y(t) = -gt + V_0 \times \sin\alpha} \end{cases}$$

Les notations « point » sont commodes dans ce genre d'exercice, car elles mettent en évidence de façon concise les dérivées (donc les intégrations) successives. Attention, cette notation est réservée aux dérivées par **rapport au temps** uniquement.

A.3. [0,5 pt] Par intégration des coordonnées du vecteur vitesse, il vient :

$$\overrightarrow{OG}\begin{cases} x(t) = V_0 \times \cos\alpha \times t + C_1' \\ y(t) = -\dfrac{1}{2}gt^2 + V_0 \times \sin\alpha \times t + C_2' \end{cases}$$

C_1' et C_2' sont des constantes d'intégration dont les valeurs sont déterminées à partir des conditions initiales :

$$\overrightarrow{OG}(t = 0) = \vec{0}\begin{cases} 0 = C_1' \\ 0 = C_2' \end{cases}$$

Finalement les équations horaires s'écrivent :

$$\overrightarrow{\mathbf{OG}}\begin{cases} \boldsymbol{x(t) = V_0 \times \cos\alpha \times t} \\ \boldsymbol{y(t) = -\dfrac{1}{2}g \times t^2 + V_0 \times \sin\alpha \times t} \end{cases}$$

Ici, l'énoncé indique le plan de la trajectoire. On peut être amené à le justifier : il suffit alors de considérer une troisième coordonnée des vecteurs cinématiques et de montrer qu'elles sont toutes nulles au cours des différentes étapes d'intégration.

A.4. [1 pt] Il y a plusieurs façons de repérer le point S (appelé aussi la flèche de la trajectoire) ; le plus simple ici est de trouver l'instant t_S correspondant à l'annulation de la composante verticale de la vitesse, car elle change de sens quand G arrive au sommet. Donc :

$$V_y(t_S) = -g \times t_S + V_0 \times \sin\alpha = 0 \;\Rightarrow\; t_S = \frac{V_0 \times \sin\alpha}{g}$$

On reporte cette grandeur dans l'ordonnée de la trajectoire :

$$y_S = y(t_S) = -\frac{1}{2}g \times t_S^2 + V_0 \times \sin\alpha \times t_S = -\frac{1}{2}g\left(\frac{V_0 \times \sin\alpha}{g}\right)^2 + V_0 \times \sin\alpha \times \frac{V_0 \times \sin\alpha}{g}$$

$$\boldsymbol{y_S = \frac{1}{2}\frac{V_0^2 \times \sin^2\alpha}{g}} = \frac{1}{2} \times \frac{10^2 \times \sin^2 60°}{10} = \mathbf{3{,}8\ m > 3\ m}$$

A.5. [1 pt] On obtient l'équation de la trajectoire en éliminant le temps entre les équations horaires. Ici, par substitution :

$$t = \frac{x}{V_0 \times \cos\alpha} \Rightarrow y(x) = -\frac{1}{2}g\left(\frac{x}{V_0 \times \cos\alpha}\right)^2 + V_0 \times \sin\alpha \times \frac{x}{V_0 \times \cos\alpha}$$

Soit : $$\boldsymbol{y(x) = -\frac{1}{2}g\left(\frac{x}{V_0 \times \cos\alpha}\right)^2 + \tan\alpha \times x}$$

qui est l'équation d'une parabole. Le point de retour dans l'eau est la portée, c'est-à-dire le point d'abscisse x_P où la trajectoire recoupe l'axe (Ox), donc en $y = 0$:

$$0 = -\frac{1}{2}g\left(\frac{x_P}{V_0 \times \cos\alpha}\right)^2 + \tan\alpha \times x_P$$

$$\left(-\frac{1}{2}g \times \frac{x_P}{V_0^2 \times \cos^2\alpha} + \tan\alpha\right) \times x_P = 0$$

La solution nulle est sans intérêt, c'est l'origine. Il reste :

$$-\frac{1}{2}g \times \frac{x_P}{V_0^2 \times \cos^2\alpha} + \tan\alpha = 0 \Rightarrow x_P = \frac{2 \times V_0^2 \times \cos^2\alpha \times \tan\alpha}{g}$$

Où avec un peu de trigonométrie élémentaire, on obtient :

$$\boldsymbol{x_P} = \frac{\boldsymbol{V_0^2 \times \sin 2\alpha}}{\boldsymbol{g}} = \frac{10^2 \times \sin 120°}{10} = \textbf{8,7 m}$$

Partie B Étude énergétique

B.1. [0,25 pt] L'énergie cinétique vaut :

$$\boldsymbol{E_C(G) = \frac{1}{2}m \times V^2 = \frac{1}{2}m \times \left(V_x^2 + V_y^2\right)}$$

B.2. [0,25 pt] L'énergie potentielle de pesanteur est :

$$\boldsymbol{E_P(G)} = m \times g \times y + C = \boldsymbol{m \times g \times y}$$

car $C = 0$, compte tenu de la référence d'énergie potentielle donnée dans l'énoncé.

B.3. [0,5 pt] L'énergie mécanique est la somme des énergies potentielle et cinétique. À l'instant initial, elle vaut :

$$\boldsymbol{E_{m0}(G)} = E_{C0}(G) + E_{P0}(G) = \frac{1}{2}m \times V_0^2 + 0 = \boldsymbol{\frac{1}{2}m \times V_0^2}$$

B.4. [0,75 pt] L'énergie mécanique en S vaut :

$$E_{mS}(G) = E_{CS}(G) + E_{PS}(G) = \frac{1}{2}m \times V_S^2 + m \times g \times y_S = \frac{1}{2}m \times V_x^2 + m \times g \times y_S$$

$$\boldsymbol{E_{mS}(G) = \frac{1}{2}m \times V_0^2 \times \cos^2\alpha + m \times g \times y_S}$$

Le système n'est soumis qu'à une force conservative (le poids), donc son énergie mécanique se conserve :

$$E_{mS}(G) = E_{m0}(G)$$

$$\Rightarrow \quad \frac{1}{2}m \times V_0^2 \times \cos^2\alpha + m \times g \times y_S = \frac{1}{2}m \times V_0^2$$

$$\Rightarrow \quad g \times y_S = \frac{1}{2}V_0^2 - \frac{1}{2}V_0^2 \times \cos^2\alpha = \frac{1}{2}V_0^2 \times \sin^2\alpha$$

$$\Rightarrow \quad \boldsymbol{y_S} = \boldsymbol{\frac{1}{2}\frac{V_0^2 \times \sin^2\alpha}{g}} = \frac{1}{2} \times \frac{10^2 \times \sin^2 60°}{10} = \textbf{3,8 m}$$

On retrouve bien la valeur précédente.

B.5. [0,25 pt] Lorsque le dauphin entre à nouveau dans l'eau (au point *P*), son énergie potentielle est nulle. En écrivant la conservation de l'énergie mécanique, il vient immédiatement que l'énergie cinétique en *P* est égale à celle en *O* ; donc, il en est de même pour la valeur de la vitesse qui vaut donc V_0 en *P*. Attention, le vecteur vitesse est évidemment différent en *O* et en *P*.

Le programme de mécanique de Terminale est peu axé sur l'énergie. On ne perdra pas de vue cependant que les concepts vus les années précédentes sont implicitement au programme de l'épreuve du bac, en particulier tous les théorèmes énergétiques vus en Première, qu'il convient de maîtriser.

SUJET 23

50 min 6 points

Saut spectaculaire au-dessus du canal de Corinthe

Thèmes : *mouvement parabolique dans le champ de pesanteur, flèche, exploitation chronophotographie, incertitudes, étude énergétique.*

Le canal de Corinthe est situé en Grèce. Il a été creusé pour relier la mer Égée à la mer Ionienne. Les parois rocheuses sont très hautes et l'eau s'écoule à 79 m au-dessous du niveau du sol.

Plusieurs pilotes de moto avaient déjà eu l'intention de franchir le canal de Corinthe, mais seul l'Australien Robbie Maddison a réalisé cet exploit en avril 2010.

Il a pris son élan pour accélérer sa moto et atteindre la vitesse de 125 km.h^{-1}.

Il a ensuite emprunté une rampe qui lui a permis de franchir le canal, avant d'atterrir de l'autre côté.

Le point le plus haut de son vol a dépassé les 95 m au-dessus du niveau de l'eau.

https://commons.wikimedia.org/wiki/File:Kanal-Korinth-2011.jpg

Chronophotographie réalisée à partir d'une vidéo du saut

http://wims.math.cnrs.fr/wims/modules/H4/algebra/oeffunctionmod.fr/images/robbiemaddison.png

Dans cet exercice, on se propose de vérifier les informations sur ce saut à l'aide de cette chronophotographie (photos prises à intervalles de temps identiques).

Le référentiel d'étude est le référentiel terrestre, supposé galiléen pendant la durée du saut.

Le mouvement de Maddison et sa moto est étudié à l'aide du repère (O ; x, y) représenté sur la chronophotographie.

À l'instant de date $t = 0$, Maddison et sa moto se trouvent à l'origine du repère et quittent le tremplin. Le vecteur vitesse $\vec{v_0}$ du pilote et de sa moto fait alors un angle α avec l'axe horizontal (Ox) comme indiqué sur la chronophotographie.

L'étude est réalisée dans le cadre d'un modèle de chute libre. Maddison et sa moto sont assimilés à un point matériel de masse supposée constante.

Donnée : intensité du champ de pesanteur terrestre, $g = 9{,}81$ u.s.i.

Partie A Pertinence de l'hypothèse d'une chute libre

Pour justifier que les frottements sont négligeables devant le poids, on étudie le mouvement de Maddison et de sa moto suivant l'horizontale.

A.1. Montrer que, si le poids est la seule force qui s'applique sur Maddison et sa moto, le mouvement suivant l'axe (Ox) est uniforme. *L'établissement des équations horaires du mouvement n'est pas attendu.*

A.2. Sans souci d'échelle, utiliser l'extrait ci-après de la chronophotographie pour valider le modèle de chute proposé. Justifier en précisant les mesures réalisées.

Partie B Vérification de la valeur de la vitesse initiale

En tenant compte de l'échelle des distances, on mesure quelques abscisses des positions occupées par Maddison et sa moto, et on calcule la vitesse v_x suivant l'horizontale pour ces positions. On obtient les valeurs ci-dessous :

V_x (en m.s^{-1})	28,3	29,1	28,7	29,0	27,7	29,0

B.1. Présenter le résultat de ces mesures sous la forme : $v_x = \overline{v_x} \pm U(v_x)$ où $\overline{v_x}$ est la valeur moyenne des N mesures et $U(v_x)$ l'incertitude avec un niveau de confiance de 95 %.

On donne $U(v_x) = k\dfrac{s_{n-1}}{\sqrt{N}}$ où $s_{n-1} = 0{,}543$ m.s^{-1} et $k = 2{,}6$.

B.2. La vitesse en sortie de tremplin, $v_0 = 125$ km.h^{-1}, annoncée sur les sites Internet est-elle correcte, sachant que l'inclinaison en sortie du tremplin vaut $\alpha = 33°$?

Partie C Vérification de la hauteur du saut

En utilisant le modèle de la chute libre et les conditions initiales, on obtient la courbe suivante qui représente la composante suivant y de la vitesse $v_y(t)$ en fonction du temps.

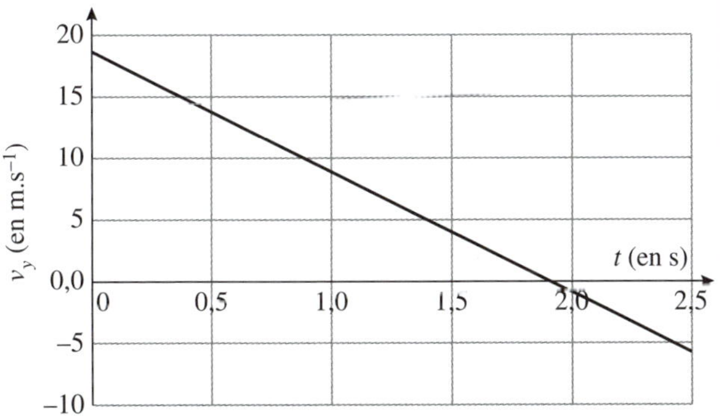

C.1. En utilisant l'allure du graphique $v_y(t)$, justifier que le mouvement suivant la verticale est uniformément varié.

C.2 Quelle position particulière de la trajectoire est occupée par Maddison et sa moto à la date pour laquelle $v_y = 0$? Quelle est alors la valeur de la vitesse à cette date ?

L'énergie potentielle de pesanteur est nulle lorsque $y = 0$ m.

C.3. Donner l'expression de l'énergie mécanique de Maddison et de sa moto en fonction de la masse m, la vitesse v, l'ordonnée y et l'intensité de la pesanteur terrestre g.

C.4. En utilisant l'expression précédente, déterminer l'ordonnée y_S du point S, sommet de la trajectoire.

C.5. Le niveau de l'eau du canal de Corinthe est situé à 79 m au-dessous du niveau du sol. Le point de sortie du tremplin se situe à 5,7 m au-dessus du niveau du sol. Le résultat précédent confirme-t-il l'information suivante : *le point le plus haut de son vol a dépassé les 95 m au-dessus de l'eau* ?

Corrigé du sujet 23

Partie A Pertinence de l'hypothèse d'une chute libre

A.1. [1 pt] Le référentiel terrestre est supposé galiléen. Le système est le motard et sa moto assimilés à un point matériel soumis uniquement à son poids, les forces de frottements étant négligées. On applique donc la deuxième loi du Newton au système :

$$m\vec{a} = m\vec{g} \Rightarrow \vec{a} = \vec{g} = \overrightarrow{cte}$$

On projette l'équation précédente sur les axes (Ox) et (Oy) :

$$\begin{cases} a_x = \ddot{x} = 0 \\ a_y = \ddot{y} = -g \end{cases}$$

On intègre les deux équations précédentes :

$$\begin{cases} \dot{x} = C_1 \\ \dot{y} = -g \times t + C_2 \end{cases}$$

où il apparaît deux constantes d'intégration que l'on détermine avec les conditions initiales de la vitesse :

$$\text{à } t = 0 \begin{cases} v_x = v_{0x} = v_0 \cos(\alpha) = \dot{x}(0) = C_1 \\ v_y = v_{0y} = v_0 \sin(\alpha) = \dot{y}(0) = C_2 \end{cases}$$

d'où les coordonnées de la vitesse :

$$\begin{cases} v_x = \dot{x} = v_{0x} = v_0 \cos(\alpha) & (1) \\ v_y = \dot{y} = -g \times t + v_{0y} = -g \times t + v_0 \sin(\alpha) & (2) \end{cases}$$

L'équation (1) montre que la vitesse suivant (Ox) est constante dans les hypothèses proposées : **le mouvement est donc uniforme selon l'axe horizontal.**

Cette question et les suivantes sont assez déroutantes pour le candidat. En effet, doit-on donner une conclusion sur la vitesse horizontale à l'aide la seule projection sur (Ox), doit-on résoudre proprement les équations différentielles ? On a choisi ici ce parti, qui n'est jamais faux... L'expression correcte des coordonnées de la vitesse (puisqu'on n'attend pas les équations horaires) permet de répondre aisément aux questions suivantes.

A.2. [0,75 pt] On repère un point du système et on le projette sur l'axe (Ox). On constate alors que les projections sont régulièrement espacées d'une longueur Δx constante.
Comme les images sont prises à intervalles de temps réguliers, on en déduit que, selon (Ox), le système parcourt des distances identiques pendant des durées identiques, son mouvement est donc uniforme sur cet axe.

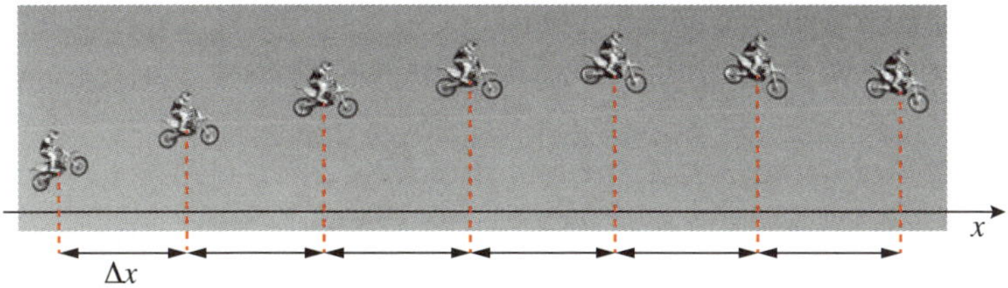

En réalité, les distances entre deux points successifs varient légèrement. En effet, il est d'une part difficile de cibler un point précis et, d'autre part, on assimile le motard et sa moto à un point matériel, ce qui est faux : c'est un système matériel non ponctuel et déformable de surcroît. Une partie du mouvement consiste en une rotation (visible sur le document et négligée ici), qui influe sur la trajectoire et la valeur de la vitesse.

Partie B Vérification de la valeur de la vitesse initiale

B.1. [0,75 pt] On calcule la moyenne des $N = 6$ mesures en les additionnant et en divisant par le nombre de mesures :

$$\overline{v_x} = \frac{\Sigma v_x}{N} = 28{,}6 \text{ m.s}^{-1}$$

On calcule l'incertitude avec la formule donnée par l'énoncé :

$$U(v_x) = k\frac{s_{n-1}}{\sqrt{N}} = 2{,}6 \times \frac{0{,}543}{\sqrt{6}} = 0{,}58 \text{ m.s}^{-1}$$

On arrondit l'incertitude par valeur supérieure en ne laissant qu'un seul chiffre significatif :

$$\boldsymbol{v_x = (28{,}6 \pm 0{,}6) \text{ m.s}^{-1}}$$

B.2. [0,5 pt] La vitesse selon (Ox) est constante, égale à la projection de la vitesse initiale (voir question **A.1.**), d'où :

$$v_{0x} = v_0 \cos(\alpha) = \frac{125 \times \cos(33°)}{3{,}6} = \mathbf{29{,}1 \text{ m.s}^{-1}}$$

Cette valeur est bien dans l'intervalle obtenu à la question 1.

Dans cette question, on peut soit calculer l'intervalle de valeurs de v_0 (= $v_{0x}/\cos(\alpha)$) à partir de l'encadrement de v_{0x} obtenu en 1. et vérifier que 125 km/h appartient bien à cet intervalle, soit calculer la valeur de v_{0x} obtenue à partir de la valeur de v_0 = 125 km/h et vérifier qu'elle est bien dans l'encadrement du 1. On a choisi ici la seconde méthode plus aisée à mettre en œuvre.

Partie C Vérification de la hauteur du saut

C.1. [0,5 pt] Un mouvement uniformément varié sur une direction est à accélération constante, ce qui est le cas sur l'axe (Oy) si le système est soumis uniquement au poids. On obtient alors une fonction affine pour la vitesse, représentée par une droite (de pente négative compte tenu des choix d'orientation des axes) comme le montre l'équation (2) de la question **A.1.** **La représentation de $v_y(t)$ sur la figure est cohérente avec ce type de mouvement.**

C.2. [0,5 pt] **La vitesse selon (Oy) s'annule et change de signe au sommet de la trajectoire**, puisque le système redescend (après être monté) à partir de ce point que l'on appelle S. Le vecteur vitesse est alors horizontal (tangent à la trajectoire) et sa valeur v_S est celle de sa composante suivant (Ox) que l'on peut évaluer égale à la moyenne calculée en **B.1.** : $\boldsymbol{v_S = 28{,}6\ \text{m.s}^{-1}}$.

> Ici aussi la valeur de la vitesse peut être évaluée avec la moyenne (28,6 m.s^{-1}), avec la valeur de v_{0x} obtenue avec v_0 = 125 km/h ($v_0 \times \cos(\alpha) = 29{,}1$ m.s^{-1}) ou avec la valeur de la vitesse obtenue par le tableau au sommet de la trajectoire : 27,7 m.s^{-1} (cinquième mesure).

C.3. [0,5 pt] L'énergie mécanique est la somme de l'énergie cinétique et de l'énergie potentielle (ici, de pesanteur), soit :

$$\boldsymbol{E_m = E_C + E_P = \frac{1}{2} m \times v^2 + m \times g \times y}$$

où l'on a tenu compte de la référence de l'énergie potentielle donnée par l'énoncé.

C.4. [1 pt] Le système est soumis uniquement à une force conservative (frottements négligés) ; son énergie mécanique est donc constante, égale à sa valeur initiale :

$$E_m(S) = E_m(O)$$

$$E_C(S) + E_P(S) = E_C(O) + E_P(O)$$

$$\frac{1}{2} m \times v_S^2 + m \times g \times y_S = \frac{1}{2} m \times v_O^2 + m \times g \times y_O = \frac{1}{2} m \times v_0^2$$

Soit : $$y_S = \frac{v_0^2 - v_S^2}{2g} = \frac{v_0^2 - v_0^2\cos^2(\alpha)}{2g} = \frac{v_0^2 \sin^2(\alpha)}{2g} = \left(\frac{125}{3{,}6}\right)^2 \times \frac{\sin^2(33°)}{2 \times 9{,}81} = \mathbf{18{,}2\ m}$$

N. B. : Ici, on a fait le calcul simplement avec la valeur de la vitesse v_0 donnée sur Internet. On peut aussi faire le calcul avec la vitesse moyenne mesurée, on écrit alors :

$$y_S = \frac{v_0^2 - v_S^2}{2g} = \frac{\overline{v_x}^2}{2g}\left(\frac{1}{\cos^2(\alpha)} - 1\right) = \frac{\overline{v_x}^2}{2g}\left(\frac{1 - \cos^2(\alpha)}{\cos^2(\alpha)}\right) = \frac{\overline{v_x}^2}{2g}\left(\frac{\sin^2(\alpha)}{\cos^2(\alpha)}\right) = \frac{\overline{v_x}^2 \tan^2(\alpha)}{2g}$$

$$y_S = \frac{\overline{v_x}^2 \tan^2(\alpha)}{2g} = \frac{28{,}6^2 \times \tan^2(33°)}{2 \times 9{,}81} = \mathbf{17{,}6\ m}$$

Si l'on n'est pas féru de trigonométrie, on peut aussi calculer :
v_0 (= 28,6/cos(33°) = 34,1 m.s^{-1}) et faire ensuite le calcul de y_S.

$$y_S = \frac{v_0^2 - v_S^2}{2g} = \frac{34{,}1^2 - 28{,}6^2}{2 \times 9{,}81} = \mathbf{17{,}6\ m}$$

Enfin, si l'on n'est vraiment pas à l'aise avec la trigonométrie, on peut, au pire, prendre 125 km.h^{-1} (converti en m.s^{-1}) pour v_0 et la moyenne de la question **B.1.** pour v_B :

$$y_S = \frac{v_0^2 - v_S^2}{2g} = \frac{(125 / 3{,}6)^2 - 28{,}6^2}{2 \times 9{,}81} = \mathbf{19{,}8\ m}$$

C.5. [0,5 pt] La hauteur H maximale atteinte par rapport à l'eau est :

$$\boldsymbol{H = y_S + h_{tremplin} + h_{eau}} = 18{,}2 + 5{,}7 + 79 = \mathbf{102{,}9\ m}$$

Soit environ 103 m, **la hauteur de 95 m au-dessus de l'eau est largement dépassée**.
N. B. : Quel que soit le calcul choisi pour y_S, on trouve une hauteur H totale largement supérieure à 100 m et, *a fortiori*, à 95 m.

SUJET 24

40 min 4 points

Rayons X

Thème : *mouvement rectiligne d'un électron dans un champ électrique.*

Les rayons X, découverts en 1895 par le physicien allemand Wilhelm Röntgen, sont des rayonnements électromagnétiques utilisés principalement en imagerie médicale (radiologie) et en cristallographie (étude des substances cristallines). Ils sont produits dans des dispositifs appelés *tubes de Coolidge*. Dans ce dispositif, schématisé ci-dessous, des électrons émis par un filament chauffé par effet Joule, sont accélérés sous l'effet d'un champ électrique uniforme $\vec{E}$. Ce champ est créé par une tension électrique U d'environ 100 kV appliquée entre le filament et la cible. Ces électrons acquièrent une énergie cinétique suffisante pour perturber les couches électroniques internes des atomes de la cible de molybdène. Ces atomes, dans un état excité, vont alors émettre des rayons X en retournant à leur état fondamental.

Données :

- OA = L = 2 cm ;
- célérité de la lumière dans le vide : $c = 3{,}00 \times 10^8$ m.s^{-1} ;
- charge électrique élémentaire : e = $1{,}60 \times 10^{-19}$ C ;
- masse de l'électron : $m_e = 9{,}11 \times 10^{-31}$ kg ;
- intensité de la pesanteur : $g = 9{,}81$ N.kg^{-1}.

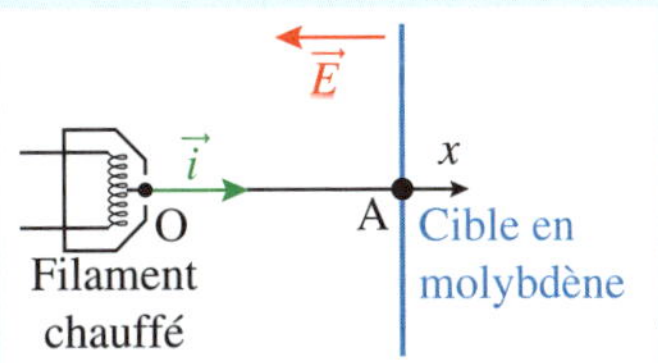

On se propose d'évaluer l'ordre de grandeur de la vitesse atteinte par les électrons lorsqu'ils arrivent sur la cible en molybdène. On suppose pour cela qu'un électron est émis au point O avec une vitesse quasi nulle à $t = 0$ s. Il arrive au point A avec une vitesse $\overrightarrow{v_A}$. Entre le filament et la cible, règne un champ électrique uniforme $\vec{E}$ dont la valeur est donnée par la relation :

$$E = \frac{U}{L}$$

1. Donner l'expression vectorielle de la force électrique $\overrightarrow{F_E}$ subie par un électron. Comparer sa direction et son sens à ceux du champ électrique $\vec{E}$.

2. Montrer qu'avec l'ordre de grandeur des tensions dans le tube, on peut négliger le poids de l'électron devant la force électrique.

3. Établir l'expression de la vitesse, puis de l'équation horaire de l'électron.

4. En déduire une expression de v_A, la vitesse de l'électron lorsqu'il arrive en A en fonction de U, e, m_e uniquement.

5. Calculer la vitesse de l'électron lorsqu'il arrive au point A dans le cas où la tension électrique U appliquée entre le filament et la cible vaut 100 kV. Après avoir comparé cette valeur à c, discuter la pertinence du modèle classique choisi ici.

Corrigé du sujet 24

1. [0,5 pt] La force électrique est le produit de la charge, ici $q = -\mathrm{e}$, par le champ :

$$\overrightarrow{F_E} = -\mathrm{e}\,\vec{E}$$

La force est de même direction et de sens opposé au champ en raison du signe négatif de la charge. Elle est donc dans le sens positif de l'axe :

$$\overrightarrow{F_E} = -\mathrm{e}\left(-E\vec{i}\right) = \mathrm{e} \times E\vec{i}$$

2. [0,5 pt] On compare les valeurs numériques des deux forces :

Poids : $P = m_e \times g = 9{,}11 \times 10^{-31} \times 9{,}81 = 8{,}94 \times 10^{-30}$ N

Force électrique : $F_E = \mathrm{e} \times E = \mathrm{e} \times \dfrac{U}{L} = 1{,}60 \times 10^{-19} \times \dfrac{1{,}00 \times 10^5}{0{,}02} = 8 \times 10^{-13}$ N

Le poids est totalement négligeable devant la force électrique.

C'est toujours le cas : au niveau des particules, l'ensemble des forces gravitationnelles sont largement négligeables devant les forces électromagnétiques.

3. [1,5 pt] On étudie l'électron assimilé à un point matériel dans le référentiel terrestre supposé galiléen muni du repère d'espace $(0\,;\vec{i})$. Il est soumis à son poids que l'on peut négliger et à la force électrique. On applique la seconde loi de Newton à l'électron :

$m_e\vec{a} = \overrightarrow{F_E} = \mathrm{e} \times E\vec{i}$ qui se projette aisément sur la direction horizontale :

$$m_e \times a = \mathrm{e} \times E \text{ soit } \ddot{x} = a = \frac{\mathrm{e}}{m_e} \times E = \frac{\mathrm{e}}{m_e} \times \frac{U}{L}$$

qui s'intègre aisément, le second membre étant une constante :

$$\dot{x} = v = \frac{\mathrm{e}}{m_e} \times \frac{U}{L} \times t + C$$

La constante d'intégration C est déterminée par la condition initiale :

$v(t = 0) = 0 = C$ d'où l'expression de la vitesse :

$$\boldsymbol{\dot{x} = v = \frac{\mathrm{e}}{m_e} \times \frac{U}{L} \times t}$$ qui s'intègre de nouveau aisément :

$$x = \frac{\mathrm{e}}{m_e} \times \frac{U}{L} \times \frac{t^2}{2} + C'$$ avec $x(t = 0) = C' = 0$

D'où l'équation horaire :

$$\boldsymbol{x = \frac{\mathrm{e}}{m_e} \times \frac{U}{L} \times \frac{t^2}{2}}$$

Ici la trajectoire est à l'évidence rectiligne ; on peut insister sur ce point dans la résolution en indiquant que les coordonnées sur les deux autres axes conduisent à des valeurs toutes nulles, compte tenu de la direction de la force et des conditions initiales.

4. [1 pt] On exploite les expressions précédentes en A que l'électron atteint au temps t_A :

$$v_A = \frac{e}{m_e} \times \frac{U}{L} \times t_A \qquad (1)$$

$$x_A = L = \frac{e}{m_e} \times \frac{U}{L} \times \frac{t_A^2}{2} \qquad (2)$$

On élimine t_A entre les deux équations :

$$(1) \Rightarrow t_A = v_A \times \frac{m_e}{e} \times \frac{L}{U} \quad \text{puis } (2) \Rightarrow L = \frac{e}{m_e} \times \frac{U}{L} \times \frac{1}{2}\left(v_A \times \frac{m_e}{e} \times \frac{L}{U}\right)^2 = \frac{1}{2} v_A^2 \times \frac{m_e}{e} \times \frac{L}{U}$$

D'où l'on tire la vitesse :

$$v_A^2 = \frac{2e}{m_e} \times U \Rightarrow \boldsymbol{v_A = \sqrt{\frac{2e \times U}{m_e}}}$$

On note que cette expression ne dépend pas de la distance parcourue mais seulement de la tension subie sur l'ensemble du trajet de l'électron.

5. [0,5 pt] Numériquement :

$$v_A = \sqrt{\frac{2e \times U}{m_e}} = \sqrt{\frac{2 \times 1{,}60 \times 10^{-19} \times 1{,}00 \times 10^5}{9{,}11 \times 10^{-31}}} = \mathbf{1{,}87 \times 10^8\ m.s^{-1} \approx 0{,}6\ c}$$

Soit plus de la moitié de la vitesse de la lumière ! Il est clair que l'électron est relativiste et que le calcul de la vitesse ne peut pas être obtenu par un modèle classique.

La valeur d'une vitesse en mécanique doit toujours être confrontée à celle de la lumière pour valider (ou invalider) le modèle classique dont on peut fixer la limite à $v < 0{,}1c$. Il ne faut pas en déduire que les calculs précédents sont faux, on pourrait les appliquer à un proton par exemple qui, avec cette tension, ne deviendrait pas relativiste (il suffit de remplacer la masse dans l'expression précédente pour s'en convaincre). On doit juste dire que ce modèle ne convient pas à l'électron avec ces valeurs d'énergie.

SUJET 25

1 h 30 min 9 points

Les débuts de l'électron en physique

Thèmes : *mouvement parabolique d'un électron dans un champ électrique, mouvement rectiligne uniforme.*

Le problème posé par la nature des « rayons cathodiques » à la fin du XIXe siècle fut résolu en 1897 par l'Anglais J.J. Thomson : il s'agissait de particules chargées négativement baptisées par la suite « électrons ». La découverte de l'électron valut à Thomson le prix Nobel de physique en 1906.

Le défi pour les scientifiques de l'époque fut alors de déterminer les caractéristiques de cette particule : sa charge électrique et sa masse. Dans un premier temps, Thomson lui-même, en étudiant la déviation d'un faisceau d'électrons dans un champ électrique, put obtenir le « rapport $\frac{e}{m_e}$ » de ces deux caractéristiques.

C'est cependant l'Américain R. Millikan qui, réalisant de multiples expériences entre 1906 et 1913 sur des gouttelettes d'huile, détermina la valeur de la charge de l'électron.

Données : La valeur de la masse de l'électron est maintenant connue avec une grande précision, celle de la charge élémentaire a été fixée en 2019 avec plusieurs autres constantes fondamentales. On prendra dans les calculs les valeurs habituelles : $m_e = 9{,}11 \times 10^{-31}$ kg et $e = 1{,}60 \times 10^{-19}$ C.

Partie A L'expérience de J.J. Thomson

Lors de ses recherches dans son laboratoire de Cambridge, Thomson conçoit un dispositif dans lequel un faisceau d'électrons est dévié lors de son passage entre deux plaques où règne un champ électrique. La mesure de la déviation du faisceau d'électrons lui permet alors de déterminer le rapport $\frac{e}{m_e}$.

L'étude suivante porte sur le mouvement d'un électron du faisceau qui pénètre entre deux plaques parallèles et horizontales P_1 et P_2, dans une zone où règne un champ électrique $\vec{E}$ supposé uniforme et perpendiculaire aux deux plaques. À l'instant $t = 0$, l'électron arrive en un point O avec une vitesse horizontale $\vec{v_0}$. La trajectoire de l'électron dans un repère (O ; x, y) est fournie sur le schéma ci-après.

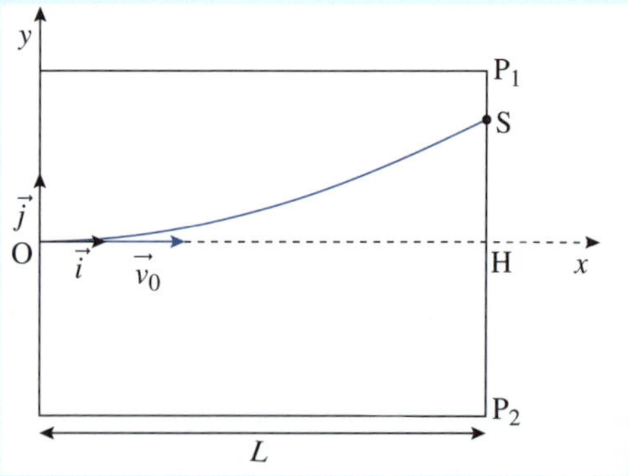

L'électron de masse m_e et de charge $q = -e$, dont le mouvement étudié dans le référentiel terrestre supposé galiléen, est soumis à la seule force électrostatique $\vec{F_e}$.

A.1. Sur le document ci-contre, représenter sans souci d'échelle et en justifiant les tracés :

– le vecteur force $\vec{F_e}$ en un point de la trajectoire de l'électron ;

– le vecteur champ électrique $\vec{E}$ en un point quelconque situé entre les plaques P_1 et P_2.

A.2. En utilisant la deuxième loi de Newton, déterminer les équations horaires $x(t)$ et $y(t)$ du mouvement de l'électron.

A.3. Vérifier que la trajectoire de l'électron a pour équation : $y = \frac{\text{e} \times E}{2mv_0^2} x^2$

A.4. À la sortie de la zone entre les plaques P_1 et P_2, l'électron a subi une déviation verticale SH comme l'indique le schéma.

On mesure SH = $y_S = 2{,}0 \times 10^{-2}$ m.

Déterminer, dans cette expérience, la valeur du rapport $\frac{\text{e}}{m_\text{e}}$ de l'électron.

Conclure.

Données :

Longueur des plaques : $L = 9{,}0 \times 10^{-2}$ m.

Vitesse initiale de l'électron : $v_0 = 2{,}4 \times 10^7$ m.s^{-1}.

Valeur du champ électrique : $E = 1{,}6 \times 10^4$ V.m^{-1}.

Partie B L'expérience de Millikan

L'objectif de Millikan est de montrer qu'un corps chargé ne peut porter qu'une charge électrique multiple d'une « charge élémentaire ».

Document 1. Principe de l'expérience menée en 1910 par Millikan

Millikan pulvérise des gouttelettes d'huile chargées par irradiation entre deux plaques planes où règne un champ électrique et les observe à l'aide d'un microscope.

Sa méthode consiste à immobiliser les gouttelettes en augmentant le champ électrique jusqu'à ce que le poids de la gouttelette soit compensé par la force électrostatique.

Millikan parvint ainsi à obtenir une valeur approchée de la charge élémentaire e = $1{,}591 \times 10^{-19}$ C, très proche de la valeur admise aujourd'hui.

Document 2. Description d'une expérience menée de nos jours en laboratoire

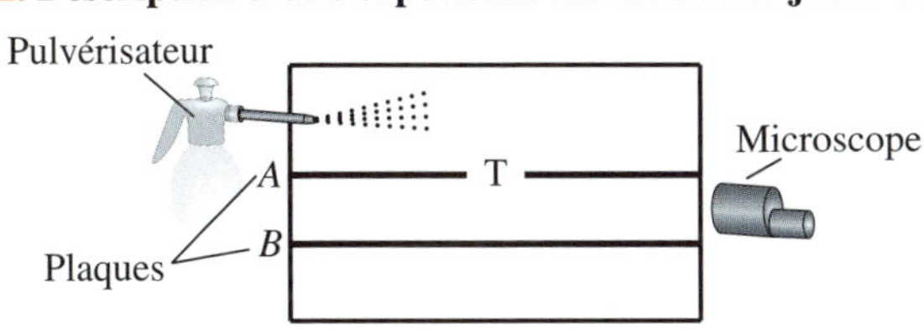

Un pulvérisateur produit un nuage de gouttelettes d'huile chargées négativement qui tombent dans la chambre supérieure du dispositif. Lorsque l'une d'elles passe à travers le trou T, elle tombe verticalement à une vitesse constante v_1, son poids étant très vite compensé par la force de frottement exercée par l'air.

Lors de cette première étape, la chute verticale de la gouttelette dans l'air en l'absence de champ électrique est observée à l'aide d'un microscope et permet de déterminer le rayon r de la gouttelette qui n'est pas mesurable directement.
Lors d'une deuxième étape, lorsque la gouttelette parvient en bas du dispositif, un champ électrique uniforme est créé entre les plaques A et B. La gouttelette remonte alors verticalement à une vitesse constante v_2.
La charge électrique portée par la gouttelette est ensuite déduite des mesures des vitesses v_1 et v_2.

Lors de l'expérience menée au laboratoire, une gouttelette de masse m et de charge q négative arrive entre les plaques A et B.
La poussée d'Archimède est négligée. La gouttelette étudiée est soumise à son poids $\vec{P}$ et à la force de frottement $\vec{f}$ exercée par l'air s'exprimant par la relation $\vec{f} = -6\pi\eta r\vec{v}$ dans laquelle η est la viscosité de l'air, r le rayon de la gouttelette et $\vec{v}$ sa vitesse.

Données :
Masse volumique de l'huile : $\rho = 890$ kg.m^{-3}.
Valeur du champ de pesanteur : $g = 9{,}8$ N.kg^{-1}.
Viscosité de l'air : $\eta = 1{,}8 \times 10^{-5}$ kg.m^{-1}.s^{-1}.

• Chute verticale de la gouttelette

B.1. Lors de la chute de la gouttelette en l'absence de champ électrique, écrire la relation vectorielle entre la force de frottement et le poids lorsque la vitesse constante v_1 est atteinte.
En déduire l'expression de v_1 en fonction de η, r, m et g.

B.2. La relation précédente peut également s'écrire $v_1 = \dfrac{2\rho g r^2}{9\,\eta}$ où ρ est la masse volumique de l'huile.
Déterminer le rayon r de la gouttelette sachant qu'elle parcourt, lors de sa chute, une distance de 2,11 mm pendant une durée $\Delta t = 10{,}0$ s.

B.3. Afin de faciliter la mesure au microscope, la gouttelette ne doit pas être trop rapide. En déduire s'il est préférable de sélectionner une grosse gouttelette ou au contraire une petite gouttelette.

B.4. Établir un bilan des forces subies par la gouttelette et les représenter sur un schéma.

B.5. En appliquant une loi de Newton à la gouttelette qui remonte et en utilisant une relation obtenue lorsqu'elle tombe (question **1.**), montrer que l'on peut exprimer la charge de la goutte par la relation :

$$q = -\frac{6\pi\eta r(v_1 + v_2)}{E}$$

• Remontée de la gouttelette

Un champ électrique uniforme étant établi entre les plaques A et B, la gouttelette subit une force supplémentaire $\overrightarrow{F_E}$ verticale et remonte alors avec une vitesse constante v_2 atteinte presque instantanément.

Plusieurs mesures ont été réalisées pour différentes gouttelettes et rassemblées dans le tableau du document 3.

Document 3. Mesures de v_1 et v_2 pour différentes gouttelettes

Numéro de la gouttelette	Rayon r de la gouttelette (µm)	Vitesse de descente v_1 ($\times 10^{-4}$ m.s^{-1})	Vitesse de remontée v_2 ($\times 10^{-4}$ m.s^{-1})	Charge q de la gouttelette (C)
1	1,2	1,55	1,59	$-6{,}4 \times 10^{-19}$
2	1,3	1,82	1,81	$-8{,}0 \times 10^{-19}$
3	1,5	2,42	1,35	$-9{,}6 \times 10^{-19}$
4	1,6	2,76	3,13	$-1{,}6 \times 10^{-18}$
5		1,82	2,53	$-9{,}6 \times 10^{-19}$

B.6. Les gouttelettes n° 2 et n° 5 du document 3 ont la même vitesse de descente v_1 mais des vitesses de remontée v_2 différentes.
Déterminer sans calcul le rayon de la gouttelette n° 5. Justifier.
Pourquoi leurs vitesses de remontée sont-elles différentes ?

B.7. Montrer, à partir des résultats expérimentaux du document 3, que la charge de ces gouttelettes est « quantifiée », c'est-à-dire qu'elle ne prend que des valeurs multiples d'une même charge élémentaire égale à $1{,}6 \times 10^{-19}$ C.

B.8. En quoi le protocole de l'expérience effectuée par Millikan diffère-t-il de celui réalisé au laboratoire par J.J. Thomson ?

Corrigé du sujet 25

Partie A L'expérience de J.J. Thomson

A.1. [0,5 pt]

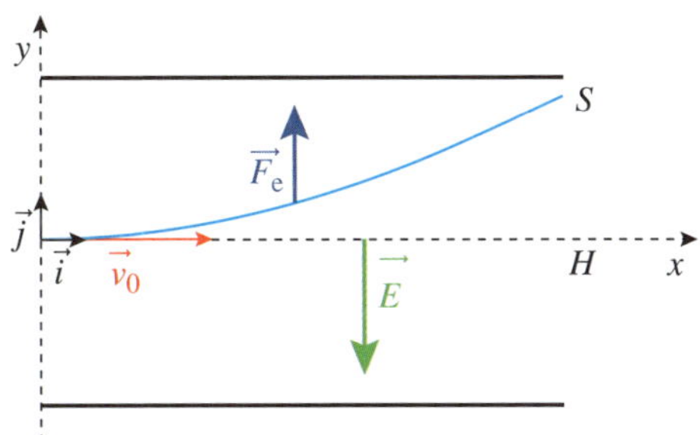

Le champ et donc la force sont nécessairement orthogonaux aux plaques. Par ailleurs, la force est colinéaire à l'accélération qui est nécessairement orientée vers l'intérieur de la courbure de la trajectoire, d'où le sens de la force selon le sens de Oy. La charge de l'électron étant négative, la force est de sens opposé au champ qui est donc dans le sens contraire à Oy, vers le bas sur le schéma.

A.2. [2 pts] On applique la deuxième loi de Newton à l'électron dans le référentiel terrestre considéré galiléen :

$$m\vec{a} = -\mathrm{e}\vec{E} \Rightarrow \vec{a} = -\frac{\mathrm{e}}{m}\vec{E} = \overrightarrow{cte} \text{ avec } \vec{E} = -E\vec{j}$$

On projette l'équation précédente sur les axes Ox et Oy :

$$\begin{cases} a_x = \ddot{x} = 0 \\ a_y = \ddot{y} = \dfrac{\mathrm{e}}{m}E \end{cases}$$

On intègre les deux équations précédentes :

$$\begin{cases} \dot{x} = C_1 \\ \dot{y} = \dfrac{\mathrm{e}}{m}E \times t + C_2 \end{cases}$$

où il apparaît deux constantes d'intégration que l'on détermine avec les conditions initiales de la vitesse :

$$\text{à } t = 0 \begin{cases} v_x = v_0 = \dot{x}(0) = C_1 \\ v_y = 0 = \dot{y}(0) = C_2 \end{cases}$$

d'où les coordonnées de la vitesse :

$$\begin{cases} v_x = \dot{x} = v_0 \\ v_y = \dot{y} = \dfrac{\mathrm{e}}{m}E \times t \end{cases}$$

que l'on intègre à nouveau pour obtenir le vecteur position :

$$\begin{cases} x = v_0 t + K_1 \\ y = \dfrac{1}{2}\dfrac{\mathrm{e}E}{m}t^2 + K_2 \end{cases}$$

où il apparaît deux constantes d'intégration que l'on détermine avec la position initiale : à $t = 0$: $x(0) = 0 = K_1$ et $y(0) = 0 = K_2$.

On obtient finalement les équations horaires attendues :

$$\boldsymbol{x = v_0 \times t \ (1)} \quad \text{et} \quad \boldsymbol{y = \frac{eE \times t^2}{2m} \ (2)}$$

A.3. [0,5 pt] On obtient l'équation cartésienne en éliminant le temps entre les deux équations horaires (1) et (2), soit :

$$t = \frac{x}{v_0} \text{ d'où } \boldsymbol{y = \frac{\mathrm{e}Ex^2}{2mv_0{}^2}}$$

A.4. [0,5 pt] Le point S appartient à la trajectoire ; il suffit de remplacer ses coordonnées dans l'équation cartésienne obtenue ci-dessus :

$$y_S = \frac{\mathrm{e}E}{2mv_0^2}x_S^2 \qquad (\text{avec } x_S = L)$$

Soit : $\dfrac{\mathbf{e}}{\boldsymbol{m}} = \dfrac{\mathbf{2}\boldsymbol{v_0^2 y_S}}{\boldsymbol{EL^2}} = \dfrac{2 \times (2{,}4 \times 10^7)^2 \times 2{,}0 \times 10^{-2}}{1{,}6 \times 10^4 \times (9{,}0 \times 10^{-2})^2} = \mathbf{1{,}8 \times 10^{11}\ C.kg^{-1}}$

La valeur obtenue est en accord (compte tenu de la précision des mesures) avec les valeurs connues de e et *m*, dont le rapport donne :

$$\frac{e}{m} = \frac{1{,}602\ 176\ 565 \times 10^{-19}}{9{,}109\ 382\ 6 \times 10^{-31}} = 1{,}758\ 820\ 8 \times 10^{11}\ \text{C.kg}^{-1}$$

Partie B L'expérience de Millikan

• Chute verticale de la gouttelette

B.1. [1 pt] La goutte se déplace verticalement et la valeur de sa vitesse est constante ; son mouvement est donc rectiligne uniforme dans le référentiel terrestre galiléen. En appliquant la première loi de Newton, il vient :

$$\sum \vec{F} = m\vec{g} - 6\pi\eta r\vec{v_1} = \vec{0}$$

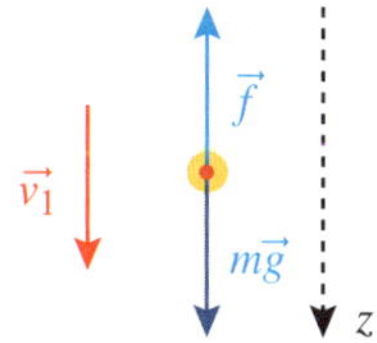

soit en projetant sur l'axe Oz :

$$mg - 6\pi\eta r v_1 = 0$$

D'où : $v_1 = \dfrac{mg}{6\pi\eta r}$

B.2. [1 pt] Il suffit d'utiliser la formule donnée dans l'énoncé :

$$v_1 = \frac{2}{9}\frac{\rho g r^2}{\eta}$$

> On peut facilement vérifier la formule donnée par l'énoncé en utilisant la définition de la masse volumique $\rho = \dfrac{m}{V}$ où V est le volume de la goutte supposée sphérique, soit : $V = \dfrac{4}{3}\pi r^3$. On en déduit $m = \rho V = \rho\dfrac{4}{3}\pi r^3$ que l'on remplace dans la formule obtenue à la question précédente : $v_1 = \dfrac{mg}{6\pi\eta r} = \dfrac{4}{3}\dfrac{\rho\pi r^3 g}{6\pi\eta r} = \dfrac{2}{9}\dfrac{\rho g r^2}{\eta}$

Or le mouvement est uniforme, donc :

$d = v_1\Delta t$ où d est la distance de chute mesurée

On a alors : $v_1 = \dfrac{2}{9}\dfrac{\rho g r^2}{\eta} = \dfrac{d}{\Delta t}$ d'où : $r = \sqrt{\dfrac{9\eta d}{2\rho g \Delta t}}$

soit numériquement : $\boldsymbol{r} = 3\sqrt{\dfrac{1{,}8 \times 10^{-5} \times 2{,}11 \times 10^{-3}}{2 \times 890 \times 9{,}8 \times 10{,}0}} = \mathbf{1{,}4 \times 10^{-6}\ m = 1{,}4\ \mu m}$

L'ordre de grandeur (goutte microscopique) semble pertinent ; par ailleurs, cette valeur est conforme à celles du tableau des questions suivantes.

B.3. [0,25 pt] La vitesse limite de la goutte est proportionnelle au carré de son rayon (les autres paramètres g, ρ et η sont indépendants de la taille de la goutte), donc **il vaut mieux une petite goutte pour une vitesse limite pas trop élevée**. Il faut cependant qu'elle demeure visible au microscope.

B.4. [0,75 pt] Les forces sont le poids, la force électrique et la force de frottements soit respectivement :

$$\vec{P} = m\vec{g} \quad ; \quad \vec{F_E} = q\vec{E} \quad ; \quad \vec{f} = 6\pi\eta r\vec{v_2}$$

Les vecteurs s'écrivent comme ci-contre avec le choix de l'axe vers le bas, et où l'on note $\vec{k}$, le vecteur unitaire porté par l'axe Oz :

$$\vec{g} = g\vec{k} \; ; \; \vec{E} = E\vec{k} \; ; \; \vec{v_2} = -v_2\vec{k}$$

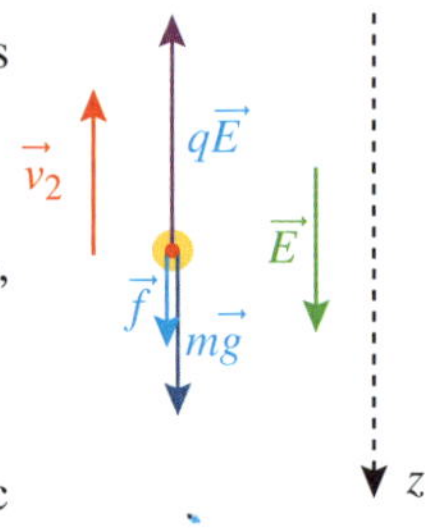

B.5. [1pt] La goutte est toujours en mouvement rectiligne uniforme, d'où, d'après la deuxième (ou la première !) loi de Newton :

$$\sum \vec{F} = m\vec{g} - 6\pi\eta r\vec{v_2} + q\vec{E} = \vec{0}$$

En projetant la somme des forces, on obtient donc (avec q algébrique) :

$$mg + 6\pi\eta r v_2 + qE = 0$$

Soit, en utilisant l'expression $mg = 6\pi\eta r v_1$ obtenue en **B.1.** :

$$6\pi\eta r v_1 + 6\pi\eta r v_2 + qE = 0$$

Soit finalement le résultat donné dans l'énoncé :

$$q = -\frac{6\pi\eta r(v_1 + v_2)}{E}$$

qui montre bien que la première expérience permet d'éliminer le problème de la masse.

• Remontée de la gouttelette

B.6. [0,5 pt] On a vu que la vitesse de descente v_1 ne dépend que du rayon de la goutte ; les gouttes 2 et 5 ayant même vitesse, **elles ont donc nécessairement même rayon r = 1,3 μm**. La vitesse de remontée par contre dépend de la charge ; or, cette charge peut être différente même pour des gouttes de taille identique, ce qui explique la différence des valeurs de v_2 pour ces deux gouttes.

B.7. [0,5 pt] On vérifie facilement :

Goutte n°	1	2	3	4	5
Charge *q*	–4e	–5e	–6e	–10e	–6e

C'est en observant cette quantification que Millikan en a déduit la charge élémentaire. L'électrisation des gouttes est obtenue lors de la pulvérisation. Ce processus est comparable à ce qui se passe lorsqu'on frotte une règle en plastique sur un tissu synthétique : le frottement arrache des électrons à l'un des matériaux et ils se déposent sur l'autre. La charge obtenue est alors nécessairement un multiple entier de celle de l'électron.

B.8. [0,5 pt] L'expérience de J.J. Thomson ne permet pas de déterminer la charge, mais seulement le rapport $\frac{e}{m}$ de l'électron. Avec l'expérience de Millikan, le fait de faire deux mesures (avec et sans champ) permet en fait de mesurer deux grandeurs, donc d'éliminer le problème de la masse et de déterminer la charge des gouttes et, par suite, celle de l'électron.

7 Mouvement dans un champ de gravitation

SUJET 26 1 h 30 min 8 points

La famille Météosat

Thèmes : *base de Frenet, satellite en orbite circulaire, lois de Kepler, période de révolution, orbite géostationnaire, orbite elliptique.*

Le programme Météosat fait partie du système mondial d'observation de l'atmosphère terrestre (GARP), mis en place par l'Organisation météorologique mondiale au milieu des années 1970.

La première génération de satellites lancés de 1977 à 1997 actifs jusqu'en 2015 a été remplacée entre 2002 et 2015 par une deuxième génération actuellement active.

La troisième génération en développement sera lancée progressivement au cours des années 2020.

Tous ces satellites sont sur l'orbite géostationnaire. Ils sont mis en orbite par le lanceur Ariane qui les place d'abord en orbite circulaire basse où ils évoluent à vitesse constante à basse altitude $h_B = 600$ km.

Données :

- masse de la Terre $M = 6{,}0 \times 10^{24}$ kg ;
- masses des satellites 320 kg < m < 3 600 kg ;
- constante de gravitation $G = 6{,}67 \times 10^{-11}$ SI ;
- rayon de la Terre $R_T = 6{,}37 \times 10^3$ km.

Partie A Étude de l'orbite circulaire

A.1. Dans quel référentiel doit-on étudier les mouvements des satellites Météosat ? Après avoir schématisé l'allure de la trajectoire basse altitude et les vecteurs de la base de Frenet, donner l'expression des vecteurs vitesse et accélération d'un satellite S lorsqu'il évolue sur une orbite circulaire.

A.2. Schématiser et donner l'expression de la force gravitationnelle $\overrightarrow{F_{T/S}}$ exercée par la Terre sur le satellite en fonction des données.

A.3. Montrer que le mouvement du satellite est uniforme, établir l'expression de sa vitesse sur l'orbite basse, puis la calculer numériquement.

A.4. On note T_B la durée d'un tour du satellite autour de la Terre sur son orbite basse.

a) Comment appelle-t-on cette grandeur ? Établir son expression en fonction de M, R_T, h_B et G.

b) Quelle loi de Kepler retrouve-t-on ? Donner un énoncé complet de cette loi.

c) Calculer numériquement T_B.

A.5. Qu'est-ce que l'orbite géostationnaire ? Quelle est la durée $T_{géo}$ d'une révolution du satellite sur cette orbite ? Montrer que le satellite est alors à une altitude d'environ $h_{géo} \approx 36\ 000$ km.

Partie B Étude de l'orbite elliptique de transfert

À un moment convenu, lorsque le satellite est au point P de son orbite circulaire basse, on augmente sa vitesse de façon bien précise. On utilise pour cela un petit réacteur qui émet en P, pendant un très court instant, un jet de gaz donnant au satellite l'impulsion nécessaire. Ensuite, le satellite n'est plus soumis qu'à la gravitation : il décrit ainsi une orbite elliptique de transfert jusqu'à un point A de l'ellipse à l'altitude de l'orbite géostationnaire définitive. Le moteur donnera alors une nouvelle impulsion pour changer à nouveau d'orbite et suivre la trajectoire géostationnaire.

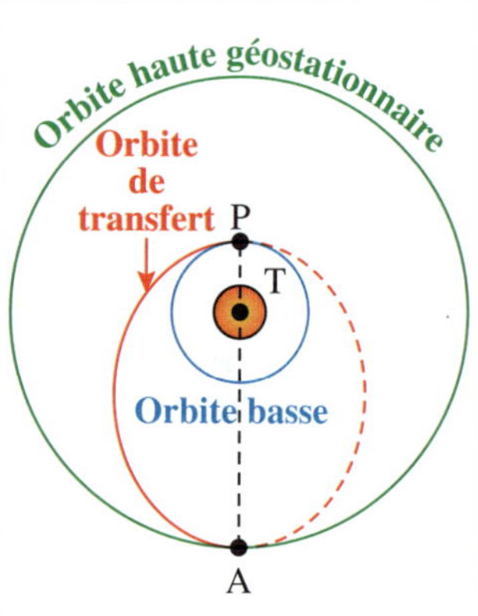

B.1. Quelle loi de Kepler permet de justifier l'allure de la trajectoire de transfert ? Où se trouve le centre de la Terre par rapport à cette trajectoire ?

B.2. Énoncer la deuxième loi de Kepler. À l'aide éventuellement d'un schéma, expliquer en quel point de la trajectoire elliptique de transfert la vitesse du satellite est minimale, et en quel point elle est maximale.

B.3. Exprimer puis calculer la distance AP.

B.4. Exprimer puis calculer la durée du transfert entre les deux orbites circulaires.

Corrigé du sujet 26

Les textes sur fond jaune apparaissant dans ce corrigé sont des rappels de cours ou des commentaires pour vous guider et vous aider.

Partie A Étude de l'orbite circulaire

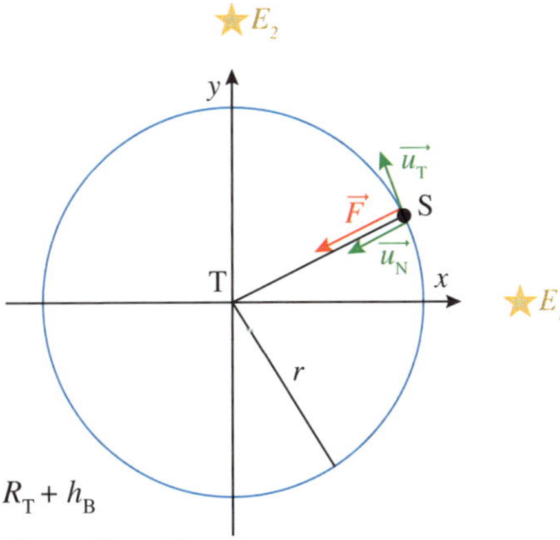

A.1. [0,5 pt] On étudie le mouvement d'un satellite S dans le référentiel $\mathcal{R}$ géocentrique, lié au centre de la Terre et matérialisé par des axes dirigés vers des étoiles suffisamment lointaines pour sembler fixes. On le suppose galiléen pour l'étude du satellite. Dans le cas particulier d'un mouvement circulaire, vitesse et accélération de S dans $\mathcal{R}$ s'écriv ent dans la base de Frenet $(\overrightarrow{u_T}\,;\overrightarrow{u_N})$ représentée ci-contre :

$$\vec{v} = v\overrightarrow{u_T} \text{ et } \vec{a} = \frac{dv}{dt}\overrightarrow{u_T} + \frac{v^2}{r}\overrightarrow{u_N} \text{ avec } r = R_T + h_B$$

A.2. [0,5 pt] La force gravitationnelle exercée par T sur S est :

$$\overrightarrow{F_{T/S}} = G\frac{M \times m}{r^2}\overrightarrow{u_N} = G\frac{M \times m}{\left(R_T + h_B\right)^2}\overrightarrow{u_N}$$

A.3. [1,5 pt] On applique la deuxième loi de Newton à S dans $\mathcal{R}$ galiléen :

$$m\vec{a} = \overrightarrow{F_{T/S}}$$

On projette sur les deux directions, normale et tangente, repérées chacune par un des vecteurs unitaires de la base de Frenet :

$$\begin{cases} m\dfrac{dv}{dt}\overrightarrow{u_T} = \vec{0} \\ m\dfrac{v^2}{R_T+h_B}\overrightarrow{u_N} = G\dfrac{M\times m}{(R_T+h_B)^2}\overrightarrow{u_N} \end{cases} \Rightarrow \begin{cases} \dfrac{dv}{dt} = 0 & (1) \\ \dfrac{v^2}{R_T+h_B} = G\dfrac{M}{(R_T+h_B)^2} & (2) \end{cases}$$

De (1) on déduit que la valeur de la vitesse est constante (dérivée nulle), donc **le mouvement est uniforme**. De (2) on tire l'expression de la vitesse sur la trajectoire :

$$v = \sqrt{\frac{G \times M}{R_T + h_B}} = \sqrt{\frac{6{,}67 \times 10^{-11} \times 5{,}98 \times 10^{24}}{(6{,}37 + 0{,}600) \times 10^6}} = \mathbf{7{,}56 \times 10^3\ m.s^{-1}}$$

A.4. a) [1 pt] T_B est la période de révolution du satellite qui parcourt en une durée T_B le périmètre d_B du cercle de rayon $r = R_T + h_B$ soit $d_B = 2\pi\left(R_T + h_B\right)$. Son mouvement est uniforme, donc on peut écrire :

$$d_B = v \times T_B \Rightarrow 2\pi\left(R_T + h_B\right) = \sqrt{\frac{G \times M}{R_T + h_B}} \times T_B$$

Pour pouvoir écrire que la distance parcourue est proportionnelle au temps, il faut que le mouvement soit uniforme, ce qui est le cas ici.

Soit en élevant au carré :

$$4\pi^2\left(R_T+h_B\right)^2=\frac{G\times M}{\left(R_T+h_B\right)}\times T_B^2 \Rightarrow T_B^2=\frac{4\pi^2}{G\times M}\left(R_T+h_B\right)^3$$

$$\Rightarrow \quad \boldsymbol{T_B=\sqrt{\frac{4\pi^2}{G\times M}\left(R_T+h_B\right)^3}}$$

b) [0,5 pt] On retrouve la troisième loi de Kepler appliquée au cas particulier du mouvement circulaire, dont l'énoncé est : le carré de la période de révolution d'une planète (respectivement d'un satellite) autour du Soleil (respectivement de la Terre) est proportionnel au cube du demi-grand axe de l'ellipse (pour le cercle : demi-grand axe $a = r$ rayon du cercle).

c) [0,5 pt] $T_B=\sqrt{\frac{4\pi^2}{G\times M}\left(R_T+h_B\right)^3}=\sqrt{\frac{4\pi^2\times\left(6,37+0,600\right)^3\times 10^{18}}{6,67\times 10^{-11}\times 5,98\times 10^{24}}}=\mathbf{5,79\times 10^3\ s\approx 96\ min}$

A.5. [1 pt] Sur la trajectoire géostationnaire, le satellite est fixe par rapport à un point de la surface terrestre, il effectue donc un tour en $T_{géo}$ = 24 h. On peut alors utiliser le résultat précédent (troisième loi de Kepler) :

$$r_{géo}^3=\frac{G\times M}{4\pi^2}\times T_{géo}^2$$

$$\Rightarrow \quad \boldsymbol{r_{géo}=\sqrt[3]{\frac{G\times M}{4\pi^2}\times T_{géo}^2}}=\sqrt[3]{\frac{6,67\times 10^{-11}\times 5,98\times 10^{24}\times\left(24\times 3600\right)^2}{4\pi^2}}=\mathbf{4,23\times 10^7\ m}$$

Soit une altitude :

$$\boldsymbol{h_{géo}=r_{géo}-R_T}=4,23\times 10^7-6,37\times 10^6=\mathbf{3,59\times 10^7\ m\approx 36\ 000\ km}$$

L'orbite peut accueillir plusieurs satellites de masses différentes puisque la vitesse ne dépend pas de la masse des satellites. Ainsi tous les satellites tournent ensemble à la même vitesse, sans jamais se rapprocher les uns des autres. Cette trajectoire permet de placer des satellites qui semblent immobiles, donc par exemple des satellites de télécommunication (évitant ainsi à l'antenne parabole de devoir suivre son déplacement).

Partie B Étude de l'orbite elliptique de transfert

B.1. [0,5 pt] D'après la première loi de Kepler, les planètes (respectivement les satellites) ont une orbite elliptique dont le Soleil (respectivement la Terre) occupe un foyer.

Historiquement, les lois de Kepler s'appliquent aux planètes autour du Soleil, mais se généralisent à tout système satellitaire autour d'un centre attracteur.

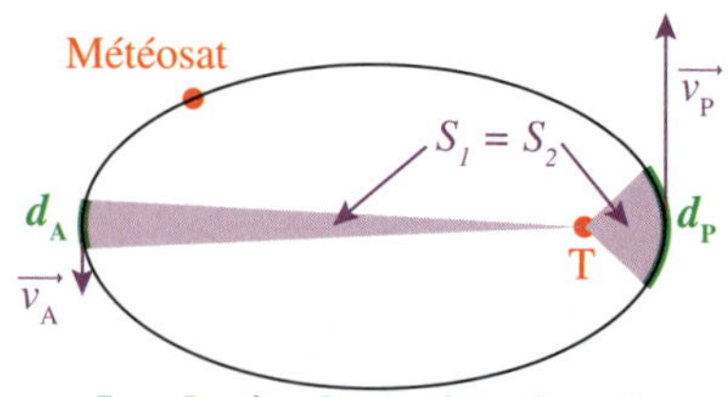

Les durées des trajets d_P et d_A sont identiques, or $d_A < d_P$ donc $v_A < v_P$

B.2. [0,5 pt] La seconde loi de Kepler ou loi des aires stipule que la surface balayée par le vecteur position de la planète (respectivement du satellite) est proportionnelle à la durée, autrement dit que deux aires balayées identiques le sont en des temps identiques. On montre alors aisément avec un schéma que plus le satellite est éloigné de la Terre, plus la vitesse est faible. Donc **sur l'orbite de transfert la vitesse est maximale en P (périgée) et minimale en A (apogée).**

B.3. [0,5 pt] La distance AP s'obtient aisément à l'aide du schéma de l'énoncé :

$$AP = AT + TP = r_{géo} + r_B = R_T + h_{géo} + R_T + h_B$$

$$\mathbf{AP = 2R_T + h_{géo} + h_B} = (2 \times 6{,}37 + 3{,}59 + 0{,}600) \times 10^7 = \mathbf{4{,}92 \times 10^7\ m}$$

B.4. [1 pt] La distance AP est le grand axe de l'ellipse AP = $2a$; en utilisant la troisième loi de Kepler à cette orbite dont on note T la période, il vient : $T^2 = \dfrac{4\pi^2}{G \times M}a^3$. Or la durée Δt du transfert est la moitié de la période, car le satellite parcourt seulement la moitié de l'ellipse (symétriquement du grand axe), d'où d'après ce qui précède :

$$\Delta t = \frac{T}{2} = \frac{1}{2}\sqrt{\frac{4\pi^2}{G \times M}\left(\frac{AP}{2}\right)^3}$$

$$\Delta t = \frac{1}{2}\sqrt{\frac{4\pi^2 \times (4{,}92 \times 10^7)^3}{6{,}67 \times 10^{-11} \times 5{,}98 \times 10^{24} \times 2^3}} = \mathbf{1{,}92 \times 10^4\ s \approx 5\ h\ 20\ min}$$

En réalité, la plupart des satellites sont ainsi montés en orbite finale à partir d'une orbite basse où ils sont déposés par le lanceur, car un placement sur orbite haute coûterait beaucoup plus cher ! En général, la manœuvre s'étale non pas sur une orbite de transfert mais sur plusieurs orbites elliptiques successives, une petite accélération à chaque passage à l'apogée (grâce au moteur d'apogée) finissant par circulariser la trajectoire à l'altitude géostationnaire.

SUJET 27

1 h 10 min 6 points

Transit de Vénus

Thèmes : *base de Frenet, satellite en orbite circulaire, période de révolution, exploitation de documents.*

Ce sujet est à traiter sans calculatrice ; quelques aides au calcul numérique sont proposées.

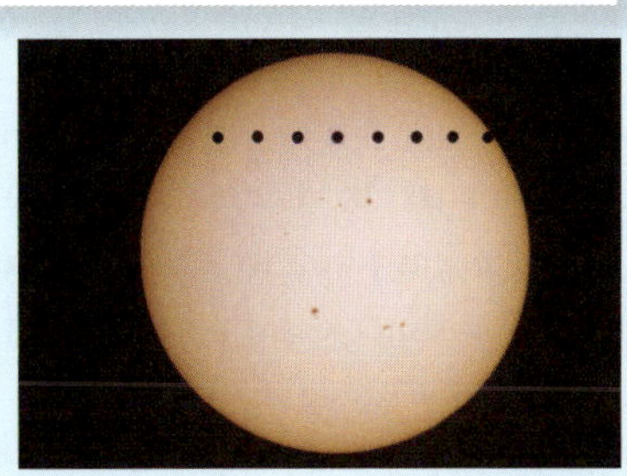

Le transit d'une planète correspond à son passage entre la Terre et le Soleil. Pour un observateur terrestre, cela se manifeste par la présence d'un disque sombre sur le fond brillant du Soleil.

Les transits de Vénus sont des phénomènes rares. On compte en effet environ deux passages de Vénus devant le Soleil par siècle, mais aucun transit n'a eu lieu au cours du XXe siècle. Au XIXe siècle, les passages de la planète devant le disque solaire ont eu lieu en 1874 et en 1882. Au XXIe siècle, le phénomène s'est produit le 8 juin 2004 et le 6 juin 2012. La figure page précédente est un montage photographique réalisé, en France, par un astronome amateur. On voit sur le même cliché quelques positions de ce transit. À partir de ce cliché et des données astronomiques fournies, l'astronome amateur désire mesurer la vitesse orbitale de Vénus.

Données astronomiques :

- Soleil : masse $m_S = 2{,}0 \times 10^{30}$ kg ; diamètre $D_1 = 1{,}4 \times 10^{6}$ km ; distance moyenne à la Terre $R_1 = 1{,}5 \times 10^{8}$ km.
- Vénus : distance moyenne au Soleil $R_2 = 1{,}0 \times 10^{8}$ km ; masse notée m_V.
- Constante de la gravitation : $G = 6{,}67 \times 10^{-11}$ SI.
- Aides au calcul : $\sqrt{13} = 3{,}6$; $\sqrt{10} = 3$; $2\pi \times 3{,}6 = 23$; $\dfrac{2\pi}{3{,}6} = 1{,}7$.

Partie A Étude théorique du mouvement de Vénus

Dans tout l'exercice, on assimilera la Terre et Vénus à leur centre d'inertie. L'astronome amateur considère que la planète Vénus tourne autour du Soleil sur une trajectoire circulaire dont le centre est le centre d'inertie du Soleil.

A.1. Comment nomme-t-on le référentiel d'étude ? Le décrire.

A.2. Nommer, exprimer vectoriellement, puis représenter sur un schéma la force exercée par le Soleil sur la planète Vénus.

A.3. Dans le référentiel d'étude, appliquer à Vénus la deuxième loi de Newton (on négligera l'action des autres planètes sur Vénus). En déduire une expression de son vecteur accélération.

A.4. Le mouvement de la planète Vénus est uniforme. Donner les caractéristiques du vecteur accélération de Vénus. Retrouver, dans le référentiel choisi, l'expression de la vitesse v_{th} de cette planète : $v_{th} = \sqrt{\dfrac{G \times m_S}{R_2}}$

En utilisant les données astronomiques fournies, calculer, avec 2 chiffres significatifs, la valeur de cette vitesse.

A.5. Définir la période de révolution T_2 de la planète Vénus.

A.6. Exprimer cette période en fonction de v_{th} et de R_2. Calculer la valeur de cette période (en secondes).

Partie B Étude expérimentale à l'aide du transit de Vénus

En France, le 8 juin 2004, on a pu observer le début du transit de Vénus (appelé 1er contact) à 7 h 20 min et la fin du transit (appelé 3e contact) à 13 h 04 min heure locale. On prendra pour la durée de ce transit $t_{AB} = 2,0 \times 10^4$ s. La photographie donnée en introduction est remplacée par le schéma ci-contre plus facilement exploitable. On appelle A et B les points à la périphérie du Soleil correspondant au 1er et au 3e contacts. On admet que le rapport des distances vaut $\frac{AB}{OE} = \frac{3}{4}$

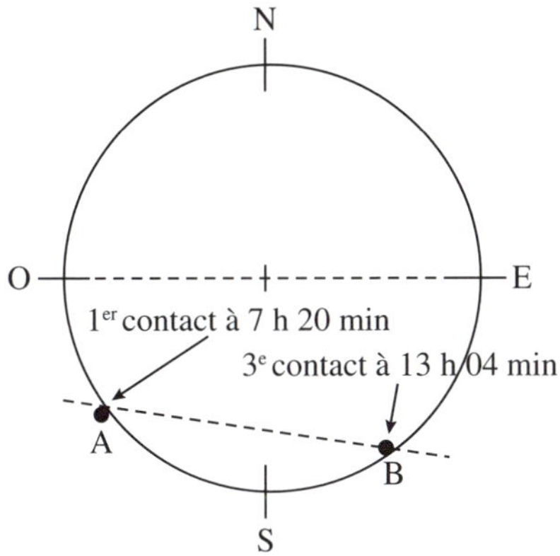

B.1. À l'aide des données astronomiques fournies, calculer la distance AB à la surface du disque solaire.

B.2. Dans un premier temps, l'astronome amateur considère que, pendant la durée du transit de Vénus, la Terre reste immobile, à la position notée Q_1 par rapport au Soleil. La planète Vénus se déplace dans l'espace entre la Terre et le Soleil. La position supposée de Vénus est alors obtenue comme sur la figure (réalisée sans échelle) ci-contre, à partir des positions AB repérées sur l'enregistrement du transit. On assimilera A′B′ et AB à deux segments parallèles. Montrer que, dans cette hypothèse, le calcul de la vitesse de Vénus donne une valeur voisine de $v_2 \approx 18$ km.s^{-1}. (*En l'absence de calculatrice, on évitera les calculs numériques intermédiaires.*) Comparer à la valeur v_{th} calculée dans la première partie de l'exercice et commenter.

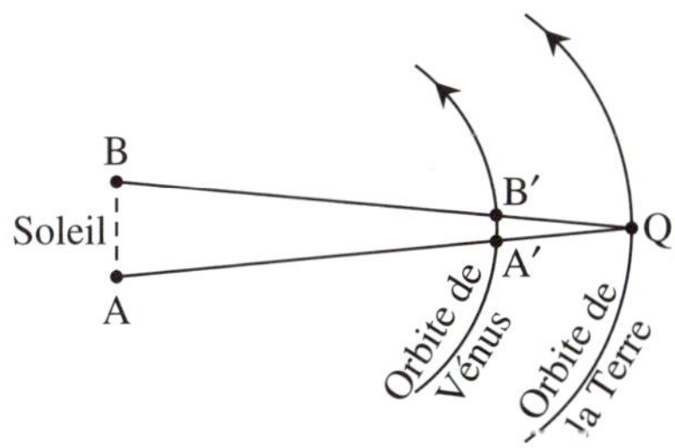

B.3. Calculer l'ordre de grandeur de v_1 la vitesse de la Terre sur son orbite (un chiffre significatif) et en déduire celui de la distance Q_1Q_2 parcourue par la Terre sur son orbite pendant la durée du transit de Vénus. Commenter l'hypothèse faite à la question précédente.

4. Refaire le schéma des positions de la Terre et du transit observé, en indiquant Q_2 et les positions A″B″ de Vénus obtenues à l'aide de AB et en tenant compte du mouvement de la Terre. Comparer, sur le schéma, les distances A″B″ et A′B′. L'astronome reprend ses mesures et ses calculs avec ces grandeurs et trouve bien la valeur théorique attendue. Conclure.

Corrigé du sujet 27

Partie A Étude théorique du mouvement de Vénus

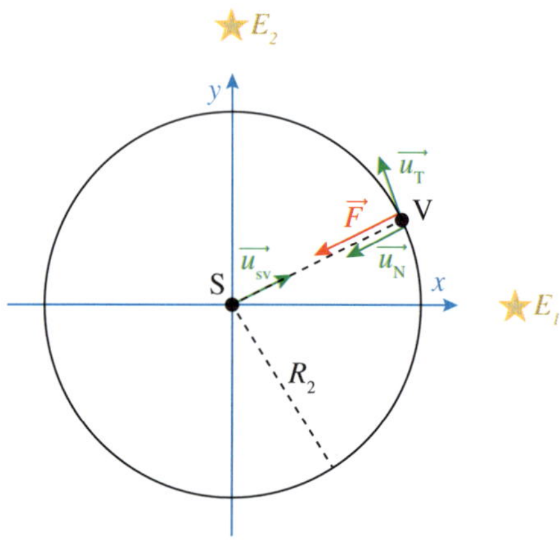

A.1. [0,25 pt] On travaille dans le **référentiel héliocentrique** $\mathcal{R}$, centré sur le centre du Soleil et dont les axes sont dirigés vers 3 étoiles suffisamment lointaines pour paraître fixes.

A.2. [0,25 pt] Le Soleil exerce sur Vénus une force gravitationnelle qui vaut (le vecteur unitaire est dirigé selon SV comme indiqué sur le schéma) :

$$\vec{F} = -G\frac{m_V \times m_S}{R_2^2}\overrightarrow{u_{SV}}$$

A.3. [0,5 pt] On considère le référentiel $\mathcal{R}$ héliocentrique galiléen. Vénus est soumis à une seule force ; on applique la deuxième loi de Newton à Vénus ramenée à un point matériel dans $\mathcal{R}$:

$$m_V\vec{a} = \vec{F} \text{ d'où } \vec{a} = -G\frac{m_S}{R_2^2}\overrightarrow{u_{SV}}$$

A.4. [1 pt] On se place dans le cas particulier du mouvement circulaire uniforme. Ainsi, les vecteurs cinématiques, vitesse et accélération de V dans $\mathcal{R}$ s'écrivent dans la base de Frenet :

$$\vec{v} = v_{th}\overrightarrow{u_T} \qquad \text{et} \qquad \vec{a} = \frac{v_{th}^2}{R_2}\overrightarrow{u_N} = -\frac{v_{th}^2}{R_2}\overrightarrow{u_{SV}}$$

En écrivant l'égalité des deux expressions de l'accélération, on obtient : $\frac{v_{th}^2}{R_2} = G\frac{m_S}{R_2^2}$

D'où :

$$v_{th} = \sqrt{\frac{G \times m_S}{R_2}} = \sqrt{\frac{6{,}67 \times 10^{-11} \times 2{,}0 \times 10^{30}}{1{,}0 \times 10^{11}}}$$

$$= \sqrt{6{,}67 \times 2 \times 10^{8}} \approx \sqrt{13} \times 10^{4} = \mathbf{3{,}6 \times 10^4\ m.s^{-1}}$$

A.5. [0,25 pt] La période de révolution (ou période orbitale) est la durée du parcours d'une orbite complète autour du Soleil.

A.6. [0,5 pt] Vénus parcourt le périmètre du cercle de rayon R_2, soit un trajet : $d = 2\pi R_2$ en une durée T_2. Son mouvement est uniforme, donc on peut écrire : $d = v_{th} \times T_2$

D'où : $\boldsymbol{T_2} = \dfrac{\boldsymbol{2\pi R_2}}{\boldsymbol{v_{th}}} = \dfrac{2\pi \times 1{,}0 \times 10^{11}}{3{,}6 \times 10^4} = \mathbf{1{,}7 \times 10^7\ s}$

En l'absence de calculatrice, on ne convertira pas forcément la valeur en jours, encore qu'ici ce ne soit pas difficile de donner un ordre de grandeur ; il n'est pas inintéressant de s'y entraîner :

$$T_2 = \frac{1{,}7 \times 10^7}{3\,600 \times 24} = \frac{1{,}7 \times 10^7}{3{,}6 \times 10^3 \times 0{,}24 \times 10^2} = \frac{1{,}7}{3{,}6 \times 0{,}24} \times \frac{10^7}{10^3 \times 10^2}$$
$$\approx \frac{1{,}8}{3{,}6 \times 0{,}25} \times 10^2 = \frac{1{,}8}{3{,}6} \times \frac{1}{1/4} \times 10^2 = \frac{4}{2} \times 10^2 = 200 \text{ jours}$$

Le calcul d'un ordre de grandeur suppose de séparer valeurs et puissances de 10 de façon commode. Ici, on arrondit par valeur légèrement supérieure le numérateur et le dénominateur (effets qui se compensent) afin de faire apparaître un facteur 2 (2 × 18 = 36) et la valeur connue de ¼ = 0,25. La valeur réelle est de 225 jours, l'écart provenant du calcul approché d'une part, mais aussi des données arrondies proposées dans l'énoncé pour faciliter le calcul.
On note ici en vert des pistes de calculs rapides sans calculatrice (les chiffres significatifs ne sont pas respectés dans ces écritures).

Partie B Étude expérimentale à l'aide du transit de Vénus

B.1. [0,5 pt] Il suffit d'utiliser le diamètre du Soleil :

$$\frac{AB}{OE} = \frac{3}{4}$$

d'où $\quad \mathbf{AB} = \dfrac{3}{4}OE = \dfrac{3}{4} \times D_1 = \dfrac{3 \times 1{,}4 \times 10^6}{4} = \dfrac{2{,}1}{2}10^6 \approx \mathbf{1 \times 10^6\ km}$

B.2. [1,25 pt] En supposant que les arcs de cercles sont assimilables à des segments et en utilisant le théorème de Thales, on peut écrire :

$$\frac{AB}{R_1} = \frac{A'B'}{R_1 - R_2} \text{ d'où } A'B' = \frac{R_1 - R_2}{R_1} AB$$

La vitesse de Vénus serait alors :

$$\boldsymbol{v_2} = \frac{\mathbf{A'B'}}{\boldsymbol{t_{AB}}} = \frac{\boldsymbol{R_1 - R_2}}{\boldsymbol{R_1}} \times \frac{\mathbf{3}}{\mathbf{4}} \times \frac{\boldsymbol{D_1}}{\boldsymbol{t_{AB}}}$$

Un calcul numérique d'ordre de grandeur donne :

$$v_2 = \frac{0{,}5 \times 10^8}{1{,}5 \times 10^8} \times \frac{3}{4} \times \frac{1{,}4 \times 10^6}{2 \times 10^4}$$
$$= \frac{3 \times 1{,}4}{3 \times 4 \times 2} \times 10^2 = \frac{0{,}7}{4} \times 10^2 = \frac{70}{4} = 17{,}5 \approx \mathbf{18\ km.s^{-1}}$$

Cette valeur est deux fois plus faible que celle obtenue théoriquement.

Dans ce genre d'expression, il ne faut pas calculer numérateur et dénominateur, mais simplifier d'abord au maximum les facteurs. Concernant les unités, on exprime le rapport des deux premières distances dans la même unité (ici, km), puis AB est en km et le temps en seconde, d'où le résultat final.

B.3. [1 pt] On utilise le résultat obtenu pour Vénus en le transposant à la Terre :

$$v_1 = \sqrt{\frac{\mathbf{G} \times \boldsymbol{m}_\mathbf{S}}{\boldsymbol{R}_1}} = \sqrt{\frac{6{,}67 \times 10^{-11} \times 2{,}0 \times 10^{30}}{1{,}5 \times 10^{11}}}$$

$$\approx \sqrt{\frac{13}{1{,}5} \times 10^8} \approx \sqrt{10} \times 10^4 \approx \sqrt{\frac{13}{1{,}5} \times 10^8} \approx \sqrt{10} \times 10^4$$

$$\approx \mathbf{3 \times 10^4\, m.s^{-1} = 30\ km.s^{-1}}$$

où l'on a détaillé en vert le calcul « sans calculatrice » qui peut se faire aisément. D'où :

$$Q_1Q_2 = v_1 \times t_{AB} = 30 \times 2 \times 10^4 = 6 \times 10^5 \text{ km}$$

soit 600 000 km, distance non négligeable (largement !) devant celle mesurée pendant le transit. **On ne peut donc pas négliger ce déplacement.**

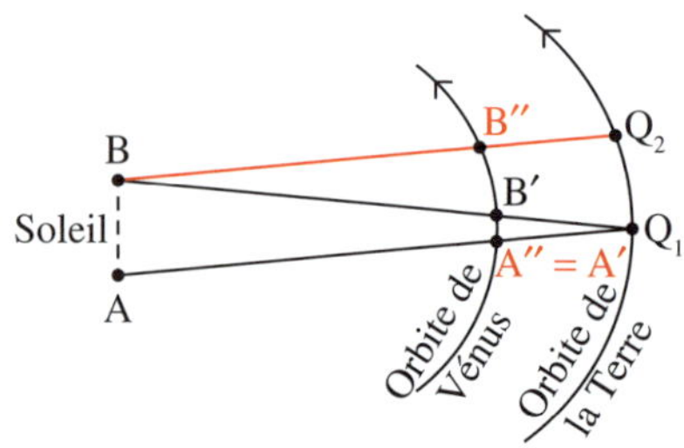

B.4. [0,5 pt] On voit bien sur le schéma que A″B″ est nettement plus long que A′B′ ; Vénus parcourt donc une plus grande distance que celle estimée à la question **B.2.**, ce qui suppose une vitesse effectivement plus grande. Si l'on obtient la bonne valeur de la vitesse, soit deux fois plus qu'avec l'hypothèse de la Terre immobile, on en déduit que A″B″ est environ 2 fois plus grand que A′B′. **Le mouvement de la Terre ne peut effectivement pas être ignoré.**

8 Thermodynamique

SUJET 28 1 h 15 min 7 points

Beaucoup d'air

Thèmes : *gaz parfait, masse volumique, loi de l'hydrostatique.*

L'air est un mélange de gaz dont les principaux sont le diazote et le dioxygène. On l'assimile dans tout ce qui suit à un gaz parfait de masse molaire $M = 29{,}0\ \text{g.mol}^{-1}$.

Données :

- Constante des gaz parfaits : R = 8,314 SI ; 1 bar = 10^5 Pa.
- Pression atmosphérique au niveau du sol $P_0 = 1{,}013 \times 10^5$ Pa.
- Pesanteur normale : $g = 9{,}81\ \text{m.s}^{-2}$.

Partie A Un gaz parfait

A.1. Donner l'équation d'état du gaz parfait en indiquant la nature des différents termes et leur unité.

A.2. Donner la définition de la masse volumique.

A.3. Montrer que la masse volumique ρ de l'air peut s'exprimer en fonction de sa pression et de sa température selon la relation $\rho = \dfrac{P \times M}{\text{R} \times T}$. Calculer sa valeur ρ_0 au niveau du sol à la température de T_0 = 15 °C.

Partie B Gonfler les pneus

B.1. Dans un pneu de voiture de volume V_{pneu} = 47 L, la pression préconisée est P_1 = 2,1 bar. Calculer la masse d'air contenue dans le pneu sachant que, lors de la mesure de pression, la température est de 15 °C.

B.2. Si on libérait l'air du pneu, quel volume occuperait-il ?

B.3. Le véhicule ayant roulé deux heures sur l'autoroute, le conducteur vérifie à nouveau la pression de son pneu et trouve P_2 = 2,4 bar. Quelles grandeurs caractéristiques de l'air contenu dans le pneu ont changé ? Calculer leur nouvelle valeur. Le conducteur doit-il faire baisser la pression de son pneu ?

Partie C L'atmosphère

C.1. On cherche à déterminer l'épaisseur d'air e de l'atmosphère de la Terre. Dans un premier temps, on suppose que sa masse volumique est uniforme et constante égale à ρ_0 et que l'air vérifie la loi de l'hydrostatique.

a) Rappeler la loi de l'hydrostatique pour un fluide homogène et au repos dans le champ de pesanteur.

b) En admettant que cette loi s'applique pour l'atmosphère, déterminer l'épaisseur e.

c) Cette valeur est-elle réaliste ? Critiquer le modèle choisi.

C.2. En réalité, lorsque la masse volumique n'est pas uniforme mais varie avec l'altitude z (repérée à partir du sol) la loi de l'hydrostatique s'écrit :

$\dfrac{\mathrm{d}P(z)}{\mathrm{d}z} = -\rho(z) \times g$ où $P(z)$ est la pression à l'altitude z.

a) En supposant que la température de l'air est uniforme égale à T_0, et en utilisant l'expression de la question **3.** de la partie **A.**, établir l'équation différentielle vérifiée par la fonction $P(z)$. On introduira la grandeur $H = \dfrac{\mathrm{R} \times T}{M \times g}$ dont on précisera la dimension.

b) Résoudre cette équation et déterminer la constante d'intégration en tenant compte de la valeur de la pression au niveau du sol.

c) À l'image des équations temporelles qui font apparaître un temps caractéristique (ou constante de temps), cette équation fait apparaître une altitude caractéristique H. Exprimer cette altitude et calculer sa valeur en km. Tracer l'allure de la courbe $P = f(z)$ et indiquer comment déterminer H.

d) On considère que l'atmosphère se « termine » à l'altitude 10 H. Justifier cette assertion et en déduire l'épaisseur de l'atmosphère. Commenter.

e) Quelle hypothèse mériterait d'être reconsidérée pour améliorer le modèle ?

Corrigé du sujet 28

Les textes sur fond jaune apparaissant dans ce corrigé sont des rappels de cours ou des commentaires pour vous guider et vous aider.

Partie A Un gaz parfait

A.1. [0,5 pt] L'équation d'état du gaz parfait relie ses différentes grandeurs thermodynamiques :

$$\boldsymbol{PV = n\mathrm{R}T}$$

avec P la pression en Pa, V le volume en m^3, n la quantité de matière en mol et T la température en K.

Il est important d'utiliser ces unités, en particulier à cause de la présence de la constante R dont l'unité USI est imposée.

A.2. [0,25 pt] La masse volumique est le rapport de la masse m d'un système sur son volume V :

$$\rho = \frac{\boldsymbol{m}}{\boldsymbol{V}}$$

A.3. [0,75 pt] En reliant les deux expressions précédentes, on a :

$$\rho = \frac{m}{V} \quad \text{et} \quad V = \frac{n \times \mathrm{R} \times T}{P} \quad \text{d'où :} \quad \rho = \frac{m}{V} = m \times \frac{P}{n \times \mathrm{R} \times T} = \frac{m}{n} \times \frac{P}{\mathrm{R} \times T}$$

et en utilisant la définition de la masse molaire, on obtient l'expression de l'énoncé :

$$\rho = \frac{\boldsymbol{M \times P}}{\mathbf{R} \times \boldsymbol{T}}$$

R et M étant des constantes, il apparaît clairement que pour un gaz parfait, la masse volumique dépend des conditions de température et de pression.

$$\rho_0 = \frac{\boldsymbol{M \times P_0}}{\mathbf{R} \times \boldsymbol{T_0}} = \frac{29{,}0 \times 10^{-3} \times 1{,}013 \times 10^5}{8{,}314 \times (273 + 15)} = \mathbf{1{,}23\ kg.m^{-3}}$$

Il est essentiel de faire attention aux unités, en particulier la masse molaire doit être en kg.mol^{-1} et la température en kelvin (rappel : $T_{\text{kelvin}} = T_{°\text{C}} + 273{,}15 \approx T_{°\text{C}} + 273$). Par ailleurs, l'ordre de grandeur de la masse volumique de l'air dans les conditions usuelles doit être connu.

Partie B Gonfler les pneus

B.1. [0,5 pt] La pression n'est pas la pression atmosphérique : on ne peut pas utiliser la valeur de la masse volumique précédente, il faut réécrire la relation du gaz parfait en faisant intervenir la masse m de gaz à la pression P dans le pneu et à la température T_0 :

$$P_1 \times V_{\text{pneu}} = n \times \mathrm{R} \times T_0 \quad \Rightarrow \quad P_1 \times V_{\text{pneu}} = \frac{m}{M} \times \mathrm{R} \times T_0$$

$$\Rightarrow \quad \boldsymbol{m} = \frac{\boldsymbol{P_1 \times V_{\text{pneu}} \times M}}{\mathbf{R} \times \boldsymbol{T_0}} = \frac{2{,}1 \times 10^5 \times 47 \times 10^{-3} \times 29{,}0 \times 10^{-3}}{8{,}314 \times (273 + 15)} = \mathbf{0{,}12\ kg}$$

B.2. [0,5 pt] Il y a 2 méthodes possibles pour trouver le volume V_0 de l'air libéré du pneu :

• La masse m d'air sera maintenant dans les conditions de la question **A.3.**, on peut donc utiliser la valeur de ρ_0 :

$$\rho_0 = \frac{m}{V_0} \quad \Rightarrow \quad \boldsymbol{V_0} = \frac{\boldsymbol{m}}{\boldsymbol{\rho_0}} = \frac{0{,}12}{1{,}23} = \mathbf{9{,}8 \times 10^{-2}\ m^3 = 98\ L}$$

• On peut utiliser la loi du gaz parfait pour l'air dans le pneu et en dehors du pneu :

$$\begin{cases} P_1 \times V_{\text{pneu}} = n \times \mathrm{R} \times T_0 \\ P_0 \times V_0 = n \times \mathrm{R} \times T_0 \end{cases} \quad \Rightarrow \quad P_1 \times V_{\text{pneu}} = P_0 \times V_0$$

$$\Rightarrow \quad \boldsymbol{V_0} = \frac{\boldsymbol{P_1}}{\boldsymbol{P_0}} \times \boldsymbol{V_{\text{pneu}}} = \frac{2{,}1}{1{,}013} \times 47 = \mathbf{97\ L}$$

La différence provient des arrondis des calculs intermédiaires de la première méthode.

L'énergie

La seconde méthode présente l'intérêt de pouvoir travailler dans les unités commodes de son choix (L et bar), puisqu'elle ne fait intervenir que des rapports de grandeurs.

B.3. [0,5 pt] Le pneu (supposé en bon état) est étanche, donc la quantité d'air qu'il contient est toujours la même, de même que son volume. Si la pression a changé, pour satisfaire à la loi du gaz parfait, il faut en conclure que sa température a changé également, ce qui n'est pas étonnant, le roulement a échauffé le pneu. On calcule donc la nouvelle température T_2 de l'air dans le pneu en écrivant la loi du gaz parfait entre les deux états, et en mettant en évidence ce qui reste constant :

$$\begin{cases} P_1 \times V_{\text{pneu}} = n \times \text{R} \times T_0 \\ P_2 \times V_{\text{pneu}} = n \times \text{R} \times T_2 \end{cases} \Rightarrow \begin{cases} \dfrac{T_0}{P_1} = \dfrac{V_{\text{pneu}}}{n \times \text{R}} \\ \dfrac{T_2}{P_2} = \dfrac{V_{\text{pneu}}}{n \times \text{R}} \end{cases} \Rightarrow \frac{T_2}{P_2} = \frac{T_0}{P_1}$$

$$\Rightarrow \quad \boldsymbol{T_2 = T_0 \times \frac{P_2}{P_1}} = 288 \times \frac{2{,}4}{2{,}1} = \mathbf{329\ K = 56\ °C}$$

Là encore, il est beaucoup plus commode de ne faire intervenir que les grandeurs qui varient (sur lesquelles l'énoncé attire l'attention) en utilisant des rapports qui permettent un calcul rapide avec des unités peu encombrantes. En revanche, il est exclu, du fait d'un rapport, d'utiliser la température dans une autre unité que le kelvin ! On peut toujours évidemment faire le calcul en utilisant la loi du gaz parfait complète dans la nouvelle situation, mais avec uniquement des unités internationales :

$$\Rightarrow \quad P_2 \times V_{\text{pneu}} = n \times \text{R} \times T_2 = \frac{m}{M} \times \text{R} \times T_2$$

$$\Rightarrow \quad T_2 = \frac{M \times P_2 \times V_{\text{pneu}}}{m \times \text{R}} = \frac{29 \times 10^{-3} \times 2{,}4 \times 10^5 \times 47 \times 10^{-3}}{0{,}12 \times 8{,}314} = 328\ \text{K}$$

Il ne faut surtout pas modifier la pression des pneus qui retombera à la valeur préconisée quand le pneu se refroidira.

La pression d'un pneu doit être vérifiée à froid, et non après un long temps de route où il s'est échauffé : on risquerait alors un pneu sous-gonflé, ce qui augmenterait son risque d'éclatement. Il ne faut pas s'étonner de ces températures ; en Formule 1, on chauffe même préalablement les pneus à 80 °C pour qu'ils atteignent ensuite une température, optimale pour l'adhérence en course, de 125 °C !

Partie C L'atmosphère

C.1. a) [0,5 pt] La loi de l'hydrostatique :

Au sein d'un fluide homogène de masse volumique ρ, au repos dans le champ de pesanteur (supposé uniforme), la pression est la même en tout point d'un plan horizontal et augmente quand l'altitude diminue (c'est-à-dire quand la profondeur augmente). Dans un tel fluide, la différence de pression entre deux points ne dépend que de la différence d'altitude (notée h) entre ces points :

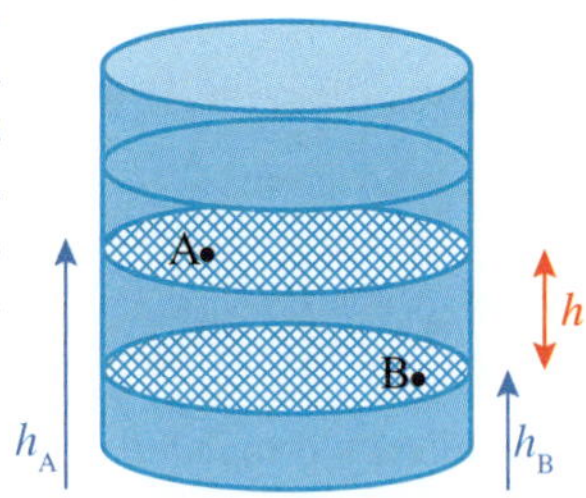

$$\boldsymbol{P_B - P_A = \rho \times g \times (h_A - h_B) = \rho \times g \times h}$$

Il n'est pas rare qu'un sujet de Bac fasse appel à des connaissances de Première, même si elles ne sont pas utilisées en Terminale. On a toujours intérêt à ne pas négliger les acquis des années antérieures, la loi de l'hydrostatique par exemple doit être connue.

b) [0,5 pt] En utilisant cette loi entre le sol où la pression est P_0 et la fin de l'atmosphère où la pression s'annule, on a :

$$P_0 - 0 = \rho_0 \times g \times e \Rightarrow \boldsymbol{e} = \frac{\boldsymbol{P_0}}{\boldsymbol{\rho_0 \times g}} = \frac{1{,}013 \times 10^5}{1{,}23 \times 9{,}81} = \mathbf{8{,}40 \times 10^3\ m = 8{,}40\ km}$$

c) [0,25 pt] Cette valeur est évidemment beaucoup trop faible : le point culminant de l'Everest étant par exemple à 8 848 m et les avions de ligne volant généralement à plus de 10 000 m ! Ici, on a supposé la masse volumique de l'air uniforme, or on a vu dans la partie **A** qu'elle dépend de la pression qui diminue en montant, **il est donc peu pertinent d'utiliser ce modèle beaucoup trop grossier pour déterminer l'épaisseur de l'atmosphère**.

Lorsqu'un résultat est manifestement peu conforme à la réalité, ce sont généralement les hypothèses du modèle qu'il faut remettre en cause. La suite de l'énoncé (comme ici) conforte généralement cette remise en cause.

C.2. a) [0,75 pt] On combine les deux relations :

$$\begin{cases} \dfrac{\mathrm{d}P(z)}{\mathrm{d}z} = -\rho(z)g \\ \rho = \dfrac{P \times M}{\mathrm{R} \times T} \end{cases} \Rightarrow \frac{\mathrm{d}P}{\mathrm{d}z} = -\frac{P \times M}{\mathrm{R} \times T}g \Rightarrow \frac{\mathrm{d}P}{\mathrm{d}z} + \frac{M \times g}{\mathrm{R} \times T}P = 0$$

$$\frac{\mathbf{d}\boldsymbol{P}}{\mathbf{d}\boldsymbol{z}} + \frac{\boldsymbol{P}}{\boldsymbol{H}} = \mathbf{0} \qquad (1) \qquad \text{avec} \qquad H = \frac{\mathrm{R} \times T}{M \times g}$$

Pour assurer l'homogénéité de l'équation, le premier terme $\dfrac{\mathrm{d}P}{\mathrm{d}z}$ étant une pression sur une longueur, le second $\dfrac{P}{H}$ doit également avoir cette dimension, donc ***H* est une longueur**.

b) [0,5 pt] L'équation (1) est l'équation différentielle du premier ordre linéaire à coefficients constants et second membre nul que l'on connaît bien. En utilisant directement un résultat du cours de mathématiques sur les équations différentielles donnant la solution générale : $y(x) = A\mathrm{e}^{-ax}$ de l'équation $y' + ay = 0$

avec ici $y = P$; $x = z$; $a = \dfrac{1}{H}$, on en déduit : $P(z) = A\mathrm{e}^{-z/H}$

où A est une constante d'intégration qu'on obtient en écrivant :

$$P(z = 0) = A\mathrm{e}^{-0/H} = A = P_0$$

D'où finalement :

$$\boldsymbol{P(z) = P_0\mathrm{e}^{-z/H}}$$

L'équation différentielle (avec ou sans second membre) est présente dans tout le programme de physique de terminale que ce soit pour la partie au programme de l'écrit (loi de Newton ci-dessous, cinétique chimique, chute avec frottement fluide, circuit RC) ou pour la partie complémentaire (radioactivité). Il est impératif de connaître ses solutions dans n'importe quel contexte. On notera par ailleurs que la loi de l'hydrostatique plus générale donnée ici, permet de retrouver celle vue en Première dans le cas d'un fluide homogène (masse volumique constante).

c) [1 pt] Compte tenu des hypothèses :

$$H = \frac{\mathbf{R} \times T}{M \times g} = \frac{8{,}314 \times 288}{29 \times 10^{-3} \times 9{,}81} = \mathbf{8{,}42 \times 10^3\ m = 8{,}42\ km}$$

Cette question confirme la dimension de *H* établie à partir de l'équation différentielle.

L'allure de la courbe est celle d'une exponentielle décroissante habituelle, où *H* est à l'intersection de la tangente à l'origine avec l'asymptote (et également correspond à l'antécédent de la valeur égale à $P = P_0 e^{-H/H} = P_0 \times e^{-1} = 0{,}37 P_0$), ce qui permet le tracé de la courbe ci-dessous.

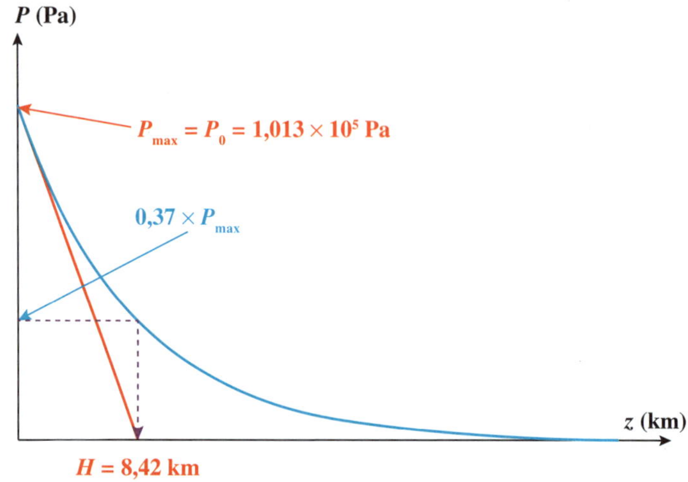

d) [0,5 pt] Par analogie avec, par exemple, la décharge du condensateur (voir aussi remarques page 166) que l'on considère terminée au bout de « quelques τ », on peut dire ici que la pression s'annule au bout de « quelques *H* », par exemple 10 *H*. Soit une épaisseur de l'atmosphère :

$$\boldsymbol{e} = \mathbf{10}\boldsymbol{H} = 10 \times 8{,}42 = \mathbf{84{,}2\ km}$$

Cette valeur est déjà nettement plus réaliste !

e) Pour améliorer le modèle, il faut aussi remettre en cause l'hypothèse restante que la température de l'air est uniforme. Il est connu que celle-ci varie fortement avec l'altitude.

L'épaisseur de l'atmosphère est une notion qui dépend de sa définition. 99 % de l'atmosphère est sous l'altitude de 84 km (le modèle précédent est donc une première approche convenable), mais on considère en général qu'elle fait plusieurs centaines de km, car même très ténue, elle a une influence sur les satellites en orbite basse par exemple.

SUJET 29

60 min 6,5 points

Pompe à chaleur pour piscine

Thèmes : *différentes énergies en thermodynamique, premier principe de la thermodynamique, chaleur, rendement, efficacité.*

De nombreuses solutions techniques permettent d'optimiser la consommation d'énergie d'une piscine, en particulier son chauffage. Les pompes à chaleur sont des dispositifs préconisés pour le chauffage de ces bassins d'eau. La pompe à chaleur (PAC) est un équipement de chauffage thermodynamique qui transfère de la chaleur depuis une source dite froide (en général l'environnement extérieur) vers une source dite chaude, le milieu dont on veut obtenir une température plus élevée (pièce, piscine…). Un travail mécanique est nécessaire pour effectuer ce transfert, il est effectué par un moteur électrique. Une machine thermique, comme la PAC, est généralement constituée d'un fluide qui effectue des cycles. On peut le représenter comme indiqué sur le schéma ci-dessous. Dans cette machine, le travail mécanique du moteur sert à faire circuler le fluide, à le comprimer dans le compresseur, à le détendre dans le détendeur. Le détail de ces opérations n'est pas étudié ici.

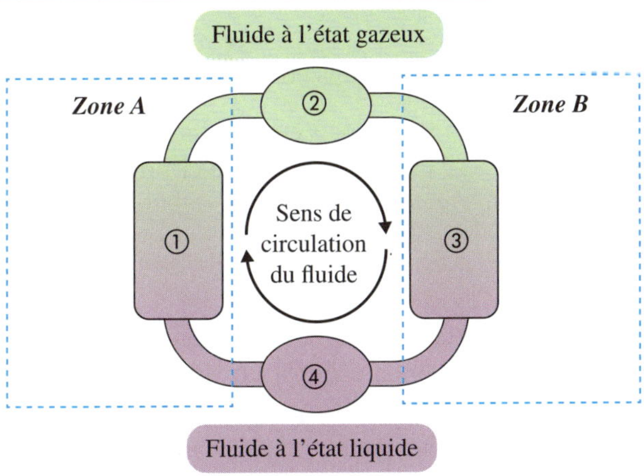

① évaporateur ② compresseur ③ condenseur ④ détendeur

L'efficacité thermodynamique η d'une machine thermique est définie par le rapport de l'énergie utile fournie à l'utilisateur par le fluide, sur l'énergie qu'il a fallu donner au fluide qui circule pour faire fonctionner la machine.
Donnée : capacité thermique massique de l'eau liquide $c = 4{,}18\ \text{kJ.kg}^{-1}.\text{K}^{-1}$

Partie A Étude thermodynamique du fluide de la PAC

Dans ce paragraphe, on adopte la convention thermodynamique habituelle, c'est-à-dire que les énergies sont exprimées algébriquement par rapport au fluide : positive s'il la reçoit, négative s'il la fournit. On note Q_F, Q_C, W respectivement la chaleur échangée par le fluide avec la source chaude, la chaleur échangée avec la source froide et le travail mécanique du moteur.

A.1. Représenter ces échanges énergétiques sur un diagramme simple à l'aide de flèches indiquant le sens des transferts entre le système (= le fluide) et les diverses parties du milieu extérieur concernées.

A.2. Quels sont les signes des grandeurs Q_F, Q_C, W ?

A.3. Quel est le sens global du transfert thermique ? Pourquoi nécessite-t-il un apport énergétique de la part du moteur ?

A.4. a) Préciser et nommer le changement d'état que le fluide effectue dans le condenseur. Cette transformation est-elle exothermique ou endothermique ?
b) Préciser et nommer le changement d'état que le fluide effectue dans l'évaporateur. Cette transformation est-elle exothermique ou endothermique ?
c) En déduire qui, du milieu A et du milieu B, est l'eau de la piscine et qui est l'air extérieur.

A.5. Justifier que l'efficacité thermodynamique de la PAC s'écrit : $\eta = -\dfrac{Q_C}{W}$

A.6. Que peut-on dire de la variation d'énergie interne du fluide de la PAC lorsqu'il effectue un cycle ? En utilisant le premier principe de la thermodynamique sur un cycle du fluide, en déduire une relation entre les grandeurs Q_F, Q_C et W.

Partie B Étude des performances de la PAC

Pour estimer les performances de la PAC, on s'intéresse à la phase de chauffage de l'eau de la piscine qui en contient un volume $V = 56\ \text{m}^3$, depuis la température ambiante de $\theta_{air} = 17\ °\text{C}$ jusqu'à la température souhaitée de $\theta_{eau} = 28\ °\text{C}$. Le travail mécanique fourni par le moteur électrique au fluide de la PAC pendant la totalité de cette opération est $W_{tot} = 4{,}0\ \text{GJ}$, le fluide ayant effectué n cycles pendant la transformation.

B.1. Exprimer puis calculer la chaleur Q_P nécessaire pour réaliser cette élévation de température.

B.2. En admettant que toute la chaleur fournie par la PAC a été intégralement transférée à l'eau de la piscine sans aucune déperdition de chaleur de cette dernière, exprimer puis calculer l'efficacité thermodynamique de la PAC.

B.3. En réalité, le moteur électrique a un rendement de $r = 40\ \%$. Quelle est, en réalité, l'énergie que doit fournir (et donc payer) l'utilisateur ? En déduire le COP (coefficient de performance) de la PAC qui représente l'énergie fournie pour chauffer la piscine sur l'énergie réellement payée par l'utilisateur.

B.4. Dans les conditions d'utilisation ci-dessus, la PAC est vendue pour un COP = 3,2. Expliquer ce qui peut justifier la différence avec la valeur calculée.

Partie C Impact environnemental

C.1. Si l'énergie électrique était directement utilisée et totalement transférée à l'eau (par une résistance par exemple), quelle serait l'élévation de température obtenue pour l'eau de la piscine ? Conclure.

C.2. À l'aide de la relation trouvée à la question A.6., déterminer la quantité de chaleur prélevée dans l'air extérieur par la PAC pendant le chauffage de la piscine. La comparer à la chaleur utile.

Corrigé du sujet 29

Partie A Étude thermodynamique du fluide de la PAC

A.1. [0,5 pt] On représente les échanges sur le diagramme ci-contre.

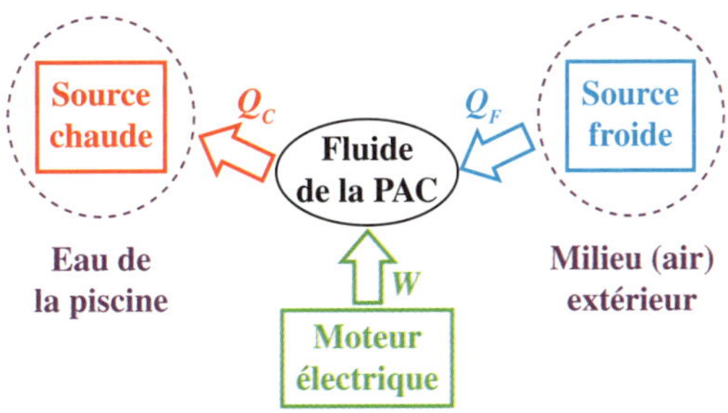

A.2. [0,5 pt] Selon la convention thermodynamique :

$$Q_C < 0\ ;\ Q_F > 0\ ;\ W > 0$$

A.3. [0,25 pt] Le schéma montre que le transfert global de chaleur s'effectue de la source froide vers la source chaude. Ce sens n'est pas le sens spontané du transfert thermique qui s'effectue toujours de la zone de température la plus élevée vers la zone de température la plus basse. **Il est donc nécessaire de fournir de l'énergie (travail mécanique du moteur) pour rendre possible ce transfert forcé.**

Spontanément, l'eau d'une rivière s'écoule du haut vers le bas et il faut « pomper » pour la faire remonter. De la même façon le générateur électrique est une « pompe » à charge qui fait remonter les potentiels électriques. De même, la « pompe » à chaleur fait remonter le flux thermique dans le sens contraire du sens spontané. En chimie également, l'électrolyse est un pompage d'électrons qui va permettre une réaction chimique forcée, dans le sens opposé à celle qui a lieu spontanément dans une pile par exemple.

A.4. a) [0,25 pt] Dans le condenseur ③, le fluide passe de l'état gazeux à l'état liquide, il subit une **liquéfaction**. Cette opération est **exothermique**, le fluide fournit de la chaleur.

Rappelons que les changements d'état sont des transformations physiques qui conservent les molécules (contrairement aux transformation chimiques).

b) [0,25 pt] Dans l'évaporateur ①, le fluide passe de l'état liquide à l'état gazeux, il subit une **vaporisation**. Cette opération est **endothermique**, le fluide doit recevoir de la chaleur pour effectuer ce changement d'état.

Notons que les termes employés dans la machine font référence à ceux employés à tort dans le langage courant qui utilise condensation à la place de liquéfaction, alors que pour le physicien condensation traduit le changement d'état gaz → solide. De même, l'évaporation est un changement plus complexe lié à la présence d'un mélange de corps purs. Les termes appropriés seraient donc plutôt ici liquéfacteur et vaporisateur.

c) [0,25 pt] Le milieu A fournit de la chaleur au fluide (évaporateur ①), c'est donc l'air extérieur, tandis que le milieu B reçoit de la chaleur de la part du fluide (condenseur ③), c'est l'eau de la piscine.

A.5. [0,5 pt] On raisonne sur un cycle de fonctionnement. L'énergie utile est la chaleur reçue par la piscine : $E_{\text{utile}} = |Q_C| = -Q_C$ car $Q_C < 0$

L'énergie qu'il a fallu fournir au fluide est le travail mécanique du moteur $W > 0$, d'où :

$$\boldsymbol{\eta = \frac{E_{\text{utile}}}{W} = -\frac{Q_C}{W}}$$

A.6. [0,5 pt] Lors d'un cycle, le fluide revient à son état initial. Or l'énergie interne ne dépend que de l'état du fluide, on en déduit que :

$$\Delta U_{\text{cycle}} = U_{\text{final}} - U_{\text{initial}} = 0$$

D'après le premier principe de la thermodynamique, la variation d'énergie interne du fluide est la somme algébrique des énergies échangées par le fluide, soit :

$$\boldsymbol{\Delta U_{\text{cycle}} = W + Q_C + Q_F = 0}$$

Le premier principe traduit tout simplement la conservation de l'énergie.

Partie B Étude des performances de la PAC

B.1. [0,75 pt] Le premier principe appliqué à la masse m d'eau de la piscine qui subit uniquement une élévation de température et n'échange aucun travail s'écrit :

$$\Delta U_{\text{piscine}} = Q_P \text{ avec } \Delta U_{\text{piscine}} = m \times c \times (T_{\text{final}} - T_{\text{initial}})$$

D'où en notant ρ la masse volumique de l'eau liquide :

$$Q_P = \rho \times V \times c \times (\theta_{\text{eau}} - \theta_{\text{air}}) = 1{,}0 \times 10^3 \times 560 \times 4{,}18 \times (28 - 17)$$

$$\boldsymbol{Q_P = 2{,}6 \times 10^7 \text{ kJ} = 26 \text{ GJ}}$$

Ici il est légitime de conserver les températures en °C car il s'agit d'une différence, la conversion en kelvin (jamais fausse !) donne évidemment le même résultat. La masse volumique de l'eau liquide est par ailleurs une valeur à connaître.

B.2. [0,75 pt] La chaleur reçue par l'eau de la piscine est égale à celle fournie par la PAC pendant un cycle multiplié par le nombre de cycles effectués pour le chauffage :

$$Q_P = -n \times Q_C$$

Avec la convention choisie, Q_C est négatif et Q_P est positif.

De même, le travail fourni au fluide est celui d'un cycle multiplié par le nombre de cycles nécessaires :

$$W_{tot} = n \times W$$

L'efficacité peut se calculer sur un nombre quelconque de cycles :

$$\eta = -\frac{Q_C}{W} = -\frac{n \times Q_C}{n \times W} = \frac{\mathbf{Q_P}}{\mathbf{W_{tot}}} = \frac{26}{4,0} = \mathbf{6,5}$$

Il n'est pas nécessaire de convertir les énergies puisqu'il s'agit d'un rapport, il suffit qu'elles soient dans la même unité, ici le GJ (= 10^9 J).

B.3. [0,5 pt] Le rendement du moteur est le rapport de l'énergie mécanique fournie au fluide sur l'énergie électrique qu'il consomme soit :

$$r = \frac{W_{tot}}{E_{élec}} \Rightarrow \mathbf{E_{élec}} = \frac{\mathbf{W_{tot}}}{\mathbf{r}} = \frac{4,0}{0,40} = \mathbf{10\ GJ}$$

Le coefficient de performance de la PAC est donc :

$$\mathbf{COP} = \frac{\mathbf{Q_P}}{\mathbf{E_{élec}}} = \frac{26}{10} = \mathbf{2,6} \text{ (on pourrait aussi écrire directement } COP = r \times \eta\text{)}$$

B.4. [0,25 pt] On a supposé ici que toute la chaleur fournie par la PAC était utilisée pour chauffer l'eau. En réalité, une partie de cette chaleur sert aussi à compenser les pertes thermiques entre l'eau de la piscine et le milieu extérieur, donc en réalité pour la consommation électrique relevée, la PAC fournit plus que les 26 GJ permettant le chauffage de l'eau.

D'une façon générale, on répond à une question sur l'écart entre un calcul théorique et une valeur réelle, en remettant en cause les hypothèses simplificatrices qui ont permis le calcul, soit ici l'hypothèse « pas de pertes thermiques ». On pourrait d'ailleurs estimer ces pertes thermiques en calculant la chaleur réellement fournie par la PAC :

$$Q_{fournie} = COP_{réelle} \times E_{élec} = 3,2 \times 10 = 32 \text{ GJ}$$

soit $Q_{fournie} = Q_P + Q_{pertes}$ d'où $Q_{pertes} = 32 - 26 = 6$ GJ.

Partie C Impact environnemental

C.1. [0,75 pt] Si toute l'énergie électrique était transférée à l'eau pour la chauffer, on aurait :

$$E_{élec} = Q'_P = \rho \times V \times c \times \left(T'_{final} - T_{initial}\right)$$

$$\Rightarrow \quad T'_{final} - T_{initial} = \frac{E_{élec}}{\rho \times V \times c}$$

Donc, si l'on exprime les températures en °C :

$$\theta'_{\mathbf{final}} = \theta_{\mathbf{air}} + \frac{E_{\text{élec}}}{\rho \times V \times c} = 17 + \frac{10 \times 10^9}{1{,}0 \times 10^3 \times 560 \times 4{,}18 \times 10^3} = \mathbf{21\ °C}$$

La pompe à chaleur est beaucoup plus efficace pour une même consommation : elle donne $\theta_{\text{final}} = 28$ °C.

Il est habituel (sans que ce soit une norme) de noter *T* les températures en kelvin et θ les températures en °C, dont l'utilisation est légitime ici (différences de températures).

C.2. [0,5 pt] Si on applique le premier principe à *n* cycles, on obtient une relation comparable à celle trouvée à la question **A.6.** :

$$\Delta U_{\text{tot}} = n \times \Delta U_{\text{cycle}} = n \times \left(W + Q_{\text{C}} + Q_{\text{F}}\right) = W_{\text{tot}} - Q_{\text{P}} + Q_{\text{prélevée}} = 0$$

$$\Rightarrow \quad Q_{\textbf{prélevée}} = Q_{\mathbf{P}} - W_{\mathbf{tot}} = 26 - 4{,}0 = \mathbf{22\ GJ} > Q_{\mathbf{P}}$$

La quantité de chaleur prélevée à l'air est supérieure à celle fournie à l'utilisateur pour chauffer la piscine.

Le COP diffère pendant la phase de chauffage et pendant le maintien de la température par exemple, car les performances de la PAC dépendent de plusieurs facteurs, en particulier de la différence de température entre l'extérieur et la piscine. Les performances diminuent quand cet écart augmente. Par ailleurs, une PAC ne peut pas fonctionner correctement pour une différence importante de température, en particulier parce que son fonctionnement impose au fluide de passer dans son cycle par des températures nettement supérieures à celle de l'eau et nettement inférieures à celle de l'air. La PAC constitue un dispositif intéressant pour des chauffages modérés ou des appoints à d'autres modes de chauffage. Seule, elle ne peut pas servir à chauffer correctement un espace dans un environnement très froid (plein hiver).

SUJET 30

55 min 6 points

Isolation d'une maison

Thèmes : *transfert thermique, flux thermique, résistance thermique.*

L'étude porte sur une maison, sans étage et de surface habitable 68 m², dont l'isolation du sol, des murs extérieurs et des combles (espaces sous la toiture) est prévue selon les données du **tableau** ci-après :

	Surface (m^2)	Matériaux	Épaisseur (cm)	Conductivité thermique λ ($W.m^{-1}.K^{-1}$)	Résistance thermique (S.I.)
Sol	70	mortier chaux	25	0,17	0,021
Vitres	15	triple vitrage	3,6	0,023	0,10
Combles (sous la toiture)	79	gypse/cellulose	1,3	0,35	0,053
		granulé de chanvre	20	0,048	
Murs extérieurs	85	enduit plâtre	1,5	0,50	
		briques plâtrières	5,0	0,80	
		panneaux liège expansé	6,0	0,040	
		brique creuse	20	0,60	
		enduit chaux	2,5	1,05	

On dit d'une maison qu'elle est passive lorsque ses besoins en chauffage sont inférieurs à 15 kWh par m^2 habitable et par an contre 250 à 300 kWh par m^2 habitable et par an en moyenne pour les besoins en chauffage d'un bâtiment classique.

La résistance thermique R_{th} d'une paroi plane a pour expression : $R_{th} = \frac{e}{\lambda \times S}$, où e est l'épaisseur du matériau, λ la conductivité thermique caractérisant le matériau et S la surface de la paroi.

1. Rappeler à l'aide d'un schéma la définition de la résistance thermique d'un système traversé par un flux thermique Φ entre un point A et un point B respectivement aux températures T_A et T_B, et préciser son unité.

2. Pour une surface donnée à isoler, expliquer qualitativement dans quel sens doivent évoluer les caractéristiques d'une paroi pour augmenter l'isolation de l'habitation.

3. À l'aide éventuellement d'une analogie électrique, justifier que la résistance du mur est la somme des résistances de ses différentes couches de matériaux, et calculer la résistance thermique R_m des murs extérieurs.

4. Pour obtenir une résistance thermique identique à celle des combles, quelle devrait être la valeur de l'épaisseur d'une couche de laine de verre de conductivité thermique $\lambda_{lv} = 0{,}038\ W.m^{-1}.K^{-1}$?

On suppose que l'on utilise uniquement ce matériau.

5. Dans la région où est prévue la construction de la maison, la température extérieure moyenne du sol en hiver est d'environ 10 °C et celle de l'air extérieur, 4 °C.

Un poêle à bois maintient la température intérieure de la maison constante à T_i = 19 °C.

Pendant une journée, les énergies transférées sous forme thermique sont alors :
- pour les murs extérieurs : $Q_m = 56$ MJ ;
- pour les vitres : Q_V ;
- pour le sol : $Q_S = 37$ MJ ;
- pour les combles : $Q_C = 24$ MJ.

Après avoir précisé le sens de ces transferts thermiques, calculer Q_V ; en déduire la valeur de la chaleur fournie par le poêle à bois pendant une journée.

6. Dans ces conditions, si, par an, la période de chauffage dure 100 jours, peut-on considérer la maison comme passive ?

Corrigé du sujet 30

1. [0,5 pt] La résistance thermique est le rapport de la différence de température entre A et B sur le flux thermique Φ :

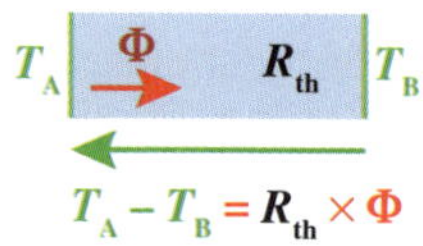

$$\underbrace{R_{th}}_{\text{K.W}^{-1}} = \frac{T_A - T_B \ (\text{K})}{\Phi \ (\text{W})}$$

La résistance thermique s'exprime en K.W^{-1}, le flux thermique est une puissance.

Dans ce qui suit, seules des différences de températures sont mises en jeu : on pourra donc utiliser des °C.

2. [0,5 pt] En utilisant l'expression de la résistance thermique, on constate qu'elle augmente (et donc l'isolation aussi) quand l'épaisseur augmente. De même, elle augmente lorsque la surface et la conductivité thermique diminuent.

Même sans la formule, ce qui précède est assez évident.

3. [1 pt] Le même flux thermique Φ traverse toutes les couches de matériaux (sur le schéma, on a représenté seulement trois couches). C'est l'équivalent électrique de résistances placées en série et traversées par la même intensité. La résistance équivalente du mur est alors, comme en électricité, la somme des résistances successives.

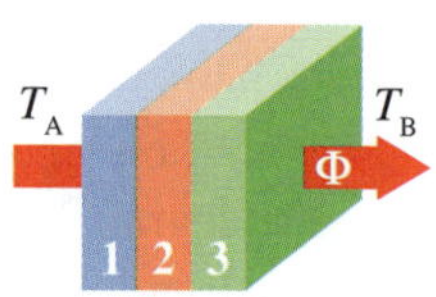

Il est commode d'utiliser des analogies électriques en thermique. On peut néanmoins démontrer ce résultat (ici simplement avec trois épaisseurs différentes qu'on généralise à un nombre quelconque). La somme des différences de températures autour de chaque plaque permet d'écrire, avec des notations évidentes :

$$T_A - T_B = (T_A - T_{12}) + (T_{12} - T_{23}) + (T_{23} - T_B)$$
$$= \Phi \times R_{th_1} + \Phi \times R_{th_2} + \Phi \times R_{th_3} = \varphi \times (R_{th_1} + R_{th_2} + R_{th_3}) = \varphi \times R_{th\ équi}$$

La résistance est la somme des résistances de chaque couche de mur, soit, en notant avec l'indice $_{m,i}$ la i-ème couche des murs :

$$R_{th,murs} = \sum \frac{e_{m,i}}{\lambda_{m,i} \times S_m} = \frac{1}{S_m} \sum \frac{e_{m,i}}{\lambda_{m,i}} = \frac{10^{-2}}{85}\left(\frac{1,5}{0,50} + \frac{5,0}{0,80} + \frac{6,0}{0,040} + \frac{20}{0,60} + \frac{2,5}{1,05}\right)$$
$$= \mathbf{0,023\ K.W^{-1}}$$

La surface est la même pour tous les matériaux, ce qui permet de la mettre en facteur. Par ailleurs, il faut faire attention aux unités, l'épaisseur e est en centimètre qu'il faut convertir en mètre, et là également, le facteur 10^{-2} de conversion peut être mis en facteur. Il est assez facile de comprendre que les résistances thermiques s'ajoutent : c'est ce que l'on met intuitivement en application quand il fait froid en hiver et que l'on superpose plusieurs couches de vêtements pour s'isoler.

4. [0,5 pt] On trouve la valeur de la résistance des combles directement dans le tableau.

$$R_{th,combles} = R_{th,laine} = \frac{1}{S_c} \times \frac{e_{c,1}}{\lambda_{c,1}}$$

d'où : $e_{c,1} = R_{th,combles} \times S_c \times \lambda_{c,1} = 0,053 \times 79 \times 0,038 = 0,16\ \text{m} = 16\ \text{cm}$

Il est possible par ailleurs de vérifier ses calculs, grâce à la redondance des données, en recalculant cette résistance (on pourra ainsi s'assurer de la validité des calculs de la question 3.) :

$$R_{th,combles} = \sum \frac{e_{c,i}}{\lambda_{c,i} \times S_c} = \frac{1}{S_c} \sum \frac{e_{c,i}}{\lambda_{c,i}} = \frac{10^{-2}}{79}\left(\frac{1,3}{0,35} + \frac{20}{0,048}\right) = 0,053\ \text{K.W}^{-1}$$

5. [1 pt] Le transfert thermique a toujours lieu spontanément dans le sens des températures décroissantes. Autrement dit, de l'intérieur de la maison (à 19 °C) vers l'air extérieur (4 °C) à travers murs, combles et fenêtres d'une part, et de l'intérieur de la maison vers le sol (10 °C) à travers les planchers d'autre part.

La chaleur ou énergie transférée sous forte thermique s'exprime à l'aide du flux et, ce dernier, en fonction de la résistance et de l'écart de température, soit :

$$\Phi_{vitres} = \frac{Q_V}{\Delta t} \quad \text{et} \quad \Phi_{vitres} = \frac{T_i - T_e}{R_{th,vitres}}$$

D'où : $Q_V = \Phi_{vitres} \times \Delta t = \dfrac{T_i - T_e}{R_{th,vitres}} \Delta t = \dfrac{19 - 4}{0,10} \times 24 \times 3\,600 = 13 \times 10^6\ \text{J} \approx \mathbf{13\ MJ}$

La chaleur fournie par le poêle doit compenser l'ensemble des pertes thermiques de façon à maintenir la température de la maison à 19 °C :

$$Q_{poêle} = Q_V + Q_m + Q_S + Q_C \qquad Q_{poêle} = 13 + 56 + 37 + 24 = \mathbf{130\ MJ}$$

6. [0,5 pt] L'énergie totale consommée en chauffage pendant $n = 100$ jours vaut :

$$E = n \times Q_{poêle} = 100 \times 130 = 13,0 \times 10^3\ \text{MJ} = \mathbf{13,0\ GJ} = \mathbf{3\,600\ kWh}$$

Les besoins en chauffage de la maison par m² habitable et par an sont donc :

$$e = \frac{E}{S_{habitable}} \quad \text{numériquement : } e = \frac{3\,600}{68} = \mathbf{53\ kWh/m^2}$$

Cette valeur est supérieure à la limite de 15 kWh/m² et par an : **la maison ne peut pas être considérée passive,** bien que sa consommation soit très inférieure à celle d'une maison classique.

SUJET 31

1 h 10 min 6 points

Chocolat chaud

Thèmes : *loi de Newton, premier principe de la thermodynamique.*

Jeanne adore, l'hiver, lire dans sa véranda avec un bon bol fumant rempli à ras bord de chocolat au lait chaud. Absorbée par son livre, elle abandonne son chocolat au lait initialement à la température $T_C = 75$ °C et celui-ci refroidit peu à peu. Dans cette pièce, la température de l'air est constante à $T_a = 20$ °C, le chocolat au lait est contenu dans un bol (dont on négligera les effets sur le transfert thermique du chocolat au lait). On admet que l'échange thermique entre le chocolat au lait et l'air vérifie la loi phénoménologique de Newton : $\Phi = h \times S \times \left(T_0 - T\right)$, où Φ est le flux thermique, T_0 est la température du thermostat, $T = T(t)$ est la température de contact à un instant t et S est la surface de contact.

Données pour le chocolat au lait :

- masse volumique : $\rho_{\text{lait}} = 1{,}03$ kg.L^{-1} ;
- capacité thermique : $c_{\text{lait}} = 3{,}80$ kJ.kg^{-1}.K^{-1}.

Dans les conditions de l'expérience, $h \times S = \alpha = 2{,}5$ USI.

1. Qu'est-ce qui peut ici être considéré comme un thermostat ? Quelle est la nature de l'échange thermique étudié ?

2. Quelle est l'unité de α ? de h ?

3. Établir puis résoudre l'équation différentielle de l'évolution de la température du chocolat au lait, qu'on supposera uniforme, égale à celle de sa surface.

4. Est-il raisonnable de boire le chocolat 5 minutes après l'avoir posé sur la table ?

5. Au bout de combien de temps le chocolat atteint-il la température buvable de 35 °C ? En réalité, cette température est atteinte en une dizaine de minutes. Proposer une explication.

6. Jeanne ayant très envie de déguster ce chocolat rapidement, elle cherche des moyens de le faire refroidir plus vite. Proposer différentes méthodes, en précisant la nature des transferts thermiques qu'elles mettent en jeu.

7. Tracer l'allure de la courbe donnant la température du chocolat en fonction du temps en faisant apparaître le temps caractéristique de cette évolution. Tracer sur le même graphique l'allure de la courbe que l'on obtiendrait en plaçant le chocolat dans une assiette creuse plutôt que dans un bol.

Corrigé du sujet 31

1. [0,5 pt] Le volume d'air est très grand devant celui du chocolat : l'air peut donc être considéré comme un thermostat car le transfert thermique du chocolat vers l'air n'augmentera pas significativement sa température.

Un thermostat est un corps dont la température ne varie pas, quels que soient les échanges thermiques qu'il effectue avec d'autres systèmes. En pratique, le thermostat est un milieu de grande dimension devant le système, par exemple l'air ambiant pour une manipulation à notre échelle, la mer pour des baigneurs… À l'échelle de la planète, en revanche, on ne peut pas les considérer comme des thermostats.

Le transfert thermique est essentiellement convectif dans la zone de fluide (air du thermostat) en contact avec le système (chocolat).

On retiendra que la convection est le mode de transfert thermique principal dans les fluides, qu'elle est impossible dans les solides dans lesquels se produit principalement la conduction. Dans le vide, seul le rayonnement est possible.

2. [0,5 pt] **α est en $W.K^{-1}$** par homogénéité de la loi de Newton, et ***h* est donc en $W.m^{-2}.K^{-1}$**.

3. [2 pt] Pendant une durée dt la chaleur reçue par le chocolat au lait et sa variation d'énergie interne sont respectivement :

$$\delta Q = \Phi \times \mathrm{d}t \qquad \text{et} \qquad \mathrm{d}U = m_{\text{lait}} \times c_{\text{lait}} \times \mathrm{d}T = \rho_{\text{lait}} \times V \times c_{\text{lait}} \times \mathrm{d}T$$

D'après le premier principe (le système n'échange aucun travail) :

$$\mathrm{d}U = \delta Q \Rightarrow \rho_{\text{lait}} \times V \times c_{\text{lait}} \times \mathrm{d}T = \Phi \times \mathrm{d}t \Rightarrow \rho_{\text{lait}} \times V \times c_{\text{lait}} \times \frac{\mathrm{d}T}{\mathrm{d}t} = \Phi$$

où l'on remplace le flux à l'aide de la loi de Newton :

$$\rho_{\text{lait}} \times V \times c_{\text{lait}} \times \frac{\mathrm{d}T}{\mathrm{d}t} = \alpha \times \left(T_{\text{a}} - T\right) \Rightarrow \frac{\mathrm{d}T}{\mathrm{d}t} = \frac{\alpha}{\rho_{\text{lait}} \times V \times c_{\text{lait}}} \times \left(T_{\text{a}} - T\right)$$

$$\frac{\mathrm{d}T}{\mathrm{d}t} + \frac{\alpha}{\rho_{\text{lait}} \times V \times c_{\text{lait}}} \times T = \frac{\alpha}{\rho_{\text{lait}} \times V \times c_{\text{lait}}} \times T_{\text{a}}$$

soit : $$\boldsymbol{\frac{\mathrm{d}T}{\mathrm{d}t} + \frac{T}{\tau} = \frac{T_{\text{a}}}{\tau} \quad \text{avec} \quad \tau = \frac{\rho_{\text{lait}} \times V \times c_{\text{lait}}}{\alpha}}$$

L'équation différentielle est une équation du premier ordre (dérivée première uniquement) linéaire avec second membre non nul. En utilisant directement un résultat du cours de mathématiques sur les équations différentielles donnant la solution générale, on a :

$y(x) = Ae^{-ax} + \frac{b}{a}$ solution de l'équation $y' + ay = b$ avec ici :

$y = T$; $x = t$; $a = \frac{1}{\tau}$; $b = \frac{T_a}{\tau}$.

On obtient comme solution : $\boldsymbol{T(t) = Ae^{-t/\tau} + T_a}$

On détermine A en exploitant les conditions initiales :

à $t = 0$ la température du système est $T = T_C$

$\Rightarrow \quad T(t = 0) = T_C = Ae^{-0} + T_a = A + T_a$ donc $A = (T_C - T_a)$

D'où la solution :

$$\boldsymbol{T = T_a + (T_C - T_a)e^{-t/\tau}}$$

La résolution ci-dessus faisant appel au cours de mathématiques est légitime. Cependant la résolution de l'équation différentielle peut aussi se faire complétement. Cette méthode, qui pourra aussi être employée ici, sera particulièrement utile dans la suite des études. On la donne ici à titre indicatif.

La solution complète d'une équation avec second membre non nul est la somme de deux fonctions, la solution dite homogène et la solution particulière : $\boldsymbol{T(t) = T_H + T_{SP}}$

L'équation homogène est l'équation dont on a annulé le second membre : $\boldsymbol{\frac{dT}{dt} + \frac{T}{\tau} = 0}$

On résout l'équation « en séparant les variables » (T à gauche et t à droite) puis en intégrant (primitives égales à une constante près) les deux membres :

$$\frac{dT}{T} = -\frac{dt}{\tau} \Rightarrow \int\frac{dT}{T} = -\int\frac{dt}{\tau} + K \Rightarrow \ln(T) = -\frac{t}{\tau} + K \Rightarrow T(t) = e^{-\frac{t}{\tau}+K} = e^K e^{-\frac{t}{\tau}} = Ae^{-\frac{t}{\tau}}$$

(K et A sont des constantes). La solution de l'équation homogène s'écrit donc $\boldsymbol{T_H(t) = Ae^{-t/\tau}}$ où A est une constante d'intégration que l'on déterminera à la dernière étape avec les conditions initiales. La solution particulière est une solution (quelconque) de l'équation complète. On recherche toujours une solution particulière de la même forme que le second membre, soit ici sous forme d'une constante $T_{SP}(t)$ = constante,

donc : $\frac{dT_{SP}}{dt} = 0 \Rightarrow \frac{T_{SP}}{\tau} = \frac{T_0}{\tau} \Rightarrow \boldsymbol{T_{SP} = T_a}$

Solution complète de l'équation différentielle $\boldsymbol{T(t) = T_H + T_{SP} = Ae^{-t/\tau} + T_a}$

On détermine alors A avec les conditions initiales comme ci-dessus.

4. [0,75 pt] $\boldsymbol{\tau} = \frac{\rho_{lait} \times V \times c_{lait}}{\alpha} = \frac{1{,}03 \times 0{,}45 \times 3{,}80 \times 10^3}{2{,}5} = \mathbf{705\ s = 11\ min\ 45\ s}$

avec $\quad V_{lait} = \frac{1}{2} \times \frac{4\pi r^3}{3} = \frac{2\pi \times (6 \times 10^{-2})^3}{3} = 4{,}5 \times 10^{-4}\ m^3 = 0{,}45\ L$

Le temps caractéristique du système donne l'évolution notable de la température.

Tous les systèmes présentent des temps caractéristiques qui donnent la durée sur laquelle ils évoluent « notablement ». Par exemple, la formation de la rouille d'un morceau de fer dans l'eau a un temps caractéristique de quelques semaines, l'évolution radioactive d'un échantillon, un temps caractéristique de l'ordre de sa demi-vie... Ce temps caractéristique ne dépend que des paramètres du système et apparaît naturellement dans la solution de l'équation différentielle : terme $e^{-t/\tau}$ ici ou dans le circuit RC par exemple et dans de nombreux autres cas qui seront étudiés ultérieurement.

Donc, à t = 5 min, le système a évolué depuis son état initial, mais on est certainement encore loin de l'équilibre. On peut le vérifier par un calcul :

$\boldsymbol{T(t = 5\ \text{min} = 300\ \text{s})} = 20 + (75 - 20)\text{e}^{-300/705} = \mathbf{56\ °C}$, ce qui confirme que le chocolat est très loin d'avoir fini de se refroidir et que Jeanne risque de se brûler !

> Le risque est d'autant plus grand que l'on a fait l'hypothèse que le chocolat est à température uniforme, donc que sa température est celle de sa surface, ce qui est peu probable, il est certainement plus chaud encore à l'intérieur. Notons par ailleurs, que du fait de calculs de différences de temperature, on peut ici utiliser les valeurs en °C.

5. [0,75 pt] On recherche le temps t' pour que $T(t = t') = T' = 35$ °C.

On a : $T' = T_a + (T_C - T_a)\text{e}^{-t'/\tau}$

$$\Rightarrow \quad \text{e}^{-t'/\tau} = \frac{T' - T_a}{T_C - T_a} \Rightarrow \ln[\text{e}^{-t'/\tau}] = \ln\left[\frac{T' - T_a}{T_C - T_a}\right] \Rightarrow -\frac{t'}{\tau} = \ln\left[\frac{T' - T_a}{T_C - T_a}\right]$$

$$\Rightarrow \quad \boldsymbol{t' = \tau \ln\left[\frac{T_C - T_a}{T' - T_a}\right]} = 705 \times \ln\left(\frac{75 - 20}{35 - 20}\right) = \mathbf{916\ s \approx 15\ min}$$

En réalité, le chocolat refroidit plus rapidement, non seulement parce qu'un transfert au niveau du bol intervient, mais aussi parce qu'**une partie de l'eau qu'il contient se vaporise** (tasse fumante), ce qui consomme beaucoup de l'énergie fournie par le chocolat, qui va donc se refroidir plus rapidement.

6. [0,5 pt] Pour augmenter la vitesse de refroidissement, **il faut augmenter les transferts thermiques**. On peut tourner la cuillère dans le chocolat (convection forcée) ; augmenter la différence de température avec le thermostat en plaçant le bol au réfrigérateur (bien que ce ne soit pas une bonne idée pour ce dernier) ; mettre le bol dans une bassine d'eau froide, la convection dans l'eau et la conduction dans le bol augmentant le transfert thermique ; souffler sur le chocolat un fluide en mouvement avec un coefficient de transfert convectif h plus élevé qu'un fluide immobile (convection forcée)… Le mieux reste encore d'attendre quelques minutes en lisant quelques pages supplémentaires !

7. [1 pt] Les deux courbes sont des exponentielles décroissantes partant de T_C et ayant pour limite T_a. Dans les deux cas, le temps caractéristique est l'intersection de la tangente à l'origine avec l'asymptote. Mais **le temps caractéristique sera beaucoup plus court dans l'assiette, car la surface de contact avec le thermostat sera plus grande, donc le refroidissement plus rapide**.

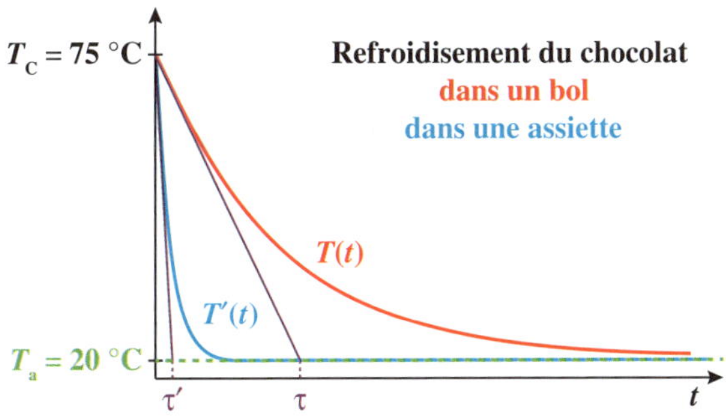

SUJET 32

55 min 4,5 points

Torride Vénus

Thèmes : *corps noir, loi de Stefan, flux incident, albédo, effet de serre.*

Le Soleil est une étoile plutôt petite de rayon $R_S = 7{,}0 \times 10^8$ m dont la température de surface est de 5 750 K. Vénus est la deuxième planète du système solaire. Ses dimensions sont proches de celle de la Terre. Elle possède une atmosphère dense composée essentiellement de dioxyde de carbone. La température de surface moyenne est d'environ 462 °C.

1. Après avoir rappelé la loi de Stefan, exprimer et calculer la puissance totale rayonnée par le Soleil.

2. Comment se répartit cette puissance à une distance d quelconque du Soleil ? En déduire l'expression puis la valeur numérique du flux (ou puissance) solaire surfacique au niveau de la planète Vénus située à $d = 1{,}1 \times 10^{11}$ m du Soleil.

3. Exprimer puis calculer numériquement la puissance totale reçue par Vénus de rayon $R_V = 6{,}55 \times 10^6$ m.

4. En admettant que cette puissance se répartit uniformément sur la planète, exprimer puis calculer φ_i, le flux surfacique moyen (flux thermique incident φ_i) qui arrive sur Vénus.

5. Montrer, en ne faisant aucun calcul numérique intermédiaire, qu'on peut calculer directement ce flux en fonction uniquement de σ, T_{Soleil}, R_{Soleil} et d et qu'il s'écrit :

$$\varphi_i = \frac{\sigma \times T_{Soleil}^4 \times R_{Soleil}^2}{4 \times d^2}$$

6. L'albédo de Vénus est de 77 %. En déduire le flux surfacique réellement capté par la planète.

7. En supposant que Vénus se comporte comme un corps noir dont on rappellera la définition, quelle serait sa température moyenne ? Proposer une explication à cet écart important avec la valeur observée. Sans faire de calcul, comparer la situation de Vénus à celle de la Terre.

Donnée : constante de Stefan $\sigma = 5{,}67 \times 10^{-8}$ W.m^{-2}.K^{-4}.

Corrigé du sujet 32

1. [1 pt] La loi de Stefan donne le flux surfacique φ (puissance totale rayonnée *P* divisée par la surface émissive *S*) d'un corps noir en fonction de sa température de surface (en kelvin !) :

$$\frac{P_{\text{Soleil}}}{S_{\text{Soleil}}} = \varphi = \sigma \times T^4$$

soit ici pour la sphère de rayon R_{Soleil} :

$$\boldsymbol{P_{\text{Soleil}} = \sigma \times T^4_{\text{Soleil}} \times 4\pi \times R^2_{\text{S}}} = 5{,}67 \times 10^{-8} \times (5\ 750)^4 \times 4\pi \times \left(7{,}0 \times 10^8\right)^2$$

$$\boldsymbol{P_{\text{Soleil}} = 3{,}8 \times 10^{26}\ \text{W}}$$

Il faut savoir exprimer la surface d'une sphère de rayon r : $S_{\text{sphère}} = 4\pi r^2$, et ensuite celle d'un disque : $S_{\text{disque}} = \pi r^2$. Par ailleurs dans cet exercice et contrairement aux 2 précédents, la température est impérativement en kelvin, du fait de rapport de grandeurs.

2. [0,5 pt] La puissance est émise uniformément dans toutes les directions, donc à une distance quelconque *d*, elle se répartit sur la sphère de rayon *d*, soit sur une surface $S = 4\pi d^2$. Le flux solaire surfacique au niveau de Vénus vaut :

$$\boldsymbol{\varphi_{\text{solaire}} = \frac{P_{\text{Soleil}}}{4 \times \pi \times d^2}} = \frac{3{,}8 \times 10^{26}}{4\pi \times \left(1{,}1 \times 10^{11}\right)^2} = \boldsymbol{2{,}5 \times 10^3\ \text{W.m}^{-2}}$$

3. [0,5 pt] Vénus reçoit donc ce flux sur la surface correspondant à son <u>disque</u> qui fait face au rayonnement, soit une puissance totale reçue :

$$\boldsymbol{P_{\text{Vénus}} = \varphi_{\text{solaire}} \times \pi \times R^2_{\text{V}}} = 2{,}5 \times 10^3 \times \pi \times \left(6{,}55 \times 10^6\right)^2 = \boldsymbol{3{,}4 \times 10^{17}\ \text{W}}$$

La Terre est à peu près de la même dimension que Vénus mais elle est environ 1,5 fois plus loin du Soleil, elle reçoit donc environ deux fois ($1{,}5^2 \approx 2$) moins de puissance de la part du Soleil ($P_{\text{Terre}} = 1{,}73 \times 10^{17}$ W = 173 PW).

4. [0,5 pt] Cette puissance reçue sur une face de la planète est répartie en moyenne dans le temps sur l'ensemble de la surface (sphérique !) de Vénus :

$$\boldsymbol{\varphi_{\text{i}} = \frac{P_{\text{Vénus}}}{4\pi \times R^2_{\text{V}}}} = \frac{3{,}4 \times 10^{17}}{4\pi \times \left(6{,}55 \times 10^6\right)^2} = \boldsymbol{6{,}2 \times 10^2\ \text{W.m}^{-2}}$$

Soit naturellement environ le double du flux incident sur Terre qui vaut 342 W.m^{-2}.

5. [0,75 pt] En enchaînant les résultats des questions précédentes, il vient facilement :

$$\varphi_{\text{i}} = \frac{P_{\text{Vénus}}}{4\pi \times R^2_{\text{V}}} = \frac{\varphi_{\text{solaire}} \times \pi \times R^2_{\text{V}}}{4\pi \times R^2_{\text{V}}} = \frac{P_{\text{Soleil}}}{4\pi \times d^2} \times \frac{\pi \times R^2_{\text{V}}}{4\pi \times R^2_{\text{V}}}$$

$$= \frac{\sigma \times T^4_{\text{Soleil}} \times 4\pi \times R^2_{\text{Soleil}}}{4\pi \times d^2} \times \frac{\pi R^2_{\text{V}}}{4\pi \times R^2_{\text{V}}}$$

$$\boldsymbol{\varphi_{\text{i}} = \frac{\sigma \times T^4_{\text{Soleil}} \times R^2_{\text{Soleil}}}{4 \times d^2}}$$

On obtient bien la formule de l'énoncé.

$$\varphi_i' = \frac{5{,}67 \times 10^{-8} \times (5\ 750)^4 \times \left(7{,}0 \times 10^8\right)^2}{4 \times \left(1{,}1 \times 10^{11}\right)^2} = \mathbf{6{,}3 \times 10^2\ \ W.m}^2$$

On retrouve évidemment la valeur attendue, aux arrondis près des calculs précédents.

Si seul ce dernier résultat nous intéresse, il est toujours plus commode d'effectuer un calcul direct jusqu'à la formule littérale finale plutôt que d'enchaîner les calculs numériques intermédiaires, d'une part la précision est meilleure, d'autre part on se rend compte que certaines données sont inutiles, comme le rayon de Vénus par exemple.

6. [0,5 pt] Vénus a un albédo de 0,77, elle donc réfléchit 77 % de la puissance totale reçue et n'absorbe que les 23 % restants. Le flux surfacique φ_i' réellement capté par Vénus est donc :

$$\varphi_i' = \mathbf{0{,}23} \times \varphi_i = 0{,}23 \times 6{,}3 \times 10^2 = \mathbf{1{,}4 \times 10^2\ \ W.m^{-2}}$$

7. [0,75 pt] Un corps noir est un corps en équilibre thermique, qui émet une puissance (flux) surfacique φ_e' égale à celle qu'il absorbe (φ_i'), et ce flux vérifie la loi de Stefan :

$$\varphi_e' = \varphi_i' = \sigma \times T_{\text{Vénus}}^4$$

$$T_{\text{Vénus}} = \left(\frac{\varphi_i'}{\sigma}\right)^{1/4} = \left(\frac{1{,}4 \times 10^2}{5{,}67 \times 10^{-8}}\right)^{1/4} = \mathbf{223\ K = -50\ °C}$$

Cette valeur est très inférieure à celle observée. L'atmosphère dense de Vénus agit certainement sur la température en induisant un effet de serre très important. Le CO_2 est en effet un gaz à effet de serre et il constitue la quasi-totalité de l'atmosphère.

Sur Terre, l'effet de serre est plus faible que sur Vénus ; il est dû majoritairement à la vapeur d'eau de l'atmosphère, mais comme Vénus, la Terre serait beaucoup plus froide en son absence.

Avec l'albédo actuel de 30 %, la température en l'absence d'effet de serre serait d'environ –18 °C (au lieu d'une moyenne actuelle de 15 °C) et tomberait probablement beaucoup plus bas (vers –50 °C), car à ces températures, la formation importante de glace augmenterait fortement l'albédo, diminuant ainsi le flux surfacique capté. Dans ce genre de questions, il faut impérativement rester « scientifique » et ne pas entrer dans des débats sociétaux sur lesquels se greffent de nombreux enjeux économiques et politiques. Ce n'est pas le rôle du physicien dont l'objectif est d'établir des faits. Ces questions font d'ailleurs appel à des modèles extrêmement complexes (totalement inaccessibles à ce niveau) et dont les projections (prévisions) le sont tout autant. On se contentera donc des arguments suivants :
1) le flux incident reçu augmente avec la proximité de l'étoile et la taille de la planète ;
2) plus l'albédo de la planète est important et plus le flux réellement capté est faible ;
3) plus l'effet de serre de l'atmosphère est grand et plus il fait augmenter la température moyenne.

9 Phénomènes ondulatoires

SUJET 33 1 h 15 min 7 points

Protection contre le bruit

Thèmes : *niveau sonore, intensité sonore, puissance sonore, atténuation.*

Dans cet exercice, on cherche à évaluer le niveau sonore auquel peut être exposé un ouvrier sur un chantier de construction et on présente une technologie innovante de lutte contre le bruit.

Les documents nécessaires sont regroupés en fin d'exercice.

1. Nommer le phénomène ondulatoire utilisé par la technologie « ANR » (*Active Noise Reduction*) pour réduire le bruit reçu.

2. Expliquer théoriquement, et à l'aide de schémas simples, comment ce phénomène peut annuler la perception d'une onde progressive sinusoïdale.

3. On considère un bruit extérieur, reçu par une personne sur un chantier, caractérisé par une intensité sonore $I_1 = 1{,}0 \times 10^{-3}$ W.m^{-2} à la fréquence de 500 Hz. Calculer le niveau sonore L_1 du son reçu par cette personne (sans casque).

4. En déduire le niveau sonore L_2 du son à travers un casque de protection « ANR », puis calculer l'intensité sonore I_2 correspondante.

5. Sur un chantier de travaux publics, un ouvrier (sans casque) est placé à une distance $R = 1{,}0$ m d'un engin émettant un bruit de fréquence moyenne 125 Hz avec une puissance sonore $P = 15$ mW.

Déterminer, en justifiant, si le bruit perçu par cet ouvrier présente un danger pour son système auditif.

6. L'ouvrier met son casque avec protection « ANR ». Quel est alors le niveau sonore ressenti ? Le danger persiste-t-il ?

7. L'ouvrier retire son casque et s'éloigne pour se positionner à $R' = 10$ m de l'engin. Cette opération est-elle plus efficace que celle décrite en **6.** en termes de protection contre le bruit ?

8. Quel serait le niveau sonore perçu par l'ouvrier (sans casque) si deux engins identiques au précédent et placés à la même distance $R'' = R = 1$ m que le précédent fonctionnaient simultanément ?

9. À quelle distance R_P devrait-il se placer pour que ce niveau soit sous le seuil de pénibilité ?

Documents

Niveau sonore (dB)	0	60	85	90	120
Effet sur l'auditeur	limite d'audibilité	bruit gênant	seuil de risque	seuil de danger	seuil de douleur

• La technologie ANR® repose sur un système électronique miniaturisé ② placé à l'intérieur de la coquille du casque.
Ce système est connecté d'une part à un petit microphone ① qui capte le bruit ambiant et, d'autre part, à un petit haut-parleur ③ qui génère le « contrebruit » à proximité de l'oreille de façon à atténuer considérablement le bruit qui arrive au tympan.

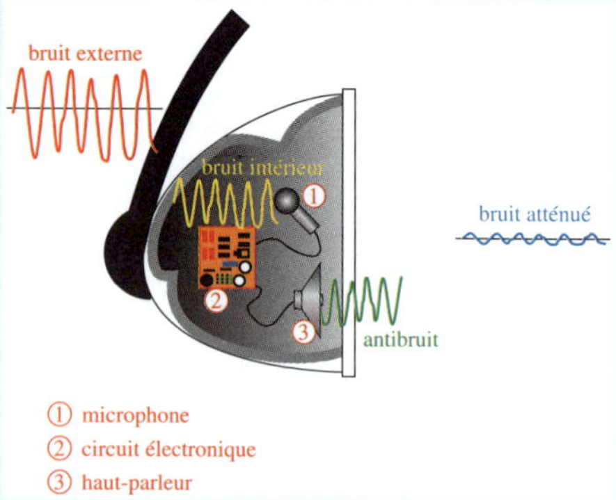

• Il existe deux types de casques antibruit : les casques passifs et les casques actifs. Le graphe ci-dessous donne les atténuations des niveaux sonores apportés par ces deux types de casques. Pour un niveau sonore de bruit donné (courbe 1), la courbe 2 donne le niveau sonore après atténuation apportée par un casque passif et la courbe 3 celle apportée par un casque passif muni d'un système ANR.

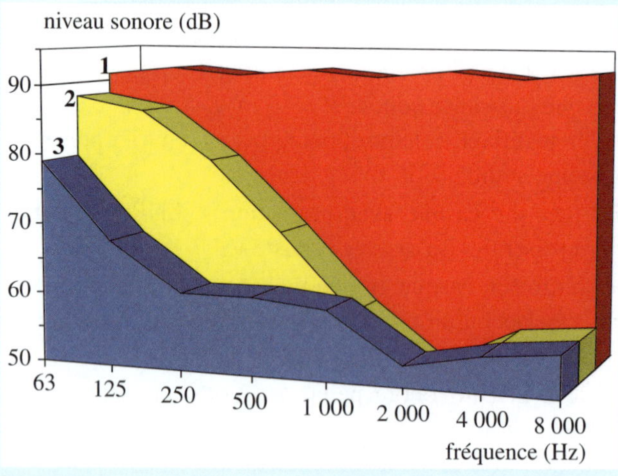

Corrigé du sujet 33

Les textes sur fond jaune apparaissant dans ce corrigé sont des rappels de cours ou des commentaires pour vous guider et vous aider.

1. [0,5 pt] La méthode ANR d'un « contrebruit » consiste à générer en temps réel un son identique au son qui arrive sur le micro du casque, mais en opposition de phase avec le son initial. La superposition des deux sons produit une **interférence destructive**.

2. [1 pt] La somme de deux sinusoïdes d'amplitude identique et en opposition de phase donne une amplitude totale nulle au cours du temps (graphe 1).

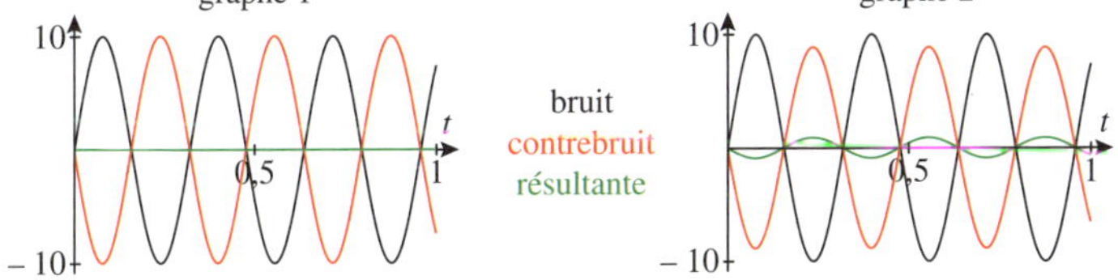

En réalité, le contrebruit n'est pas l'opposé exact du bruit ; on obtient donc un son résultant très atténué (graphe 2), mais pas le silence, ce qui est le but recherché car on veut protéger les oreilles, pas isoler la personne, ce qui pourrait être dangereux sur un chantier.

3. [0,5 pt] Le niveau sonore vaut :

$$\boldsymbol{L_1 = 10 \log\left(\frac{I_1}{I_0}\right)} = 10 \log\left(\frac{10^{-3}}{10^{-12}}\right) = 10 \log 10^{9} = \mathbf{90\ dB}$$

4. [1 pt] Le graphique donne le niveau avec casque ANR (courbe 3) pour un son initial (courbe 1) de l'ordre de 90 dB. À 500 Hz, on lit donc directement sur la courbe 3 (flèches blanches) un niveau de 60 dB. L'intensité correspondante est :

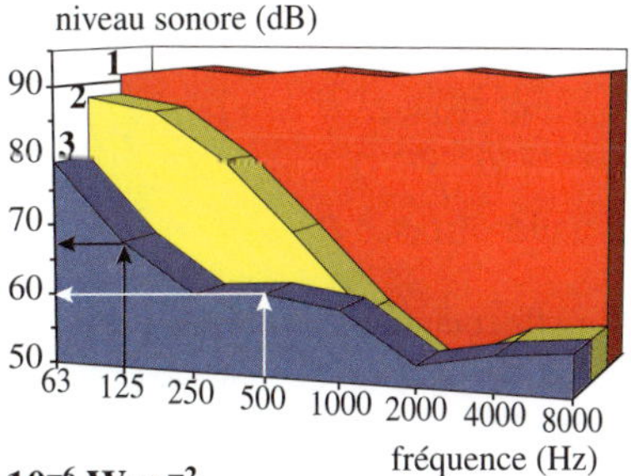

$$L_2 = 10 \log\left(\frac{I_2}{I_0}\right) \qquad \text{soit : } \boldsymbol{\frac{I_2}{I_0} = 10^{\frac{L_2}{10}}}$$

d'où : $\boldsymbol{I_2 = I_0 \times 10^{\frac{L_2}{10}}} = 1{,}0 \times 10^{-12} \times 10^{6} = \mathbf{1{,}0 \times 10^{-6}\ W.m^{-2}}$

5. [1 pt] L'intensité perçue I à la distance R et le niveau sonore L correspondant valent :

$$I = \frac{P}{S} = \frac{P}{4\pi R^2}$$

$$\boldsymbol{L} = 10 \log\left(\frac{I}{I_0}\right) = \boldsymbol{10 \log\left(\frac{P}{4\pi R^2 I_0}\right)}$$

A. N. : $\boldsymbol{L} = 10 \log\left(\dfrac{1{,}5 \times 10^{-2}}{4\pi \times 1{,}0^2 \times 1{,}0 \times 10^{-12}}\right) = \mathbf{91\ dB}$

Ce niveau est au-delà du seuil de danger : il faut protéger ses oreilles.

6. [0,5 pt] Le son émis étant toujours de l'ordre de 90 dB, on lit à nouveau sur la courbe 3, mais à la fréquence de l'engin, soit 125 Hz (flèches noires sur le graphe). Le niveau avec casque est d'un peu plus de : $\boldsymbol{L_{\text{casque}} = 65\ \text{dB}}$. Le bruit reste pénible, mais pas dangereux.

7. [0,5 pt] Le calcul du niveau L' lorsqu'on s'éloigne est identique à celui de la question **5.** avec une distance $R' = 10$ m.

$$L' = 10\log\left(\frac{I}{I_0}\right) = \mathbf{10\log\left(\frac{\boldsymbol{P}}{\boldsymbol{4\pi R'^2 I_0}}\right)}$$

A. N. : $\boldsymbol{L'} = 10\log\left(\dfrac{1{,}5\times10^{-2}}{4\pi\times10^{2}\times1{,}0\times10^{-12}}\right) = \mathbf{71\ dB}$

On pouvait aussi trouver directement cette valeur à partir de la précédente. En effet, l'intensité est en $1/R^2$, donc 10^2 fois plus faible ; le son est donc atténué de 20 dB, soit 91 – 20 = 71 dB. **L'éloignement de 10 m est un peu moins efficace que le port du casque qui équivaut plutôt à un recul de 19 m**.

La courbe 3 montre que l'ANR est utile essentiellement aux basses fréquences (inférieures à 1 000 Hz) ; au-delà, il n'apporte rien de plus.

8. [0,5 pt] Les grandeurs qui s'ajoutent en cas de superposition de sons sont les intensités, donc avec deux engins à 1 m : $I'' = 2I$ d'où

$$L'' = 10\times\log\frac{I''}{I_0} = 10\times\log\frac{2I}{I_0} = L + 10\log 2 = \mathbf{91 + 3 = 94\ dB}$$

On retrouve le résultat connu d'une augmentation de 3 dB correspondant à une intensité deux fois plus élevée.

9. [1,5 pt] On veut une intensité dont le niveau sonore soit inférieur à 60 dB. On cherche donc la distance R_P correspondant à cette limite :

– à une distance $R'' = 1{,}0$ m : $I'' = \dfrac{P}{4\pi\times R''^2}$ et $I'' = I_0\times10^{\frac{L''}{10}}$ avec $L'' = 94$ dB ;

– à une distance R_P : $I_P = \dfrac{P}{4\pi\times R_P^2}$ et $I_P = I_0\times10^{\frac{L_P}{10}}$ avec $L_P = 60$ dB.

En effectuant le rapport des expressions précédentes :

$$\frac{I''}{I_P} = \frac{R_P^2}{R''^2} \quad \text{et} \quad \frac{I''}{I_P} = \frac{I_0\times10^{\frac{L''}{10}}}{I_0\times10^{\frac{L_P}{10}}} = 10^{\frac{L''-L_P}{10}} \Rightarrow \boldsymbol{\frac{R_P^2}{R''^2} = 10^{\frac{L''-L_P}{10}}}$$

$$\boldsymbol{R_P} = R''\times\sqrt{10^{\frac{L''-L_P}{10}}} = \boldsymbol{R''\times10^{\frac{L''-L_P}{20}}} = 1{,}0\times10^{\frac{94-60}{20}} = \mathbf{50\ m}$$

Dans tous ces calculs, on a toujours intérêt à bien poser le problème puis à effectuer systématiquement des rapports de grandeurs pour obtenir un résultat facile à calculer, plutôt qu'à enchaîner les calculs numériques intermédiaires inutiles.

SUJET 34

1 h 10 min 6 points

Effet Doppler

Thème : *effet Doppler.*

Christian Doppler, savant autrichien, propose en 1842 une explication de la modification de la fréquence du son perçu par un observateur immobile lorsque la source sonore est en mouvement. Buys-Ballot, scientifique hollandais, vérifie expérimentalement la théorie de Doppler en 1845, en enregistrant le décalage en fréquence d'un son provenant d'un train en mouvement et perçu par un observateur immobile.

On se propose de présenter l'effet Doppler, puis de l'illustrer au travers de deux applications.

Partie A Mouvement relatif d'une source sonore et d'un détecteur

On s'intéresse dans un premier temps au changement de fréquence associé au mouvement relatif d'une source sonore S et d'un détecteur placé au point M (**Figure 1**). Le référentiel d'étude est le référentiel terrestre dans lequel le détecteur est immobile. Une source S émet des « bips » sonores à intervalles de temps réguliers dont la période d'émission est notée T_0. Le signal sonore se propage à la célérité v_{son} par rapport au référentiel terrestre.

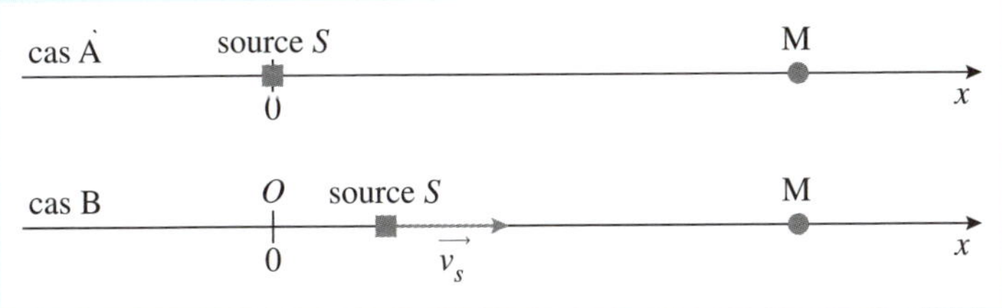

Figure 1 : schéma représentant une source sonore immobile (cas A), puis en mouvement (cas B).

A.1. Cas A : la source S est immobile en $x = 0$ et le détecteur M, situé à la distance d, perçoit chaque bip sonore avec un retard lié à la durée de propagation du signal.

Définir par une phrase, en utilisant l'expression « bips sonores », la fréquence f_0 de ce signal périodique.

Comparer la période temporelle T des bips sonores perçus par le détecteur à la période d'émission T_0.

A.2. Cas B : la source S, initialement en $x = 0$, se déplace à une vitesse constante v_S suivant l'axe Ox en direction du détecteur immobile. La vitesse v_S est inférieure à la célérité v_{son}. On suppose que la source reste à gauche du détecteur. Le détecteur perçoit alors les différents bips séparés d'une durée :

$$T' = T_0\left(1 - \frac{v_s}{v_{son}}\right)$$

Indiquer si la fréquence f' des bips perçus par le détecteur est inférieure ou supérieure à la fréquence f_0 avec laquelle les bips sont émis par la source S. Justifier.

Partie B La vélocimétrie Doppler en médecine

La médecine fait appel à l'effet Doppler pour mesurer la vitesse d'écoulement du sang dans les vaisseaux sanguins (**Figure 2**). Un émetteur produit des ondes ultrasonores qui traversent la paroi d'un vaisseau sanguin. Pour simplifier, on suppose que, lorsque le faisceau ultrasonore traverse des tissus biologiques, il rencontre :

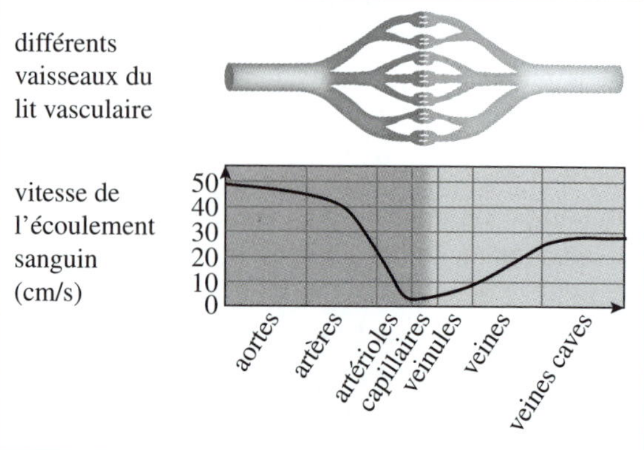

Figure 2 : vitesse moyenne du sang dans différents vaisseaux sanguins.

– des cibles fixes sur lesquelles il se réfléchit sans modification de la fréquence ;
– des cibles mobiles, comme les globules rouges du sang, sur lesquelles il se réfléchit avec une modification de la fréquence ultrasonore par effet Doppler (**Figure 3**).

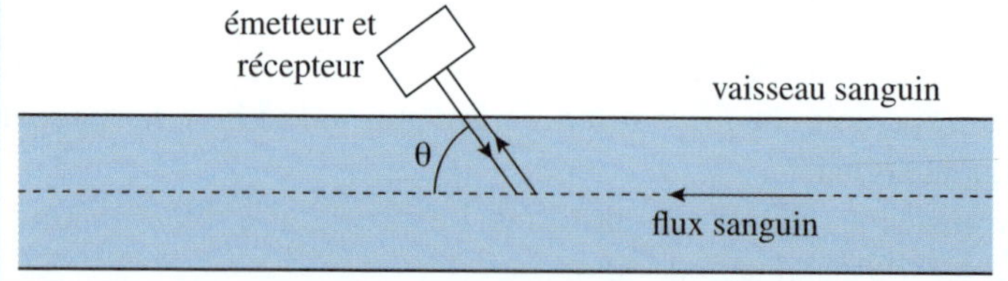

Figure 3 : principe de la mesure d'une vitesse d'écoulement sanguin par effet Doppler (échelle non respectée).

L'onde ultrasonore émise, de fréquence $f_E = 10$ MHz, se réfléchit sur les globules rouges qui sont animés d'une vitesse v. L'onde réfléchie est ensuite détectée par le récepteur. La vitesse v des globules rouges dans le vaisseau sanguin est donnée par la relation :

$$v = \frac{v_{\text{ultrason}}}{2\cos\theta} \times \frac{\Delta f}{f_E}$$

où Δf est le décalage en fréquence entre l'onde émise et l'onde réfléchie, v_{ultrason} la célérité des ultrasons dans le sang et θ l'angle défini sur la **Figure 3**. On donne $v_{\text{ultrason}} = 1{,}57 \times 10^3$ m.s^{-1} et $\theta = 45°$.

B.1. Le décalage en fréquence mesuré par le récepteur est de 1,5 kHz. Identifier le(s) type(s) de vaisseaux sanguins dont il pourrait s'agir.

B.2. Pour les mêmes vaisseaux sanguins et dans les mêmes conditions de mesure, on augmente la fréquence des ultrasons émis f_E. Indiquer comment évolue le décalage en fréquence Δf. Justifier.

Partie C Détermination de la vitesse d'un hélicoptère par effet Doppler

On s'intéresse à un son émis par un hélicoptère et perçu par un observateur immobile. La valeur de la fréquence de l'onde sonore émise par l'hélicoptère est $f_0 = 810$ Hz. On se place dans le référentiel terrestre pour toute la suite de cette partie.

Les portions de cercles des **Figures 4** et **5** ci-dessous donnent les maxima d'amplitude de l'onde sonore à un instant donné. Le point A schématise l'hélicoptère. Dans le cas de la **Figure 4**, l'hélicoptère est immobile. Dans le cas de la **Figure 5**, il se déplace à vitesse constante le long de l'axe et vers l'observateur placé au point O. La célérité du son dans l'air est indépendante de sa fréquence.

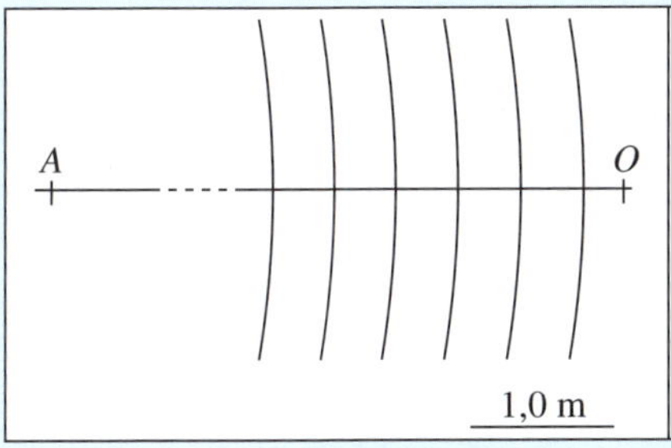

Figure 4 : l'hélicoptère est immobile.

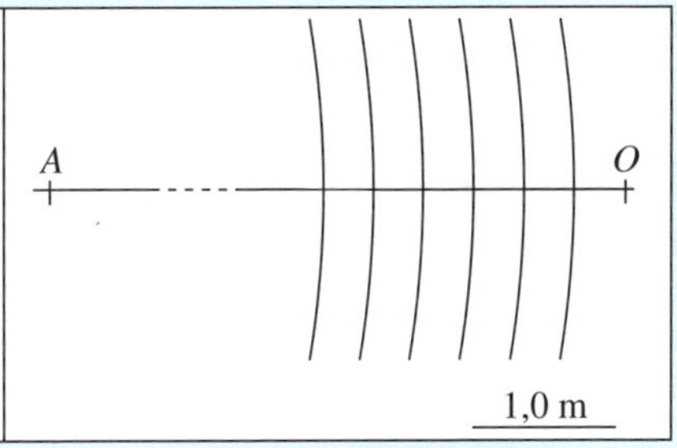

Figure 5 : l'hélicoptère est en mouvement.

C.1. Déterminer, avec un maximum de précision, la longueur d'onde λ_0 de l'onde sonore perçue par l'observateur lorsque l'hélicoptère est immobile, puis la longueur d'onde λ' lorsque l'hélicoptère est en mouvement rectiligne uniforme.

C.2. En déduire une estimation de la valeur de la célérité de l'onde sonore. Commenter la valeur obtenue.

C.3. Déterminer la fréquence du son perçu par l'observateur lorsque l'hélicoptère est en mouvement. Cette valeur est-elle en accord avec le résultat de la question A.2. ? Comment la perception du son est-elle modifiée ?

C.4. En déduire la valeur de la vitesse de l'hélicoptère. Cette valeur est-elle réaliste ?

Corrigé du sujet 34

Partie A Mouvement relatif d'une source sonore et d'un détecteur

A.1. Cas A

[0,75 pt] La **fréquence** est le **nombre de bips sonores par unité de temps** (par seconde). La source et le détecteur étant immobiles l'un par rapport à l'autre, **la période des bips T perçue par le détecteur est identique à période des bips T_0 émise par la source.**

A.2. Cas B

[0,75 pt] La période perçue est plus petite que la période émise lorsque la source et le détecteur sont en mouvement l'un vers l'autre, ce que confirme la formule du texte. La fréquence étant l'inverse de la période, **la fréquence perçue est plus élevée que la fréquence émise** (comme le son d'une sirène paraît plus aigu lorsque l'ambulance se rapproche de nous).

Partie B La vélocimétrie Doppler en médecine

B.1. [1,5 pts] La variation de fréquence permet de calculer la vitesse de la cible :

$$v = \frac{v_{\text{ultrason}}}{2\cos\theta} \times \frac{\Delta f}{f_E}$$

D'où :

$$v = \frac{1{,}57 \times 10^3}{2 \times \cos(45)} \times \frac{1{,}5 \times 10^3}{1{,}0 \times 10^7} = \mathbf{0{,}17\ m.s^{-1}} = \mathbf{17\ cm.s^{-1}}$$

Cette valeur de la vitesse correspond, d'après la figure 2, à celle d'**un écoulement dans les artérioles ou dans les veines.**

B.2. [0,75 pt] Les paramètres restant tous identiques (vaisseaux, vitesse, orientation de la sonde…), le décalage en fréquence Δf est proportionnel à la fréquence émise f_E, donc **ce décalage augmente si la fréquence augmente.** En valeur relative cependant, le décalage ne change pas puisque, pour des conditions identiques, **le rapport $\frac{\Delta f}{f_E}$ est constant.**

L'énoncé parle de conditions de mesures (angle, température...), mais devrait également préciser qu'on suppose le milieu non dispersif, c'est-à-dire tel que la vitesse des ondes soit indépendante de la fréquence, ce qui n'est pas le cas, en général, des milieux liquides pour le son.

Partie C Détermination de la vitesse d'un hélicoptère par effet Doppler

C.1. [1 pt] La longueur d'onde est la distance entre deux maxima successifs. On la mesure avec une meilleure précision sur le schéma en prenant le plus grand nombre possible de longueurs d'onde. Un intervalle de 5 longueurs d'onde peut être mesuré :

$5\,\lambda_0$ correspondent à 2,6 cm et $5\,\lambda'$ correspondent à 2,1 cm.

Soit, compte tenu de l'échelle (1,2 cm correspond à 1 m) :

$\boldsymbol{\lambda_0 = 0{,}43\ \mathrm{m}}$ et $\boldsymbol{\lambda' = 0{,}35\ \mathrm{m}}$

C.2. [0,5 pt] La célérité v_{son} de l'onde sonore est liée aux caractéristiques de l'onde par :

$$\lambda_0 = v_{son}.T_0 = \frac{v_{son}}{f_0}$$

D'où :

$$v_{son} = \lambda_0.f_0 = 4{,}3 \times 10^{-1} \times 810 = \mathbf{350\ m.s^{-1}}$$

Cette valeur est proche de la valeur habituellement utilisée de 340 $\mathrm{m.s^{-1}}$.

La vitesse du son dans l'air dépend de la température et de la pression de celui-ci. À pression atmosphérique, elle vaut 340 $\mathrm{m.s^{-1}}$ à 15 °C et 350 $\mathrm{m.s^{-1}}$ à 30 °C. Elle diminue quand la pression diminue, donc lorsqu'on monte en altitude. C'est pourquoi les vitesses des avions supersoniques sont mesurées en mach, rapport de la vitesse de l'avion avec la vitesse du son à l'endroit où a lieu le vol.

C.3. [0,5 pts] En utilisant la même relation que ci-dessus :

$$f' = \frac{v_{son}}{\lambda'} = \frac{350}{0{,}35} = \mathbf{1{,}0 \times 10^3\ Hz = 1{,}0\ kHz}$$

La fréquence d'émission de 810 Hz est perçue plus aiguë à 1 000 Hz, ce qui est conforme aux conséquences habituelles de l'effet Doppler puisque l'hélicoptère se rapproche du capteur.

C.4. [0,25 pts] En utilisant l'expression fournie au début de l'exercice, on a :

$$T' = T_0\left(1 - \frac{v_s}{v_{son}}\right)$$

L'expression du décalage Doppler d'une source en mouvement par rapport à un observateur fixe est exigible.

Soit, puisque les longueurs d'onde sont proportionnelles aux périodes (la vitesse de propagation restant identique) :

$$\lambda' = \lambda_0\left(1 - \frac{v_s}{v_{son}}\right) \Rightarrow \frac{\lambda'}{\lambda_0} = 1 - \frac{v_s}{v_{son}} \Rightarrow \frac{v_s}{v_{son}} = 1 - \frac{\lambda'}{\lambda_0}$$

Et finalement :

$$v_s = v_{son}\left(1 - \frac{\lambda'}{\lambda_0}\right) = 350\left(1 - \frac{0{,}35}{0{,}43}\right) = \mathbf{65\ m.s^{-1}} \approx \mathbf{230\ km/h}$$

Cette valeur semble réaliste.

Selon les modèles, la vitesse maximale d'un hélicoptère varie d'environ 150 km/h à un maximum de l'ordre de 350 km/h pour les plus rapides. La valeur ci-dessus est donc pertinente pour un certain nombre d'appareils.
La vitesse des hélicoptères est volontairement limitée. En effet, si techniquement on peut imaginer des rotors plus puissants qui fassent *a priori* avancer plus vite l'engin,

cela suppose que les pales vont tourner aussi plus vite. De ce fait, les pales pourraient alors se trouver dans deux situations délicates : la pale avançante (par rapport au déplacement de l'hélicoptère) passerait le mur du son par rapport à l'air tandis que la pale reculante (par rapport au déplacement de l'hélicoptère) pourrait être immobile par rapport à l'air. Même si c'est pour des raisons différentes, ces deux phénomènes déclenchent le décrochage (la force de portance disparaît) et donc la chute de l'engin. Le record de vitesse est actuellement de 472 km/h en vol palier.

SUJET 35 1 h 15 min **6,5 points**

Autour du papillon

Thèmes : *sonar, effet Doppler, interférences.*

Partie A Technique de survie du papillon

Pour se diriger dans l'obscurité ou chasser des insectes, certaines chauves-souris utilisent l'écholocation, qui consiste à « mesurer » le temps de l'aller-retour d'une onde contre un obstacle, pour en évaluer la distance. Certains papillons de nuit sont en mesure de percevoir les émissions des chauves-souris qui cherchent à les repérer. Pour les éviter, ils se laissent alors tomber de la branche sur laquelle ils se trouvent. Cette tactique semble efficace, car seulement 7 % des papillons qui l'utilisent sont capturés contre 50 % de ceux qui ne l'utilisent pas (Pro Natura 1999).

D'après un site internet (http://www.futura-sciences.com)

Données :

- fréquence de l'onde émise par la chauve-souris : $f = 50{,}0$ kHz ;
- vitesse dans l'air de l'onde émise par la chauve-souris : $v_{\text{onde}} = 340$ m.s^{-1} ;
- effet Doppler : on donne le décalage de fréquence par effet Doppler pour une source émettant un signal de fréquence f_S, f_R étant la fréquence enregistrée par le récepteur et v la valeur de la vitesse de la source.

S se rapproche de R	S s'éloigne de R
$\Delta f = f_R - f_S = f_R \dfrac{v}{c}$	$\Delta f = f_R - f_S = -f_R \dfrac{v}{c}$
$\Delta f = f_R - f_S = f_S \dfrac{v}{c - v}$	$\Delta f = f_R - f_S = -f_S \dfrac{v}{c + v}$

Ces formules sont valables si le déplacement se fait selon la direction émetteur-récepteur et à une vitesse v faible devant la célérité c (vitesse de propagation) du signal.

A.1. De quelle nature est l'onde émise par la chauve-souris ? Un être humain est-il en mesure de la percevoir ?

A.2. On place un récepteur d'ultrasons R de sorte que la chauve-souris C se déplace sur la droite (CR) à une vitesse supposée constante. On enregistre un signal de fréquence $f' = 50{,}8$ kHz. La chauve-souris se rapproche-t-elle ou s'éloigne-t-elle du récepteur ?

A.3. Exprimer puis calculer la vitesse de la chauve-souris v_{CS}. Exprimer ce résultat en km.h^{-1}.

A.4. Si le signal émis par la chauve-souris vers un papillon lui revient après une durée $\tau = 16{,}7$ ms, quelle d distance sépare la chauve-souris du papillon ?

A.5. Estimer la durée dont dispose le papillon pour se laisser tomber. Commenter cette valeur.

Partie B Étude du camouflage optique du papillon

L'iridescence est la propriété de certaines surfaces qui semblent changer de couleur selon l'angle de vue et d'éclairage. Ce phénomène est dû à la présence d'une couche mince transparente recouvrant ces ailes et produisant des couleurs dites interférentielles. On peut l'observer sur les ailes de mouches, de libellules et de certains papillons, mais aussi sur la surface d'une bulle de savon ou d'un CD. Pour étudier ce phénomène, on modélise l'aile de papillon de façon simplifiée, comme indiqué sur le schéma, par une surface opaque réfléchissante recouverte d'une couche transparente d'indice n et d'épaisseur constante e. Une partie de la lumière qui arrive sur cette couche est directement réfléchie (rayon ①), une partie est transmise dans la couche, puis réfléchie sur la surface opaque et puis transmise dans l'air (rayon ②). On néglige tous les autres rayons réfléchis ou transmis. Toutes les surfaces sont planes et parallèles et on admet que les ondes issues des chemins ① et ② interfèrent au niveau de la rétine de l'observateur. On note τ le retard de l'onde lumineuse qui a suivi le trajet ② par rapport à l'onde qui a suivi le trajet ①.

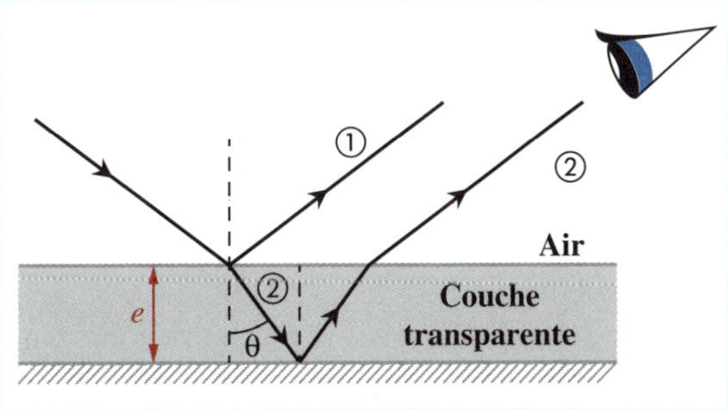

Données : On note c la vitesse de la lumière dans l'air supposée égale à sa valeur dans le vide. $e = 100$ nm ; $n = 1{,}50$ (supposé indépendant de la longueur d'onde).

B.1. La nature des ondes de cette partie est-elle identique à celles de la partie **A.** ? Donner les deux conditions nécessaires pour que les deux ondes lumineuses interfèrent. Pourquoi peut-on dire qu'elles sont réunies ici ?

B.2. Pour une onde lumineuse monochromatique de période temporelle T, à quelle condition entre τ et T y a-t-il des interférences constructives ? destructives ? On introduira un nombre entier k pour établir ces conditions.

B.3. Lorsque la lumière blanche arrive perpendiculairement à la surface de l'aile (incidence normale), on montre que le retard τ peut s'écrire :

$$\tau = \frac{2n \times e}{c} + \frac{T}{2}$$

Établir une expression des longueurs d'onde λ_k qui présenteront une interférence constructive en incidence normale. Cette expression fait intervenir un nombre entier k.

B.4. Rappeler le domaine des longueurs d'onde de la lumière visible et en déduire la ou les couleurs qui seront essentiellement perçues par l'observateur.

B.5. Lorsque la lumière blanche n'arrive pas perpendiculairement à la surface de l'aile, le retard a pour expression : $\tau = \frac{2n \times e \times \cos\theta}{c} + \frac{T}{2}$. Pour une incidence de 49°, donc pour un angle θ de 30°, déterminer, sans calcul excessif, la couleur essentiellement perçue par l'observateur. Conclure sur les propos du texte.

On donne un spectre avec des valeurs approximatives de longueurs d'onde de la lumière visible.

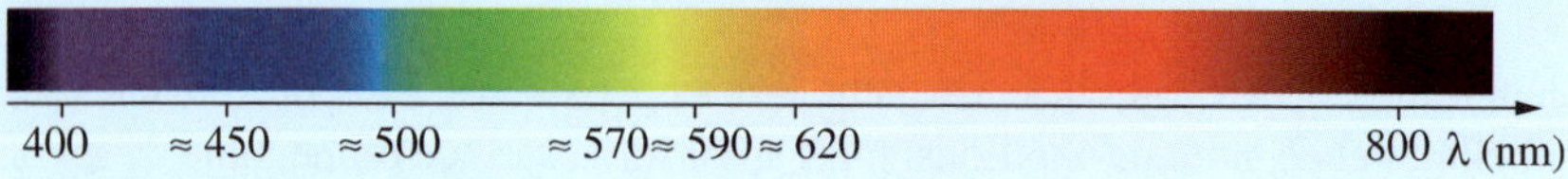

Corrigé du sujet 35

Partie A Technique de survie du papillon

A.1. [0,25 pt] La chauve-souris émet une onde sonore, comme l'indique la vitesse de propagation, c'est donc une **onde mécanique**. La fréquence f est supérieure au maximum du domaine audible (20 Hz à 20 kHz), elle est donc dans le domaine des **ultrasons**, non perceptibles par l'oreille humaine.

A.2. [0,25 pt] La fréquence perçue est plus élevée que la fréquence émise, ce qui correspond à une source qui se rapproche du récepteur, comme le tableau de formules permet de le confirmer.

Il faut connaître d'une part le domaine des sons audibles (programme de Seconde) et d'autres part les propriétés de l'effet Doppler : le son est perçu plus aigu (fréquence plus élevée) quand la source se rapproche, et plus grave (fréquence plus basse) si elle s'éloigne.

A.3. [1 pt] La vitesse est obtenue par l'expression du décalage doppler adéquat (source qui se rapproche et formule en fonction de la fréquence émise) :

$$\Delta f = f_R - f_S = f_S \frac{v}{c - v}$$

soit ici avec les notations de l'énoncé :

$$f' - f = f \frac{v_{CS}}{v_{onde} - v_{CS}}$$

$$\Rightarrow \quad (f' - f) \times (v_{onde} - v_{CS}) = f \times v_{CS}$$

$$\Rightarrow \quad f' \times v_{CS} = (f' - f) \times v_{onde}$$

D'où l'on tire la vitesse de la chauve-souris :

$$\boldsymbol{v_{CS}} = \frac{\boldsymbol{f' - f}}{\boldsymbol{f'}} \times \boldsymbol{v_{onde}} = \frac{50{,}8 - 50{,}0}{50{,}8} \times 340 = \mathbf{5{,}35\ m.s^{-1}} = \mathbf{19{,}3\ km.h^{-1}}$$

Les formules données ou celles apprises dans le cours n'utilisent pas toujours les notations d'un énoncé. Il est donc très important de connaître et lire les formules « en français », c'est-à-dire en nommant les grandeurs. Ici f_R est la fréquence perçue par le récepteur (f') et f_S est la fréquence de la source, donc ici émise par la chauve-souris, soit f.

A.4. [0,5 pt] Le signal se propage à la vitesse de l'onde et effectue un aller-retour. La distance d vaut donc :

$$\boldsymbol{d} = \boldsymbol{v_{onde}} \times \frac{\boldsymbol{\tau}}{\mathbf{2}} = 340 \times \frac{16{,}7 \times 10^{-3}}{2} = \mathbf{2{,}84\ m}$$

A.5. [0,25 pt] La chauve souris parcourt d à la vitesse v_{CS}, soit en une durée :

$$\Delta \boldsymbol{t} = \frac{\boldsymbol{d}}{\boldsymbol{v_{CS}}} = \frac{2{,}84}{5{,}35} = \mathbf{0{,}53\ s}$$

soit un peu plus d'une demi-seconde, ce qui nécessite de bons réflexes de la part du papillon qui se laisse tomber, mais reste faisable !

En toute rigueur, la chauve-souris avance pendant l'écholocation, mais la distance qu'elle parcourt pendant la durée τ vaut $d' = v \times \tau = 5{,}35 \times 16{,}7 \times 10^{-3} = 0{,}0902$ m soit 9 cm, ce qui peut être négligé dans le calcul.

Partie B Étude du camouflage optique du papillon

B.1. [0,5 pt] Les ondes ici sont des **ondes électromagnétiques** et non mécaniques contrairement aux ondes ultrasonores de la partie **A**. Pour que les deux ondes interfèrent il faut qu'elles soient **synchrones** (même fréquence) et **cohérentes** (présentant un déphasage constant dans le temps), ce qui est le cas lorsque qu'on fait interférer deux ondes issues d'une même source (comme dans les fentes d'Young). Ces conditions sont réunies ici puisque la même onde se sépare en deux à la traversée du dioptre air/couche transparente.

B.2. [0,5 pt] Les interférences sont constructives si les ondes arrivent en phase, donc lorsque la différence de chemin optique entre elles est égale à un multiple entier de la longueur d'onde, ce qui se traduit par un retard égal à un multiple entier de la période :

$\tau = k \times T$ avec k un entier.

Les interférences sont destructives si les ondes arrivent en opposition de phase, donc si la différence de chemin optique entre elles est égale à un multiple (impair) demi-entier de la longueur d'onde, ce qui se traduit par un retard égal à un multiple (impair) demi-entier de la période : $\tau = (2k+1) \times \frac{T}{2} = kT + \frac{T}{2}$ avec k un entier.

Dans l'air, on confond en général le chemin optique et la différence de marche, ce qui revient à considérer que la vitesse de la lumière dans l'air est identique à celle dans le vide. Le retard est donc bien le décalage temporel entre les deux ondes, c'est-à-dire le temps mis par l'onde pour parcourir la différence de marche entre les deux trajets. Si ce trajet vaut λ, alors le retard vaut T. On raisonne de même avec des multiples.

B.3. [0,75 pt] On commence par chercher les périodes T_k qui remplissent la condition d'interférence constructives :

$$\tau = \frac{2n \times e}{c} + \frac{T_k}{2} = k \times T_k \Rightarrow (2k-1)T_k = \frac{4n \times e}{c} \Rightarrow T_k = \frac{4n \times e}{c(2k-1)}$$

La longueur d'onde est la distance parcourue par l'onde en une période, soit :

$$\boldsymbol{\lambda_k = c \times T_k = \frac{4n \times e}{(2k-1)}}$$

B.4. [1,25 pt] Le domaine des ondes visibles s'étend de 400 à 800 nm environ. Les couleurs perçues seront principalement celles qui présentent des interférences constructives, car leur amplitude sera maximale par rapport aux autres couleurs. On teste donc les valeurs de k possibles pour des interférences constructives :

$k = 1 \Rightarrow \lambda_1 = \boldsymbol{4n \times e} = 4 \times 1{,}50 \times 100 = \textbf{600 nm (orange)}$

$k = 2 \Rightarrow \lambda_2 = \boldsymbol{\frac{4n \times e}{3}} = \frac{4}{3} \times 1{,}50 \times 100 = \textbf{200 nm (radiation UV}$ invisible à l'œil).

Pour des valeurs de k supérieures, la longueur d'onde est encore plus petite donc invisible. Donc, en incidence normale, **l'aile paraît orange**.

Il n'est pas inutile de connaître l'ordre de grandeur des longueurs d'onde des couleurs principales du visible.

B.5. [1,25 pt] La formule donnée est identique, au facteur cos θ près derrière e. Donc on obtiendra les longueurs d'onde qui interfèrent constructivement par une formule identique (même calcul) à ce terme près :

$$\lambda'_k = \frac{4n \times e \times \cos\theta}{(2k-1)}$$

$$k = 1 \Rightarrow \lambda'_1 = \boldsymbol{4n \times e \times \cos\theta} = 4 \times 1{,}50 \times 100 \times \cos(30°) = \textbf{520 nm (vert)}$$

$$k = 2 \Rightarrow \lambda'_2 = \boldsymbol{\frac{4n \times e \times \cos\theta}{3}} = \frac{4}{3} \times 1{,}50 \times 100 \times \cos(30°) = \textbf{173 nm (UV)}$$

Cette fois, le papillon semble bleu-vert. On voit donc qu'en faisant varier l'incidence, donc l'angle θ, la couleur perçue diffère, ce qui explique le texte : « certaines surfaces qui semblent changer de couleur selon l'angle de vue et d'éclairage ».

Il est facile de vérifier, à l'aide de la formule de Descartes de la réfraction, que l'angle θ correspond bien à une incidence d'environ 49°. On peut d'ailleurs aussi avec les mêmes lois comprendre la symétrie du tracé des rayons de la figure.

SUJET 36

1 h 10 min 6 points

Diffraction de la lumière

Thème : *diffraction.*

On étudie la diffraction d'une lumière laser par différents objets diffractants. Lors d'une séance de TP, on réalise plusieurs expériences en faisant varier les paramètres qui influent sur la forme et la dimension de la figure de diffraction. Le dispositif général est le suivant :

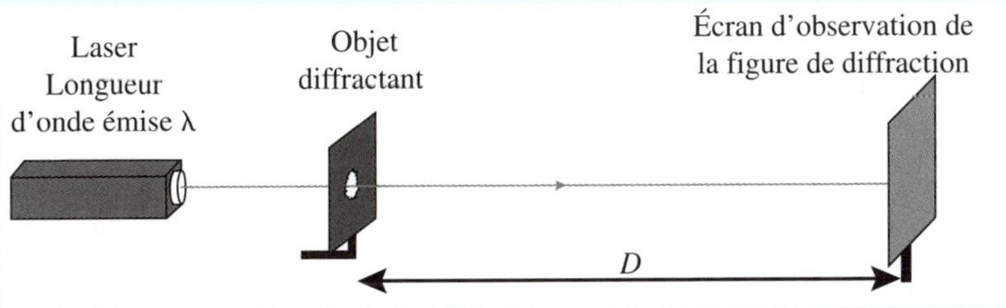

Les résultats des mesures, nécessaires pour traiter la plupart des questions, figurent dans les documents en annexe à la fin de l'exercice.

Partie A Étude de la forme de la figure de diffraction

A.1. Définir le phénomène de diffraction. Quelle(s) grandeur(s) détermine(nt) l'importance du phénomène observé ?

A.2. En utilisant la propriété évoquée en **A.1.**, justifier l'orientation de la figure de diffraction par rapport à la fente rectangulaire et l'allure de la tache de diffraction du trou circulaire.

A.3. Un réseau est une plaque transparente sur laquelle on a tracé des traits parallèles extrêmement serrés. La dimension caractéristique du réseau, intervenant sur les déviations, est le pas du réseau, qui est le nombre de traits par unité de longueur.

Si on fait l'expérience en utilisant comme objet diffractant un réseau contenant 500 traits par mm, on observe sur l'écran des taches lumineuses beaucoup plus espacées (plusieurs dizaines de cm) qu'avec les fentes rectangulaires ou les trous circulaires utilisés. Expliquer pourquoi à l'aide de la question **A.1.**

Partie B Étude de la diffraction par la fente rectangulaire

B.1. Quelle relation y a-t-il entre θ (avec 2θ = ouverture angulaire de la tache centrale depuis la fente), λ la longueur d'onde du laser et a la largeur de la fente ? Faire un schéma définissant θ.

B.2. À l'aide du schéma, établir une relation entre θ, d et D.

B.3. En supposant que l'angle θ est suffisamment petit pour faire l'approximation $\tan \theta \approx \theta$, établir une relation donnant d en fonction de D, λ et a.

B.4. Les **courbes 1A** et **1B** sont-elles en accord avec la relation précédente ? À l'aide des courbes, déterminer la longueur d'onde du laser utilisé. Quelle est sa couleur : rouge, vert ou violet ?

B.5. Si l'on utilise un laser à la longueur d'onde de 750 nm et que l'on recommence les mêmes mesures, comment seront-elles modifiées ? Expliquer.

Partie C Étude de la diffraction par le trou circulaire

On cherche à vérifier une loi similaire pour la figure de diffraction du trou circulaire sous la forme $\theta = \frac{\alpha\lambda}{b}$ où α est un coefficient numérique sans dimension.

On a utilisé un laser de longueur d'onde $\lambda = 500$ nm pour les mesures de la **courbe 2** et on a placé l'écran à $D = 1{,}5$ m du trou.

C.1. En déduire que si cette loi est correcte, alors il existe une relation entre d', D, λ, b et α. On pourra s'appuyer sur un raisonnement identique à celui de la fente pour établir cette relation.

C.2. Vérifier que la modélisation de la courbe obtenue est conforme à cette relation.

C.3. L'évolution des dimensions de la tache centrale avec celle du trou diffractant est-elle en accord avec les propriétés générales de la diffraction vues dans la partie **A** ?

C.4. À l'aide de la courbe, déterminer une valeur aussi précise que possible de α.

Vérifier qu'elle figure dans la liste suivante :

a) $1{,}22.10^{-3}$ **b)** 1,22 nm **c)** 0,83 **d)** 1,22 **e)** 8 300

Document 1. Mesures avec une fente rectangulaire

On réalise une première série de mesures avec un lot de fentes de différentes largeurs en fixant la distance fente-écran à une valeur de 1,5 m et on obtient la **courbe 1A**.

On réalise ensuite une série de mesures avec une fente de largeur 50 µm en faisant varier la distance fente-écran. On obtient alors la **courbe 1B** page suivante.

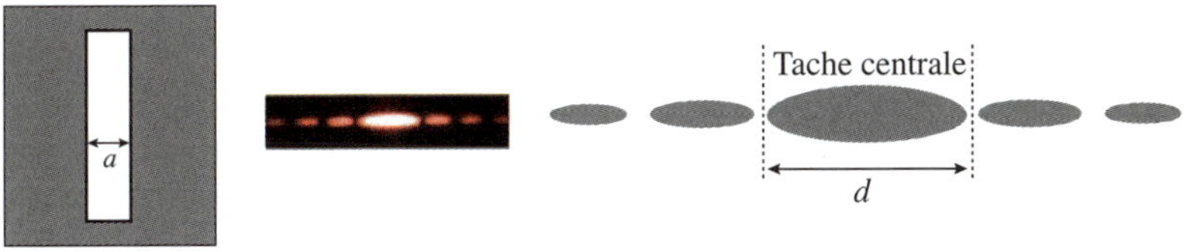

Objet diffractant — Figure de diffraction

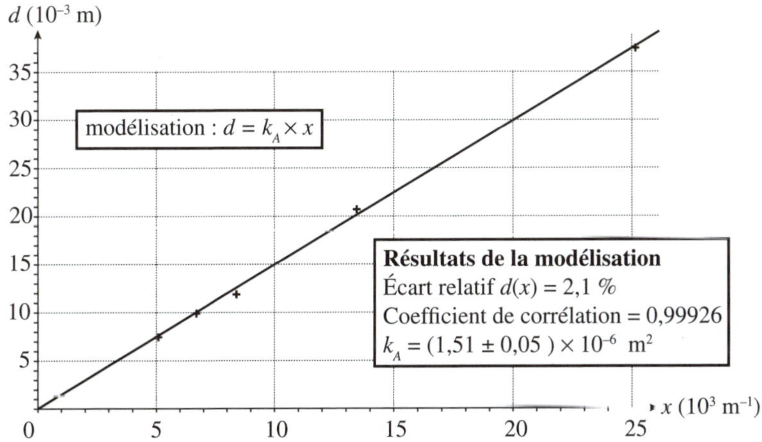

Courbe 1A. Diffraction par une fente rectangulaire ; largeur *d* de la tache centrale en fonction de *x* l'inverse de la largeur de la fente ($x = 1/a$)

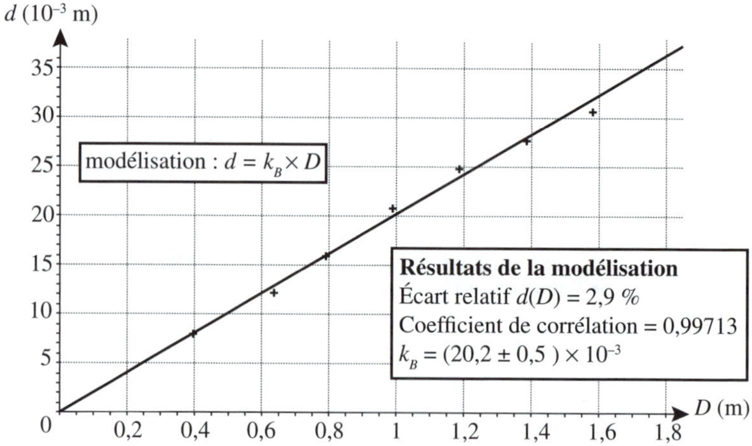

Courbe 1B. Diffraction par une fente rectangulaire ; largeur *d* de la tache centrale en fonction de *D* la distance fente-écran

Document 2. Mesures avec un trou circulaire

La figure de diffraction est formée d'une alternance de cercles brillants et sombres. On mesure la largeur de la tache centrale d' pour un lot de trous de différents diamètres b en fixant la distance fente-écran à une valeur de 1,5 m et on obtient la **courbe 2**.

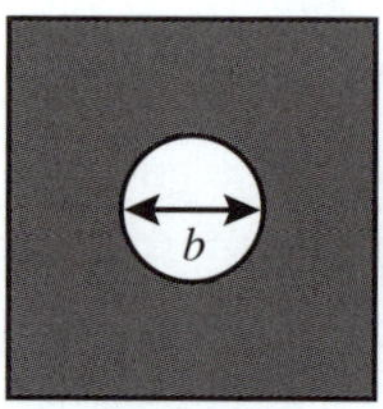

Objet diffractant

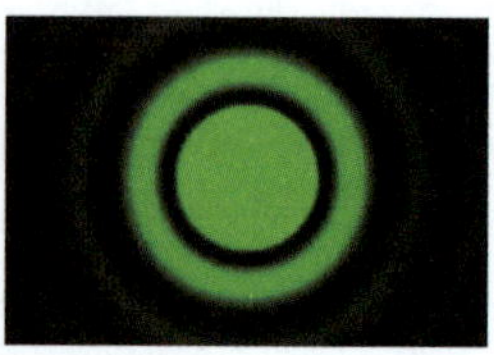

Figure de diffraction

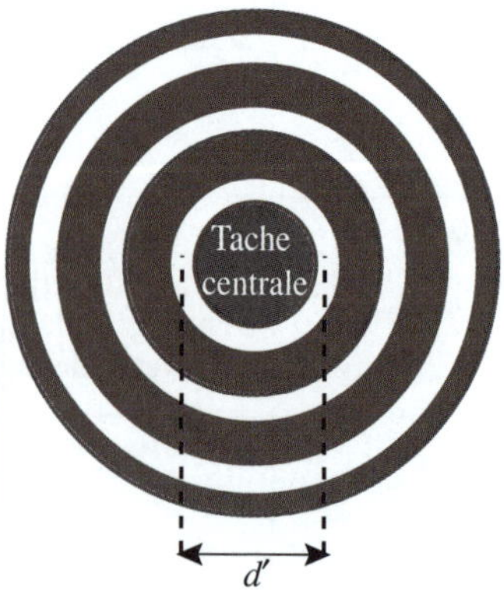

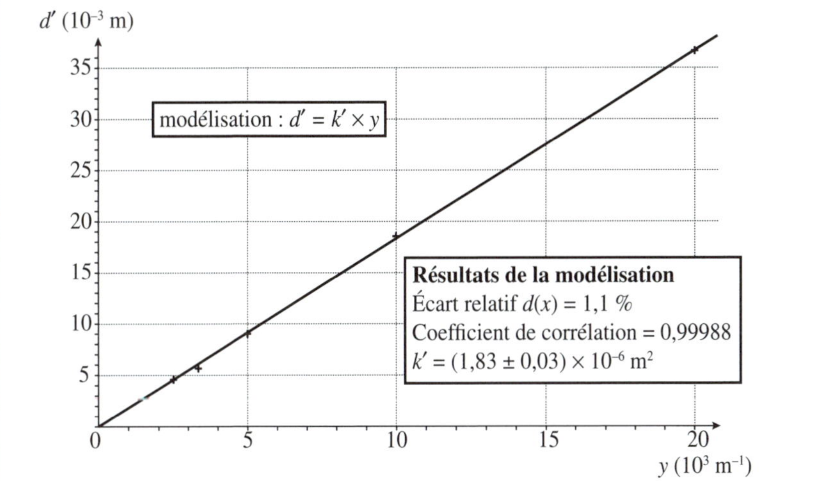

Courbe 2. **Diffraction par un trou circulaire ; largeur d' de la tache centrale en fonction de y, l'inverse du diamètre du trou ($y = 1/b$)**

Corrigé du sujet 36

Remarque : on donne ici en vert dans les calculs des moyens de trouver facilement les résultats sans calculatrice. Les chiffres significatifs ne sont pas forcément respectés dans ces écritures.

Partie A Étude de la forme de la figure de diffraction

A.1. [0,5 pt] La diffraction est observée lorsque une onde rencontre un obstacle de dimensions proches de sa longueur d'onde. L'onde se propage alors dans des directions différentes de sa direction initiale. En lumière visible, cela se traduit sur l'écran par une figure de diffraction où des zones lumineuses existent en des endroits où le prolongement des rayons lumineux aurait donné une absence de lumière. Le phénomène de diffraction est lié au rapport λ/l où λ est la longueur d'onde et l la dimension caractéristique de l'objet diffractant. Plus ce rapport est grand (c'est-à-dire plus l'obstacle est petit) et plus le phénomène de diffraction est important, c'est-à-dire plus la tache de diffraction est étendue.

Plus l'onde est contrainte par un espace étroit, plus la tache s'étale suivant la direction de la contrainte.

A.2. [0,5 pt] Dans la direction verticale, la fente est grande, donc il y a très peu de diffraction suivant la verticale alors qu'inversement, la largeur de la fente est beaucoup plus petite, ce qui permet un étalement de la tache de diffraction suivant cette direction : si la fente est verticale, la figure de diffraction s'étale horizontalement. Pour le trou circulaire, l'obstacle contraint l'onde dans toutes les directions de son plan, la lumière diffracte donc dans toutes ces directions, ce qui donne une tache de forme circulaire également.

On peut se représenter la situation en simulant le trou à partir d'une rotation de la fente autour de l'axe du faisceau laser. La figure de diffraction tourne alors en parcourant tout le plan, traçant la figure du trou circulaire. Cette vue de l'esprit a ses limites : on obtient bien la figure de façon qualitative mais les dimensions ne seraient pas correctes.

A.3. [0,75 pt] Le pas du réseau peut se calculer : $\boldsymbol{p = \frac{1}{500} = 2 \times 10^{-3}}$ **mm = 2 µm**. Cette dimension est très inférieure à celle des plus petits objets utilisés dans les expériences. On lit sur les graphes :

Fente : $x_{max} = 25 \times 10^3\ \text{m}^{-1}$ soit $\boldsymbol{a}_{\mathbf{min}} = \frac{1}{x_{max}} = \frac{1}{25 \times 10^3} = \frac{1}{(0{,}25 \times 10^5)} = 4 \times 10^{-5}\ \text{m}$
$= \mathbf{40\ \mu m}$

Trou circulaire : $y_{max} = 20 \times 10^3\ \text{m}^{-1}$ soit $\boldsymbol{b}_{\mathbf{min}} = \frac{1}{y_{max}} = \frac{1}{20 \times 10^3} = \frac{1}{(0{,}2 \times 10^5)} = 5 \times 10^{-5}\ \text{m}$
$= \mathbf{50\ \mu m}$

La dimension caractéristique du réseau est au moins 20 fois plus faible que celles des obstacles étudiés précédemment. **La figure de diffraction est beaucoup plus étalée, car le rapport $\frac{\lambda}{p}$ est beaucoup plus grand que les rapports $\frac{\lambda}{a}$ et $\frac{\lambda}{b}$.**

On pourrait ici se contenter de relever la valeur utilisée pour la fente de l'expérience 1B (50 µm) pour conclure.
Les réseaux sont très utiles pour séparer les longueurs d'onde et obtenir des spectres (de raies ou continus), car les taches de diffraction sont quasi ponctuelles pour une lumière monochromatique. D'où leur utilisation dans les spectroscopes et les spectrophotomètres en particulier.

Partie B Étude de la diffraction par la fente rectangulaire

B.1. [0,25 pt] L'angle de demi-ouverture, ou angle sous lequel est vue la demi-tache centrale, vérifie :

$$\theta = \frac{\lambda}{a}$$

Cette formule du cours est à connaître : elle confirme les explications de la **partie 1**.

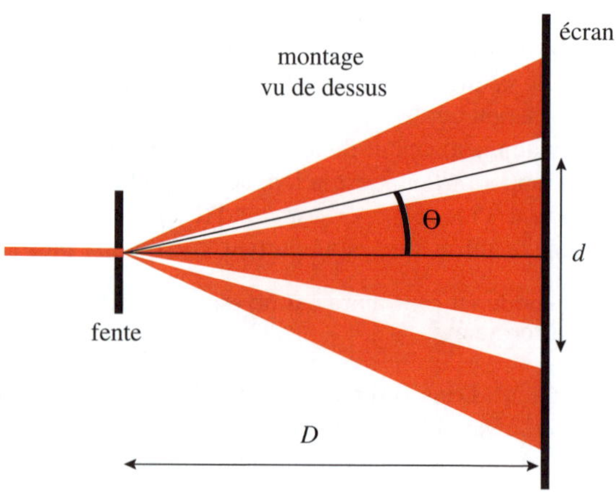

B.2. [0,5 pt] Le triangle rectangle du schéma ci-contre permet d'écrire la tangente de l'angle :

$$\tan \theta = \frac{d}{2D}$$

B.3. [0,5 pt] En utilisant tanθ ≈ θ et la relation du **B.1.**, il vient :

$$\tan\theta = \frac{d}{2D} \approx \theta = \frac{\lambda}{a}$$

D'où : $\boldsymbol{d = \dfrac{2D \times \lambda}{a}}$

B.4. [1 pt] La relation précédente entraîne que d est proportionnel à D et inversement proportionnel à a. Donc $d(D)$ (a et λ étant fixés) et $d(1/a)$ (D et λ étant fixés) sont des fonctions linéaires, ce qui est cohérent avec les droites modélisées à partir des mesures (bon accord du modèle linéaire dans chaque cas, coefficient de corrélation proche de 1 et écart relatif de 0).

On peut utiliser la **courbe 1A** :

$$d = k_A \times x = \frac{k_A}{a} \Rightarrow k_A = 2D_A\lambda \Rightarrow \boldsymbol{\lambda = \frac{k_A}{2D_A}} = \frac{1{,}51 \times 10^{-6}}{2 \times 1{,}5} \approx 5{,}0 \times 10^{-7}\ \text{m} = \mathbf{500\ nm}$$

On peut aussi utiliser la **courbe 1B** :

$$d = k_B \times D \text{ d'où } k_B = \frac{2\lambda}{a_B}$$

$$\Rightarrow \quad \boldsymbol{\lambda = \frac{a_B \times k_B}{2}} = \frac{50 \times 10^{-6} \times 20{,}2 \times 10^{-3}}{2} \approx 5{,}0 \times 10^{-7}\ \text{m} = \mathbf{500\ nm}$$

Cette valeur est dans le milieu du spectre donc **vert.**

> Les paramètres fixés sont donnés dans le document 1 : $D_A = 1{,}5$ m pour 1A et $a_B = 50$ µm pour 1B. Un seul des calculs est suffisant, l'autre est donné à titre indicatif.

B.5. [0,5 pt] Si l'on utilise un laser à la longueur d'onde de 750 nm, on multiplie λ par un facteur 1,5, les autres paramètres étant conservés. Toutes les figures de diffraction sont donc dilatées d'un facteur 1,5 : les taches centrales sont une fois et demi plus larges.

Partie C Étude de la diffraction par le trou circulaire

> Notons que la valeur de la longueur d'onde donnée conforte le calcul précédent.

C.1. [0,5 pt] En utilisant le même raisonnement et le même schéma que précédemment, on obtient les mêmes résultats en remplaçant d par d' :

$$\tan\theta = \frac{d'}{2D}$$

En utilisant tan θ ≈ θ et la relation proposée dans la question, il vient :

$$\tan\theta = \frac{d'}{2D} \approx \theta = \frac{\alpha \times \lambda}{b}$$

D'où : $\boldsymbol{d' = \dfrac{2D \times \alpha \times \lambda}{b}}$

C.2. [0,25 pt] Ici encore d' est inversement proportionnel à b, donc il est normal d'obtenir un modèle linéaire à partir des mesures sur la courbe $d'(y)$ avec $y = \dfrac{1}{b}$, tous les autres paramètres étant fixés.

C.3. [0,25 pt] D'après la courbe, le diamètre de la tache augmente lorsque y donc $\dfrac{1}{b}$ augmente. La figure se dilate donc lorsqu'on diminue le diamètre du trou ce qui est cohérent avec les propriétés décrites en **A.1.**

C.4. [0,5 pt] À l'aide de la courbe et de la relation établie en **C.1.** on a :

$$k' = 2D \times \alpha \times \lambda$$

d'où : $$\boldsymbol{\alpha} = \frac{\boldsymbol{k'}}{\boldsymbol{2D \times \lambda}} = \frac{1{,}83 \times 10^{-6}}{2 \times 1{,}5 \times 5{,}00 \times 10^{-7}}$$

$$= \frac{1{,}83}{1{,}5} = \frac{18{,}3}{15} = \frac{6{,}1}{5} = \frac{6{,}1 \times 2}{10} = \mathbf{1{,}22}$$

qui valide la **valeur proposée d).**

On pourrait aussi arrondir le calcul à 18/15 = 1,2. Le coefficient α est sans dimension donc la réponse **b)** ne convient pas.

10 Lunette astronomique

SUJET 37 60 min 6 points

Lunette astronomique

Thèmes : *lentille convergente, constructions, modèle optique d'une lunette astronomique, relation de conjugaison, marche de rayons lumineux, grossissement.*

En 1611, Kepler propose le principe de la lunette astronomique, avec des lentilles convergentes pour l'oculaire et l'objectif. Il améliore la lunette de Galilée, mais l'image est renversée. Kepler ne mettra cependant pas son idée en pratique, et il faudra attendre 1617 pour voir apparaître les premières lunettes astronomiques.

On se propose de modéliser une lunette astronomique à l'aide de deux lentilles convergentes : une lentille L_1 de distance focale $f_1' = 60$ cm et une lentille L_2 de distance focale $f_2' = 10$ cm.

A. Étude de la lentille L_2

A.1. Calculer la vergence C_2 de la lentille L_2.

A. 2. À l'aide de schémas soigneusement réalisés, construire l'image A_2B_2 que la lentille L_2 donne d'un objet A_1B_1 (de longueur égale à 1 cm) pour les différentes positions suivantes :

$\overline{O_2A_1} = -30$ cm, $\overline{O_2A_1} = -6{,}5$ cm et $\overline{O_2A_1} = -10$ cm (où O_2 est le centre optique de L_2).

A. 3. Retrouver par le calcul la position de l'image pour le premier cas de figure.

B. Étude d'un modèle de lunette astronomique

On reprend la lentille L_2 à laquelle on associe la lentille L_1, placée devant L_2, pour simuler sur le banc d'optique une lunette astronomique utilisée pour observer un objet AB. On se place dans le cas où l'image intermédiaire A_1B_1 est située dans le plan focal objet de la lentille L_2. La distance entre les centres optiques des deux lentilles vaut $\overline{O_1O_2} = 70$ cm.

B.1. Quel rôle joue A_1B_1 pour la lentille L_2 ?

B.2. Comment, dans ce système optique, nomme-t-on les lentilles L_1 et L_2 ?

B.3. Montrer que les points F_1', foyer image de L_1, et F_2, foyer objet de L_2, sont confondus.

B.4. Où se trouve l'objet AB ? Où se trouve l'image définitive A_2B_2 ? Quel qualificatif donne-t-on à la lunette astronomique dans cette configuration ? Justifier.

B.5. Faire un schéma de principe (sans souci d'échelle) de la lunette ainsi réalisée en traçant : la lentille L_1 et son centre optique O_1, la lentille L_2 et son centre optique O_2, les foyers des deux lentilles, l'image intermédiaire A_1B_1, le tracé de deux rayons lumineux traversant les deux lentilles du système optique et passant par B_1, l'objet AB et l'image définitive A_2B_2.

B.6. L'une des caractéristiques d'une lunette astronomique est son grossissement G.

a) Donner la définition du grossissement et faire un schéma (sans souci d'échelle) indiquant les angles utiles à sa définition.

b) Démontrer que $G = \frac{f_1'}{f_2'}$ ici.

c) Calculer la valeur de G. Comment pourrait-t-on l'augmenter ?

Corrigé du sujet 37

Les textes sur fond jaune apparaissant dans ce corrigé sont des rappels de cours ou des commentaires pour vous guider et vous aider.

A. Étude de la lentille L_2

A.1. [0,25 pt] La vergence (en dioptrie) correspond à l'inverse de la distance focale (en mètre) :

$$C_2 = \frac{1}{f_2'} = \frac{1}{0{,}10} = \mathbf{10\ \delta}$$

A.2. [1,25 pt] Les échelles choisies pour représenter ces situations sont 1/5 horizontalement et 1/1 verticalement.

Penser à orienter les axes, les grandeurs manipulées ici étant algébriques.

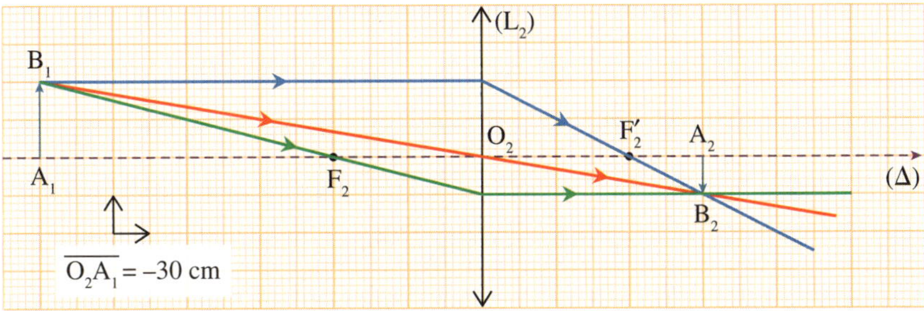

Déterminer la position de A_2B_2 revient à déterminer celle du point B_2, image de B_1 par la lentille L_2. B_2 se trouve à l'intersection des rayons lumineux issus de B_1 (à la condition que ces rayons soient peu écartés et peu éloignés de l'axe optique) et réfractés par L_2. Cette détermination s'effectue à l'aide de trois rayons particuliers. Le rayon incident (sous-entendu passant par l'objet B_1) :

- passant par le centre optique O_2 n'est pas dévié (en rouge)
- parallèle à l'axe optique émerge en passant par le foyer image F_2' (en bleu)
- passant par le foyer objet F_2 émerge parallèlement à l'axe optique (Δ) (en vert)

Sauf prescription de l'énoncé, la marche de deux de ces rayons suffit pour déterminer le point B_2 qui se trouve à leur intersection. Cependant, le troisième peut servir de vérification, il est conseillé de le tracer, comme on l'a fait ici. Le point A_2 s'obtient par projection orthogonale de B_2 sur l'axe optique.

Si $\overline{O_2A_1} < \overline{O_2F_2}$ (le point objet A_1 se trouve avant le foyer objet F_2) : l'image est réelle et renversée.

Si $\overline{O_2F_2} < \overline{O_2A_1} < 0$ (le point objet A_1 se trouve entre le foyer objet F_2 et le centre optique O_2) : l'image est virtuelle et droite.

Si A_1 et F_2 sont confondus, l'image est virtuelle, droite et située à l'infini.

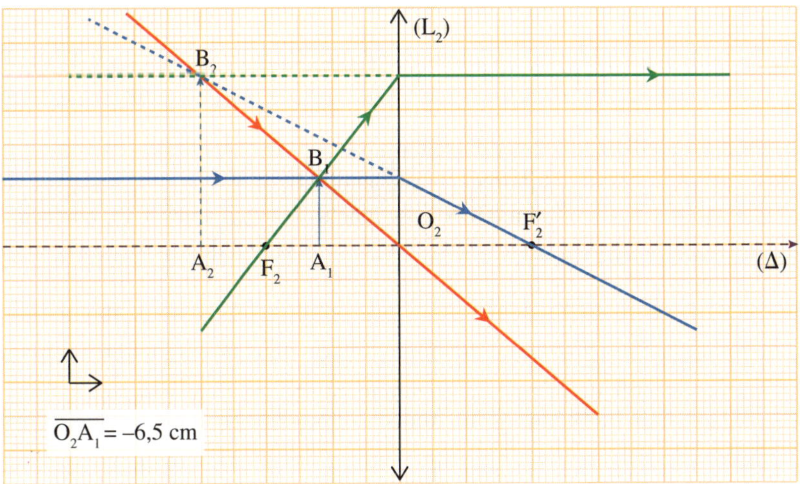

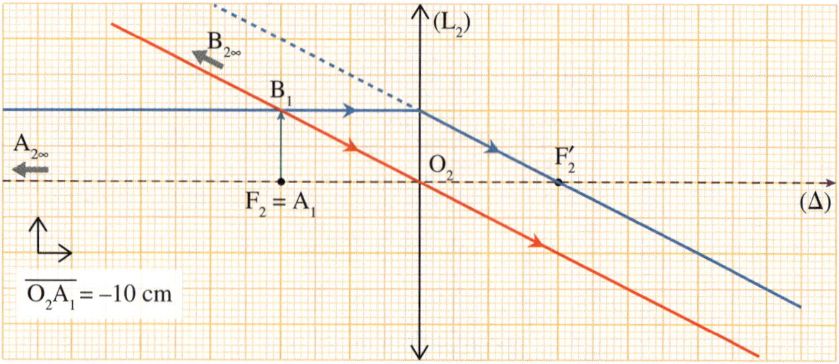

A.3. [0,5 pt] Pour déterminer plus précisément la position de l'image, on utilise la relation de conjugaison.

$$\frac{1}{\overline{O_2A_2}} - \frac{1}{\overline{O_2A_1}} = \frac{1}{\overline{O_2F'_2}} \Rightarrow \frac{1}{\overline{O_2A_2}} = \frac{1}{\overline{O_2A_1}} + \frac{1}{f'_2}$$

$$\Rightarrow \quad \frac{f'_1}{\overline{O_2A_1} \times f'_2} + \frac{\overline{O_2A_1}}{f'_2 \times \overline{O_2A_1}}$$

$$\Rightarrow \quad \overline{\mathbf{O_2A_2}} = \frac{\boldsymbol{f'_2} \times \overline{\mathbf{O_2A_1}}}{\boldsymbol{f'_2} + \overline{\mathbf{O_2A_1}}} = \frac{10 \times (-30)}{10 + (-30)} = \mathbf{15\ cm}$$

Soit 3 cm sur le papier, ce qui correspond bien à ce qui a été obtenu graphiquement.

Le calcul précédent est valide et peut être utilisé pour calculer la distance image. Cependant, dans ce genre de calcul, il est beaucoup plus commode (et plus rapide !) d'utiliser la touche x^{-1} de la calculatrice :

$$\frac{1}{\overline{O_2A_2}} = \frac{1}{\overline{O_2A_1}} + \frac{1}{f'_2} \text{ d'où :}$$

$$\overline{O_2A_2} = \left(\frac{1}{f'_2} + \frac{1}{\overline{O_2A_1}}\right)^{-1} = \left[(f'_2)^{-1} + \left(\overline{O_2A_1}\right)^{-1}\right]^{-1} = \left[10^{-1} + (-30)^{-1}\right]^{-1} = 15 \text{ cm}$$

B. Étude d'un modèle de lunette astronomique

B.1. [0,25 pt] A_1B_1 est un **objet réel** pour la lentille L_2.

B.2. [0,25 pt] L_1 constitue l'**objectif** de cette lunette astronomique, et L_2 son **oculaire**.

B.3. [0,25 pt] Si F'_1 et F_2 sont effectivement confondus, alors la distance entre les centres optiques vaut :

$$\overline{\mathbf{O_1O_2}} = \overline{O_1F'_1} + \overline{F'_1O_2} = \overline{O_1F'_1} + \overline{F_2O_2} = \boldsymbol{f'_1} + \boldsymbol{f'_2} = 60 + 10 = \mathbf{70\ cm}$$

Il s'agit bien de la distance indiquée dans l'énoncé : **ces deux foyers sont bien confondus.**

Une notation algébrique du type $\overline{AB}$ se développe comme un vecteur auquel on applique la relation de Chasles. Si l'on souhaite « insérer » le point C : $\overline{A_CB} = \overline{AC} + \overline{CB}$. Par ailleurs, on a aussi : $\overline{AB} = -\overline{BA}$.

B.4. [0,75 pt] L'image intermédiaire A_1B_1 se trouve dans le plan focal objet de L_2 : **l'image finale A_2B_2 est donc virtuelle et à l'infini.** F'_1 et F_2 étant confondus, A_1B_1

se trouve par ailleurs être aussi dans le plan focal image de L_1 : **l'objet AB est à donc l'infini.** Dans cette configuration, la lunette astronomique est dite **afocale**, car elle donne d'un objet à l'infini AB une image A_2B_2 également à l'infini, **elle n'a donc pas de foyer**.

B.5. [1 pt] Pour construire le schéma, on effectue dans l'ordre les tracés suivants :

a) On place pour commencer les lentilles, les foyers et l'objet A_1B_1 au niveau de ces foyers.

b) On trace le rayon (rouge) passant par O_1 et B_1 : il est issu de B sans avoir été dévié par L_1.

c) On trace, en pointillé rouge, un rayon qui viendrait de B_1 et qui, passant par O_2, ne serait pas dévié par L_2. Ce rayon donne la direction des rayons qui ressortent parallèles vers l'image B_2. On prolonge alors le rayon rouge grâce à cette direction.

d) On trace maintenant n'importe quel rayon venant de la direction B : il est dévié par L_1 et converge alors vers B_1, puis il frappe la lentille L_2 qui le dévie selon la direction du pointillé. Sur le schéma, on a placé un rayon (vert) particulier, car il passe par F_1, mais n'importe quel autre convient.

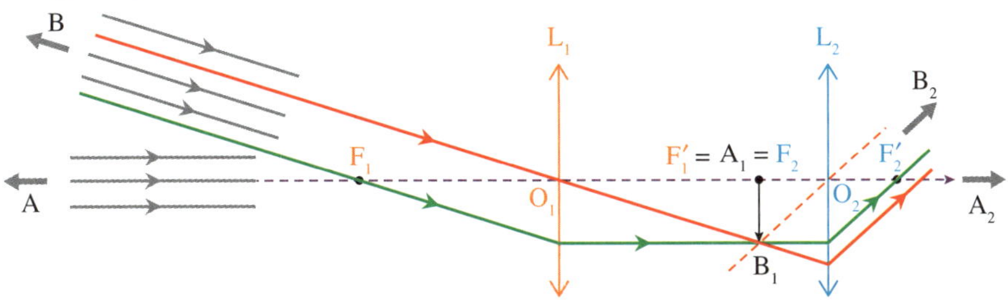

La question de la position de l'image finale peut poser un problème de compréhension : par définition, l'image est le point où vont converger les rayons émergents, donc théoriquement B_2 est vers la droite du schéma (réelle à l'infini comme indiqué sur le schéma ci-dessus et de même pour A_2 dans la direction de l'axe). Mais on peut aussi considérer qu'elle est à gauche (virtuelle à l'infini à l'autre extrémité des rayons, car elle correspond alors à ce que l'œil, placé après L_2, voit. A_2B_2 devient en effet pour lui l'objet dont semblent provenir les rayons émergents de l'oculaire L_2.

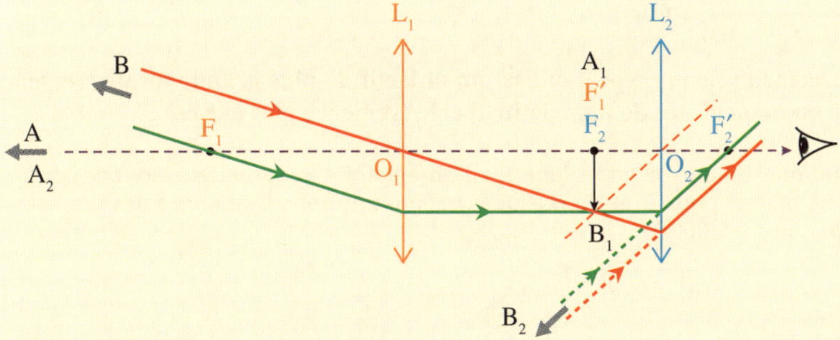

B.6. a) [0,25 pt] Le grossissement est le rapport de l'angle θ' sous lequel l'image définitive A_2B_2 est vue à travers la lunette par l'angle θ sous lequel l'objet AB est vu à l'œil nu.

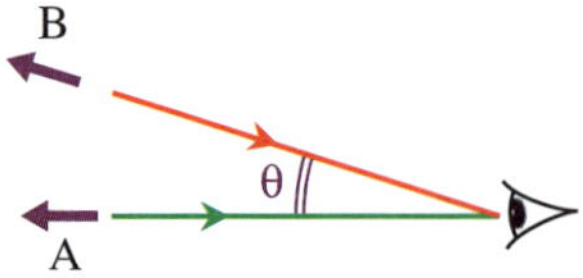

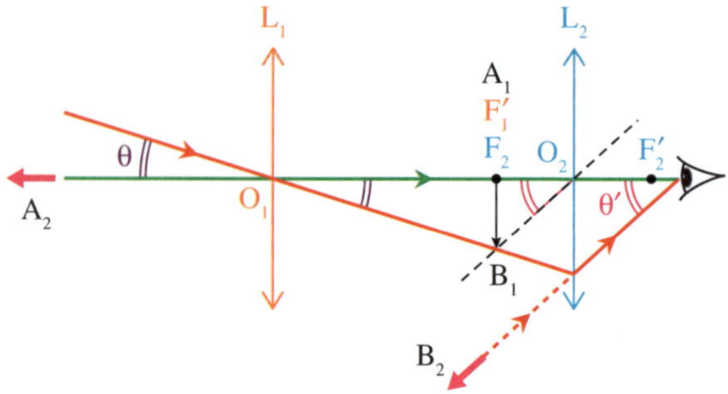

b) [0,75 pt] On utilise la relation sur la tangente d'un angle dans les triangles $O_1A_1B_1$ et $O_2A_1B_1$ schématisés de façon simplifiée ci-contre :

$$\tan\theta = \frac{A_1B_1}{f_1'} \text{ et } \tan\theta' = \frac{A_1B_1}{f_2'}$$

De plus, les angles θ et θ′ étant petits, on peut employer l'approximation des petits angles : $\tan\theta \approx \theta$ et $\tan\theta' \approx \theta'$ (ces angles étant exprimés en radian). Ainsi :

$$G = \frac{\theta'}{\theta} = \frac{A_1B_1}{f_2'} \times \frac{f_1'}{A_1B_1}$$

$$G = \frac{f_1'}{f_2'}$$

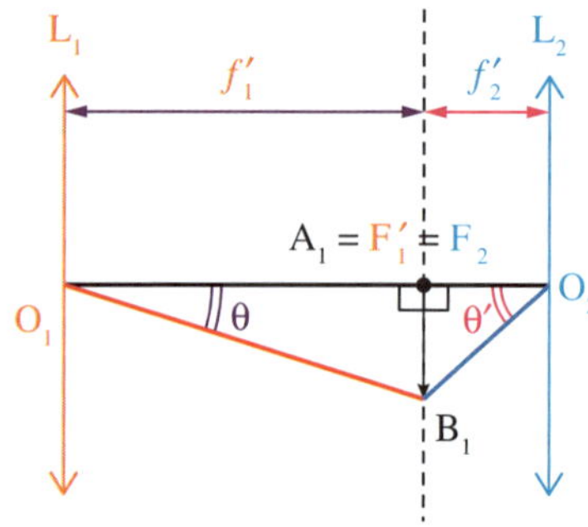

Ici, on a détaillé la question du grossissement sur trois schémas afin de bien comprendre la démarche. Sur une copie, un seul suffit qui met en évidence les grandeurs utiles sur le même tracé.

c) [0,5 pt] On obtient numériquement :

$$G = \frac{f_1'}{f_2'} = \frac{60}{10} = \mathbf{6{,}0}$$

Pour augmenter sa valeur, on peut utiliser **un objectif de plus grande focale** (vergence plus faible) ou **un oculaire de plus petite focale** (vergence plus élevée).

Dans la pratique, pour les grandes lunettes d'observatoire, ces grandeurs sont de l'ordre de plusieurs mètres pour f_1' et de quelques millimètres pour f_2' donnant des grossissements supérieurs à 1 000.

SUJET 38 1 h 10 min 7 points

Caractéristiques d'une lunette astronomique

Thèmes : *lentille convergente, lunette astronomique afocale, relations de conjugaison et de grandissement, marche de rayons lumineux, grossissement.*

Martin est passionné par l'observation du ciel. Il demande à son professeur de physique-chimie de lui donner quelques explications à propos des lunettes astronomiques. Celui-ci propose de modéliser une lunette en utilisant deux lentilles convergentes. Il lui rappelle également que toute lentille possède un centre optique O, un foyer image F′, un foyer objet F.

A. Étude d'une lentille convergente

Soit la lentille L, de distance focale $f' = 2{,}0$ cm.

A.1. À quelle distance caractéristique correspond la distance focale d'une lentille ?

A.2. Calculer la vergence C de cette lentille.

A.3. Déterminer graphiquement les caractéristiques de l'image A′B′ (position, taille, nature réelle ou virtuelle, dimension agrandie ou rétrécie) d'un objet AB de 1,5 cm de haut et situé 4,0 cm avant la lentille.

A.4. Retrouver ces caractéristiques par le calcul.

B. Modélisation de la lunette

On appelle *objectif* la lentille située du côté de l'objet à observer, et *oculaire* celle située du côté de l'œil de l'observateur.

Données :

- objectif : lentille L_1 de distance focale $f_1' = 1{,}00$ m et de diamètre $D_1 = 6$ cm ;
- oculaire : lentille L_2 de distance focale $f_2' = 20{,}0$ cm et de diamètre $D_2 = 6$ cm.

B.1. Où se situe l'image par l'objectif d'un objet à l'infini ? Cette image est appelée image intermédiaire.

B.2. Où doit se situer l'image intermédiaire pour être vue à travers l'oculaire sans accommoder ?

B.3. Cette lunette est afocale. Préciser la position du foyer objet F_2 de l'oculaire par rapport au foyer image F_1' de l'objectif.

B.4. Faire un schéma sans souci d'échelle (en respectant $f_1' > f_2'$) de cette lunette en y positionnant les deux lentilles, ainsi que les points remarquables.

B.5. Construire sur ce schéma l'image A_1B_1, dite image intermédiaire, de $A_\infty B_\infty$ par L_1 puis l'image $A_{2\infty}B_{2\infty}$ de A_1B_1 par L_2.

B.6. Définir le grossissement G, qui est une caractéristique importante d'une lunette astronomique.

B.7. Exprimer, puis calculer ce grossissement en fonction des focales des lentilles dans le cadre de l'approximation des petits angles.

B.8. Le cercle oculaire est l'endroit où on placera (spontanément !) son œil pour recevoir l'image la plus lumineuse et la plus complète.

a) On cherche à construire qualitativement sa position. Pour cela réaliser un schéma (sans souci d'échelle) en schématisant le faisceau de rayon issu de A_∞ passant par la lentille L_1 et celui issu de B_∞ passant par L_1. En déduire la position du cercle oculaire.

b) Justifier que le cercle oculaire est l'image donnée par l'oculaire de la monture de l'objectif.

c) Déterminer la position du cercle oculaire à l'aide d'un calcul. La calculer pour la lunette de l'exercice.

Corrigé du sujet 38

A. Étude d'une lentille convergente

A.1. [0,25 pt] La distance focale f' d'une lentille correspond à la **mesure algébrique de la distance entre le centre optique O de cette lentille et son foyer image F'** : $f' = \overline{OF'}$

En toute rigueur, on devrait dire distance focale image, par opposition à la distance focale objet. $f = \overline{OF} = -f'$

A.2. [0,25 pt] La vergence correspond à l'inverse de la distance focale (attention au unités) :

$$C = \frac{\mathbf{1}}{f'} = \frac{1}{2{,}0 \times 10^{-2}} = \mathbf{50\ \delta}$$

A.3. [1 pt] Pour déterminer graphiquement les caractéristiques de cette image, il faut tout d'abord définir des échelles : par exemple, *1/1 horizontalement et 1/1 verticalement* comme dans le schéma page suivante.

Le schéma montre que l'image est réelle, renversée et telle que $\overline{OA'} = 4{,}0$ cm et $\overline{A'B'} = -1{,}5$ cm.

Il est donc à noter que, pour cette position de l'objet, l'image n'est ni agrandie, ni rétrécie. C'est une situation intéressante qu'on exploitera par exemple pour redresser une image sans changer sa dimension.

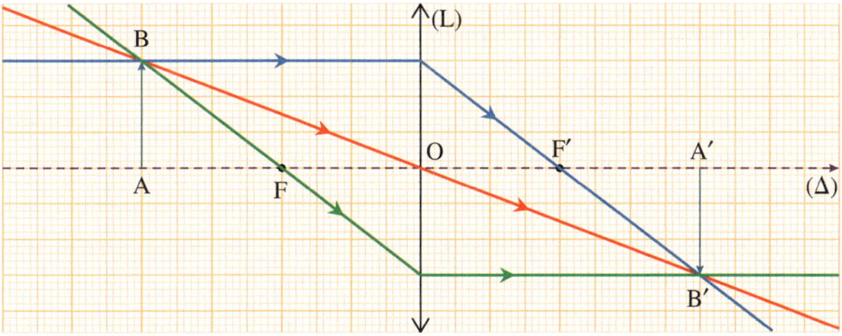

A.4. [1 pt] La position de l'image se détermine à l'aide de la relation de conjugaison. Attention ! A est avant O, donc la distance objet est négative : $\overline{OA} = -4$ cm.

$$\frac{1}{\overline{OA'}} - \frac{1}{\overline{OA}} = \frac{1}{f'} \Rightarrow \frac{1}{\overline{OA'}} = \frac{1}{\overline{OA}} + \frac{1}{f'} \Rightarrow \frac{1}{\overline{OA'}} = \frac{f'}{\overline{OA} \times f'} + \frac{\overline{OA'}}{f' \times \overline{OA}}$$

$$\Rightarrow \quad \mathbf{\overline{OA'}} = \frac{\mathbf{f' \times \overline{OA}}}{\mathbf{f' + \overline{OA}}} = \frac{2{,}0 \times (-4{,}0)}{2{,}0 + (-4{,}0)} = \mathbf{4{,}0\ cm}$$

Ou plus rapidement en utilisant la touche x^{-1} de la calculatrice :

$$\frac{1}{\overline{OA'}} = \frac{1}{\overline{OA}} + \frac{1}{\overline{OF'}} \Rightarrow \mathbf{\overline{OA'}} = \left(\frac{\mathbf{1}}{\mathbf{\overline{OF'}}} + \frac{\mathbf{1}}{\mathbf{\overline{OA}}}\right)^{\mathbf{-1}}$$

$$\mathbf{\overline{OA'}} = \left[\left(\mathbf{\overline{OF'}}\right)^{-1} + \left(\mathbf{\overline{OA}}\right)^{-1}\right]^{-1} = \left[\mathbf{2{,}0^{-1}} + \mathbf{(-4{,}0)}^{-1}\right]^{-1} = \mathbf{4{,}0\ cm}$$

Donc $\mathbf{\overline{OA'} > 0}$, l'image est réelle (elle est donc directement observable sur un écran). Pour les autres caractéristiques, on s'appuie sur le grandissement γ.

$$\gamma = \frac{\overline{A'B'}}{\overline{AB}} = \frac{\overline{OA'}}{\overline{OA}} \Rightarrow \mathbf{\overline{A'B'}} = \frac{\mathbf{\overline{AB} \times \overline{OA'}}}{\mathbf{\overline{OA}}} = \frac{1{,}5 \times 4{,}0}{(-4{,}0)} = \mathbf{-1{,}5\ cm}$$

L'image est donc de même taille que l'objet, mais renversée.
Ces résultats sont en accord avec ceux obtenus par construction graphique.

B. Modélisation de la lunette

B.1. [0,25 pt] **Une lentille donne d'un objet situé à l'infini une image se trouvant dans son plan focal image.** L'image intermédiaire se trouve donc dans le plan perpendiculaire à l'axe optique et contenant le foyer image F'_1 de la lentille L_1.

B.2. [0,5 pt] L'œil normal, dit emmétrope, est au repos (il n'accommode pas) lorsqu'il observe un objet à l'infini. C'est l'image en sortie d'oculaire (l'image définitive) qui va constituer l'objet pour l'œil. Elle doit donc être rejetée à l'infini par ce système optique. Pour cela, **l'image intermédiaire doit se trouver dans le plan focal objet de l'oculaire L_2.**

B.3. [0,25 pt] Pour une lunette afocale qui doit donner une image à l'infini d'un objet à l'infini, **le foyer image F'_1 de l'objectif (noté L_1 ici) doit être confondu avec le foyer objet F_2 de l'oculaire (L_2).**

B.4. et **B.5.** [0,25 pt] [0,75 pt] Pour effectuer le tracé, on construit dans l'ordre suivant :

a) On place l'axe optique, les lentilles et leurs foyers, en particulier F_1' et F_2 confondus et plus proches de L_2 que de L_1.

b) Construction de l'image intermédiaire A_1B_1 :

• A_∞ est situé sur l'axe optique à l'infini, il envoie des rayons parallèles à l'axe qui émergent en convergeant au foyer F'_1 (= A_1).

• B_∞ se situe à la verticale de A_∞ à l'infini, il envoie des rayons parallèles entre eux, inclinés sur l'axe optique qui émergent en convergeant vers un point du plan focal image (= B_1) obtenu graphiquement grâce au rayon particulier qui n'est pas dévié (en rouge), confirmé par le rayon passant par le foyer objet (en vert).

c) Construction de l'image finale $A_{2\infty}B_{2\infty}$ dont A_1B_1 est maintenant l'objet, situé au foyer objet de la lentille L_2 :

• $A_{2\infty}$ est situé sur l'axe optique à l'infini.

• $B_{2\infty}$ se situe dans une direction qui est obtenue en traçant un rayon de construction issu de B_1 non dévié par L_2 (en pointillé, il passe par O_2). Tous les rayons venant de B_1 émergent parallèles à cette direction, confirmée par le rayon incident parallèle à l'axe qui émerge en passant par F'_2 (en vert). Voir remarque page 197 sur la position de l'image finale.

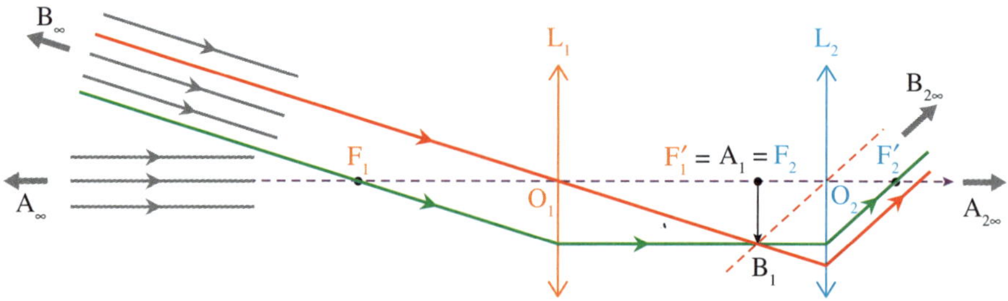

B.6. [0,25 pt] **Le grossissement est le rapport de l'angle θ' sous lequel l'image définitive $A_{2\infty}B_{2\infty}$ est vue à travers la lunette par l'angle θ sous lequel l'objet $A_\infty B_\infty$ est vu à l'œil nu.**

B.7. [0,75 pt] On utilise la relation sur la tangente d'un angle dans les triangles $O_1A_1B_1$ et $O_2A_1B_1$ schématisés de façon simplifiée ci-contre :

$$\tan\theta = \frac{A_1B_1}{f_1'} \quad \text{et} \quad \tan\theta' = \frac{A_1B_1}{f_2'}$$

De plus, les angles θ et θ' étant petits, on peut employer l'approximation des petits angles : $\tan\theta \approx \theta$ et $\tan\theta' \approx \theta'$ (ces angles étant exprimés en radian). Ainsi :

$$G = \frac{\theta'}{\theta} = \frac{A_1B_1}{f_2'} \times \frac{f_1'}{A_1B_1}$$

$$G = \frac{f_1'}{f_2'} = \frac{100}{20{,}0} = \mathbf{5{,}00}$$

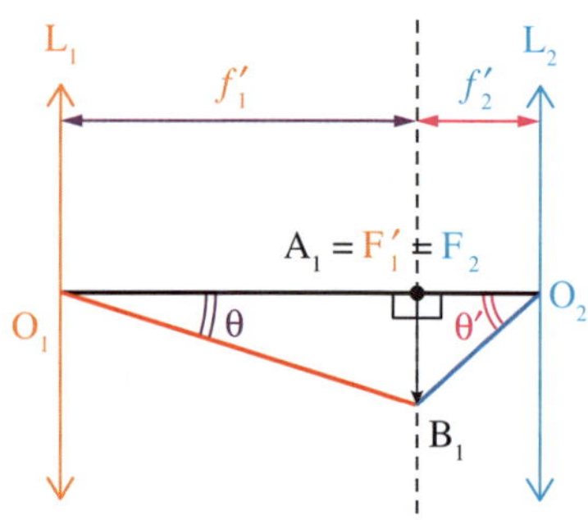

On peut réaliser un seul schéma avec le précédent, sur lequel on porte les angles. Voir schémas encore plus détaillés dans le sujet précédent. Par ailleurs, en toute rigueur, le grossissement comme le grandissement est algébrique : l'image étant inversée, il est ici négatif.

B.8. a) [0,75 pt] Les rayons provenant de A_∞ entrent parallèlement à l'axe dans l'objectif et sont limités par les bords de la lentille L_1 : faisceau en jaune. Après traversée de L_1, ils convergent tous vers l'image A_1 (confondue avec F'_1) et poursuivent jusqu'à l'oculaire. Ils émergent de L_2 parallèlement à l'axe.
Les rayons provenant de B_∞ entrent parallèlement à la direction inclinée du schéma et sont limités par les bords de la lentille L_1 : faisceau en mauve. Après traversée de L_1, ils convergent tous vers l'image B_1 et poursuivent jusqu'à l'oculaire. Ils émergent de L_2 parallèlement entre eux, et selon la direction (B_1O_2)
Le maximum de lumière en sortie de la lunette est à la convergence de tous les faisceaux, **c'est le cercle ou disque oculaire M′N′ en rouge sur le schéma.**

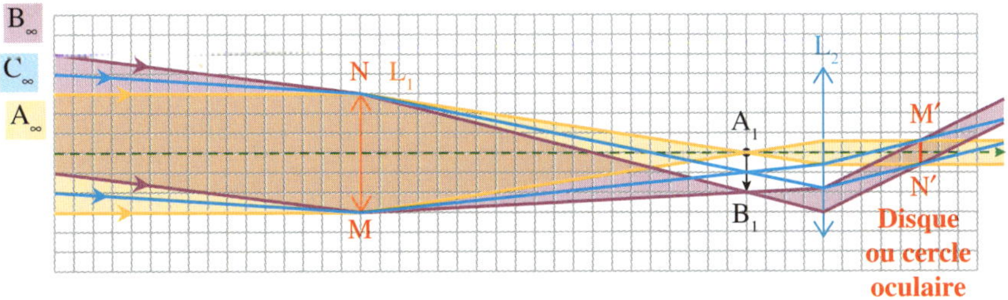

Il est facile de vérifier que le faisceau issu d'un point intermédiaire C_∞ quelconque entre A_∞ et B_∞ passe aussi par ce disque (ce faisceau est délimité par les rayons en bleu sur le schéma).

b) [0,25 pt] Tous les rayons arrivant sur l'extrémité M′ du cercle oculaire proviennent avant L_2 du bord M de la lentille L_1. Ce qui est la définition d'un couple objet/image. De même entre N' et N. M' est donc l'image de M par L_2 et N′ celle de N. **Le cercle oculaire se trouve donc être l'image de L_1 par L_2.**

c) [0,5 pt] Soit O_C le point du cercle oculaire situé sur l'axe optique. O_C est l'image de O_1 par la lentille L_2. La relation de conjugaison permet d'écrire :

$$\frac{1}{\overline{O_2O_C}} - \frac{1}{\overline{O_2O_1}} = \frac{1}{f_2'} \Rightarrow \frac{1}{\overline{O_2O_C}} = \frac{1}{\overline{O_2O_1}} + \frac{1}{f_2'} \Rightarrow \frac{1}{\overline{O_2O_C}} = \frac{f_2'}{\overline{O_2O_1} \times f_2'} + \frac{\overline{O_2O_1}}{f_2' \times \overline{O_2O_1}}$$

$$\Rightarrow \mathbf{\overline{O_2O_C}} = \frac{\mathbf{\overline{O_2O_1} \times f_2'}}{\mathbf{\overline{O_2O_1} + f'}} = \frac{(-120 \times 20{,}0)}{(-120 + 20{,}0)} = \mathbf{24{,}0\ cm}$$

Ou plus rapidement à l'aide de la touche x^{-1} de la calculatrice : $\frac{1}{\overline{O_2O_C}} = \frac{1}{\overline{O_2O_1}} + \frac{1}{f_2'}$

$$\Rightarrow \overline{O_2O_C} = \left(\frac{1}{f_2'} + \frac{1}{\overline{O_2O_1}}\right)^{-1} = \left[\left(f_2'\right)^{-1} + \left(\overline{O_2O_1}\right)^{-1}\right]^{-1} = \left[20{,}0^{-1} + (-120)^{-1}\right]^{-1} = 24{,}0 \text{ cm}$$

Dans la pratique avec une véritable lunette, pour laquelle on a une très grande focale pour l'objectif et une très petite pour l'oculaire, la position du cercle oculaire est très proche de L_2. On peut définir le cercle oculaire pour tout instrument d'optique, comme le microscope par exemple, il est facile de vérifier, en regardant l'œil d'un observateur, qu'il se place spontanément à cette position .

SUJET 39

1 h 15 min 7 points

Visibilité d'une nébuleuse annulaire

Thèmes : *lunette astronomique afocale, relation de conjugaison, marche de rayons lumineux, diamètre apparent, grossissement, diffraction.*

Située près de la constellation de la Lyre, la nébuleuse annulaire de la Lyre (nommée M57) est le prototype des nébuleuses planétaires. Elle s'est formée il y a environ 20 000 ans à partir d'une étoile qui, en explosant, a libéré des poussières et des gaz formant une structure que l'on assimilera à un anneau circulaire.

Données :

• Les angles de l'exercice sont suffisamment petits pour écrire : $\tan \alpha \approx \alpha$ (α en radian).

• On prendra comme valeur de l'année de lumière : 1 a.l. = $9{,}5 \times 10^{12}$ km.

• La lunette de Harvard sera modélisée par un système de deux lentilles minces L_1 et L_2.

– L'objectif (L_1) est une lentille convergente, de diamètre 38,0 cm et de distance focale $f_1' = 6{,}80$ m.

– L'oculaire (L_2) est une lentille convergente de distance focale $f_2' = 4{,}0$ cm.

La distance entre les centres optiques des deux lentilles vaut $O_1O_2 = 6{,}84$ m.

1. Montrer que cette lunette de Harvard ainsi modélisée est afocale.

2. Sur le schéma proposé ci-après, réalisé sans souci d'échelle, on a représenté les deux lentilles et la position du foyer image F_1' de l'objectif L_1.

a) Placer les foyers F_2 et F_2' de l'oculaire.

b) La nébuleuse M 57, supposée à l'infini, est représentée sur le schéma par $A_\infty B_\infty$ (A_∞ étant sur l'axe optique). Construire l'image A_1B_1 de l'objet $A_\infty B_\infty$, donnée par l'objectif.

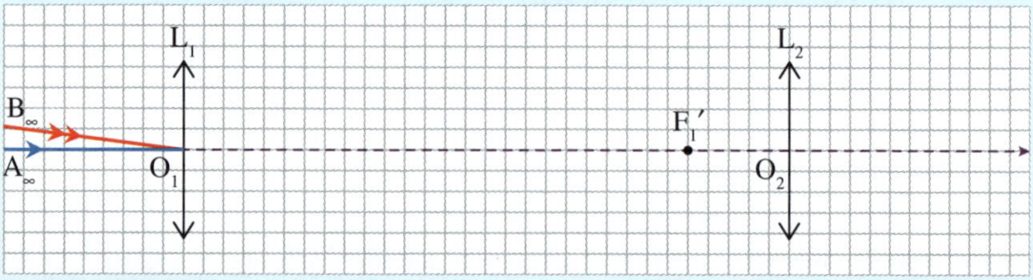

3. On désigne par α le diamètre apparent de la nébuleuse M 57 ; α est l'angle sous lequel on voit l'objet à l'œil nu.

a) Représenter le diamètre apparent α sur le schéma précédent.

b) Donner l'expression du diamètre apparent α en fonction de f_1' et A_1B_1.

4. L'oculaire L_2 permet d'obtenir une image définitive A′B′ de la nébuleuse M 57.

a) Déterminer graphiquement la direction des rayons émergents vers B′ à travers de la lentille oculaire L_2.

b) Préciser où sera située l'image A′B′ de la nébuleuse au travers de la lunette de l'observatoire de Harvard ainsi modélisée.

5. On désigne par α' le diamètre apparent de l'image A′B′ vue à travers la lunette.

a) Représenter le diamètre apparent α' sur le schéma précédent.

b) Exprimer le diamètre apparent α' en fonction de f_2' et A_1B_1.

c) On appelle grossissement G d'un instrument d'optique le rapport de l'angle sous lequel on voit la nébuleuse à travers la lunette sur l'angle sous lequel on la voit à l'œil nu. En déduire l'expression du grossissement en fonction des distances focales de l'objectif et de l'oculaire, puis calculer la valeur du grossissement de la lunette de l'observatoire de Harvard.

6. La nébuleuse M 57, située à la distance $L \approx 2\,600$ a.l. de la Terre, a un diamètre $D = A_\infty B_\infty$ voisin de $1{,}3 \times 10^{13}$ km.

a) Sachant que l'œil voit comme un point tout objet de diamètre apparent inférieur à $3{,}0 \times 10^{-4}$ rad, montrer qu'il peut théoriquement distinguer les points $A_\infty B_\infty$ grâce à la lunette de l'observatoire de Harvard.

b) En réalité, la nébuleuse M57 n'est pas observable à l'œil nu ; cependant, à travers la lunette, elle devient observable mais faiblement lumineuse. Proposer une explication. Les astronomes cherchent à construire des lunettes ou des télescopes de diamètre de plus en plus grand. Proposer une explication.

c) Calculer le diamètre apparent de cette nébuleuse vue à travers la lunette de l'observatoire de Harvard.

7. On montre que du fait de la diffraction (voir sujet 33), pour des points à l'infini et un instrument dont le diamètre de l'objectif est D_{objectif}, la limite de résolution α_{lim} (exprimée en radian), pour une lumière de longueur d'onde λ (exprimée en mètre), vaut :

$$\alpha_{\text{lim}} = \frac{1{,}22\lambda}{D_{\text{objectif}}}$$

a) Cet angle limite sera-t-il plus élevé pour les radiations correspondant à la couleur rouge ou pour celles correspondant au violet ?

b) Calculer la limite de résolution pour une radiation de longueur d'onde $\lambda = 760$ nm.

Corrigé du sujet 39

1. [0,5 pt] Une lunette astronomique est afocale si elle donne d'un objet à l'infini, une image à l'infini :

$$A_\infty \xrightarrow{L_1} F_1' = F_2 \xrightarrow{L_2} A'_\infty$$

ce qui implique que le foyer image de l'objectif et le foyer objet de l'oculaire coïncident, d'où :

$$\overline{O_1O_2} = \overline{O_1F_1'} + \overline{F_1'F_2} + \overline{F_2O_2} = f'_{\text{objectif}} + 0 + f'_{\text{oculaire}}$$

$$\mathbf{\overline{O_1O_2}} = \boldsymbol{f_1'} + \boldsymbol{f_2'} = 6{,}80 + 0{,}04 = 6{,}84 \text{ m}$$

Ce qui est bien la longueur de la lunette qui est donc afocale.

2. a) et **b)** [1 pt] L'objet $A_\infty B_\infty$ est à l'infini, son image A_1B_1 est donc dans le plan focal image de l'objectif L_1. Voir schéma ci-dessous.

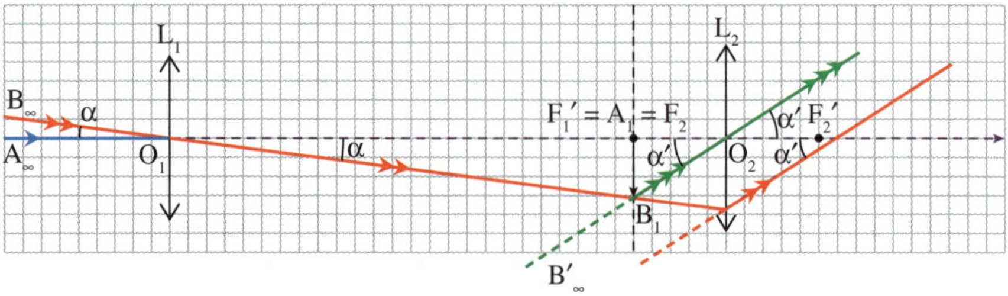

3. a) [0,25 pt] Voir schéma. Le diamètre apparent est l'angle sous lequel est vu l'objet à l'œil nu, soit α sur le schéma ci-contre, que l'on retrouve sur le schéma ci-dessus.

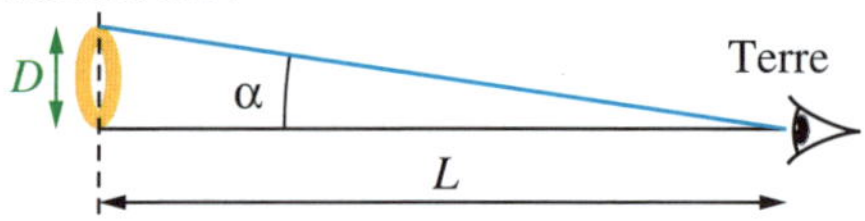

b) [0,75 pt] Grâce au rayon non dévié passant par O_1, on a aussi :

$$\tan\alpha = \frac{A_1B_1}{f_1'} \text{ ; or comme les angles sont très faibles, } \boldsymbol{\alpha} = \frac{\mathbf{A_1B_1}}{\boldsymbol{f_1'}}$$

4. a) [0,5 pt] Voir schéma. Le rayon passant par le centre optique n'est pas dévié, tous les rayons émergents issus de B_1 sont parallèles à cette direction.

b) [0,25 pt] La lunette étant afocale, A_1B_1 est dans le plan focal objet de l'oculaire L_2, donc **l'image définitive A′B′ est rejetée à l'infini**, à gauche de la lentille L_2.

5. a) [0,5 pt] Voir schéma.

b) [0,25 pt] D'après le schéma : $\tan\alpha' = \dfrac{A_1B_1}{f_2'}$; l'angle étant faible : $\boldsymbol{\alpha'} = \dfrac{\mathbf{A_1B_1}}{\boldsymbol{f_2'}}$

c) [0,5 pt] Le grossissement est le rapport des angles définis précédemment :

$$\boldsymbol{G} = \frac{\boldsymbol{\alpha'}}{\boldsymbol{\alpha}} = \frac{A_1B_1}{f_2'} \times \frac{f_1'}{A_1B_1} = \frac{\boldsymbol{f_1'}}{\boldsymbol{f_2'}} = \frac{6{,}80}{0{,}040} = \mathbf{170}$$

6. a) [0,5 pt] $\tan\alpha \approx \alpha \approx \dfrac{D}{L} = \dfrac{1{,}3\times10^{13}}{2\ 600 \times 9{,}5\times10^{12}} = 5{,}3\times10^{-4}$ rad

Le diamètre apparent de la nébuleuse, donc de $A_\infty B_\infty$, est supérieur à $3{,}0 \times 10^{-4}$ rad, donc l'œil peut théoriquement distinguer les points A_∞ et B_∞, mais on est tout de même très proche de la limite de perception…

b) [0,5 pt] La nébuleuse n'est pas observable à l'œil nu, car il n'y a pas assez de lumière issue de celle-ci qui entre dans l'œil. Ceci est confirmé par le fait que, avec la lunette, elle est juste faiblement visible.

Plus le diamètre de l'objectif est grand, plus la quantité de lumière collectée est importante donc plus l'image sera lumineuse.

c) [0,5 pt] Le grossissement permet d'exprimer l'angle cherché :

$$G = \frac{\alpha'}{\alpha}$$

donc $\boldsymbol{\alpha' = G \times \alpha} = 170 \times 5{,}3\times10^{-4} = \mathbf{0{,}090\ rad \approx 5°}$

ce qui justifie l'approximation des petits angles utilisée plus haut.

7. a) [0,5 pt] On raisonne à partir de la formule indiquée dans l'énoncé.

$$\lambda(\textbf{rouge}) > \lambda(\textbf{bleu}) \Rightarrow \frac{1{,}22\lambda(\text{rouge})}{D_{\text{objectif}}} > \frac{1{,}22\lambda(\text{bleu})}{D_{\text{objectif}}}$$

$$\Rightarrow \quad \alpha_{\text{lim}}(\textbf{rouge}) > \alpha_{\text{lim}}(\textbf{bleu})$$

Bien évidemment, une limite de résolution est d'autant plus intéressante que sa valeur est faible.

b) [0,5 pt] Pour une radiation de longueur d'onde égale à 760 nm, on a :

$$\alpha_{\text{lim}} = \frac{\mathbf{1{,}22\lambda}}{\boldsymbol{D}_{\textbf{objectif}}} = \frac{1{,}22 \times 760 \times 10^{-9}}{38 \times 10^{-2}} = \mathbf{2{,}44 \times 10^{-6}\ rad = 8{,}78\ mas}$$

Les astronomes utilisent des angles très faibles qu'ils expriment souvent en milliarc-seconde (mas). Il faut savoir convertir les angles, les minutes d'arc (notées ') et les secondes d'arc (notées "), se calculant comme pour les heures : 1° = 60' = 3 600" (*remarque :* la notation ' et " est réservée aux angles et non au temps comme on le voit de façon incorrecte dans les journaux sportifs). La conversion rad/degré doit aussi être connue : $\dfrac{\alpha_{\text{rad}}}{\pi} = \dfrac{\alpha_{\text{deg}}}{180}$

11 Circuit *RC*

SUJET 40 40 min 4,5 points

Condensateur d'un flash

Thèmes : *constante de temps, analyse dimensionnelle, décharge d'un condensateur, équation différentielle du premier ordre.*

On se propose d'étudier le fonctionnement d'un flash d'appareil photographique. Pour obtenir un éclair de puissance lumineuse suffisante, on utilise un tube flash qui nécessite pour son amorçage une forte tension (au moins 250 V) pour émettre un éclair très bref. Pour stocker l'énergie nécessaire au fonctionnement du tube flash, on utilise un condensateur de capacité *C*. Ce condensateur est chargé à l'aide d'un circuit électronique alimenté par une pile. On schématise le fonctionnement de ce dispositif sur le schéma ci-dessous.

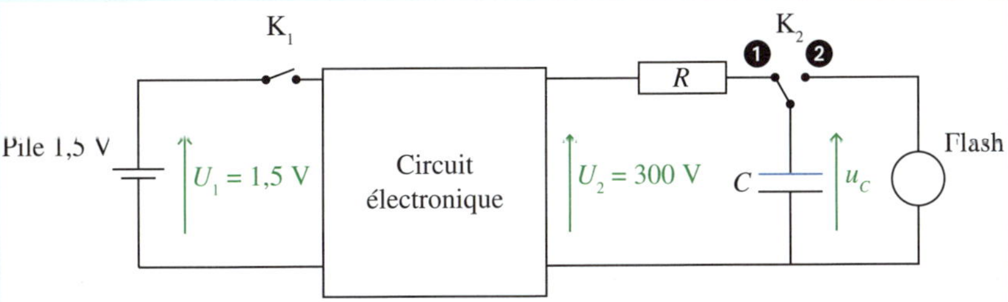

Le circuit électronique permet d'élever la tension de la valeur $U_1 = 1{,}50$ V à la valeur $U_2 = 300$ V. La valeur de la résistance R du conducteur ohmique utilisé dans le circuit est $R = 1{,}00$ kΩ. La charge du condensateur de capacité $C = 150$ µF se fait en plaçant l'interrupteur K_2 en position 1 et en fermant l'interrupteur K_1. Le tube flash est déclenché (une fois le condensateur chargé) en basculant l'interrupteur K_2 en position 2.

Partie A Charge du condensateur

On donne l'expression de la constante de temps ou temps caractéristique du circuit de charge $\tau = RC$.

A.1. Que permet de caractériser cette grandeur ?

A.2. Vérifier par une analyse dimensionnelle que le produit RC est bien homogène à un temps.

A.3. Calculer la valeur de τ.

Partie B Décharge du condensateur

On enregistre la tension u_C aux bornes du condensateur à partir de la bascule de K_2 en position 2.

Courbe d'évolution de la tension aux bornes du condensateur au cours du temps (lors de la décharge)

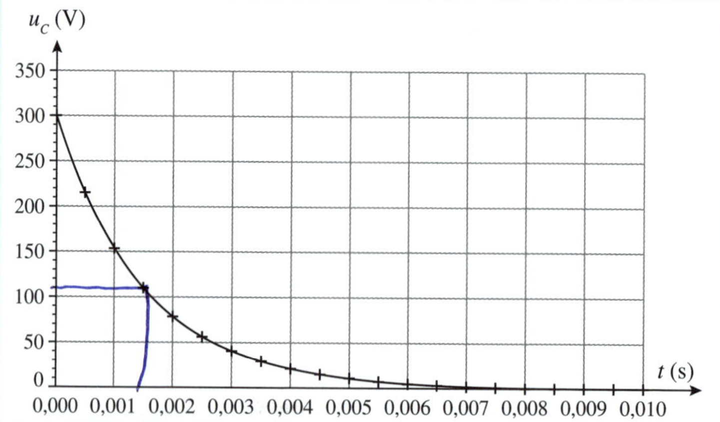

B.1. Déterminer graphiquement la valeur de la constante de temps τ' associée à la décharge en précisant la méthode employée et en indiquant soigneusement les tracés nécessaires sur la courbe $u_C = f(t)$.

B.2. Comparer les valeurs des constantes de charge τ et de décharge τ'. Pourquoi ces deux valeurs sont-elles différentes ?

B.3. On assimilera, après amorçage, le tube flash à un conducteur ohmique de résistance R'.

a) Réaliser le schéma du circuit électrique lors de cette décharge en indiquant notamment l'intensité du courant i et les tensions u_C et u_R aux bornes des dipôles, et établir la relation entre i et u_C.

b) Montrer que la décharge du condensateur dans le conducteur ohmique est régie par l'équation différentielle $\frac{\mathrm{d}u_C}{\mathrm{d}t} + \frac{u_C}{\tau'} = 0$.

c) Résoudre l'équation différentielle. Cette résolution fait apparaître une constante d'intégration que l'on note U_0.

d) Que représente la valeur U_0 pour le fonctionnement du tube flash ? Déterminer cette valeur à l'aide de la courbe. La production de l'éclair est-elle possible ?
e) Déterminer la valeur de la résistance R' du conducteur ohmique modélisant le comportement du tube flash.

Corrigé du sujet 40

Les textes sur fond jaune apparaissant dans ce corrigé sont des rappels de cours ou des commentaires pour vous guider et vous aider.

Partie A Charge du condensateur

A.1. [0,25 pt] **La constante de temps τ permet d'appréhender le temps nécessaire à la charge du condenseur**, qui ne se fait pas instantanément. Plus la valeur de cette constante de temps est élevée, plus la durée nécessaire à la charge complète du condensateur sera importante.

De manière générale, tous les systèmes présentent des temps caractéristiques qui donnent la durée sur laquelle ils évoluent « notablement ». Par exemple, un morceau de fer dans l'eau a un temps caractéristique (rouille) de quelques semaines, l'évolution radioactive d'un échantillon a un temps caractéristique de l'ordre de sa demi-vie, etc. Ce temps caractéristique ne dépend que des paramètres du système (ici *R* et *C*) et apparaît naturellement dans les équations différentielles et dans leur solution. Dans le cas du circuit *RC*, on considère généralement que le condensateur est totalement chargé au bout d'une durée égale à « quelques τ » (voir le corrigé du **sujet 39** donnant plus de détails sur ce point).

A.2. [0,5 pt] On détermine la dimension du produit RC, en s'appuyant sur des lois physiques ou des relations entre grandeurs qui sont nécessairement homogènes :

- Loi d'Ohm : $u = R \times i \Rightarrow [R] = \dfrac{[u]}{[i]} = [\mathrm{U}].\mathrm{I}^{-1}$
- Débit de charge : $Q = I \times \Delta t \Rightarrow [Q] = [I] \times [\Delta t] = \mathrm{I.T}$
- Capacité d'un condensateur : $Q = C \times U \Rightarrow [C] = \dfrac{[Q]}{[U]} = \mathrm{I.T.}[\mathrm{U}]^{-1}$

D'où : $[\boldsymbol{R} \times \boldsymbol{C}] = [\boldsymbol{R}] \times [\boldsymbol{C}] = [\mathbf{U}].\mathbf{I}^{-1}.\mathbf{I.T.}[\mathbf{U}]^{-1} = \mathbf{T}$

Le produit RC est bien homogène à un temps.

Dans les normes internationales, la dimension d'une grandeur *X* s'écrit dim *X*, mais l'usage de l'écriture entre crochet [X] est à la fois fréquente et commode, elle est donc employée ici. En revanche, la notation des dimensions des 7 unités de base du système international se fait sans crochet (norme internationale). On doit en principe revenir uniquement à ces unités dans une analyse dimensionnelle, mais il est souvent commode, pour des raisons de simplification de n'y revenir que partiellement (par exemple ici, on a gardé [U] qui se simplifie ensuite). Notons enfin qu'on tolère à ce niveau une analyse sous forme d'unités : par exemple [Q] = A × s. Même si les unités sont évidemment d'une aide précieuse pour l'étude des dimensions, il est important de comprendre que la notion de dimension est plus générale que celle d'unité qui se réfère à un système donné. Par exemple, la masse volumique est de dimension $M.L^{-3}$ et pourra donc s'exprimer en $kg.m^{-3}$ mais aussi en $g.cm^{-3}$ dans un autre système.

A.3. [0,25 pt] On détermine la valeur de la constante de temps :

$$\tau = R \times C = 1{,}00 \times 10^3 \times 150 \times 10^{-6} = \mathbf{0{,}150\ s = 150\ ms}$$

Partie B Décharge du condensateur

B.1. [0,5 pt] Graphiquement, la constante de temps peut être déterminée de deux façons :

- τ' est le temps auquel la tangente à l'origine coupe l'asymptote d'équation $u_C = 0$ V.
- τ' est la date à laquelle la tangente la tension est égale à $u_C(\tau') = 0{,}37 \times u_{C\ \max}$

soit ici : $u_C(\tau') = 0{,}37 \times 300 = 111$ V

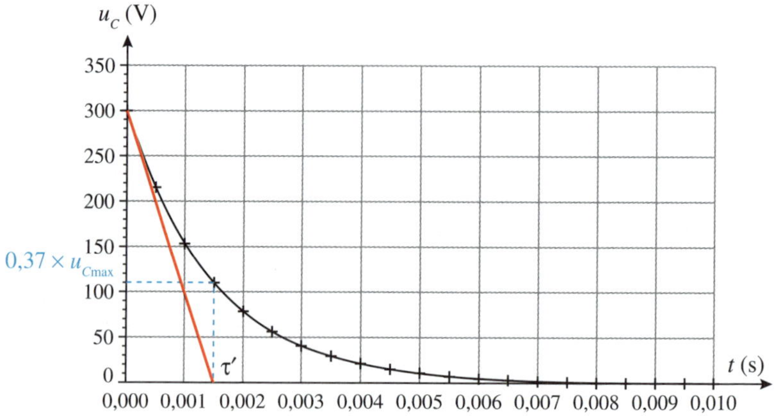

On obtient : $\boldsymbol{\tau' = 1{,}5}$ **ms**

La seconde méthode est en général plus précise que la première.

B.2. [0,5 pt] Le temps de décharge est cent fois plus petit que le temps de charge, parce que la résistance du circuit flash est beaucoup plus faible, puisque la capacité du condensateur reste inchangée.
Dans le flash, la décharge doit se faire très rapidement, mais pour la charge ce n'est pas forcément souhaitable, car cela suppose une intensité élevée.

B.3. a) [0,5 pt] Le schéma électrique lors de la décharge du condensateur dans le tube flash (modélisé par un conducteur ohmique) figure ci-contre. Les relations entre les grandeurs électriques sont :

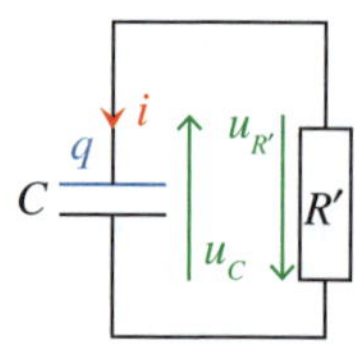

Condensateur : $i = \dfrac{dq}{dt}$ et $q = C \times u_C \Rightarrow \boldsymbol{i} = \dfrac{d(Cu_C)}{dt} = \boldsymbol{C\dfrac{du_C}{dt}}$

Conducteur ohmique : $\boldsymbol{u_{R'} = R' \times i}$

Le choix des grandeurs ici a été fait selon la convention récepteur, qui est celle dans laquelle les lois entre les grandeurs sont habituellement mémorisées. Un autre choix est possible, qui fait intervenir des signes différents dans les relations. Lorsqu'on a le choix, il convient de toujours utiliser la convention la plus naturelle.

b) [0,5 pt] La loi des mailles s'écrit :

$$u_C + u_{R'} = 0 \Rightarrow u_C + R'i = 0 \Rightarrow u_C + R'C\frac{\mathrm{d}u_C}{\mathrm{d}t} = 0$$

Soit, en posant $\tau' = R'C$:

$$\mathbf{\frac{d\boldsymbol{u}_C}{d\boldsymbol{t}} + \frac{\boldsymbol{u}_C}{\boldsymbol{\tau'}} = 0}$$

c) [0,5 pt] L'équation précédente est une équation différentielle du premier ordre à coefficients constants et à second membre nul dont la solution est de la forme :

$$\boldsymbol{u_C = U_0 \mathrm{e}^{-t/\tau'}} \qquad \text{où } U_0 \text{ est une constante d'intégration.}$$

On a utilisé ici le résultat du cours de mathématiques sur les équations différentielles donnant la solution générale $y(x) = A\mathrm{e}^{-ax}$ de l'équation $y' + ay = 0$ où A est une constante d'intégration. Ici : $y = u_C$; $x = t$; $a = \frac{1}{\tau'}$; $A = U_0$.

d) [0,5 pt] La constante d'intégration se détermine par la condition initiale :

$$\text{À } t = 0 \Rightarrow u_C(0) = U_0\mathrm{e}^{-0/\tau'} = U_0$$

U_0 représente donc la valeur de la tension aux bornes du condensateur à $t = 0$. La courbe $u_C = f(t)$ montre que $\boldsymbol{U_0}$ **= 300 V**. Cette valeur est bien supérieure à la tension de 250 V nécessaire à l'amorçage du tube flash.

e) [0,5 pt] Pour déterminer la valeur R' de la résistance, on utilise la constante de temps (associée à la décharge) :

$$\tau' = R'C \Rightarrow \boldsymbol{R'} = \frac{\tau'}{\boldsymbol{C}} = \frac{1{,}5 \times 10^{-3}}{150 \times 10^{-6}} = \mathbf{10\ \Omega}$$

SUJET 41

50 min 5 points

Sonde thermique

Thèmes : *constante de temps, analyse dimensionnelle, charge d'un condensateur, équation différentielle du premier ordre, courbe d'étalonnage.*

On peut constituer une sonde thermique à l'aide d'un dipôle *RC* série. On réalise le circuit ci-après :

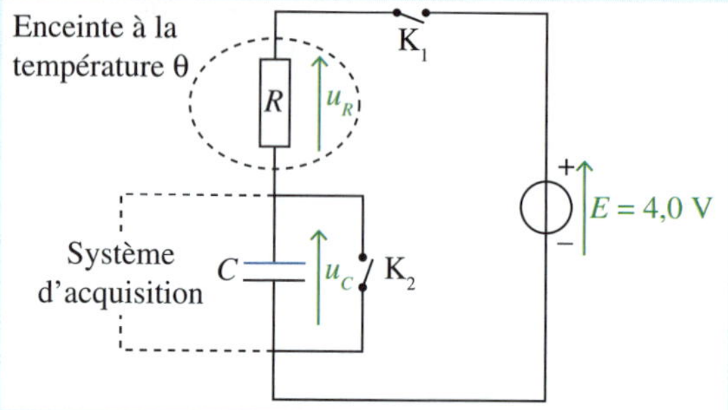

Le condensateur a une capacité $C = 1,0\ \mu F$. Le conducteur ohmique est une thermistance : la valeur R de sa résistance dépend de la température. On le place dans une enceinte dont la température interne est notée θ. Un système d'acquisition permet d'enregistrer l'évolution au cours du temps de la tension u_C aux bornes du condensateur.

Aide mathématique :

$0,63 \times 4,0 = 2,5$	$0,37 \times 4,0 = 1,5$	$e^{-1} = 0,37$	$e^{1} = 2,72$

On souhaite tracer la courbe de l'évolution de la valeur de la résistance de la thermistance en fonction de la température. On réalise le protocole suivant. Le condensateur est initialement déchargé et les interrupteurs K_1 et K_2 sont ouverts. À $t = 0$, on ferme K_1 et on enregistre l'évolution de la tension u_C jusqu'à la fin de la charge du condensateur. Ensuite, on ouvre K_1 et on ferme K_2 : le condensateur se décharge complétement. On ouvre enfin K_2. On modifie la température de l'enceinte et on recommence le protocole précédent. On opère pour plusieurs valeurs de température et on obtient le graphique suivant :

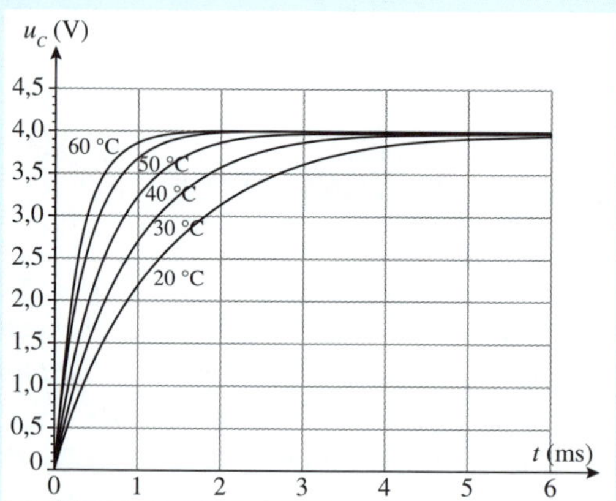

1. Faire un schéma simplifié du circuit correspondant à la phase de charge et établir la relation entre la tension E aux bornes du générateur, la tension u_R aux bornes du conducteur ohmique et la tension u_C aux bornes du condensateur.

2. Déterminer l'équation différentielle vérifiée par la tension u_C pendant la phase de charge. Cette équation met en évidence un temps caractéristique du circuit, ou constante de temps τ. Exprimer cette grandeur en justifiant son unité.

3. Résoudre l'équation différentielle établie à la question précédente, en veillant à lever l'indétermination sur la valeur des constantes résultant de cette résolution.

4. a) Montrer par un calcul que, lorsque $t = \tau$, le condensateur a atteint 63 % de sa charge.

b) Déterminer la valeur τ_1 de la constante de temps, relative à la température $\theta_1 = 20$ °C, à partir du graphique. Faire apparaître les tracés nécessaires.

c) En déduire la valeur R_1 de la résistance correspondante.

5. a) De la même façon qu'à la question précédente, déterminer les valeurs du temps caractéristique et de la résistance du circuit, donc de la thermistance, pour les différentes valeurs de la temperature, et compléter le tableau suivant.

Température θ (°C)	20	25	30	35	40	45	50	55	60
Constante de temps τ (ms)									
Résistance *R* (kΩ)		1,07		0,74		0,49		0,34	

b) Tracer sur papier millimétré la courbe d'étalonnage $R = f(\theta)$ en respectant l'échelle suivante : 1 cm pour 5 °C et 1 cm pour 0,1 kΩ. La courbe d'étalonnage est-elle une droite ?

6. La sonde thermique est ensuite placée dans une enceinte de température interne θ à déterminer. On mesure la résistance de la thermistance à l'aide d'un ohmmètre et on obtient : $R = 0,50$ kΩ. Déterminer la température de l'enceinte.

Corrigé du sujet 41

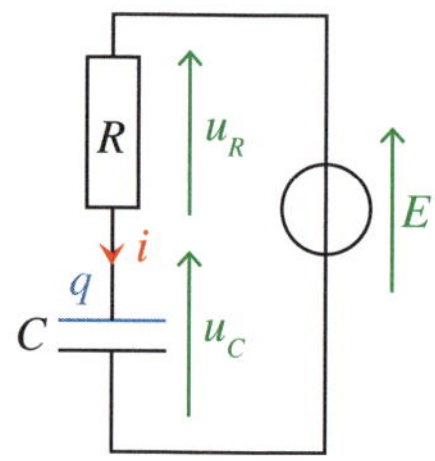

1. [0,25 pt] L'application de la loi des mailles dans le circuit simplifié (avec K_1 fermé et K_2 ouvert) représenté ci-contre, permet d'écrire :

$$\boldsymbol{u_R + u_C = E} \ \textbf{(1)}$$

2. [0,5 pt] Les relations entre les grandeurs électriques sont :

Condensateur: $i = \dfrac{\mathrm{d}q}{\mathrm{d}t}$ et $q = C \times u_C \Rightarrow \boldsymbol{i} = \dfrac{\mathrm{d}(Cu_C)}{\mathrm{d}t} = \boldsymbol{C\dfrac{\mathbf{d}u_C}{\mathbf{d}t}}$

Conducteur ohmique : $\boldsymbol{u_R = R \times i}$

L'égalité (1) permet d'écrire :

$$Ri + u_C = E \Rightarrow R\frac{\mathrm{d}q}{\mathrm{d}t} + u_C = E$$

$$\Rightarrow R\frac{\mathrm{d}(Cu_C)}{\mathrm{d}t} + u_C = E$$

$$\Rightarrow \boldsymbol{\frac{\mathbf{d}u_C}{\mathbf{d}t} + \frac{u_C}{RC} = \frac{E}{RC}}$$

Le premier terme est le rapport d'une tension sur un temps. L'homogénéité de l'équation impose que le second terme le soit également, donc la grandeur RC a la dimension d'un temps, ce qui définit la constante de temps du circuit $\tau = RC$. L'équation différentielle s'écrit donc :

$$\boldsymbol{\frac{\mathbf{d}u_C}{\mathbf{d}t} + \frac{u_C}{\tau} = \frac{E}{\tau}}$$

Il s'agit d'une équation différentielle du premier ordre (elle comporte une grandeur Y, u_C ici, et sa dérivée Y'), à coefficients constants (RC d'une part et « 1 » d'autre part) et avec un second membre non nul et constant (E).

3. [1 pt] L'équation différentielle est une équation du premier ordre linéaire à coefficients constants et à second membre non nul dont la solution est :

$$\boldsymbol{u_C = A\mathrm{e}^{-t/\tau} + E} \ \text{avec} \ \tau = RC$$

On a utilisé ici le résultat du cours de mathématiques sur les équations différentielles donnant la solution générale $y(x) = Ae^{-ax} + \dfrac{b}{a}$ de l'équation $y' + ay = b$ avec ici : $y = u_C$; $x = t$; $a = \dfrac{1}{\tau}$; $b = \dfrac{E}{\tau}$ d'où : $\boldsymbol{u_C = A\mathrm{e}^{-t/\tau} + E}$

La constante A se détermine à l'aide des conditions initiales. À $t = 0$, le condensateur est complétement déchargé. La tension entre ses bornes est donc nulle.

$$u_C(t = 0) = A\mathrm{e}^{-0/RC} + E = 0 \Rightarrow A + E = 0 \Rightarrow A = -E$$

Et : $\boldsymbol{u_C} = -E\mathrm{e}^{-t/RC} + E = E(1 - \boldsymbol{\mathrm{e}^{-t/RC}})$

4. a) [0,5 pt] On calcule u_C lorsque $t = \tau$.

$$u_C(t = \tau) = E\left(1 - e^{-t/\tau}\right) = E\left(1 - e^{-1}\right) = E(1 - 0{,}37) = \mathbf{0{,}63}E$$

À cette date, le condensateur a effectivement atteint 63 % de sa charge.

b) [0,5 pt] D'après la question précédente, pour déterminer τ_1, il faut déterminer l'antécédent de la tension $u_C = 0{,}63 \times E = 0{,}63 \times 4{,}0 = 2{,}5$ V suivant la courbe $u_C = f(t)$ avec $\theta_1 = 20$ °C. La détermination graphique conduit à $\boldsymbol{\tau_1} = \mathbf{1{,}3}$ **ms**.

c) [0,5 pt] La valeur de $R_1 = R(\theta = \theta_1)$ se déduit de la constante de temps :

$$\tau_1 = R_1 C \Rightarrow \boldsymbol{R_1} = \frac{\tau_1}{C} = \frac{1{,}3 \times 10^{-3}}{1{,}0 \times 10^{-6}} = \mathbf{1{,}3 \times 10^3\,\Omega = 1{,}3\ k\Omega}$$

5. a) [0,75pt] On procède comme précédemment pour compléter le tableau.

Température θ (°C)	20	25	30	35	40	45	50	55	60
Constante de temps τ (ms)	1,3		0,9		0,6		0,4		0,3
Résistance *R* (kΩ)	1,3	1,07	0,9	0,74	0,6	0,49	0,4	0,34	0,3

b) [0,75 pt] Les couples de valeurs (θ, *R*) permettent d'obtenir la courbe ci-après. La courbe d'étalonnage n'est pas une droite.

6. [0,25 pt] Cette courbe d'étalonnage permet de déterminer aisément la température de l'enceinte pour laquelle la valeur de la thermistance vaut $R = 0{,}50$ kΩ, soit $\boldsymbol{\theta} = \mathbf{44{,}5}$ **°C**.

Une courbe d'étalonnage n'est pas forcément une droite (comme pour la loi de Kohlrausch ou celle de Beer-Lambert en chimie par exemple). Si cela ne permet pas forcément d'écrire une relation mathématique entre les grandeurs, cela n'empêche pas de l'exploiter graphiquement.

Courbe d'étalonnage de la sonde thermique

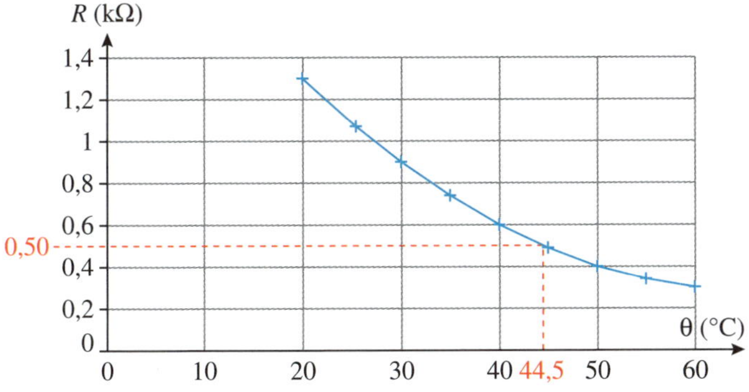

SUJET 42 1 h 10 min 6,5 points

Le défibrillateur

Thèmes : *constante de temps, analyse dimensionnelle, charge et décharge d'un condensateur, équation différentielle du premier ordre.*

Le défibrillateur cardiaque est un appareil utilisé en médecine d'urgence. Il permet d'appliquer un choc électrique sur le thorax d'un patient, dont les fibres musculaires du cœur se contractent de façon désordonnée (fibrillation). Le défibrillateur cardiaque peut être représenté de façon simplifiée par le schéma suivant :

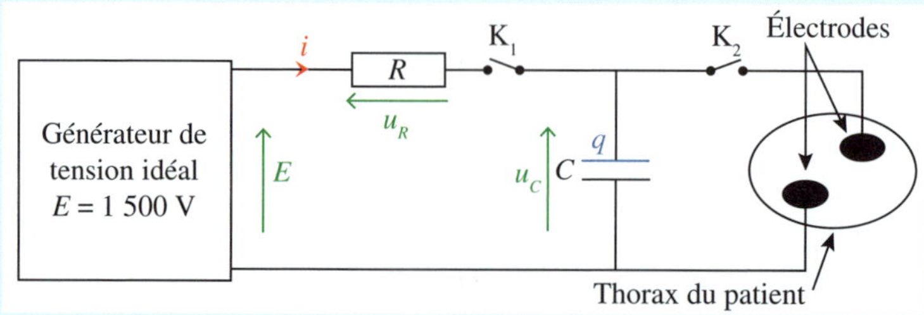

Données : La capacité du condensateur C est de 470 µF.
Le thorax du patient sera assimilé à un conducteur ohmique de résistance $R' = 50\ \Omega$.

Partie A Charge du défibrillateur

Lors de la mise en fonction du défibrillateur, le manipulateur obtient la charge du condensateur C (initialement déchargé) en fermant l'interrupteur K_1 (K_2 étant ouvert). On enregistre la tension u_C aux bornes du condensateur. On obtient la courbe ci-dessous.

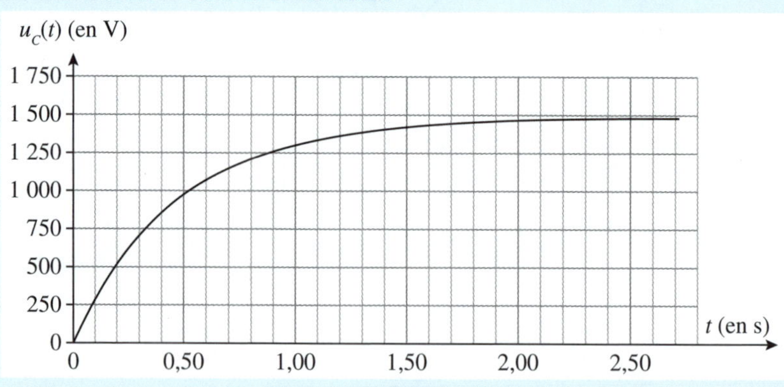

A.1. Démontrer, à partir des lois modélisant le comportement des dipôles du circuit électrique ainsi constitué, que $u_C = E\left(1-\mathrm{e}^{-t/\tau}\right)$, avec $\tau = RC$.

A.2. Justifier que la constante de temps correspond à l'abscisse du point d'intersection de la tangente à l'origine avec l'asymptote d'équation $u_C = E$. Déterminer alors sa valeur en faisant apparaître les tracés nécessaires sur la courbe précédente.

A.3. Cette méthode est cependant assez imprécise. Expliquer pourquoi. Proposer alors une deuxième méthode permettant d'accéder à la valeur de τ. Comparer avec le résultat précédent.

A.4. Si l'on considère qu'un condensateur est chargé lorsque la tension entre ses bornes atteint 99 % de la tension maximale, au bout de quelle durée Δt le condensateur sera-t-il chargé ?

Partie B Utilisation du défibrillateur

Dès que le condensateur est chargé, le manipulateur peut envoyer le choc électrique en connectant le condensateur aux électrodes posées sur le thorax du patient, modélisé par un conducteur ohmique de résistance R'. Il choisit alors le niveau d'énergie du choc électrique qui sera administré au patient.

À la date initiale t_0 le manipulateur ferme l'interrupteur K_2 (avec K_1 ouvert), ce qui provoque la décharge partielle du condensateur ; la décharge étant automatiquement arrêtée dès que l'énergie choisie a été délivrée. Au cours de l'application du choc électrique, la tension $u_C(t)$ aux bornes du condensateur varie selon l'expression suivante : $u_C(t) = A\mathrm{e}^{-t/R'C}$.

B.1. Réaliser le schéma du circuit électrique lors de cette décharge en indiquant notamment l'intensité du courant i et les tensions u_C et $u_{R'}$ aux bornes des dipôles.

B.2. Déterminer les valeurs numériques de A et de $R'C$. Préciser les unités.

B.3. Exprimer l'intensité $i(t)$.

B.4. Calculer la valeur absolue de $i_{\max}$, valeur maximale de l'intensité du courant dans le circuit. Pour quelle date cette valeur est-elle atteinte ? Dépend-elle de la capacité du condensateur ?

B.5. Tracer l'allure de la courbe représentant l'évolution de l'intensité au cours du temps.

Corrigé du sujet 42

Partie A Charge du défibrillateur

A.1. [1,5 pt] Les relations entre les grandeurs électriques aux bornes des dipôles (en convention récepteur, adoptée sur le schéma) sont :

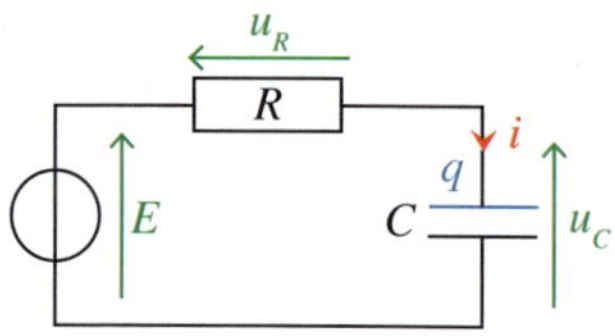

- Condensateur : $i = \frac{dq}{dt}$ et $q = C \times u_C$

$$\Rightarrow \; i = \frac{d(Cu_C)}{dt} = C\frac{du_C}{dt}$$

- Conducteur ohmique : $u_R = R \times i$

L'application de la loi des mailles dans ce circuit permet d'écrire :

$$u_R + u_C = E \;(1)$$

$$Ri + u_C = E$$

$$\Rightarrow \quad R\frac{dq}{dt} + u_C = E \Rightarrow R\frac{d(Cu_C)}{dt} + u_C = E$$

$$\Rightarrow \quad \mathbf{\frac{du_C}{dt} + \frac{u_C}{RC} = \frac{E}{RC}}$$

$$\mathbf{\frac{du_C}{dt}} + \mathbf{\frac{u_C}{\tau}} = \mathbf{\frac{E}{\tau}} \textbf{ avec } \tau = RC$$

L'équation différentielle est une équation du premier ordre linéaire à coefficients constants et à second membre non nul dont la solution est :

$$\boldsymbol{u_C = A\mathrm{e}^{-t/\tau} + E} \text{ avec } \tau = RC$$

La constante A se détermine à l'aide des conditions initiales. À $t = 0$, le condensateur est complétement déchargé. La tension entre ses bornes est donc nulle.

$$u_C(t = 0) = A\mathrm{e}^{-0/RC} + E = 0 \Rightarrow A + E = 0 \Rightarrow A = -E$$

$$\Rightarrow \quad u_C = -E\mathrm{e}^{-t/RC} + E$$

$$\boldsymbol{u_C = E(1 - \mathrm{e}^{-t/RC})}$$

La solution proposée dans l'énoncé est bien solution de l'équation différentielle régissant le fonctionnement du condensateur lors de sa charge.

A.2. [1 pt] On calcule la pente de la tangente à la courbe $u_C = f(t)$ à l'origine :

$$\left(\frac{du_C}{dt}\right)_{t=0} = \left(\frac{E}{\tau}\mathrm{e}^{-t/\tau}\right)_{t=0} = \frac{E}{\tau}\mathrm{e}^{-0/\tau} = \frac{E}{\tau}$$

Dans le plan $(0, t, u_C)$, cette tangente a pour équation $u_C = \frac{E}{\tau}t$.

On détermine maintenant l'abscisse du point d'intersection de cette droite avec l'asymptote d'équation $u_C = E$, ce qui revient à résoudre l'équation :

$$\frac{E}{\tau}t = E \Rightarrow t = \tau$$

L'abscisse du point d'intersection de ces deux droites correspond bien à τ.

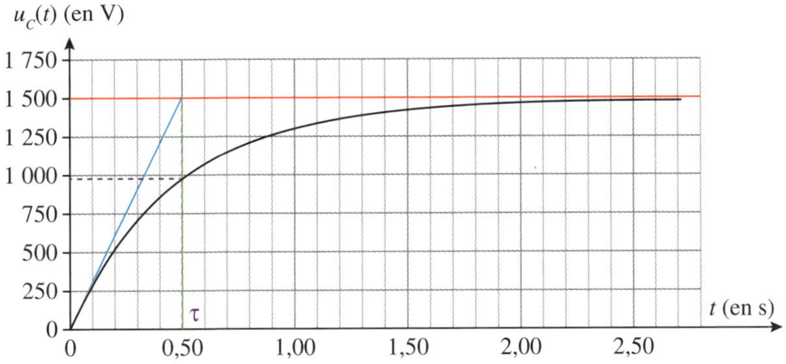

On obtient $\boldsymbol{\tau = 0{,}50}$ **s**

A.3. [0,5 pt] Le tracé d'une tangente n'est pas très précis et semble souvent s'inscrire dans une zone qui paraît acceptable. Or, la moindre fluctuation quant à son positionnement entraîne un écart sur la valeur de τ. Il est ainsi plus simple de déterminer cette constante de temps sachant que le condensateur a atteint 63 % de sa charge maximale à $t = \tau$.

Ici, $u_C(t = \tau) = E\left(1 - e^{-1}\right) = 0{,}63E = 0{,}63 \times 1\,500 = 945$ V (voir tracé violet).

La détermination graphique donne à nouveau $\boldsymbol{\tau = 0{,}50}$ **s.**

A.4. [0,5 pt] Soit t' la date pour laquelle le condensateur atteint 99 % de sa charge.

$$u_C(t = t') = E(1 - e^{-t'/\tau}) = 0{,}99E \Rightarrow e^{-t'/\tau} = 0{,}01 \Rightarrow -\frac{t'}{\tau} = \ln(0{,}01)$$

$$t' = -\tau\ln(0{,}01) = -0{,}50 \times \ln(0{,}01) = \mathbf{2{,}3\ s}$$

La durée recherchée vaut $\boldsymbol{\Delta t = 2{,}3}$ **s soit environ** $5\tau = 5 \times 0{,}5 = 2{,}5$ s

> On retrouve le fait que le condensateur peut être considéré comme totalement chargé au bout de « quelques τ ». La valeur du « quelques » dépend uniquement de la précision souhaitée :
> au bout de 5τ, on atteint la limite à moins de 1 % près : $u_C(t = 5\tau) = 0{,}993\, u_{C\,max}$,
> et au bout de 10τ, on est à moins de 0,01 % : $u_C(t = 10\tau) = 0{,}99995\, u_{C\,max}$ (ces valeurs sont faciles à vérifier).

Partie B Utilisation du défibrillateur

B.1. [0,5 pt] Lors de l'utilisation du défibrillateur, le circuit électrique peut être modélisé comme schématisé ci-contre.

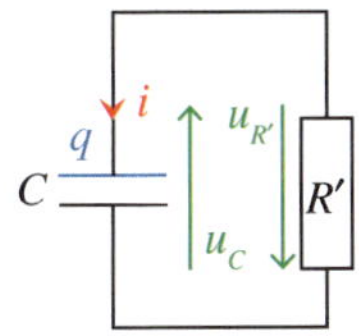

B.2. [0,5 pt] Le produit $R'C$ est homogène à un temps. C'est la constante de temps, notée τ' ici (pour la distinguer de la constante de temps lors de la charge), de la décharge du condensateur C dans le thorax, assimilé ici à un conducteur ohmique de résistance R'.

$$\boldsymbol{\tau' = R'C} = 50 \times 470 \times 10^{-6} = \mathbf{2{,}4 \times 10^{-2}\ s = 24\ ms}$$

Le condensateur est totalement chargé à l'origine des dates.

$$u_C(t = 0) = Ae^{-0/R'C} = E \Rightarrow \boldsymbol{A = E = 1\,500\ V}$$

B.3. [0,25 pt] D'après les orientations choisies dans le circuit :

$$i = \frac{\mathrm{d}q}{\mathrm{d}t} \text{ et } q = Cu_C \Rightarrow i = C\frac{\mathrm{d}u_C}{\mathrm{d}t}$$

$$\boldsymbol{i} = C\frac{\mathrm{d}\left(E\mathrm{e}^{-t/\tau'}\right)}{\mathrm{d}t} = -\frac{\boldsymbol{E}}{\boldsymbol{R'}}\mathbf{e}^{-t/\tau'}$$

B.4. [1 pt] À $t = 0^-$ (juste avant la fermeture de K_2), il n'y pas de courant dans le circuit : $i = 0$. À $t = 0^+$ (juste après la fermeture du circuit) en utilisant l'expression de la question précédente, $i = -\frac{E}{R'}$

Il faut noter au passage la discontinuité du courant à $t = 0$, dont l'intensité passe directement de zéro à la valeur $-\frac{E}{R'}$. L'expression obtenue à la question **B.5.** montre également que cette intensité est négative : il y a inversion du courant (ou plus exactement, les électrons changent de sens de circulation).

On effectue un raisonnement rapide sur le sens de variation de la fonction :

$$i(t) = -\frac{E}{R'}\mathrm{e}^{-t/\tau'}$$

Il faut se rappeler pour cela que la fonction *exponentielle* est une fonction croissante.

t augmente $\Rightarrow \frac{t}{\tau'}$ augmente $\Rightarrow -\frac{t}{\tau'}$ diminue $\Rightarrow \mathrm{e}^{-t/\tau'}$ diminue $\Rightarrow -\frac{E}{R'}\mathrm{e}^{-t/\tau'}$ augmente

Cette fonction sera donc croissante et admet comme asymptote l'axe des abscisses (rappel : $\lim\limits_{X\to+\infty} \mathrm{e}^{-X} = 0$).

$i(t)$ atteint donc sa valeur maximale (en valeur absolue) à $t = 0$.

$$\boldsymbol{i}_{\mathbf{max}} = \left|-\frac{\boldsymbol{E}}{\boldsymbol{R'}}\right| = \frac{E}{R'} = \frac{1\,500}{50} = \mathbf{30\ A}$$

Ni E, ni R' ne sont fonctions de C : cette expression montre donc bien que la valeur maximale de i est indépendante de la capacité du condensateur.

B.5. [0,75 pt] La courbe de l'intensité figure ci-dessous.

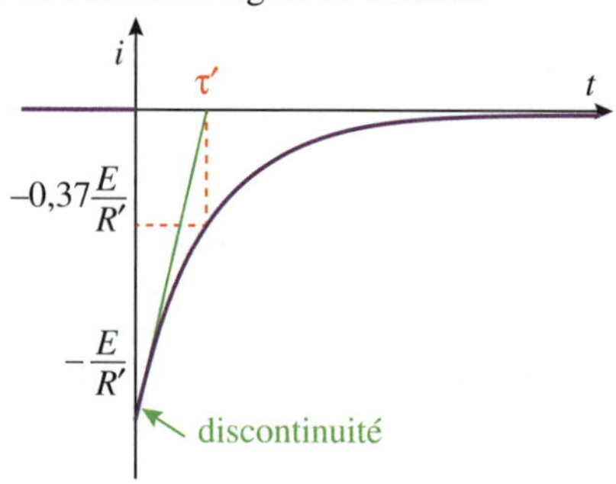

Achevé d'imprimer en août 2022 en République Tchèque par Finidr
Dépôt légal : août 2022 - Édition 01
28/0717/9